Zum Autor:

Ben Bennett, geboren 1970, lebt in Barcelona, wo er märchenhaft-spirituelle Bestseller für Leserinnen jeden Alters schreibt – über die große Liebe, echte Freundschaft und die wahren Werte im Leben. Mehr über den Autor erfahren Sie unter www.benbennett.de

Ben Bennett

Die Traumweberin

Seite 5

Wenn Ozeane weinen

Seite 283

MIRA® TASCHENBUCH
Band 26062

1. Auflage: Januar 2017
Copyright © 2017 by MIRA Taschenbuch
in der HarperCollins Germany GmbH
Erste Neuauflage

Die Traumweberin
Illustrationen im Innenteil: Detlef Krause

Wenn Ozane weinen
Illustrationen im Innenteil: Joanne Zh/ dreamstime.com
Autorenfotos: Melike Akdülger
Foto Carlos: Ben Bennett

Konzeption/Reihengestaltung: fredebold&partner GmbH, Köln
Umschlaggestaltung: Hafen Werbeagentur gsk GmbH, Hamburg
Umschlagabbildung: Trevillion; shutterstock
Redaktion: Mareike Müller
Satz: GGP Media GmbH, Pößneck
Druck und Bindearbeiten: GGP Media GmbH, Pößneck
Printed in Germany
Dieses Buch wurde auf FSC®-zertifiziertem Papier gedruckt.
ISBN 978-3-95649-733-9

www.mira-taschenbuch.de

Werden Sie Fan von MIRA Taschenbuch auf Facebook!

Ben Bennett

Die Traumweberin

Roman

„*A dream you dream alone is only a dream.*
A dream you dream together is reality.“
John Lennon

Schlüsselloch: Ein Geheimnis
Lexikon der Träume

„Lieber unsichtbarer Freund ...“
So nannte sie ihn seit seiner Abreise.
Ruby las leise und andächtig mit, während ihre Augen dem geschwungenen Lauf der Tinte folgten. Zäh wie schwarzes Blut floss sie aus dem Füllfederhalter in ihrer kleinen Hand auf den blütenweißen Bogen Papier.

Es tut mir leid, dass passiert ist, was passiert ist. Kannst Du mir verzeihen? Ruby.

Mehr noch als die Dinge, die wir tun, sind es die Dinge, die wir *nicht* tun, die wir später am schwersten bereuen – ihre Großmutter hatte das einmal gesagt, und hier und jetzt ahnte Ruby, was sie damit meinte.
Ihr Blick fiel auf den Brief, den sie soeben verfasst hatte.
Sollte sie ihn wirklich abschicken? Oder war es besser, auf den nächsten Sommer zu warten und es ihm selbst zu sagen?
Bevor sie länger darüber nachdenken konnte, hob sie erschrocken den Kopf.
Was ... war das?
Ein fernes Geräusch, das aus einem anderen Flügel des Anwesens zu ihr herüberwehte, ließ sie aufhorchen. Es klang wie ein leises Schluchzen. Vorsichtig legte sie den massiven Füllfederhalter auf dem kleinen Nachttisch neben ihrem Bett ab, den sie kurzerhand zu ihrem Schreibtisch umfunktioniert hatte.
Nur Augenblicke später lief sie auf nackten Füßen durch das herrschaftliche Haus.
Nun, eigentlich war es ein Palast. Jedenfalls in ihrer Phantasie. Ein Palast, in dem sich hinter jeder Tür und jeder Wand ein Geheimnis verbarg.
Sie durchquerte den mächtigen Saal, an dessen Decke trompetende Engel über einen türkisblauen Himmel flogen. Vorbei an dem großen, mit Goldbrokat bezogenen Diwan und der geschwungenen Marmortreppe, die ins Obergeschoss führte.
Doch Ruby wollte nicht ins Obergeschoss.
Sie wollte nur eines: herausfinden, woher das Geräusch kam.

Fest stand: Sie war ihm dicht auf den Fersen, denn nun vernahm sie es sehr viel klarer und deutlicher. Es klang, als würde jemand weinen.

Behutsam drehte sie den kühl glänzenden Messingknauf in ihrer Hand, der die Tür zu dem Schlafzimmer ihrer Großmutter öffnete. Und steckte ihren Kopf fast ein wenig ängstlich durch den Spalt, der freigegeben wurde.

Es war stockdunkel in dem Zimmer.

„Granny?", fragte sie schüchtern. „Tilda, bist du da?"

„Oh … Ruby … was … machst *du* denn hier?"

Die Stimme ihrer Großmutter klang überrascht. So als hätte sie nicht damit gerechnet, dass jemand sie hören konnte. So als hätte sie überhaupt vergessen, dass außer ihr noch jemand im Haus war.

„Bist du krank?", fragte Ruby besorgt.

„Nein, ich … ich bin nur ein wenig traurig, mein Liebes", erwiderte Tilda. Die Worte wehten von dem Himmelbett an der Fensterpartie zu ihr herüber. Es war heller Nachmittag, doch die Vorhänge waren zugezogen, sodass nicht der kleinste Lichtstrahl in das Zimmer gelangen konnte. „Die Dunkelheit hat mich gefangen genommen", fügte sie mit zerbrechlicher Stimme hinzu.

„Mach dir keine Sorgen, Granny!", versuchte Ruby sie zu beruhigen. Sie war nur ein kleines Mädchen, aber sie wusste im selben Augenblick, wie sie das Problem in den Griff bekommen würde.

Tapfer marschierte sie durch das Dunkel in Richtung eines winzigen Lichtstrahls, der zwischen den Vorhängen hervorblitzte. Um daraufhin den schweren Vorhang mit aller Kraft aufzuziehen, die ihre dünnen Arme aufzubringen vermochten. Sofort flutete das warme Spätsommerlicht den Raum.

Ruby wandte sich um und entdeckte ihre Großmutter.

Sie hatte sich auf dem Bett aufgesetzt und hielt sich schützend die Hand vor das Gesicht – ihre Augen mussten sich erst an das gleißende Licht gewöhnen, das in das Zimmer fiel wie ein goldener Nebel, in dem der Staub umherwirbelte wie ein Meer aus winzigen glitzernden Sternen.

„Besser?", fragte Ruby.

„Viel besser", erwiderte Tilda, während sich ein leises Lächeln auf ihr Gesicht legte und sie mit der flachen Hand auf den mit weißen

Laken bezogenen Platz neben sich klopfte. „Du bist ein Engel, weißt du das? Ein Engel, der die Dunkelheit vertreibt."

Nun, bis dahin hatte sie es nicht gewusst – wie auch?

Sie war erst acht Jahre alt.

Aber in diesem Augenblick wurde ihr klar, was sie mit ihrem Leben anfangen würde. Sie würde die Dunkelheit vertreiben – sie würde ein Licht sein.

Ruby Light! Wo zur Hölle steckst du schon wieder?" Die Stimme der Oberschwester hallte über den langen, bernsteingelb gestrichenen Flur, mächtig wie die tosenden Wellen, die in dieser stürmischen Nacht draußen vor den Toren an das Kliff brandeten – und weckte sie unsanft aus ihren Gedanken.

Das vor einem Jahrhundert aus dem unverwüstlichen Holz englischer Wälder erbaute Hospiz, in dem Ruby arbeitete und Alte und Sterbende auf ihre letzte Reise vorbereitete, thronte auf einem von Wind und Wellen zerzausten Felsen am Rande des Seebads St Ives in Cornwall – an der vom Meer geküssten Südspitze Englands. Das ganze Jahr über wehte ein salziger Duft durch die Türen und Fenster des altehrwürdigen Anwesens.

„Schon unterwegs!", rief sie so laut sie konnte über den frisch gewienerten Flur hinweg zurück. Denn Rosamund war schwerhörig. Auch wenn bis heute niemand genau wusste, ob sie nicht hören *konnte* oder nicht hören *wollte*.

Orkanwarnung.

Sie hatten die Meldung am Vormittag im Radio gebracht. Der Wind zerrte rüde an Fensterrahmen, Türen und Wänden, so als wolle er das ganze Gebäude in einem einzigen Stück aus seinen Angeln heben und es mit einem weit ausholenden Schwung in das aufgepeitschte Nachtmeer werfen. Das Haus ächzte und stöhnte wie sonst nur seine Bewohner in schweren Nächten. Einzig und allein der Leuchtturm verstrahlte ein wenig Hoffnung – und schickte sein fahles Licht von der anderen Seite der Bucht hinweg zu ihnen herüber. Aus der kleinen, unsichtbar gewordenen Stadt, die genau wie das Krankenhaus in völlige Dunkelheit getaucht war.

Vor einer Viertelstunde war der Strom endgültig ausgefallen. Die Generatoren waren planmäßig eingesprungen, aber sie waren zu schwach, um alle Zimmer auf längere Zeit hin mit dem üblichen Komfort zu versorgen. Sie hielten nur die medizinischen Notfunktionen aufrecht. In ein, zwei Stunden würde der Strom wieder da sein, hoffte Ruby. Sonst würde es kalt werden in dieser Nacht – eiskalt.

Es war ihr freier Abend. Nun: eigentlich.

Der Orkan hatte ihr einen Strich durch die Rechnung gemacht.

Stattdessen hatte Rosamund ihr aufgetragen, mit Kerzen und Streichhölzern von Zimmer zu Zimmer zu ziehen.

Wie immer bei solchen Unwettern schien eine fast heitere Stimmung in der Luft zu liegen, ein für einen Ort des nahen Todes überaus lebendiges Gemurmel, Geplapper und Geflüster, als Ruby schließlich wenig später mit einem wild flackernden Kerzenleuchter aus Messing in der Hand das Zimmer des alten Harry Winston betrat.

„Es werde Licht", begrüßte er sie wie immer in Anspielung auf ihren Namen, als sie die Tür zu seinem in völliger Dunkelheit liegenden Raum aufstieß und eine große vanilleweiße Kerze auf dem Nachttisch neben seinem Bett entzündete. Im Spiegel an der Wand erblickte sie eine blasse, zarte junge Frau mit langem rotem Haar und blauen Augen – im flackernden Kerzenlicht sah sie beinahe aus wie ein Gespenst.

„Ein ziemliches Unwetter da draußen", bemerkte ihr Patient mit müder Stimme. „Ich wette, morgen früh wird so einiges angeschwemmt – na ja, ob ich das noch erlebe, steht ohnehin in den Sternen."

Er lag unbeweglich in den Laken und verzog keine Miene, die Hände über der Decke auf dem Bauch gefaltet. Sein Körper war ausgemergelt und verbraucht wie ein uraltes Werkzeug, aber er hatte den Kampf noch nicht aufgegeben.

Es war die Hoffnung auf ein Morgen, die ihre Patienten am Leben hielt. Noch einmal das Licht des erwachenden neuen Tages einzufangen, bevor sie sich endgültig auflösten und sich selbst in Licht verwandelten. Die Hoffnung, sich letzte noch offene Fragen zu beantworten. Fragen, für deren Klärung sie im Leben keine Zeit gefunden hatten.

Eines Tages würde sie selbst diesen Weg antreten. Ruby hoffte, dass sie an diesem Tag ihre Fragen zu ihrer eigenen Zufriedenheit beantwortet hatte.

„Wenn Sie Ihr Leben noch einmal leben könnten, würden Sie alles ganz genauso machen?" Ruby stellte diese Frage jedem auf ihrer Station. Und jeder fand eine andere Antwort darauf.

„Es ist die Hoffnung auf eine bessere Zukunft, die uns Menschen morgens aufstehen lässt", hatte ihr Harry Winston erst vor Kurzem gesagt. „Aber was, wenn die Zukunft hinter einem liegt? Wofür steht man *dann* auf? Dann nämlich bleibt einem endgültig nichts anderes mehr übrig, als das zu tun, was man schon lange zuvor hätte tun sollen: die Gegenwart zu genießen. Jeden einzelnen Augenblick auszukosten wie einen Tropfen kostbaren Weins."

Es waren Antworten wie diese, die sie ihren Beruf lieben ließen. Antworten, die geheimes Wissen enthielten oder Fragen klärten, an deren Lösung sie ansonsten möglicherweise ein Leben lang zu knabbern hätte. Die Aussagen ihrer Patienten, deren Zukunft fast gänzlich verbraucht hinter ihnen lag wie ein Tank, in dem sich nur noch Benzin für ein paar Kilometer befand, ohne dass weit und breit eine Tankstelle in Sicht war, markierten die Brücke zwischen Alt und Jung. Die Brücke, die all die Jahre und Jahrzehnte, die zwischen ihnen und ihr lagen, miteinander verband.

Ruby war dankbar für jede einzelne dieser Antworten, denn sie würden ihr dabei helfen, ihr Leben richtig zu leben.

Dank ihnen hatte sie bereits mit fünfundzwanzig Jahren gelernt, worauf es im Leben ankam: Jeder Mensch hat eine Melodie, die ihm in die Wiege gelegt wird und die nur ihm allein gehört. Das Problem ist das Begleitrauschen – die Melodien anderer Menschen, die uns dazwischenfunken. Man muss um jeden Preis versuchen, seiner eigenen Melodie treu zu bleiben. Man darf nicht zulassen, dass andere Melodien sie übertönen. Denn diese von einer göttlichen Kraft für uns komponierte Melodie nehmen wir mit, wenn wir eines Tages die uns bekannte Welt verlassen und unsere Reise ins Unbekannte antreten – und wenn wir sie bis dahin gut beschützt haben, ist aus dieser einst kleinen Melodie ein ganzes, großes, ja vielleicht sogar *großartiges* Lied geworden.

Oder gar eine Symphonie.

Manchmal, wenn Ruby abends erschöpft nach einem langen Arbeitstag in ihr Bett fiel, fühlte sie sich wie eine uralte Seele, die Tag für Tag in einem nagelneuen Anzug durch die Welt spaziert, während das Leben um sie herum verblüht.

„Tja, so ist es nun mal, das Leben …", erklärte Harry Winston, als hätte er ihre Gedanken erraten. „Es beginnt als Suche, und es endet als Suche. Und wenn wir gut waren, haben wir zwischendurch die eine oder andere Sache richtig gemacht. Und ein paar Hinweise gefunden – das ist im Grunde nicht anders als beim Versteckspielen."

„Wenn wir nur wüssten, *wonach* wir suchen …", seufzte Ruby zustimmend. Doch kaum hatte sie ausgesprochen, blickte der alte Mann sie überrascht an. „Das wissen Sie nicht?", fragte er.

Ruby schüttelte den Kopf.

„Alle Menschen suchen das Gleiche", erklärte er. „Sie, ich – alle."

„Und was ist es, das wir suchen?"

„Der Himmel", erklärte er kurz und knapp.

„Der Himmel?"

„Nun ja, ich weiß schon, dass Sie nicht wirklich an ihn glauben", erwiderte ihr Patient mit einem Augenzwinkern. „Die Zeiten haben sich geändert. Meine Generation glaubte noch, der Himmel sei irgendwo dort oben." Er wies mit dem Zeigefinger an die Zimmerdecke. „Im Himmel eben", fuhr er fort. „Eigentlich naheliegend."

Sein belustigtes Lächeln erhellte den Raum für einen Moment strahlender, als es die Kerze auf dem Nachttisch vermochte.

„Ihre Generation wiederum glaubt, der Himmel sei nichts weiter als bloße Erfindung", fuhr er fort. „Und soll ich Ihnen was sagen? Beides ist Unsinn", konstatierte er.

„Aber … wo ist er dann … ich meine, wenn es ihn wirklich gibt?"

„Genau hier – auf der Erde!"

Er blickte sie an, als wäre diese Einsicht genauso naheliegend wie die Tatsache, dass eins und eins zwei ergibt.

„Nun, theoretisch zumindest. Nur ist er leider praktisch unsichtbar, weil er hier nicht willkommen ist." Er stieß einen melancholischen Seufzer aus. „Was aber nicht heißt, dass er nicht da ist. Doch leider gibt es eine bis heute unbesiegbare Macht, die den Himmel auf Erden verhindert. Die dafür sorgt, dass Frieden, Liebe und Glückseligkeit sich nicht wie eine unaufhaltsame Welle über die ganze Welt ausbreiten."

„Und … wer ist diese Macht?", hakte Ruby nach. Jetzt wurde es wirklich spannend. Das war typisch Harry Winston. Immer wieder gelang es ihm, sie mit seinen kleinen philosophischen Ausflügen zu faszinieren.

„Wir", erklärte er trocken und wirkte erneut fast ein wenig erstaunt über ihre Ahnungslosigkeit. „Wir – die Menschen."

„Wir?" Ruby stutzte. „Aber was können wir tun, um …"

„… den Himmel auf Erden Wirklichkeit werden zu lassen? Ganz praktisch gedacht? Nun, zuallererst könnten wir einen neuen Feiertag einführen. Es gibt so viele unsinnige Feiertage in unserer Gesellschaft – wieso führen wir nicht einen sinnvollen ein?"

„Und was feiern wir an diesem Tag?"

„Die Menschlichkeit", erklärte er. „An einem Tag des Jahres verpflichten sich alle Menschen auf der ganzen Welt, für vierundzwanzig Stunden nur Gutes zu tun. Ein Lächeln hier, eine Umarmung dort, kleine und große gute Taten, nette Gesten, Geben statt Nehmen. Glauben Sie mir, nachdem wir diesen Tag der Menschlichkeit nur ein einziges Mal begangen hätten, wäre die Welt bereits eine andere – und die restlichen 364 Tage würden schon bald ganz automatisch folgen. Weil niemand mehr diesen Tag missen möchte. Denn wenn alle nur Gutes *tun*, *bekommen* automatisch alle auch nur Gutes. Dadurch, dass wir alle *geben*, werden wir alle reich *beschenkt*. Ist das nicht genial?"

Ruby konnte spüren, wie die Idee sie in ihren Bann zog. Sie war so einfach. So machbar. Nur schlechte Menschen konnten sie ins Reich der Phantasie verbannen.

Offenbar war Harry Winston ihre Begeisterung nicht entgangen. Er lächelte sie neugierig an.

„Und? Wie stellen Sie sich den Himmel vor, Schwester? So wie der Rest Ihrer Generation – wie eine Tüte Luft?"

Ruby schüttelte den Kopf.

„Ich weiß es nicht, ehrlich gesagt. Früher habe ich ihn mir als eine prachtvolle Bibliothek vorgestellt. Voller riesiger alter Bücher mit allen Antworten auf sämtliche Fragen des Lebens. Mit Engeln, die an langen hölzernen Tafeln vor leuchtenden Leselampen sitzen und die Geschichte eines jeden einzelnen Menschen, der je geboren wird, in diese Bücher schreiben – und zwar noch *bevor* er geboren wird."

Während sie sprach, war ihr Zuhörer ihren Worten interessiert gefolgt. Jedenfalls wenn sie seinen Gesichtsausdruck richtig deutete.

„Auch eine Idee …", pflichtete Harry ihr nach einer kurzen andächtigen Pause bei. „Und heute glauben Sie das nicht mehr?"

„Nun, manchmal schon noch", gestand sie. „Aber es ist wohl eher Wunschdenken. Ich glaube, die Wahrheit ist komplizierter …"

„Ja, das ist sie wohl …", stimmte er ihr nachdenklich zu. Um ihr dann ein anerkennendes Lächeln zu schenken. „Ich muss schon sagen: Für ein Mädchen Ihres Alters haben Sie eine gesunde Phantasie. Die wird doch heute den Kindern eigentlich schon mit der Muttermilch ausgetrieben. Wo haben Sie sich versteckt, als Ihre Mutter und Ihre Lehrer das versucht haben?"

„Nun, ich hatte eine *gute* Lehrerin", erklärte Ruby.

„Aha? Und darf ich fragen, wer das war?"

„Meine Großmutter", löste sie das Rätsel auf. „Sie hat mir vieles beigebracht, ich habe nahezu meine ganze Kindheit mit ihr verbracht."

„Hm ... das klingt ausgezeichnet", erwiderte der alte Mann. „Und nach ein paar mehr schönen Geschichten. Wissen Sie was? Lassen Sie uns doch noch ein wenig weiterspinnen. Bleiben Sie einfach noch ein bisschen bei mir und leisten Sie mir Gesellschaft", bat er sie.

Doch im selben Moment steckte bereits jemand den Kopf zur Tür herein, der anderer Meinung war.

„Schluss für heute!", befahl die Oberschwester – und sowohl Ruby als auch Harry Winston gaben vorsichtshalber keinen Mucks von sich.

Am nächsten Morgen hatte sich das Gewitter verzogen. Der sich langsam aufhellende Himmel über St Ives ließ auf einen ruhigen, kristallklaren Wintertag hoffen.

Doch all der Friede konnte nicht darüber hinwegtäuschen, dass der Sturm in der vergangenen Nacht einigen Schaden angerichtet hatte: Über den weiten parkartigen Rasen vor dem Haus verteilt lagen zerbrochene Dachpfannen. Die Dachdecker würden anrücken müssen, so viel stand fest.

Eine geheimnisvolle, fast märchenhafte Stille lag in der Luft, als Ruby sich auf den Weg nach Hause machte. Kein Windhauch regte sich, kein Hund bellte. Die Welt wirkte so zerbrechlich wie Blumen, die über Nacht vom Winter überrascht wurden und in einen Mantel aus Eis gehüllt waren. Ruby wagte es nicht, auch nur ihre Fahrradklingel zu betätigen und so die Welt in ihrem Dornröschenschlaf zu stören.

Sie war, ihren grob gestrickten grasgrünen Wollmantel bis oben hin zugeknöpft, Mund und Nase tief hinter ihrem roten Lieblingsschal verborgen, auf ihrem klapprigen alten Fahrrad den kleinen Pfad die Bucht entlang und dann durch die noch beleuchteten kleinen Gässchen des menschenleeren Städtchens nach Hause geradelt. Die Luft roch nach dem Seetang, den das Unwetter in der vergangenen Nacht an den Strand gespült hatte.

Wie immer hatte sie ihr Weg an dem kleinen, seit vielen Jahren leer stehenden und von einem Meer aus wild rankendem Efeu bewachsenen schiefergrauen Cottage an dem Küstenpfad vorbeigeführt, das oberhalb von Porthminster Beach auf halber Strecke zwischen dem Hospiz und dem Zentrum von St Ives lag. Es hieß, es sei verzaubert. Bewohnt von Feen und Elfen, die verhinderten, dass jemand einzog, der nicht zu dem Haus passte.

Wenn dem so war, sollte es Ruby recht sein, denn sie fühlte aus tiefstem Herzen, dass sie eines Tages hier leben würde. Es war, als warte das Haus auf sie. Eines Tages würde sie durch das abgeblätterte weiß lackierte Holztor auf den wilden Rasen vor dem Cottage treten, der sich in eine ungezähmte Wiese verwandelt hatte, und würde den Schlüssel in Händen halten, der zu der einst himmelblauen und nun hinter einem nahezu undurchdringbaren Dickicht verborgenen Tür des Häuschens passte. Sie würde eintreten in das Gebäude und zuerst alle Fenster aufreißen, um Luft und Licht hereinzulassen. Sie würde streichen und putzen, sich einrichten und ihr eigenes Gemüse in dem riesigen Garten anpflanzen, in dem wilde Blumen und Gewächse aller Art fröhlich in den Himmel sprossen.

Das zumindest war es, was sie sich erträumte. Ach, was wäre das Leben ohne Träume? In Wahrheit waren Rubys Erinnerungen an diesen magischen Ort, der auf ewig untrennbar mit ihrer Kindheit verbunden bleiben würde, eher verschwommen. So wie es das Universum wohl vorgesehen hatte.

Man konnte die Vergangenheit nicht festhalten. Denn sie war *vergangen*, wie es das Wort schon sagte. Genauso wenig wie man die Zukunft planen konnte. Man konnte von ihr träumen – das ja – aber man konnte sie nicht planen. Und wenn man wollte, dass der Traum wahr wurde, den man von seiner Zukunft träumte, war der erste Schritt, die Vergangenheit hinter sich zu lassen.

Sie ein für alle Mal loszulassen.

Man konnte schließlich auch keine Reise im Auto im Rückwärtsgang antreten, wenn man wirklich irgendwo ankommen wollte. Nein, man musste jeden Tag so leben, als wäre man an diesem Morgen neu geboren worden. Von daher war es kein Wunder, dass Ruby sich nur an das erinnerte, woran wir uns alle erinnern, wenn wir an unsere Kindheit denken:

Gefühle.

Gerüche.

Geschmacksnoten.

Glückseligkeit.

Keine Namen tauchten vor ihrem geistigen Auge auf und nichts wirklich Konkretes. Dafür in Empfindungen gemeißelte Zeit: der Geruch von frisch gemähtem Rasen; der Geschmack von Erdbeeren mit Sahne; das klebrige Gefühl von Harz auf den Händen.

Die Zeitlosigkeit von Zeit.

Unendlichkeit.

Unsterblichkeit.

Dieses unbeschreibliche Gefühl kleinen Glücks, das es einem bereitete, den Schorf einer Wunde abzupulen und zu entdecken, dass darunter alles geheilt war. So wie neu geboren. Ein wahrhaft erhebendes Gefühl, ein Wunder, das nur Kinder kennen – und allein sie wissen es von ganzem Herzen zu schätzen.

Und dann war da noch *er* – ihr unsichtbarer Freund.

Genau hier, an diesem Ort, dem kleinen Cottage über der Bucht, hatte sie ihn zum ersten Mal getroffen.

All das war so lange her.

Er war nicht immer unsichtbar gewesen, keineswegs. Aber eines Tages hatte er sich buchstäblich in Luft aufgelöst. Und doch lebte er tief in ihrem Herzen weiter.

Ihre erste Liebe.

Eine Liebe, so unschuldig und mächtig, wie nur Kinder sie fühlen können. Er hatte ihr Herz aufgeblasen wie einen riesigen Ballon. Und sie wünschte sich nichts sehnlicher, als zu platzen, mit einem ohrenbetäubenden Knall, während er endlich sanft seine Lippen auf ihre legte, nach einem langen Sommer voller Freundschaft und Glück.

Ihr erster Kuss.

Doch sie hatte nicht den Mut gefunden, es zu tun. Sie hatte gekniffen. Und war vor ihm davongeflogen anstatt *mit ihm*. Langsam war die Luft aus ihr entwichen, jeden Tag ein bisschen mehr, während sie weiterflog, ohne ihn.

Irgendwann war sie erwachsen geworden, doch ihr unsichtbarer Freund lebte noch immer hier – an jenem Ort aus ihrer Kindheit, der jeden Tag ein kleines bisschen weiter in der Ferne und aus ihrer Sicht verschwand, ohne dass sie ihm jemals Auf Wiedersehen hatte sagen können. Jenem Ort, an dem sie jeden Morgen und jeden Abend mit dem Fahrrad vorbeifuhr – und der doch nicht derselbe Ort war.

Nicht mehr.

Vielleicht war er, ihr unsichtbarer Freund, der Grund, warum es bisher nicht geklappt hatte – mit *sichtbaren* Freunden. Der Gedanke war ihr in letzter Zeit des Öfteren gekommen.

„*A B C D E F G … you are hiding far from me …* "

Hide and Seek. Verstecken war ihr Lieblingsspiel gewesen. Und nach diesem Sommer hatte er es perfektioniert – er war nie wieder aufgetaucht in St Ives. Es war, als hätte der Erdboden ihn verschluckt.

„*… looking here, looking there, I can't see you anywhere …* "

Nicht lange nach seinem mysteriösen Verschwinden war das Cottage langsam zugewachsen, als wäre es in einen hundertjährigen Schlaf gefallen.

Würde sie ihn jemals wiedersehen?

Die Antwort auf diese Frage stand in den Sternen.

Es war noch früh, als Ruby an diesem Morgen unter die Bettdecke schlüpfte. Die Sonne war eben erst aufgegangen.

„Wo versteckst du dich, unsichtbarer Freund …?", flüsterte sie nachdenklich hinaus in das einfallende erste Licht des Tages. Hundemüde von der harten Nachtschicht, die hinter ihr lag, blickte sie durch das kleine Fenster ihrer winzigen Dachmansarde über ein Meer aus blassen Schindeldächern hinaus auf den Atlantik. Das alte, windschiefe Haus aus grauem Schiefer, in dem sich ihr bescheidenes Reich befand, schmiegte sich an die altehrwürdigen Mauern der St Ia's Church, benannt nach der kornischen Heiligen und Schutzpatronin von St Ives. Vor der Kirche tat sich der kleine, frühere Schmuggler-Hafen mit den bunten Fischerbooten auf, den sie von ihrem Piratennest aus ebenfalls gut im Blick hatte. Vor dem malerischen Hintergrund der aufgehenden Sonne folgte ein Schwarm kreischender Möwen einem Kutter, der seinen morgendlichen Fang nach Hause brachte.

„Gute Nacht, St Ives", ergänzte sie wie immer leise und kuschelte sich in die warmen weißen Laken ihres himmelblau lackierten Holzbettes, während in dem kleinen Städtchen der Tag begann.

Ihr freier Tag verging wie im Schlaf.

Wie sollte es auch anders sein – bei solchen Arbeitszeiten?

An diesem Nachmittag, es war Ruby ausnahmsweise gelungen, halbwegs pünktlich aufzuwachen, um noch die letzten Sonnenstrahlen des ausklingenden Wintertags einzufangen, unternahm sie einen kleinen Abstecher zu der Bootswerft unten am Hafen. Nun: Bootswerft war übertrieben. Eigentlich handelte es sich um einen gewaltigen Holzschuppen an Smeatons Pier, eine Art Garage und Werkstatt, in der Fischerboote gewartet wurden.

Ihre Eltern Frank und Jennifer betrieben die Werft schon so lange sie zurückdenken konnte – und lebten in der darüber liegenden Wohnung. Hier war sie aufgewachsen. Nun – die eine Hälfte ihrer Kindheit. Die andere Hälfte hatte sie bei ihrer Granny verbracht. Tilda Goodwill – die weise Lehrerin, die ihr alles beigebracht hatte, was ein verträumtes Mädchen, das nach Antworten auf die großen Fragen des Universums sucht, über dieses Universum wissen musste.

Noch heute hatte sie ihr eigenes Zimmer in dem alten Herrenhaus am Rande von St Ives, in dem sie unzählige glückliche Stunden ihrer Kindheit verbracht hatte.

Ohne Tilda wäre es nicht gegangen.

Um über die Runden zu kommen, waren sowohl Frank als auch Jennifer berufstätig – und das nahezu sieben Tage die Woche.

Reparieren, lackieren, frisieren war der Slogan des kleinen Familienunternehmens, der auf beide Branchen zutraf, in denen ihre Eltern tätig waren – war ihre Mutter doch auch noch gelernte Friseurin und kümmerte sich oben in dem Apartment um eine kleine, seit Menschengedenken konstant bleibende Zahl von Stammkundinnen.

Ihre Eltern waren beide noch jung, in ihren Mittvierzigern, und im Grunde waren sie mittlerweile nicht mehr nur eine Familie, sondern auch gute Freunde. Sie hörten dieselbe Musik, sahen dieselben Filme und mochten dieselben Dinge.

Damit aber hörte die Verwandtschaft auch schon auf. Denn von diesen geschmacklichen Dingen abgesehen kam Ruby ohne jede Frage eindeutig nach ihrer Granny. Nicht nur, was ihr feenhaftes Äußeres betraf. Nein, ihre Mutter Jenny war, nun: *praktisch veranlagt*, wie sie es selbst gerne mit den Worten einer anderen praktisch veranlagten Frau ausdrückte. Ihre Lieblingsfilmszene war die aus *Harry und Sally*, in der Harry Sally auf ihrer Fahrt mit dem Auto von Chicago nach New York fragt, ob sie nicht auch lieber bei Humphrey Bogart in Casablanca bleiben würde, als am Ende des Films mit dem Flugzeug davonzufliegen und ihn nie wiederzusehen.

Und Sally antwortet völlig ungerührt, dass sie es sich beim besten Willen nicht vorstellen könne, den Rest ihres Lebens in Casablanca zu verbringen, mit einem Kerl, der eine Bar hat.

Woraufhin Harry sie nur fassungslos anblickt – fassungslos und zutiefst entrüstet.

„Du würdest lieber jemanden heiraten, den du nicht liebst, als mit dem Mann zu leben, mit dem du den besten Sex deines Lebens hattest – nur weil er nichts weiter als eine kleine Bar besitzt?", hakt Harry ungläubig nach.

„Ja, das würde jede vernünftige Frau tun", erklärt Sally, während sie sich die Haare macht. „Frauen sind überaus praktisch veranlagt. Sogar Ingrid Bergman. Und genau deshalb steigt sie am Ende des Films auch in dieses Flugzeug."

Und genauso sah ihre Mutter Jenny die Sache auch.

Nun, abgesehen davon, dass sie trotz ihrer praktischen Veranlagung und eines mehr als vorzeigbaren Äußeren einen Mann geheiratet hatte, der über nicht allzu viel Geld verfügte: Frank – Rubys Dad. Den warmherzigsten Vater, den Ruby sich vorstellen konnte.

Von diesem kleinen, unerklärlichen Ausrutscher abgesehen jedoch war Jenny das glatte Gegenteil ihrer eigenen Mutter, Rubys Großmutter. Denn Tilda war eindeutig diejenige in der Familie, die bevorzugt über den Wolken schwebte. Sie hatte das Träumer-Gen. Und ebendieses Gen hatte bei ihnen wohl eine Generation übersprungen.

Kurz gesagt: Sie waren eine ganz normale englische Familie. So normal wie der Tee am Nachmittag und der Regen von morgens bis abends.

Ein Regen, der sich an diesem Tag ausnahmsweise verzogen hatte.

Draußen vor der Halle begrüßte sie Bridget Jones, die wie immer dort Wache schob und jeden Besucher mit einem hellen freundlichen Bellen ankündigte. Bridget Jones – Bobby Browns Nachfolgerin. Ihre Eltern hatten viele Jahre gebraucht, um sich einen neuen Hund anzuschaffen.

Eine lange Zeit – aber immer noch weniger als sie selbst.

„*Where's the good in goodbye?*", sang Rubys aktuelle Lieblingsband The Script aus Dublin genau in diesem Moment aus dem alten blechernen Radio in der Halle, so als hätten sie soeben ihre Gedanken gelesen. Denn für immer Abschied nehmen zu müssen von jemandem, den man über alles liebte, war das Grausamste überhaupt im Leben.

„Hunde sind wie Kinder. Kinder, die vor einem sterben." Sie erinnerte sich noch genau daran, was ihr Vater vor vielen Jahren gesagt hatte, als ihr geliebter Chocolate Labrador Bobby gestorben war. „Das Schlimmste, was einem im Leben passieren kann, wenn der Tag gekommen ist – aber all die Jahre zuvor eben auch das Schönste …", hatte er traurig hinterhergeschoben, Ruby sanft über das Haar streichend.

Es war nur ein paar Monate nach jenem Tag gewesen, an dem sie die Dunkelheit aus dem Leben ihrer Granny vertrieben hatte, indem sie die Vorhänge aufgezogen und das Licht hereingelassen hatte.

Bobby Brown.

An dem Abend, an dem er seiner Familie signalisiert hatte, dass endgültig alle Kraft aus seinen vier schokoladenbraunen Pfoten und seinem goldigen Hundeherzen entwichen war, hatte Ruby ihm sein Lieblingsessen gemacht: Truthahnsandwich.

Er rührte es kaum an, aber ein kleines bisschen aß er doch – vielleicht nur ihr zuliebe. Dann lief sie zurück in ihr Zimmer, um das große, bunt geblümte Kopfkissen aus ihrem Bett zu holen. Wieder bei Bobby angekommen, schob sie es sanft unter seinen warmen Kopf und küsste ihn auf die Stirn, wie sie es immer getan hatte. Sie hatte Tränen in den Augen. Dann legte sie sich neben ihn, denn in seiner letzten Nacht würde sie ihren besten Freund bestimmt nicht allein lassen.

Irgendwann, ein paar Stunden später, musste ihr Daddy sie zurück in ihr Bett getragen haben. Denn genau dort erwachte sie am nächsten Morgen. Es war noch früh, und es regnete in Strömen. Auf Zehenspitzen schlich sie zu Bobby. Er lag noch genauso da wie am Abend zuvor. Sein hübsches Gesicht – das hübscheste Hundegesicht der ganzen großen weiten Welt – tief in ihr Blumenkissen gekuschelt. Doch als sie sich zu ihm hinunterbeugte, wusste sie, dass er an diesem Morgen in einer anderen Welt aufgewacht war. Ruby war außer sich: Denn sie hatte ihm noch etwas Wichtiges sagen wollen – zum Abschied. Doch dafür war es nun zu spät. In der Nacht zuvor war sie so müde gewesen, dass sie es komplett vergessen hatte – und nun? Nun würde sie es ihm nie mehr sagen können.

Nach Jahren der Trauer war schließlich doch wieder ein neuer Hund ins Haus gekommen: Bridget Jones war ein Labrador genau wie Bobby Brown, allerdings blond, weiblich und ein bisschen moppelig. Wie immer an trockenen Tagen lag sie vor dem Hallentor und sonnte sich. Weil sie zu faul war aufzustehen, fegte sie zur Begrüßung mit ihrem fröhlich wedelnden Schwanz den Zementboden hinter sich ordentlich sauber.

„Hallo Bridget, wie geht's?", erwiderte Ruby die Begrüßung und kraulte den Wachposten zärtlich hinter den Ohren.

Die Halle roch nach der frisch aufgetragenen roten Farbe, mit der Rubys Vater gerade ein altes Boot auf Hochglanz brachte, als sie durch das weit offen stehende Stahltor trat. Sie liebte den Geruch und den Glanz des Lacks. Wie die alten Boote hier hereinkamen, klapprig und schäbig, und wie sie die Werft nach ein paar Wochen wieder verließen, frisch und wie neugeboren, machte sie glücklich. Wäre es doch auch nur so mit ihren Patienten – wäre es doch nur möglich, alte Menschen nahezu in ihren Originalzustand zurückzuversetzen, sodass sie noch einmal von vorn beginnen konnten. Mit all den Erfahrungen unter ihrer neuen Haut, die sie in Zukunft weiser machen und bessere Entscheidungen treffen lassen würden als jene, die ihnen im Hospiz von St Ives den Schlaf raubten.

„Hi, Dad!"

„Mum ist oben", begrüßte ihr Vater sie lächelnd.

In wenigen Sätzen nahm sie die Metalltreppe am Rande der Halle, die nach oben in die Wohnung führte.

„Hast du schon gehört?", fragte ihre Mutter, kaum dass sie durch die Tür getreten war.

„Was denn?"

„Gestern Nacht bei dem Sturm ist jemand angeschwemmt worden, unten am Strand."

Jemand angeschwemmt? Das waren in der Tat spektakuläre Nachrichten für St Ives, wo normalerweise nicht mehr passierte als hin und wieder ein Ladendiebstahl oder eine lautstarke Meinungsverschiedenheit bei einem Gemeinderatstreffen.

Ihre Mutter hielt ihr die frisch gedruckte *St Ives News* hin, die örtliche Zeitung, in der normalerweise nur das stand, was ohnehin schon alle wussten. Doch dieses Mal hatten sie eine echte Story, wie es aussah. Auf der Titelseite prangte ein riesiges Foto. Es zeigte das Gesicht eines jungen Mannes. Eines schlafenden jungen Mannes, um genau zu sein, denn seine Augen waren geschlossen. Sein fein geschnittenes Gesicht war eingerahmt von lockigem Haar. Tiefe Schnittwunden hatten ihre Spuren auf Wangen und Stirn hinterlassen. Er mochte etwa in ihrem Alter sein, vielleicht ein oder zwei Jahre älter, schätzte Ruby.

Sie konnte nichts dagegen unternehmen, dass ihr Blick auf dem Foto haften blieb. Er sah aus wie ein schlafender Prinz.

Nur eines war merkwürdig: Das Gesicht kam ihr so vertraut vor, als würde sie den schlafenden Prinzen kennen.

„*Wer kennt diesen Mann?*", las sie laut die Headline. „*Unbekannter nach Sturmnacht im Koma …*"

„Der arme Junge", kommentierte ihre Mutter seufzend. „Das Meer hat ihn gestern Nacht angespült. Unfall oder Selbstmordversuch – das ist noch nicht klar. Jedenfalls liegt er jetzt im Krankenhaus auf der Intensivstation im Koma."

„Und niemand weiß, wer er ist?"

Jenny schüttelte den Kopf.

„Er trug nichts am Körper außer seinem Surfanzug."

„Ein Surfer?"

„Wie es aussieht schon. Sie haben auch ein Surfbrett am Strand gefunden. Sah angeblich ziemlich mitgenommen aus. Noch schlimmer als er selbst …"

„Hm …", erwiderte Ruby leise, während sie sich gleichzeitig in den Artikel vertiefte.

„Hier steht, er trug ein Amulett um den Hals."

„Ach ja?" Ihre Mutter sah von den blau-weiß geblümten Teetassen auf, die sie gerade auf dem Tisch platzierte. „Muss ich überlesen haben."

„Mit dem Foto einer jungen Frau."

„Wie tragisch! Vielleicht wäre es besser gewesen, das Meer hätte ihn nie mehr ausgespuckt!"

„Mum!"

„Wieso? Das ist bestimmt seine Freundin oder Verlobte – überleg doch mal, wie sie leiden muss, wenn sie erfährt, was geschehen ist. Und wie es aussieht, stehen seine Chancen nicht gerade gut …", fuhr sie fort.

„Du glaubst also nicht, dass er aus dem Koma aufwachen wird?", fragte Ruby.

Ihre Mutter legte den Kopf schief und blickte sie irritiert an. „Was weiß ich denn? Das musst du schon die Ärzte fragen."

Ein Weilchen verharrte der Blick ihrer Mutter fragend auf ihr. Bis sich plötzlich dieser ganz besondere Ausdruck auf ihr Gesicht legte, den Ruby nur zu gut kannte.

„Er sieht gut aus, findest du nicht?" Jenny blinzelte ihr verschwörerisch zu.

Oje, nicht schon wieder das! Seit einiger Zeit hatte sie nichts anderes im Sinn, als ihre einzige Tochter zu verkuppeln. Als hätte sie Angst, dass ihr Haltbarkeitsdatum ablief. Dass sie jetzt sogar Männer in Betracht zog, die im Koma lagen, war allerdings neu – sie musste ziemlich verzweifelt sein. Nun ja: Sie hatte allen Grund dazu. Ruby war fünfundzwanzig Jahre alt und hatte außer zwei sang- und klanglos gescheiterten Versuchen mit zwei Jungs aus St Ives noch nie einen richtigen Freund gehabt.

Dabei war es keineswegs so, dass sie nicht wollte. Es war das Schicksal, das nicht wollte.

Denn Rubys Herz tickte anders als das der meisten Mädchen, die heute fünfundzwanzig Jahre alt waren.

Hing sie doch an dieser fixen, altmodischen Idee.

Um nicht zu sagen: *wahnwitzigen* Idee.

Und niemand konnte sie davon abbringen.

Es war die von der gesamten Welt als gescheitert erklärte Idee, dass Märchen und Happy Ends eben doch wahr werden konnten – solange wir nur nicht aufhörten, an sie zu glauben. Denn mal ehrlich: Was der alte Harry Winston ihr in der vergangenen Nacht bei ihrer kleinen philosophischen Unterhaltung erklärt hatte, war die Wahrheit und nichts als die Wahrheit.

Wer anders als wir selbst war dafür verantwortlich, wie die Welt aussah?

Und wenn die Realität von einem Märchen deutlich abwich, gab es, wenn man logisch denken konnte, eigentlich nur einen einzigen Schuldigen: uns, die Menschen.

Denn wir selbst waren es, die mit unserem Denken und Handeln die Welt tagtäglich in immer düstereren Farben anpinselten, statt sie bunt, fröhlich und glücklich leuchten zu lassen wie ein Gemälde von David Hockney. Sie Pinselstrich für Pinselstrich in eine Welt zu verwandeln, in der Märchen wahr wurden.

Wie schön es doch wäre, wenn man zu zweit an diesem Gemälde arbeiten könnte, dachte Ruby und stieß innerlich einen tiefen Seufzer aus. Wer weiß, vielleicht war ihre Idee ja gar nicht so wahnwitzig? Vielleicht dachte ja irgendwo da draußen irgendjemand genauso wie sie. Vielleicht suchte *ihr* Prinz genauso verzweifelt nach ihr wie sie nach ihm? Sie mussten sich nur finden.

Und eben das war das Problem bei der Sache. Denn die wahre Liebe schien vor vielen Menschen ein Leben lang auf der Flucht zu sein. So als müsse sie sich geradezu vor ihnen verstecken. Als wollten diese Menschen ihr etwas Unverzeihliches antun. Ruby betete, dass sie nicht einer dieser Menschen war.

Als hätte sie ihre Gedanken gelesen, setzte sich ihre Mutter zu ihr und schenkte den Tee ein – um daraufhin ihr Motivationsprogramm zu starten.

„Denk einfach daran, wie du in dem kleinen, romantischen Cottage über der Bucht leben wirst, in das du so verknallt bist. So als wärst du dort bereits eingezogen, zusammen mit deinem Märchenprinzen", schlug sie vor, „du musst es einfach nur visualisieren, das ist ganz wichtig, dann wird es auch so geschehen, glaub mir …"

Visualisieren? Ihre Mutter las definitiv zu viele New-Age-Bestseller. Sie war weder ein besonders romantischer noch ein besonders spiritueller Mensch. Aber ihre praktische Veranlagung ließ sie überall nach Rezepten suchen, die ihr das Leben im Handumdrehen und ohne großen Aufwand versüßten. Ihr Glaube an den kurzen, leichten Weg zum Erfolg war unbeirrbar, obwohl sie mittlerweile auf die fünfzig zuging und eigentlich Zeit genug für den langen, harten und steinigen Weg gehabt hätte.

„Nun, dafür ist es mittlerweile jedoch definitiv zu spät", pflegte sie auf derartige Einwände zu erwidern. „Man muss nach vorne schauen im Leben." Ihr Gesicht nahm dann immer einen äußerst erleichterten Ausdruck an – so als wäre sie mehr als froh darüber, dass ihr heutiges Alter die erschreckende Option, dass sie doch noch den langen, harten, steinigen Weg einschlagen musste, überzeugend vom Tisch wischte. Nein, es musste einen anderen Weg geben. Und ebendiesen Weg suchte sie überall – auch in Esoterikbuchhandlungen. Kurz gesagt: Sie war die klassische *The Secret*-Leserin. Nicht wirklich spirituell, sondern eher an den praktischen materialistischen Gewinnmöglichkeiten einer Theorie interessiert.

Millionär durch reines Visualisieren zu werden machte die Sache doch gleich viel interessanter, als wenn man darüber hinaus noch eine Riesenportion Talent und Genie, harte Arbeit und Mühen sowie jahrelangen unbeugsamen Glauben an sich selbst und seine Träume mitbringen musste. Ja, überhaupt erst einmal auf einen solchen Traum zu kommen war ja schon ein Ding der Unmöglichkeit, pflegte Jenny zu sagen. Und deshalb suchte sie überall nach Anregungen. Ein Buch zum Beispiel las sie niemals ganz, sondern überflog es nur – auf der Suche nach der Essenz, die sie auf dem kurzen, leichten Weg zum Erfolg voranbrachte. Und wenn sie fernsah, zappte sie blitzschnell von einem Programm zum nächsten – in der Hoffnung, dass das Universum ihr auf diese Weise die Botschaft übermittelte, die ihr Leben mit einem Fingerschnipsen in einen Traum verwandeln würde: Die geheime Formel für praktisch veranlagte Menschen, die schlichtweg keine Zeit mehr hatten, den langen, harten, steinigen Weg einzuschlagen.

Und Visualisieren gehörte unbedingt dazu.

Nun: Gegen Visualisieren war ja im Grunde nichts einzuwenden, nur musste man zusätzlich noch im Lotto gewinnen und darüber hinaus die leichteste Übung der Welt erfolgreich absolvieren: den einen Menschen zu finden, der dein Herz bis an dein Lebensende mit Freude füllt.

Was man wiederum möglicherweise auch visualisieren konnte. Ruby war sich allerdings nicht sicher, wo sie anfangen sollte.

„Ich glaube, bevor ich mit dem Visualisieren so weit bin, habe ich mein eigenes Zimmer im Hospiz", befürchtete sie.

Als Ruby an diesem Abend in ihre Wohnung zurückkehrte, ließ sie den Blick verträumt durch das Küchenfenster hinaus über das erleuchtete Städtchen schweifen, während in der Pfanne Gemüse brutzelte.

Sie konnte nicht sagen, zu welcher Jahreszeit ihr St Ives am besten gefiel: im Frühling, wenn der Ozean die ersten seidig warmen Winde an die Strände des Städtchens spülte; im Sommer, wenn sich das Leben in Cornwall in ein Meer aus Erleichterung, Jubel, Trubel, Heiterkeit und dem Duft von Kokosnussöl verwandelte, den die Sommerbrise in die Häuser und Straßen entlang der Strände wehte; im Herbst, wenn die Tage und die Schatten der Menschen kürzer wurden, das Licht zur rationierten Ware und die Melancholie zum täglich Brot, während sich das Meer und das kleine Städtchen schlagartig der Menschenmassen und allen Trubels entledigten. Oder aber im Winter, mit seinen rüden, klirrenden Stürmen, in denen alles in St Ives so unheimlich und gleichzeitig heilig zu flackern schien wie die Kerzen in der Kirche unten am Hafen während der Mitternachtsmesse an Heiligabend.

So wie in diesen Tagen.

Die kleinen Boutiquen, Feinkostgeschäfte, Bäckereien, Fisch- und Weinhändler hatten die Bevölkerung von St Ives und ihre Gäste gut versorgt, und die Kaminfeuer waren entzündet.

Als sie gegen elf Uhr, während in St Ives langsam die Lichter erloschen, die Nachtschicht im Hospiz antrat, erwartete sie ein feierlicher Anblick:

Der aus glitzerndem Pappmaschee gearbeitete Stern auf der Krone der prächtig geschmückten frisch aufgestellten Nordmanntanne kitzelte den Staub von der Decke des alten Ballsaals, der für festliche Anlässe aller Art genutzt wurde. Mit dem Meer aus winzigen elektrischen Glühwürmchen, das den nachtgrünen Pelz des mächtigen Baumes schmückte und sich in den in Gold und Silber funkelnden Christbaumkugeln spiegelte, wirkte er wie eine gleißende Sonne, umkreist von einer Handvoll hellen Monden – den mit weißen, bis auf den Parkettboden reichenden Tischdecken, glänzenden Gläsern und strahlendem Geschirr eingedeckten runden Tafeln, an denen am morgigen Heiligabend jeweils acht Personen Platz finden sollten. Die Bewohner des Hospizes und ihre Gäste. Die Gäste blieben für gewöhnlich in der Unterzahl, und nicht nur das machte Weihnachten zu einem melancholischen Fest für die meisten der Patienten.

Ruby konnte in den Gesichtern der alten Menschen lesen, und was sie las, war bei fast allen dasselbe: *Wird dies mein letztes Weihnachten sein? Wo sind die Kinder? Wieso bin ich allein?*

Es waren traurige Gedanken, die tiefe Sorgenfalten in die Gesichter ihrer *Gäste* brannten. *Gäste*, ja, so wurden die Bewohner des Hospizes genannt. Sie kamen für eine bestimmte Zeit, und irgendwann würden sie gehen ...

Ruby fragte sich, warum so wenige hier Familie oder Freunde zu haben schienen, die sie gerne besuchen kamen.

Warum sie einsam waren.

Und das in den letzten Wochen oder gar nur Tagen ihres Lebens.

In manchen der von der Zeit zerfurchten Gesichter konnte sie die Antwort auf ihre Frage bereits lesen. Denn beileibe nicht alle der Gäste hier waren so weise wie der alte Harry Winston. Nein, andere waren der festen Überzeugung, sie hätten die Liebe ihrer Kinder verdient – ganz besonders an Tagen wie diesen, wo der Rest der Welt leuchtete und strahlte und kein Herz sich dem Wunsch verschließen konnte, ein Zuhause zu haben.

Zu Hause zu *sein*.

Z-U-H-A-U-S-E – sieben Buchstaben, die die Welt bedeuteten. Doch diese sieben Buchstaben waren untrennbar mit fünf weiteren Buchstaben verbunden und ohne sie nicht denkbar. Kein echtes Zuhause, das uns Geborgenheit schenkte, konnte ohne sie existieren:

L-I-E-B-E.

Und stimmte es wirklich, dass wir Liebe verdienten, egal, was wir taten? Oder war es in Wahrheit nicht eher so, dass wir uns die Liebe *verdienen mussten*? Und zwar indem wir selbst so viel wie möglich davon an andere verschenkten, zuallererst an unsere Kinder? Jeder Kuss, jede Umarmung, jedes Lächeln und jedes verständnisvolle Wort sind ein Liebesbrief. Wieso war es so vielen ihrer Gäste in ihrem Leben offensichtlich so schwergefallen, diese Liebesbriefe zu versenden?

Weil sie ohne darüber nachzudenken das Motto ihrer eigenen Eltern und Großeltern übernommen hatten: Das Leben ist hart? Sei härter als die anderen, nur dann setzt du dich durch? Nur dann wirst du etwas? Nun, wenn es das war, was sie der Welt hinterließen, mussten sie sich nicht wundern, dass die Antwort der Welt auf diese Erbschaft nicht Liebe war.

Ruby ließ ihren Blick über die Tische schweifen und hatte plötzlich eine Eingebung:

Willst du eine Welt, in der niemand einsam stirbt?
In der niemand einsam leben muss?
Dann brauchst du ein neues Motto.
Nicht *Be bad*, sondern *Be better* – sei besser.
Be love – sei Liebe.

Denn sobald wir alle Liebe *sind* und uns und unsere Liebe freizügig verschenken, ist niemand mehr einsam auf dieser Welt. Das Einzige, was es uns kostet, ist ein Lächeln. Und wenn es erwidert wird, haben sich zwei Engel getroffen.

Ja, das war es, was die Welt brauchte: eine Armee aus Engeln.

Keine Engel aus dem Himmel, nein: Wir selbst mussten uns in Engel verwandeln – Harry Winston hatte es richtig erkannt. Denn Gott war niemand anders als alle Menschen, alle Tiere und alles Leben zusammen.

Wir alle.

Oder wie es Jenny, ihre Mutter, ausdrücken würde, die Hunderte von esoterischen Büchern gelesen hatte: Wir alle sind Energie.

Was nur heißen konnte, dass wir, wenn wir wirklich an irgendeinen Gott glaubten, wie auch immer er aussah, endlich anfangen mussten, diese Energie zu nutzen. An uns selbst zu glauben. Daran, dass wir besser sein konnten. Dass wir die beste Version unserer selbst sein konnten. Positiv geladene Energie.

Dass wir Liebe *sein* konnten.

„Jeder Mensch kann sich jederzeit neu erfinden, an jedem Tag seines Lebens", pflegte ihre Granny immer zu sagen. „Wir alle können das sein, was wir sein wollen, egal, was andere sagen. Wir müssen es nur wirklich wollen. Und es dann einfach tun."

Den Tag, an dem wir damit begannen, nannte sie unsere zweite Geburt.

Und genau wie ein Neugeborenes nicht von einem Tag auf den nächsten laufen lernt, müssen auch neugeborene Engel Schritt um Schritt vorwärts tun, vorsichtig Fuß vor Fuß setzend, bis sie sich sicher in ihrer neuen Welt bewegen.

Und das ist auch schon das ganze Geheimnis:

Wir können die Welt von heute auf morgen in den Himmel verwandeln.

Wir?

Richtig gehört. Auch du.
Wer weiß?
Vielleicht bist ja auch du ein Engel?

Ruby jedenfalls war glücklich, dass sie ein so gutes Verhältnis zu ihren Eltern hatte, das offenbar keineswegs typisch war für diese Welt. Und sie hoffte, dass sie zu ihrem eigenen Kind mal ein genauso gutes Verhältnis haben würde.

Nun, sofern sie jemals ein Kind haben sollte.

Denn hier kam ER ins Spiel.

Jener Mann, der eigens für sie geschaffen war. Und irgendwo dort draußen in der großen weiten Welt auf sie wartete. Maßgeschneidert auf ihre eigentlich unerfüllbaren Wünsche und Bedürfnisse, in einer geheimen göttlichen Schneiderei.

Ruby fühlte ganz tief in ihrem Innern, dass er existierte, der hundertprozentige Mann für sie – aber die Frage war: Wo und wann würden sie einander begegnen? Würden sie einander *jemals* begegnen? Natürlich wusste sie nicht, wie er aussah, wie alt er war, wo er wohnte, welchen Beruf er sich ausgesucht hatte und ob er lieber Eiscreme mochte oder Gurkensandwiches.

Aber etwas anderes wusste sie ganz genau: Jede Nacht würde er sich unendlich sanft an sie schmiegen und liebevoll seine Arme um sie schlingen, damit sie immer süße Träume hatte.

Seine Küsse würden schmecken wie ein Sommertag in St Ives.

Und er wäre immer für sie da – in guten wie in schlechten Zeiten, in Gesundheit wie in Krankheit.

Bis dass der Tod euch scheidet.

Kennt nicht jede Frau den Mann, der für sie bestimmt ist, schon lange bevor sie ihn trifft? Ihr *Soulmate – ihren Seelenverwandten*?

Kennst nicht auch du ihn bereits?

Aus deinen Träumen?

Wasser: Bewegung
Lexikon der Träume

St Ives, Cornwall, Januar 2015

Die Festtage in St Ives sollten lautlos wie der nicht gefallene Schnee verhallen, genau wie jene seltsamen Tage zwischen Weihnachten und Silvester, die man nicht wirklich als Zeit bezeichnen konnte. In manchen Gegenden wurden sie als Tage zwischen den Jahren bezeichnet, was ihren eigenartigen Zauber nur noch deutlicher hervorhob. Aus allen Landesteilen reisten sie an, die Nestflüchtlinge, die woanders ein Leben gefunden hatten und in diesen Tagen ihre Eltern und alten Freunde besuchen kamen, alte Affären aufwärmten oder diese endgültig zu Grabe trugen, nur um kurz darauf erneut für ein weiteres Jahr in der Versenkung zu verschwinden.

Auch Tom war gekommen. Ruby war im letzten Jahr vor dem Highschool-Abschluss mit ihm zusammen gewesen. Nun war er Lehrer – in Devon. Er hatte zufällig neben ihr gestanden, beim Feuerwerk, das ganz Harbour Beach und St Ives in ein schillerndes Licht aus großen Hoffnungen für das neue Jahr tauchte.

„Ist das nicht …?", hatte Becky mit großen Augen gefragt, ihre beste Freundin, mit der sie sich am Strand eingefunden hatte. Ihr Freund Chris war nicht verfügbar zu Silvester – wie wohl kein Feuerwehrmann auf der ganzen Welt an diesem Tag.

„Tom? Ja, das ist er."

„Und? Willst du nicht zu ihm rübergehen?"

„Wieso sollte ich das tun?", fragte Ruby und verdrehte die Augen. Die Sache zwischen ihnen war seit Jahren aus und vorbei.

„Also ich finde ihn sexy …", kicherte Becky.

„Dann fang *du* doch was mit ihm an", schlug Ruby vor.

„Mach ich vielleicht auch", erwiderte ihre Freundin und boxte ihr kumpelhaft an die Schulter.

Während das Feuerwerk seinen Lauf nahm und sie sich für einen Moment unbeobachtet wähnte, warf Ruby einen Blick hinüber zu Tom. Er stand dort mit einem Freund und hatte sie offensichtlich auch bemerkt. Er grüßte sie mit einem winzigen Nicken, das durch die Dunkelheit am Strand zu ihr herübersegelte. Sein Blick, der diesem Nicken folgte, und die explodierenden Sterne über der Bucht hätten ihrem Herz eigentlich einen Kick verpassen müssen – aber sie taten es nicht. Sie waren wie zwei Planeten, die einst ein einziger Planet gewesen waren, sich aber irgendwann entzweit hatten und jetzt auf verschiedenen Umlaufbahnen kreisten. Sie berührten einander nicht mehr. Keine Anziehungskraft.

Der Magnetismus zwischen ihnen war endgültig erloschen.

Ruby stieß innerlich einen schweren Seufzer aus.

Das Feuerwerk war für sie mehr noch als Weihnachten der traurige Höhepunkt des Jahres – wie für so viele Singles: Wie gerne hätte sie sich hier und jetzt an eine starke Schulter gelehnt. Wie gerne hätte sie das neue Jahr mit einem frischen Blick durch seine Augen begrüßt, den Augen des Planeten, mit dem sie sich vereinigen würde, sobald er den Weg in ihre Umlaufbahn gefunden hatte. Aber es sollte nicht sein.

Mit einem glitzernden Regen aus Gold, der den Himmel über St Ives in ein gleißendes Versprechen kommenden Glücks verwandelte, um kurz darauf im schwarzen Nachtmeer zu versinken, endete das Spektakel.

Und als das Feuerwerk über der Bucht wenig später endgültig verraucht war, erschien am Horizont ein neues Jahr.

Und mit ihm eine alte Tradition: das Neujahrsschwimmen am Porthmeor Beach.

Wie in jedem Jahr hatten sich auch an diesem jungen, klirrend kalten Morgen Hunderte von Menschen hier am Strand versammelt, um das neue Jahr in den eisigen Fluten des Atlantiks zu begrüßen.

Und eisig waren sie!

Ruby zuckte mit einem erschrockenen Schrei zurück, als sie mit ihren Zehenspitzen die Wassertemperatur getestet hatte.

„Ich glaube, dieses Jahr gehe ich besser nicht rein", druckste sie, von einem Bein auf das andere springend und in eine warme Decke gehüllt, unter der sie nichts weiter trug als einen Badeanzug. Die Außentemperaturen mochten bei vielleicht fünf oder sechs Grad liegen, und das Wasser erschien ihr keinesfalls wärmer.

„Unsinn, mein Kind. Die Welt gehört den Mutigen – vergiss das nie!"

Mit einem Satz wischte die Schirmherrin der Veranstaltung ihre Bedenken beiseite. Sie stand direkt neben ihr, klein und zierlich und so strahlend weiß, als wäre ihre Haut aus Porzellan gemacht, in einen warm wie die Julisonne leuchtenden Badeanzug gegossen. Ein seidiges Band zähmte ihr langes silbernes Haar.

Tilda Goodwill – ihre Großmutter, die mit ihren nunmehr fast achtzig Jahren den Teilnehmern noch immer Jahr für Jahr unerschrocken voranging.

Vor fast zwei Jahrzehnten hatte sie das Neujahrsschwimmen von St Ives ins Leben gerufen, um Körper, Geist und Seele in das neue Jahr zu transportieren und die letzten ruhelosen Geister des verflossenen Jahres endgültig in den Fluten zu ertränken.

Oder besser gesagt: *einzufrieren.*

Und hier und heute jährte sich dieser Tag, die alljährliche Wiederholung des ersten Neujahrsschwimmens des Jahres 1998, erneut. Wie immer hatten sich Hunderte von Schaulustigen versammelt, um dem Spektakel beizuwohnen – die meisten von ihnen jedoch waren in dicke Wintermäntel gehüllt. Schwimmen würde wie immer nur ein abgehärteter Trupp von etwa zwanzig bis dreißig Leuten. Und Ruby war eine von ihnen, notgedrungen. Sie tat es eigentlich nur für den Fall, dass ihre Granny auf halbem Weg durch die Bucht einen Schwächeanfall erleiden sollte.

Wundersamerweise waren die meisten Teilnehmer ältere Menschen. Nur eine Handvoll junger Leute hatte sich unter sie gemischt – die meisten von ihnen wohl eher angelockt von einem schmackhaften Köder: Denn die unerschrockenen Schwimmer waren nach dem Rückzug aus dem kalten Nass zu heißem Grog, Champagner und in der Neujahrsnacht in der Bucht von St Ives gefangenem Fisch eingeladen. Als Ehrengäste in Tildas geschichtsträchtigem Anwesen, das einmal im Jahr seine Pforten für die Bevölkerung von Cornwall öffnete.

Dem *Goodwill Palace.*

So nannten die Bewohner von St Ives mit typisch englischem Augenzwinkern das honiggelbe herrschaftliche Anwesen am Rande des Städtchens. Ursprünglich war es ein echtes Herrenhaus gewesen, denn Tildas Mann Stanley – Rubys Großvater – entstammte einer adeligen Familie. Sogar einen Dienstbotentrakt gab es, aber heute, lange nach seinem Tod, war er verwaist. So wie nahezu das gesamte Haus, dessen prächtige Säle und Flure aus den besten Zeiten Englands nun von einer einzigen Person bewohnt wurden: Tilda Goodwill.

Und doch: Der Neujahrsumtrunk bei ihr, der sich fast immer bis in den Nachmittag oder gar Abend hinziehen und in eine waschechte Party verwandeln würde, zu der am Ende zusätzlich zu den eigentlichen zwanzig Schwimmern zweihundert vermeintliche Schwimmer anrücken sollten, war eines der jährlichen kulturellen Highlights von St Ives.

Dieses Jahr jedoch war es weder die Party noch die eisige Temperatur des Atlantiks, was die Menschen beschäftigte, die sich zum Neujahrsschwimmen am Porthmeor Beach eingefunden hatten. Nein, das ganze Schwimmen schien sich nur um eine einzige Sache zu drehen: den Mann aus dem Meer.

Den der Orkan kurz vor Weihnachten angespült hatte.

Wie man hörte, war er bis heute nicht aus seinem Koma erwacht. Er lag noch immer auf der Intensivstation des örtlichen Krankenhauses. Sein Fall beschäftigte mittlerweile nicht mehr nur die *St Ives News*, sondern hatte Medienvertreter aus dem ganzen Land angelockt. Nun, es war ja auch eine herzzerreißende Weihnachtsgeschichte – ein junger, noch dazu attraktiver Unbekannter, der bewusstlos in einem Krankenhaus lag und den niemand zu vermissen schien.

Auch die Suche nach der Frau auf dem Amulett, das er um den Hals getragen hatte, war bisher erfolglos verlaufen.

Kein Wunder, dass halb St Ives in Gedanken bei ihm war. Gerade in diesen Tagen. Auch Ruby ging seine Geschichte nicht aus dem Kopf. Zu gern hätte sie ihm geholfen. Aber was konnte sie für ihn tun? Ihr fiel einfach nichts ein.

Manchmal wünschte sie sich beinahe, selbst die Frau auf dem Amulett zu sein – um bei ihm sein zu können in diesen schweren Tagen. Um an seinem Bett zu wachen, Tag und Nacht an seiner Seite, in der Hoffnung, dass ihre Liebe ihn aus diesem Albtraum erlöste. Dass sie es war, die ihn wachküsste. Doch sie war nicht die Frau auf dem Amulett.

Die Ruby mittlerweile mindestens genauso mysteriös erschien wie er selbst. War sie ertrunken, dort draußen auf dem Atlantik, in jener Nacht? Waren sie beide in der Unglücksnacht in dem Sturm gewesen? Hatte sie sich deshalb nicht gemeldet? Allein der Gedanke daran trieb Ruby die Tränen in die Augen.

„Wer weiß, vielleicht ist er ein Selkie?", raunte eine alte Frau in einem geblümten Badeanzug und mit einer altmodischen weißen Bademütze auf dem Kopf Ruby zu, während sich der kleine Trupp Wagemutiger startklar machte, um in die Fluten zu springen.

„Ein Selkie?"

„Hat dir deine Großmutter etwa noch nie von der alten schottischen Legende erzählt?"

Kaum hatte sie ausgesprochen, verdrehte Tilda, die neben ihnen stand, auch schon seufzend die Augen. Was die Märchentante nicht weiter zu stören schien. Im Gegenteil: Sie schien erst richtig in Fahrt zu kommen.

„Selkies sind Robben, die an Land kommen und sich in Menschen verwandeln, indem sie ihr Fell ablegen und es irgendwo verstecken", raunte sie. „Sie sollen als Menschen unglaublich schön sein, erzählt man sich. Und dann schnappen sie sich einen Menschen und heiraten ihn."

Aha …?

Nun wusste Ruby, warum ihre Großmutter die Augen verdrehte.

„Also, für mich klingt das nach dem perfekten Deal …", erwiderte sie lächelnd. „Wer wünscht sich nicht einen schönen Partner?"

Doch die Alte schüttelte nur den Kopf.

„Wenn es nur so einfach wäre, mein liebes Mädchen. Aber du bist wahrscheinlich noch zu jung, um zu wissen, wie schwierig allein schon eine Beziehung zwischen einer gewöhnlichen Frau und einem gewöhnlichen Mann sein kann …"

Nun, so jung bin ich nun auch nicht mehr, dachte Ruby bei sich. So viel hatte sie ebenfalls schon kapiert.

„… aber eine Beziehung zwischen einem Menschen und einem Wesen aus dem Meer?", führte die Geschichtenerzählerin ihren Gedanken mit unheilvollem Blick zu Ende. „Das geht in aller Regel nicht gut …" Sie räusperte sich geheimnisvoll. „Nun ja, Gott sei Dank gab es Selkie-Sichtungen bisher nur in Schottland, jedenfalls wenn man der Legende glauben will – aber wer weiß, vielleicht ist der junge Mann, den das Meer angespült hat, ja von dort herübergeschwommen. Eine schottische Robbe in südenglischen Gewässern, das stelle man sich mal vor!"

Vor Begeisterung über ihre eigene Geschichte klatschte die alte Dame übermütig in die Hände. „Hübsch sein soll er ja", ergänzte sie, nun fast wieder fröhlich. „Jetzt müssen wir nur noch …"

„Ein verstecktes Robbenfell finden?", brachte Ruby ihren Gedanken folgerichtig zu Ende.

Die alte Frau blickte sie an, als hätte sie soeben eine Verbündete in dem Meer der Ungläubigen gefunden.

„Richtig, mein Mädchen. Genauso ist es", raunte sie ihr zu, ihr anerkennender Blick sprach Bände.

Neben Ruby kicherte ihre Granny leise in sich hinein, den Kopf auf die entgegengesetzte Seite richtend, als hätte sie am anderen Ende der Bucht soeben dieses Robbenfell entdeckt und könnte ihren Blick nicht mehr von ihm wenden.

„So Kinder, los geht's", gab Tilda schließlich das Signal für die Schwimmer, sich in den Atlantik zu stürzen und das neue Jahr zu begrüßen. „Für jedes abgelegte Robbenfell, das ihr entdeckt, gebe ich einen aus", ergänzte sie, während sie mutig voranschritt, Ruby und die anderen im Schlepptau.

Keine Viertelstunde später hüllten sich alle wieder in ihre warmen Decken. Auch nur eine Minute länger in den eisigen Fluten zu verbringen hätte sie wahrscheinlich umgebracht. Die meisten hatten es ohnehin nicht länger als diese eine Minute ausgehalten.

Und nun, wo sie die Geister des vergangenen Jahres ertränkt hatten, konnten sie sich frohen Mutes auf den zweiten Teil der Veranstaltung freuen: den Neujahrsumtrunk im Goodwill Palace.

Schlüssel: Die Lösung für ein Problem
Lexikon der Träume

Ruby folgte dem Trupp der Schwimmer durch den nassen Sand hinauf zu der Promenade, wo die Autos parkten. Hier, nicht weit entfernt vom lautstarken Neujahrsrummel der Fore Street, Fish Street, Virgin Street und The Digey hatte der Wind das Zepter übernommen. Er war so heftig aufgefrischt, dass er jedes gesprochene Wort hinaus auf den Atlantik wehte. Die anderen waren ihr ein Stückchen voraus, da sie kurz haltgemacht hatte, um ihr langes nasses Haar zu bändigen.

Als sie unter ihrem rechten Fuß plötzlich etwas Metallisches verspürte. Langsam bückte sie sich, um zu sehen, was es war.

Es fühlte sich an, sah aus wie – ein Schlüssel!

Er war fast vollständig unter dem Sand verborgen. Mit klammen Fingern zog Ruby ihn aus seinem Versteck. Es war ein altmodischer, großer, verrosteter Schlüssel, so wie der zu einem geheimnisumwehten Schloss. Nun, vielleicht auch nur zu einem Stall, schraubte Ruby ihre Hoffnungen im selben Moment zurück. An einem fast zerrissenen Band war ein klobiger Anhänger aus abgeblättertem, einst hellgrün lackiertem Holz an ihm befestigt. Er war von Wasser durchnässt.

Möglicherweise hatte der Ozean ihn in der Sturmnacht angespült, dachte Ruby bei sich, den schweren Schlüssel nachdenklich in der Hand wiegend. Dass ihn jemand hier und heute verloren hatte, erschien ihr eher unwahrscheinlich. Zumal es kein normales modernes Schlüsselbund war.

Sondern eher etwas, was man auf einem Antik-Flohmarkt finden würde.

Eine Art Dekostück.

Nun, sie würde gleich oben im Palace herumfragen, ob jemand etwas verloren hatte.

„Das neue Jahr zu begrüßen macht doch sehr viel mehr Freude, als das alte zu ertränken", stimmte ihr ein älterer Herr wenig später in dem großen Festsaal bei einem dampfenden Glas Grog zu. Schon jetzt tummelten sich bestimmt hundert Leute im Haus, um sich für etwas zu belohnen, das nur die wenigsten von ihnen gewagt hatten.

„Nun, sei's drum", sagte ihre Großmutter, die sich zu ihnen gesellt hatte. „Hauptsache, wir haben alle etwas Spaß."

Der ältere Gast hob sein Glas, um ihr zuzuprosten.

„Das Jahr wird ihn uns schon noch früh genug verderben", bemerkte er trocken. Je älter die Menschen wurden, desto mehr schienen sie über die Launen des Lebens Bescheid zu wissen.

Das bekannte Sprichwort schien es auf den Punkt zu bringen:

Die Hoffnung stirbt zuletzt.

Aber offensichtlich starb sie jedes Jahr ein kleines bisschen mehr.

„Und? Irgendwelche guten Vorsätze für dieses Jahr?", wandte Tilda sich an ihre Enkelin, das Champagnerglas in der Hand, um mit ihr anzustoßen.

„Den Schlüssel zum Glück zu finden!", erwiderte Ruby wie aus der Pistole geschossen und zog mit ihrer freien Hand den alten Schlüssel aus der Tasche ihres Mantels, in den sie noch immer gehüllt war – obwohl die Heizungen auf Hochtouren liefen und den Palace mittlerweile angenehm erwärmten. Und doch: Von innen war sie noch so erfroren, dass sie es wie auch einige andere Schwimmer vorzog, noch ein wenig ihren Mantel anzubehalten.

„Über den bin ich am Strand gestolpert", erklärte sie und hielt das Fundstück ihrer Großmutter vor die Nase.

„Ein schönes Stück", scherzte der ältere Herr. „Passt aber wohl leider nicht zu meiner Wohnungstür, wie schade."

Als ihre Großmutter nicht antwortete, blickte Ruby fragend zu ihr. Tilda war blass geworden. Es war, als hätte sich eine Schicht feinen Eises über sie gelegt. Sie wirkte wie erstarrt, während ihr Blick gebannt auf den Schlüssel und den überdimensionierten Anhänger fiel, der vor ihr in der Luft baumelte.

„Ist etwas nicht in Ordnung?", erkundigte Ruby sich stirnrunzelnd.

Im selben Moment erwachte Tilda aus ihrer Starre.

„Doch, doch …", erwiderte sie nachdenklich. „Für eine Sekunde dachte ich, ich hätte ihn schon mal gesehen …", erklärte sie.

„Schon mal gesehen? Was meinst du damit? Wo?"

Doch ihre Großmutter schüttelte nur den Kopf.

„In … der Vergangenheit …", erwiderte sie leise und schien erneut in eine ferne Welt zu entschwinden. Um nur eine Sekunde später alles mit einer wegwerfenden Handbewegung vom Tisch zu wischen. „Und genau diese Vergangenheit haben wir gerade unten am Strand ertränkt, also lassen wir sie jetzt besser ruhen. Ich glaube, ich habe es mir sowieso nur eingebildet."

Nun, einverstanden, dachte Ruby.

Wenn dem so war, wollte sie die Geister der Vergangenheit ebenfalls nicht aus dem Meer ziehen und wiederbeleben.

Langsam ließ sie den Schlüssel wieder zurück in ihre Manteltasche gleiten. Er würde einen Platz auf dem Couchtisch in ihrem Wohnzimmer finden, in der Schale für Fundstücke, in der ohnehin alles versammelt war, was der Ozean sonst so anspülte: Muscheln und Steine für gewöhnlich.

Für einen Moment ließ sie ihren Blick durch den weiten Saal mit all den Menschen schweifen und erahnte, wie prächtig er einst gewesen sein musste. Als er noch nicht Vergangenheit gewesen war, sondern Gegenwart.

Auch in diesem Jahr endete der traditionelle Neujahrsempfang bei ihrer Großmutter wie seit jeher erst am späten Nachmittag. Die einbrechende Dämmerung hatte den Himmel über der Bucht von St Ives in Minutenschnelle in ein tiefes dunkles Blau getaucht. Die im Meer versinkende Wintersonne verabschiedete sich mit gleißenden Glutfäden, die sich am Horizont auf dem Wasser spiegelten. Die Zeit für den jährlichen Höhepunkt der Veranstaltung war gekommen: die Neujahrswünsche. Jeder Gast notierte auf einer kleinen Karte seinen sehnlichsten Wunsch für das neue Jahr. Dann wurde das Kärtchen an einen mit Helium gefüllten Luftballon gehängt, zusammen mit einem kleinen Licht. Ein Luftballon nach dem anderen verließ den weitläufigen grünen Rasen vor dem Anwesen und flog hinaus auf den Atlantik. Nicht wenige sahen dem Meer aus leuchtenden Ballons mit feuchten Augen hinterher, das den nachtblauen Himmel wie Sternenstaub übersäte und noch Stunden später über der Bucht von St Ives leuchten würde.

Meine große Liebe finden, hatte Ruby auf ihr Kärtchen geschrieben, es zum Abschied sanft geküsst und an ihr Herz gedrückt.

Denn was man tat, musste man mit Liebe tun – selbst wenn man bereits gelernt hatte, dass das Leben kein Wunschkonzert war.

„Gute Reise", wünschte sie ihrem Luftballon leise, während er am Horizont kleiner und kleiner wurde und schließlich ganz im Meer der anderen verschwand.

Ballon, davonfliegend: Sehnsucht, Verlorenheit
Lexikon der Träume

Wie weit noch?"

„Was meinst du?", rief Tilda in den warmen Fahrtwind hinein, der ihr hüftlanges erdbeerblondes Haar zerzauste und in jeder Kurve, die das Motorrad durchquerte, in eine andere Richtung wirbelte. Ihre Arme hatten sich fest um den Oberkörper ihres Chauffeurs geschlungen. Sie hatte den Kopf sanft an seine Schulter gebettet und fühlte den Stoff seines weißen Baumwollhemdes auf ihrer Wange.

„Wie weit ich noch fahren muss!", beantwortete er ihre Frage, den Fahrtwind übertönend. „Bis du endlich Ja sagst."

Sie hatten St Ives lange hinter sich gelassen auf ihrem Ausflug durch Cornwall. Sie waren nach Newquay gefahren, dann nach Penzance und von dort aus hinunter nach Land's End, die berühmten Felsen am südwestlichsten Ende Englands. Auf seinem neuen Motorrad, einer moosgrünen Triumph Bonneville, die er liebevoll *Bonnie* nannte. Ein Auto besaß er nicht, aber Tilda liebte es, mit ihm auf zwei Rädern unterwegs zu sein. An seiner Schulter fühlte sie sich sicher. Und gleichzeitig frei.

„Also, was ist? Willst du mich heiraten? Solange du nichts sagst, fahre ich mit dir weiter – notfalls bis ans Ende der Welt."

„Reicht die Tankfüllung denn dafür?"

Etwas Besseres, als mit einem Scherz zu antworten, fiel ihr in diesem Moment beim besten Willen nicht ein. Natürlich wollte sie ihn heiraten. Aber das war nicht so einfach, wie er dachte. Ihre Eltern und ganz besonders ihre Mutter übten einen gewaltigen Druck auf sie aus, denn es gab noch einen zweiten Anwärter. Und dieser *besaß* ein Auto. Und nicht nur das: Er besaß sogar eine Fabrik. Und ein Herrenhaus am Rande von St Ives. Nun ja, die Fabrik und das Anwesen gehörten seiner Familie. Aber er würde all das eines Tages erben. „Sei nicht so dumm und heirate einen armen Mann, Tilda!" Ihre Mutter lag ihr damit tagtäglich in den Ohren. „Dir eröffnet sich eine Chance, die ich nie bekommen habe. Eine Chance, auf die viele Mädchen auf der ganzen weiten Welt ihr Leben lang vergeblich warten. Entscheide dich für den Richtigen, und du hilfst uns allen!"

Sally, ihre Mutter, war verzweifelt und litt unter schweren Depressionen. Im Grunde schon ihr Leben lang, jedenfalls solange Tilda sich zurückerinnern konnte. Sie ertrug die Armut einfach nicht mehr. Ihr selbst hingegen machte sie nicht so zu schaffen. Es gab Dinge im Leben, die wichtiger waren als Geld.

Wie die Liebe.

Die wahre, echte, tiefe Liebe.

Die sie mit dem Mann verband, um den sie nun ihre Arme geschlungen hatte.

Andererseits liebte sie ihre Mutter auch. Und ihren Vater.

Also wer war der Richtige? *Was* war das Richtige? All diese Gedanken raubten ihr den Schlaf, denn natürlich fühlte sie, was sie wollte. Aber durfte sie ihrem Herzen einfach so unbeschwert glauben, ohne an die Konsequenzen zu denken? Oder war es besser, eine vernünftige und gottesfürchtige Entscheidung zu treffen, wie ihre Mutter es ausdrückte, anstatt den Schmetterlingen in ihrem Bauch zu folgen, die sie ohnehin nur belogen wie jedes andere unerfahrene Mädchen in der Welt auch? War es wirklich so? Logen die Schmetterlinge? Oder logen die Menschen?

Sie wusste es nicht zu sagen.

Das Motorrad stoppte. Sie hatten das Ende der Welt erreicht.

Land's End. Und blickten schweigend hinaus auf den Ozean, auf das mächtige, von Wasser und Salz umspülte Seven-Stones-Riff. Es hieß, dass sich dort einst eine vom Meer verschlungene Stadt befunden habe – die Stadt der Löwen. Sie gehörte zu dem sagenumwobenen Land Lyonesse, das hier in den Fluten vor Land's End vor langer Zeit untergegangen war und dessen Gebiet bis zu den Scilly-Inseln reichte, die knapp dreißig Meilen vor den Felsen lagen und bei klarem Wetter mit bloßem Auge auszumachen waren. Es hieß, Lyonesse sei ein königliches Land gewesen und die Heimat des Ritters Tristan. Nur ein einziger Mann habe den Untergang überlebt und sei den über das Land hereinbrechenden Fluten in letzter Minute auf einem Schimmel entkommen. Bis zum heutigen Tag berichteten Fischer, dass sie am Seven-Stones-Riff Mauerwerk und Glasscherben in ihren Netzen fanden. Überbleibsel der Stadt der Löwen?

„Ob du es glaubst oder nicht, mir ist das auch schon passiert", hatte der Mann, den sie liebte, ihr vor einiger Zeit erklärt. „Wer weiß, vielleicht ist was Wahres dran an der Geschichte …" Danach hatte er lange still auf das Wasser geblickt.

Denn auch er war Fischer.

Und fuhr Nacht für Nacht hinaus auf den Atlantik, um dort seine Netze auszuwerfen. Nur heute nicht. Denn heute war Sonntag. Sie machten es sich auf der Decke bequem, die Tilda mitgebracht hatte. Ein Picknick auf den Felsen von Land's End, mit dem Blick auf den tiefblauen Ozean und ein märchenhaftes, von seinen nassen Armen gewaltsam in unendliche Tiefen gerissenes Land – konnte es etwas Inspirierenderes geben? Vorsichtig entfernte ihr Sagenfischer die Alufolie von dem silberglänzenden Fisch, den er in der vergangenen Nacht weit oberhalb der Stadt der Löwen für sie gefangen hatte. Dann entfachte er das Feuer – auf dem kleinen Grill, den sie im Gepäck hatten.

Bald darauf mischte sich der frische salzige Wind vom Meer mit dem Duft des auf dem Feuer brutzelnden Fangs.

„Guten Appetit", wünschten sie einander wenig später. Zur Feier dieses wunderschönen Tages hatten sie eine Flasche kühlen Weißwein geöffnet. Und nun saßen sie einfach so da. Das konnte sie nur mit ihm. Dasitzen und träumen, ohne ein Wort. Um im nächsten Augenblick munter draufloszuplappern, wie ihr der Mund gewachsen war.

Er war ihr bester Freund.

„Was kann ich tun, damit wir für immer zusammen sein können?", fragte er sie. Für ihre Mutter und all die anderen mochte er nichts weiter sein als ein gewöhnlicher Fischer, aber sie sah ihn durch das Schweigen. Sein wahres Ich. Sein Herz. In diesem Moment erschien er ihr wie ein Ritter Tristan aus Lyonesse, dem im Meer vor ihren Augen versunkenen sagenumwehten Land. Und nun war sie es, die in seinen strahlend blauen Augen versank, die sie aus seinem gebräunten Gesicht anblickten. Ein Mann wie der Sommerwind. So leicht zu genießen und doch so unwiderstehlich stark, dass er einen buchstäblich mit sich fortreißen konnte – so wie es der Ozean mit Lyonesse und der Stadt der Löwen getan hatte.

Es machte ihr fast ein wenig Angst – dieses Gefühl.

Die Kontrolle zu verlieren.

„Du weißt, was ich für dich empfinde", flüsterte sie fast und legte ihre Hand zärtlich auf seine, ohne den Blick von seinen Augen zu nehmen. Sie verspürte das unwiderstehliche Verlangen in sich, ihn zu küssen. Und doch: Sie durfte es nicht zulassen. Denn wenn sie es einmal tat, gab es keinen Weg zurück, so viel war ihr klar. Verzweifelt kämpfte sie gegen ihr eigenes Herz an, damit es nicht endgültig mit dem Wind davonflog.

„Gib mir einfach … noch etwas Zeit", bat sie ihn.

Er senkte nur den Kopf.

„Ich gebe dir alle Zeit der Welt", erwiderte er, erhob sich und ging zu seinem Motorrad, wo er einen Schlüssel aus der ledernen Motorradtasche zog. Einen großen alten Schlüssel, der aussah, als gehöre er zu Tristans Schloss in der Stadt der Löwen. An ihm baumelte ein leicht überdimensionierter, in einem zarten Lindgrün lackierter hölzerner Schlüsselanhänger.

„Ich habe eine Kopie angefertigt", erklärte er. „Für dich, Tilda."

„Für … mich?" Ihr versagte fast die Stimme vor Aufregung.

Er nickte und blickte sie dann in fast feierlichem Ernst an.

„Du sollst wissen, dass du ein Zuhause hast. Dass du bei mir immer willkommen bist – egal, wie du dich entscheidest. Meine Tür steht dir offen, ob heute, morgen oder übermorgen." Mit diesen Worten reichte er ihr den Schlüssel. Tilda konnte spüren, wie Tränen ihre Augen füllten. Sie hoffte, dass er dachte, sie wären dem vom Meer her auffrischenden Wind geschuldet.

„Warum … tust du das … für mich …?", fragte sie ihn mit tränenerstickter Stimme.

„Weil ich dich liebe", sagte er. „Und nichts wird daran jemals etwas ändern."

Lupe: Suche
Lexikon der Träume

Als Ruby an diesem Abend nach Hause kam, breitete sich ein unerwartet schmerzhaftes Gefühl der Einsamkeit in ihr aus – nach all dem Trubel und der für ein frisch angebrochenes Jahr so typischen hoffnungsvollen Heiterkeit inmitten der Gäste auf Tildas Empfang.

Nach all dem Leuchten.

Es war dunkel geworden. Und leise. Die Welt schien ihr auf einmal wie in Watte gepackt. Ihre sonst eigentlich fast zu kleine Wohnung kam ihr nun fast ein wenig zu groß vor für sie ganz allein.

Mit einem Schritt erreichte sie die Kommode, in der sie alles aufbewahrte, was das Leben leichter machte: Bücher, Bettzeug und – Bürsten.

Entschlossen zog sie eine der Schubladen auf und holte die kleinste davon hervor. Um sich dann dem Schlüssel samt Anhänger zu widmen, ihrem Neujahrsfundstück. Vorsichtig bürstete sie die noch verbliebenen Reste von Sand und Salz ab. Um dann sanft mit dem Zeigefinger über das noch immer feuchte, abgeblätterte lindgrüne Holz des Schlüsselanhängers zu fahren. Auf dem weder Name noch Nummer eingraviert waren. Ein Weilchen stand sie einfach nur so da, in Gedanken versunken. Dann legte sie den Schlüssel auf die große Schale auf dem Couchtisch.

Nachdenklich betrachtete sie ihr neuestes Fundstück.

Was hatte es zu bedeuten, dass sie einen Schlüssel gefunden hatte?

Hatte es etwas zu bedeuten?

Genau wie ihre Großmutter glaubte sie eigentlich nicht an Zufälle. Sie musste an Tildas Gesicht denken, als sie ihr den Schlüssel an diesem Morgen präsentiert hatte – für eine Sekunde hatte sie so überrascht gewirkt, als wäre aus heiterem Himmel ein Regenschauer über sie hereingebrochen, mitten im Festsaal ihres Herrenhauses. Oder bildete Ruby es sich nur ein? Genau wie Tilda glaubte sie in allem und jedem einen Sinn auszumachen, so als wäre das ganze Leben nur ein einziges riesiges Rätsel, ein Puzzle aus Millionen und Abermillionen unzähligen Einzelteilen, die erst zusammengesetzt ein logisches Bild ergaben.

Erneut fiel ihr Blick auf den Schlüssel, der vor ihren Augen auf der Schale mit dem Strandgut lag. Er musste uralt sein, so rostig war er. Kein Funken Licht spiegelte sich in ihm. Zu welchem Schloss er wohl gehörte? Welche Tür er wohl öffnen mochte? Was sich hinter dieser Tür wohl verbarg? Glück, Unglück – oder einfach nur ein riesiges schwarzes Nichts?

Ruby wusste, wie unwahrscheinlich es war, dass sie auf diese Fragen jemals eine Antwort bekommen würde. Aber nur darüber nachzudenken ließ sie sich schon lebendig fühlen. So lebendig wie das kleine Mädchen, das sie einst gewesen war. Und das sie tief in ihrem Innern noch immer war.

Ein kleines Mädchen, das vor einem großen Rätsel stand.

Weil es eine Spur entdeckt hatte.

„Habe *ich dich* gefunden oder *du mich*?", fragte sie den Schlüssel, als erwarte sie allen Ernstes eine Antwort.

Eine Weile lauschte sie noch der Stille.

Dann löschte sie das Licht und ging zu Bett.

Sie erwachte am Porthmeor Beach – jenem Strand, den sie am vergangenen Neujahrsmorgen nach dem Schwimmen zurückgelassen zu haben glaubte. Über dem Meer lag ein staubig grauer Dunst. Es war noch früh am Morgen. Ruby stand barfuß im Sand und blickte hinaus auf die Wellen, die nur Meter vor ihr an den Strand liefen. Wie war sie hierhingekommen?

Ihr blieb keine Zeit, darüber nachzudenken. Ihr Pulsschlag beschleunigte sich wie ein Flugzeug auf einer Startbahn, als sie erkannte, was sich dort vor ihren Augen abspielte.

Denn dort, in den Wellen, stand – *er*!

Der Mann aus dem Meer.

Allein sein muskulöser Oberkörper ragte aus dem Meer, während die weiße Gischt ihn umspülte wie eine stolze, unbeugsame griechische Statue, die über Nacht aus dem Ozean gewachsen war. Ruby konnte nicht verhindern, ebenfalls zu einer Statue zu erstarren, – denn … er hatte sie erblickt.

„Komm!", rief er ihr aus den Wellen zu und streckte seine Hand nach ihr aus.

„Ich … bleibe lieber hier …", rief sie mit dünner Stimme in den Wind.

„Hab keine Angst, ich tue dir nichts."

Sie hatte keine Angst. Im Gegenteil: Sie *wollte* zu ihm kommen.

Irgendetwas an ihm zog sie magisch an. Aber war es wirklich klug, diesem Gefühl zu folgen?

Langsam setzte sie einen Fuß vor den anderen, bis sie die Wasserkante erreicht hatte. Das Meer umspülte ihre Füße, es erschien ihr deutlich wärmer als noch am Morgen zuvor. Sie schritt voran, ohne den leisesten Anflug von Kälte zu verspüren. Sekunden später hatte sie ihn erreicht. Und stand nun direkt vor ihm, bis zu den Schultern im Wasser.

Wie schön er ist – fast wie ein Märchenwesen, dachte sie. Er streckte noch immer seine Hand nach ihr aus.

Ruby wollte sie ergreifen, doch eine Welle drängte sie zurück.

„Komm!", forderte er sie erneut auf und tauchte direkt vor ihr ab, um dann auf das offene Meer hinauszuschwimmen.

Was war das? Ein mächtiger Sog riss sie förmlich mit sich. Ihm hinterher. Ruby schien keine andere Wahl zu haben, als ihm zu folgen. Sie war eine geübte Schwimmerin, und mit leichten, gleichmäßigen Zügen pflügten ihre Arme durch das salzige Nass. Wenig später hatte sie ihn wieder erreicht. Er war zum Greifen nahe. Und lachte sie aus ozeangrünen Augen an. Ruby konnte spüren, wie sich ein Gefühl unendlichen Glücks in ihr ausbreitete.

Doch was war das?

Im selben Moment tauchte er direkt vor ihr unter.

Und versetzte ihr den Schrecken ihres Lebens, als er wieder auftauchte.

Er?

Nein – eine Robbe tauchte neben ihr auf! Nur Zentimeter von ihr entfernt, mit ihrem nassen silberglänzenden Fell, begann sie, sie zu umkreisen. Sie zärtlich anzustupsen.

Nun stieg doch ein wenig Unwohlsein in Ruby auf. Sie war allein hier draußen, mit einem Meerestier. Erfüllte sich hier und jetzt die Sage, von der die alte Frau am Neujahrsmorgen gesprochen hatte? War der Mann aus dem Meer einer dieser sagenumwobenen Selkies – eine Robbe, die sich in einen Menschen verwandelte, wenn sie an Land kam? Warum hatte er sie hier herausgelockt?

Wieder tauchte die Robbe ab.

Ein Weilchen geschah nichts. Ruby ließ sich still treiben. Wartend. Als sie plötzlich spürte, wie jemand von unten an ihrem Fuß zog.

Die Robbe!

Das Merkwürdige war: Es tat nicht im Geringsten weh. Im Gegenteil: Es fühlte sich an, als hätte sie statt spitzer Zähne sanfte Finger im Maul. Sanfte und überaus *starke* Finger. Die sie mit sich hinunterreißen wollten in ihr Reich! Ruby wand sich mit aller Kraft, doch es gelang ihr nicht, sich aus dem Griff der Robbe zu befreien.

Und schon war sie unter Wasser!

Das Meer flutete ihre Augen, ihre Nase, ihren Mund.

Sie wollte atmen, aber es ging nicht.

„Nein!", schrie sie in wilder Panik.

Und schreckte im selben Moment hoch, schweißgebadet in ihrem Bett in ihrer kleinen Dachmansarde. Es dauerte einen Moment, bis sie zu sich kam.

„Was … für ein Traum …", keuchte sie, ihr Puls war noch immer auf hundertachtzig. Eigentlich hatte sie gedacht, dass sie aus dem Alter lange heraus war, in dem sie sich von beunruhigenden Sagen beeinflussen ließ, die alte Märchentanten ihr ins Ohr flüsterten. Eigentlich hatte sie gedacht, dass sie schon lange kein kleines Mädchen mehr war. Doch offensichtlich sah ihr Unterbewusstsein das anders. Mit einem tiefen Seufzer der Erleichterung ließ Ruby sich wieder in die Laken fallen. Und hoffte darauf, dass der Schlaf sie erneut zu sich holte.

Dieses Mal mit friedlicheren Träumen.

Als Ruby am nächsten Morgen erwachte, lag ein Tag vor ihr, auf den sie lange hingefiebert hatte. Es war der letzte Tag der Weihnachtsferien. Die ganze Familie würde zusammenkommen. Ohne den Stress des Alltags und bevor der Ernst des Lebens erneut begann.

Seit vielen Jahren war der zweite Tag des neuen Jahres für dieses Treffen reserviert. Wie immer trafen sie sich in der Tate Gallery St Ives, dem örtlichen Ableger der großen Schwester in London. Denn eines hatten sie alle gemeinsam – sie, ihre Eltern Jenny und Frank und ihre Großmutter Tilda: die Liebe zur Kunst.

Die Tate St Ives an der Strandpromenade ging zurück auf eine in den Zwanzigerjahren gegründete Künstlerkolonie, die sich hier in West Cornwall zusammengefunden hatte. Heute stellte die Tate hauptsächlich moderne Kunst aus, aber am besten gefielen Ruby noch immer die dunklen Sturmbilder von Joseph Mallord William Turner – einem der bekanntesten englischen Maler der Romantik, der seine Farben aus Öl und Spachtelmasse beseelt und voller Leidenschaft auf die Leinwand geworfen hatte. Seine hilflos im Wüten des Meeres schaukelnden Schiffe und das Tosen der Orkane vor der Küste Englands übten einen unfassbaren Sog auf sie aus – sie waren wie ein Strudel, der sie tief in sich hineinzog, ob sie wollte oder nicht. Das Meer, die Unsichtbarkeit der Welt, der Nebel, der Dunst, der wild umherwirbelnde Staub aus Wasser und Salz, das geheimnisvolle nächtliche Leuchten, während die Fischer dort draußen ihren Dienst verrichteten.

Genau das war es, was auch Tilda so an ihm faszinierte. Wahrscheinlich war sie es gewesen, die ihre Leidenschaft für Turner erst geweckt hatte – schon als Ruby noch ein kleines Mädchen gewesen war, hatte ihre Großmutter sie regelmäßig mit in die Tate Gallery genommen, jedenfalls zumindest wenn es eine Turner-Ausstellung gegeben hatte. Einmal war sie sogar eigens mit ihr dafür nach London gefahren. In ihrem kirschroten Mercedes Cabriolet aus den Sechzigerjahren, das sie noch heute trotz hohen Alters souverän durch St Ives steuerte. Die Fischer und das Meer – das war es, was ihre Granny faszinierte. Ihre Mutter Jenny wiederum stand Turners dramatischen Bildern eher ratlos gegenüber und bevorzugte die friedlichen Landschaftsbilder, die er in ruhigen Tagen gemalt hatte. Oder noch besser etwas Moderneres, Dekorativeres.

Sie trafen sich am Vormittag, um sich die aktuelle Ausstellung anzusehen – leider kein Turner. Und machten sich danach im Museumscafé über einen ausgiebigen Brunch her. Sie waren wirklich nur eine kleine Familie. Doch dass sie alle zusammenkamen, war keinesfalls selbstverständlich – so beschäftigt, wie sie alle waren.

Den heutigen Ausflug hatte Ruby von langer Hand geplant.

Denn sie hatte eine Mitteilung zu machen.

Eine Mitteilung, die die ganze Familie betraf.

„Diesen Sommer möchte ich nach London gehen", erklärte sie kurzerhand in einer Gesprächspause, als wäre es weiter nichts.

Ihre Mutter sah interessiert von ihrer Fischsuppe auf.

„London? Oh, da komme ich mit – ein wenig Shopping wird uns guttun. Vielleicht können wir sogar eine Nacht zusammen im Hotel übernachten, was meinst du, Frank?"

Doch Ruby schüttelte den Kopf.

„Nein, ich meine: Ich möchte nach London *ziehen*. Dort *leben*."

Nun sahen alle von ihren Tellern auf.

„Für ein Weilchen zumindest", schränkte Ruby vorsichtshalber ein.

„London? … Was willst du denn dort?", fragte Jenny.

„Das Nest verlassen, die Welt sehen, sich ausprobieren, oder?", eilte ihr Tilda zu Hilfe. Wie immer unterstützte ihre Granny sie, denn sie hatte ein Faible für Abenteuer und liebte den Aufbruch zu neuen Ufern. Im Gegensatz zu Jenny und Frank, die so waren wie die satten grünen Wälder von Cornwall: Genau wie diese waren sie im fruchtbaren Boden Südenglands festgewachsen.

„Aber was gibt es in London, was es hier nicht gibt?"

„Mum?"

Ruby rollte mit den Augen. St Ives war ein kleines romantisches Nest mit kaum mehr als zehntausend Einwohnern – ein Nest, in dem jeder jeden kannte – und London war eine Weltmetropole.

„Und dein Job im Hospiz?", fragte Frank besorgt.

„Für Krankenschwestern gibt es immer und überall Arbeit", versuchte Ruby ihn zu beruhigen.

„Hast du denn schon …"

„Gekündigt? Nein", antwortete sie, bevor er es aussprechen konnte. „Bis jetzt ist es nur so eine Idee."

Sie konnte förmlich sehen, wie ihre Eltern aufatmeten.

„Bist du denn nicht glücklich hier in St Ives?", fragte ihre Mutter besorgt.

„Doch, bin ich – aber irgendwie habe ich das Gefühl, dass ich … unvollständig bin."

Jenny runzelte ungläubig die Stirn.

„Unvollständig? Was soll das heißen? Für mich bist du absolut vollständig – du hast einen Kopf, zwei Arme, zwei Beine und …"

„Mum!"

„Ist ja schon gut …", beschwichtigte ihre Mutter sie, während Tilda leise in sich hineinkicherte.

„Und du glaubst, in London wirst du vollständig werden?", wollte Jenny wissen.

Ruby stieß einen tiefen Seufzer aus.

„Ich weiß es doch auch nicht, Mum. Aber ich bin fünfundzwanzig Jahre alt. Und wenn ich noch einmal aus St Ives herauskomme, dann jetzt." Eines hatte sie von Tilda gelernt: Man konnte das Leben nicht aufschieben. Wenn man etwas wirklich wollte, musste man es möglichst sofort tun. Sonst wurde nichts mehr daraus. *Später* war ein Wort, das harmlos klang, es aber keinesfalls war. Es hatte schon vielen Menschen das Leben ruiniert.

„Ich hatte keine Ahnung, dass du St Ives nicht mehr magst."

„Mum – ich *liebe* St Ives!"

„Aber warum willst du dann weg? Bis nach London sind es fünf Stunden mit dem Zug."

„Viereinhalb."

„Gut, dann viereinhalb. Aber warum nur? Was hoffst du dort zu finden?"

„Vollständigkeit", schaltete Tilda sich ein. „Hat sie doch gesagt."

Jenny blickte ihre eigene Mutter nur ratlos an – und stieß dann ebenfalls einen tiefen, allerdings darüber hinaus ziemlich unverständigen Seufzer aus.

„Es wäre ja nicht für immer", versuchte Ruby, die Sache kleinzureden. „Vielleicht gehe ich nur für ein paar Monate, um es auszuprobieren. Aber ich möchte es zumindest versucht haben."

Manchmal musste man im Leben nur eine einzige Koordinate verändern, und plötzlich machte alles Sinn. Es war wie mit dem prächtigen alten Kronleuchter im großen Saal des Goodwill Palace, in dem sie gestern das neue Jahr begrüßt hatten. Jahrelang hatte er nicht funktioniert. Bis ein Elektriker gekommen war und eine fehlerhafte Fassung ausgetauscht hatte. Eine einzige Fassung war dafür verantwortlich gewesen, dass der ganze Rest nicht mehr funktionierte. Nur eine Kleinigkeit war zu beheben gewesen, damit der Kronleuchter wieder in aller Pracht strahlen und leuchten konnte. Eine einzige Veränderung hatte dafür gesorgt, dass alles wieder Sinn machte.

Und auch wir Menschen benötigen fast immer nur eine kleine Veränderung, wenn wir das Gefühl haben, stillzustehen. Ein kleiner Schritt ist ausreichend. Aber man muss ihn mutig gehen.

Ruby wollte St Ives eigentlich gar nicht verlassen. Aber die Wahrheit war: Ihre innere Stimme sagte ihr, dass das, was sie vollständig machen würde, nicht hier war – sondern an einem anderen Ort. In

London? Nun, zumindest hatte sie das Gefühl, dass es der Ort war, den sie suchte.

Der Ort, an dem sie das finden würde, *was* sie suchte.

Das, was ihr noch fehlte, um vollständig zu sein.

All das machte natürlich nicht wirklich Sinn, aber wenn sie es nicht wenigstens probierte, würde sie nie erfahren, ob ihre innere Stimme recht hatte.

„Wieso suchst du dir nicht einfach einen Freund?", schlug ihre Mutter vor. Sie sagte es, als wäre es das Einfachste der Welt.

„Genau das ist das Problem, Mum", erklärte Ruby. „Ich glaube nicht, dass ich ihn hier finde."

Kaum hatte sie ausgesprochen, klatschte Jenny auch schon in die Hände, begleitet von einem übertriebenen Augenzwinkern.

„Ach, deshalb willst du nach London, Rubylein. Wegen der großen Auswahl ...", scherzte sie.

Nein. Nicht wegen der großen Auswahl.

Sondern weil sie ein unbestimmtes Gefühl hatte, dass *er* dort war.

Ihr unsichtbarer Freund.

Sie brauchte keine Auswahl. Und auch kein Dating. Es hätte genauso gut ein kleines Fischerdorf mit zwölf Einwohnern sein können. Aber es war nun einmal London. Jedenfalls wenn sie ihrer inneren Stimme trauen konnte. *Er* lebte dort. In diesem Augenblick war sie sich fast sicher. Und wenn *er* nicht zu ihr kam, musste sie zu *ihm* kommen. Und genau das würde sie diesen Sommer tun – wenn auch nur für ein paar Monate.

Denn sie war der festen Überzeugung, dass das Schicksal wollte, dass man es in die eigenen Hände nahm. Etwas dafür riskierte.

Und sei es nur, um eines fernen Tages ohne schlechtes Gewissen sagen zu können: „Ich habe alles, aber auch alles dafür getan, um mich vollständig zu fühlen. Aber es hat einfach nicht sein sollen."

Sofort sahen alle erneut von ihren Tellern auf.

Sie hatte es versehentlich laut ausgesprochen. Nun ja, so war sie nun einmal.

„Alles in Ordnung, mein Schatz?", fragte Frank und blickte sie besorgt an.

„Ja, alles in Ordnung, Dad", erwiderte sie schnell. „Ich ... hab nur laut gedacht ..."

Sie konnte förmlich sehen, wie Tilda und Jenny sich auf die Lippen bissen, um nicht lauthals loszulachen. Ihr Dad war der Einzige, der noch immer nicht verstanden hatte, dass ihr Innenleben manchmal etwas theatralischer war als die Wirklichkeit. Nun ja, so waren Väter wahrscheinlich einfach. Immer in höchster Sorge um ihre geliebten Töchter.

„Versprichst du mir, dass du dir die Sache mit London noch mal überlegst? Dass du nichts überstürzt?", brach Jenny kurz darauf das Schweigen.

„Ich verspreche es", beruhigte Ruby ihre Mutter und küsste sie auf die Wange.

„Und – was ist mit mir?", fragte Frank eifersüchtig und tippte mit dem Finger auf die Stelle in seinem Gesicht, wohin sie soeben Jenny geküsst hatte. Nun, man konnte es nicht oft genug sagen: Eltern zu haben war eine Verantwortung fürs Leben.

Tildas wissendes Lächeln bestätigte Ruby, dass sie mit dieser Erkenntnis nicht allein dastand in der großen weiten Welt.

Und doch war es wunderbar, Eltern zu haben.

Eltern wie sie.

Und eine fabelhafte Großmutter wie Tilda.

Eine – Familie.

Sonnenaufgang: Erwachen
Lexikon der Träume

Zärtlich strich er mit den Fingerkuppen über das Ziffernblatt der alten stählernen Rolex. Heute war sein achtzehnter Geburtstag. Seit heute gehörte sie offiziell ihm. Nun, genau genommen hatte sie sich schon seit geraumer Zeit in seinem Eigentum befunden, so wie all die anderen Dinge, die der Notar in diesem Moment auflistete – aber er war zu jung gewesen, um sein Erbe antreten zu können. Viel zu jung.

„… das Wichtigste ist sicherlich das Cottage in St Ives, darüber hinaus ein Motorrad der Marke Triumph sowie private Sachen", fuhr er fort. „Hier bitte einmal unterschreiben." Er reichte ihm einen edlen Füller der Marke Montblanc über die schwere Mahagoni-Schreibtischplatte.

„Am besten Sie fahren baldmöglichst selbst nach St Ives und schauen sich das ganze Desaster mal an", schlug der Notar vor, nachdem alles unterschrieben war. „Jetzt im Frühsommer ist die ideale Zeit dafür. Schöne Gegend, gesunde Luft, gutes Essen. Was das Cottage betrifft, ist allerdings einiges zu machen – der Hausverwalter, den wir in den vergangenen Jahren beauftragt haben, hat sich wirklich nur um das Nötigste gekümmert. Strom und Heizung im Winter und so weiter, um Frostschäden zu verhindern und damit das Haus nicht gänzlich verfällt. Aber der Garten ist ziemlich verwildert. Hier, schauen Sie." Er reichte ihm ein paar Fotos, die sich ebenfalls in der Akte befanden.

Für einen Moment zögerte er, sie anzunehmen.

All die Erinnerungen.

Schließlich nahm er sich doch ein Herz und riskierte einen Blick. Nun, so schlimm sah es auch wieder nicht aus. Fast wie eine Filmkulisse, Jane Austen hätte ihre helle Freude an dem kleinen Häuschen, dachte er, während er nachdenklich die Bilder betrachtete, die ihn in eine andere Zeit entführten. Eine Zeit, an die zu denken er sich verboten hatte. Aber irgendwann musste er einen Schlussstrich unter die Vergangenheit ziehen, wenn er eine Zukunft haben wollte. Das Cottage war gänzlich eingewachsen von Kräutern, Gräsern und bunten Sommerblumen. Schnell legte er die Fotos zurück auf den Schreibtisch. Er spürte, dass er möglicherweise noch nicht so weit war. Dass er noch nicht loslassen konnte. Noch nicht vergessen konnte, was geschehen war.

Dabei wollte er nichts mehr, als neu anzufangen.

Endlich.

„Und? Schon Zukunftspläne?", erkundigte sich der Notar.

„Ich weiß nicht ... ich denke, ich werde studieren."

„Hier in London?"

Er nickte.

„Wenn möglich, ja."

„Und schon eine Idee, was?"

„Ehrlich gesagt: Ich bin mir noch nicht ganz im Klaren darüber."

Der Notar, ein untersetzter Mann von etwa fünfzig Jahren, Glatze, Bauch, teurer Anzug, glänzende Budapester, beugte sich zu ihm vor, als wäre er im Begriff, ihm ein kostbares Geheimnis zu verraten.

„Studieren Sie doch Jura", empfahl er. „Damit können Sie praktisch alles machen. Bei einer großen Kanzlei durchstarten oder Notar werden wie ich – und falls Ihr Herz für die Menschenrechte schlägt, können Sie auch jederzeit bei Amnesty International anfangen", erklärte er mit einem Augenzwinkern.

Er wusste nicht wirklich, was er darauf erwidern sollte.

„Ich überleg es mir", sagte er.

„Gut, dann alles Gute für Ihre Zukunft", wünschte sein Gegenüber und erhob sich, um ihm die Hand zu reichen.

Kaum war er aus dem Fahrstuhl und durch die mächtige Drehtür hinaus auf die belebte Oxford Street getreten, fühlte er sich schon deutlich erwachsener als noch eine Stunde zuvor. Die Rolex an seinem Handgelenk fühlte sich gut an. Was würde er mit seinem Leben anfangen?

Es war, als wäre heute der Tag der Tage gekommen.

Der Tag, an dem der Rest seines Lebens begann.

Der Tag, an dem er eintreten würde in die Welt der Erwachsenen. Und die Welt seiner Kindheit ein für alle Mal hinter sich lassen würde. Nun, ihm konnte es nur recht sein. Denn seine Kindheit war ihm schon lange zuvor für immer genommen worden. In aller brutalen, blutigen Härte des Schicksals. Und obwohl er bis zu diesem heutigen Tag noch ein Kind und dann ein Jugendlicher gewesen war, war ebendiese Zeit, die Kindheit – für viele die schönste des Lebens, wie er gehört hatte –, für ihn nichts weiter gewesen als ein dunkles Wartezimmer. Ein Verlies, ein Kerker, in dem er die Tage und Stunden gezählt hatte, darauf wartend, endlich erwachsen zu werden. Und diesen verstörenden Ort, der alles kaputt gemacht hatte, ein für alle Mal verlassen zu können.

Er wollte seine Vergangenheit loswerden, wie einen mit Blei gefüllten Rucksack, den man nach einem langen beschwerlichen Marsch erleichtert vom Rücken nahm. Doch das Problem war, der Rucksack war mit ihm verwachsen. Seine Gurte hatten sich über die Jahre tief in seine Haut gewebt und sich vorgearbeitet bis zu seinem Herzen. Das sie nun fest umschlungen hielten. Was sollte er tun? Wie in aller Welt sollte er diesen Rucksack jemals loswerden, ohne dass dieser ihm das Herz herausriss? Eine Frage, auf die er bis heute keine Antwort gefunden hatte.

Eine Frage, die ihm den Schlaf raubte.

Und es war beileibe nicht die einzige.

Denn dann war da noch *sie*.

Der seidene Faden, an dem seine Vergangenheit hing.

Mehr als dieser Faden war ihm nicht geblieben von dem, was andere Menschen ihr Zuhause nannten.

Er dachte oft an sie. Beinahe tagtäglich. Ja, natürlich hatte er mit dem Gedanken gespielt, sie anzurufen. Wieder und wieder, über all die Jahre. Er kannte sogar ihre Nummer auswendig – die ihrer Eltern, um genau zu sein. Doch bis zum heutigen Tag hatte er es nicht gewagt. Was, wenn sie sich überhaupt nicht an ihn erinnerte? Was, wenn er ihr vollkommen egal war? Hinzu kamen die Fragen. Die Erklärungen, die nötig waren. Wenn er mit ihr sprach, würde er alles noch einmal durchleben müssen.

Die Dämonen der Vergangenheit würden ein zweites Mal über ihn herfallen. Und darauf war er bislang nicht vorbereitet gewesen. Doch hier und jetzt, in diesem Augenblick, an seinem achtzehnten Geburtstag – endlich frei, endlich erwachsen, endlich ein Mann! –, fühlte er, dass der Moment möglicherweise gekommen war.

Dass er stark genug war, Kontakt zu seiner Vergangenheit aufzunehmen.

Zu *ihr*.

Denn irgendwann musste er die Dämonen ein für alle Mal verjagen.

Was sie wohl machte, jetzt in diesem Moment? Ob es ihr gut ging? Er hoffte es. Zumindest einer von ihnen beiden hatte etwas Glück im Leben verdient.

Langsam zog er sein Handy aus seiner Jeans. Um den Gedanken sofort wieder zu verwerfen, als sein Blick auf die knallrote Telefonzelle auf der gegenüberliegenden Straßenseite fiel.

Er überquerte die Straße und zählte etwas Kleingeld zusammen. Er nahm den Hörer ab und wählte die Nummer. Das Freizeichen ertönte. Augenblicklich beschleunigte sich sein Puls auf hundertachtzig.

„Ja?"

Für einen Moment blieb ihm der Atem weg, so schnell ging alles. Es hatte nur ein einziges Mal geklingelt, schon hatte am anderen Ende jemand abgenommen. Es war eine weibliche Stimme. Sie ähnelte ihrer, wenn er sie recht in Erinnerung hatte, aber sie klang älter. Es musste ihre Mutter sein.

„Ent...schuldigung ...", stotterte er. „Könnte ich ... Ihre ... Tochter sprechen?"

„Einen Moment", erwiderte die Stimme am anderen Ende. Eine halbe Ewigkeit schien zu vergehen, während sein Herz drauf und dran war, zu explodieren. Doch jetzt war es zu spät, um zu kneifen. Oder?

„Hallo? Hier ist Ruby?"

Eine Faust durchbohrte sein Herz, glühend heiß wie in einem Schmiedeofen, während er spürte, wie der Hörer in seiner Hand leicht zu vibrieren begann. Seine Hand zitterte, erst jetzt bemerkte er es. Sie war schweißnass.

Ihre Stimme klang fast noch genauso wie damals.

Er wollte etwas erwidern, sich ihr zu erkennen geben – aber seine Stimmbänder versagten kläglich.

„... hallo ...?", hörte er sie fragen. „Wer ist denn da?"

Er hätte ihr ewig weiter zuhören, im glockensüßen Klang ihrer Stimme baden können. Doch um weiter in diesen Genuss kommen zu können, musste er den Mund aufbekommen. Jetzt! Doch nichts. Sosehr er sich auch bemühte, er brachte kein Wort heraus.

Mit einem verzweifelten Ruck katapultierte er den Hörer zurück auf die Gabel. Und sank zitternd zu Boden.

Es dauerte Minuten, bis er langsam wieder zu Sinnen kam. Jemand hämmerte von außen an die Telefonzelle. Offensichtlich hatte er es eilig, zu telefonieren.

Und wusste genau, was er der Person am anderen Ende zu sagen hatte.

Im Gegensatz zu ihm.

Flugzeug: Eine Reise steht bevor
Lexikon der Träume

Der Januar und der Februar zogen friedlich ins Land. In einem für kornische Verhältnisse klirrend kalten Winter. Allein der geheimnisvolle Mann aus dem Meer hielt alle auf Trab. Mittlerweile hatte der Fall die Grenzen von St Ives und Cornwall endgültig hinter sich gelassen. Selbst die große *Times* berichtete über den Fall, wenn auch nur in einem Einspalter auf den hinteren Seiten. Die *Sun* brachte gar ein Foto – allerdings eines, auf dem ihn selbst Ruby kaum wiedererkannte.

Vielleicht lag es daran, dass sich trotz aller Aufregung niemand meldete, der in irgendeiner Form etwas zu dem mysteriösen Fall beitragen konnte oder wollte. Und so kam es, dass der Mann aus dem Meer schließlich und endlich aus den Schlagzeilen verschwand. Wenn auch nicht aus Rubys Kopf.

Sie sollte zwar nicht wieder von ihm träumen, aber er tat ihr leid. Noch immer. Oder gar mehr denn je. Denn keine Nachrichten, nicht mal mehr in der *St Ives News*, konnte nur bedeuten, dass er noch immer im Koma lag. Dass niemand gekommen war, um seine Identität zu klären. Oder ihn aus seinem Schlaf zu erwecken – nun, falls das überhaupt möglich war. Vielleicht hatte sie als Kind auch einfach nur zu oft die Geschichte von Dornröschen gelesen. Wie auch immer: Alles sah so aus, als würde sich nicht mehr viel tun in diesem Jahr – als würde es genau so ein Jahr werden wie die davor.

Bis zu jenem Tag Anfang März …

„Wir haben einen Neuzugang", verkündete Eleonore Stone, die Oberärztin und medizinische Leiterin des Hospizes – eine ausgemergelte Frau von kaum mehr als vierzig Jahren mit schmalen Lippen, einer Haut wie aus Eis und einem Gesicht, das nur aus mit dieser Haut überspannten Knochen zu bestehen schien. Sie hatte etwas von einer Vogelscheuche an sich und war das komplette Gegenteil der runden Oberschwester Rosamund – zusammen jedoch bildeten sie ein gefürchtetes Team.

„Bei Komapatienten sind die ersten vierundzwanzig Stunden entscheidend", teilte sie Ruby und den anderen Schwestern in der überraschend anberaumten Besprechung mit. „Eine Frist, die unser Patient lange überschritten hat. Er liegt seit fast drei Monaten im Koma, und das ohne erkennbare Organschäden. Seine Körperfunktionen arbeiten einwandfrei. Von daher kann es sich nur um ein schweres Hirntrauma handeln", erklärte sie.

Koma? Rubys Puls beschleunigte sich. Konnte es sein …?

„Besteht eine Chance, dass er wieder aufwacht?"

Iris, die junge Schwesternschülerin, hatte es gewagt, eine derart naive Frage in den Raum zu werfen. Nun, man konnte es ihr nicht vorwerfen – sie hatte in ihrer kurzen Zeit hier noch nicht allzu viele Erfahrungen mit Doktor Stone gesammelt.

Diese blickte sie wie nicht anders zu erwarten nur mitleidig an.

„Nein", erwiderte sie kurz und bündig. „Deshalb ist der Patient hier und nicht im Krankenhaus. Weitere Fragen?"

Ihr versteinerter, unnahbarer Gesichtsausdruck, der so typisch war für Menschen, die schon früh in ihrem Leben entschieden hatten, dass sie nur wenig Zeit finden würden, ihr Leben ihrer eigenen Glückseligkeit zu widmen statt fremdem Stolz, ließ keinen Zweifel daran, dass es besser war, keine Fragen mehr zu stellen.

Das für solche Meetings typische angespannte Schweigen flutete den Raum wie eine Welle aus Angst und Unbehaglichkeit.

„Wer … wird sich um den Patienten kümmern?" Ruby hatte sich ein Herz gefasst und die Frage gestellt. Sie fühlte, dass sie keine andere Wahl hatte. Zumindest, wenn es stimmte, was sie annahm.

Augenblicklich legte sich ein überraschter Ausdruck auf das Gesicht von Doktor Stone. Ja, sie meinte fast, ein winziges interessiertes Lächeln auf ihren kaum sichtbaren Lippen wahrzunehmen.

„Nun, Ruby – wenn Sie schon fragen, würde ich vorschlagen, dass Sie selbst diese Aufgabe ab sofort übernehmen."

Ruby schluckte.

„Sie dürfen sich freuen – der Patient ist jung und hübsch. Mal eine nette Abwechslung hier für ein junges Mädchen wie Sie, oder? Aber aus der Verlobung wird nichts werden, das muss ich Ihnen von vornherein sagen."

Jung und hübsch? Langsam nahm das Puzzle Form an. Ruby brannte darauf, mehr zu erfahren.

Das winzige Lächeln auf Doc Stones Lippen hatte sich in ein sichtbares, wenn auch für Rubys Geschmack ein wenig unterkühltes Lächeln verwandelt. Und doch – alle lachten über ihren abgeschmackten

Witz. Nicht weil er so gut war, sondern aus Furcht vor Eleonore Stone. Es war nicht das erste Mal, dass Ruby eine solche Situation erlebte. Ihre Vorgesetzte war wie ein erhabenes Gemälde, das finster auf einen herablächelte. Ihr bisheriges Leben hatte sie damit verbracht, ihren Kopf mit Wissen zu füllen. Doch ihr Herz war leer. Einsam. Vertrocknet. Stolz.

Und genau dieser Stolz verhinderte, dass sie das bekam, wonach sie in Wahrheit suchte – so wie wir alle:

Liebe.

Glück.

„Ach, bevor ich es vergesse", fügte die Oberärztin hinzu. „Es kann sein, dass die Staatsanwaltschaft vorbeikommt und Untersuchungen anstellt."

„Die Staatsanwaltschaft?", fragte eine der Schwestern überrascht.

Doktor Stone nickte. „Um die Identität des Patienten zu klären. Bis heute weiß niemand, wer er ist. Das Meer hat ihn offensichtlich aus dem Nirgendwo angespült, vielleicht haben Sie davon gehört."

Das *Meer*?

Da war sie – die Bestätigung! Ruby versuchte, sich ihre Aufregung nicht anmerken zu lassen.

War es wirklich möglich? Jetzt war endgültig klar, worum es hier ging. Oder besser gesagt: um *wen*.

Das Zimmer lag im Dunkel. Jemand musste die Vorhänge zugezogen haben. Es herrschte finsterste Nacht, dabei war es ein mittlerweile gleißend strahlender Märzmorgen, ohne den für diese Jahreszeit normalerweise üblichen feuchten englischen Nebel, der kaum von einem leichten Nieselregen zu unterscheiden war. Doch heute? Keine Wolke trübte den Himmel über Cornwall. Wusste denn niemand, dass Menschen Licht brauchten? Wer auch immer das angeordnet hatte – Ruby ahnte es bereits –, hatte nicht die leiseste Ahnung von Menschen.

Mit einem entschlossenen Ruck zog sie die Vorhänge zurück. Augenblicklich flutete die Sonne das Zimmer.

Vorsichtig trat Ruby an das Bett des ihr anvertrauten Patienten.

Im selben Moment durchfuhr sie ein weiterer Schock. Denn er hatte nichts mit den Patienten gemeinsam, mit denen sie für gewöhnlich zu tun hatte.

Er war so unglaublich jung – viel zu jung, um zu sterben!

Doch da war noch etwas anderes. Ein anderes Gefühl: Es war, als lege sich eine unsichtbare Hand um ihr Herz. Ein sanfter, warmer und doch schmerzhafter Druck fuhr wie eine Welle aus elektrischem Strom durch ihren ganzen Körper. Für einen Moment musste sie sich tatsächlich setzen, auf den Besucherstuhl neben seinem Bett.

Kein Apparat blinkte an seiner Seite, der Patient atmete völlig selbstständig. Und doch: Sein ganzer Körper schien leicht zu zittern. Zu vibrieren. Hin und wieder zuckte er zusammen, als wäre er in einem bösen Traum gefangen. Ruby konnte sehen, wie sich die Pupillen unter seinen Augenlidern rastlos hin und her bewegten. Fast war es, als wäre er in einen hundertjährigen Schlaf gefallen – verzaubert von einer bösen Fee.

„Ich werde gut für dich sorgen, wer auch immer du bist", flüsterte sie, halb an ihn, halb an sich selbst gewandt. „Mach dir keine Sorgen."

Vorsichtig ließ sie ihre rechte Hand über seine Wange gleiten, während sie mit ihrer linken sanft über seinen Arm fuhr.

Nicht die leiseste Reaktion.

Und doch: Tief in ihrem Innern war Ruby sich sicher, dass er ihr Signal empfing. Er irrte durch eine andere Welt, fernab der ihren. Aber aus irgendeinem Grund wusste sie, dass er sie fühlte. Dass er ihr Signal empfing, so fern sie einander auch waren.

Ihr Signal.

Ihren Funkspruch.

Er lautete: Du bist nicht allein.

Ihr Blick fiel auf das Amulett, das geöffnet neben ihm auf dem Nachttisch lag. Jenes, das sie in der Zeitung abgebildet hatten – mit dem Foto der unbekannten Frau.

Sie war wunderschön.

Ihr kastanienbraunes Haar glänzte, als wäre es aus Seide gesponnen, dazu geheimnisvolle goldbraune Augen mit langen Wimpern und elegante hohe Wangenknochen wie die eines Models. Ohne jede Frage war sie eine klassische Schönheit. Nun, eigentlich kein Wunder.

So wie er aussah, mussten ihm die Mädchen zu Füßen liegen.

Umso überraschender war es, dass sie – Ruby – nun der einzige Mensch in seinem Leben zu sein schien. Sie fragte sich, was die Frau auf dem Amulett wohl jetzt gerade machte? Sicher machte sie sich furchtbare Sorgen und suchte nach ihm. Komisch war nur, dass in ganz England keine Vermisstenmeldung eingegangen war. Etwas, das den Aussagen der Polizei zufolge, die sie in der Zeitung gelesen hatte, äußerst selten vorkam.

Und wenn überhaupt, dann nur bei sehr alten Menschen, die weder Kinder noch sonst jemanden hatten.

Menschen wie manche ihrer Patienten im Hospiz.

Doch er – er war jung. Sein ganzes Leben lag noch vor ihm.

Nun ja, theoretisch zumindest.

Fest stand: Sie selbst würde Himmel und Hölle in Bewegung setzen für ihren Freund.

Aber leider hatte sie keinen.

Sie hatte es ausprobiert, und die Sache war gnadenlos gescheitert. Offensichtlich erwartete sie einfach zu viel von der Liebe. Vielleicht sah sie aber auch einfach nur zu viele Hollywoodfilme und hörte zu viele romantische Songs. Vielleicht war sie schlicht und einfach eine Tagträumerin, denn wir schrieben das Jahr 2015 und die meisten Menschen hatten die große Liebe in das Reich der Phantasie verbannt.

Ruby schien eine der wenigen zu sein, die nicht an Lebensabschnittsgefährten, Fernbeziehungen und andere Geschäftsmodelle glaubte, die heutzutage das einzig Mögliche zu sein schienen.

Der Standard.

Nun, möglicherweise hatten die anderen wirklich recht.

Möglicherweise war sie wirklich altmodisch und weltfremd.

Von wem sie das wohl hatte?

„Ein gutes Herz zu haben und ihm zu folgen ist in diesen Tagen nicht besonders in Mode", tröstete ihre Granny sie immer, „aber es wird wieder in Mode kommen, glaub mir."

Tilda.

Es war an der Zeit, sie wieder einmal zu besuchen. Seit dem Neujahrsschwimmen hatten sie sich nicht mehr gesehen. Ruby nahm sich vor, es nicht länger als bis zum Wochenende aufzuschieben.

Zumal die spannenden Neuigkeiten, die sie mitbringen würde, keinen längeren Aufschub duldeten.

Als Ruby wenig später die Tür zu dem Zimmer ihres Patienten leise hinter sich schloss, als befürchte sie, ihn mit unnötigem Lärm aus seinem Schlaf zu wecken, hatte sie das gute Gefühl, eine Brücke zu ihm gebaut zu haben. Auch wenn er nicht *einmal* mit der Wimper gezuckt hatte – sie hatte Kontakt zu ihm aufgenommen, immerhin. Und als sie am späten Nachmittag auf ihrem Fahrrad die Bucht entlangfuhr und das Hospiz hinter sich ließ, vermisste sie ihn schon beinahe.

Am liebsten hätte sie die Nachtschicht auch noch übernommen. Denn sie fühlte sich bereits verantwortlich für ihn und hoffte, dass die Nachtschwester ihn genauso gut behandelte wie sie.

„Sag bloß, du hast dich in ihn verknallt!"

Ihre Freundin Becky nahm wie immer kein Blatt vor den Mund, als sie sich an diesem Abend trafen. Sie lebte mit ihrem Freund Chris nur ein paar Straßen weiter. Chris war mit seinen Freunden Karten spielen in ihrem Stammpub *Lifeboat Inn* unten an der Wharf Road, während Ruby und Becky oben bei einem Glas Wein zusammen Spaghetti kochten und sich einen schönen Abend machten.

„Quatsch", beeilte Ruby sich zu sagen. „Er ist doch ein Patient. Aber er … tut mir leid", sagte sie. „Er ist noch so jung …"

Becky grinste sie von der Seite her an, während sie ihr Glas mit dem billigen Supermarkt-Chardonnay auffüllte, den sie immer zusammen tranken, weil die Flasche so edel aussah und einem das Gefühl gab, etwas Besonderes zu sein. Denn die richtig guten Weine konnten weder Becky noch sie sich leisten.

„Ist er attraktiv?", legte ihre Freundin nach. Offensichtlich war sie noch nicht gänzlich von Rubys Selbstlosigkeit überzeugt.

Ruby verdrehte die Augen.

„Das spielt keine Rolle, Becky!", erwiderte sie. „So wie es aussieht, wird er nie wieder aufwachen …" Kaum hatte sie es ausgesprochen, versetzten ihre eigenen Worte ihr auch schon einen Stich ins Herz. Es war merkwürdig, im Grunde konnte es ihr doch egal sein. Doch jetzt hätte sie es am liebsten zurückgenommen, denn so etwas durfte man nicht einmal denken, wenn man ihm noch eine Chance geben wollte.

Das schien auch Becky so zu sehen.

„Das ist nicht unbedingt gesagt", sinnierte sie.

„Die Ärzte sagen schon", widersprach Ruby gegen ihre eigene Überzeugung.

„Ich bin auch bald Ärztin, hast du's schon vergessen?"

„*Tier*ärztin", stellte Ruby richtig. Sie und Becky hatten vor Jahren zusammen begonnen, Veterinärmedizin zu studieren. Aber nach dem ersten Jahr war Ruby ausgestiegen. Sie wusste, sie würde es nicht ertragen, als Tierärztin so viele Hunde sterben zu sehen oder sie sogar selbst ins Jenseits befördern zu müssen. Sie wollte nicht, dass sich die traurige Story von Bobby Brown, die sie bis heute nicht wirklich verdaut hatte, wieder und wieder wiederholte, direkt vor ihren Augen. Noch jetzt kamen ihr die Tränen, wenn sie an Bobby dachte. Als die Ausbildungsstelle im Hospiz angeboten wurde, hatte sie sofort die Chance ergriffen und das Studium geschmissen. Denn es war etwas gänzlich anderes, alten Menschen, hinter denen ein langes und hoffentlich erfülltes Leben lag, dabei zu helfen, sich mit einem guten Gefühl von diesem Leben zu verabschieden. Hunde jedoch blieben zeitlebens Kinder, sie starben fast immer vor einem. Genauso wenig hätte sie mit echten Kindern arbeiten können, es würde ihr schlicht und einfach das Herz brechen. Natürlich ahnte sie, dass sie wahrscheinlich nicht darum herumkommen würde, denn auch Kinder konnten im Hospiz landen, aber bis jetzt war der Kelch noch an ihr vorübergegangen. Das war der Vorteil eines kleinen Nestes wie St Ives, ganz schlimme Dinge passierten hier nur alle Jubeljahre. Dinge, wie sie dem Mann aus dem Meer widerfahren waren. Vielleicht hatte ihr neuer Patient sie deshalb so aufgewühlt. Weil er sie daran erinnerte, dass der Tod nicht unbedingt eine Frage des Alters war.

Und dass man vor der Angst, das zu verlieren, was einem am meisten bedeutete im Leben, ob Mensch oder Hund, nicht davonlaufen konnte.

Niemand konnte das.

Auch *sie* nicht.

Trotzdem wollte sie sich um keinen Preis der Welt in einen dieser Menschen verwandeln, die keine innigen Bindungen eingingen, weil sie genau davor eine Höllenangst hatten – diese Bindung eines Tages wieder zu verlieren. Die aus Angst vor Schmerzen ihr Herz ausschalteten und sich ihre Freunde und Lebenspartner rein mit dem Verstand aussuchten. Wie einen Einkauf aus einem Katalog. Doch am Ende sorgte genau diese Angst dafür, dass ebendiese Menschen mutterseelenallein waren – egal, wie viele Katalogbewohner ihr Leben auch bevölkerten.

So mutterseelenallein, wie es auch ihr neuer Patient anscheinend war. Hatte auch er eine Familie? Ein Zuhause? Irgendwo musste doch jemand auf ihn warten – doch bis jetzt hatte ihn offenbar niemand als vermisst gemeldet.

„Weiß man denn gar nichts über ihn?", hakte Becky nach.

Ruby schüttelte den Kopf, während sie das Nudelwasser abgoss. „Es gibt nur dieses Amulett mit dem Bild der jungen Frau, sonst nichts."

„Das aus den Zeitungen?"

Ruby nickte.

„Hast du es gesehen, ich meine im Original?"

Ja, hatte sie. Ihre Gedanken flogen zurück zu ihrem Patienten und dem Amulett auf dem Nachttisch. Die Frau darauf mochte nur ein paar Jahre älter sein als sie selbst, vielleicht Ende zwanzig. *Wo* war sie? *Wer* war sie? Das waren die großen, ungelösten Fragen, die Ruby beschäftigten.

„Sie sieht ein wenig aus wie Kate Beckinsale … oder Emily Blunt …", erklärte sie ihrer Freundin, die keine Ausgabe der *Vanity Fair* verpasste.

Ein anerkennendes Nicken signalisierte Ruby, dass sie verstanden hatte, wovon sie sprach.

„Hm … und sie wissen auch nicht, wer *sie* ist?"

„Ihr Name ist Rachel, aber mehr haben sie bisher nicht herausgefunden. Offensichtlich hat sie vergessen, ihre Telefonnummer zusammen mit der Widmung eingravieren zu lassen", scherzte Ruby.

„Der Widmung?"

„*I love you, Rachel*", erklärte Ruby ihrer Freundin. „Es steht auf der Rückseite des Amuletts."

„Wie romantisch!", seufzte Becky – und nahm einen kleinen Schluck aus ihrem Glas. Um dann mit ihr anzustoßen. „Auf die Liebe!"

„Auf die Liebe!", erwiderte Ruby, auch wenn sie und Becky diesbezüglich eher voneinander abweichende Auffassungen hatten. Becky teilte Männer in zwei Gruppen ein: die Versorger und die sexy Typen.

Mit Chris hatte sie ihren Versorger gefunden.

Und die sexy Typen fand sie – nun, woanders.

Sie war wie so viele, sobald sie die Grenze zum Erwachsenwerden überschritten: äußerst praktisch veranlagt. Was das betraf, hätte Becky eigentlich eher mit ihrer Mutter Jenny befreundet sein müssen statt mit ihr. Denn Ruby war, obwohl auch sie bereits fünfundzwanzig war, noch immer ein romantischer Teenager. Sie träumte von einer Liebe, die alles andere klein und unbedeutend erscheinen ließ. Sie suchte nicht irgendeinen Mann, sondern *ihren* Mann.

Den Mann.

Den das Schicksal für sie bestimmt hatte.

Ihren Seelenverwandten. Ihre zweite Hälfte, mit der sie durch dick und dünn gehen konnte, *in guten wie in schlechten Zeiten.*

Wie gesagt: Sie war nie erwachsen geworden.

Wahrscheinlich war sie deshalb noch immer Single.

Oder schwer vermittelbar, wie Becky immer sagte. Sie passte einfach nicht in diese Welt.

„Und du sagst, er hat keinen Kratzer abbekommen?", riss ihre Freundin sie aus ihren Gedanken.

„Außer ein paar ziemlich heftigen Narben, nein …", bestätigte Ruby. „Abgesehen davon sieht er aus wie …"

„Aus dem Ei gepellt?", kicherte Becky ein wenig unpassend wie so oft. Ihr Gespür für Contenance und Feingefühl ließ manchmal deutlich zu wünschen übrig. Die Worte fielen ihr nur so aus dem Mund, und Herz und Hirn setzten oft erst kurz danach ein – manchmal auch erst lange danach.

Ruby nickte.

„Und er atmet selbstständig?"

„Keine inneren Verletzungen, sagen die Ärzte – er hängt nur am Tropf, weil er künstlich ernährt werden muss. Verhungern lassen können wir ihn ja schlecht."

„Schädelhirntrauma, richtig?"

„Nun, das ist das Einzige, was den Ärzten dazu einfällt", bestätigte Ruby. „Ehrlich gesagt habe ich das Gefühl, dass sie am Ende ihres Lateins angelangt sind. Deshalb haben sie ihn zu uns ins Hospiz abgeschoben. Ich glaube, die warten einfach alle nur darauf, dass er endlich … *stirbt* …"

Beim letzten Wort musste sie schlucken, denn es passte so gar nicht zu dem jungen Mann, den das Meer in ihre Arme gespült hatte. „Dabei sieht er gar nicht aus, als würde er sterben", schob sie schnell hinterher, um dem Universum zu signalisieren, dass wenigstens eine Person noch fest an ihn glaubte. „Eher als würde er schlafen. Träumen, um genau zu sein."

„Träumen …?", sinnierte Becky mit dem Kochlöffel in der Hand. „Vielleicht ist er der Beweis für unsere Theorie? Was denkst du?" Ihre Freundin zwinkerte ihr vielsagend zu.

„Du spinnst, Becky!"

Ihre *Theorie.*

Seit sie kleine Mädchen gewesen waren und ihre Kindheit gemeinsam an den weiten Stränden, auf den moosgrünen Hügeln, in den nach Laub und Nadeln duftenden Wäldern und den schmalen, sich eng windenden Kopfsteinpflastergassen von St Ives verbracht hatten, fast wie zwei Schwestern, hatten sie die Theorie ausgeheckt und sie über die Jahre weiter und weiter gesponnen. Sie besagte, dass wir eigentlich alle Träumer waren. Ja: sämtliche Menschen auf der Erde. Und dass wir uns in Wahrheit an einem ganz anderen Ort befanden. In einer Art Superkino oder Computersimulation, in dem unser eigenes Leben, das bereits von vorne bis hinten geschrieben war, ablief – mit uns mittendrin, als Held der Geschichte. Die Bühne: Planet Erde. Natürlich wussten wir das nicht, während wir in der uns zugewiesenen Rolle steckten, aber unser Unterbewusstsein ahnte es hier und da.

Merkwürdige Zufälle geschahen, unerklärliche Déjà-vus und eben Träume. Was genau passierte eigentlich, wenn wir schliefen? Wenn wir träumten? Bis heute hatte die Wissenschaft nicht *eine* bewiesene Antwort auf diese Frage. Denn auch sie, die Wissenschaft, gehörte logischerweise zu der Simulation – genau wie deine Freunde, deine Familie, deine Lehrer und alle anderen Menschen, die dir weismachen wollen, dass das Leben natürlich keine Simulation war. Und kein Spiel.

Mussten sie ja auch, denn das war ihre Aufgabe in dem Spiel. In Wahrheit jedoch waren wir selbst, also unser echtes Selbst, sehr wahrscheinlich irgendwo da draußen. Vielleicht auf einem anderen, sehr viel höher entwickelten Planeten des Universums. Vielleicht waren wir selbst sogar Planeten, Sterne oder zumindest Sternenstaub, der aufgeregt durch das All wirbelte und sich mal hierhin und mal dorthin träumte. Möglicherweise – nein, sehr wahrscheinlich – lebten wir sogar mehrere Leben parallel, und das in ganz verschiedenen Epochen. Was wiederum Albert Einstein erklären würde, der von der Zeit als vierter Dimension sprach und ebenfalls annahm, dass alle Epochen theoretisch zur gleichen Zeit stattfinden könnten. Es gab unzählige Varianten in diesem Spiel, das unsere Seele spielte.

Oder sollte man besser sagen: *träumte?*

Tausend Wege, die wir einschlagen konnten. Und je nachdem, wofür wir uns entschieden – den hundertprozentig richtigen Weg, einen halbwegs richtigen Weg oder den leichtesten aller möglichen Wege –, erreichten wir das nächste Level. Oder eben nicht. Wie toll wäre es, eine Nachricht an sein Selbst senden zu können, das gerade in einer ganz anderen Welt unterwegs ist und genauso um sein Glück kämpft wie du hier, dachte Ruby.

Vielleicht würden die Menschen eines Tages wirklich Kontakt aufnehmen – zu sich selbst und ihrem höheren, größeren Ich.

Vielleicht aber, und das war eine andere Variante der Theorie, waren wir auch nur frei fliegende Gedanken, die hoch im Himmel in den Wolken schwebten und sich ein Leben erträumten – auf einer Erde, die sie selbst erschaffen hatten, allein mit der Kraft ihrer Phantasie. Vielleicht waren diese Gedanken in den Wolken tatsächlich Gott. Die ganze Welt bestand aus nichts weiter als weißen Schönwetterwolkengedanken und schwarzen Gewitterwolkengedanken. Wolken, die sich im nächsten Moment auflösen konnten, um den Blick freizugeben auf einen weiten blauen Himmel, der sich wie eine warme Decke über uns und unsere Ängste spannte, als wolle er sagen: Alles wird gut. Mach dir keine Sorgen. Selbst wenn du einmal schlecht träumst. Diese Idee gefiel Ruby am besten. Sie musste nur daran denken und schon fühlte sie sich frei wie ein Vogel.

„Wie auch immer", unterbrach Becky sie erneut. „Ich finde, du solltest ihm einen Namen geben."

„Ihm?"

„Deinem Patienten. Irgendwie musst du ihn doch ansprechen – oder willst du immer sagen, *Guten Morgen, lieber Patient,* oder *Hey, du da – aufgewacht?*"

Hm, darüber hatte sie ehrlich gesagt noch gar nicht nachgedacht. Aber es war etwas Wahres dran. Andererseits …

„Nein, ich glaube besser nicht …", widersprach sie, „denn wenn er aufwacht, finden wir seinen richtigen Namen heraus und der passt dann überhaupt nicht mehr zu ihm."

„Na, du bist ja wirklich eine Optimistin!", erwiderte ihre Freundin grinsend.

War sie das? Möglicherweise. Aber was war schlecht daran, das Beste zu hoffen statt immer nur das Schlechteste, wie es die meisten Menschen taten, um nur ja nicht enttäuscht zu werden? Ruby war der festen Überzeugung, dass man mit guten Gedanken auch gute Ereignisse anzog. Vor allem, wenn ihre und Beckys Theorie stimmte, dass wir unser Leben tatsächlich nur träumten. Dann mussten wir sogar um jeden Preis versuchen, positiv zu träumen, also positiv zu leben, das Spiel des Lebens mutig und richtig zu spielen – sonst ging wirklich alles den Bach runter.

Vielleicht tat es das genau deshalb bei so vielen Leuten.

Weil sie das Spiel nicht richtig spielten.

Weil sie es nicht mutig spielten.

Weil sie aufgehört hatten, an die Macht ihrer Träume und an Happy Ends zu glauben.

Und genau deshalb fanden diese auch nicht mehr statt, sondern ihr Lebenstraum verwandelte sich nach und nach in einen schwarzen Gewitterwolkentraum, je länger sie in dem Spiel gefangen waren. Bis sie eines Tages aus dem Spiel ausschieden – starben – und eine neue Chance bekamen, in einem neuen Leben, einem neuen Spiel, alles auf null, noch einmal ganz neu durchzustarten.

Ruby glaubte nicht daran, dass das Leben aus *Fifty Shades of Grey* bestand, sondern dass all die Grautöne, die unser Leben beherrschten, nur eine Ausrede der Menschen waren, um sich nicht zwischen Schwarz und Weiß, zwischen Böse und Gut entscheiden zu müssen.

Um ein leichtes Leben zu haben, ohne Hürden.

Genauso wie es eine Ausrede war, dass man, weil die Realität so hart und gemein war, keine andere Wahl hatte, als sich ihr anzupassen und genauso hart und gemein zu werden, um zu überleben. Denn wenn wir das taten, wurden wir selbst zu einem Teil dieser grauen Welt. Wir verloren alle bunten Farben, die uns als Kind in die Wiege gelegt wurden, und wir opferten sie nur aus einem Grund: Um uns anzupassen und so grau zu werden wie alle anderen, weil es eben der leichtere Weg war.

Oder wie es der amerikanische Sänger John Mayer in seinem Song *No Such Thing* sang:

I wanna run through the halls of my high school
I wanna scream at the top of my lungs
I just found out there's no such thing as a real world
Just a lie you got to rise above ...

Und genauso war es. Auch Ruby wollte es am liebsten herausschreien, mit aller Kraft ihrer Lungen: So etwas wie die reale Welt gibt es nicht. Sie ist nur eine Lüge, über die wir uns erheben müssen. Denn wir selbst sind es, die die Realität erschaffen. Tag für Tag. Sie beginnt mit unseren Träumen.

Und das Einzige, was wir benötigen, um diese Träume Realität werden zu lassen, ist ein bisschen Courage. Denn eines ist geschichtlich bewiesen: Träumer haben diese, unsere Welt erschaffen und erschaffen sie Tag für Tag aufs Neue. Irgendein verrückter Träumer hat das Feuer in die Welt gebracht, sodass wir uns heute an Herd, Ofen und Heizungen erfreuen können. Dieser Träumer hat die Kälte aus unserem Leben vertrieben. Ein anderer verrückter Träumer wiederum hat das Rad erfunden, und heute lenkt fast jeder von uns ein Auto. Wiederum ein anderer lehrte uns zu fliegen. Und so weiter und so fort. Die ganze Welt, alles, was wir jeden Tag dort draußen sehen und als Selbstverständlichkeit wahrnehmen, beruht auf Träumen.

Träumen, die sich nicht der harten, gemeinen, feuerlosen, radlosen, fluglosen Realität angepasst haben, sondern diese neu erfunden haben, gegen den erbitterten Widerstand der grauen Masse, die seit jeher daran glaubte, dass die Realität so war, wie sie eben war, und sich nie ändern würde. Doch Fehlanzeige: Die ganze Menschheitsgeschichte ist aus Träumen gebaut. Und wieso zum Teufel sollte das heutzutage nicht mehr so sein? Wieso sollte das Rad der Zeit stillstehen?

Die Wahrheit ist: Wir müssen nur stark sein und unsere Träume *leben*. Dann nämlich wird sich die Realität unseren Träumen anpassen – und nicht umgekehrt. An dem Tag, an dem endlich alle Menschen auf diesem Planeten das begreifen, ist die Welt auf einen Schlag eine andere, bessere, lebenswertere, friedlichere – glücklichere.

„Ruby?"
„Ja?"

„Du hättest Philosophin werden sollen oder hauptberufliche Träumerin …"

„War ich wieder weg?"

„Ja, absolut unansprechbar", grinste Becky. „Möchte wissen, was in deinem Kopf vor sich geht …"

„Ich hab nur an unsere Theorie gedacht und an die Welt im Allgemeinen", erklärte Ruby.

„Und? Irgendwelche neuen Erkenntnisse?"

„Hm, eigentlich nicht …"

„Dann hilf mir mal mit der Soße", bat ihre Freundin sie. Ein Weilchen waren sie damit beschäftigt.

„Gib ihm doch einen Künstlernamen", schlug Becky schließlich vor.

„Wem?"

„Na, ihm – deinem Patienten!"

Ein *Künstlername*? Das war eine brillante Idee.

Ruby brauchte nicht lange zu überlegen.

„Ich denke, ich werde ihn Sal nennen", erklärte Ruby. „Sal wie Salz – denn das war das Einzige, was er außer seinem Surfanzug am Körper trug, als das Meer ihn angespült hat."

Becky ließ sich mit einem Teller dampfender Nudeln an den kleinen runden Esstisch sinken. „An dir ist eine Poetin verloren gegangen, Ruby", erklärte sie mit einem Augenzwinkern.

Dann wies sie auf den zweiten angerichteten Teller auf dem Tisch und zog noch einen Stuhl heran. „Komm schon, Essen ist fertig! Ach ja, und reichst du mir bitte das *Sal* – Entschuldigung, das *Salz* wollte ich sagen …?"

„Haha, sehr witzig", entgegnete Ruby und tat, wie ihr geheißen.

Pyramide: Wissensdurst, Suche
Lexikon der Träume

Als Ruby am nächsten Morgen das alte Hospiz erreichte, fühlte sie erneut eine seltsame Spannung in sich aufsteigen.

Sie wusste ihre Gefühle selbst nicht zu deuten – denn eines stand fest: Sie ergaben nicht den leisesten Sinn. Sie kannte *Sal*, wie sie den neuen Patienten jetzt im Stillen nannte, ja noch nicht einmal.

Es war eine Nervosität, die sich noch verstärkte, als sie durch das Eingangsportal trat und den lang gezogenen Flur entlanglief. Fast wie in Zeitlupe öffnete sie die Tür.

Es war nicht zu fassen: Schon wieder lag alles im Dunkel, nur ein winziger Strahl Tageslicht drang durch einen spärlichen Schlitz der zugezogenen Vorhänge! Entschlossen durchquerte Ruby den weitläufigen Raum, der ursprünglich nicht als Patientenzimmer vorgesehen war, sondern nur bei voller Auslastung dafür hergerichtet wurde, und riss die Vorhänge auf.

Auf dem Gesicht ihres Patienten meinte sie einen leisen, kaum merklichen Ausdruck der Erleichterung zu lesen – aber vielleicht bildete sie es sich auch nur ein.

„Guten Morgen!", begrüßte sie ihn leise und setzte sich zu ihm ans Bett, um seinen Puls zu messen. „Ich hoffe, du hast gut geschlafen …" Im selben Moment hielt sie inne.

„Sorry, was erzähle ich hier für einen Unsinn …!", entschuldigte sie sich augenblicklich für ihre Gedankenlosigkeit, einem Komapatienten auch noch einen guten Schlaf zu wünschen, als wäre nicht genau das sein Problem!

„Gestern hatte ich mich gar nicht vorgestellt", fuhr sie fort, während sie die Pulsmanschette von seinem Arm nahm, sie neben sich auf das Bett legte und daraufhin mit ihren Fingerkuppen zärtlich über seine Wange fuhr. „Mein Name ist Ruby, und ich bin deine Krankenschwester. Ich … nun, da ich nicht weiß, wie du heißt, habe ich beschlossen, dich Sal zu nennen. Ich hoffe, das ist okay für dich?"

Eine Weile blickte sie ihn einfach nur an, als erwarte sie tatsächlich eine Antwort. Oder zumindest eine Reaktion. Nun, eigentlich konnte sie sich ja denken, was er darauf antworten würde, wäre er dazu fähig.

Sal? Wie Salz?

„Genau, wie *Salz*", bestätigte sie. „Denn davon war dein ganzer Körper überzogen, als sie dich gefunden haben. Nun, glaube ich zumindest", schränkte sie ein, denn schließlich war sie nicht dabei gewesen. Aber dass sein Körper in Zuckerwatte gehüllt gewesen war, war deutlich unwahrscheinlicher. Manchmal musste man sich einfach auf seinen Verstand verlassen und auf die nächstliegende Wahrheit. „Keine Sorge, das ist nur eine Art Künstlername, meine Freundin Becky hat mich darauf gebracht. Und wenn du aufwachst, sagst du mir deinen richtigen Namen, versprochen?"

Versprochen.

„Prima – das ist doch schon mal ein guter Anfang. Das freut mich sehr! Ich … nun, du musst wissen, normalerweise arbeite ich nur mit alten Menschen. *Sehr* alten Menschen, um genau zu sein. Von daher ist das für mich hier nicht ganz einfach, wenn du verstehst. Ich meine, du bist noch so jung. Aber ich kann dich beruhigen, dein Körper funktioniert einwandfrei. Wenn du aufwachst, ist alles in Ordnung, mach dir bitte wirklich keine Sorgen. Ich …"

Im selben Moment stieß jemand hinter ihr die Tür auf.

Dolores, eine der Schwestern.

„Mit wem redest du?", fragte sie irritiert.

„Ich? Mit dem Patienten – mit wem sonst?"

„Dem Patienten?" Dolores runzelte die Stirn. „Der kann doch gar nicht reden."

Doch Ruby schüttelte nur den Kopf.

„Aber er kann mich *verstehen*", hielt sie entgegen. „Und selbst wenn er nur meine Stimme hört, das ist doch auch schon etwas."

„Na ja, wenn du meinst …"

„Kannst du mir den kleinen CD-Player aus dem Schwesternzimmer bringen?"

„Den CD-Player? Wozu brauchst du *den* denn?"

„Ich möchte ihm Musik vorspielen."

„Musik."

Dolores runzelte die Stirn. „Meinst du nicht, dass du das erst mal mit unserer Oberärztin klären solltest?"

„*Eleonore Stone?*" Nun war es Ruby, die ungläubig klang. „Gestern bei der Ansprache hatte ich nicht den Eindruck, dass sie plant, irgendwelche Therapien mit ihm durchzuführen."

„Ruby – wir sind kein Krankenhaus, sondern ein Hospiz. Hierher kommen Menschen zum Sterben", erinnerte ihre Kollegin sie daran, wo sie sich befanden.

Als müsste sie *daran* erinnert werden.

„Aber *dieser* nicht!", widersprach Ruby ungeplant scharf. Sie wusste auch nicht, warum, aber sie konnte nicht anders, als sich schützend vor ihn zu stellen. Vielleicht hatten alle anderen die Hoffnung aufgegeben, aber sie nicht. „Jedenfalls nicht so schnell …", schob sie in der nächsten Sekunde nach, diesmal deutlich leiser. „Ein bisschen Musik kann jedenfalls nicht schaden, oder?"

„Nun, wenn du meinst …" Eine Sekunde blickte Dolores sie noch unverständlich an, so als wäre sie von allen guten Geistern verlassen, um dann die Tür wieder zu schließen und Ruby mit ihrem Schützling allein zu lassen.

„Mach dir keine Sorgen, Sal", beeilte sie sich, ihn zu beruhigen. „Solange ich hier bei dir bin, an deiner Seite, wird dir nichts passieren, das verspreche ich."

Vorsichtig nahm sie seine Hand. Ein Weilchen fuhr sie zart über seinen Handrücken, massierte ihn sanft, um daraufhin ihre Hand in seine gleiten zu lassen, sodass sich die Innenflächen berührten.

„Wer weiß, vielleicht schwebst du hier und jetzt dort oben an der Decke und siehst alles – aber wir hier unten nehmen dich nicht im Geringsten wahr, so als wärst du gar nicht da. So wie die anderen Schwestern, die immer die Vorhänge zuziehen."

Sie schüttelte erneut den Kopf.

„Du musst wissen: Als ich ein kleines Mädchen war, hatte ich ein Baumhaus – das war so ähnlich. Niemand hat mich da oben gesehen, außer Bobby Brown, der … was …?"

Ruby zuckte erschrocken zusammen. Kaum hatte sie den Namen Bobby Brown ausgesprochen, hatte Sals Hand wie reflexartig ihre ergriffen – um nur eine Sekunde darauf wieder loszulassen und zu erschlaffen, als wäre nichts gewesen.

„Hast … du … mich etwa verstanden?", flüsterte sie stockend.

Erneut nahm sie seine Hand, um sich zu vergewissern, dass sie nicht träumte oder sich nur eingebildet hatte, dass er auf ihre Worte reagiert hatte.

„Kannst … du … mich verstehen?", wiederholte sie. „Wenn ja, drücke meine Hand noch mal."

Angespannt saß sie da und hoffte inständig, ein Signal von ihm zu empfangen. Doch – nichts.

Sie wiederholte ihre Frage ein zweites und ein drittes Mal. Doch Fehlanzeige. Vielleicht hatte sie es sich wirklich nur eingebildet?

„Schade, ich dachte wirklich, du hättest gerade meine Hand gedrückt", stellte sie ein wenig enttäuscht fest. „Nun, wie auch immer", fuhr sie mit ihrer Geschichte fort. „Der Einzige, der mich in meinem Baumhaus entdeckt hat, war mein Hund Bobby Brown, der ..."

Da! Schon wieder! Seine Finger verkrampften im selben Moment und schlossen sich um ihre.

Was ... was ... passierte hier?

Ruby konnte es nicht fassen.

Es bestand kein Zweifel mehr: Er reagierte! Sie hatte es sich *nicht* eingebildet. Doch worauf reagierte er?

Sie hatte nur *eine* Idee. Eine Idee, die leider nicht den leisesten Sinn ergab. Denn es schien ihr fast, als habe es etwas mit ihrem lange verstorbenen Hund zu tun – jedenfalls schien sein Name etwas in ihrem Patienten auszulösen.

„Sal? Was ... ist mit ... *Bobby Brown*?", fragte sie mit klopfendem Herzen. Dieselbe Reaktion.

Für einen Augenblick musste Ruby sich daran erinnern, das Atmen nicht zu vergessen. Was hier, in diesem völlig unverhofften Moment geschah, war – schlichtweg unfassbar! Wenn nicht sogar mehr als das: ein Wunder! War es das?

„Ich bin gleich wieder da!", versprach sie ihrem Patienten, um so schnell sie konnte ins Zimmer der Oberärztin zu rennen.

„Er hat sich bewegt! Sal ... Ich meine, der ... *Patient* ... hat sich bewegt!", rief sie aufgeregt, sie war noch nicht mal ganz durch die Tür. Doktor Stone blickte von einem Stapel Patientenakten auf und schaute sie fragend an.

„Wer hat sich bewegt?"

„Der Komapatient!"

Sofort umspielte ein ungläubiges Lächeln den schmallippigen Mund der Oberärztin an ihrem mächtigen gläsernen Schreibtisch.

„Das ist eher unwahrscheinlich, würde ich sagen."

„Aber er hat meine Hand berührt, ich habe das Experiment mehrfach wiederholt."

Sie schilderte ihr genau, was passiert war.

„Muskelkontraktionen."

„Wie bitte?"

Ruby konnte nicht fassen, dass die Ärztin sie mit einer solch banalen Erklärung abspeisen wollte.

„Das ist ganz normal bei Patienten, die ohne Bewusstsein sind – die Nerven arbeiten schließlich immer noch weiter. Das bedeutet aber nicht, dass er irgendetwas von dem verstanden hat, was Sie ihm gesagt haben, Schwester Light."

„Aber er hat auf den Namen Bobby Brown reagiert, ich bin mir ganz sicher!"

„Nun, ich bin keine Neurologin, aber ..."

„Sollten wir dann nicht einen Neurologen einschalten?", schlug Ruby vor.

Die Ärztin stieß einen tiefen Seufzer aus, als versuche sie ein absolut unverständiges Kind abzuwimmeln, das die Tatsachen einfach nicht akzeptieren wollte.

Dass es zu spät war, noch etwas zu unternehmen.

„Genau das ist vor seiner Einlieferung bereits passiert", erklärte Eleonore Stone nur noch wenig geduldig. „Glauben Sie mir: Bevor jemand in ein Hospiz kommt, muss schon einiges geschehen. Und seiner Akte zufolge war in den vergangenen Monaten sogar ein Team von Spezialisten aus London hier. Es ist also alles Menschenmögliche unternommen worden."

„Aber ..."

„Kein Aber, Schwester Light", stellte die Ärztin die Rangordnung klar. „Lassen Sie die Experimente und sorgen Sie stattdessen lieber dafür, dass seine letzten Tage und Wochen hier bei uns so angenehm wie möglich für ihn ... beziehungsweise seinen *Körper* ... sind, verstanden?"

Ruby brauchte ein Weilchen, um zu erkennen, dass ihr der Mund offen stand vor Fassungslosigkeit. Sie konnte schlichtweg nichts entgegnen.

„Haben wir uns verstanden?", insistierte die Ärztin mit strengem Blick.

„Ja ...", bestätigte Ruby betreten, um das Zimmer daraufhin ohne ein weiteres Wort zu verlassen. Ihre Begeisterung hatte sich mit diesem Besuch in das glatte Gegenteil verkehrt und war in tiefe Verzweiflung umgeschlagen. Wenn die Ärztin ihr nicht helfen wollte, musste sie einen anderen Weg finden, um zu beweisen, dass sie keinen Unsinn redete.

Sondern, dass es möglich war, wenn nicht sogar wahrscheinlich, dass eingeschlossen in den Tiefen seines Körpers, Sal versuchte, Kontakt mit ihr aufzunehmen.

Als Ruby später am Nachmittag, nachdem sie ihre Pflichten bei den anderen Gästen des Hospizes fürs Erste erfüllt hatte, wieder nach Sal schaute, auf dessen Nachttisch noch immer das Amulett mit dem Bild der jungen Frau lag, wurde ihr endgültig klar, dass sie das Richtige tat.

Er hatte niemanden auf der ganzen großen weiten Welt.

Außer ihr – und der jungen Frau auf dem Amulett.

Also war es ihre, Rubys Aufgabe, sich um ihn zu kümmern, ihn zu beschützen und die geheimnisvolle Unbekannte zu vertreten, solange diese ihn nicht selbst beschützen konnte in seiner schrecklichen Lage.

Noch am selben Abend – gleich nach ihrem Feierabend – machte sie sich ans Werk. Und begann ihre Therapie. Sie war keine Ärztin, aber sie hatte dennoch das sichere Gefühl, dass sie sehr viel besser wusste, was gut war für ihren Patienten.

Die Musiktherapie.

Irgendwo hatte sie gelesen, dass man Komapatienten Musik vorspielen sollte. Um sie zu beruhigen – und um zu ihnen durchzudringen.

Sie war in ihre Wohnung geradelt und hatte sich umgezogen und dabei alle möglichen CDs eingepackt. Die erste von The Script, die ihr noch immer am besten gefiel, mit *The Man Who Can't Be Moved* – ein Song, der irgendwie gut zu Sal passte, in seiner momentanen, nun … *Lage* … Dazu ein paar alte Sachen von U2 und Oasis, vor allem ihre Lieblingssongs *One* und *Stop Crying Your Heart Out* eingeschlossen … *'cause all of the stars, have faded away, just try not to worry, you'll see them someday, take what you need, and be on your way – and stop crying your heart out* …

Auch das passte irgendwie, so traurig es war.

Denn wenn er all das aus irgendeinem Grund doch mitbekam und versuchte, diesem Albtraum zu entkommen, musste er einfach weinen.

Und hoffen, dass er die Sterne eines Tages wiedersehen würde. Dass sich seine Augen wieder öffneten.

Dass ein Wunder geschah.

Ehrlich gesagt: Ruby wusste selbst nicht, warum sie ihm das alles vorspielte. Aber in ihr lösten diese Lieder etwas aus – und vielleicht taten sie es ja auch bei ihm. Einen Versuch war es wert.

Schließlich James Morrison mit *In My Dreams*, offensichtlicher konnte es nicht sein. Wenn Sal diese Message irgendwie hören konnte, musste ihm klar werden, dass niemand anders als er damit gemeint war:

In my dreams, we can spend a little time just talking
In my dreams, we are side by side just walking
Over the fields that we used to know
The places we used to go
Are still there in my dreams
In my dreams, we can spend a little time together
In my dreams –
– you can live a little longer …

Und doch, auch nach mehr als zwei Stunden – nicht die leiseste Reaktion. Nicht der leiseste Hinweis, dass er auch nur eine Unze von dem wahrnahm, was sie um ihn herum veranstaltete.

Vielleicht hatte Eleonore Stone doch recht und sie bildete sich nur etwas ein, obwohl sein Fall aussichtslos war? Ruby wollte ihren Ansatz der Musiktherapie, den sie noch ein paar Stunden zuvor für innovativ und extrem vielversprechend gehalten hatte, bereits enttäuscht mangels Erfolgsaussichten einstellen, als etwas geschah, das ihr ein zweites Mal den Atem raubte.

Don't speak.

In derselben Sekunde, in der Gwen Stefani von No Doubt ihren größten Hit mit der weltberühmten Zeile anstimmte, *you and me … we used to be … together … always …*, in ebendieser Sekunde passierte etwas, das es ihr unmöglich machte, ihn aufzugeben.

Ihn, Sal.

Eine Träne rann aus seinem geschlossenen rechten Auge seine Wange hinab.

Gefolgt von einer zweiten.

„Was …?"

Ruby wusste nicht, was sie tun sollte – den Song augenblicklich stoppen oder aber ihn weiterlaufen lassen. Sie entschied sich für die zweite Option.

Seine Augen waren geschlossen. Aber unter den Lidern weinte er.

Sie konnte nicht anders, als sich zu ihm an sein Bett zu setzen. Ihre Hand beruhigend an seine Schläfe zu legen, während sie ihm mit der anderen Hand vorsichtig die Tränen aus dem Gesicht wischte. All das – seine offensichtlich vorhandenen starken Gefühle, seine tiefe Einsamkeit, unendliche Verlorenheit und völlige Isolation von der Welt, in der er noch vor Kurzem gelebt hatte genau wie sie selbst, dazu der wehmütige Gesang von Gwen Stefani – sorgte dafür, dass Ruby für einen Moment den Kloß in ihrem Hals nicht länger ertragen konnte.

Und auch ihren Tränen freien Lauf ließ.

Warum reagierte er so stark auf diesen Song? Was bedeuteten diese Zeilen für ihn? Langsam, aber sicher wurde Ruby klar, dass sie sich in derselben Lage befand wie jemand, der ein Puzzle zusammensetzte. Oder versuchte, ein Verbrechen aufzuklären.

Sie benötigte weitere Puzzleteile.

Indizien.

Je mehr davon sie hatte, desto besser. Desto eher würde es ihr gelingen, sich ein Bild von ihm zu machen. Und das Geheimnis hinter der jungen Frau auf dem Amulett zu entschlüsseln – denn wie es aussah, ging es hier auch um sie.

Wenn nicht gar einzig und allein um sie.

Und deshalb musste Ruby herausfinden, wer sie war.

Koste es, was es wolle.

I'm losing my best friend … I can't believe this could be the end … don't speak … don't tell me 'cause it hurts – Ruby ging der Song von No Doubt nicht mehr aus dem Kopf. Was hatte es damit auf sich? War die Frau auf dem Amulett der beste Freund, den er durch die schrecklichen Ereignisse dort draußen auf dem Meer verloren hatte? Sie hatte das Gefühl, die Verbindung förmlich spüren zu können, die Auflösung des Rätsels, aber einzig und allein mit ihrem Herzen – ihr Kopf schwieg zu all dem wie ein Grab.

„Macht es wirklich Sinn, dich weiter in diese Geschichte reinzusteigern, Ruby? Ich habe ehrlich gesagt kein gutes Gefühl dabei …"

Es war Jenny, ihre Mutter, die ihr diese Frage stellte, an diesem Abend am Telefon.

„Und wieso bitte hast du kein gutes Gefühl?", erwiderte Ruby und konnte nicht verhindern, dass sie ein wenig trotzig klang.

„Schatz, du weißt doch, wie du bist! Wenn du dich erst mal in etwas verbissen hast, kennst du kein Halten mehr – und ich möchte einfach verhindern, dass du dein ganzes Herz in eine aussichtslose Sache steckst."

Aussichtslos?

„Mum, die Sache ist nicht aussichtslos!", widersprach sie vehement. Es blieb ihr anscheinend keine andere Wahl. „Man kann doch nicht einfach so einen Menschen sterben lassen, dessen Zeit noch nicht gekommen ist! Und zwar noch lange nicht!"

„Hm, das scheinen die Ärzte aber anders zu sehen."

„Ärzte sind keine Heiligen, Mum! Auch Ärzte können sich irren."

„Gut, das mag ja alles stimmen, Schatz – aber trotzdem. Ich möchte einfach nicht, dass du dieselbe Sache noch einmal durchmachst, nur weil … du partout nicht loslassen kannst …"

Jetzt war es raus.

Ruby stutzte.

„Was – meinst du damit?"

„Ach, Ruby. Jetzt tu bitte nicht so, als hättest du keinen blassen Schimmer!"

Natürlich wusste Ruby, wovon Jenny sprach.

Und zwar sehr genau.

Von Bobby Brown. Als er gestorben war, war sie gerade erst acht Jahre alt gewesen. Er war ihr bester Freund gewesen, hatte bei ihr im Zimmer geschlafen, und sie hatten nahezu jede Minute ihrer Kindheit zusammen verbracht. All die Abenteuer, die sie erlebt hatten! All das unendliche Glück! Nun, bis seine Zeit gekommen war. Es war normal, denn er war fast sechzehn Jahre alt gewesen – ein biblisches Alter für einen leicht übergewichtigen Labrador wie ihn. Und doch: Ruby hatte es nicht akzeptieren können. Ihre Eltern hatten ihn einschläfern wollen, um ihm weitere Schmerzen zu ersparen. Doch Ruby hatte sie umgestimmt. Sie wollte Bobby nicht gehen lassen. Sie konnte es einfach nicht. Sie verkaufte ihr ganzes Spielzeug auf dem Flohmarkt, um ihm jeden Tag die Hackfleischbällchen zubereiten zu können, die er so liebte. Schenkte ihm die schönste Decke, die er je gehabt hatte. Quietscheentchen, die er früher wie wild durch die Gegend geschleppt hatte und nun kaum anrührte, weil er seine Lebensgeister fast vollständig verloren hatte.

Doch Ruby hielt zu ihm.

Bis zu seinem letzten Atemzug.

Sie besaß weder Spielzeug mehr noch Puppen noch einen Penny.

Wenn sie Bobby ansah, fühlte sich ihr Herz so groß an in ihrer kleinen schmalen Brust, als könne es jeden Moment platzen und sie selbst mit ihm.

Zuletzt hatte er nicht mehr in ihrem Zimmer schlafen können, sondern im Flur neben der Eingangstür auf einer Gummimatte, da er jede Nacht einnässte. Es war unerträglich für sie gewesen, ihn dort allein lassen zu müssen.

Aber in der Nacht, als sie ein letztes Mal seinen Kopf sanft auf ihr Kissen bettete, wusste sie, dass sie das Richtige getan hatte. Und dass es Bobby Brown schon bald besser gehen würde.

Nicht in diesem Leben.

Aber in einem anderen.

„Du bist und bleibst eben ein unverbesserlicher Dickkopf – genau wie ich", sagte ihre Granny immer. Die Einzige, die ihr damals den Rücken gestärkt hatte. Ach, Tilda …

Als hätte ihre Mutter ihren Gedanken gelesen, seufzte sie von der anderen Seite ins Telefon:

„Ich weiß auch nicht, von wem du das hast. Von mir jedenfalls nicht – wahrscheinlich von deiner Großmutter. Tilda und du seid aus demselben Holz geschnitzt, das hat in unserer Familie wohl eine Generation übersprungen."

Ja, darin steckt definitiv mehr als nur ein Funken Wahrheit, dachte Ruby. Sie liebte ihre Mutter, aber mit ihrer Granny konnte sie verschmelzen.

„Ich werde sie gleich mal anrufen", erwiderte sie.

„In Ordnung – aber lass dich bitte nicht in ihre abgehobenen Gedanken einwickeln, du weißt ja, wie sie ist."

Ja, das wusste sie. Jeder in ganz St Ives wusste es.

„Versprichst du mir das, mein Schatz?"

„Ja, Mum!", antwortete Ruby. „Mach dir keine Sorgen – ich verspreche es."

Eule: Weisheit, Spiritualität
Lexikon der Träume

Tilda Goodwill war in St Ives nicht nur ihres kirschroten Mercedes Pagode Cabriolets aus den Sechzigerjahren wegen berühmt wie ein bunter Hund. Sondern weil sie voller Geheimnisse steckte. Nicht etwa, dass sie etwas vor den Augen ihrer Mitmenschen zu verbergen suchte. Nein, die Geheimnisse, die sie hütete, gingen weit tiefer.

So weit, dass sie ihr einen magischen Spitznamen eingebracht hatten: Denn kaum jemand nannte sie Tilda oder Mrs Goodwill. Alle nannten sie nur die *Traumweberin*. In ganz St Ives und sogar über die Grenzen des verschlafenen malerischen Städtchens am Meer in Cornwall hinaus war sie, seit Ruby zurückdenken konnte, allein unter diesem Namen bekannt. Angeblich konnte sie Menschen in ihren Träumen miteinander verbinden, ihre Träume miteinander *verweben* – selbst wenn diese sich an verschiedenen, weit voneinander entfernten Orten befanden. Menschen etwa, die sich aus den Augen verloren hatten, ohne einander aber je vergessen zu haben. Es gab Zeugen dafür, und derer nicht wenige, die beschworen, dass sie durch Tilda ihre große Liebe wiedergefunden hatten, nach Jahren oder gar Jahrzehnten der Trennung.

Es hieß, sie verfüge über magische Kräfte.

Übersinnliche Kräfte oder Einbildungskräfte – Ruby konnte sich selbst nicht genau erklären, was dahintersteckte. Doch was sie sich erklären konnte, war, dass sie zu ihrer Großmutter seit jeher einen engen Draht hatte. So eng wie nicht einmal zu ihrer Mutter oder ihrem Vater.

Und das hing nicht nur damit zusammen, dass sie die Hälfte ihrer Kindheit an ihrer Seite und in ihrem Haus verbracht hatte.

„Willst du nicht zum Abendessen vorbeikommen?", fragte Tilda sie, als sie das Gespräch mit ihrer Mutter beendet und daraufhin sofort bei ihrer Granny angerufen hatte.

Nun – warum eigentlich nicht? Sie hatte ohnehin vorgehabt, ihre Großmutter endlich wieder einmal zu besuchen.

Das prachtvolle, aber von Jahr zu Jahr mehr verfallende Anwesen thronte, eingerahmt von mächtigen Platanen, auf einem sanft geschwungenen grünen Hügel am äußersten Rand von St Ives und wirkte wie ein Relikt aus einer anderen Epoche. Ohne jede Frage kündete es von glanzvollen Zeiten, die jedoch weit zurücklagen.

Einst hatte es einer wohlhabenden Familie alten Adels gehört, den Eltern von Rubys Großvater Stanley, den sie nie wirklich kennengelernt hatte, denn er war früh gestorben. Doch nach seinem Tod war Tilda nach und nach das Geld ausgegangen, um das kostspielige Anwesen zu unterhalten. Also hatte sie eines Tages aufgegeben und der Natur ihren Lauf gelassen.

Goodwill Palace war auf eine fast tragische Weise noch immer ein Palast, aber der Lack war ab, und nun wirkte er mit den angrenzenden, endgültig zu Ruinen verfallenen Stallungen wie ein abgeblättertes Mahnmal dafür, dass alles Leben auf diesem Planeten vergänglich ist. Dass die Zeit gnadenlos voranschreitet und am Ende alle von Menschen geschaffene Schönheit und allen noch so prachtvollen Prunk wieder dem Erdboden gleichmacht.

Die alten Möbel, Kronleuchter und Wandbemalungen im Innern trugen ihr Scherflein dazu bei, denn all das hätte von einem Antikmarkt stammen können.

Genau wie Tilda selbst.

Ihrer ganzen Erscheinung haftete etwas Märchenhaftes an. Auf ihrer wie aus einem kühlen weißen Porzellanstaub gefertigten Haut, rund um ihre außergewöhnlich fein geschnittene Nase, verteilte sich ein Meer aus winzigen goldenen Sommersprossen. Ihr seidiges, bis auf die Hüften hinabfließendes silbernes Haar rahmte ihr schmales, vollkommen symmetrisch geschnittenes Gesicht zu beiden Seiten in vollendeter Anmut ein. Die Augen waren von einem faszinierenden Opalblau. Als junge Frau musste sie eine vollkommene Schönheit gewesen sein, ein Schwan, gegen den alle anderen Vöglein hässliche Entlein waren.

Aber wie ein echter Schwan, der sich niemals über die Entlein auf seinem See erheben würde, war auch sie meilenweit entfernt von jener weithin bekannten Arroganz, die menschliche Schwäne für gewöhnlich in die Wiege gelegt bekamen. Die Zeit ihrer Blüte mochte weit hinter ihr liegen, und doch lag auf ihrem Gesicht stets ein zufriedenes Lächeln, das genau wie die Worte, die sie für alle und jeden hatte, so warm war wie ein Julitag.

Gleichzeitig schien sie immer von einem Hauch Melancholie und Traurigkeit umweht; ihr Blick schweifte ständig verträumt in die Ferne, hinaus auf das vom Palace aus sichtbare Meer vor Cornwall, als würde sie dort etwas suchen.

Etwas, das sie vor langer Zeit dort draußen verloren hatte.

Wenn es tatsächlich so war, musste es sich um etwas sehr Kostbares handeln, so viel war klar. Doch Ruby hatte keine Ahnung, was genau sich hinter diesem Blick verbarg – oder ob sie sich all das nur einbildete. Denn auch sie verfügte über eine grenzenlose Phantasie – und die wiederum hatte sie ohne jeden Zweifel von ihrer Großmutter geerbt.

Durch ihre Gabe war Tilda über die Zeit in St Ives fast zu einer Art zweiter Schutzheiligen geworden, Seite an Seite mit der heiligen Ia, der Patronin des kornischen Städtchens. Mittlerweile war sie achtzig Jahre alt, was sie nicht daran hinderte, quicklebendig zu sein – ganz anders als die Patienten, die Ruby im Hospiz betreute.

Den Tod ihres Mannes hatte Tilda relativ gut weggesteckt. Jedenfalls waren Rubys Eltern der Auffassung. Sie selbst war zu jung gewesen, um sich heute noch an Grandpa Stanley erinnern zu können – er war an einem Herzinfarkt gestorben, als sie erst vier Jahre alt gewesen war. Tildas allmähliche Verwandlung in die Traumweberin jedoch hatte später stattgefunden.

Und zwar im selben Jahr, in dem Bobby Brown gestorben war. Drei Monate zuvor, am Ende jenes lange zurückliegenden Sommers, war Tilda eines Morgens in Tränen aufgelöst in der Bucht bei den Fischerbooten aufgefunden worden. Mehr wusste Ruby dazu nicht. Danach hatte sie sich verändert. Es war, als hätte sie etwas Schreckliches gesehen.

Irgendwie schien es mit dem Tod von Bobby Brown zusammenzuhängen.

Hatte sie ihn etwa vorausgesehen in jenem Spätsommer? Hatte sie in diesem Sommer – dem Sommer des Jahres 1997 – ihre Gabe erkannt?

Ruby hatte mehr als einmal versucht, sie darauf anzusprechen – doch Fehlanzeige. Sie konnte über alles, aber auch wirklich alles mit Tilda sprechen, nur nicht über dieses Jahr.

Das Jahr 1997.

„Da bist du ja, Ruby! Wie schön, dich zu sehen!", begrüßte Tilda sie. Ihre Großmutter erwartete sie schon an der offenen Tür. Es war ein ungewöhnlich milder Abend, und Tilda stand in eine Decke gekuschelt draußen auf dem weitläufigen wilden Rasen vor dem Palace, von dem sie wie immer den Ozean gut im Blick hatte.

Den Atlantik, der an die Küste von Cornwall brandete und auf dem an diesem wolkenlosen Vorfrühlingsabend ein Meer aus Sternen tanzte.

Die bunten, von golden leuchtenden Laternen illuminierten Fischerboote unten im alten Hafen.

Die Kulisse des malerischen St Ives.

In einem Satz: das perfekte Postkartenpanorama.

Die Szenerie schien Tilda magisch anzuziehen. Selbst jetzt, wo sie, Ruby, vor ihrer Tür auftauchte, schien es ihr fast schwerzufallen, den Blick von dem im Abendlicht liegenden Ozean und den Fischerbooten zu nehmen.

Es war, als wäre sie selbst in einem Traum gefangen. Einem Traum, der sich dort draußen abspielte – auf dem Meer. Ob es ein guter Traum war oder ein schmerzvoller – Ruby vermochte es nicht zu sagen. Auf jeden Fall schien es daraus so leicht kein Entrinnen für ihre Großmutter zu geben.

„Ist dir nicht kalt, Granny?", fragte Ruby sie besorgt.

„Überhaupt nicht! Es ist so ein wunderschöner Abend. Da habe ich mir gedacht, ich schau mir ein wenig die Sterne an, bis du kommst."

Langsam wurde ihr Blick klarer.

„Aber jetzt bist du ja da!", sagte sie und nahm sie bei der Hand. „Komm, wir trinken einen heißen Grog zusammen – zum Aufwärmen. Und danach gibt's Hühnersuppe."

Ruby schmunzelte leise in sich hinein, während sie ihrer Großmutter in das für eine alte Dame wie sie völlig überdimensionierte Haus aus einer anderen Zeit folgte.

Hühnersuppe, aber ohne Huhn.

Tilda hatte sich im Laufe der zurückliegenden Jahre in eine Vegetarierin verwandelt, aber ohne es offiziell zu machen. Gleich würde sie wie immer sagen: „Oh, ich habe vergessen, das Huhn in die Suppe zu tun", und sie dabei schelmisch anlächeln.

Danach würde es genauso weitergehen:

Rinderbraten mit Rotkohl, Kartoffeln und Soße, aber ohne Rinderbraten.

Erst der Nachtisch wäre komplett: Schokoladenpudding mit Erdbeeren.

Vielleicht hatte sich Tilda deshalb noch nicht zur Vegetarierin bekannt, weil sie von einer verbotenen Frucht die Finger nicht lassen
konnte: Denn Fisch aß sie noch, angeblich aus Respekt für die lokale
Wirtschaft von St Ives.

„Die Fischer unten im Hafen müssen doch auch von was leben ...“,
seufzte sie jedes Mal fast wehmütig, wenn sie Fisch auftischte. Während sie aß, sagte sie gar nichts, sondern war still und in sich gekehrt.
Aber ihre Augen glänzten.

Ja, sie war schon ein wenig wunderlich – Ruby wurde nicht wirklich
schlau aus ihr. Aber gerade das machte sie so interessant.

„Und, Liebes, was hast du auf dem Herzen?“, fragte ihre Großmutter, während sie zwei Gläser gefüllt mit dampfendem Grog auf den
uralten Eichenholztisch in der Küche stellte und sich dann zu ihr
setzte.

„Ich? Nichts ... wieso?“, spielte Ruby die Ahnungslose.

Vergeblich. Denn ihr Gegenüber konnte sie damit nicht täuschen.

„Komm schon, es ist nicht *nichts* – ich kenne dich.“

Tilda setzte einen Blick auf, der keinen Widerspruch duldete.

„Also, gut ...“, erwiderte Ruby und kam zur Sache. „Erinnerst du
dich an den Mann, der angespült wurde?“

Sofort begannen Tildas Augen zu leuchten.

„Natürlich erinnere ich mich an ihn! Der arme Junge – mit dem
Amulett mit dem Bild der jungen Frau ... Es ist ja praktisch unmöglich, sich *nicht* an ihn zu erinnern. Was ist mit ihm?“

„Er ist mein Patient.“

„Dein ... *Patient* ...?“, fragte ihre Großmutter irritiert. „Aber ...
du arbeitest doch in einem Hospiz und nicht in einem Krankenhaus ...“

„Das ist ja genau das Problem“, erklärte Ruby ihr. „Die Ärzte sind
der Meinung, dass er aus seinem Koma nicht mehr erwachen wird. In
den Tests hat er wohl keinerlei Reaktionen gezeigt, und darüber hinaus
gibt es niemanden, der für die Kosten seiner Behandlung aufkommt,
da niemand weiß, wer er ist. Oder seine Krankenkasse .... Also haben
sie ihn zu uns abgeschoben, wohl in der Hoffnung, dass sich der Fall
bald von allein klärt ...“

Sie hatte kaum ausgesprochen, da glaubte sie ein neugieriges Funkeln in den Augen ihrer Großmutter zu erkennen.

„Aber du bist anderer Meinung, richtig?", bestätigte Tilda ihre Vorahnung.

Ruby schüttelte den Kopf. „Ich weiß es nicht. Aber … ich kann ihn doch nicht einfach so im Stich lassen – irgendetwas muss ich tun."

„Das ist ganz meine Enkelin!", erwiderte Tilda mit stolzem Gesichtsausdruck. „Und hast du schon einen Plan? Was genau hast du vor?"

„Ich muss herausfinden, wer die Frau auf dem Amulett ist", sagte sie.

Tilda stutzte.

„Aber wie willst du das machen? Du kannst ihn ja schließlich schlecht nach ihrem Namen und ihrer Adresse fragen, oder?"

Ruby nickte zustimmend. Um ihr daraufhin von den Entdeckungen zu berichten, die sie in den vergangenen Tagen gemacht hatte. Tilda hörte ihr aufmerksam zu. Anders als Doktor Stone oder ihre überbesorgte Mutter schien sie nicht daran zu zweifeln, dass ihre Enkeltochter mit ihren kleinen Experimenten bereits einen gewaltigen Durchbruch erzielt hatte.

„Also, für mich klingt das alles nach hervorragender Arbeit", sagte sie, als Ruby endete. „Ich bin wirklich stolz auf dich, so schnell gibst du nicht auf – ganz die *Oma*!", lachte sie vergnügt in sich hinein, während sie über die vernarbte Tischplatte der antiken Tafel hinweg Rubys Hände ergriff.

„Oma?", vergewisserte Ruby sich, ob sie richtig gehört hatte. Dieses Wort war eigentlich tabu. Tilda mochte achtzig Jahre alt sein, aber eine Oma war sie nicht. Granny, okay. Aber eigentlich bevorzugte sie Tilda. „*Ich* darf das sagen, mein Schatz – aber du nicht!", ermahnte sie ihre Enkelin gespielt streng. „Und was nun? Was ist dein nächster Schachzug?"

„Nun, hier kommst du ins Spiel, Tilda …"

„… *ich* …?"

Ruby nickte. „Ich komme nur weiter, wenn ich mit ihm Kontakt aufnehmen kann."

„Aber wie kann *ich* dir dabei helfen?"

„Indem du mich in seine Träume schleust!"

Tildas Gesicht nahm einen nachdenklichen Ausdruck an. Einen Ausdruck, der schon kurz darauf in betrübt überzugehen schien. Ihre ohnehin schon einem feinen weißen, runzeligen Papier gleichende Stirn legte sich in bedauernde Falten. „Das ... wird leider nicht funktionieren", erklärte sie mit einem leisen Kopfschütteln.

„Aber wieso nicht? Du hast es doch schon so oft für andere Leute gemacht. Die Menschen kommen aus ganz England zu dir, damit du ihnen hilfst."

„Das ist richtig, mein Engel. Aber es sind Menschen, die einander kennen. Nur die kann ich miteinander verbinden. Bei Fremden hat es noch nie geklappt. Abgesehen davon liegt er im Koma – und das ist nicht ganz dasselbe wie träumen, oder?"

Ruby stieß einen tiefen Seufzer aus.

„Ich weiß, Tilda. Aber es ist der einzige Weg, der mir einfällt. Hilfst du mir trotzdem?"

Sofort kehrte das Lächeln in das Gesicht ihrer Großmutter zurück.

„Natürlich helfe ich dir, Liebes", erklärte sie. „Ich möchte nur nicht, dass du dir übergroße Hoffnungen machst. Einverstanden?"

„Einverstanden", bestätigte Ruby und atmete innerlich auf. Es war ein Versuch – und wenn er scheiterte, hätte sie wenigstens alles Menschenmögliche unternommen. Aber ehrlich gesagt: Sie glaubte nicht daran, dass er scheitern würde. Aus irgendeinem unerklärlichen Grund fühlte sie, dass sie die notwendige Verbindung zu Sal besaß, dass sie ihn irgendwoher kannte – auch wenn sie nicht die leiseste Idee hatte, wo sich dieses *Irgendwo* befand.

Kurz bevor Ruby aufbrechen wollte – es war fast Mitternacht –, setzte ein heftiger Regen ein. Der vor wenigen Stunden noch sternenklare Himmel war nun von schwarzen Wolken übersät. Morgen war ihr freier Tag, eigentlich. Normalerweise hätte sie sich darauf gefreut, doch diesmal war es anders. Sie hoffte, dass er so schnell wie möglich vorüberging – damit sie sich wieder um Sal kümmern konnte.

Denn wie es aussah, war sie die Einzige, die wollte, dass es ihm gut ging.

„Ich mag den Regen ...", sagte Tilda leise. Sie standen auf der Terrasse und schauten hinauf in den Himmel, aus dem sich eine wahre Sintflut ergoss.

Ruby erwiderte nichts. Sie wollte sich eigentlich auf ihr Fahrrad schwingen und nach Hause fahren – doch bei diesem Wetter? Unmöglich.

„Er erinnert mich an die Geschichte vom Schnee und der Sonne", fuhr ihre Großmutter unbeirrt fort, die genau wie sie selbst wieder in ihre warme Decke gehüllt draußen stand und dem Naturschauspiel beiwohnte.

„Die Geschichte vom Schnee und der Sonne?"

Tilda nickte.

„Du musst wissen, obwohl sie grundverschieden sind, sind sie ein Liebespaar."

„A...ha ..."

Alles klar, ihre Großmutter hatte einen ihrer Momente. Aber was sollte es? Im Grunde liebte Ruby doch die Märchen, die sie erzählte. Sie hüllten einen zärtlich ein wie eine warme Decke. In ihnen war die Welt immer so, wie sie sein *könnte*, nicht aber, wie sie *war*.

Tilda war der Überzeugung, dass uns von dieser märchenhaften Welt nur zwei Wörter trennten: Mut und Liebe. Würden wir wirklich verstehen, was diese beiden Wörter bedeuteten, würden wir diese beiden Wörter wirklich *leben*, und zwar tagtäglich, wäre unsere Welt ein Märchen.

„Es ist wirklich wahr", fuhr ihre Großmutter fort. „Der Schnee und die Sonne ... Die beiden leben dort oben im Himmel, und das schon seit Anbeginn der Zeit. Und der Schnee tut, als wäre er ein eiskalter Typ und die Sonne könne ihm den Buckel runterrutschen. Aber in Wahrheit ist er unsterblich verliebt in sie, weil sie so viel Wärme und Liebe ausstrahlt. Er sehnt sich nach nichts mehr, als sie zu küssen. Aber wenn er das tut, wenn er in ihre Nähe kommt ..."

„Schmilzt er und es regnet?", führte Ruby ihren Satz leise in sich hineinlächelnd zu Ende.

Tilda sah sie fast entrüstet an.

„Nein, mein Kind, natürlich nicht! Er *weint*. Weil sie nie zusammen sein können, ohne dass einer von beiden Schaden nimmt. Denn sie kommen aus zwei Welten, die niemals zusammengehören werden. Aber hin und wieder können sich diese zwei so gegensätzlichen Welten berühren – für einen einzigen lang ersehnten Kuss und eine liebevolle Umarmung."

„Und dann regnet es."

„Richtig."

„Aber ... warum regnet es dann so *oft* in England?", hakte Ruby nach.

Tilda blickte sie kopfschüttelnd an, als hätte sie noch immer nicht das Geringste verstanden.

„Ich hab' dir doch gesagt: Er *liebt* sie!"

Ein Weilchen legte sich eine andächtige Stille über die Szenerie. Und dann mussten sie beide lachen.

„Also sind der Schnee und die Sonne ... Engländer?", führte Ruby den Gedanken logisch zu Ende.

Womit sie ihrer Großmutter ein weiteres Kopfschütteln abrang, diesmal begleitet von einem sich ergebenden Augenzwinkern.

„Ja, sind sie!", bestätigte sie resolut. „Und heute Nacht schläfst du hier, bei dem Wetter fährst du mir nicht mit dem Fahrrad nach Hause!"

Ein Befehl, dem Ruby nicht zu widersprechen wagte.

Wozu auch? Zu Hause wartete ohnehin nichts auf sie.

Überhaupt hatte sie das Gefühl, dass das Wort *Zuhause* sich in den vergangenen Tagen verändert hatte. Dass es seinen Aufenthaltsort ge-wechselt hatte – und sich inzwischen eigentlich mehr im Hospiz von St Ives befand als in ihrer Wohnung.

Im selben Augenblick sehnte sie sich auch schon zurück – zu ihm.

Was ging hier vor sich? Was geschah mit ihr? War sie etwa kurz da-vor zu weinen, so wie der Schnee, der sich in die Sonne verliebt hatte und doch wusste, dass es eine aussichtslose Sache war?

„Ich glaube, ich gehe besser ins Bett", erklärte sie ihrer Großmutter. „Bevor ich mich noch erkälte."

Am nächsten Morgen hatte sich der Regen gelegt, aber am Himmel über der Bucht von St Ives zogen noch immer dunkle Wolken vorü-ber.

Ruby erwachte voller Tatendrang.

Eine Minute später war sie unter der Dusche, um daraufhin ihr üb-liches Frühstück zu sich zu nehmen – unter dem genauso üblichen Protest ihrer Großmutter, die sie mästen wollte, seit sie ein kleines Mädchen gewesen war. Möglicherweise um zu verhindern, dass auch sie wie ein Strich in der Landschaft endete. Doch Ruby blieb bei ihrer Tradition: ein Glas frisch gepresster Orangensaft, ein Joghurt und ein Apfel.

Die gute Nachricht war, dass Tilda ihr helfen wollte. Ob es tatsächlich funktionieren würde, war eine andere Sache – aber es war einen Versuch wert. Und wenn Ruby in ihrem Leben schon eines gelernt hatte, dann das: Man durfte niemals zu früh aufgeben, wie es so viele Menschen taten, gleich bei der kleinsten Herausforderung. Nein, man musste kämpfen.

Ein kleiner Held steckte in jedem von uns – und das Universum wollte ihn hin und wieder sehen, davon war Ruby fest überzeugt.

Und es war genau dieser Glaube, der sie auch vor der nächsten Hürde nicht zurückschrecken ließ: Doktor Eleonore Stone.

Die eiserne Lady des Hospizes, die zusammen mit Oberschwester Rosamund dafür sorgte, dass alles nach Vorschrift lief – und darüber hinaus nichts. Denn eines war so sicher wie das Amen in der Sonntagsmesse in der St Ia's Church von St Ives: Die Oberärztin würde ein derartiges Experiment – *Hokuspokus*, wie sie es nennen würde – niemals genehmigen. Es sei denn … es sei denn …

„Ich brauche deine Hilfe", kam Ruby sofort zum Punkt, als sie Becky an diesem Nachmittag auf einen Kaffee traf. Es war gegen halb sechs. Im *Lifeboat Inn*, wo sie um diese vorgerückte Stunde die Einzigen waren, die Kaffee tranken. Kein Bier vor vier, das galt in St Ives wie überall in England. Und nach Möglichkeit keine alkoholfreien Getränke danach.

„Meine Hilfe? Wobei?"

„Bei einem Experiment", erklärte Ruby. „Das Einzige, was du tun müsstest, wäre, dich als Medizinstudentin auszugeben und meiner Chefin weiszumachen, dass du für deine Doktorarbeit an einer Studie über Komapatienten arbeitest und dich zu Studienzwecken eine Nacht im Hospiz aufhalten möchtest."

„Was … soll das heißen?", fragte Becky angespannt. „Du meinst, ich soll lügen?"

„Nein, doch nicht lügen!", schwächte Ruby die Sache ab. „Du studierst doch Medizin, daran ist nichts gelogen."

„Tiermedizin."

Komisch, jetzt erinnerte sie sich daran.

„Aber du selbst sagst doch immer, dass es eigentlich genau dasselbe ist. Das Einzige, was wir erreichen müssen, ist, dass ich eine Nacht ungestört bei Sal verbringen kann – als deine Assistentin, offiziell, versteht sich. Meine Großmutter schmuggeln wir dann später ein, die fällt im Hospiz unter all den Alten nicht weiter auf."

Becky schüttelte den Kopf.

„Also ich weiß nicht, ob das eine so gute Idee ist …"

„Hast du eine bessere?"

Ein Weilchen blickte Becky sie nur fragend an.

Um schließlich ratlos den Kopf zu schütteln.

„Lass mich die Nacht drüber schlafen, okay?"

„Okay."

Schwert: Konflikt, Kampf
Lexikon der Träume

Was Ruby an St Ives mit am besten gefiel, war die friedliche Stille. Der Ozean, der Tag und Nacht im selben Rhythmus an diesen von der hektischen Welt da draußen fast gänzlich unberührten, grünen Flecken Land rollte. Der Wind, der durch das Tuch der kleinen Segelboote im Hafen fuhr und übermütig an ihrer Takelage rüttelte, was ein feines und sehr helles Klirren erzeugte.

So als würde ein Orchester aus Pusteblumen auf Gläsern blasen.

Mit dieser himmlischen Ruhe war es am nächsten Nachmittag schlagartig vorbei.

„Veterinärmedizin?!", schimpfte Eleonore Stone. „Im Ernst?!"

Becky hatte es vermasselt.

Sie waren aufgeflogen.

Und nun saßen sie beide mit gesenkten Köpfen im Büro der Oberärztin und hörten sich ihre Standpauke an.

Das kam dabei heraus, wenn man unbedingt die Heldin spielen musste.

Um einen Patienten zu retten, den alle anderen längst für verloren hielten.

Einzig und allein sie wusste es besser ... oh Ruby!

„Was haben Sie sich dabei nur gedacht, Schwester Light!", fuhr Doc Stone sie an. „Wenn Sie Ärztin sein wollen, dann sollten Sie Medizin studieren – *Human*medizin", schickte sie mit einem missbilligenden Seitenblick zu Becky hinterher. „Aber solange Sie hier als Schwester arbeiten, unterstehen Sie meinen Anordnungen. Und was auch immer Sie hier planen, ich bin es, die am Ende dafür geradesteht – der Patient ist mein Schutzbefohlener, und ich muss dafür sorgen, dass er ..."

„Unbelästigt sterben kann ...", führte Ruby den Satz leise weiter, mehr an sich selbst als an die Ärztin gerichtet, die aufgebracht vor ihnen auf und ab marschierte.

Und augenblicklich stoppte, kaum hatten die Worte Rubys Mund verlassen.

„*Was* ... haben Sie da gesagt, Ruby?"

Ihre Augen blitzten sie an – scharf wie ein frisch gewetztes Messer.

Aus dem Augenwinkel bemerkte Ruby Beckys Blick. Sie starrte sie panisch an. Doch es war zu spät, der Hall ihrer Worte schien noch immer im Raum zu schweben – nun gab es kein Zurück mehr.

„Wollen Sie ihn etwa nicht sterben lassen?", nahm Ruby ihre Verteidigung mutig und ohne echte Alternative mit einer Gegenfrage auf.

„Das ... ist doch wohl die Höhe!"

Eleonore Stone war außer sich.

„Wir ... wir ... unternehmen hier alles Menschenmögliche, damit der Patient sich bei uns so wohlfühlt wie nur irgend möglich ...!"

„Und lassen ihn dazu Tag und Nacht im Dunkeln liegen ..."

Ruby konnte nicht anders, als auf die zugezogenen Vorhänge anzuspielen, für die ja irgendjemand verantwortlich sein musste.

„Wie bitte?"

„Jedes Mal, wenn ich zu ihm ins Zimmer komme, sind die Vorhänge zugezogen."

„Der Patient braucht Ruhe, Schwester Light!"

„Nein, braucht er nicht!", widersprach Ruby vehement und erhob nun nicht mehr nur allein ihre Stimme, sondern ihren ganzen Körper.

„Er braucht Licht! Er braucht jemanden, der ihn aus seiner Ruhe er*löst* ... jemanden, der ihn wieder zum Leben erweckt – er hat lange genug geschlafen!" Mit einem Ruck war sie aufgesprungen, sodass sie der Ärztin direkt in die Augen sah. Sie konnte spüren, wie Becky, die noch immer saß, ängstlich an ihrem Ärmel zupfte – vermutlich, um sie dazu zu bewegen, sich wieder hinzusetzen.

Für einen Moment schienen ihrer Vorgesetzten die Worte zu fehlen.

„Sie ... Sie ... verlassen jetzt augenblicklich diesen Raum, Schwester Light – bevor ich Sie vorläufig vom Dienst suspendiere."

Vom Dienst suspendiere?

Ruby musste schlucken.

Hatte sie richtig gehört? Das wäre das Schlimmste, was passieren könnte. Denn dann hätte sie auf einen Schlag jede Möglichkeit vertan, sich weiter um Sal kümmern zu können.

„Haben Sie mich verstanden, Ruby?"

Da war sie.

Die Zeit für den Rückzug.

Man musste wissen, wann es klug war, zu kämpfen – und wann es besser war, sich zurückzuziehen, um eine neue und bessere Strategie auszuarbeiten.

„Ja ...", bestätigte Ruby kaum hörbar.

Um dann den Rückzug einzuleiten. Den Rückzug aus einer katastrophal verlorenen Schlacht, das wurde ihr in dieser Sekunde bewusst. Ohne ein weiteres Wort machte sie auf dem Absatz kehrt und verließ das Zimmer, mit einer völlig eingeschüchterten Becky im Schlepptau.

„Du musst lernen, dass es in der Regel keine gute Idee ist, seine Gefühle der Umwelt ungefiltert mitzuteilen, Liebes!", schimpfte ihre Mutter kurz darauf mit ihr. Ruby war zu ihr gefahren, um sich bei ihr auszuheulen. Unterstützung anzufordern.

Mitgefühl.

Aber das Gegenteil war der Fall. Nun, möglicherweise hatte Jenny recht.

Ungefiltert war noch milde ausgedrückt.

Himmel, was hatte sie getan?

Erst jetzt wurde Ruby in vollem Umfang bewusst, welche Auswirkungen dieser Fehltritt haben konnte. Welcher Teufel hatte sie geritten, einen derartigen Streit mit der Oberärztin anzuzetteln? Sie kämpfte um Sal wie um einen alten Freund. Als wäre er der wichtigste Mensch in ihrem Leben. Dabei kannte sie ihn überhaupt nicht!

Es war typisch für sie. Sie war im August geboren, Sternzeichen Löwe. Und genau das war sie – eine Löwin. Aber Löwinnen stürzten sich nicht in aussichtslose Schlachten. In Kämpfe, die sie nicht gewinnen konnten.

Nun, außer ihr – Ruby Löwenherz.

Oder besser gesagt: Ruby *Dummkopf.*

„Und was soll ich deiner Meinung nach jetzt tun?", fragte sie ihre Mutter, den Kopf in beide Hände gestützt am Küchentisch sitzend.

Jenny blickte sie auf eine Weise an, die darauf schließen ließ, dass sie gleich etwas vorschlug, das Ruby heftige Bauchschmerzen bereiten würde.

„Du solltest dich bei ihr entschuldigen!", sagte Jenny.

Ruby nahm den Kopf aus ihren Händen und blickte ihre Mutter fassungslos an.

„Niemals!"

In dieser Nacht tat sie kein Auge zu.

Den Abend hatte sie mit Becky verbracht, um das ganze Debakel wieder und wieder durchzusprechen – auf der Suche nach einem Ausweg aus der verfahrenen Situation. Aber am Ende waren auch Becky und sie immer wieder dort gelandet, wo Jenny und sie am selben Nachmittag stehen geblieben waren.

Sie musste sich entschuldigen.

Nicht nur, um ihren Ruf und ihren Job im Hospiz zu retten, sondern auch, um weiter bei ihm sein zu können.

Der Gang nach Canossa war unvermeidlich. Und als an diesem Morgen schließlich das erste Sonnenlicht durch die Wolken spähte, machte Ruby sich auf den Weg.

Zu ihrer Schicht – und nach Canossa.

Eine trügerische Stille begleitete sie auf ihrem Weg hinaus aus dem bezaubernden kleinen Städtchen. Diesen Weg, den sie sonst so liebte. Die Hände fest am Lenker ihres Fahrrads, inmitten der grünen Hügel Cornwalls, während sie die frische Meeresluft einsog und den Blick hinaus auf den Atlantik genoss, den sie die ganze Strecke über nicht aus den Augen verlor. Nicht selten glaubte sie die salzige Luft noch Stunden später in ihren Lungen zu spüren, während sie längst durch die Flure und Zimmer des Hospizes hastete. Doch an diesem Morgen war es anders.

Eine ängstliche Spannung ließ all diese Schönheit unbemerkt an ihr vorbeiziehen. Ihr Blick war nach innen gerichtet – und was er sah, war ein Herz, das vor Nervosität wild pochte. Hoffend, dass das hohe Gericht, das sie in wenigen Minuten erwartete, ein Einsehen mit ihr haben und Gnade vor Recht ergehen lassen würde.

Als sie kurz darauf ihr Fahrrad im Hof hinter dem alten Gebäude abstellte und mit vor Aufregung zitternden Händen in den Eingangsflur trat, hatte sie das Gefühl, dass für einen Moment alles stillzustehen schien – kam es ihr nur so vor, oder starrten alle sie an? Hatte gestern irgendjemand das Gespräch belauscht? Nun, sie und Doktor Stone waren so laut geworden, dass selbst ein Tauber es mitgekriegt haben musste.

Nun blieb ihr nichts anderes übrig, als die Rechnung zu bezahlen für das, was sie gestern bestellt hatte.

Payday.

Ruby drückte den Rücken durch und ging an der großen Treppe vorbei direkt in den Ärztetrakt, an dessen Ende ein Getränkeautomat stand.

Vor dem wiederum die Person ausharrte, die ihr im Moment von allen Personen auf der ganzen Welt die meiste Angst einjagte.

„Doktor Stone …“, piepste Ruby kleinlaut, nachdem sie mit rasendem Herzen im Zeitlupentempo auf sie zugeschlichen war.

Nur langsam blickte die Ärztin von der kleinen Wasserflasche, die gerade in das Auffangfach des Automaten gefallen war, zu ihr auf.

„Ich … es tut mir leid …“, ergriff sie die Initiative, bevor die Ärztin selbst das Heft in die Hand nehmen und sie feuern konnte.

„Was ich gestern gesagt habe, war falsch“, fuhr sie fort. „Ich … wollte nur dem Patienten helfen, aber Sie haben recht – ich bin nur eine Schwester und keine Ärztin. Es wird nicht wieder vorkommen, versprochen.“

Sie stand da wie ein Schulmädchen, das befürchtet, von der Rektorin der Schule verwiesen zu werden. Und eben das stand ihr in diesem Moment vielleicht auch bevor, nur dass die Schule ein Hospiz war.

Bildete sie es sich nur ein – oder hellte sich das hagere, sonst so strenge Gesicht der Ärztin wirklich auf? Für einen Moment glaubte sie fast weiche Züge darin auszumachen.

„Ruby – ich kann verstehen, dass Sie dieser Fall mehr als gewöhnlich mitnimmt. Der Patient ist jung und hübsch und hätte eigentlich noch sein ganzes Leben vor sich – so wie Sie …“

„Das ist es nicht …“, wandte Ruby unmissverständlich ein. Sie hatte das Gefühl, das ein für alle Mal klarstellen zu müssen. Dass sie durchaus in der Lage war, Berufliches und Privates voneinander zu trennen.

„Was ist es dann?“

„Es … nun, meine innere Stimme sagt mir einfach, dass … die Geschichte hier noch nicht zu Ende ist. Dass sein *Leben* hier noch nicht zu Ende ist – dass wir noch nicht alles getan haben, was wir tun konnten.“

Eleonore Stones Stirn legte sich in zweifelnde Falten.

„Das allerdings sehen die behandelnden Ärzte anders“, widersprach sie. „Und Sie wissen, dass ich nicht mehr für seine Behandlung im klassischen Sinn zuständig bin. Das hier ist ein Hospiz, kein Krankenhaus. Wir sind nur die letzte Station.“

„Ich weiß …“, gestand Ruby ihr zu. „Aber wenn er sowieso sterben wird oder nie wieder aus seinem Koma aufwachen – welchen Unterschied macht es dann noch, einen letzten Versuch zu unternehmen? Was hat er schon zu verlieren?“

„*Er?*“ Doc Stone blickte sie an, als verstünde sie nicht, wer wirklich die Hauptrolle spielte in diesem Drama. „Nun, nicht viel“, fuhr sie fort, „aber *Sie* und *ich* – eine Menge. Wenn herauskommt, dass wir mit zweifelhaften Methoden an einem Patienten herumdoktern, spielt es keine Rolle, ob er todgeweiht ist. Hier geht es um unsere Reputation und schlicht und ergreifend Professionalität. Am Ende bin ich für all das verantwortlich – auch für das, was Sie tun, Schwester Light."

„Und all das verstehe ich völlig, Frau Doktor!", erwiderte Ruby. „Aber das Experiment, das ich plane, ist kein medizinisches."

„Das Experiment?" Die Ärztin sah sie fragend an.

„Ich weiß, Sie halten nicht viel von den Fortschritten, die ich mit dem Patienten gemacht habe", erklärte Ruby. „Aber was, wenn ich wirklich mit ihm kommunizieren könnte? Ich meine, *wirklich* – in Worten oder Bildern? Dann könnten wir vielleicht herausfinden, wer die Frau auf dem Amulett ist. Und bei der Gelegenheit auch gleich ..."

Für einen Moment hielt sie inne, denn sie konnte sich ein kleines Lächeln nicht verkneifen.

„... nun, welche Krankenkasse für seine Behandlung aufkommt", führte sie ihren Satz zu Ende.

Die Sache mit der Krankenkasse schien eine gute Idee gewesen zu sein. Die Neugier von Doktor Stone jedenfalls schien schlagartig geweckt. Ihre Augen blinzelten sie überrascht an.

„Und wie in aller Welt wollen Sie das erreichen?", fragte sie.

Ruby schaute ihrer Vorgesetzten mit aller Zuversicht in die Augen, die sie nur aufbringen konnte.

„Indem ich in seine Träume gelange."

Sie hatte kaum ausgesprochen, da legte Eleonore Stone schon den Kopf in den Nacken und lachte laut auf.

„In seine *Träume*?", vergewisserte sie sich, als wäre sie kurz davor, die Kollegen aus der Psychiatrie zu verständigen.

„Ich weiß, es klingt verrückt, aber vielleicht gibt es einen Weg."

„Und der wäre?"

„Ich muss nur eine einzige Nacht mit ihm verbringen – zusammen mit einer anderen Person, die das Experiment überwacht und mich in seine Träume führt."

„Also, entschuldigen Sie bitte, Ruby – aber das klingt absolut abenteuerlich!" Ruby konnte sehen, dass es der Ärztin schwerfiel, nicht unvermittelt in ihr Büro zu rennen und ein Team aus erfahrenen Seelenklempnern auf sie anzusetzen.

Beziehungsweise sie gleich in eine geschlossene Anstalt einzuweisen.

Und doch, es half nichts – wenn sie eine Chance haben wollte, durfte sie mit der Wahrheit nicht hinter dem Berg halten.

„Es ... gibt da jemanden in St Ives, der das anders sieht ...", erwiderte sie, wenn auch ziemlich kleinlaut. Sie wusste, dass sie hoch pokerte – ohne wirklich ein Ass im Ärmel zu haben. Aber ihr blieb keine Wahl.

„Und wer soll das bitte sein?", fragte die Ärztin und blickte sie dabei mit einer Mischung aus Ungeduld und Ungläubigkeit an, die Ruby innerlich noch mehr unter Druck setzte.

„Meine Großmutter."

Erneut legte sich ein breites Lächeln auf das Gesicht von Eleonore Stone.

„Soso – Ihre Großmutter ...", wiederholte sie süffisant.

„Sie ist ein ..." Ruby stoppte gerade noch rechtzeitig, bevor ihr das Wort *Medium* über die Lippen kommen konnte. Dieses Wort musste sie unbedingt vermeiden, so wie auch alle anderen esoterisch klingenden Begriffe, denn darauf waren Ärzte generell nicht besonders gut zu sprechen. „Sie ... hat ein Talent", erklärte sie stattdessen.

„Aha, und welches Talent wäre das?", fragte die Ärztin zurück.

„Das Talent, Menschen in ihren Träumen miteinander verbinden zu können."

Doktor Stone blickte sie an, als würde gleich der nächste Lachanfall folgen. Doch nur eine Sekunde später verschwand das Lachen aus ihrem Gesicht, und sie stemmte die Arme in ihre schmalen, knochigen Hüften.

„Einen Moment, Schwester Light – wollen Sie mir sagen, dass Ihre Großmutter ..." Sie hielt inne, zögerte, es auszusprechen.

„... Tilda? Tilda Goodwill – ist das ihr Name?"

„Ja ... das ist richtig", bestätigte Ruby überrascht. „Wieso? Kennen Sie sie?"

In exakt demselben Moment, in dem der Name ihrer Großmutter gefallen war, schien sich die Welt auf den Kopf zu stellen. Eleonore Stone trat einen Schritt auf sie zu und legte die Hand auf ihre Schulter.

„Wieso haben Sie das nicht gleich gesagt?"

„Ich ... nun, weil Sie doch Ärztin sind und meine Großmutter in ganz Cornwall nur als ...“

„*Die Traumweberin* bekannt ist?“, führte die Ärztin ihren Satz zu Ende. „Darüber machen Sie sich mal keine Sorgen.“

„Heißt das, Sie ... glauben an das, was meine Großmutter macht?“ Nun war es Eleonore Stone, die für einen Moment nach der richtigen Antwort zu suchen schien.

„Nun, ehrlich gesagt, nein ...“, erwiderte sie. „Ich bin Ärztin, ich glaube an die Wissenschaft.“

„Aber was ist es dann?“, wollte Ruby wissen.

Ihre Chefin blickte sie an. Ihr Gesichtsausdruck hatte endgültig etwas Mildes bekommen. Etwas, das man normalerweise nicht mit ihr in Verbindung bringen würde.

„Wussten Sie, dass Ihre Großmutter Hebamme war?“

Ja, das wusste sie. Bevor sie in den Ruhestand gegangen war und sich in die zweite Schutzheilige von St Ives verwandelt hatte, war sie Hebamme gewesen.

„Und zwar eine sehr gute“, fuhr ihr Gegenüber fort. „Ob Sie es glauben oder nicht: Ihre Großmutter hat mich zur Welt gebracht“, erklärte sie. „Es war eine äußerst schwere Geburt, und meine Mutter und ich wären dabei fast gestorben. Dass es nicht so gekommen ist und ich jetzt hier vor Ihnen stehe, ist einzig allein Tilda Goodwill zu verdanken – Ihrer Großmutter.“

Nun war es Ruby, die staunte.

„Von daher schulde ich ihr etwas“, beendete Eleonore Stone ihren Gedanken. „Und wenn es eines ihrer Traumexperimente ist, auch das. Aber mehr als eine Nacht kann ich nicht genehmigen!“

Sie tat so, als setze sie ein strenges Gesicht auf, aber im Gegensatz zu dem strengen Gesicht, das Ruby von ihr kannte, war es jetzt sanft und weich.

„Danke!“, rief sie begeistert aus und war kurz davor, ihrer Chefin um den Hals zu fallen. Im letzten Moment hielt sie sich gerade noch zurück.

„Und wann soll es losgehen?“, wollte diese wissen.

„Am besten gleich heute Abend, nach meiner Schicht!“, schlug Ruby vor.

Löwe: Mächtige Freunde
Lexikon der Träume

Ruby konnte es kaum fassen, dass sich das Blatt auf diese Weise gewendet hatte. Eben noch sah es so aus, als wäre ihr ganzer Plan endgültig gescheitert – und nun durfte sie ihr Experiment sogar ganz offiziell unternehmen. Oberschwester Rosamund erhielt die Anweisung, sie und Tilda in dieser Nacht unter keinen Umständen zu stören, wenn sie den ersten Anlauf unternahmen, Sal in seine Träume zu folgen. Sie half ihr sogar dabei, ein zweites Bett in sein Zimmer zu bringen – denn genau darum hatte ihre Großmutter sie gebeten, als sie sie an diesem Nachmittag angerufen hatte, um ihr von ihrem Durchbruch bei Doktor Stone zu berichten. Tilda hatte reagiert, wie Ruby es sich erhofft hatte: mit ihrer vollständigen und uneingeschränkten Unterstützung.

Es war neun Uhr abends. Ruby war nach ihrer Schicht noch schnell nach Hause geradelt, um zu duschen, sich umzuziehen und eine Kleinigkeit zu essen. Unter dem Mantel trug sie ihr Lieblingskleid, weiß mit goldenen kleinen Sternen, die darauf glitzerten wie der Nachthimmel an seinen besten Tagen, denn sie wollte einen guten ersten Eindruck hinterlassen – nur für den Fall, dass sie Sal tatsächlich in seinen Träumen treffen würde und er sie so sah.

Ehrlich gesagt: Sie hatte keine Ahnung, wie es funktionierte.

Und ja, sie war ein wenig nervös, als sie das Hospiz wieder erreichte und schließlich sein Zimmer betrat. Fast wie bei einem ersten Date – was sie sich schon wieder einbildete!

Kaum hatte sie die Tür geöffnet, bemerkte sie auch schon Tilda. Sie saß gedankenverloren an Sals Bett und hob sachte ihren Kopf, als sie hereinkam. Wie immer war sie ganz in Orange gekleidet, ihrer Farbe. Sie liebte sie über alles, die Töne der Sonne, von einem gleißenden Gelb bis hin zu Feuerrot, einzig und allein kombiniert mit Weiß, der Farbe des Lichts. Aber das warme Orange, in das ihre leicht hippiemäßige, mit Blumen bestickte Bluse und ihre Jeans getaucht waren, war ihr Favorit. Wenn man nicht wusste, dass sie bereits achtzig war, konnte man sie gut und gerne für zwanzig Jahre jünger halten – ihre leuchtenden Augen und ihre zierliche Gestalt, die Ruby von ihr geerbt hatte, machten es möglich.

„Da bist du ja, mein Engel!", begrüßte Tilda sie. Bildete Ruby es sich nur ein, oder waren ihre Augen gerötet? „Und? Bereit für einen Ausflug in das Reich der Träume?"

War sie das?

Ruby schluckte, als sie das zweite Bett neben dem von Sal erblickte, das sie selbst erst vor Stunden zusammen mit Oberschwester Rosamund in das Zimmer gerollt hatte.

Am Nachmittag im Licht des Tages hatte es noch alles so harmlos ausgesehen, aber nun? Ein wenig mulmig war ihr schon. Es war fast, als würde sie sich zu ihm ins Bett legen, so nah waren sie einander.

Nun, zumindest, wenn das zweite Bett wirklich für sie bestimmt war.

„Keine Sorge", beruhigte Tilda sie. „Es ist eigentlich ganz leicht: Du musst dich nur hinlegen, den Rest mache ich."

Okay, es *war* also für sie bestimmt.

„Und dann?"

„Nun, genau das ist das Problem", seufzte ihre Granny. „Normalerweise würde ich dich jetzt bitten, dich an ein Erlebnis zu erinnern, bei dem ihr einander ganz nah wart. Und dabei versetze ich dich in den Schlaf."

Hypnose – das war es, was sie *eigentlich* mit Schlaf meinte.

Ihre Großmutter beherrschte die Technik, Menschen in Trance zu versetzen, indem sie von fünf an abwärts zählte. Ruby hatte es selbst schon mit angesehen. Aber am eigenen Leib gespürt hatte sie es noch nicht.

Eine Erfahrung, die sie sich gern erspart hätte, denn sie schätzte es, die Kontrolle über sich zu behalten. Das heißt, wenn es überhaupt möglich war, die Kontrolle über sich zu behalten. Bei dem, was sie vorhatten.

„Aber – er und ich haben dieses Erlebnis nicht", wandte Ruby ein. „Diese Verbindung. Wir haben keine gemeinsame Vergangenheit."

Ihre Großmutter nickte.

„Ich hatte dir ja schon gesagt, mein Schatz, dass es deshalb vielleicht nicht funktionieren wird. Aber dafür habt ihr einen anderen Vorteil."

Einen Vorteil?

„Ihr seid beide hier", erklärte Tilda. „Das heißt, es gibt eine andere Möglichkeit, wie ich euch miteinander verbinden kann."

„Und – die wäre?"

„Nun, ganz klassisch", erklärte sie geheimnisvoll. „So wie es ein Liebespaar machen würde. Nun, vielleicht nicht ganz so, aber zumindest halbwegs könnten wir es arrangieren …"

Ruby schluckte nervös.

Wenig später lag sie auf dem Bett an seiner Seite. Sie trennte nur ein halber Meter von ihm.

Oder anders gesagt: ein ausgestreckter Arm.

Erneut betrachtete Tilda den jungen Mann mit dieser gedankenverlorenen Miene, die Ruby schon irritiert hatte, als sie in das Zimmer gekommen war. Sie wirkte so unendlich traurig und voller Liebe, als wäre sie in einem Traum gefangen.

„Ist er nicht hübsch?", fragte sie leise. „Sein Gesicht – es kommt mir so bekannt vor … es …"

Für einen Moment füllten sich ihre Augen mit Tränen. „… es erinnert mich an jemanden, den ich sehr mochte."

„Ist … alles in Ordnung?", fragte Ruby ein wenig beunruhigt.

„Ja, natürlich – entschuldige bitte, mein Schatz."

„An wen?", fragte Ruby. „An wen erinnert er dich?"

Doch Tilda schüttelte nur den Kopf. „Es spielt keine Rolle – nicht *mehr* jedenfalls. Das alles war vor langer, langer Zeit – *vor* deiner Zeit", erklärte sie.

„Hm … ich …", stammelte Ruby, die nicht wusste, was sie dazu sagen sollte. Darauf war sie nicht vorbereitet gewesen.

„So, nun gib mir deine Hand", sagte ihre Großmutter. „Ich werde sie jetzt in seine legen", erklärte Tilda das Prozedere.

Noch bevor Ruby darüber nachdenken konnte, nahm ihre Granny ihre Hand und verband sie sachte mit seiner, die schlaff und wie taub in der Luft hing, ohne ihren Griff auch nur im Geringsten zu erwidern. Keine Reaktion. Jedenfalls keine von seiner Seite.

Ruby jedoch fühlte augenblicklich, wie ihr Herzschlag sich beschleunigte, als sie seine Nähe spürte.

„Aber … was mache ich, wenn ich …"

„… ihm begegne?", führte Tilda ihren Satz richtig zu Ende. „Du musst versuchen, herauszufinden, wo er ist. Schau dir den Ort ganz genau an, an dem ihr euch befindet – jedes Detail ist wichtig, alles, was du siehst oder hörst", erklärte sie. „Vielleicht gelingt es dir sogar, mit ihm zu sprechen. Wichtig ist, dass du dir alles ganz genau merkst, so gut es nur geht. Verstehst du das, mein Schatz?"

Ruby nickte.

„Bist du bereit?"

„Ich … weiß nicht … ich …"

Bis vor einer Sekunde hatte sie noch Angst gehabt, dass es nicht funktionieren könnte. Aber nun beschäftigte sie plötzlich das Gegenteil: Was, *wenn* es funktionierte?

Was würde dann passieren?

Auf was hatte sie sich da eingelassen?

Auch ihre Großmutter schien ihre Zweifel zu bemerken. „Liebes, wir müssen das nicht machen, wenn du nicht willst", erklärte sie.

„Doch, doch … ich … will. Es ist nur …"

„Die Angst, oder?"

Ruby nickte.

„Das ist ganz normal, Ruby, mach dir deswegen keine Sorgen. Hör einfach auf deine innere Stimme, denn sie kennt den für dich bestimmten Weg, und zwar vom Tag deiner Geburt an. Dieser Weg ist *dein* Weg zum Glück. Leider ist er ein unbehauener, rauer, kurvenreicher und mit vielen Hindernissen gepflasterter Pfad und keine perfekt betonierte gradlinige Autobahn, die dich rasend schnell und sicher ans Ziel bringt. Und genau aus diesem Grund – aus Angst, diesen harten, aber für sie vorgesehenen Weg zu gehen – leben die meisten Menschen an ihrem Leben und ihrer Bestimmung vorbei. Sie tauschen unsicheres Glück gegen sicheres Unglück ein." Für einen Augenblick stoppte sie. „Zumindest ich habe es so gemacht."

Ruby stutzte.

„Du?"

„Ja", erwiderte ihre Großmutter, und ihre Augen wurden erneut für eine Sekunde feucht. „Und als ich endlich gelernt habe, meiner inneren Stimme zu folgen, da … nun, war es zu spät."

Ruby starrte sie an, unfähig, ein Wort zu erwidern.

„Es ist der Glaube, der uns an unser Ziel bringt … die Hoffnung …", fuhr Tilda leise fort, „der Glaube und die Hoffnung, dass unsere innere Stimme uns das Richtige sagt. Dass sie uns nicht im Stich lässt, auch wenn wir *sie* wieder und wieder im Stich lassen, um auf einen bequemeren und vermeintlich sicheren und schnelleren Weg auszuweichen, der sich am Ende fast immer als eine Sackgasse herausstellt ... denn was für andere richtig ist, ist nicht zwangsläufig richtig für dich, mein Schatz. Wir sind alle unverwechselbare und absolut einzigartige Seelen. Und jede dieser Seelen muss ihren eigenen Weg finden – *allein*. Denn nur auf diese Weise findet sie ihr Schicksal und den Menschen, der wirklich für sie bestimmt ist – ihr *Soulmate*, ihren Seelenverwandten –, und tritt nicht mit gesenktem Blick aufs Gaspedal, um abzuhauen, sobald die Sache ernst wird. Wie es heutzutage die Regel zu sein scheint."

Als würde ihr plötzlich bewusst, dass sie abschweifte, wurde Tildas Blick schlagartig ernst. „Nun, es ist ja auch egal", wischte sie ihre Traurigkeit zur Seite. „Also, was sagt deine innere Stimme, mein Kind: Willst du es machen oder nicht?"

„Ja ... ich will", bestätigte Ruby mutig. Ihr Bauch sagte ihr ganz klar, dass es so war. Die Bedenken kamen nur vom Kopf. Aber wenn sie richtig verstanden hatte, befand sich die innere Stimme nicht dort oben.

„Gut, dann lass uns keine weitere Zeit verlieren", erwiderte Tilda. Mit einem geheimnisvollen Lächeln auf dem Gesicht holte sie ein Metronom aus ihrer Tasche hervor, einen mechanischen Taktgeber. Sie stellte es auf den kleinen Nachttisch. Und setzte es in Bewegung.

Tick-tack-tick-tack-tick-tack.

Das beruhigende Klacken und der gleichmäßig nach links, nach rechts und wieder zurück ausschlagende silberne Zeiger sorgten dafür, dass Ruby augenblicklich schläfrig wurde. Ihre Lider wurden schwer.

Im nächsten Moment wandte ihre Granny sich ihr zu. „Ich werde nun von fünf an abwärts zählen, und du wirst in einen tiefen Schlaf fallen, währenddessen du seine Hand festhalten wirst. Sobald du in deinem Traum meine Stimme hörst, die von eins an aufwärts zählt, wirst du meiner Stimme folgen und bei fünf erwachen."

Ruby schluckte und nickte zur Bestätigung, dass sie verstanden hatte.

Sie spürte, wie sich Tildas rechte Hand sanft über ihre und die von Sal legte. Während ihre linke weit geöffnet wie ein strahlender Mond über ihr in der Luft verharrte, auf halber Höhe zwischen ihren Augen und ihrer Stirn.

„Fünf ...", begann Tilda zu zählen.

Jetzt wurde es ernst. Kaum vernahm sie die Stimme ihrer Großmutter, der Traumweberin, fühlte sie augenblicklich eine bleierne Müdigkeit in sich aufsteigen. Über ihr schwebte Tildas kleine, von zarten Linien der Zeit durchsetzte Hand, die sanfte Kreisbewegungen in der Luft ausführte. Fast willenlos folgte Ruby den Bewegungen des kreisenden Monds über ihr.

„Vier ... drei ... zwei ... eins ..."

Eine Libelle!

Was – war das? Sie hatte sich geduckt, und im selben Moment war eine Libelle über ihren Kopf hinweggeschossen. Dunkelblau schimmernd und mit Flügeln durchsichtig und glänzend wie ein goldener Schleier.

Ruby blickte um sich. Wo – war sie?

Keine Frage: Sie befand sich in einem Wald. Einem Märchenwald voller mächtiger, krumm und schief in den Himmel wachsender Bäume. Es roch nach Sommer, Kiefernnadeln und Harz. Die Hitze war kaum zu ertragen, und der Schweiß rann ihr in Rinnsalen, nein: *Bächen* von der Stirn. Neugierig ließ sie ihren Blick schweifen. Er huschte durch das dichte Geflecht aus Stämmen und Sträuchern, hinauf auf eine dahinter liegende kleine Lichtung, hinter der sich in all seiner göttlichen Pracht der Ozean auftat, tief dunkelblau und übersät von einem Meer aus glitzernden Sternen, die im Licht der Sonne auf seiner nassen Haut tanzten. Doch das Eigentliche, die wirkliche Entdeckung, war Ruby bis jetzt entgangen.

Irgendetwas war – anders.

Gewaltig anders, um genau zu sein. Ruby konnte den Schreck in allen Gliedern spüren, als sie an sich herabblickte: Sie trug ein rosafarbenes Pink-Panther-Shirt, winzige Jeans-Shorts und unter ihren nackten Füßen, die in Sommersandalen steckten, spürte sie ein Bett aus samtigem Moos.

Sie – war geschrumpft!

Wie klein sie waren: ihre Füße! Ihre Hände! Ihr ganzer Körper! Sie brauchte keinen Spiegel, um schlagartig zu erkennen, dass sie wieder ein Kind war.

Kaum hatte sie es begriffen, wich der Schreck einem anderen Gefühl: dem Gefühl von Glückseligkeit, das sie flutete wie eine mächtige Welle. Augenblicklich fühlte sie sich wieder so, wie wir alle uns einmal gefühlt hatten:

Unbesiegbar.

Unsterblich.

Und auch wenn Ruby wusste, dass dies hier nur ein Traum sein konnte, konnte sie nicht verhindern, von ihm davongetragen zu werden. In ein anderes, längst vergessenes Land. Das Land ihrer Kindheit. Es war einer dieser Träume, bei denen man wusste, dass man träumte, und aus denen man dennoch nie wieder aufwachen wollte – weil sie so glücklich machten. So unendlich glücklich wie das Leben, von dem wir träumten, seit wir Kinder waren, und das wir, je länger wir unsere Träume träumten anstatt sie zu leben, doch nie zu greifen bekamen.

Weil wir viel zu früh aufgaben.

Weil wir aufgaben, ohne es je wirklich versucht zu haben.

Weil die Spannung aus dem Bogen wich, der wir einst waren.

Es schien der große Jackpot in der Welt der Erwachsenen zu sein: Erwachsen zu werden und das zu tun, was alle anderen Erwachsenen taten: unsicheres Glück ein für alle Mal gegen sicheres Unglück einzutauschen.

Auf einmal war Ruby alles klar – sie blickte mit dem Herzen eines Kindes auf die Welt und gleichzeitig aus den Augen einer Erwachsenen. Sie war alles zugleich – die Ruby, die sie heute war, und im selben Augenblick die Ruby, die sie vor vielen, vielen, lange vergangenen Jahren gewesen war.

Es war – ein Gefühl, so unglaublich, wie das Gefühl, allwissend zu sein. Sein eigenes Schicksal auf einmal klar vor sich sehen zu können.

Vorsichtig setzte sie Fuß um Fuß voran – und schon hatte sie die Lichtung erreicht.

Von der sie hinaus auf das Meer blickte.

Die ganze Schönheit des Universums schien sich vor ihr aufzutun und sich ehrfurchtsvoll vor ihr zu verneigen – es war schlichtweg atemberaubend. Doch hier durfte sie nicht verweilen. Denn sie hatte eine Aufgabe, eine Mission: Sie musste jemanden finden, der verloren gegangen war.

Ein Geräusch ließ sie im selben Moment zusammenzucken.

„Ruby! Finde mich …", vernahm sie aus der Ferne eine Stimme. Es war eine Kinderstimme.

„Finde mich, Ruby …"

Da – schon wieder!

Auf leisen Sohlen schlich sie durch das trockene Unterholz. Irgendwo ganz in ihrer Nähe war die Stimme, das wurde ihr allmählich klar. Sie war ihr ganz dicht auf den Fersen. Und die Stimme wusste, dass sie die Verfolgung aufgenommen hatte – denn sie *wollte* gefunden werden.

Von *ihr*.

„Ruby … hier bin ich …", schwirrte der unsichtbare Singsang durch die warme Sommerluft zu ihr herüber.

Wo versteckte sie sich, die Stimme, die sich nur hinter einem der mächtigen Baumstämme verbergen konnte?

Ruby begann zu laufen.

Erst langsam, hier nach Norden, dort nach Süden schweifend, dann nach Osten und gen Westen. So funktionierte es nun mal, das Versteckspiel. Nur wer wirklich suchte, fand. Im Grunde war das ganze Leben ein Versteckspiel – genauso wie es der alte Harry Winston immer sagte. Denn wer sich nicht auf die Suche machte, nach sich selbst, seinen Träumen und seiner großen Liebe, fand auch nichts dergleichen.

„Ruby … *hier* bin ich …"

Auf einmal klang es so, als wäre die Stimme nur noch ein paar Meter von ihr entfernt. Als wäre sie zum Greifen nahe.

Da! Hinter einem aufgeworfenen, grün bewachsenen Erdhügel meinte sie, eine Bewegung wahrgenommen zu haben.

Und noch einmal – es bestand kein Zweifel: Eine kleine Gestalt huschte dort herum.

Jetzt war es an der Zeit: Ruby rannte, was das Zeug hielt. Denn sie hatte die Stimme entdeckt. Sie gehörte – einem Jungen! Er trug ein pfefferminzgrünes T-Shirt mit der Nummer sieben auf dem Rücken, kurze verwaschene Jeans mit ausgefransten Beinen, schmutzige, einst weiße Chucks und musste ungefähr in ihrem Alter sein. Sein blondes Haar reichte ihm hinab bis auf die Schultern.

Könnte sie doch nur sein Gesicht erkennen!

Mit aller Kraft, die ihre Beine hergaben, nahm sie die Verfolgung auf. Über Stock und Stein, immer tiefer in den Wald hinein. Bis er schließlich nur eine Handvoll Schritte vor ihr vor einem mächtigen Baum stoppte, an dem eine kleine Strickleiter baumelte. Mit einem Satz hatte er sie ergriffen und wand sich über die schmalen, mit Tauen verbundenen Holztritte nach oben. Rubys Blick folgte ihm gebannt. Denn dort oben, im Wipfel des Baumes, saß: ein komplettes Baumhaus!

So wie es sich kein Kind perfekter erträumen konnte. Mit einer Tür und Fenstern. Zusammengehämmert aus windschiefen Holzscheiten der verschiedensten Farben und Größen.

Ihr Baumhaus. Schlagartig fiel es ihr wieder ein.

„Komm!", vernahm sie von oben erneut seine Stimme.

„Wer ... bist du?", flüsterte sie in Gedanken, während urplötzlich eine Ahnung in ihr keimte, zärtlich wie ein frisch gepflanzter Setzling schlang sie sich um ihr Herz. Doch nein, das konnte unmöglich sein! Sie träumte diesen Traum nicht mit *ihm*.

Einen Moment lang zögerte sie, denn sie war nicht wirklich schwindelfrei. Nicht mehr jedenfalls. Doch dann ergriff sie kurzerhand die Strickleiter und setzte mutig Fuß um Fuß voran, sorgsam darauf bedacht, nicht nach unten zu blicken.

Hinunter in den gähnenden Abgrund.

Geschickt wie ein Eichhörnchen erklomm sie den Baum – und schlüpfte durch die winzige Tür des Baumhauses.

Der kleine Junge saß am anderen Ende, das offen war, und ließ seine Füße in der Luft baumeln.

„Hast du mich endlich gefunden?", fragte er gespielt gelangweilt, ihr den Rücken zukehrend.

Ein Schreck durchfuhr sie, als sie ihn so sah.

„Lass das – das ist zu gefährlich", warnte sie ihn, während sie es mit der Angst zu tun bekam. Immerhin waren sie einige Meter über dem Erdboden. Woher kam diese Angst? Als Kind hatte sie sich nicht gefürchtet. Hatte sie sie etwa herangezüchtet? Während sie erwachsen geworden war? Doch der Junge schien ohnehin nicht auf sie zu hören.

„Es wird regnen", erwiderte er, als hätte er ihren Einwand überhaupt nicht gehört. „Schau!" Mit seiner kleinen Hand wies er in den Himmel, der über ihnen vorbeizog. Tatsächlich – er hatte sich innerhalb von Sekundenbruchteilen verdunkelt.

Kabumm!

Ein mächtiges Donnergrollen erschreckte Ruby beinahe zu Tode. Und schon fielen die ersten Tropfen aus den Wolken. So groß wie pralle, mit Wasser gefüllte Weintrauben – jedenfalls sahen sie so aus, aus den Augen eines Kindes.

„Nein!", rief sie entsetzt aus und hielt sich erschrocken die Hand vors Gesicht.

Denn der Junge – er war gesprungen!

Mit einem Satz war sie auf seinem Platz und blickte hinab auf den moosgrünen Waldboden. Wo die kleine Gestalt sich aufrappelte und Anstalten machte, davonzulaufen.

„Siehst du? Es ist nicht gefährlich!", rief er zu ihr hoch, ohne jedoch den Blick zu ihr zu erheben. Der Regen wurde stärker und dichter.

Und der Junge? Er lief doch tatsächlich davon! Direkt vor ihren Augen. Ließ sie einfach hier oben zurück.

„Wo willst du hin?", rief sie ihm nach.

„Nach Hause!", antwortete er, sich das T-Shirt schützend über den Kopf ziehend.

Nach Hause? Wo in aller Welt sollte das sein?

„Warte auf mich!"

Höhenangst und Schwindelgefühl hin oder her – Ruby wusste, dass sie jetzt keine Zeit verlieren durfte. Sie nahm ihr Herz in die Hand und kletterte die Strickleiter hinab, so schnell sie es vermochte. Den Blick so nah wie möglich an das Tau und die Tritte vor ihren Augen heftend und die Tiefe unter sich tapfer verleugnend. Bis sie schließlich festen Boden unter ihren Füßen erreicht hatte.

Der Regen war mittlerweile in einen Platzregen übergegangen. Man konnte kaum die Hand vor Augen sehen. Durch das dichte graugrüne Gestrüpp vermeinte sie, in weiter Ferne den Jungen zu entdecken, der durch den Wald flitzte wie ein Pfeil, der aus einem Bogen geschossen war. Und noch dazu hakenschlagend wie ein Hase auf der Flucht.

Ruby rannte mit aller Kraft ihrer Beine.

Wenn sie ihn jetzt nicht einholte, würde sie ihn für immer aus den Augen verlieren, so viel stand fest. Und wäre damit wieder genau dort, wo ihre Suche begonnen hatte.

Ihr kleines Herz hämmerte in ihrer Brust, ihr Atem ging rasselnd, während sie ihm durch den Regen folgte – entschlossen, nicht aufzugeben.

Doch was war das?

Sie stoppte auf halbem Weg. Denn sie vernahm eine Stimme. Merkwürdig, sie zählte! Warum tat sie das? Oh … nein …

„Eins, zwei …"

Nein! Bitte nicht. Nicht jetzt! Natürlich war es nicht die Stimme des kleinen Jungen.

Es war eine andere Stimme.

„Drei, vier …"

Sie musste verhindern, dass sie weiterzählte. Aber wie?

„… fünf – und nun wachst du auf, Ruby."

Zu spät.

Als Ruby die Augen aufschlug, saß Tilda an ihrem Bett.

„Warum hast du mich nur geweckt, Tilda!" Sie war außer sich. Ja, sie blaffte ihre Großmutter richtiggehend an. „Das war absolut nicht nötig! Ich war gerade dabei, eine Entdeckung zu machen."

„Du … hast auf einmal so wild geatmet – ich habe mir Sorgen gemacht!"

„Aber doch nur, weil ich gerannt bin!"

Ihre Granny blickte sie fragend an.

„Du bist gerannt?"

Ruby nickte.

„Hattest du Angst? Musstest du etwa fliehen?"

„Nein – das glatte Gegenteil", erklärte Ruby ihr, sie war noch immer ein wenig außer Atem. „Ich habe jemanden gesucht."

„Jemanden gesucht?"

„Ja", bestätigte sie, noch immer halb in jener Welt und halb in dieser. „Ich … ich … war ein Kind, Tilda! Kannst du dir das vorstellen? Ich war in einem Wald, und es war Sommer und da war noch … ein anderes Kind … ein … *Junge* …"

„Du meinst – *ihn*?", fragte ihre Großmutter mit einem kurzen Blick hinüber zu Sal, der noch genauso regungslos neben ihnen lag wie gerade zuvor. Ruby schüttelte den Kopf.

„Ich weiß es nicht, Tilda", erklärte sie. Ehrlich gesagt drängte sich ihr momentan ein anderer Verdacht auf – der Gedanke an ein anderes Kind, das sich irgendwie in ihre Träume geschlichen hatte. Aber wie war das möglich? „Ich … weiß nur, dass ich kurz davor war, es herauszufinden …", stotterte sie.

„Bevor ich dich zurückgeholt habe …?"

„Ja", bestätigte sie. „Wie – lange war ich weg?"

„Ungefähr zehn Minuten."

„Ich muss wieder zurück", entschied Ruby. „Jetzt sofort!" Sie sagte es mit einem Nachdruck, der keinen Zweifel an ihrem Vorhaben ließ.

„Jetzt sofort?"

Ihre Großmutter starrte sie mit großen Augen an. „Willst du nicht lieber noch etwas warten, und wir probieren es morgen noch einmal?"

Doch Ruby schüttelte den Kopf. „Das geht nicht", erklärte sie. „Die Zeit läuft uns davon – Doktor Stone hat ausdrücklich nur diese eine Nacht genehmigt."

Tilda legte den Kopf auf die Seite und stieß einen kleinen erschöpften Seufzer aus, so als wäre sie es gewesen, die gerade eben im Höchsttempo durch einen Wald gespurtet war.

„Nun, vielleicht können wir sie einfach fragen, ob sie uns ein wenig mehr Zeit gibt, um die Sache in Ruhe anzugehen. Das ist ja wie ein Marathon."

„Nein", widersprach Ruby. „Das Risiko wäre zu groß. Was, wenn sie nicht zustimmt? Du musst wissen, Doktor Stone ist nicht gerade das nette Mädchen von nebenan …"

„Ist sie nicht?", fragte ihre Großmutter, und ein kleines Lächeln umspielte ihren Mund.

Wenn man vom Teufel spricht.

„Und? Geht es voran mit dem Experiment?"

Es war Eleonore Stone, die in ebendiesem Moment den Kopf durch die Tür zu ihnen hereinsteckte.

„Ganz hervorragend, Frau Doktor", erwiderte Tilda wie aus der Pistole geschossen. „Wir machen Fortschritte mit Siebenmeilenstiefeln. Sie werden sehen, morgen früh haben Sie alle Beweise auf dem Tisch."

„Nun, das … würde mich zwar überraschen, aber … ich lasse Sie beide wohl am besten allein", erwiderte sie, als wäre sie nur zu geneigt, sich schnellstmöglich wieder von diesem … *Hokuspokus* … zu verabschieden. „Aber dass Sie mir den Patienten nicht zu sehr aufregen."

„Auf keinen Fall, Frau Doktor", versprach Tilda.

Die Ärztin nickte. „Nennen Sie mich doch Eleonore", erwiderte sie, und ihre Stimme klang auf einmal deutlich freundlicher als zuvor. „Sie haben mich schließlich auf die Welt gebracht."

„Ach, das war *ich*? Hoffentlich habe ich meine Sache gut gemacht damals. Als Ärztin können Sie das heute ja sicher besser beurteilen als damals als Baby."

Das war typisch ihre Granny, immer einen Scherz auf den Lippen. Ruby kicherte leise in sich hinein.

„Das haben Sie", bestätigte Doktor Stone mit einem überraschend warmen Lächeln. Um danach leise wieder die Tür hinter sich zu schließen.

„Gut gemacht!", beglückwünschte Ruby ihre Großmutter zu der erfolgreich überstandenen Premiere mit Doktor Stone, die nicht immer zu derartigen Späßen aufgelegt war. Um nicht zu sagen: eigentlich nie. Tilda musste damals wirklich gute Arbeit geleistet haben, anders war die Sache nicht zu erklären.

„Also", befahl Ruby. „Bring mich zurück. Und dieses Mal darfst du mich auf keinen Fall wecken – egal, was passiert! Hast du verstanden?"

Sie hatte die Spur aufgenommen, so viel stand fest. Nur wessen Spur es war, konnte sie in diesem Augenblick noch nicht mit Gewissheit sagen. Der einzige Weg, es herauszufinden, war, keine Zeit zu verlieren.

Weiterzumachen.

Ihre Großmutter zögerte einen Moment. Aber dann stieß sie einen tiefen Seufzer aus, was wohl bedeuten sollte, dass sie machtlos war gegen einen so starken Willen wie den ihrer Enkeltochter. Doch gleichzeitig schienen ihre Augen zu lächeln. Denn am Ende waren sie aus demselben Holz geschnitzt.

„Und du bist sicher, dass es der richtige Ort war?", wollte sie wissen. „Dass du in seinen Träumen warst?"

Ruby schüttelte den Kopf.

„Nein, bin ich nicht – aber es gibt nur einen Weg, das herauszufinden, oder?" Ihr Blick fiel auf das Metronom auf dem Nachttisch.

Tick-tack-tick-tack-tick-tack.

„Fünf … vier …"

Kaum war Tilda bei eins angelangt, spannte sich eine schwarze Decke über Ruby. Eine *düstere, riesige, nasse*, schwarze Decke.

„Pfff…"

Eine mächtige Welle, die über ihrem Kopf zusammenschlug, drückte sie augenblicklich unter Wasser. Die eiskalte Flüssigkeit strömte in ihren Körper, den Mund, die Nase, ihre Lungen. Ruby versuchte nach oben zu gelangen, an die Oberfläche, doch sie wusste nicht einmal, wo oben war, so stark wirbelte das Meer sie umher. Wie einen willenlosen kleinen Ball, der zufällig in einen von Sturmwellen gepeitschten Ozean geraten war.

Sie versuchte zu atmen, doch sie konnte nicht.

„Was …"

Sie musste irgendwie an die Luft gelangen. Doch wie? Sie war beileibe keine schlechte Schwimmerin, doch jede Anstrengung erschien ihr in dieser Situation nutzlos. Über ihr, unter ihr, alles war schwarz.

Da – kurz drückte das Wasser sie nach oben.

Sie nahm einen tiefen Atemzug.

Verzweifelt.

Der Himmel über ihr war undurchdringlich, Wassermassen ergossen sich aus ihm auf sie und das sturmgepeitschte Meer herab. Ein Sturm, wie sie ihn noch nie erlebt hatte, heulte und toste, dass ihr angst und bange wurde.

Durch einen dichten, feuchten Dunst erkannte sie vor sich in der Ferne die Kulisse von St Ives. Sie trieb auf dem Atlantik, nicht weit vor Porthmeor Beach. Es war dunkel, und durch ihre vom Salzwasser brennenden Augen erblickte sie die Strandpromenade mit den leuchtenden Laternen.

Dieses Mal war sie kein Kind – so viel stand fest.

Sie schlug wild um sich, mit Armen und Beinen. Doch es war aussichtslos. Wie ein Stück Treibgut warf der wütende Ozean sie mal hierhin, mal dorthin, seine Kraft schien unendlich. Nie zuvor war sie in ein solches Unwetter geraten. Sie spürte die Kälte in ihrem Gesicht. Nicht nur das Wasser, auch die Luft war so schneidend kalt, dass sie kaum atmen konnte.

„Lieber Gott, bitte mach, dass ich heil hier rauskomme", rief sie, während der nächste Brecher auf sie zusteuerte.

Oh Gott, erst jetzt sah sie, wie nahe sie den Klippen war!

Nein, um Himmels willen … nein!

Doch zu spät. Schon fühlte Ruby, wie sie gegen etwas Scharfes, Kantiges, Kaltes gewirbelt wurde, zuerst mit der Schulter und dann mit dem Kopf.

Die Lichter an der Strandpromenade erloschen.

Um sie herum wurde es schwarz.

„Ruby! Mein Schatz! Gott sei Dank, du bist zurück!"

Langsam – sehr, sehr langsam – kam sie zu sich. Noch immer spürte sie den Geschmack von Salz in ihrem Mund und auf den Lippen. Ihre Großmutter war aufgeregt von der Bettkante aufgesprungen und hatte sich über sie gebeugt. Zutiefst besorgt starrte sie sie an.

„Aua …", stöhnte Ruby und führte ihre freie Hand – die, die sie nicht mit Sal verband – an ihren Kopf. Sie konnte den Schmerz förmlich spüren.

„Was ist passiert, mein Kind? Hast du Kopfschmerzen? Tut dir etwas weh? Um Himmels willen, ich dachte schon, du hättest einen epileptischen Anfall, so wild hast du gezuckt. Und schließlich hast du aufgehört zu atmen …"

Tilda war außer sich vor Sorge.

Ruby blickte an sich herab.

Allmählich mischte sich ein Gefühl der Erleichterung in ihre Angst. Langsam wurde ihr klar, dass sie nicht wirklich verletzt war. Sondern dass auch dies nur ein Traum gewesen war.

Wenn auch ein zutiefst beunruhigender.

Sein Traum, um genau zu sein – so viel erschien ihr sicher. Nun wusste sie, was in jener Sturmnacht vor mehr als zwei Monaten passiert war. Es konnte kein Zufall sein, dass sie einen solch erschreckenden Traum träumte, der die Nacht seines Unglücks in groben Strichen nachzuzeichnen schien.

Dieses Mal war sie definitiv mit ihm verbunden gewesen. Mit ihm, Sal.

Seltsam. Für eine Sekunde schwebte sie zwischen zwei Gefühlszuständen: Sie wusste nicht, ob sie erleichtert sein sollte oder – enttäuscht…

Denn ihr erster Traum hatte sie ganz offensichtlich auf eine falsche Fährte gelockt. Eine Fährte, die etwas in ihr geweckt hatte – eine Hoffnung, die sie vor langer Zeit begraben hatte und in diesem Moment nur zu gerne weiterverfolgt hätte.

„Wieso … hast du mich geweckt?", jammerte sie.

Obwohl sie sich natürlich denken konnte, warum ihre Granny sie geweckt hatte. Ein epileptischer Anfall war Grund genug, einen Traum zu beenden.

„Ich?" Tilda blickte sie erschrocken an. „Ich habe dich nicht geweckt – obwohl ich kurz davor war", widersprach sie. „Du bist von allein aufgewacht."

Nun, das wiederum war kein Wunder – in Anbetracht dessen, was sie gerade erlebt hatte.

„Ich muss wieder da raus, Tilda."

„Was? *Noch* einmal? Das kann ich nicht erlauben, nicht in deinem Zustand!"

„Granny, ich erkläre dir alles später. Bring mich wieder dorthin, bitte!" Ihre Hand, die noch immer unbeirrt von all dem S als Hand umfasste, um nicht zu sagen: panisch umklammerte, war schweißnass.

Tilda blickte sie kopfschüttelnd an.

„Was bist du nur für ein stures Mädchen!", sagte sie.

„Von wem ich das wohl habe?", antwortete Ruby und wusste, dass sie ihre Großmutter von der Notwendigkeit ihrer Mission überzeugt hatte.

Mauer: Widerstände
Lexikon der Träume

Also? Was ist passiert?", wollte Tilda wissen. Sie hatte darauf bestanden, eine Pause einzulegen. Und nun saßen sie mutterseelenallein in der Besucher-Cafeteria, die zu dieser späten Stunde menschenleer war. Auf dem nackten weißen Resopaltisch vor ihnen standen zwei dampfende Becher mit schwarzem Kaffee aus dem Automaten.

„Ich weiß jetzt, wie es passiert ist!" Ruby musste sich Mühe geben, um nicht komplett auszuflippen. Das kleine Gefühl der Enttäuschung, das sich in ihr ausgebreitet hatte, war verdaut. Und ihre Erschrockenheit war in Enthusiasmus umgeschlagen. Denn es schien tatsächlich zu funktionieren. Sie war in seinen Traum gelangt. Nun, es konnte nur sein Traum sein, seine Verarbeitung des Unfalls, der ihn in ihre Arme gespült hatte – denn sie selbst war niemals im Sturm gegen einen Felsen geschleudert worden.

„Wie *was* passiert ist?"

„Der Unfall! Tilda – ich konnte durch *seine* Augen sehen!"

Sie zitterte förmlich vor Aufregung. Was für ein Erlebnis! Sie war noch immer so gefangen von dem gefährlichen Abenteuer, das sie gerade ohne den leisesten Kratzer überstanden hatte, dass sie es erst jetzt bemerkte. Ihre Großmutter hatte liebevoll die Hand auf ihre gelegt, wahrscheinlich, um sie zu beruhigen. Und blickte sie an, als spürte sie genau, wie sie sich fühlte. Ja, fast, als wollte sie am liebsten mit ihr tauschen.

„Was ist, Granny?", fragte Ruby sie.

„Ach nichts", erwiderte Tilda, begleitet von einem wehmütigen Seufzer. „Du hast mich nur auf einen Gedanken gebracht."

„Einen Gedanken?"

„Ja", bestätigte sie. „Ich habe gerade daran gedacht, wie es wäre, noch einmal durch *deine* Augen sehen zu können. Durch die Augen einer jungen Frau, die ihr ganzes Leben noch vor sich hat."

Auf einmal wirkte sie so traurig, so zerbrechlich, dass Ruby die Welt aus den Angeln gehoben hätte, hätte sie den Wunsch ihrer Großmutter erfüllen können.

„Granny …"

„Ist schon gut, mein Schatz. Wir alten Leute sind auch nur Kinder mit Schulden, nichts weiter. Auch wir träumen – nur mit dem Unterschied, dass wir ahnen, dass sich unsere Träume wahrscheinlich nicht mehr erfüllen werden. Aber ich wünsche dir von ganzem Herzen, dass deine es tun."

„Granny – es ist nie zu spät!", versuchte Ruby ihre Großmutter etwas aufzumuntern.

„Das ist lieb von dir", erwiderte Tilda, während die Wehmut langsam aus ihrem Gesicht verschwand. „Also – du weißt, wie es passiert ist? Das ist doch schon mal etwas. Hast du sonst irgendetwas über ihn herausgefunden – wie er heißt oder wer die Frau auf dem Amulett ist?"

Ruby schüttelte den Kopf.

„Leider nicht – alles ging so schnell. Es war dunkel, ich war im Meer und wurde dann gegen die Klippen geschleudert. Vor Porthmeor Beach. Und genau deshalb muss ich auch wieder zurück. Ich muss ihn an einem Punkt treffen, an dem ich mehr über ihn erfahren kann. Ich weiß, ich kann es schaffen!", beeilte sie sich, ihrer Großmutter mit überzeugtem Blick zu versichern.

Tilda lächelte sie nur an, während sie einen kleinen Schluck aus ihrem Kaffeebecher nahm.

„Es freut mich, dass du so schnell nicht aufgibst – selbst wenn du beinahe ertrunken wärst", sagte sie. „Dieses Experiment ist ein bisschen so wie Roulette spielen. Es gehört auch ein bisschen Glück dazu. Aber du bist ja schon von Geburt an ein Glückskind gewesen. Von daher bin ich überzeugt davon, dass du es schaffen wirst."

Energisch schob Ruby ihren Stuhl zurück und stand auf. Es drängte sie, weiterzumachen.

Weiterzuträumen.

Mit Sal.

„Auf was warten wir dann noch?", fragte sie, fast ein wenig ungeduldig.

Doch Tildas sich plötzlich verdunkelnder Blick signalisierte ihr, dass ihrer Rückkehr an das Bett von Sal noch etwas im Wege stand.

„Und? Ist das Experiment gelungen?"

Um ein Haar hätte Ruby vergessen, dass sie noch eine weitere, leider nicht so unsichtbar wie gehoffte Teilnehmerin im Boot hatten – Doktor Stone. Sie war es, die in diesem Moment durch die Tür in die Cafeteria trat und sie mit neugierigem Blick ansah.

„Wir sind auf dem richtigen Weg", erklärte Tilda. „Aber ein paar Versuche brauchen wir wohl noch, um wirklich zu ihm durchzudringen und mehr zu erfahren."

Ruby nickte artig zur Bestätigung – fast ein wenig übertrieben, so als könne sie auf diese Weise den Gang der Dinge positiv beeinflussen. Doch der Gesichtsausdruck von Doc Stone verhieß nichts Gutes. *Absolut* nichts Gutes.

„Nun, das freut mich zu hören", erwiderte diese, „aber es ist schon spät, und ich möchte den Patienten nicht über Gebühr belasten. Von daher würde ich vorschlagen, dass Sie jetzt Feierabend machen." Sie wandte sich mehr an ihre Großmutter als an sie selbst, die ihr unterstellte Krankenschwester. Möglicherweise, um es nicht wie einen Befehl aussehen zu lassen, sondern wie einen Vorschlag.

Einen Vorschlag, der Ruby nicht geheuer vorkam. Feierabend – was hatte das zu bedeuten? Nur für heute – oder ein für alle Mal?

„Können wir nicht noch einen letzten Versuch …"

„Es tut mir leid, Ruby."

Kaum hatte sie ausgesprochen, räusperte sie sich. Einmal, ein zweites Mal und ein drittes Mal. Ihre Stimme klang heiser, erst jetzt fiel es Ruby auf.

„Entschuldigen Sie bitte, ich habe mich ein wenig erkältet", erklärte sie.

Doch so schnell gab Ruby nicht auf.

„Und morgen? Was ist mit morgen?"

Eleonore Stone seufzte.

„Über morgen reden wir morgen", erklärte sie mit müden, ein wenig geröteten Augen.

Und löschte das Licht.

Ein ungutes Gefühl beschlich Ruby, als sie in dieser Nacht zu Bett ging. Sie waren so nahe dran gewesen! Nur noch ein Versuch – und sie hätte vielleicht alles herausgefunden, was sie über den Mann aus dem Meer wissen mussten, um ihm helfen zu können. Aber nein, wie immer musste Eleonore Stone dazwischenfunken. Sie nahm sich vor, gleich am nächsten Morgen zu ihrem Schichtbeginn mit ihr zu sprechen. Sie durften jetzt keine Zeit verlieren – wenn man einmal an etwas dran war, musste man die Sache in Bewegung halten. Sonst löste sie sich womöglich ganz und gar in Luft auf und man stand wieder genau dort, wo man am Anfang gewesen war.

Auch Tilda war dieser Meinung gewesen, als sie sich vor einer halben Stunde an der Pforte des Goodwill Palace verabschiedet hatten.

Müde wie ein Murmeltier war Ruby danach nach Hause geradelt. Um ein Haar wäre sie vom Fahrrad gefallen, kurz bevor sie ihre Wohnung im alten Stadtkern von St Ives erreicht hatte.

Sie hatte das Gefühl, die Augen eben erst zugemacht zu haben, als schon wieder der emailleblaue Wecker auf ihrem weiß lasierten Nachttischchen klingelte.

„Doktor Stone?"

In der Tat: Ruby war mehr als übermüdet, als sie an diesem Morgen an die Milchglastür des Arztzimmers klopfte. Und doch steckte sie voller Energie, denn sie konnte es kaum erwarten, weiterzumachen. Nach Dienstschluss, verstand sich. Tilda stand auf Abruf bereit.

„Kommen Sie herein."

Oh Gott, nein! schoss es durch Rubys Kopf, kaum hatte sie die Stimme vernommen. Denn es war nicht die Stimme von Eleonore Stone, ihrer Oberärztin.

Nein, sie war tief und brummig.

Und gehörte dem Chefarzt des Hospizes, Doktor Emanuel Ruff. Normalerweise hatten die Schwestern mit ihm nicht so viel zu tun, sondern sprachen nur mit den normalen Ärzten und der Oberärztin, die den täglichen Betrieb überwachte.

Fast zaghaft öffnete Ruby die Tür und steckte den Kopf herein.

„Ich … wollte eigentlich zu Doktor Stone", erklärte sie.

„Doktor Stone hat sich heute Morgen krankgemeldet", erklärte er, ohne von der Akte aufzusehen, die er gerade studierte. „Kann *ich* Ihnen helfen?"

Ruby zuckte zusammen. Krankgemeldet?

„Ich … nein, ich glaube nicht. Es ist schon gut, entschuldigen Sie die Störung", beeilte sie sich zu erwidern und schloss die Tür so schnell und so leise hinter sich, als wäre sie nie da gewesen.

Nicht auch das noch, dachte sie.

Eleonore Stone hätte sie vielleicht noch zu einem zweiten Anlauf überreden können – schließlich war es ihr bereits gelungen, sie einmal ins Boot zu holen. Aber Doktor Ruff? Die Chance, dass er es genehmigen würde, stand bei null Prozent. Er war ein erklärter Feind aller alternativen Heilmethoden. Selbst Kräutertees standen bei ihm auf der Abschussliste.

„Wir haben ein Problem, Granny", flüsterte Ruby fünf Minuten später in die abgenutzte graue Muschel des Münztelefons in der Eingangshalle. Handys waren im Innern des Hospizes verboten, also war der alte öffentliche Fernsprecher der einzige Kontakt zur Außenwelt.

„Ein Problem?"

„Doktor Stone", sagte sie und erklärte ihrer Großmutter die Situation. „Was in aller Welt sollen wir nun machen?"

„Mein Schatz, es gibt für alles eine Lösung."

Rubys Herz machte einen Sprung.

„Meinst du wirklich?"

„Nun ja – für fast alles", erklärte ihre Großmutter am anderen Ende der Leitung. „Man darf nur keine Skrupel haben."

Mehr war aus Tilda nicht herauszubekommen gewesen. Sie hatten sich für den späten Nachmittag verabredet, um Plan B zu besprechen. Wie immer er auch aussehen mochte.

Manchmal hätte Ruby alles gegeben, um einen Blick in die Gedanken werfen zu können, die im Kopf ihrer Großmutter herumschwirrten.

Fest stand: Es waren Gedanken, die frei waren. Gedanken, die sich keine Diktatur aufzwingen ließen. Tilda war eine Anarchistin, wie sie im Buche stand. Sie glaubte nicht wirklich an die Regeln der Gesellschaft, sondern richtete ihr Handeln einzig und allein danach aus, ob es gut war.

Nicht aber, ob es konform war mit dem, was *alle* taten.

„Wenn alle Menschen sich jeden Tag nach dem Aufwachen nur für das Gute entscheiden würden, für das, was ihr Herz ihnen sagt, hätten wir von heute auf morgen den Himmel auf Erden und bräuchten weder Gesetze noch Polizisten oder Soldaten", pflegte sie immer zu sagen. Und sie hatte recht damit. Der alte Harry Winston wäre stolz auf sie. Die beiden wären ein Dreamteam, dachte Ruby bei sich. Läge er nicht im Sterben …

Nachdem sie aufgelegt hatte, von ihrer Granny mit den nötigsten Instruktionen ausgestattet, trat sie durch das mächtige Portal des alten Hospizes hinaus ins Freie. Um für einen Moment Luft zu schnappen. Einen klaren Kopf zu bekommen.

Ein sanfter Wind wehte vom Meer über die weite, perfekt getrimmte Rasenfläche vor dem Haus. Ein Vorbote des Frühlings. Sie hatte das Gefühl, seine Ankunft beinahe spüren zu können. Endlich, atmete sie innerlich auf. War es nicht so? Der erste Frühlingstag nach einem langen Winter fühlte sich an wie ein liebevoller wärmender Kuss – wenn man lange nicht mehr geküsst hatte.

Geküsst worden *war*.

Noch war der Kuss nicht angekommen, aber sie fühlte, dass er dort draußen auf sie wartete, am Horizont über dem Atlantik. Um ehrlich zu sein: Sie sehnte sich nach ihm, wie sich die Nacht nach dem Morgen sehnt, der sie aus fiebrigen Träumen weckt. Und wie der Abend nach der Nacht, die ihn zärtlich zur Ruhe bettet. Wenn eine Jahreszeit Erlösung und Verheißung in einem war, dann der Frühling.

„*I feel it in my fingers, I feel it in my toes, love is all around me, and so the feeling grows …*", stimmte sie leise den Song von Wet Wet Wet an. „*It's written on the wind, it's everywhere I go …*" Sie wusste auch nicht, warum, aber wenn sie an Frühling dachte, dachte sie automatisch an dieses Lied. Eigentlich war es vor ihrer Zeit geschrieben worden, aber durch ihre Eltern war sie auch auf dem Stand, was Oldies betraf.

„Oldies? Das war doch erst gestern!", pflegte ihre Mum auf so etwas zu entgegnen. Der Song stammte aus dem Film *Vier Hochzeiten und ein Todesfall* – ebenfalls ein Oldie. Jedenfalls in Rubys Augen.

„Wie schnell das Leben doch an einem vorbeirast …"

Nun, damit hatte Jenny wohl recht.

Und genau deshalb war es so wichtig, sein Leben so zu leben, wie man es wollte. Oder es zumindest zu versuchen. Allen Saft aus ihm herauszupressen wie aus einer reifen Orange.

Tat sie das? Ruby stellte sich diese Frage oft. Nun, wer nicht? Es war eine Frage, die nicht leicht zu beantworten war. Konnte sie noch mutiger sein? Noch unerschrockener? Furchtlos voranschreitend wie die unerschrockene Heldin in einem Film? War das Leben nicht auch wie ein Film – oder konnte es so sein, wenn wir ein wenig mehr daraus machten? Oder war es manchmal besser, innezuhalten und darauf zu warten, dass das Glück, nachdem man einen mutigen, unerschrockenen, heldenhaften Schritt auf es zugetan hatte, den nächsten Schritt machte? Um einem zu signalisieren, dass es sich lohnte, weiterzugehen?

Weiterzukämpfen?

Weiterzuträumen?

Davon, dass es endlich Frühling wurde?

Für Ruby stand auch jeder Mensch im Großen und Ganzen für eine Jahreszeit. Sie selbst war der Herbst. Ein wenig melancholisch, tiefsinnig, verträumt. Vielleicht hatte es damit zu tun, dass sie im August geboren war – am Ende des Sommers. Was nicht heißen sollte, dass sie die anderen Jahreszeiten nicht mochte – im Gegenteil. Sie sehnte sich umso mehr nach ihnen. Wenn sie sich eines Tages wieder verlieben sollte, dann in einen Mann, der war wie der Frühling. Der ihr dieses Gefühl gab, dass das ganze Leben vor ihr lag, frisch geschlüpft und unberührt. Der ihr Herz höherschlagen ließ und dafür sorgte, dass sie sich die Kleider vom Leib reißen wollte – in der Vorfreude auf einen endlosen Sommer voller Glückseligkeit.

Eine Idee, die dem Frühling sicher gefallen würde, schmunzelte sie leise in sich hinein.

Herbst und Frühling. Sie wären das perfekte Paar. Er wäre die Hoffnung, die sie im Winter wärmte, und sie wäre der Wind, der ihn an heißen Sommertagen kühlte.

Fast unbemerkt von ihr hatte sich Iris, der Neuzugang unter den Schwestern, zu ihr gesellt. Um schnell draußen eine zu rauchen, wie sie es so oft machte, wenn sie sich unbeobachtet wähnte.

„Hey.“

„Hey.“

Einen Augenblick standen sie nur so da und blickten schweigend auf das Meer hinaus.

„Kann ich dir was sagen?“, fragte Iris schließlich.

„Ja?“

„Ich finde es toll, wie du dich um den Komapatienten kümmerst“, erklärte sie. „Die anderen Schwestern lästern, aber ich wäre dankbar, wenn sich jemand mit so viel Herz um mich kümmern würde.“

„Danke, das ist lieb von dir“, erwiderte Ruby. Doch gleichzeitig war sie alarmiert.

„Warum lästern die anderen Schwestern?“, fragte sie nach einer kurzen Pause.

„Sie denken, du hättest dich in ihn verknallt“, erklärte Iris und zwinkerte ihr verschwörerisch zu. „Er ist ja auch zum Verlieben.“

In ihn verknallt? Was sollte Ruby auf einen solchen Unsinn erwidern? Wie konnte man so etwas auch nur denken? Er lag im Koma! Trotzdem konnte sie nicht verhindern, rot anzulaufen. Sie spürte es sofort.

„Hast du?", vernahm sie Iris' Stimme neben sich.

„Natürlich nicht!", erwiderte sie barsch. Sie klang aufgebracht. Aufgebrachter, als sie hatte klingen wollen. Dann stapfte sie zurück ins Haus, ohne sich noch einmal nach Iris umzudrehen. Es war ihr egal, was die Schwestern daraus machen würden. All das ging sie überhaupt nichts an.

An diesem Tag machte sie ausnahmsweise pünktlich Feierabend.

Denn sie hatte etwas auf der Agenda, das keinen Aufschub duldete.

„Und? Wie sieht dein geheimer Plan aus?", fragte Ruby ihre Großmutter, als sie sich an diesem Nachmittag trafen – zur Abwechslung in ihrer Wohnung, denn Tilda hatte Einkäufe in der Stadt erledigt. Ruby trug noch immer ihre Krankenschwesteruniform. Sie hatte keine Minute verlieren wollen, als sie nach Dienstschluss aufgebrochen war.

„Wir schleichen uns rein", erklärte ihre Granny kurzerhand und führte die Kaffeetasse an ihren Mund, die Ruby ihr hingestellt hatte.

Für eine Sekunde fragte sie sich, ob sie richtig gehört hatte.

„Ins Hospiz?"

„Nun, wenn der offizielle Weg nicht geht, was bleibt uns anderes übrig? Wie lange hat dieser Doktor ... Doktor ... nun, euer Chefarzt ...?

„Doktor Ruff?"

„Genau, wie lange hat er heute Dienst?"

„Normalerweise geht er am frühen Abend", erklärte Ruby.

„Und dann?"

„Dann bleiben noch die Ärzte, die Nachtschicht haben, und die Nachtschwestern."

„Aha ..." Tilda schaute sie nachdenklich an. „Und kommen wir irgendwie an denen vorbei?"

Ruby schüttelte den Kopf. „Unwahrscheinlich", sagte sie. „Es sei denn, ich tausche meine Schicht mit einer von ihnen."

„Aber kommst du nicht gerade von deiner Schicht?"

Ja, das tat sie. Und sie war hundemüde. Trotzdem: Opfer mussten gebracht werden. Das war sie Sal schuldig.

„Hin und wieder macht jede von uns mal eine Doppelschicht, das fällt nicht weiter auf", erklärte Ruby. „Ich könnte anrufen und fragen, wer heute Nacht für ihn zuständig ist."

„Tu das, mein Schatz", stimmte Tilda ihr zu. „Und dann sehen wir weiter."

Auf was lässt du dich da ein? dachte sie, als sie wenig später die Nummer des Hospizes wählte. In der Küche, um ungestört, nun … *lügen …* zu können.

„Oberschwester Rosamund?"

„Was gibt es, Ruby?"

Eine Minute später war sie mit der Schwester verbunden, die heute Nacht für Sal zuständig war.

Es war: Iris – herzlichen Glückwunsch! Jetzt würde sie endgültig zum Klatschthema Nummer eins unter den Schwestern werden. Denn es gab nur eine einzige Möglichkeit, Iris zu erklären, warum sie so scharf auf ihre Nachtschicht war. Sie musste zugeben, was sie noch am selben Morgen verleugnet hatte.

„Es stimmt also, du bist in ihn verknallt?", vernahm sie die Stimme ihrer jungen Kollegin.

„Ja … es … stimmt", druckste Ruby herum.

„Ich hab's doch gleich gewusst!", rief Iris begeistert aus. „Ruby, ich möchte deinem … *Glück …* nicht im Wege stehen, wirklich nicht."

So wie sie das Wort Glück aussprach, hörte es sich nicht wirklich glücklich an. Aber das konnte Ruby egal sein.

„Abgesehen davon bin ich total fertig", fuhr Iris fort. „Dolores hat mich gebeten, ihre Schicht zu übernehmen, soll heißen, du erlöst mich aus einer Doppelschicht."

„Das tue ich doch gern", erwiderte Ruby mit Honigkuchenstimme. Vom anderen Ende der Leitung vernahm sie ein leises Kichern.

„Das kann ich mir vorstellen …", hörte sie Iris sagen. Sie verabredeten sich zur Schichtübergabe am Abend – wenn Doktor Ruff gegangen war. Um Probleme zu vermeiden, sollte die Sache unter ihnen bleiben, was auch Iris mehr als recht zu sein schien.

Als Ruby auflegte, lief ihr ein kalter Schauer über den Rücken. Sie konnte schon jetzt die wissenden Blicke der anderen Schwestern auf sich spüren. Die verurteilenden Blicke. Die hämischen Blicke. Nun ja, ihr sollte es egal sein – hier ging es um ein höheres Ziel. Sie musste versuchen, über den Dingen zu stehen, wenn sie die Sache wirklich bis zum Ende durchziehen und ihrem todgeweihten Patienten helfen wollte.

„Und? Alles klar?", fragte Tilda, als sie zurück in das winzige, an die noch winzigere Küche angrenzende Wohnzimmer kam, wo ihre Großmutter am Fenster stand und hinaus über die Dächer des Städtchens blickte.

„Alles klar", bestätigte Ruby. „Ich bin drin. Jetzt müssen wir nur noch dich reinschleusen."

Tilda blickte sie fragend an.

„Und wie machen wir das, mein Schatz?"

„Durch die Küche", erklärte Ruby. „Sie liegt nur zwei Zimmer hinter dem des Patienten. Nachts ist da niemand, und du musst weder am Ärztezimmer noch am Schwesternzimmer vorbei."

Ihre Granny schenkte ihr ein anerkennendes Lächeln.

„Du bist wirklich mit allen Wassern gewaschen, Kindchen!", lobte sie und klatschte vor Vorfreude auf ihr bevorstehendes nächtliches Abenteuer in die Hände. Tja, so war sie nun mal. Achtzig Jahre alt, aber tief in ihrem Innern schlug noch immer das Herz eines Teenagers.

Ruby hingegen betete, dass ihr kleiner Coup unbemerkt über die Bühne ging.

Ohne dass sie aufflogen.

Und ohne dass ihr kleines Abenteuer erneut auf zwei harten Büßerstühlen vor dem Schreibtisch des diensthabenden Arztes endete.

Nach dem Reinfall mit Becky konnte sie sich einen zweiten Ausrutscher nicht erlauben, wenn sie noch ein wenig hier weiterarbeiten wollte. Und genau das hatte sie vor. Denn bis zum Sommer waren es noch ein paar Monate.

Und noch war ihr Plan, nach London zu gehen, um dort die Liebe ihres Lebens zu finden, nichts weiter als eine Seifenblase, die jeden Moment zerplatzen konnte.

Tür, offen: Eine neue Gelegenheit bietet sich
Lexikon der Träume

Pst!"

„Ist die Luft rein?"

„Ja, aber wir müssen ganz leise sein, Granny."

Der Park vor dem Hospiz war in das matt leuchtende Licht der Außenlaternen getaucht, als Ruby ihre Komplizin am Hintereingang der um diese späte Stunde verwaisten Großküche in Empfang nahm. Nur Sekunden später schlichen sie durch den schmalen Korridor zwischen Herden, Öfen, Töpfen und Pfannen. Es war stockduster, denn Licht zu machen wäre ein zu großes Risiko gewesen.

Bereits vor zwei Stunden, direkt nachdem Doktor Ruff mit seinem moosgrünen Landrover vom Hof gebraust war, hatte Ruby die Schicht mit Iris getauscht und danach ganz normal ihren Dienst verrichtet. Nun war es bereits nach zehn, und das Anwesen lag so verschlafen in der Nacht wie immer um diese Zeit. Jedes Geräusch und jedes helle Licht konnte sie in Sekundenschnelle verraten.

Als hätte sie es geahnt!

Mit einem ohrenbetäubenden Scheppern fiel hinter ihnen etwas Metallisches zu Boden. Ruby erstarrte, während sie sich umdrehte.

Tilda, die sich dicht hinter ihr im Dunkel gehalten hatte, musste eine Pfanne auf einem der Herde gestreift und heruntergerissen haben.

Ruby starrte in die weit aufgerissenen Augen ihrer Großmutter – das Einzige, was sie im hereinfallenden spärlichen Licht der Parklaternen erkennen konnte.

Auch Tilda erstarrte im selben Moment.

Atemlos verharrten sie im Dunkel – warteten. Darauf, dass sie entdeckt wurden.

Doch – nichts.

Auch fünf Minuten später nicht.

Offenbar war noch jemand außer ihnen mit im Raum: Ein Schutzengel, der es besonders gut mit ihnen meinte.

Vorsichtig setzten sie sich erneut in Bewegung und schlichen voran, bis sie die Tür zum Flur erreicht hatten. Ruby öffnete sie einen Spaltbreit, um zu sehen, ob die Luft rein war. Sie atmete auf. Niemand war zu sehen. Jetzt waren es nur noch ein paar Schritte bis zum Zimmer ihres Patienten.

Als sie es schließlich erreicht hatten und die Tür leise hinter sich schlossen, stießen sie zeitgleich einen Seufzer der Erleichterung aus. Das Gröbste war geschafft. Nun konnten sie sich ans Werk machen.

„Bis Mitternacht musst du verschwunden sein, Granny", erklärte Ruby ihrer Großmutter. „Dann macht Oberschwester Rosamund in der Regel noch eine letzte Runde. Soll heißen: Wir haben knapp zwei Stunden."

„Nun, dann lass uns keine Zeit verlieren, mein Schatz", erwiderte Tilda und ließ sich auf den Besucherstuhl neben dem Bett fallen. Irgendjemand hatte das zweite Bett, das in der letzten Nacht eigens für ihr Experiment bereitgestellt worden war, wieder aus dem Zimmer geschafft. Ruby würde nichts anderes übrig bleiben, als sich direkt an Sals Seite zu legen.

Tilda schien es im selben Moment bemerkt zu haben wie sie.

„Nun komm schon", sagte sie und tippte mit den Fingern auf die Bettkante. „Wie es aussieht, wirst du diesmal wirklich auf Tuchfühlung mit ihm gehen müssen."

Sein Atem ging ruhig und gleichmäßig, als sie sich zu ihm legte.

Nur einen Moment später beugte sich Tilda bereits über sie und legte seine Hand in ihre. Was für ein Bild mussten sie abgeben, Schulter an Schulter dort liegend, Kopf an Kopf, händchenhaltend.

Fest stand: Wenn jetzt Oberschwester Rosamund oder eine der anderen Nachtschwestern hereinkäme, wären sie in Erklärungsnot. Wobei es dieses Wort nicht wirklich traf, denn es wäre weit schlimmer.

So schlimm wie – die Apokalypse.

Ja, dieses Wort traf es deutlich besser.

Ruby betete, dass es nicht dazu kam. Dass ihr Schutzengel ihnen aus der Hospizküche bis in Sals Zimmer gefolgt war und nun über sie wachte, während sie den nächsten Versuch unternahmen, sich in die Träume ihres Patienten zu stehlen.

Langsam schloss sie die Augen, während ihre Großmutter das Pendel aus ihrer Handtasche zog und es auf das Nachttischchen neben dem Bett stellte, direkt neben das dort liegende Amulett mit dem Foto der unbekannten Frau.

Und schon vernahm sie den ihr mittlerweile wohlvertrauten Klang.

Tick-tack-tick-tack-tick-tack.

„… drei … zwei … eins!"

Als Ruby die Augen dieses Mal aufschlug, wirbelte sie kein Sturm durch den Ozean. Im Gegenteil: Das Wetter war in sein Gegenteil umgeschlagen, ein sanfter Wind wehte durch ihr Haar, Vögel zwitscherten fröhlich, und die Luft duftete nach wildem Thymian und Oleander. Als sie an sich herabblickte, atmete sie erleichtert auf – begleitet von einem unbändigen Gefühl der Hoffnung, das innerhalb einer Sekunde ihre ganze Brust flutete und das sich nicht verscheuchen ließ, so sehr ihr Verstand es ihr auch nahelegte.

Sie trug wieder ihr rosa Pink-Panther-Shirt, und ihre winzigen sonnengebräunten Füße steckten in Sandalen. Von einer Anhöhe aus blickte sie auf das Meer vor St Ives. Dieses Meer, das so viele Launen kannte wie Farbtöne: Mal funkelte es übermütig in einem leuchtenden Silberblau, dann wieder langweilte es sich in einem unbeweglichen Betongrau oder wütete in tosendem Mitternachtsschwarz. Doch hier und jetzt lag es friedlich vor ihren Augen, als könne es im wahrsten Sinne des Wortes kein Wässerchen trüben – samtblau und ohne den leisesten Wellengang.

Sie blickte sich um, um zu sehen, was sich hinter ihrem Rücken befand.

Und erschauerte, doch dieses Mal vor Wohlgefühl.

Denn ihr Blick fiel auf – das kleine Cottage oberhalb der Bucht! Das märchenhafte Haus, von dem sie träumte, seit sie zurückdenken konnte. Und an dem sie jeden Tag auf dem Weg zur Arbeit und zurück vorbeikam. Sie stand im Garten vor dem Haus – was in aller Welt machte sie hier?

Ihr blieb keine Zeit, darüber nachzudenken.

Denn über den Rasen kam jemand auf sie zu.

Ein Hund. Nicht irgendein Hund, nein!

Kaum hatte sie ihn erblickt, drohten ihre Beine einzuknicken. Vor Glück. Vor Wiedersehensfreude. Konnte es wirklich sein? War das wirklich …?

„Bobby Brown!", schrie sie ihm voller Begeisterung entgegen, während ihr Herz aufging, weit wie ein Scheunentor, und ihr die Tränen aus den Augen über die Wangen rannen.

Er sprang bellend auf sie zu.

Als hätte sie all die Jahre ohne ihn nur geträumt!

„Ich dachte, du hättest mich verlassen, mein geliebter Freund", schniefte sie, während sie in die Knie ging und ihm um den Hals fiel, damit er seine feuchte Schnauze voller Übermut in ihr Gesicht drücken konnte. Bobby Brown war zurück!

Und mit ihm die Erinnerungen.

An die Zeit, in der sie ein kleines Mädchen gewesen war.

Die Kindheit ist ein Garten. Scheinbar ohne Anfang und Ende, ist er gefüllt mit exotischen Pflanzen, Tieren, Menschen, Geheimnissen, Entdeckungen und Wundern. Er duftet nach Liebe, Freundschaft, Glück und Ewigkeit. Doch eines Tages gelangen wir an ein Tor, das hinausführt aus diesem Garten. Ohne zu ahnen, dass wir nie zurückkehren werden, verlassen wir diesen Ort. Und je weiter wir ihn zurücklassen, desto mehr verblasst in der Ferne auch die Erinnerung. An diesen Garten, der einst unser Leben war. Der unser Herz so groß werden ließ, dass es kaum noch in unsere Brust passte.

Doch nun – schlagartig – war alles wieder da.

So als hätte sie das Tor nie gefunden, durch das sie den Garten verlassen hatte. Sofort schoss Ruby die Zahl drei in den Kopf – der Code jenes Sommers.

Sie waren zu dritt gewesen.

Sie, Bobby Brown und …

„… Noah …?"

„Ruby …?"

Erschrocken ließ sie von Bobby Brown ab. Ihr Herz schien doppelt so schnell zu schlagen wie normal.

„Endlich hast du mich gefunden!"

Die Stimme klang genau wie die Stimme aus dem Wald. Die Stimme, die ihren Namen kannte.

Als sie zu der Stimme aufblickte, schlug ihr Herz noch eine Spur schneller. Denn vor ihr stand ein kleiner, schlank gebauter Junge mit lockigem blonden Haar und lächelte aus weit geöffneten ozeangrünen Augen erleichtert auf sie herab.

Er war es – ihr unsichtbarer Freund! Sie hatte sich nicht getäuscht in ihrem ersten Traum.

Ruby schnellte hoch.

Um ihn daraufhin anzustarren, als wäre er eine Fata Morgana. Konnte es wirklich sein …? War es tatsächlich …?

„Noah? Bist du es?", fragte sie ungläubig.

Wenn er es war, wäre es ein ebensolches Wunder, ihn wiederzusehen wie Bobby Brown! Genau hier, im Garten vor dem Cottage seines Großvaters über der Bucht, hatten sie zusammen gespielt. Vor langer, langer Zeit.

Sie, Bobby, der sie auf Schritt und Tritt begleitete – und *er*.

Noah … wie war sein Nachname noch mal? Sie erinnerte sich nicht, aber sicher war, dass er eines Tages für immer aus ihrem Leben verschwunden war – ohne die leiseste Spur. Sommer um Sommer hatte sie sehnlichst Ausschau gehalten nach ihm, doch vergeblich. Er war nie zurückgekehrt.

Ihr unsichtbarer Freund.

„Wieso fragst du mich das?", antwortete der kleine Junge, als würde sie Unsinn reden. „Hast du mich etwa vergessen? Komm, lass uns von hier verschwinden", forderte er sie auf. Ihr überraschendes Wiedersehen schien zumindest *ihn* nicht im Geringsten zu überraschen.

„Verschwinden? Wieso? … Was … machst du hier?", fragte sie verwirrt.

„Ich?" Erneut blickte er sie an, als habe sie den Verstand verloren. „Ich wohne hier! Das weißt du doch, Ruby. Ich bin diesen Sommer bei meinem Großvater."

Er deutete auf das schiefergraue, mit Efeu bewachsene Cottage hinter seinem Rücken.

Das war der letzte Beweis, den sie noch benötigte: Sie hatte sich nicht getäuscht – er war es!

Unvermittelt rollte eine Welle der Wiedersehensfreude auf sie zu. Doch noch bevor sie ungebremst über ihr zusammenschlagen konnte, hielt Ruby inne.

Denn erst jetzt begriff sie.

So wunderschön und beglückend dieser Traum auch war, irgendetwas stimmte nicht. Sie war hierhergekommen, um mit Sal zu träumen. Um etwas über ihn herauszufinden. Um ihm zu helfen. Um sein Leben zu retten. Doch dieser Traum hier hatte nicht im Geringsten mit ihm zu tun. Nein: Er hatte einzig und allein mit ihr selbst zu tun! Was nur heißen konnte, dass der Versuch fehlgeschlagen war und sie ihren eigenen Traum träumte. Dass sie einer romantischen Sehnsucht nachjagte, die für immer ein Traum bleiben würde, weil es zu spät war, sie wahr werden zu lassen. Die Sehnsucht, dass sie ihren unsichtbaren

Freund eines Tages wiedersehen würde. Doch fest stand, ihre eigentliche Mission war gescheitert: Es war ihr nicht gelungen, sich mit Sal zu verbinden.

Sie war dem falschen Jungen nachgelaufen.

Wie auch immer er es geschafft hatte, sich in ihre Träume zu stehlen. Enttäuscht blickte sie Noah an, ihren besten Freund aus Kindheitstagen.

Es brach ihr das Herz.

Denn sie hatte völlig unerwartet etwas Wunderbares wiedergefunden. Aber leider war es etwas, nach dem sie überhaupt nicht gesucht hatte. Ihr Ziel war es, Sal zu finden, um ihn aus seinem Unglück zu erlösen – nicht aber, von ihrer eigenen glücklichen Kindheit zu träumen.

„Was ist los?", fragte Noah, der offensichtlich bemerkt hatte, dass sie zögerte.

Ruby trat einen Schritt auf ihn zu und küsste ihn zärtlich auf die Wange.

„Ich muss jetzt gehen, Noah", teilte sie ihm mit.

Er blickte sie an, als verstünde er nicht im Geringsten, was sie da sagte.

„Nein!", widersprach er vehement. Täuschte sie sich, oder wurden seine Augen feucht?

„Doch, ich muss."

„Aber – warum?"

„Weil ich … etwas Wichtiges erledigen muss …", erwiderte sie, und im selben Augenblick füllten sich auch ihre Augen mit Tränen, denn diesen Traum zu verlassen, bedeutete, Bobby und Noah hier zurückzulassen. Möglicherweise für immer. Wie gerne hätte sie noch ein bisschen Zeit mit ihnen verbracht – aber es ging um Leben oder Tod.

Im *echten* Leben.

Das war sie Sal schuldig.

„Aber du darfst mich nicht allein lassen! Bitte bleib bei mir!", rief ihr Freund aufgeregt aus. Er fasste sie am Ärmel ihres Kleides, um sie zurückzuhalten.

„Ein anderes Mal, Noah", erklärte sie, auch wenn sie nicht die leiseste Ahnung hatte, ob es dieses andere Mal je geben würde, und machte sich los. „Ich kann jetzt nicht, bitte versteh das. Und … du auch, Bobby Brown", wandte sie sich an den über alles geliebten vierbeinigen Freund ihrer Kindheit, den sie nun ein zweites Mal zurücklassen musste. „Sei ein braver Hund."

Ihr blieb keine Wahl. Das hier war nur ein Traum.

Sal jedoch war echt.

Und es war ihre Aufgabe, in *seinen* Traum zu gelangen. Nicht aber, sich mit ihren eigenen Erinnerungen zu vergnügen.

„Aber – ich brauche dich!", rief Noah ihr hinterher. Es tat unendlich weh. „Ohne dich bin ich verloren, Ruby! Du musst bei mir bleiben!"

„Es tut mir so leid, aber ich kann nicht, Noah – ich muss jetzt gehen …", erwiderte sie zutiefst verwirrt, während sie sich umwandte und die beiden hinter sich zurückließ. Bobby Brown machte Anstalten, ihr zu folgen, so wie er es immer tat. Doch sie nahm ihre Beine in die Hand.

„Versprich mir, dass du zurückkommst!", hörte sie Noahs Stimme hinter sich, in die sich eine deutliche Spur von Angst gemischt hatte.

„Ich verspreche es", rief sie zurück, jedoch ohne sich noch einmal umzudrehen. Denn sie wusste, wenn sie jetzt stehen blieb, würde sie möglicherweise für immer in diesem Traum gefangen sein. „Aber erst muss ich noch etwas anderes erledigen."

„Ruby!!"

„Es ist nur ein Traum …", beruhigte sie sich selbst.

Ihr Herz war kurz davor zu explodieren, während sie rannte, was ihre Beine hergaben – so als könne sie ihrem Traum auf diese Weise tatsächlich entkommen.

„Ich muss … jetzt wirklich gehen … Noah!"

„*Noah?*"

Ein heftiger Ruck ging durch ihren Körper, als sie schweißgebadet neben Tilda erwachte, die an ihrem Bett saß. Und sie sorgenvoll anblickte.

„Ich … ich … war im falschen Traum", erklärte Ruby keuchend. „Es tut mir leid, Grandma – aber bei all dem ging es nur um mich. Auch schon beim ersten Mal, in dem Wald. Ich glaube, ich war nie mit Sal verbunden … nur ganz kurz, als ich im Meer war. Aber danach ging wieder alles durcheinander …"

„Komm erst mal zu dir, Liebes!", versuchte Tilda sie zu beruhigen.

Ruby atmete schwer. Erst jetzt fiel ihr auf, dass sie Sals Hand noch immer umklammerte – fest wie ein Schraubstock.

Oder…? Moment mal.

War *er* es, der *ihre* Hand fest in *seiner* hielt? Wie – war das möglich? Sie wagte es nicht, sich seinem Griff zu entziehen. Langsam setzte Ruby sich auf, um mit eigenen Augen zu sehen, ob es wirklich sein konnte, was sie in diesem Moment fühlte.

„Das geht schon die ganze Zeit so", erklärte Tilda ihr. „Was um Himmels willen ist da draußen passiert?"

Was da draußen passiert war? Nun, einiges, Wundervolles – nur leider nicht das, wonach sie suchten.

„Wenn ich das wüsste …", stöhnte sie.

„Und wer ist – Noah?", hakte Tilda nach, während sich ihr Blick fester auf ihre Enkelin heftete.

Ruby seufzte.

„Ach … ein Junge, mit dem ich gespielt habe, als ich klein war, oben in dem Cottage über der Bucht."

Augenblicklich erstarrten die Gesichtszüge ihrer Großmutter.

„Du meinst Noah – Green?", fragte sie, als wäre soeben eine Naturgewalt über sie hereingebrochen.

Green! Das war es. Jetzt fiel es Ruby wieder ein.

„Ja!", bestätigte sie überrascht. „Wieso? Kannst du dich an ihn erinnern?"

Ihre Granny blickte sie unbeweglich an.

„Ein wenig, ja … ich …", stotterte sie. „Ich … habe ihn nur ein paar Mal gesehen, als er ein kleines Kind war. Aber ich … kannte seinen Großvater."

Was ging hier vor sich? Ruby fühlte, dass etwas Unausgesprochenes in der Luft lag, schwer wie Blei.

Im selben Moment wandte sich der Blick ihrer Großmutter Sal zu, ihrem Patienten. Sanft streichelte sie mit der flachen Hand über seine Wange, während sie ihn liebevoll musterte. Um sich daraufhin eine winzige Träne aus dem Gesicht zu streichen, die wie in Zeitlupe über ihre Wange rann.

„Du … warst nicht … im falschen Traum", erklärte Tilda stockend.

„War – ich nicht?"

Sie verstand überhaupt nichts mehr.

„Nein – ich, nun, ich hätte es dir gleich sagen sollen."

„Was sagen?"

„Dein Patient erinnert mich an jemanden. Um ehrlich zu sein: Er ist ihm wie aus dem Gesicht geschnitten."

Ruby stutzte.

„Was soll das heißen? An wen erinnert er dich?"

„An …"

Erneut hielt ihre Großmutter inne. Als wäre es zu schmerzhaft, die Antwort auszusprechen.

Schließlich gab sie sich doch noch einen Ruck.

„An Patrick Green", erklärte sie fast unhörbar. Es war, als könne sie den Namen gerade noch aushauchen, aber als fehle ihr die Kraft zu mehr.

„Patrick Green?"

„Der Großvater von Noah Green. Gott, all das ist so lange her …" Ihr Blick schweifte verträumt über das Gesicht des schlafenden jungen Mannes vor ihren Augen. „Er lebte in dem Cottage über der Bucht. Noah verbrachte einen Sommer bei ihm, ihr wart beide etwa im selben Alter, mein Schatz."

Langsam dämmerte Ruby, worauf Tilda hinauswollte.

„Warte mal. Du meinst … Noah … ist …"

War das die Lösung des Rätsels? Rubys Herz machte einen Sprung. Einen *gewaltigen* Sprung.

„Sal …?", führte die Traumweberin ihren Gedanken zu Ende. „Ja, genau das meine ich."

Ruby konnte förmlich spüren, wie sich ihre Augen weiteten. Wenn *das* stimmte, würde alles in einem völlig anderen Licht erscheinen. Der Traum von Noah und Bobby Brown würde plötzlich Sinn ergeben.

Seine tiefe Verzweiflung.

Dass er sie nicht gehen lassen wollte.

Wenn es so war, war sie sein einziger Kontakt nach draußen. Sein einziger Draht zur Welt. Dazu kam dieses schwer einzuordnende Gefühl, das sie selbst in dem Traum beinahe überwältigt hätte – und das noch immer in ihrer Brust steckte. War es Sehnsucht? Heimweh? Jedenfalls fühlte es sich genauso an, doch warum? Woher kam dieses Gefühl?

Sie blickte zu Sal.

Noah?

„Bist du es wirklich, unsichtbarer Freund?"

Zärtlich strich sie ihm mit der Hand über die Stirn. Sie glühte. Oder bildete sie es sich nur ein? Weil in Wahrheit sie selbst glühte? Vor Aufregung? Vor Wiedersehensfreude? Vor Glück?

„Was genau ist passiert zwischen euch beiden – ich meine in deinem Traum?", wollte Tilda wissen.

In derselben Sekunde kehrten die Bilder zurück. Ruby hatte sie so präsent vor Augen, als wäre all das tatsächlich passiert. Als hätte sie es nicht nur geträumt.

„Er … hat mich angefleht, zu ihm zurückzukommen", erklärte sie. „Ich musste es ihm versprechen. Hoch und heilig."

Der Blick ihrer Granny sprach Bände.

„Und wirst du dieses Versprechen halten?", wollte sie wissen. Ihr leichtes Kopfnicken ließ keinen Zweifel daran, dass sie die Antwort längst kannte.

„Ich hoffe es", erwiderte Ruby, während sie sich wieder ihrem Patienten zuwandte. „Was bedeutet das alles?", fragte sie leise, gleichzeitig an ihn, an sich und auch an Tilda gewandt.

„Das, meine Liebe, kannst du nur auf eine Weise herausfinden."

„Und – die wäre?"

„Indem du einen kleinen Ausflug unternimmst."

„Einen Ausflug?"

„Richtig", bestätigte ihre Großmutter. „Einen Ausflug in die Vergangenheit. Heute ist es zu spät dafür, aber gleich morgen früh nach Sonnenaufgang solltest du dich auf den Weg machen", schlug sie vor. „Vielleicht solltest du …"

Sie kam nicht dazu, weiterzusprechen.

Denn im selben Moment flog die Tür auf.

„Was in aller Welt geht hier vor?"

Oberschwester Rosamund stand im Türrahmen und blickte sie entrüstet an.

Spinnennetz: Angst
Lexikon der Träume

Als er erwachte, glaubte er noch immer zu träumen. Es war einer dieser Träume, in denen man von seinem absolut schrecklichsten Albtraum verfolgt wurde und vor ihm weglaufen wollte, aber man konnte seine Beine nicht bewegen. Ja, man spürte sie nicht einmal. Er war in einem Spinnennetz gefangen. Die Spinne hatte seinen Körper mit ihrem tödlichen Gift betäubt und spann ihn nun langsam ein mit ihren Fäden, aus denen es kein Entrinnen gab. Es war nur eine Frage der Zeit, wann er sich endgültig auflöste. Panik ergriff ihn. Panik, die im nächsten Moment in nackte Angst umschlug. Als ihm klar wurde, dass es viel schlimmer war.

Sehr viel schlimmer.

Dass der Albtraum in sein wirkliches Leben eingebrochen war.

Seine letzten Erinnerungen: Er hatte sich mit Rachel gestritten, in der Kanzlei in London. Am Tag ihrer Abreise nach New York, wo sie zeitgleich mit dem neuen Jahr auch einen neuen Job antreten würde – im Hauptsitz des internationalen Anwaltsbüros, für das sie beide arbeiteten. Sie hatte ihm gedroht, nie wieder nach England zurückzukehren. Dass es endgültig aus wäre zwischen ihnen. Dass sie ihre Verlobung lösen würde.

Er war ausgerastet.

Kaum hatte sie das Gebäude verlassen, hatte Josh Rish, der Chef der Kanzlei, ihn zu sich gebeten, um ihn darauf hinzuweisen, dass private Angelegenheiten nicht in einem derart renommierten Unternehmen wie dem seinen vor aller Augen auszubreiten waren.

Das war das i-Tüpfelchen gewesen. Das i-Tüpfelchen auf dem Leben, das er sich in London aufgebaut hatte – und das eine perfekte Lüge war.

Eine Lüge, die er erfunden hatte, um allen zu signalisieren, dass er ein ganz normaler, erfolgreicher Anwalt sein konnte. Was auch immer in seiner Vergangenheit geschehen war. Denn seine Vergangenheit verwahrte er vor neugierigen Blicken sicher verschlossen in einer kleinen roten, mittlerweile nur noch schwach pulsierenden und absolut einbruchssicheren Box in seiner Brust.

Er hatte seinem Chef die Kündigung ins Gesicht geschrien.

Noch am selben Nachmittag hatte er seine Sachen gepackt und war zurückgekehrt an den Ort, an dem er sich wirklich zu Hause fühlte. An dem er zu Hause *war*.

Jenen Ort, den er bis dahin gemieden hatte wie der Teufel das Weih-wasser. All die Jahre. Weil er ihm Angst machte. Weil ihm die Erinne-rungen Angst machten, die mit ihm verbunden waren.

Und während er sich an ebendiesem Ort in das Meer stürzte, auf der nassen Haut seines Surfbretts, endlich loslassend, was geschehen *war*, ohne zu ahnen, was geschehen *würde*, war Rachel nach New York abgereist, auf Nimmerwiedersehen.

Die Wahrheit war: Erst hatte er sich so mies gefühlt, dass er sich hätte umbringen können. Aber nun, nachdem er Monate in seinem stillen Verlies – seinem Körper, der sich in einen Kerker verwandelt hatte – über der Sache gebrütet hatte, fühlte er sich beinahe erleichtert.

Denn auch sie war Teil der perfekten Lüge gewesen. Die erfolgrei-che Anwältin, die in derselben Kanzlei arbeitete und gleichzeitig ein Model hätte sein können. Aber liebte er sie wirklich? Liebte sie ihn wirklich? Oder waren sie nichts weiter als eines dieser schicken Vor-zeigepaare, die die Welt bevölkerten?

Die zu beweisen schienen, dass man alles haben konnte, was die Welt begehrte – nur nicht das, was man selbst begehrte?

Er wusste es nicht mit Sicherheit zu sagen.

Ja, er wusste ja nicht einmal genau, was mit ihm los war.

Seit er aufgewacht war, kannte er nur zwei Zustände: In dem einen irrte er durch wirre Träume seiner Kindheit, auf den Spuren des ein-zigen Mädchens, das ihm je mit absoluter Sicherheit etwas bedeutet hatte. In dem anderen schwebte er an der Decke eines Krankenzim-mers, das kürzlich ausgetauscht worden war, anderthalb Meter über dem Bett, in dem sein regloser Körper lag, zu dem er jeden Kontakt verloren hatte. Und an dem seit Kurzem Tag und Nacht ein Mädchen saß, das eine erwachsene Version desselben Mädchens zu sein schien.

Er konnte sie weder hören noch fühlen.

Noch sich irgendwie bemerkbar machen.

Doch sobald sich die Tür öffnete, sobald sie in sein Zimmer trat, sobald sie bei ihm war – konnte er sein Herz schlagen spüren.

Und mit ihm die Hoffnung, dass er aus diesem Albtraum aufwachen würde. Wie es aussah, unternahm sie eine Menge Anstrengungen für ihn. Irgendwie war es ihr sogar gelungen, sich in seine Träume einzu-schleusen.

Sie hatten Kontakt zueinander aufgenommen.

Doch er hatte sie wieder verloren, und das machte ihm Sorgen.

Denn wer, wenn nicht sie, würde ihn jemals wachküssen?

Sie sah aus wie Mary Jane – ja, *die* Mary Jane aus Spiderman.

Rotes Haar, blaue Augen, zart gebaut und ein Lächeln, das ihm absolut glaubhaft versicherte, dass der Himmel existierte. Seit er ein Teenager gewesen war, hatte er den Film wieder und wieder gesehen. Denn Kirsten Dunst – Pardon: Mary Jane – erinnerte ihn an sie. Das Mädchen, das er vor langer Zeit in St Ives zurückgelassen hatte. Ohne es je vergessen zu haben. War sie das Mädchen, das sich Nacht für Nacht in seine Träume schlich? Waren Mary Jane und ... *Ruby* ... ein und dieselbe Person? Er hoffte nichts sehnlicher, als dass es so war. Wenn er sich nicht irrte, lebte sie noch immer am selben Ort.

Und ihretwegen war er zurückgekehrt.

Uhr: Verliere keine Zeit
Lexikon der Träume

Ruby war daran gewöhnt, mit der Sonne aufzustehen.

So wie wohl jede Krankenschwester auf der ganzen Welt.

Doch heute war es anders – sie hatte furchtbar schlecht geschlafen, und ihr war ganz schlecht vor Müdigkeit. Die auf die Entdeckung ihrer und Tildas Machenschaften gefolgte Ansprache von Oberschwester Rosamund und die sie in Kürze erwartende Strafpredigt von Eleonore Stone, die heute sehr wahrscheinlich wieder zurück an ihrem Schreibtisch sein würde, machten ihr gewaltig zu schaffen. Gott sei Dank blieben ihr noch ein paar Stunden bis zu ihrer möglichen Kündigung.

Stunden, die sie nutzen musste.

Nachdem sie gestern Nacht aufgeflogen waren, lief ihr die Zeit davon. Eines stand fest: Dass sie eine weitere Gelegenheit bekommen würde, mit Sal zu träumen, war so unwahrscheinlich wie ein Reh beim Verspeisen eines Löwen anzutreffen. Das Einzige, was ihr und ihm jetzt noch weiterhelfen konnte, war die Spur, die sie an diesem Morgen verfolgte. Die Spur, die aus ihrem letzten Traum mit ihm hinausführte.

Mitten hinein ins Leben.

In *sein* Leben.

Nun – hoffentlich war es *sein* Leben.

Es war ein sonniger Morgen und eine Lerche zwitscherte so sehnsüchtig auf ihrem Weg, als könne sie es nicht länger erwarten, endlich den Frühling zu begrüßen – aber noch war sie allein mit ihrem Gesang.

Ruby hatte sich auf den abgenutzten ledernen Sattel ihres klapprigen Fahrrads geschwungen, um sich jenem geheimnisvollen Ort zu nähern, von dem sie geträumt hatte. Dem Ort aus einer längst vergangenen Zeit – ihrer Kindheit. Denn möglicherweise war dieser Ort ihre Verbindung zu Sal.

Zumindest wenn Tilda mit ihrem Verdacht richtiglag.

Mittlerweile erschien es auch Ruby denkbar, denn offensichtlich hatte nicht nur sie, sondern auch ihre Großmutter eine Verbindung zu diesem Ort. Nicht irgendeine Verbindung, sondern eine sehr innige – sofern sie ihre Tränen richtig deutete. Eine Verbindung, über die sie nie ein Wort verloren hatte.

Was verbarg sich hinter Tildas Tränen?

Ruby konnte es nur ahnen, als das Objekt ihrer Träume, nachdem sie eine geschlängelte Kurve hinter sich gelassen hatte, schließlich und endlich in Sichtweite kam.

Das kleine, seit fast zwei Jahrzehnten leer stehende und von einem Meer aus wild rankendem Efeu bewachsene Cottage lag da wie eh und je – wie eine verwunschene Schmuckschatulle schmiegte es sich an den schmalen Küstenpfad auf halbem Weg zwischen dem Hospiz und dem Zentrum von St Ives. Erst jetzt wurde ihr bewusst, wie lange sie schon keinen Fuß mehr auf dieses verwunschene Terrain gesetzt hatte – das letzte Mal im Alter von acht Jahren. Und das, obwohl sie Tag für Tag auf dem Weg zur Arbeit hier vorbeifuhr.

Mit einem metallischen lang gezogenen Iiiiii ließ sich sie das verrostete Gittertor öffnen, das zu der Auffahrt führte. Sie wollte das Grundstück zu Fuß erkunden. Vorsichtig, leise wie der Wind und hoffentlich genauso unsichtbar, strich sie um das kleine, halb verfallene Anwesen, das eher eine Mischung aus einer Fischerkate und einem gewöhnlichen Haus war.

Da!

Ihr Puls beschleunigte sich augenblicklich auf hundertachtzig.

Denn hinter dem Cottage unter der ebenfalls komplett mit Efeu überrankten Pergola, die im Sommer Schatten spenden sollte und im Rest des Jahres vor leichteren Regenfällen schützte, entdeckte sie das Heck eines Autos.

Vorsichtig näherte sie sich der Rückseite des Hauses.

Wo ein alter VW Bully parkte, strahlend grün lackiert und in sehr gutem Zustand. Sie war auf dem richtigen Weg. Das wurde ihr in Sekundenschnelle klar, als sie den kleinen Bus näher betrachtete – denn auf dem Dach befand sich, nein: kein gewöhnlicher Dachgepäckträger.

Sondern ein Surfbretthalter.

Nun, sofern sie sich nicht komplett täuschte.

Fest stand: Sal war nur mit einem Neoprenanzug bekleidet angeschwemmt worden, und ein Stück weiter am Strand hatten sie ein zerschmettertes Surfbrett gefunden.

„All das kann noch immer Zufall sein", bremste Ruby ihre Euphorie, auch wenn sie selbst nicht wirklich mehr an Zufälle glaubte, während sie an die rückwärtige Tür trat, die genau wie die vordere einst in einem hellen, fröhlichen Farbton lackiert und nun nahezu komplett abgeblättert war. Allein dass sie grün war statt blau unterschied sie vom Vordereingang – und dass sie nicht so zugewachsen war wie dieser.

„Hallo?", fragte sie schüchtern und ohne allzu große Hoffnung, dass irgendjemand da war, der sie hören konnte. Abgesehen von dem Transporter wirkte das Cottage absolut verlassen.

Hinter dem Wagen entdeckte sie einen kleinen Holzverschlag, eine Art Schuppen, der mit einem verrosteten Vorhängeschloss gesichert war. Vorsichtig spähte sie durch einen schmalen Bretterritz, denn Fenster gab es keine. Im Halbdunkel entdeckte sie ein uraltes Motorrad. Es war über und über mit Spinnweben bedeckt und komplett verstaubt. Dazu ein paar Kisten. Unverrichteter Dinge wand Ruby ihre Aufmerksamkeit wieder dem Haus zu.

Sie suchte nach einer Klingel – doch die gab es nicht. Stattdessen einen schweren gusseisernen, von Rost übersäten Türklopfer. Sanft ließ sie ihn auf das ihr bereits ein wenig morsch erscheinende Holz fallen. Mehr Nachdruck auszuüben, wagte sie nicht. Dann hätte sie auch gleich die Tür eintreten können, so fragil wirkte sie.

Moment mal.

War sie überhaupt …?

Langsam schlossen sich ihre Finger um den kühlen Emailleknauf, um ihren Gedanken zu überprüfen. Ob die Tür überhaupt verschlossen war.

Doch zu früh gefreut.

Sie war es.

Für einen Moment atmete Ruby auf. Sie hätte nicht gewusst, was sie getan hätte, wäre die Tür offen gewesen.

Schließlich war sie keine Einbrecherin.

Und doch hatte sie das Gefühl, dass sie dieses Haus betreten musste. Und zwar um jeden Preis. Dass es auf sie gewartet hatte. Dass sich hinter seinen alten, brüchigen Mauern die Auflösung des Geheimnisses verbarg, dem sie auf der Spur war.

Ihr Blick fiel auf den uralten geflochtenen Fußabtreter vor der Tür. Vorsichtig hob sie ihn an. Doch Fehlanzeige: kein Schlüssel. Auch nicht unter dem leeren, von Frost zerfressenen Blumentopf neben dem Eingang. Angestrengt versuchte sie, durch ein kleines, von Sand und

Regen verschmutztes Fenster neben der Tür in das Innere des Häuschens zu blicken.

Viel war nicht zu erkennen. Ein offener Raum. Ein großer runder Tisch. Stühle. Bücher, die sich auf dem Boden stapelten. Und über allem eine fast unheimliche Stille. Fest stand: Niemand war hier. Nachdem sie einmal über das dicht bewachsene Grundstück um das Cottage geschlichen war und dabei auch den vorderen Eingang überprüft hatte, musste sie feststellen, dass alles verschlossen war.

Dasselbe galt auch für den VW-Bus, auf dessen leicht abgewetztem milchkaffeebraunen Beifahrersitz sie eine CD mit einem schwarzweißen Cover erspähte: *Lonely Are The Brave* von Maverick Sabre, einem englischen Rapper. Ein weiteres Indiz dafür, dass es sich bei dem Besitzer des Autos um jemanden handeln musste, der sehr wahrscheinlich noch relativ jung war – die älteren Leute jedenfalls, die Ruby kannte, hörten keinen Rap.

Ein letztes Mal fiel ihr Blick auf die verschlossene Tür.

Die besaß nicht mal ein Sicherheitsschloss – sondern ein altes, rostiges Schloss mit einem großen Schlüsselloch, wie es vor vielen Jahrzehnten üblich gewesen war. Hätte sie doch nur besser aufgepasst, wenn in Filmen Einbrecher diese Art von Tür allein mit einer Sicherheitsnadel oder Heftklammer öffneten. Doch für *hätte* war es nun zu spät.

Wie es aussah, blieb ihr nichts anderes übrig, als den Rückzug anzutreten.

Als sie zu Hause eintraf, war es nicht mehr ganz so früh am Morgen. Das Leben in St Ives war gerade dabei, zu erwachen. Im Gegensatz zu Ruby. Ihr fielen die Augen beinahe von allein zu, und doch konnte sie noch immer nicht schlafen.

Ihre innere Unruhe quälte sie, folterte sie, hielt sie gegen ihren Willen auf Trab. So als wolle jemand da draußen im Universum geradezu verhindern, dass sie ihren wohlverdienten Schlaf bekam. Und sich zumindest ein kleines bisschen erholte, bevor an diesem späten Nachmittag die nächste Standpauke auf sie warten würde. Sie wusste nicht, vor welchem Ankläger sie sich mehr fürchtete: Doktor Ruff oder Doktor Stone. Im Grunde waren sie beide aus demselben Holz geschnitzt.

Wobei: *Aus demselben Stein gehauen* traf es eindeutig besser.

Nachdem ihre Einschlafversuche auch nach einer Stunde nicht fruchteten, beschloss Ruby, eine Dusche zu nehmen und Becky anzurufen. Sie war eine Langschläferin, wie so viele Studentinnen, doch um diese Zeit musste sie wach sein. Nun, zumindest hoffte sie es.

„Ja?"

„Ich bin's", sagte Ruby. „Hast du Lust, vorbeizukommen?"

Wenig später saßen sie zusammen in ihrem Wohnzimmer. Bei zwei Bechern Caffè Latte, die Becky auf dem Weg mitgebracht hatte. Ihre Freundin hatte sich lässig auf das Sofa gefläzt, als wäre sie es, die seit Tagen kein Auge zugedrückt hatte, während Ruby den uralten, ziemlich coolen Ledersessel in Beschlag genommen hatte, den Tilda ihr zum Einzug geschenkt hatte. Ihre Wohnung war ein Sammelsurium aus bunt zusammengewürfelten Möbeln. Ein charmantes Sammelsurium, wie sie fand.

„Und die Oberschwester hat euch wirklich hochgenommen?", fragte Becky, nachdem Ruby ihr die ganze Geschichte erzählt hatte. „Unglaublich."

„Unglaublich, aber leider wahr", erklärte Ruby. „Ich habe dieses Gefühl, dass ich unbedingt zurück zu dem Cottage muss. Irgendwie muss ich dort reinkommen."

Becky setzte ihren Kaffeebecher ab.

„Um die Sache zusammenzufassen", erwiderte sie stirnrunzelnd, „nachdem du und deine Granny ohne Genehmigung der Hospizleitung höchst obskure nächtliche Experimente an einem Komapatienten durchgeführt habt und dabei aufgeflogen seid, hast du nun vor, in ein Haus einzubrechen?"

Einzubrechen? Nun, ganz so dramatisch, wie es aus dem Mund ihrer Freundin klang, war es nun auch wieder nicht. Aber ein wenig beunruhigte es Ruby schon. War sie ohne es zu ahnen auf bestem Wege, sich in eine Kriminelle zu verwandeln?

„Habe ich das richtig verstanden?", hakte Becky nach.

Mit einem kaum merklichen Nicken bestätigte Ruby, dass es so war.

„Im Großen und Ganzen …" Sie wollte noch etwas hinzufügen. Etwas, das die Sache etwas abschwächte – eine Erklärung. Aber ihr fiel nichts wirklich Brillantes ein.

Becky starrte sie mit offenem Mund an.

„All die Jahre dachte ich, du wärst ein ganz normales Mädchen, Ruby", gestand sie. „Und jetzt stellt sich heraus, dass du es faustdick hinter den Ohren hast."

Nun, was sollte sie darauf erwidern?

Auf manche Fragen des Lebens war Schweigen wohl die beste Antwort. Also entschied sie sich genau dafür.

„Wo würdest du einen Schlüssel verstecken?", fragte Ruby schließlich, es waren ein paar merkwürdig stille Minuten vergangen. Etwas, das selten zwischen ihnen vorkam.

„Ich? Keine Ahnung ..." Becky setzte sich auf und starrte gedankenverloren auf die große Schale mit dem Strandgut auf dem Couchtisch.

„Vielleicht passt *der* ja", sagte sie und fischte mit interessiertem Blick den alten rostigen Schlüssel mit dem blassgrünen Anhänger – Holzscheit traf es eigentlich besser – aus der Schale.

Erst jetzt fiel es Ruby auf.

Blassgrün, abgeblättert – so wie die Tür am Hintereingang des Cottages! Ihr wurde ganz schlecht vor Aufregung.

„Himmel, Becky! Dass ich da nicht früher draufgekommen bin", rief sie, sprang auf und riss ihrer Freundin den Schlüssel förmlich aus der Hand.

„Wo ... willst du denn hin?", vernahm sie noch Beckys Stimme auf dem Weg nach draußen.

„Erklär ich dir später", rief sie über die Schulter zurück. „Lass die Tür einfach hinter dir zufallen, ja?"

Bitte enttäusche mich nicht ... betete sie im Stillen, als sie keine Viertelstunde später den rostigen Schlüssel langsam in das alte Schloss einführte.

Hurra!

Er passte.

Ihr Herz machte einen Sprung, während sie den Schlüssel so langsam und behutsam wie möglich nach rechts drehte. Nicht langsam und behutsam genug offensichtlich.

„Mist!"

Ehe sie sich versah, hielt sie das obere Ende des Schlüssels in der

Hand – das untere steckte noch immer im Schloss. Abgebrochen. Direkt nachdem sie den Widerstand überwunden hatte. „Na wunderbar, Ruby …", beglückwünschte sie sich zu ihrem, nun … *Durchbruch*.

Nun, zumindest war es ihr gelungen, die Tür zu öffnen. Mit einem leisen Ächzen sprang sie einen winzigen Spalt weit auf. Was die nächste Frage aufwarf: Was sollte sie nun tun? Das Haus betreten? Genau genommen wäre das Hausfriedensbruch oder sogar Einbruch. Andererseits wirkte alles wie verwaist, wie all die Jahre zuvor – abgesehen von dem Fremdkörper. Dem VW-Bus, der von so vielen coolen jungen Surfern in Cornwall benutzt wurde und fast eine Art Erkennungssignal war.

„Jetzt stell dich nicht so an!", befahl sie sich im Flüsterton, sich endlich ein Herz zu nehmen. Sie musste aufhören, sich als Verdächtige aufzuführen und auf Zehenspitzen herumzuschleichen. Angriff war die beste Verteidigung.

„Stell dir einfach vor, du bist die nette Nachbarin, die mit einem Stück frisch gebackenem Kuchen vorbeikommt, um Hallo zu sagen."

Ihr Blick fiel auf ihre leeren Hände.

Nur ohne Kuchen eben, na ja.

Davon abgesehen: Ganz leer waren ihre Hände nicht – einen halben Schlüssel zumindest konnte sie vorweisen. Und damit vielleicht ein halbes Argument, nicht verhaftet zu werden.

„Hallo, ist da jemand?", rief sie, ihre Stimme klang ein wenig zaghaft. Aber das konnte auch der netten Nachbarin passieren. „Hallo?"

Nichts regte sich.

Gut, das war das Zeichen.

In Zeitlupe, begleitet von einem dieses Mal erschreckend lauten Quietschen, öffnete Ruby die Tür. Vorsichtig setzte sie ihren rechten Fuß auf die knarzenden dunklen Eichenholzdielen, die seit Menschengedenken nicht erneuert worden waren. Nun gab es kein Zurück mehr. Falls jemand hier war, musste er sie spätestens jetzt gehört haben.

Für einen Moment erschrak Ruby über ihre eigene Courage. Was, wenn sich ein Psychopath hier eingenistet hatte – ein Axtmörder oder so was in der Art, der irgendwo in einem dunklen Winkel genau auf jemanden wie sie wartete: ein leichtes Opfer?

„Hallo?", rief sie erneut, zaghaft Fuß vor Fuß setzend, einerseits um ein Signal von sich zu geben und andererseits um sich selbst zu beruhigen. Ja, sie war kurz davor, es zu singen, denn Gesang vertrieb angeblich Angst und Schatten am besten. „Ist da jemand?"

Keine Reaktion – noch immer nicht.

Es war eiskalt in dem Haus, viel kühler als draußen und sehr, sehr viel kühler als in dem Sommer ihrer Kindheit, den sie in Erinnerung hatte. Die weiß gekalkten Wände taten das ihrige, dass Ruby im wahrsten Sinne des Wortes der Atem gefror. Auf Zehenspitzen näherte sie sich einem runden Esstisch aus massiver Eiche, um den herum abgeblätterte grün und orange lackierte Holzstühle gruppiert waren. Sie erinnerte sich nicht mit Sicherheit, aber auf diesen Stühlen musste sie selbst früher gesessen haben – als sie hier mit Noah Green gespielt hatte.

War er es, den sie hier finden würde? War er der Besitzer des grünen Bullys? Das war die eine Frage. Die andere war: War er auch Sal? Möglich war es.

Fest stand: Noah Green war verschollen – das allerdings nicht erst seit Weihnachten, sondern seit fast zwei Jahrzehnten.

Doch all das musste nicht zwangsläufig miteinander zusammenhängen.

Aber – es konnte.

Irgendjemand war hier gewesen. Auf dem Tisch stand eine nicht gespülte Kaffeetasse, die erst kürzlich benutzt worden sein musste. Mit kürzlich meinte sie, innerhalb der vergangenen Wochen oder Monate – nicht aber vor zwei Jahrzehnten.

Als sie nur eine Minute später in das winzige, nach hinten hinausgehende Schlafzimmer trat, wusste sie, dass sie richtiggelegen hatte. Das Bett – oder besser gesagt die kleine Pritsche – war frisch bezogen und auf ihm lag: ein silberglänzender Rimowa-Koffer.

Geöffnet.

Noch immer zaghaft und in der Erwartung, im nächsten Moment könnte der Axtmörder hinter ihr stehen und ihr einen Schlag versetzen, trat Ruby an das Bett und ließ ihren Blick über den Inhalt des Koffers schweifen. Was blieb ihr anderes übrig? Normalerweise war sie nicht der Typ, der in fremden Sachen herumschnüffelte, aber an diesem Morgen war sie eigens dafür gekommen: zum Schnüffeln.

Eine Levi's, ein paar kernige grob karierte Hemden von Scotch & Soda, Unterwäsche von Armani und obenauf – eine stählerne Vintage-

Rolex. Nachdenklich ließ sie die Finger über das kühle Metallarmband schweifen. Mit einem einzigen Griff könnte ich hier und jetzt die Jahresmiete für mein Apartment verdienen, dachte Ruby und legte die matt glänzende Uhr zurück in den Koffer. Was für eine Einladung für echte Einbrecher. Doch sie war nicht gekommen, um zu stehlen, sondern um Indizien zu finden. Und nun, wo sie ohnehin schon in seiner Unterwäsche schnüffelte, konnte sie auch den letzten Schritt wagen. Den Koffer von oben bis unten zu durchsuchen. Irgendwo musste sich ein Ausweis oder Führerschein befinden.

Doch Fehlanzeige: Ruby fand nichts.

Erst jetzt fiel ihr Blick auf den Wollmantel, der über einem Stuhl hing. Das Etikett im Kragen verriet, dass er von Burberry war. Sehr elegant und klassisch britisch geschnitten. Konnte sie sich Sal darin vorstellen? Ja, sie konnte. Er würde darin aussehen wie die perfekte Mischung aus Gentleman und Popstar.

In der Innentasche fand sie schließlich, wonach sie suchte. Mit nervösen Fingern öffnete sie den Pass.

Und erstarrte.

Denn das Foto auf dem Dokument teilte ihr unmissverständlich mit, dass ihr unbefugtes Eintreten zwar wie es das Wort schon sagt nicht befugt, aber dennoch absolut berechtigt gewesen war. An dieser Erkenntnis bestand nun nicht mehr der leiseste Zweifel – denn der junge Mann auf dem Foto war: Sal!

Doch sein richtiger Name war: Noah Green.

Der Pass fiel ihr beinahe aus den Händen, so aufgeregt war sie. Tilda hatte also richtiggelegen mit ihrer Vermutung. Ruby konnte kaum fassen, was sie soeben entdeckt hatte. Es war ein Durchbruch gewaltigen Ausmaßes, der nicht nur ihrem Patienten zugutekam, sondern vielleicht auch ihr selbst die Haut retten würde. An diesem Nachmittag, wenn sie Doc Stone Rede und Antwort würde stehen müssen, um die Ereignisse der vergangenen Nacht zu erklären. Doch das war noch nicht alles.

Denn außer seinem Pass fand sie noch etwas anderes: sein Handy.

Es hing an einem Ladekabel an einer uralten, aber offensichtlich funktionstüchtigen Steckdose. Vorsichtig strich sie über das Display. Zum Glück war kein Pin nötig, um das Handy zu aktivieren.

Rachel – fünf neue Nachrichten, las sie kurz darauf.

Rachel? Ruby hielt nachdenklich inne.

I love you, Rachel.

Genauso war es eingraviert in das Silber des Amuletts, das Sal – sorry: Noah – bei sich getragen hatte, als sie ihn am Strand gefunden hatten.

Was nur eines bedeuten konnte: Ruby hatte sie gefunden – die geheimnisvolle Frau aus dem Amulett.

„... Hal-lo? ...“

Ohne auch nur eine Sekunde darüber nachzudenken, ob es wirklich ihre Aufgabe war, hatte sie Rachels Nummer gewählt. Es war eine Nummer in den Staaten. Wo es um diese Zeit mitten in der Nacht sein musste ...

Doch das fiel Ruby erst ein, als es bereits zu spät war.

„... Noah ... ?“

Die Stimme klang ein wenig verraucht, ein wenig müde und ziemlich sexy. Nun, zumindest, dass sie verraucht und müde klang, war um diese Uhrzeit nicht unbedingt ein Wunder. Doch sexy? Wenn sie die war, für die Ruby sie hielt, sollte sie eigentlich um diese Zeit allein sein.

„Nein“, stellte Ruby schnell klar, damit keine Missverständnisse aufkamen. „Entschuldigen Sie, dass ich um diese Zeit anrufe. Mein Name ist Ruby und ich ...“

Schlagartig schien die Frau wach zu sein.

„Das hat ja nicht lange gedauert!“, vernahm Ruby vom anderen Ende der Leitung. Die Stimme klang nun weder müde noch sexy. Sondern einfach nur gereizt.

„Nein, nein – es ist nicht, was Sie glauben!“, beeilte sie sich die Sache aufzuklären.

„Ach – und was ist es dann?“

Für eine Sekunde hielt Ruby inne. Sie fragte sich, ob es richtig war, unvermittelt mit der vollen Wahrheit rauszurücken. Gerade erst hatte ihre Mutter sie wieder daran erinnert, dass es eben nicht immer angebracht war, sich seiner Umwelt ungefiltert mitzuteilen.

Sei's drum, gab sie sich einen Ruck. Für langwierige Erklärungen fehlte ihr schlichtweg die Zeit. Außerdem musste sie verhindern, dass die Frau einfach wieder auflegte – was verständlich wäre, schließlich war es in Amerika mitten in der Nacht.

Was auch Rachel bemerkt hatte.

„Also, wieso rufen Sie mich mitten in der Nacht auf seinem Handy an?", hakte die Stimme gereizt nach.

„Ich ... bin seine Krankenschwester", erklärte Ruby. „Es ist etwas Schreckliches passiert."

Augenblicklich legte sich eine erschrockene Stille in die Leitung.

Man hätte eine Stecknadel zu Boden fallen hören können.

„*Was ... haben Sie gesagt ...?*", vernahm sie leise vom anderen Ende.

Als Ruby etwa zwanzig Minuten später auflegte, bemerkte sie ein Gefühl der Erleichterung in sich aufsteigen. Ein Gefühl, etwas Außergewöhnliches geleistet zu haben. Endlich einmal alles richtig gemacht zu haben.

Sie hatte jemandem geholfen, der ihre Hilfe dringend benötigte. Nicht irgendjemandem noch dazu, sondern ihrer allerersten Liebe. Ihrem unsichtbaren Freund, der seit heute nicht mehr unsichtbar war. Und er hatte niemanden außer ihr – auf der ganzen großen weiten Welt.

Nun, wobei Letzteres gerade eben dabei war, sich zu ändern. Offenbar hatte Rachel keine Ahnung gehabt, was geschehen war. Kurz vor seinem Unfall war sie nach New York geflogen, wo sie im neuen Jahr eine Stelle in der Kanzlei angetreten hatte, für die sie und Noah bisher in London gearbeitet hatten. Anscheinend waren sie verlobt, doch ihren Worten zufolge musste es einen großen Krach zwischen ihnen gegeben haben. War es aus? Nun, die Indizien deuteten darauf hin, aber die Stimme am anderen Ende der Leitung ließ jede Menge Raum für Interpretation.

Auf jeden Fall hatte er jetzt jemanden, der sich für ihn zuständig fühlte.

Rachel hatte ihr versprochen, dass sie den ersten Flieger nach London nehmen würde.

Erst jetzt bemerkte Ruby es.

Dass sie sich fragte, ob ihr diese Idee wirklich so gut gefiel. Oder ob ihr die andere besser gefallen hatte – die mit dem *Ganz-allein-auf-der-Welt-sein-und-niemanden-haben-außer-ihr*.

Komisch: Jetzt, wo sie tief in sich hineinhorchte, entdeckte sie plötzlich noch ein anderes Gefühl. Es schien sich hinter all ihren edelmütigen und selbstlosen Gefühlen verstecken zu wollen, aber sie entdeckte es trotzdem.

„Moment mal: Bist du etwa eifersüchtig?", fragte sie sich selbst. Eine Sekunde stand sie einfach nur so da und blickte aus dem kleinen beschlagenen Schlafzimmerfenster des Cottage hinaus auf den verwilderten Hof hinter dem Haus. Um daraufhin verwundert über die Kapriolen, die ihr Verstand schlug, den Kopf zu schütteln.

Schnell wischte sie den Gedanken beiseite. Dann gab sie sich einen Ruck und ließ das kleine Haus so zurück, wie sie es vorgefunden hatte – einzig und allein den Pass und das Handy nahm sie an sich.

Nun, *so wie sie es vorgefunden hatte*, stimmte nicht ganz. Denn im Schloss steckte noch immer der halbe Schlüssel. Sie fummelte eine geschlagene Viertelstunde daran herum, bis ihr klar wurde, dass die Sache aussichtslos war. Sie würde das Cottage nicht mehr abschließen können.

Um ehrlich zu sein: Wirklich einbruchssicher war es schon vorher nicht gewesen. Dass sich bis jetzt noch keine Einbrecher dem Cottage genähert hatten, mochte damit zusammenhängen, dass es seit Jahrzehnten leer stand und jeder wusste, dass es dort nichts zu holen gab. Aber das konnte sich von einer Nacht auf die andere ändern.

Was sollte sie nun tun? Seinen Pass und das Handy hatte sie in sicherer Verwahrung – aber eines wollte sie definitiv nicht an sich bringen: seine Uhr. Am Ende würde sie noch des Diebstahls beschuldigt. Nein, sie musste eine Alternative finden – ein sicheres Versteck.

Merkwürdige Entscheidung, dachte sie bei sich, als sie wieder vor seinem Koffer stand und die alte Rolex hervorkramte. Wieso machte sie sich Gedanken um seine Uhr, wenn er doch nach den Aussagen der Ärzte nie wieder aus dem Koma erwachen würde? Denn sie mochte nun zwar herausgefunden haben, wer er war. Und wer seine Freundin war. Doch all das änderte nichts an der Tatsache, dass er sehr wahrscheinlich sterben würde.

Was sie hier tat, war verlorene Liebesmüh.

Und doch, sie fühlte diesen starken inneren Drang in sich, wenigstens sein Hab und Gut zu beschützen – wenn sie ihn schon nicht selbst beschützen konnte. Sobald Rachel aus New York eingetroffen war und etwas Zeit für sie fand, würde sie ihr die Uhr übergeben – und zwar direkt im Cottage. Sicher würde sie auch seine anderen Sachen haben wollen. Und sei es nur zur Erinnerung.

Ruby blickte sich um, auf der Suche nach einem geeigneten Versteck. Alte Einmachgläser in der Küche? Nein. Unter der Matratze? Auch kein Problem für gewiefte Diebe. Nachdem sie sich eine Weile das Hirn zermartert hatte, kam ihr schließlich die Erleuchtung.

In einer der Küchenschubladen fand sie neben alten Kugelschreibern, Münzen, Teelichtern und anderem Sammelsurium eine Rolle breites Klebeband. Es musste noch aus den Neunzigern stammen, als das Cottage verlassen worden war – aber die Rolle war noch original-verpackt.

Kurz darauf steuerte sie den alten runden Esstisch im Wohnbereich an.

Und ging in die Hocke.

Sie würde die Uhr einfach unter der Tischplatte festkleben – darauf konnte wirklich nur ein Profieinbrecher kommen, und die waren in der Gegend um St Ives eher selten anzutreffen.

Vorsichtig kroch sie unter den Tisch.

Und stieß sich um ein Haar den Kopf, als sie auf der Unterseite der Tischplatte eine Gravur entdeckte.

Ein mit einem Messer eingeritztes Herz.

Und zwei Namen. Einer davor und einer dahinter.

„Noah ♥ Ruby", las sie mit vor Erstaunen offenem Mund.

Glocken: Freude
Lexikon der Träume

An diesem Nachmittag, auf dem Weg zum Hospiz, konnte sie an nichts anderes mehr denken.

Noah liebt Ruby.

Er musste es dort eingeritzt haben, als sie Kinder gewesen waren. In ihrem Sommer.

Im Grunde bedeutete es nichts, aber es war schon ein merkwürdiger Zufall. Und glaubte man Carl Gustav Jung, dem berühmten Psychoanalytiker, und ihrer Großmutter Tilda, gab es keine Zufälle im Leben.

Als sie wenig später durch das Portal des altehrwürdigen Gebäudes hetzte, fast eine Viertelstunde zu spät, weil sie in all der Aufregung die Zeit vergessen hatte, lief sie Eleonore Stone bereits auf dem Flur direkt in die Arme.

Ausgerechnet.

Ihr Puls begann zu rasen. Auch wenn sie eigentlich nichts zu befürchten hatte – denn sie hatte etwas Ungeheuerliches vorzuweisen.

Kaum hatte die Ärztin sie gesehen, verfinsterte sich ihr Blick und ein heftiges Kopfschütteln setzte ein, während sie beide Arme vor ihrer Brust verschränkte.

„Ruby! Was ist los mit Ihnen? Rosamund hat mir berichtet, dass Sie in der vergangenen Nacht ohne Erlaubnis Ihr wissenschaftlich zweifelhaftes Experiment fortgesetzt haben. Ich hatte Ihnen das ausnahmsweise für eine Nacht gestattet, obwohl ich für … *Hokuspokus!* … normalerweise nicht zu haben bin. Aber das heißt noch lange nicht, dass Sie von nun an einen Freibrief haben und schalten und walten können, wie und wann Sie woll…"

„Ich weiß, wer er ist!", platzte es aus Ruby heraus. Ihr war klar, dass es barsch und unhöflich war, ihre Chefin so abrupt zu unterbrechen. Doch sie konnte schlicht und einfach nicht länger an sich halten. Davon abgesehen musste sie verhindern, dass Doc Stone voreilig eine Strafe gegen sie verhängte, bevor sie die ganze Geschichte kannte.

Die Ärztin stoppte augenblicklich.

„Sie wissen, wer er ist? Was soll das heißen?"

Mit zitternden Fingern zog Ruby den Pass und das Handy aus ihrer Umhängetasche. „Hier!", sagte sie und streckte die Sachen ihrer Chefin entgegen.

„Was soll das bitte sein?"

„Sein Pass und sein Handy. Sein Name ist Noah Green, und ich habe gerade mit seiner ... Freundin ... in New York telefoniert", erklärte Ruby, noch immer ein wenig außer Atem. „Sie nimmt den nächsten Flieger."

Bei dem Wort *Freundin* hatte sie kurz gestockt. Aber eine bessere Beschreibung für Rachel war ihr auf die Schnelle nicht eingefallen.

Doktor Stone blickte sie ungläubig an, während sie den Pass und das Handy fast wie in Zeitlupe an sich nahm. Dann wandte sie ihren Blick dem Ausweispapier zu. Ruby konnte sehen, wie ihre Augen sich überrascht weiteten, als sie das Foto erblickte.

„Wie ... in aller Welt ... haben Sie das herausgefunden?", fragte die Ärztin. Ihre Verärgerung war in derselben Sekunde in Erstaunen umgeschlagen. Ja, Ruby hatte sogar das Gefühl, ein winziges anerkennendes Lächeln um ihre Mundwinkel herum auszumachen.

Auch sie konnte nicht verhindern, dass sich ein kleines Lächeln auf ihr Gesicht legte, während sie nach einer halbwegs glaubwürdigen Erklärung für all das suchte.

Wie in aller Welt hatte sie das herausgefunden?

Noch immer musterte ihre Vorgesetzte sie stumm.

„Hokuspokus", erwiderte Ruby schließlich wahrheitsgemäß. „Hokuspokus."

Wenig später saß sie an Noahs Bett. Eigentlich hatte sie erst noch Tilda anrufen wollen, um ihr von der dramatischen Wendung zu berichten, aber als sie an der Tür ihres Patienten vorbeikam, hatte sie beschlossen, dieses Gespräch vorerst zu verschieben und ihm als Erstem die guten Nachrichten zu überbringen.

Ihm, der jetzt nicht mehr Sal hieß.

„Noah?", flüsterte sie ihm ins Ohr, nachdem sie eine Weile das Amulett mit dem Foto von Rachel betrachtet hatte. „Ich bin zurückgekommen. Wie ich es dir versprochen habe. Du weißt schon, in unserem Traum."

Vorsichtig nahm sie seine Hand.

„Alles wird gut", erklärte sie ihm. „Ich habe Rachel erreicht – in New York. Sie lässt alles stehen und liegen und ist noch heute Nacht bei dir. Du wirst schon sehen, jetzt geht es bergauf, mach dir keine Sorgen."

Liebevoll strich sie ihm mit der Hand über die Stirn und durch sein volles Haar.

Ja, sie würde ihn vermissen.

Oder besser gesagt: Sie würde die Zeit vermissen, als sie ihn nicht mit Rachel hatte teilen müssen. Aber natürlich war ihr klar, dass es so besser war. Falls er gegen jede Erwartung von Seiten der Ärzte doch noch aufwachen sollte, würde er die Person an seinem Bett erblicken, die ihm am nächsten stand.

Nein, nicht sie, Ruby.

Sondern Rachel, die er trotz des Streites, der sich zwischen ihm und ihr zugetragen hatte, so sehr liebte, dass ihr Bild das Einzige war, was er an seinem nackten Körper getragen hatte, bevor er in das tosende Meer gesprungen war. Ja, vielleicht half ihm ihre Gegenwart sogar, den Weg aus dem Dunkel, das ihn verschluckt hatte, zurück ins Licht des Lebens zu finden. Vielleicht konnte er sie fühlen. Und würde darüber aus dem Koma aufwachen.

„Ich ... habe noch etwas entdeckt", bemerkte Ruby leise und fast ein wenig beschämt. „Unter dem Küchentisch in dem alten Cottage, wo ich deine Sachen gefunden habe."

Sie blickte ihn an, als erwarte sie allen Ernstes eine Reaktion.

„Da ... war ein Herz ... und unsere Namen", erklärte sie. Sie lachte auf, als wäre *sie ihm* eine Erklärung schuldig – und nicht *er ihr*. Nun, ehrlich gesagt schuldete niemand hier jemandem eine Erklärung.

„Ich wollte dir nur sagen, dass es mich sehr berührt hat. Es ist ... schön ... nun, zu wissen, dass man jemandem etwas bedeutet. Auch wenn all das lange her ist."

Manchmal war es tatsächlich leichter, wenn man einfach drauflosplappern konnte, ohne Angst haben zu müssen, das Falsche zu sagen. Oder falsch verstanden zu werden. Irgendetwas Idiotisches von sich zu geben, das man im nächsten Moment nicht bereuen musste. Jemandem sein Herz auszuschütten, ohne dass dieser Jemand einen wirklich hörte, konnte etwas Beruhigendes haben.

„Warst du in mich verliebt?"

Sie heftete ihren Blick fest auf seine Augen, als hoffe sie, sie auf diese Weise öffnen zu können.

„*Damals*, meinte ich natürlich …"

Was …? Hatte sie es sich nur eingebildet, oder hatte er tatsächlich leise geseufzt?

„Ruby, wach auf!", rief sie sich zur Ordnung. „Er kann dich nicht hören."

Ja, *damals*. Plötzlich war sie wieder da, die Erinnerung.

„Gibst du mir den Penny?"

Noah hatte die winzige silberne Münze, die nicht größer war als der Fingerabdruck, den Rubys kleiner Finger hinterlassen würde, beim Spielen auf dem kleinen Schotterweg gefunden, der vom Cottage nach St Ives führte.

„Wieso soll ich ihn dir geben?", fragte er.

„Ich will ihn meinen Eltern zeigen", erklärte sie. „Vielleicht ist er etwas wert." Mit acht Jahren wusste sie noch nicht, dass ein Penny in aller Regel auch nicht mehr wert war als ein Penny – selbst wenn er voller Sand und geheimnisvoll aus dem Nichts aufgetaucht war.

„Und was kriege *ich* dafür?", wollte ihr Freund wissen.

Ruby legte nachdenklich den Zeigefinger auf ihre Lippen und blickte in den Himmel.

„Du darfst mir eine Frage stellen", antwortete sie nach einer kurzen Bedenkzeit. „Jede Frage, die du willst."

„Hm … okay", willigte Noah ein, ohne lange zu zögern, und gab ihr den Penny.

„Also, was willst du wissen?"

„Was bedeutet *Seelenverwandte*?"

Ruby stutzte.

„Seelenverwandte?", hakte sie nach. „Wo hast du das Wort gehört?"

„Deine Großmutter hat es zu meinem Großvater gesagt", erklärte er. „Vor ein paar Tagen. Ich hab' es zufällig mitbekommen. Aber ich weiß nicht, was es bedeutet."

„Es bedeutet, dass zwei Menschen füreinander geschaffen sind", erklärte ihm Ruby, die dieses Wort schon einmal in einem Märchen gehört hatte. „Dass sie für immer zusammenbleiben."

Augenblicklich spielte ein hoffnungsfrohes Lächeln um Noahs Mundwinkel.

„Dann … sind wir auch Seelenverwandte?", fragte er sie ohne Umschweife. Und ohne Vorwarnung.

Damit hatte sie nicht gerechnet.

„Ich … muss jetzt nach Hause", erklärte sie schnell. „Meinen Eltern den Penny zeigen. Wir sprechen später weiter, ja, Noah?"

Schnell wie ein Blitz hatte sie sich damals aus dem Staub gemacht. Und wenn es nur war, weil sie nicht zugeben konnte, wie sehr sie ihn mochte. Wie sehr sie sich wünschte, dass sie Seelenverwandte wären und für immer Freunde blieben.

Aber nach diesem Sommer war er für immer aus ihrem Leben verschwunden. Er war nie wieder nach St Ives zurückgekehrt. Noch Jahre danach hatte sie sich gefragt, warum. Ob es etwas mit ihr zu tun gehabt hatte.

„Oh, Mist …"

Draußen vor der Tür vernahm sie Stimmen. Sie holten sie zurück in die Gegenwart. Und erinnerten sie daran, dass sie zum Arbeiten hier war – nicht zum Träumen. Mit einem Blick auf ihre Armbanduhr stellte sie fest, dass sie sich beeilen musste. Sie hatte schließlich noch andere Patienten zu versorgen – und war schon ziemlich hinter ihrem Dienstplan.

Ein letztes Mal rückte sie ganz nah an Noah heran und beugte sich über seinen Kopf. Sog seinen ruhigen Atem in sich ein.

„*Warst* du wirklich in mich verliebt, Noah?", flüsterte sie.

Und zuckte augenblicklich zusammen – kaum hatte sie die Worte ausgesprochen.

Denn seine Hand schloss sich fest um ihre.

So fest, als wolle er sie nie wieder loslassen.

„Noah …?"

„Schwester Light?"

Es war Doktor Stone, die im selben Moment ihren Kopf zur Tür hereinsteckte.

Ruby sah irritiert von ihrem Patienten auf, Händchen haltend. Die Ärztin musste denken, sie wäre endgültig verrückt geworden. Nun, kein Wunder bei *der* Großmutter …

„Äh … ja?"

„Ich … muss mich bei Ihnen bedanken – und natürlich auch bei

Ihrer Großmutter. Wie auch immer Sie das gemacht haben, es hat funktioniert."

Was war das? Eine akustische Täuschung? Wunschdenken? Ruby konnte es nicht glauben.

Sie hatte alles kommen sehen – nur das nicht.

Nicht von Doc Stone.

„Danke", erwiderte sie leise und erhob sich wie ein Soldat, der einen Orden verliehen bekam, von ihrem Stuhl an Noahs Bett.

Sanft ließ sie ihre Hand aus seiner gleiten und hoffte, dass die Oberärztin keinen Verdacht schöpfte.

Denn wie sie *das* Doc Stone erklären sollte, war ihr absolut schleierhaft.

Gott sei Dank schien diese nicht das Geringste zu bemerken.

„Morgen sind Sie der Star des Tages hier in St Ives", teilte ihre Chefin ihr mit einem anerkennenden Lächeln mit. „Ruby, ich muss sagen – ich habe mich in Ihnen getäuscht. Sie sind wirklich mit ganzem Herzen dabei, und ich bin froh, dass wir zusammenarbeiten können. Ach, wo wir schon mal bei den Belobigungen sind: Die St Ives News hat mich um ein Foto von Ihnen gebeten, wenn das in Ordnung ist. Ist es das?"

Nun … eigentlich hatte Ruby nicht vorgehabt, eine lokale Berühmtheit zu werden. „Nur wenn meine Großmutter auch mit auf das Foto kommt", willigte sie schließlich ein. „Eigentlich haben wir das alles ihr zu verdanken."

„Ihre Großmutter ist der Aufhänger des Artikels", versicherte ihr Doc Stone. „Da bin ich mir sicher – wäre ja nicht das erste Mal", schob sie mit einem kleinen Schmunzeln hinterher.

Junge Krankenschwester löst Rätsel der Herkunft des Komapatienten, titelte die *St Ives News* am nächsten Morgen. Und darunter, in der Unterzeile: *Traumweberin führt Enkeltochter in die Träume des geheimnisvollen Mannes aus dem Meer.*

In ganz Cornwall mussten sich an diesem Morgen bei ihrer Frühstückslektüre sämtliche selbst ernannten Realisten und Rationalisten – *Pessimisten,* wie ihre Großmutter sie großzügig über einen Kamm scherte – an ihrem Tee verschlucken.

Ruby konnte sich gut vorstellen, wie Tilda es genießen würde.

Sie würde vergnügt in sich hineinkichern und sich anschließend den Fragen der Journalisten stellen, die den Goodwill Palace wie immer nach solchen Vorkommnissen ein paar Tage lang belagern würden.

Eines stand fest: Tilda hatte keine besonders hohe Achtung vor Realisten und Rationalisten. Sie glaubte, dass die meisten von ihnen in Wahrheit nur vorgaben, realistisch und rational zu sein, nüchtern und ohne Emotionen. Menschen, die nur glaubten, was sie sahen. Und das alles nur aus einem einzigen Grund: Weil sie eine Höllenangst hatten, vom Leben enttäuscht zu werden. Denn tief in ihrem Innern, davon war ihre Großmutter überzeugt, waren viele von ihnen sehr spirituelle Menschen.

Sie verbargen es nur geschickt.

Nicht an ihren Worten, sondern an ihren Taten werdet ihr sie erkennen.

All diese rational und realistisch denkenden Menschen hatten die Idee von Gott oder einer göttlichen Macht offiziell genauso abgeschrieben wie die der großen Liebe. Das war ihre logische Erkenntnis.

Doch für Tilda ergab Logik nur Sinn, wenn sie – nun: *logisch* war.

Und das war sie nicht: Denn die Weise, wie diese rational und realistisch denkenden Menschen ihr eigenes Leben lebten, sprach vollkommen dagegen.

Denn wenn man sich absolut sicher war, dass es weder ein Leben nach dem Tod gab noch die große Liebe oder irgendeinen Sinn, existierte eigentlich nur ein einziger logisch nachvollziehbarer Weg, sein Leben zu leben: Es ohne Wenn und Aber voll auszukosten. Und zwar jeden einzelnen Augenblick. Alles mitzunehmen, dieses eine Leben tief in sich aufzusaugen, jeden Tropfen und jede Geschmacksnote, die es zu bieten hatte. Nichts hatte Konsequenzen. Alles war möglich. Denn danach würde man auf ewig vergessen und von niemandem erinnert in einem tiefen schwarzen Loch verschwinden.

Kein Gott und kein Teufel saßen über einem, um zu richten, Strafen auszusprechen und Belohnungen zu verteilen.

Doch dieses eine Leben in einem grauen Büro zu verschwenden, um ein Reihenhaus und einen Mittelklassewagen bei einer Bank abstottern zu können, an der Seite eines mehr geduldeten als geliebten *Lebensabschnittsgefährten*, ergab nicht den leisesten Sinn.

Es freudlos zu leben, ergab nicht den leisesten Sinn.

Lebe jeden Tag so, als wäre es dein letzter.
Carpe diem!

Logisch betrachtet konnte allein das der Weg sein, wie Realisten und Rationalisten ihr Leben führen konnten, wenn sie ehrlich mit sich selbst waren.

Und eben genau das taten sie nicht – und das verriet sie.

Und genau deshalb nannte Tilda sie Pessimisten.

Waren am Ende all dieser Pessimismus und all diese Traurigkeit in Wahrheit nichts weiter als der sehnliche Wunsch, noch einmal völlig neu durchzustarten? In einem Leben, das es besser mit einem meinte?

Wie oft hatte Ruby diesen Wunsch in den Jahren, in denen sie nunmehr im Hospiz von St Ives arbeitete, schon gehört – ausgesprochen oder unausgesprochen.

„Warum ich diese Menschen so gut kenne?", pflegte Tilda mit einem Augenzwinkern zu sagen. „Weil ich selbst lange eine von ihnen war – und es hätte mich fast mein Leben gekostet."

Manchmal schob sie danach noch leise und nachdenklich hinterher: „Mein *Glück hat* es mich gekostet …"

Was genau sie damit meinte, hatte Ruby nie verstanden. Und es war auch nichts aus Tilda herauszubekommen gewesen. Nicht bis zum heutigen Tag. Doch langsam dämmerte ihr, dass es möglicherweise etwas mit Noah zu tun hatte – oder vielmehr mit seinem Großvater.

Patrick Green.

Rachels Flug hatte sich verspätet. Sie sollte erst an diesem Morgen in St Ives eintreffen, pünktlich genug, um in der frisch gedruckten Zeitung ihr Foto zu entdecken – und eine gewisse lokale Berühmtheit zu erlangen.

Die vergangene Nacht hatte Ruby noch einmal an Noahs Seite verbracht, um sicherzustellen, dass es ihm gut ging, bevor die Frau ihren Job übernahm, die von nun an offiziell für ihn zuständig war: Rachel aus New York.

Ihn loszulassen fiel ihr nicht leicht. In den vergangenen Tagen und Nächten war ihr für immer verloren geglaubter unsichtbarer Freund plötzlich in ihr Leben zurückgekehrt. Und nun würde sie ihn ein zweites Mal verlieren.

Rachels verspätetes Eintreffen hatte Ruby Zeit verschafft, sich noch einmal von Noah zu verabschieden, fürs Erste jedenfalls. Was in Zukunft geschah, wusste niemand. Aber es lag auch nicht mehr in ihrer Hand.

In dieser Nacht hatte sie nur an seinem Bett gesessen und seine Hand gehalten. Nicht in seinen Träumen – sondern an seiner Seite.

Nun träumte er wieder allein, ohne sie. Ruby hatte ihre Aufgabe erfüllt. Mehr als das. Sie musste sich keine Vorwürfe machen. Einmal in ihrem Leben hatte sie alles richtig gemacht.

Sie war zurückgekommen, wie sie es ihm versprochen hatte.

Und hatte ihm seine … *Freundin?* … zurückgebracht.

Nun, wie auch immer: Er war nicht länger allein.

War ihre Geschichte und die von Noah damit beendet?

Ruby konnte es sich nicht wirklich erklären, aber allein der Gedanke daran, dass es so sein könnte, versetzte sie in eine seltsame Unruhe. Möglicherweise hielt sie deshalb in dieser letzten Nacht seine Hand. Nicht, um ihn zu beruhigen – sondern vielmehr, um sich selbst zu trösten.

Blitz: Nahendes Unheil
Lexikon der Träume

Als Rachel am späten Vormittag in einem Taxi das Hospiz erreichte, standen Doktor Stone, Oberschwester Rosamund und Ruby am Eingang Spalier. Mit schwarzen Regenschirmen in der Hand, denn es goss in Strömen. Sie mussten ein elegantes Bild abgeben – fast so, als würde die britische Regierung eine Abgesandte der US-Regierung empfangen.

Und als sich schließlich die hintere Tür des Wagens öffnete und den Blick freigab auf die Passagierin, wurde Ruby auf einen Schlag klar, dass Rachel nicht wirklich hübsch war.

Nein, sie war mehr als das – ein echtes Model.

Designerwollmantel, darunter ein kurzes, sich eng an ihren gertenschlanken Körper schmiegendes Kleid, elegante schwarze Handtasche und High Heels, die ihre ohnehin schon langen Beine in den Himmel wachsen ließen. Ihr seidig braunes Haar fiel über ihre Schultern hinab bis zu ihren Hüften. Und aus ihrem in perfekter Symmetrie geschnittenen Gesicht blickten zwei große grünbraune Augen mit verlaufenem Lidschatten.

Augen, aus denen Tränen geflossen sein mussten.

„Doktor Stone!", rief sie mit ihrer noch immer rauchig klingenden Stimme, als sie trockenen Boden erreicht und die Oberärztin anhand des Namensschilds auf ihrer Brust identifiziert hatte. „Ich hatte ja keine Ahnung, was passiert ist. Dass er hier bei Ihnen in Cornwall ist. Ich bin so froh, dass ich hier sein darf. Danke für alles!"

Eleonore Stone erwiderte professionell ihren Händedruck.

„Oberschwester Rosamund und Schwester Ruby", stellte sie vor.

Theatralisch ergriff Rachel die Hand der Oberschwester. „Auch Ihnen danke für alles!", sagte sie.

„Ich bin Ruby, wir hatten telefoniert …", sagte Ruby und streckte der Besucherin aus New York nun ebenfalls ihre Hand entgegen.

„Oh hallo …", erwiderte Rachel schnell, ohne sie wirklich eines Blickes zu würdigen. Rubys Hand hing noch immer in der Luft, als das amerikanische Supermodel mit Doktor Stone und Oberschwester Rosamund in das Innere des Gebäudes entschwand.

„*Hal-lo?*"

Ruby blickte ihr fassungslos hinterher.

Was war das denn?

Wie schnell die Welt doch vergisst, dachte sie für einen Moment bei sich, um dem Trio dann in das alte Hospiz am Meer zu folgen.

Als sie kurz darauf Noahs Zimmer betreten wollte, erwartete sie die nächste Überraschung.

„Ruby, es tut mir leid. Aber Miss Drechsler – *Rachel* – hat darauf bestanden, nur Doktor Stone und mich in die Behandlung des Patienten einzubeziehen", fing Oberschwester Rosamund sie auf dem Flur ab.

Seine *Behandlung*? Das konnte nur ein Irrtum sein. Die Einzige, die ihn in irgendeiner Form behandelt, *gut* behandelt hatte, war sie gewesen!

„Aber ..."

„Du hast doch bestimmt genug zu tun, oder? Bitte kümmere dich erst mal um deine anderen Patienten, später sehen wir dann weiter."

Noch am selben Vormittag rief Doktor Stone sie in ihr Büro.

„Schwester Light, vielen Dank, dass Sie es einrichten konnten", sagte sie und bot ihr mit einem einladenden Winken den Platz vor ihrem Schreibtisch an.

„Ähm, ja?"

„Nun, es ist so: Miss Drechsler ..."

Sie hielt kurz inne, um dann fortzufahren.

„Um es kurz zu machen: Rachel besteht darauf, dass Rosamund von nun an exklusiv für die Pflege des Patienten zuständig ist. Darüber hinaus hat sie einen Spezialisten in New York konsultiert, der in Kürze einfliegen wird."

„Aber ..."

„Kein Aber, Ruby", stellte Eleonore Stone klar. „Ihre Mission ist damit erfolgreich beendet, ich danke Ihnen von Herzen. Dasselbe soll ich Ihnen auch von Miss Drechsler ausrichten."

Für einen Moment blieb Ruby der Mund offen stehen.

Ihr fehlten schlichtweg die Worte.

Offenbar setzte Rachel nur auf die erste Wahl. Und scheute keine Kosten, um ihrem Verlobten die bestmögliche Behandlung angedeihen zu lassen, die sie auf der Welt finden konnte. Sie hatte dem Hospiz sogar eine großzügige Spende in Aussicht gestellt, solange ihre Wünsche erfüllt wurden.

Und zu diesen gehörte sie, Ruby, leider nicht.

Denn leider war *sie nicht* erste Wahl.

Sie war nur eine einfache Krankenschwester – nichts weiter. Ein ganz normales Mädchen aus St Ives, das sich, ohne es zu ahnen, einen Fisch geangelt hatte, der eine Nummer zu groß für es war. Wie sich herausstellte, waren sowohl Rachel als auch Noah erfolgreiche Anwälte, die bessere Köder gewohnt waren.

Möglicherweise musste sie es akzeptieren.

Doch das hieß zu vergessen, was er in ihrem Traum zu ihr gesagt hatte – in tiefster Verzweiflung: Stimmte es, dass er ohne sie verloren war? Dass sie ihn finden musste? Auf einmal hatte sie das Gefühl, dass ihre Mission vielleicht noch nicht beendet war. Ursprünglich hatte sie angenommen, dass es ihre Aufgabe war, Rachel zu finden. Aber nun war sie sich auf einmal nicht mehr sicher.

Wartete er wirklich auf Rachel?

Oder wartete er auf – *sie*?

Musste sie zurück in seine Träume?

Nun, möglicherweise war es auch nur Wunschdenken, was sie zu dieser Annahme veranlasste.

„Es kann sein, dass Mister Green in eine Spezialklinik nach New York verlegt wird", hörte sie Doktor Stone sagen.

Und riss Ruby damit unsanft aus ihren Gedanken.

„New York? Wa…rum?", stotterte sie.

„Nun, zum einen gibt es dort weltweit führende Spezialisten, die mehr für ihn tun können als wir hier in unserem kleinen Hospiz …"

„Ach, also doch!", brauste Ruby auf. „Auf einmal ist es möglich."

Doch Eleonore Stone schüttelte nur den Kopf.

„Glauben Sie mir, Ruby, es wird keinen Unterschied machen. Die Lage ist aussichtslos, vor allem nach so einer langen Zeit. Aber da er nun einen Namen, eine Krankenkasse und ein gut gefüttertes Bankkonto hat, ist es natürlich leichter, die Wünsche des Patienten und die seiner Angehörigen zu erfüllen."

„Aber sie ist nur seine Verlobte!", widersprach Ruby. *„Ex-Verlobte*, wie ich annehme", sprach sie ihren Verdacht nun zum ersten Mal offen aus. „Genau genommen ist sie gar keine Angehörige …"

„Nun, das ist richtig", stimmte die Ärztin ihr zu. „Aber da er offenbar weder Eltern hat noch sonst jemanden, der ihn vermisst, und Miss Drechsler die finanzielle Seite äußerst großzügig regelt, folgen wir ihren Wünschen gerne. Davon abgesehen arbeitet sie in New York und könnte ohnehin nicht länger als einige Tage hier in St Ives bei ihrem Verlobten bleiben. In New York jedoch könnte sie ihn regelmäßig besuchen."

„Wie bitte?"

Ruby konnte nicht glauben, was sie soeben gehört hatte.

Regelmäßig besuchen? Ihr Verlobter lag im Sterben! Wie konnte sie da überhaupt nur eine Sekunde lang an ihren Job denken? Für Ruby gab es nicht den Schatten eines Zweifels daran, dass sie selbst für ihren Freund da wäre, wenn er im Sterben läge, und zwar rund um die Uhr – egal, wie verantwortungsvoll ihre berufliche Position war. Ja, sie würde jederzeit ihre gesamte Karriere hinschmeißen, wenn es um die Liebe ihres Lebens ging.

Nun, wahrscheinlich war genau das der Grund, warum sie keine Karriere gemacht hatte.

„Aber sie kann ihn doch nicht einfach so nach New York verfrachten!", unternahm Ruby einen erneuten Anlauf. „Er ist doch überhaupt nicht transportfähig!"

Doch Eleonore Stone blickte sie nur kopfschüttelnd an.

„Transportfähig ist er – und alles andere liegt nun nicht mehr in unserer Verantwortung, Schwester Light. Ich kann verstehen, dass Ihnen all das zu schaffen macht und dass der Patient Ihnen in den vergangenen Tagen ans Herz gewachsen ist, vor allem wenn man bedenkt, was Sie für ihn geleistet haben. Aber nun ist die Zeit gekommen, ihn loszulassen. Das schmälert Ihr Verdienst nicht im Geringsten, im Gegenteil. Sie haben hervorragende Arbeit geleistet."

„Aber die Arbeit ist noch nicht beendet!", protestierte Ruby. Es fiel ihr schwer, auch nur halbwegs ruhig sitzen zu bleiben. Ihre Hände umklammerten die mit bordeauxrotem Kunstleder gepolsterten Armlehnen ihres Stuhls wie festgetackert.

„Doch, ist sie", widersprach Doc Stone.

„Aber er ist noch nicht …"

„Was – ist er noch nicht?"

Ihr Gegenüber blickte sie fragend über die gläserne Schreibtischplatte hinweg an.

„Aufgewacht …", sagte Ruby leise.

Die Ärztin schüttelte ungläubig den Kopf.

„Ruby, Ruby, Ruby!", setzte sie an. „Noah Green wird nicht wieder aufwachen, weder hier in St Ives noch in New York. Und da Ihnen die Sache so nahegeht, werde ich Ihnen ein Medikament verschreiben, das Ihnen in dieser schwierigen Situation vielleicht ein wenig hilft."

„Ein … Medikament …?"

Hatte sie richtig gehört? Was in aller Welt sollte das sein?

„Eine Woche Urlaub", erklärte die Oberärztin. „Spannen Sie sich mal richtig aus, Sie haben es sich verdient. Außerdem habe ich gesehen, dass Sie aus dem letzten Jahr ohnehin noch eine Menge Überstunden haben, die Sie dringend abfeiern müssen. Und wenn Sie wiederkommen, ist der Patient … nun – nicht mehr da und alles ist beim Alten."

Was?

Alles beim Alten?

Für einen Moment blieb Ruby die Luft weg.

„Ich … ich … brauche keinen Urlaub, wirklich nicht, vergessen Sie einfach, was ich gesagt habe. Ich mache auch alles, was Sie und Rachel – *Miss Drechsler* – mir sagen", versuchte sie, die Sache in letzter Minute abzuwenden. Denn wenn sie erst hier raus war, würde sie Noah nie wiedersehen – so viel war sicher.

Doch die Ärztin schüttelte nur noch einmal den Kopf.

„Solange Sie in seiner Nähe sind, aber nicht zu ihm können, sind Sie uns hier keine Hilfe. Ruby, Sie gehen jetzt eine Woche in den Urlaub, und danach sehen wir uns in alter Frische wieder."

„Aber …"

„Kein Aber", stellte die Ärztin mit einem Blick klar, der keinen Widerspruch duldete.

Ruine: Gescheiterte Pläne
Lexikon der Träume

Ein paar Mal in unserem Leben gelangen wir an eine große Kreuzung, an der wir uns entscheiden müssen. In welche Richtung wir an dieser Kreuzung abbiegen, welchen Weg wir uns entscheiden einzuschlagen, macht uns zu den Menschen, die wir am Ende unseres Lebens sein werden.

Niemand kann uns diese Entscheidung abnehmen. Niemand außer uns selbst ist verantwortlich für die Konsequenzen.

Und Tilda hatte sich entschieden.

Für Stanley Goodwill.

Vor mehr als drei Jahrzehnten, als sie an diese Kreuzung gekommen war.

Nicht ganz freiwillig zwar, aber am Ende hatte sie dem Druck ihrer Mutter nachgegeben. Von ihr und anderen Frauen hatte Tilda gehört, dass man Liebe lernen konnte. Und so hatte sie gelernt, Stanley zu lieben. Aber sie hatte nie vergessen, dass es noch eine andere Liebe gab – eine, die man nicht lernen musste. Die Liebe, die sich lernen lässt, ist wie ein Duft, der durch die Lüfte segelt. Der sich langsam in unser Leben schleicht. An den wir uns gewöhnen können oder ihn sogar zu mögen lernen. Die wahre Liebe jedoch ist die Luft selbst. Sie lässt uns atmen. Sie lässt uns leben. Sie sorgt dafür, dass unser Herz nicht aufhört zu schlagen.

Selbst wenn wir nur von ihr träumen können.

Sie hatte Stanleys Duft lieben gelernt, und als er verflogen war, hatte sie ihn sogar vermisst, denn es war keinesfalls ein ewiger Winter mit ihm gewesen – sie hatten auch Schönes erlebt. Eine Tochter und eine Enkeltochter bekommen. Ein gutes Leben geführt.

Doch ohne seinen Duft war der einst prächtige Goodwill Palace verwaist, selbst wenn sie noch immer hier lebte. Doch um ihn so in Schuss zu halten, wie er einst gewesen war, fehlten ihr nach Stanleys Tod die Mittel. Zuletzt waren die Geschäfte ihres Mannes schlecht gelaufen, und fast alles Geld war in die Begleichung von Schulden geflossen.

Von Jahr zu Jahr mehr hatte sich das altehrwürdige aristokratische Anwesen in ein von einem verwilderten Garten umgebenes Märchenschloss verwandelt – nicht wenige nannten es hinter vorgehaltener

Hand mittlerweile sogar eine Ruine, doch das störte Tilda nicht im Geringsten. Denn sie kehrte nur zu dem zurück, was sie schon immer gewesen war. Zu ihren Ursprüngen. Zu der Frau, die sie gewesen war, bevor sich Stanley Goodwills Duft in ihr Leben geschlichen hatte – in den Sechzigerjahren, dem Jahrzehnt der Hippies und Blumenmädchen. Und nun legte sie sie ab, die strengen dunklen Töne, das Schwarz und das Grau, das sie all die Jahrzehnte über an Stanleys Seite getragen hatte, um ihm und seiner adeligen Herkunft gerecht zu werden.

Stattdessen trug sie nun wieder die Farbe der Sonne und konzentrierte sich auf das, was nach dem Tod ihres Ehemanns unverhofft wie eine zweite glückliche Gnade in ihr Leben zurückgekehrt war: das Atmen.

Eine Zeit lang hatte es so ausgesehen, als könne sie es wieder. Als gewähre das Leben ihr eine zweite Chance. Sie war voller Zuversicht gewesen. Voller Glückseligkeit.

Doch ein schrecklicher Unfall hatte alles zunichtegemacht. Und ihr Leben endgültig in eine Ruine verwandelt. Nachdem vor Jahren mit Stanley der Duft aus ihrem Leben verflogen war, hatte das Schicksal nun ein zweites Mal zugeschlagen.

Und ihr die Luft zum Atmen genommen.

Vor einer Woche hatte sie ihn beerdigt.

Ihn, dem sie es verdankte, dass ihr Herz weitergeschlagen hatte – allein durch das Wissen, dass er da war.

Dass sie noch immer den Schlüssel zu seinem Herzen besaß.

Den Schlüssel, den er ihr vor langer Zeit überreicht hatte.

Doch nun war sein Herz verstummt.

„Wie in aller Welt kann ich weiterleben … ohne *dich* …?", schluchzte sie in ohnmächtiger Verzweiflung in ihr schweres Kopfkissen, als sie plötzlich vernahm, wie eine kleine Gestalt leise die Schlafzimmertür öffnete und zu ihr ins Zimmer huschte.

Granny!" Ruby hämmerte verzweifelt an die schwere Eingangstür des Palace. „Ich bin's!"

Es dauerte ein Weilchen, bis ihre Großmutter öffnete.

Sie sah aus, als – Moment mal, hatte sie geweint? Ihre sonst so fröhlichen himmelblauen Augen blickten sie traurig an. Normalerweise hätte sie versucht herauszufinden, was es war, das sie so traurig machte. Doch in dieser Sekunde konnte Ruby einfach nicht an sich halten. So ungerecht war die Welt.

„Du kannst dir nicht vorstellen, was passiert ist!", schluchzte sie los. Wenn es um Probleme ging – Probleme des Herzens –, war Tilda seit jeher ihre erste Anlaufstation gewesen. Ihre Mutter Jenny wiederum war eher für die handfesten Dinge zuständig – auf welche Temperatur man den Backofen einstellen musste oder in welchem Beruf man am meisten verdiente. Davon abgesehen legte sie ihr jedes Mal nahe, klein beizugeben und das zu machen, was andere von ihr verlangten.

Was in diesem Fall hieß: sich selbst zu verleugnen.

Noah aufzugeben.

„Komm doch erst mal rein, mein Schatz!", erwiderte Tilda. „Du bist ja ganz nass."

Ach ja: Es regnete in Strömen. Noch immer. In all der Aufregung hatte Ruby es kaum bemerkt. Oder besser gesagt: Es war ihr egal gewesen, die Tropfen waren an ihr abgeprallt, ohne dass sie wirklich Notiz von ihnen nahm.

Nachdem sie sich abgetrocknet hatte, nahm sie einen neuen Anlauf.

Tilda erwartete sie in der Küche, wo sie Tee aufsetzte. In der Küche, die eigentlich viel zu groß war für sie zwei. Sie war geschaffen für das Personal, das hier vor langer Zeit in Diensten einer adeligen Familie gestanden hatte, der Familie ihres Großvaters. Seit hundert Jahren schien sich hier kaum etwas verändert zu haben. Die Wände waren verziert mit kleinen handbemalten Porzellanfliesen. Über dem alten gusseisernen Herd, der noch wie eh und je mit Kohle befeuert wurde, baumelten Kupferpfannen in der Luft. Die Wärme des Feuers breitete sich wie eine warme Decke über den ganzen Raum aus.

„Also", wollte Ruby loslegen. Doch ihre Großmutter stoppte sie, noch bevor sie richtig in Fahrt kommen konnte.

„Bevor du alles erzählst, muss *ich dir* etwas erzählen", erklärte sie. Ruby stutzte.

Was hatte das nun wieder zu bedeuten? Was konnte so eilig sein, dass sie keine zehn Minuten mehr warten konnte, es von ihrem Herzen zu bekommen? Eiliger als das, was sie zu sagen hatte? Schließlich ging es um Leben oder Tod. Jedenfalls fühlte es sich für sie so an – schlimmer als ihr sogenannter *Urlaub* hätte auch eine fristlose Kündigung nicht sein können.

„Ist das in Ordnung für dich, mein Schatz?"

Tildas Stimme unterbrach ihre verzweifelten Gedanken.

„Ja, natürlich ist es das …", erwiderte Ruby ungeduldig, denn sie konnte mit ihrer eigenen Geschichte kaum noch an sich halten. „Also, worum geht's?"

Langsam zog Tilda sich einen Stuhl heran und ließ sich dann mit einem schweren Seufzer auf ihn fallen.

„Um den Sommer des Jahres 1997 …", begann sie und stockte im selben Augenblick.

„Was – ist mit dem Sommer 1997?", wollte Ruby wissen.

„Nun", fuhr ihre Großmutter fort, nachdem auch Ruby sich gesetzt hatte. „Es war der schrecklichste Sommer meines Lebens. Nicht der Sommer selbst, er war unendlich … *glücklich* …" Für eine Sekunde erhellte ein verträumtes Strahlen ihr todtrauriges Gesicht. „Nein, sein Ende", fuhr sie fort.

Es war der Sommer, in dem Lady Di gestorben war. Ein Tod, der nicht nur England, sondern die ganze Welt über Nacht in Schockstarre versetzt hatte. Am 31. August 1997, bei einem bis heute nicht aufgeklärten Autounfall in Paris.

Doch es hatte noch einen zweiten Autounfall gegeben.

Am selben Tag, nur etwas später.

Einen Unfall, der normalerweise für Aufsehen gesorgt hätte, in St Ives und ganz Cornwall. Aber ausgerechnet an diesem tragischen Tag der Weltgeschichte war er nichts weiter als eine Randnotiz. Und doch war es ein Unfall, der Wellen schlagen sollte. Der das Leben mehrerer Menschen für immer verändern sollte. Inklusive Rubys Leben und dem ihrer Großmutter, wie sie hier und jetzt erfahren sollte.

Denn der 31. August 1997 war der Tag, an dem die Hoffnung gestorben war.

Die Welt hatte einen Engel verloren.

Doch der Himmel wollte mehr, ein Engel war ihm nicht genug.

Erst jetzt, nach all den Jahren, die seitdem ins Land gegangen waren, fasste Tilda sich ein Herz und erzählte die Geschichte dieses Tages.

„Es war am Ende dieses Sommers, deinem Sommer mit Noah …", hob sie mit zitternder Stimme an. Selten zuvor hatte Ruby sie so aufgelöst und ohne jeden Halt erlebt. Ihre ganze Zuversichtlichkeit schien auf einen Schlag dahin zu sein. Aufgelöst wie eine Schönwetterwolke am Mittagshimmel.

„… dem 31. August 1997", fuhr sie mit unheilvoller Stimme fort. „Noah hatte seinem Dad dabei geholfen, das Gepäck in dem alten braunen Volvo zu verstauen, mit dem er und seine Eltern an diesem Nachmittag nach London zurückfahren wollten. Nach vier Wochen Sommerferien, die er bei seinem Großvater verbracht hatte. Und nun sollte es nach Hause gehen. Den ganzen Morgen über schon war auf keinem Radiokanal oder Fernsehsender irgendetwas anderes zu vernehmen als der schreckliche Unfall von Lady Di. Aber das änderte nichts an den Reiseplänen von Noahs Eltern, denn in wenigen Tagen würde für Noah die Schule beginnen …"

Für einen Moment sah es so aus, als wäre Tilda zu schwach, um weiterzusprechen. Als wäre das, was sie als Nächstes sagen würde, einfach unaussprechlich für sie.

„Nun, nachdem sie sich von Patrick und uns verabschiedet hatten, machte sich die kleine Familie auf den Heimweg. Doch sie … kam nie in London an", erklärte Tilda, während ihre Augen sich mit Tränen füllten. „Irgendwo auf halber Strecke musste Maggie, die am Steuer saß, in den Gegenverkehr geraten sein. Frontalzusammenstoß. Sie und ihr Mann Jonathan waren sofort tot. Nur Noah, der auf dem Rücksitz saß, eingepackt zwischen Decken, Kleidern und Schlafsäcken, überlebte den Unfall wie durch ein Wunder – schwer verletzt wurde er auf die Intensivstation eingeliefert. Doch sein Zustand war so bedenklich, dass er auch nach mehreren Operationen noch in Lebensgefahr schwebte, das alles zog sich über Wochen hin … als er im nächsten Sommer nicht wiederkam, dachten alle in St Ives, dass auch er gestorben wäre."

Ruby saß einfach nur da und starrte ihre Großmutter an.

„Aber wieso ... habt ihr mir das niemals erzählt?", wollte sie wissen.

„Du warst noch zu klein, mein Schatz. Erst acht Jahre – viel zu jung, um das verarbeiten zu können. Nun, jedenfalls war das die Meinung deiner Eltern. Sie wollten dich damit nicht belasten. Und nachdem Noah im nächsten Sommer nicht zurückkehrte, ging die ganze Sache langsam ins Vergessen über, zumal niemand mehr da war, der sich an den Unfall hätte erinnern können ..."

Sie presste die Lippen zusammen – wie es aussah, vor Schmerz.

„Aber Patrick, Noahs Großvater ..."

Tilda schüttelte den Kopf.

„Keine zwei Wochen nach dem Unfall, bei dem er das Einzige, was er je hatte im Leben – seine Tochter Maggie –, verloren hatte und sein Enkelkind ebenfalls zu verlieren drohte, blieb über Nacht sein Herz stehen – einfach so, und das, obwohl er erst Mitte sechzig war. Die Sorge und die Verzweiflung haben ihn umgebracht", erklärte Tilda schluckend.

„Und seitdem steht das alte Cottage leer ..." Langsam kam für Ruby Licht ins Dunkel. Ja, jetzt erinnerte sie sich wieder daran, dass der alte Mann gestorben war. Ihre Mutter hatte es ihr damals gesagt. Aber als sie nachgebohrt hatte und wissen wollte, wo Noah war und ob er zur Beerdigung nach St Ives zurückkehren würde, war sie auf eine Mauer des Schweigens gestoßen.

„Was danach passierte, weiß niemand in St Ives", fuhr Tilda fort. „Nur eines ist jetzt klar: Noah hat es damals geschafft. Durch ein Wunder hat er den Unfall und die Zeit danach überlebt – aber erst jetzt ist er zurückgekehrt. Als einziger Überlebender seiner Familie ..."

„Aber warum ist er erst jetzt zurückgekehrt – fast zwanzig Jahre danach?"

„Ich weiß es nicht, mein Kind. Vielleicht hat er sich an das alte Cottage erinnert, das nun ja ihm gehören muss, denn sonst gibt es keine Verwandten, so weit ich im Bilde bin."

„Aber wer hat dann Patrick beerdigt, seinen Großvater?", wollte Ruby wissen.

Tilda blickte sie lange an, bevor sie etwas sagte.

„Ich", erklärte sie. „Außer mir hatte er ja niemanden in St Ives."

„*Du?*"

Ruby konnte förmlich spüren, wie sich ihre Augen neugierig weiteten.

Ihre Großmutter ließ den Blick abwesend aus dem Fenster hinaus in den Regen schweifen. Auf das zementgraue Meer.

„Es gibt Menschen, gegen die hat sich das Schicksal verschworen", erklärte sie. „Egal, was sie im Leben anfangen, egal, wie gut sie sind, sie bekommen nie eine echte Chance. Und so ein Mensch war Patrick Green. Dabei war er der liebenswerteste Mann, der mir je begegnet ist."

Je?

Hatte Ruby richtig gehört? Also liebenswerter als ... ihr *eigener* Großvater?

„Aber wie gesagt: Das Schicksal hatte sich gegen ihn verschworen. Und nicht nur das ...", fuhr Tilda mit entrücktem Blick fort. „Als er jung war, verliebte er sich unsterblich in ein Mädchen. Und sie sich auch in ihn. Sie waren unzertrennlich – nun, all das ist lange her, lange vor deiner Geburt, mein Schatz. Sogar lange vor der Geburt deiner Mutter ..."

Rubys Neugier war endgültig geweckt.

„Aber was passierte dann?", wollte sie wissen.

„Nun, Patrick wurde ein Mann und das Mädchen eine Frau. Sie waren füreinander bestimmt – doch leider sahen ihre Eltern das nicht so. Denn Patrick besaß nichts außer dem kleinen Cottage über der Bucht, das schon er von seinem Vater geerbt hatte – und einem kleinen Fischerboot. Er war ein einfacher Fischer, musst du wissen", erklärte Tilda. „Was nicht heißen soll, dass er dumm war. Im Gegenteil: Während er draußen auf dem Meer war, las er. Alles, was er in die Finger kriegen konnte." Sie lachte begeistert auf. „Am liebsten die alten griechischen Philosophen. Sokrates, Aristoteles, Diogenes und so weiter. Er war so ... unendlich ... weise und gütig ... du kannst es dir nicht vorstellen!"

Doch – konnte sie. So begeistert, wie ihre Granny von ihm erzählte.

„Und dann?"

„Dann heiratete das Mädchen, das eine Frau geworden war, einen anderen. So wie es ihre Eltern wollten. Einen Mann aus wohlhabenden Verhältnissen. Sie bekam ein großes Haus, eine Tochter und ein Enkelkind. Und als ihr Mann schließlich starb, war es schon fast zu spät, noch einmal von vorn anzufangen. Obwohl sie Patrick noch immer liebte. Mehr noch sogar. Und gleichzeitig war sie voller Schuld, was sie ihm angetan hatte. Denn auch er hatte schließlich geheiratet, aber seine Frau hatte seine Gutmütigkeit nur ausgenutzt und ihn betrogen und war schließlich eines Tages im Morgengrauen mit einem anderen verschwunden ... Zurück blieb Patrick – mutterseelenallein."

„Oh Gott, der Arme."

„Wie auch immer: Die Kinder wurden groß und standen auf eigenen Beinen. Irgendwann starb der Mann des Mädchens, das eine Frau geworden war und den Falschen geheiratet hatte. Weil sie nicht stark genug gewesen war, sich gegen ihre Eltern durchzusetzen. Und auf einmal sah es so aus, als würde der Himmel ihr und Patrick noch eine zweite Chance gewähren. Du kannst dir vorstellen, wie glücklich sich das Mädchen in seiner nicht mehr ganz jungen Haut fühlte!"

Ruby konnte förmlich fühlen, wie sie inständig hoffte, dass die Geschichte gut ausginge. Und das, obwohl sie doch bereits wusste, was mit Patrick geschehen war.

„Die beiden wurden wieder Freunde, obwohl sie beide schon Großeltern waren. Sie verbrachten fast jeden Tag zusammen, und es sah so aus, als könnten sie wenigstens den Rest ihres Lebens gemeinsam verbringen."

„Aber das konnten sie nicht, oder?"

„Der 31. August 1997 machte ihnen einen Strich durch die Rechnung. Es vergingen keine zwei Wochen. Und das Mädchen, das eine Frau geworden war, die den Falschen geheiratet hatte, um daraufhin eine Mutter und schließlich eine Großmutter zu werden und sich endlich, endlich! wieder dem Mann angenähert hatte, für den es eigentlich von Kindesbeinen an bestimmt war, konnte diesen Mann nur noch beerdigen", erklärte Tilda, während sie ihren Kopf verzweifelt in beide Hände stützte. „Patrick Green – die Liebe ihres Lebens ..."

Ruby stutzte.

„Aber ... ich dachte, *du* hättest ihn beerdigt."

Tilda blickte sie voller Reue an.

„Ja, das habe ich auch ...", erwiderte sie tapfer.

Moment mal. Das konnte nur heißen ...

„*Ich* war das Mädchen, das Patrick Green liebte, mein Schatz", gestand sie schließlich, ein paar Sekunden angespannter Stille waren im Raum verweht.

„Das …"

Ruby fehlten die Worte.

Als sie an diesem Nachmittag zu ihrer Großmutter geradelt war, um ihr von dem Unrecht zu berichten, das ihr widerfahren war, hatte sie mit allem gerechnet. Nur nicht mit einem solchen Geständnis.

„Hast … du deshalb nichts gesagt … am Neujahrsmorgen?", stotterte sie.

Tilda blickte sie fragend an.

„Wovon sprichst du, mein Schatz?"

„Von dem Schlüssel, den ich am Strand gefunden habe", erklärte Ruby. „Du bist ja fast versteinert, als du ihn gesehen hast."

„Nun, ich … war mir nicht sicher, ob er es wirklich ist", erwiderte ihre Großmutter. „All das ist so lange her. Und selbst wenn er es war, welchen Unterschied hätte es gemacht? Damals wussten wir ja noch nicht, dass er der Schlüssel zu der Identität deines Patienten ist. Und über die Monate habe ich es wohl vergessen, ich bin halt ein altes müdes Mütterchen …", sagte sie leise.

„Nein, das bist du nicht", tröstete Ruby sie. „Du bist die beste Granny der Welt."

„Danke, mein Schatz", erwiderte Tilda. „Und nun erzähl du, was ist passiert?", forderte ihre Großmutter sie auf, nachdem sie sich die Tränen aus dem Gesicht gewischt hatte. Nur um daraufhin urplötzlich zur Tagesordnung zurückzukehren, als wäre nichts gewesen.

Absolut nichts.

„Sag, was ist passiert, meine Süße?"

Doch so leicht kam Tilda ihr nicht davon. Langsam erhob Ruby sich von ihrem Stuhl, tat einen Schritt auf ihre Großmutter zu und ging direkt neben ihrem Sitz in die Hocke. Liebevoll fuhr sie mit ihrer Hand über ihren Arm.

„Es tut mir so leid", flüsterte sie. „Wieso hast du mir das nicht früher erzählt?"

Tilda stockte.

„Ihre Fehler behalten Menschen lieber bei sich", antwortete sie. „Und es muss dir nicht leidtun – es war meine Schuld, und nun bezahle ich dafür. Trotzdem bin ich noch am Leben, Patrick aber hat für meinen Fehler mit seinem Leben bezahlt. All die unglücklichen Ereignisse – es wäre nie passiert, hätte ich mich damals richtig entschieden."

„Das darfst du nicht mal denken, Tilda!", versuchte Ruby sie zu beruhigen.

„Es ist nicht so, dass mit deinem Großvater alles schlecht war", erklärte ihre Granny. „Er hat mir ein Kind geschenkt und deshalb habe ich jetzt dich, Ruby – das wunderbarste Enkelkind, das ich mir überhaupt nur wünschen kann. All die Jahre hat er sich gut um mich gekümmert. Und doch kann ich nicht aufhören, daran zu denken, wie mein Leben verlaufen wäre, wenn ich mich für Patrick entschieden hätte, damals …"

Tilda hob den Kopf und blickte ihr tief in die Augen.

„Hör auf das, was dein Herz dir sagt, mein Schatz", erklärte sie. „Und sag mir: Glaubst du, dass es Zufall ist, dass Noah nach St Ives zurückgekehrt ist?"

„Ich … weiß nicht …", gestand Ruby ehrlich ein. Aus diesem Blickwinkel hatte sie die Sache noch nicht betrachtet. All das ging ihr ohnehin schon viel zu sehr an die Nieren. „Was denkst *du* denn?"

„Nun, es ist nur eine Vermutung", erklärte Tilda. „Aber ich glaube, er ist zurückgekehrt, weil er in jenem Sommer etwas hier in St Ives zurücklassen musste. Etwas, das er nie vergessen hat."

Ruby verstand nicht, worauf ihre Großmutter hinauswollte.

„Aber was hat er hier zurückgelassen, das er nicht vergessen konnte?", hakte sie nach. „Das Cottage?"

„Nun, das Cottage vielleicht auch …."

„Und was sonst noch …?"

„Alles, was darüber hinaus ein wichtiger Teil seiner Vergangenheit war", erklärte Tilda ihr. „Seine Erinnerungen an die Kindheit. Vielleicht auch seine Erinnerungen an … *dich* …?"

Ruby lachte laut auf. Es war ein ungläubiges Lachen. Oder war es ein peinlich berührtes Lachen? Ein Lachen, wie es jemand ausstieß, der bei etwas erwischt worden war? Hatte sie etwa Angst vor ihren eigenen Gefühlen, die sie so hinterrücks überrascht hatten, dass sie noch nicht einmal Zeit zum Nachdenken gefunden hatte?

„An *mich*? Tilda, er war *neun*, wer weiß, ob er sich überhaupt noch an mich erinnert!", versuchte sie sich aus der Affäre zu ziehen.

Doch am Blick ihrer Großmutter erkannte sie, dass sie sich damit nicht zufriedengeben würde.

„Nun, offensichtlich hat er das – zumindest in seinen Träumen. Oder?"

Ruby konnte spüren, dass sie sich wünschte, dass es so war. Dass sie sich all das nicht nur einbildete.

„Aber was ist mit dir, Ruby?", hakte Tilda weiter nach. „Was fühlst *du*? Warum wolltest du ihm um jeden Preis helfen, obwohl du noch nicht mal wusstest, wer er wirklich ist?"

Ruby konnte spüren, wie sie unter Druck geriet. Langsam ging es ans Eingemachte.

„Granny, ich … ich …" Schon kam sie ins Stottern. „Ich kenne ihn doch gar nicht. Ich weiß doch überhaupt nicht, wie er heute ist … Außerdem ist er mit einer anderen verlobt!"

„Schatz, ich habe dich nicht nach deiner Meinung über ihn gefragt, sondern nach deinen Gefühlen."

Ruby schüttelte den Kopf.

„Hast du irgendetwas gespürt, als du ihn wiedergesehen hast? An dem Tag, an dem er ins Hospiz eingeliefert wurde?"

Ob sie …? Ja, sie hatte.

Natürlich hatte sie.

Die unsichtbare Hand, die sich um ihr Herz gelegt hatte. Dieser urplötzliche unerklärliche Druck, diese Wärme, die durch ihren Körper geflutet war. So gewaltig, dass sie sich für einen Moment hatte setzen müssen.

„Ich … ich … glaube schon … aber …"

„Kein Aber!", befahl nun auch ihre Großmutter. Wie eben schon die Ärztin. Offensichtlich war heute nicht der Tag, um in irgendeiner Form Zweifel anzumelden.

„Also, mein Rat für dich ist folgender", sagte Tilda. „Wenn du Noah wirklich helfen willst, musst du zu ihm zurück."

„Ich weiß! Aber das ist es ja gerade, was ich dir sagen wollte: Meine Chefin hat mich für eine Woche beurlaubt! *Zwangsbeurlaubt*, um genau zu sein."

Tilda hielt inne.

Sofort umspielte ein kleines wissendes Lächeln ihren Mund.

„Ach ja? Das hat ja nicht lange gedauert." Sie schien nicht wirklich überrascht zu sein von dieser Nachricht. „Dann hat seine Verlobte also das Zepter schon in die Hand genommen."

„Ich fürchte, ja", erklärte Ruby verzweifelt. „Sie will ihn nach New York verlegen, innerhalb der nächsten Tage. Also werde ich ihn nie wiedersehen."

„Und genau deshalb musst du zu ihm zurückkehren!", erklärte Tilda fast schon trotzig.

„Aber das geht nicht, Granny, verstehst du das nicht? Ich kann nicht einfach so in das Hospiz spazieren, die Tür zu seinem Zimmer öffnen und ..."

„Nicht in das Hospiz, mein Schatz!", unterbrach ihre Großmutter sie. „In seine *Träume* – du musst dorthin zurück, wo du ihn letztes Mal zurückgelassen hast!", erklärte sie mit einer Miene, als bestünde daran nicht der leiseste Zweifel.

Ruby stutzte.

„Aber wie willst du uns miteinander verbinden, wenn wir an verschiedenen Orten sind?"

„Nun", erklärte Tilda. „So wie ich es normalerweise mache. Denn nun wissen wir ja, dass ihr einen Draht zueinander habt, den Draht aus eurer Kindheit – er hat dich ja sogar angefleht, zu ihm zurückzukehren! Oder etwa nicht?"

Ja, das hatte er.

„Siehst du! Es ist also gar nicht mehr nötig, dass ich deine Hand in seine lege", fuhr sie fort. „So wie ich es sehe, wartet er bereits auf dich. Und um ihn wiederzusehen, musst du nur in deinem Traum an den Ort zurückkehren, an dem du ihn das letzte Mal gesehen hast."

Ruby stutzte.

„Du meinst ... das kleine Cottage?"

„Genau das meine ich. Nur eine Sache machen wir diesmal anders."

„Anders?"

„Dieses Mal wirst du nicht alleine reisen."

Was hatte das nun wieder zu bedeuten? Täuschte sie sich – oder glänzten Tildas Augen mehr als noch eine Sekunde zuvor?

„Ich werde mit dir kommen, mein Schatz", erklärte sie kurzerhand. „Aber vorher muss ich noch etwas erledigen, möchtest du mich begleiten?"

Der Barnoon Cemetery von St Ives mit seinen moosgrünen Pfaden und verwitterten Grabsteinen thronte auf einem sanft geschwungenen Hügel über Porthmeor Beach, einem der vier Strände des kleinen Städtchens. Über die von Gänseblümchen und anderen Wildgewächsen geküssten Granitsteine blickte man weit auf das vor Cornwall anbrandende Meer hinaus.

Der Regen hatte ausgesetzt.

Ihre Großmutter war ihr schon ein paar Schritte voraus, als Ruby an einem uralten Grabmal stoppte. „William Carbines", las sie leise den Namen, der dort eingemeißelt war. „… geliebter Sohn von Nicholas und Jane Carbines, der an Bord der Titanic ertrank." Darunter stand das Datum der Tragödie, der 15. April 1912. Und sein Alter: 19 Jahre.

„Viele der Titanic-Passagiere stammten aus Cornwall", vernahm sie unerwartet Tildas Stimme neben sich. Sie hatte sich unbemerkt zu ihr gesellt. „Dort drüben ist ein weiteres." Es war das Grab eines Mannes namens Steven Curnow Jenkins, der im Alter von 32 Jahren ebenfalls zusammen mit der Titanic vom Atlantik verschlungen worden war. Er hatte mehr vom Leben gehabt als der arme William Carbines, aber seine Geschichte war nicht weniger tragisch: Eigentlich hätte er gar nicht auf der Titanic reisen sollen, aber aufgrund eines Kohlestreiks wurde er in letzter Minute auf das dem Untergang geweihte Schiff umgebucht. Ruby lief ein Schauer über den Rücken. Es war schon merkwürdig, hier zu stehen und zu sehen, dass all das wirklich passiert war. Dass es Menschen aus Cornwall getroffen hatte. Also praktisch aus der Nachbarschaft. Menschen in ihrem Alter oder gar jünger. Menschen, die geglaubt hatten, dass ihr ganzes Leben noch vor ihnen läge. Es war schon merkwürdig, mit eigenen Augen zu sehen, dass all das nicht nur ein Film mit Leonardo DiCaprio und Kate Winslet in den Hauptrollen war. Sondern dass es echte Menschen gewesen waren, die damals ihr Leben verloren hatten.

Ihre Großmutter schien die Traurigkeit zu fühlen, die in ihr aufgestiegen war. Zärtlich fasste sie sie am Arm.

„Ein glückliches Leben kann man nicht planen", sagte sie. „Auch wenn man uns heutzutage glauben machen will, es wäre so. Aber am Ende funkt doch immer wieder das Schicksal dazwischen. Und das verflixte Ding in unserer Brust, das uns sagt, was wir eigentlich wollen – das unsere ganzen Pläne von Wohlstand und Sicherheit immer wieder durchkreuzt, indem es uns daran erinnert, was wir wirklich brauchen. Worum es eigentlich geht im Leben. Die Gräber dieser zwei jungen Männer rufen es dir zu, mein Schatz …"

„Und was … sagen sie …?", wollte Ruby wissen.

„Hab keine Angst, dich zu verlieben, mein Kind", erklärte Tilda ihr, während ihre Augen feucht wurden. Und ihr Blick ganz sanft. „Es ist das Einzige, was zählt."

Sie legte eine kurze Pause ein und zog ein Taschentuch aus ihrer Manteltasche, um sich damit die Tränen aus den Augen und von der Wange zu wischen. „Versprichst du mir, dass du das nie vergessen wirst? Auch wenn ich einmal nicht mehr da sein sollte, um dich daran zu erinnern?"

„Ich verspreche es, Granny."

„Gut, dann komm mit."

Einen kurzen Spaziergang weiter gelangten sie an ihr eigentliches Ziel.

Den Grund, weshalb sie hier waren.

„Hier möchte ich eines Tages begraben sein", erklärte Tilda, als sie an einem der weniger alten Steine stoppten.

„*Patrick Green*", las Ruby die dort eingemeißelte Inschrift. „*Du warst mein bester Freund.*"

Darunter stand sein Geburtsdatum und der Tag seines Todes.

„Hast … *du* das geschrieben, das … mit dem *besten Freund*?"

Tilda nickte schweigend.

„Und Großvater?"

„Da war er schon einige Jahre tot." Sie stieß einen kleinen Seufzer aus, bevor sie weitersprach. „Du musst wissen: Dein Großvater war kein schlechter Mann. Aber – nun, es war eher ein Zweckbündnis. Eine Partnerschaft, wie man heute sagen würde. So wie die meisten Menschen ihr Leben nun mal leben, auch heute noch oder vielleicht sogar mehr denn je. Wir haben uns beide geschätzt, für das, was wir füreinander sein konnten. Ihm war das genug, und mir … nun …"

„Du musst mir das nicht erklären", unterbrach Ruby sie, als sie bemerkte, wie schwer es ihrer Großmutter fiel, über all das zu reden. „Ich kann es sehen, hier direkt vor meinen Augen."

„Danke, mein Schatz …", flüsterte Tilda fast, den Blick fest auf den

Grabstein gerichtet. „Wenn meine Zeit gekommen ist, möchte ich neben ihm liegen", sagte sie.

„Sag bitte so etwas nicht!"

Doch Tilda blickte sie nur verwundert an.

„Ruby! Der Tod ist nichts, wovor man Angst haben muss. Wenn man sein Leben gelebt hat und glücklich war, kann man ihm mutig gegenübertreten. Und wenn man sein Leben verpasst hat – nun, dann kann man ihm *hoffend* gegenübertreten. *Hoffend*, dass man es beim nächsten Mal besser macht."

Ruby konnte nicht anders, als sie voller Zuneigung anzulächeln. Und sie für einen Moment in die Arme zu nehmen.

Das hatte sie unendlich schön ausgedrückt, fand sie.

Schön und klug.

Es erinnerte sie wieder einmal an die Weisheit, die viele alte Menschen – wenn auch beileibe nicht alle – in sich trugen. Einer der Gründe, warum sie ihre Arbeit im Hospiz trotz all der damit verbundenen Traurigkeit über alles liebte.

„Versprichst du mir, dass du dich darum kümmerst, wenn es so weit ist?", fragte Tilda.

Ruby stieß einen wehmütigen Seufzer aus. Denn an eine Welt ohne Tilda wollte sie nicht einmal denken.

„Ja", bestätigte sie schließlich leise. „Ich verspreche es."

„Gut", erwiderte Tilda. „Dann lass uns jetzt zurück zum Haus gehen. Ich muss noch ein paar Vorbereitungen für unsere Reise treffen."

Die Vorbereitungen sollten sich länger hinziehen als angenommen.

„Ich danke dir, dass du dieses Mal mitkommst und mir hilfst", sagte Ruby, als es gegen Abend endlich so weit war. Sie hatten hervorragend gegessen – Fleischtopf mit Kräutergurken und selbst gemachtem Kartoffelsalat, nur ohne Fleisch – und sich gemeinsam eine gute Flasche Rotwein gegönnt.

Die beste, die ihre Großmutter in ihrem Keller vorrätig hatte.

Sie wirkte so glücklich!

In freudiger Erwartung.

In Aufbruchsstimmung.

Als könne sie es kaum erwarten, endlich an der Seite ihrer Enkeltochter in Noah Greens Träume einzutauchen und ihr verwaistes Anwesen auf den Hügeln von St Ives für ein Weilchen alleine weiterschlafen zu lassen.

„Danke. Aber ich mache das nicht für dich, Ruby", widersprach sie.

Ruby spürte, wie sich ihre Stirn über der Nase kräuselte.

„Aber ... für wen machst du es dann?", fragte sie irritiert.

„Für mich! Ganz allein für mich!", erklärte Tilda freiheraus, als wäre rein gar nichts dabei, dass sie auf dieser Reise keinesfalls selbstlose Motive verfolgte. Nein, sie packte ihren Koffer für etwas anderes. Oder sollte man besser sagen: für *jemand* anderen?

„In meinen kühnsten Träumen habe ich nicht erwartet, dass mir das Leben noch einmal eine solche Chance geben würde", erklärte sie.

„Eine Chance?" Ruby verstand kein Wort.

„Patrick wiederzusehen", erklärte ihre Großmutter, und ein entrückter Glanz legte sich auf ihre leuchtend blauen Augen. „Es ist mein größter Wunsch, bevor ich von dieser Welt gehe. Und dank dir und Noah kann ich ihn nun wahr machen."

Moment mal – was hatte das zu bedeuten? Langsam fing Ruby an zu begreifen, worum es bei dieser Reise eigentlich ging.

„Du meinst, während ich mich um Noah kümmere, triffst du im selben Traum Patrick?", versuchte Ruby zu ergründen, ob sie richtig verstanden hatte.

Tilda nickte.

„So ist es, mein Schatz. Nun, sofern das Glück uns hold ist und Noah dort auf dich wartet, wo du ihn zurückgelassen hast. Denn dann sind die beiden noch immer am selben Ort – oben im Cottage, an jenem Augusttag des Jahres 1997, an dem du Noah das letzte Mal gesehen hast."

Ruby stutzte.

„Aber wieso... bist du dann nicht schon viel früher zu ihm gereist? Allein, meine ich?", wollte sie wissen.

Augenblicklich verdunkelte sich Tildas Blick.

„Glaub mir, ich habe daran gedacht. Wieder und wieder, aber das war bisher nicht möglich."

„Und wieso nicht?"

„Tote träumen nicht, mein Schatz", erklärte sie ihr leise, und kaum hatte sie es ausgesprochen, lief eine Gänsehaut über Rubys Rücken.

„Aber jetzt, wo wir Noah wiedergefunden haben, gibt es endlich eine Möglichkeit. Sozusagen einen Hintereingang."

„Einen Hintereingang?"

„Du musst es dir so vorstellen: Patrick und ich sind nur Gäste in *eurem* Traum. Ihr zwei seid die Hauptfiguren, aber weil wir alle miteinander verbunden sind und weil Patrick ebenfalls in Noahs und deinem Traum vorkommt, kann ich einfach mit dir mitträumen – und bei der Gelegenheit Noahs Großvater treffen …", erklärte sie spürbar gerührt.

Langsam begriff Ruby, wie genial der Plan war.

„Du meinst …"

„Trampen?", nahm Tilda ihr die Antwort aus dem Mund. „Ja, genau das meine ich. Ich fahre nur als Anhalterin bei dir mit, weil wir zufälligerweise dasselbe Ziel haben."

Es war absolut verrückt, aber gleichzeitig absolut genial.

„Also, lass uns keine Zeit verlieren", befahl ihre Großmutter und erhob sich von der riesigen, mit Goldbrokat bezogenen Chaiselongue, die in der Mitte des großen Salons platziert war. Es war ihr Reich, ausladend wie ein Doppelbett, einladend bequem, altmodisch und handgearbeitet. Hier verbrachte sie einen Großteil ihrer Tage. Überall auf der Ottomane waren Zeitungen, Zeitschriften, Bücher, alte Schallplatten und CDs verstreut.

Entschlossen wischte sie alles hinunter auf den Parkettboden, um Platz zu schaffen.

Platz für zwei Reisende.

Sich selbst und Ruby.

Sie holte das schwarz glänzende Metronom hervor. Und stellte es auf das kleine Tischchen neben dem Tagesbett.

Tick-tack-tick-tack-tick-tack.

Dann begab sie sich zu ihrer Musikanlage, dem einzigen modernen Möbelstück in dem Zimmer, und legte eine CD ein.

Die Fernbedienung in ihrer zartgliedrigen Hand, kehrte sie zu ihrem Diwan zurück.

„So, und jetzt machen wir es uns bequem, meine Süße", sagte sie und lud Ruby mit einer Handbewegung dazu ein, sich auf dem mächtigen Bett auszustrecken. Einen Moment später legte sie sich zu ihr. Und nahm ihre Hand.

„Es ist so weit ...", frohlockte sie, aufgeblüht wie eine Rose im Frühling. „Bist du reisefertig?"

„Aye, Aye, Käpt'n. Die Koffer sind gepackt", bestätigte Ruby.

„Gut, dann lass uns in See stechen", erwiderte ihre Großmutter. „Ich spiele uns jetzt einen Song vor, und sobald du die Worte *close your eyes and you can see* hörst, schläfst du ein und gehst in deinem Traum zurück zu dem alten Cottage, zu jenem Sommertag. Genau wie beim letzten Mal, ja?"

„Ich versuche es", versprach Ruby, die spüren konnte, wie sich schlagartig eine nervöse Unruhe in ihr ausbreitete.

„Und wie – kommen wir zurück?"

„Genauso", erwiderte ihre Granny, die Ruhe selbst.

Im Gegensatz zu ihr.

„Keine Sorge, es wird schon klappen", beruhigte Tilda sie. „Wir sehen uns oben im Cottage, mein Schatz."

In dem Moment startete die Musik.

Es war der Lieblingssänger ihrer Großmutter, Harry Nilsson. Ein Zeitgenosse von John Lennon, ihrem zweiten Lieblingssänger. Und nicht weniger begabt als Songwriter.

Remember – is a place from long ago,
Remember – filled with everything you know ...

Sie hätte keinen besseren Song auswählen können, dachte Ruby, nachdem sie die ersten Zeilen erkannt hatte.

Remember – life is just a memory,
Remember –
... close your eyes and you can see ...

Was ... war ... das ...?

Als Ruby ihre Augen aufschlug, starrte sie nicht mehr an die kuppelartige, mit einem Himmelspanorama bemalte Decke des Goodwill Palace, sondern in einen echten Himmel.

Einen Sommerhimmel.

Es war wunderschön warm und um sie herum zwitscherten die Vögel.

Sie lag im weichen Gras – neben Tilda. Die zwanzig Jahre jünger aussah. Noch immer umfasste sie ihre Hand.

Und dann war da noch jemand – Bobby Brown! Ihr über alles geliebter Labrador! Kaum war sie erwacht, schleckte er ihr auch schon mit seiner rauen Zunge einmal quer durchs Gesicht.

Rubys Herz machte einen Riesensprung.

Hurra, es hatte funktioniert!

Doch ihr blieb keine Zeit, auch nur eine Sekunde weiter darüber nachzudenken, denn da erblickte sie ihn auch schon:

„Ich wusste, dass du wiederkommst, Ruby!"

Über den Sommerrasen vor dem Cottage hinweg raste Noah auf sie zu – der neunjährige Noah. Gefolgt von seinem Großvater Patrick, der ihnen barfuß, in leichten blauen Leinenhosen und weißem Hemd entgegenkam. Mit seinem vom Wind zerzausten, vollen silbernen Haar und einem charmanten Lächeln in seinem gebräunten Gesicht schlenderte er auf Tilda zu, als könne er es kaum erwarten, sie in seine Arme zu schließen. Er wirkte deutlich jünger, als Ruby ihn in Erinnerung hatte. Aber vielleicht lag es auch daran, dass sie jetzt aus den Augen einer Erwachsenen auf alles blickte – selbst wenn diese Augen im Körper des kleinen Mädchens steckten, das sie einmal gewesen war.

Noah hingegen schien vollkommen anders zu träumen als sie. Die Grenze zwischen seinem neunjährigen und seinem heutigen Ich, das bewusstlos im Krankenhaus lag, schien ihr extrem fragil zu sein. Verwischt. Vernebelt. Wie er jetzt hier auf sie zugelaufen kam, ließ keinen anderen Schluss zu: Er *war* der kleine Junge aus seinen Träumen – durch den aber von einem Moment auf den nächsten die Todesängste des erwachsenen Noah sprechen konnten, der an ein Bett gefesselt bewegungsunfähig im Hospiz lag. Vermutlich bedingt durch das Koma schienen seine Träume ganz und gar seinem Unterbewusstsein zu entspringen. Den fernsten Tiefen seiner Seele. Der Quelle.

Wie ein Wirbelwind stürmte er ihr entgegen.

Und da waren sie auch schon:

„Noah!"

„Patrick!"

Sie und Tilda riefen die Namen im selben Atemzug aus. Aus dem Augenwinkel sah sie, wie ihre Großmutter neben ihr mit aller Kraft die Lippen zusammenkniff – so sehr berührte sie dieses unverhoffte, und doch ein Leben lang ersehnte letzte Wiedersehen mit *ihrem* besten Freund.

„Da seid ihr ja", begrüßte Patrick sie und nahm sie beide in den Arm, zuerst Tilda, mit einer langen innigen Umarmung, und dann sie.

Noah, der seinen Lauf verlangsamt und schließlich gestoppt hatte, kurz bevor sie einander erreichten, stand verlegen und schüchtern daneben und schien nur Augen für sie, Ruby, zu haben.

„Gehen wir spielen?", fragte sie ihn, denn in diesem Moment schien er ihr ganz Kind zu sein. Der erwachsene Noah schien zu schlafen.

Er nickte, also ergriff sie kurz entschlossen seine Hand und zog ihn mit sich fort, über den Rasen hinweg zu der schattenspendenden alten Eiche, unter der sie schon den ganzen Sommer verbracht hatten.

Womit?

Nun, mit allem und mit nichts – damit eben, womit Kinder ihre Zeit am liebsten verbringen. In einer Welt, in der die Zeit stillstand. Die sich anfühlte wie ein Augenblick und die Ewigkeit im selben Atemzug.

„Schade, dass ich heute schon wieder fahre ...", sagte Noah nach einer Weile. Er wirkte in sich gekehrt.

„Ja", erwiderte Ruby. Mehr brachte sie nicht heraus. Allein der Gedanke daran, dass er schon in wenigen Stunden schwer verletzt in einem Autowrack klemmen würde, ganz allein auf sich gestellt, auf der Rückbank hinter den leblosen Körpern seiner Eltern, ließ die Tränen in ihr aufsteigen. Sie wollte etwas tun. Ihn warnen. Ihn in seinem Zimmer einsperren. Ihn entführen – alles, nur damit sie nie abfuhren. Aber im selben Moment wurde ihr klar, dass es keinen Sinn ergab – denn das hier war nur ein Traum.

Es würde die Wirklichkeit nicht verändern.

All das, was sie hier erlebte, war bereits vor langer, langer Zeit geschehen. Und sie warf nur einen Blick auf diesen letzten Sommertag mit Noah, in dem schrecklichen Wissen, dass der strahlend blaue Himmel über ihnen sich schon bald verdunkeln würde.

Wie gern hätte sie dieses Wissen mit ihm geteilt.

Aber er war noch ein kleines Kind.

Er würde es nicht verstehen, sondern sie für verrückt halten. Für eine Spinnerin, die ihm Angst einjagen wollte. Und das war das Gegenteil von dem, was sie wollte.

„Können wir denn jetzt Seelenverwandte sein?"

Seine Frage holte sie aus ihren dunklen Gedanken. Jetzt erinnerte sie sich wieder! Genau das hatte er sie schon einmal gefragt.

Doch dieses Mal würde sie nicht davonlaufen.

„Ja", willigte sie ein. Das war das Gute daran, wenn man gemeinsam träumte: Alles war möglich. Man konnte sogar seine Vergangenheit neu erfinden. Ach, müsste man sie nur nicht in dem Traum zurücklassen! seufzte sie innerlich.

„Auch wenn es bedeutet, dass wir uns küssen?" Noah blickte sie erwartungsvoll an.

Sie nickte mit gesenktem Blick – zum Zeichen ihres Einverständnisses, während ein überraschtes Leuchten sein Gesicht erhellte.

„Wirklich?"

„Wirklich."

„Aber erst muss ich meine Tasche packen, meine Eltern kommen bald", erklärte er. „Treffen wir uns in einer Stunde hier?", fragte er.

„Okay", bestätigte sie und blickte auf die Kinderarmbanduhr, die sie an ihrem zarten gebräunten Arm trug.

Dann sprangen sie beide auf.

Noah tat einen Schritt auf sie zu und umarmte sie ein wenig umständlich, darauf bedacht, ihr nicht *zu* nahe zu kommen. Er war so süß. So schüchtern. Und doch wusste er, was er wollte: *Sie.*

Kurz gesagt: Er war genau, wie sie ihn in Erinnerung hatte.

„Bis gleich …", verabschiedete er sich und lief in das kleine, in der Sonne liegende Haus seines Großvaters, aus dem die Nachrichten des Tages hallten.

Aus dem Transistorradio in der Küche.

„Die genauen Umstände des Autounfalls in Paris, bei dem Lady Di an diesem frühen Morgen starb, sind noch immer unbekannt", hörte sie den Nachrichtensprecher sagen. „England und das Königshaus befinden sich im Schock …"

Ruby musste schlucken.

Zu wissen, dass es in wenigen Stunden einen zweiten Autounfall geben würde, zerriss ihr das Herz. Und doch war sie machtlos. Sie konnte die Vergangenheit nicht ändern, so sehr sie es sich herbeiwünschte.

Doch die eigentliche, alles entscheidende Frage war: Konnte sie die Zukunft ändern? Sie wusste es nicht. Aber sie betete, dass es so war – denn dafür war sie hier.

Der Sprecher verstummte.

Die Nachrichten setzten aus. Und ein Song setzte ein. Es war nicht irgendein Song, das wurde ihr im selben Moment klar.

You and me ... we used to be ... together ... always ...

Es war Gwen Stefanis Stimme, die hier sang. *Don't Speak* – von No Doubt – natürlich! Jetzt fiel es ihr wieder ein. Es war der Hit dieses Sommers gewesen. Es war unmöglich gewesen, diesem Lied aus dem Weg zu gehen. *Deshalb* hatte Noah auf das Lied reagiert, als sie es ihm vorgespielt hatte, an jenem Tag des ersten großen Durchbruchs im Hospiz – es war *ihr* Song gewesen! Der Song, den Noah und sie den ganzen Sommer über rauf und runter gehört hatten.

Langsam setzte sich das Puzzle in ihrem Kopf zusammen, und das Bild jenes lange zurückliegenden Tages nahm mehr und mehr Form an.

„Ruby?"

Tildas Stimme wehte durch das offene Küchenfenster zu ihr herüber und holte sie aus ihren Gedanken.

„Ja-ha!", antwortete sie, noch immer ganz verstört.

„Kommst du bitte mal?"

Aus der Küche drang der Duft von Thymian und Salbei und frisch gebackenem Fisch, den Patrick in diesem Moment aus dem Ofen holte. „Ich hoffe, ihr habt Hunger", vernahm sie seine Stimme, während er dort herumwerkelte.

Tilda stand an dem großen runden hölzernen Esstisch und deckte ihn ein. „Und? Wie läuft es mit Noah?", fragte sie.

„Ich ... gut, glaube ich ..."

„Vergiss nicht, du hast nicht mehr viel Zeit", erklärte ihre Großmutter. „Oder besser gesagt, *er*. Nach dem Essen kommen seine Eltern. Du musst ihm vorher ein Zeichen geben."

„Wir haben uns verabredet", erklärte Ruby. „In einer Stunde, nach dem Essen."

„Gut", sagte Tilda und lächelte sie an. „Dann bin ich erleichtert."

„Und wie ... läuft es mit Patrick?", flüsterte Ruby ihr neugierig zu.

Tildas Blick schweifte in die Küche, wo er den Fisch tranchierte.

„Es läuft – wunderbar ...", sagte sie. „Das ist der glücklichste Tag meines Lebens, mein Schatz."

Ihre Augen füllten sich mit Tränen.

Ruby konnte nicht anders, als sie kurz in den Arm zu nehmen. So lange, bis Patrick in das Zimmer trat, mit seinem Fang, einem nach Sommer, Sonne, Salz und Meer duftenden Seebarsch.

„Alles in Ordnung bei euch?", fragte er für einen kurzen Moment irritiert.

„Mehr als das", erwiderte Tilda und küsste ihn zärtlich auf die Wange, als er den Tisch erreicht hatte.

„Na dann können wir ja loslegen", sagte er. „Erde an Noah, Erde an Noah, Essen ist fertig."

Wenig später saßen sie alle zusammen am Tisch. Wasser für die Kinder, Wein für die Erwachsenen. Um ein Haar hätte Ruby sich bei den Gläsern vergriffen, aber außer Tilda hatte es Gott sei Dank niemand bemerkt.

Ihr Augenzwinkern signalisierte ihr, dass alles in bester Ordnung war.

Nach dem Essen blieben alle noch ein wenig sitzen. Lächelnd stieß Patrick mit seinem Glas an Tildas. „Nachtisch?", fragte er in die Runde.

Doch Noah und Ruby schüttelten nur synchron den Kopf. Fast wie verabredet – und auf eine gewisse Weise war es das wohl auch, stellte Ruby mit einem Blick auf ihre bunte Armbanduhr fest. Die Stunde war vorüber.

„Kein Nachtisch?" Patrick runzelte die Stirn und blickte sie überrascht an. „Ihr könnt es wohl nicht erwarten, wieder nach draußen zu kommen, was?"

Erneutes synchrones Kopfschütteln.

„Na dann los mit euch", gab der Hausherr ihnen grünes Licht.

„In fünf Minuten", flüsterte Noah Ruby ins Ohr und flitzte nach draußen. Die Stunde der Wahrheit war gekommen.

Und mit ihr kehrte die Erinnerung zurück.

Als Ruby wenig später durch die Tür hinaus in den in flirrender Sommerhitze liegenden Garten trat, tat sich alles wieder so klar vor ihren Augen auf, wie es sich damals abgespielt hatte.

Er wartete im Schatten der alten Eiche auf sie, wie verabredet. Mit wuscheligen Haaren, die Haut braun wie Kakao, in seinen kleinen blauen Jeans und einem T-Shirt, auf dem Zootiere abgebildet waren. In seiner Hand hielt er einen winzigen Strauß aus Gänseblümchen und Pusteblumen, die er gerade eben gepflückt haben musste.

Kurz gesagt: Er war zum Küssen. Man musste ihn einfach gernhaben.

Vielleicht war es genau das, dieses Herzklopfen vor dem allerersten Kuss im Leben, dem unschuldigen Kuss einer Achtjährigen, die Angst vor so viel Nähe, die sie hatte davonlaufen lassen.

Damals.

Sie erinnerte sich genau: Sie hatte die Beine in die Hand genommen, hatte ihn dort stehen gelassen und war nach Hause gelaufen, zu ihren Eltern. Dort hatte sie sich in ihrem Zimmer eingeschlossen.

Dabei hatte sie es sich auch so gewünscht.

Aber der Mut hatte ihr damals gefehlt.

Es war das letzte Mal, dass sie Noah sehen sollte.

„Kommst du nun?", vernahm sie seine helle Jungenstimme, während er ihr aus der Entfernung durch die hoch am Himmel stehende Mittagssonne zublinzelte.

„Ja", sagte sie leise zu sich selbst. „Dieses Mal komme ich zu dir."

Den Weg über den Rasen legte sie zurück wie eine kleine Braut den Weg zum Altar. Erhobenen Hauptes, den Rücken kerzengerade durchgedrückt.

Kaum war sie vor ihm angekommen, überreichte er ihr auch schon wie ein perfekter Gentleman mit einer kleinen Verbeugung den Blumenstrauß.

„Danke", sagte sie artig und steckte ihre Nase vorsichtig in die Blüten. War es der Duft, der sie betörte, oder die Aussicht auf das, was nun kommen würde? Sie wusste es nicht genau zu sagen.

„Wollen wir?", fragte er mit hochseriösem Blick, als ginge es darum, wichtige Geschäftspapiere zu unterschreiben.

Um ein Haar hätte sie aufgelacht, so niedlich war er.

„In Ordnung", signalisierte sie ihm, dass sie bereit war, die Papiere blind zu unterschreiben. Was auch immer auf ihnen geschrieben stand.

Unbeholfen trat er einen Schritt auf sie zu und schürzte seine Lippen. Dann schloss er seine Augen.

Und wartete.

Typisch, dachte sie. Immer müssen die Frauen die ganze Arbeit machen.

Den Bruchteil einer Sekunde betrachtete sie ihn noch, sein reines, unschuldiges Gesicht, um dann sanft und unendlich langsam ihre Lippen auf seine zu legen und ihm einen dicken Schmatzer zu verpassen.

„So, das war's", sagte sie – so wie sie es wohl damals gesagt hätte. Mit acht.

Noah schlug die Augen wieder auf.

Sie strahlten, als hätte er soeben den Sinn des Lebens erkannt.

„Danke, Ruby", sagte er leise. „Das war toll."

„Ja, fand ich auch."

Ein Weilchen blickten sie einander noch verwundert an.

„Oh, jetzt muss ich …", sagte er schließlich, als ein alter Volvo Kombi die Auffahrt hochfuhr. Seine Eltern, wie Ruby feststellte, während ihr eben noch glücklich warmer Bauch augenblicklich zu Stein wurde.

„Im nächsten Sommer komme ich wieder", verabschiedete Noah sich von ihr und reichte ihr die Hand. Wohlerzogen bis in die Fingerspitzen.

Am liebsten hätte sie ihn fest an sich gedrückt. Ihn nicht gehen lassen. Denn es würde keinen nächsten Sommer geben.

Und auch keinen übernächsten.

Es war schrecklich, mit dieser Wahrheit leben und ihn ahnungslos in sein Unglück fahren lassen zu müssen. Aber ihr blieb keine Wahl.

Die Uhr des Lebens ließ sich nicht zurückdrehen.

Ihr Blick haftete fest auf seinem Rücken, als er zurück in Richtung Haus lief, wo seine Eltern aus dem Wagen stiegen. Einmal drehte er sich noch zu ihr um. Sein Lächeln spannte sich über sein gesamtes Gesicht.

„Ruby, du bist meine Seelenverwandte!", rief er ihr glücklich zu.

„Das also hast du damals verpasst", sagte sie leise zu sich selbst, ihren Tränen freien Lauf lassend, jetzt, wo sie allein war, unter der großen alten Eiche vor dem Cottage auf den Hügeln von St Ives.

Federn, schwarz: Verlust
Lexikon der Träume

Als wenig später das Auto abfuhr, winkte Noah ihr von der Rückbank aus zu.

Nicht nur Ruby, sondern auch Tilda hatte Tränen in den Augen.

„Keine Sorge, im nächsten Sommer sehen wir uns alle wieder", versuchte Patrick sie zu beruhigen und legte seinen rechten Arm liebevoll auf Tildas Schulter, während er mit der linken über Rubys Haar strich.

„Ist alles gut gelaufen?", fragte ihre Großmutter sie, nachdem der Wagen in der Ferne verschwunden war. „Weiß er, dass du ihn auch …?"

Ruby nickte nur.

Doch sie brachte kein Wort heraus.

„Dann wird alles gut, mein Schatz", sagte sie, und ihrem zuversichtlichen Lächeln zufolge konnte es nur so sein.

„Komm – und nun lass uns glücklich sein und noch zusammen den Nachmittag genießen", forderte sie sie auf und nahm ihre Hand.

„Genießen ist das richtige Stichwort", rief Patrick ihnen über die Schulter hinweg zu, der bereits auf halbem Weg zurück in das Haus war. „Kommt schon, wir machen es uns gemütlich!"

Vom Meer her war ein frischer Wind aufgezogen. Sofort hatte Patrick alle Fenster geöffnet, damit die Brise auch das Cottage von innen abkühlte. Die Temperatur musste gefühlt bei deutlich über dreißig Grad liegen.

„Was möchtest du hören?", fragte er Tilda und blickte sie an, als würde er im nächsten Moment dahinschmelzen – nicht der Hitze, sondern ihretwegen. „Ah, ich hab's!", sagte er, ohne ihre Antwort abzuwarten, und riss den Zeigefinger nach oben, als hätte er einen Geistesblitz. Dann begab er sich zu dem alten Plattenspieler, neben dem sich die Vinylscheiben nur so stapelten.

Kurz darauf setzte er die Nadel vorsichtig in die erste Rille einer kleinen Single, die er gefunden hatte.

„Darf ich bitten?", fragte er Tilda und reichte ihr seine Hand.

Es knisterte. Und da erklang sie schon – die warme, einschmeichelnde Stimme von … Elvis Presley.

It's Now Or Never.

Mit einem tiefen Blick in Tildas Augen und einer eleganten Verbeugung forderte Patrick sie zum Tanzen auf. Im Esszimmer des alten

Cottages, das sich unversehens in einen Ballsaal verwandelt hatte – nun, zumindest für sie und ihn.

Tildas Wangen röteten sich. Gerührt ergriff sie seine Hand.

Ruby konnte den Blick nicht von den beiden wenden. Gebannt sah sie ihnen dabei zu, wie sie sich zärtlich im Rhythmus der Musik bewegten, verschmolzen, eins wurden.

It's now or never, come hold me tight, kiss me my darling, be mine tonight, tomorrow will be too late, it's now or never, my love won't wait … When I first saw you, with your smile so tender, my heart was captured, my soul surrendered … I'd spend a lifetime, waiting for the right time, now that you're near, the time is here – at last … It's now or never, come hold me tight, kiss me my darling …

Ruby klatschte begeistert in die Hände, als das Lied endete und Patrick sich mit einer erneuten tiefen Verbeugung von seiner Tanzpartnerin löste.

„Ich gehe in den Garten, okay?", fragte sie.

Doch die beiden schienen sie nicht einmal zu bemerken, sie hatten nur Augen füreinander.

Umso besser, dachte Ruby – so fand sie etwas Zeit für sich.

Zeit, um zu verarbeiten, was gerade zwischen ihr und Noah geschehen war.

Es ist nur ein Traum, beruhigte sie sich selbst, an den schweren Unfall denkend, der kurz vor seiner Rückkehr nach London sein Leben für immer aus den Angeln heben würde.

All das war bereits lange Vergangenheit, diesen Teil des Traums träumten Noah und sie nicht zusammen.

Moment mal …

Ruby hielt inne.

Verwundert? Geschockt? Sie wusste ihre eigenen Gefühle nicht richtig zu deuten in dieser Sekunde der Einsicht. Denn eines war ihr soeben schlagartig klar geworden: Wenn Noah diesen Teil des Traums nicht mit ihr träumte und wenn er nicht mehr hier war – was in aller Welt hielt sie dann noch in diesem Traum?

Wessen Traum träumte sie hier?

Seiner konnte es nicht mehr sein.

Ruby schüttelte seufzend den Kopf, nachdem es ihr langsam klar wurde.

Nun, im Grunde hätte sie es sich gleich denken können.

„Tilda, Tilda …", stieß sie leise aus und lief zurück in das Cottage, vorbei an Patrick, der auf der mintgrün lackierten Holzbank am Eingang saß und genüsslich eine Havanna paffte.

Als sie durch die Tür trat, saß ihre Großmutter an dem großen runden Esstisch. Auf einem der grünen Stühle. Sie trug ihr Sommerkleid mit den aufgestickten orange leuchtenden Sonnenblumen. Zu ihren nackten Füßen unter der Tischplatte hatte es sich Bobby Brown gemütlich gemacht.

Der Füllfederhalter in ihrer Hand fuhr in eleganten Bewegungen über einen Briefbogen.

„Was schreibst du da?"

Tilda sah von dem weißen Blatt Papier auf, das vor ihr auf der Tischplatte lag. Sie legte den Füllfederhalter aus der Hand.

„Ach, gar nichts …", sagte sie und wischte sich mit der Hand eine Träne aus den Augen.

„Geht es dir gut, Tilda?"

„Mehr als das, mein Kind", bestätigte sie. „Aber für dich kommt jetzt die Zeit, aufzubrechen."

„Für *mich*?"

Was in aller Welt sollte das heißen?

„Kommst du nicht mit?"

Tilda schüttelte den Kopf.

„Nein, ich … werde hier bei Patrick bleiben!"

„Was?"

Hatte sie richtig gehört?

„Mach dir keine Sorgen, alles ist gut – nur eine kleine Änderung im Plan", erklärte ihre Großmutter. Um dann einen Stuhl unter dem Tisch hervorzuziehen, sodass Ruby sich neben sie setzen konnte.

„Du willst sicher wissen, warum ich das tue, oder?"

Ruby nickte – natürlich wollte sie es wissen. Was hatte all das zu bedeuten?

„Wenn du träumst, bleibt die Zeit stehen", begann Tilda ihre Erklärung. „Dort draußen geht die Welt weiter, aber du verharrst in diesem Moment – solange du willst. Solange du träumst. Für immer, wenn du möchtest."

Für *immer*?

Ruby musste schlucken.

„Das ... ist es, was du willst?"

„Ja, das ist es, was ich will", bestätigte sie. „Einfach nur hier sein, an diesem Sommertag, bei Patrick, mehr brauche ich nicht am Ende meines Lebens. Lass mich einfach hier."

„Aber ... kann ich nicht auch hierbleiben?"

„Nein, Ruby – verstehst du nicht? Das hier ist nicht real! Es ist nur ein Traum."

„Du meinst, Patrick ist nicht wirklich hier?"

„In diesem Moment schon ..." Durch das kleine Fenster blickte sie hinaus in den Garten. Er hatte seinen Standort gewechselt und saß nun im Schatten der alten Eiche. Sie winkte ihm überschwänglich zu. Er küsste seine Fingerspitzen und sandte ihr einen Kuss durch die Luft.

„Aber eben nur in diesem Moment", fuhr Tilda fort. „An diesem Tag, der sich für ihn und mich ewig wiederholen wird. Nun, solange ich lebe. Denn Patrick lebt *nicht* mehr, aber nun ist er in *meinem* Traum. Dank dir und Noah, mein Schatz!"

Sie blickte sie voller Dankbarkeit an.

„Du musst wissen: Es ist ein wunderschöner Traum, aber er hat keine Zukunft – genau wie eine alte Frau von achtzig Jahren", erklärte sie ihr. „Aber dafür hat er etwas anderes sehr Wertvolles. Etwas, das alte Menschen mehr zu schätzen wissen als die jungen: eine Gegenwart", erklärte sie. „Eine Gegenwart, von der ich mein ganzes Leben lang geträumt habe, mein Schatz. Ich bin achtzig Jahre alt und habe mein Leben gelebt. Und wenn dieser wunderbare winzige Rest Gegenwart das Letzte ist, was ich auf dieser Welt erlebe, bin ich die glücklichste Frau der Welt. Denn wenn ich gehe, gehe ich mit ihm."

„Und ... ich?", stotterte Ruby, während sich ein dicker Kloß in ihrem Hals bildete.

„Du, mein Schatz, hast noch dein ganzes Leben vor dir!", versprach Tilda ihr. „Das *echte* Leben da draußen – es wartet auf dich. Noah wartet auf dich. Wenn ihn jemand aufwecken kann, dann du."

„Aber ..."

„Kein Aber!", erstickte Tilda jeden Widerstand im Keim. „Du musst zurück. Wenn du das Lied hörst, wachst du auf."

„Aber wann … sehen wir uns wieder?", fragte Ruby, während langsam, aber sicher die Panik in ihr aufstieg.

Doch Tilda sagte nichts. Tränen füllten ihre Augen.

„Mach dir keine Sorgen, mein Schatz", sagte sie mit leiser Stimme. „Wenn du aufwachst, lass mich einfach noch ein bisschen liegen und mit Patrick träumen, ja? Und du machst dich auf den Weg zu Noah."

„Okay, aber …"

Als wolle er sie trösten, stupste unter dem Tisch Bobby Brown gegen ihr nacktes Bein.

„Oh, Bobby", stieß sie aus. „Kann ich mich wenigstens noch von ihm verabschieden?"

„Natürlich kannst du das, mein Schatz."

Gelenkig und elegant, wie es nur ein kleines Mädchen vermag, tauchte sie hinab unter die Tischplatte. Nun, so gelenkig und elegant nun auch wieder nicht: Um ein Haar wäre sie auf ihn draufgerutscht. Im letzten Moment ergriff sie das nächste Tischbein und verhinderte so Schlimmeres.

Dann setzte sie sich zu ihm.

Jetzt war er gekommen, der Moment, ihm das zu sagen, was sie in jener letzten Nacht vergessen hatte.

In seiner letzten Nacht auf dieser Erde.

Sanft kraulte sie ihn hinter den Ohren und küsste seinen Kopf. Um dann ihr Gesicht ganz in seinem Fell zu verbergen: „Ich liebe dich, Bobby. Du bist mein bester Freund. Vergiss das nie, wo immer es dich auch hin verschlägt."

Zärtlich flüsterte Ruby die gute Nachricht in sein schokoladenbraunes Ohr, und im selben Augenblick wusste sie, dass sie ihn endlich loslassen konnte.

Dass endlich alles, aber auch wirklich alles gut war.

Eine Weile verharrte sie so und konnte spüren, wie das schlechte Gewissen, das sie all die Jahre mit sich herumgeschleppt hatte, langsam von ihr abließ – so wie sie von Bobby, der friedlich hechelnd neben ihr lag.

Um ein Haar hätte sie sich den Kopf gestoßen, als sie sich wieder auf den Weg nach oben machte.

An der Tischplatte über sich.

Erst jetzt bemerkte sie die Gravur, eingeritzt mit einem Taschenmesser:

Noah ♥ *Ruby.*

Die geheime Inschrift – sie hatte sie fast vergessen.

„Granny?", rief sie hinauf. „Gibst du mir einen Stift?", fragte sie.

„Hier, mein Schatz", antwortete Tilda, nachdem sie kurz in dem blechernen kleinen Eimer gewühlt hatte, der mitten auf dem Tisch platziert war und alles Mögliche enthielt, vom Schraubenzieher über Heftzwecken bis hin zu … einem roten Edding.

„*Ich* ♥ *Dich auch. Ruby*", setzte sie in geschwungenen Buchstaben unter Noahs geheime Botschaft an sie.

Sie hatte den Stift gerade abgesetzt, als Patrick hereinkam. Besser gesagt seine Beine – denn mehr sah sie unter dem Tisch nicht.

„So, wie wär's mit ein bisschen mehr Musik?", fragte er.

Unter der Tischplatte verfolgte sie, wie er näher kam. Sie konnte Tildas Gesicht über sich sehen, indem sie ein wenig nach oben lugte.

In diesem Augenblick, an diesem Ort schien sie die glücklichste Frau der Welt zu sein.

„Einverstanden", antwortete Tilda, während Patrick sich dem nahezu antiken Plattenspieler näherte. „Mal sehen, was wir hier haben."

Er nahm die Scheibe aus der Plattenhülle.

Kurz darauf fuhr die Nadel leicht holpernd über das Vinyl.

Und der Song setzte ein.

Remember … is a place from long ago …

Oh nein! Nicht dieses Lied – nicht jetzt schon!

„Grandma!"

Ruby fuhr hoch – und versuchte erschrocken, den Arm ihrer Großmutter zu ergreifen. Als könne sie sich daran in diesem Traum halten.

Remember … filled with everything you know …

„Bitte weck mich nicht auf, mein Schatz – versprich mir das …!", vernahm sie Tildas flehende Stimme, während die Bilder, die eben noch so real gewesen waren, wie im Zeitraffer vor ihren Augen verblassten, und sie spürte, wie ihre Arme und Beine schwer wurden. Bleischwer.

Remember life is just a memory …

Bitte nicht, all das ging ihr auf einmal zu schnell – viel zu schnell.

… close your eyes and you can see …

Im selben Moment schreckte sie hoch.

Schwer atmend. Schweißgebadet.

Sie – war zurück.

Neben ihr auf dem Diwan lag ihre Großmutter. Ruby umklammerte ihre Hand noch immer fest wie ein Schraubstock. Langsam kam sie zu sich. Und ließ schließlich von ihr ab. Die CD in der Anlage war verstummt, aber das Metronom auf dem kleinen Tischchen tickte noch immer zuverlässig wie ein Uhrwerk vor sich hin.

Tick-tack-tick-tack-tick-tack.

Vorsichtig beugte sie sich über Tilda, um festzustellen, ob sie noch atmete.

Gott sei Dank.

Alles in Ordnung – Atem und Herzschlag ihrer Großmutter gingen ruhig und friedlich. Doch was sie noch mehr beruhigte, war ihr Gesichtsausdruck: Ein seliges Lächeln spannte sich über ihr ganzes Gesicht.

Wie es aussah, war sie noch immer bei Patrick. An jenem Sommertag vor langer Zeit, den sie wieder und wieder erleben wollte. Und genau das tat sie hier und jetzt, wenn Ruby sich nicht völlig täuschte.

Apropos Täuschung.

Erst jetzt wurde Ruby klar, dass es nicht der Song war, der sie geweckt hatte – sondern ihr Handy.

Es klingelte Sturm.

Schwerfällig erhob sie sich, dem Klingeln folgend. Es erreichte sie aus der Küche, wo das Telefon auf dem Tisch lag, wackelnd und vibrierend.

„Ja? …"

„Schwester Light?"

„Ja …"

„Da sind Sie ja! Hier spricht Doktor Stone – ich möchte, dass Sie die Erste sind, die es erfährt."

Doktor Stone? Was wollte ihre Oberärztin von ihr – noch dazu um diese Zeit? Draußen vor dem Fenster blinzelte das erste Tageslicht durch die Wolken, sie musste die ganze Nacht geträumt haben.

Noch immer spürte sie Noahs Lippen auf ihren.

Sie schmeckten nach einem Sommertag, den sie nie wieder vergessen würde. Denn dieses Mal hatte sie endlich den Mut aufgebracht, alle seine Geschmacksnoten auszukosten.

„*Was* erfährt?", hakte sie nach.

„Es … ist ein Wunder geschehen", vernahm sie vom anderen Ende der Leitung.

„Ein – Wunder?"

„Ihr Patient – Noah Green …"

„Was ist mit ihm?" Rubys Pulsschlag beschleunigte sich augenblicklich.

„Er … ist aufgewacht."

Schwindel ergriff Ruby, kaum hatte sie die Nachricht vernommen.

Mit der freien Hand zog sie sich einen Küchenstuhl heran und ließ sich darauf sinken.

„Wie gesagt: Es ist ein Wunder, Sie hatten mal wieder recht …", hörte sie Eleonore Stone sagen. „Und da Sie sich so sehr für ihn engagiert haben in all der Zeit, in der … nun, um ehrlich zu sein … *niemand* von uns außer Ihnen an ihn geglaubt hat, wollte ich Ihnen das nur mitteilen. Damit Sie sich von ihm verabschieden können."

Ruby zuckte zusammen.

„Verabschieden …?"

„Er und seine Verlobte werden St Ives morgen verlassen. Das hat Miss Drechsler mir gerade mitgeteilt."

Hatte sie richtig gehört? Schon morgen?

„So – schnell?", stotterte sie in den Hörer.

„Nun, er hat keine inneren Verletzungen und reist auf eigenen Wunsch ab. Beziehungsweise auf den von Miss Drechsler."

Rachel. Warum tust du mir das an?

Sie konnte ihre Gedanken vor sich in der Luft schwirren sehen.

„Hören Sie, Ruby: Ich weiß, dass ich Ihnen das schon einmal gesagt habe, aber ich habe mich in Ihnen getäuscht. Sie besitzen ein außerordentliches Talent, genau wie Ihre Großmutter. Es ist nur nicht von dieser Welt – was es für Menschen wie mich, für die es schon schwer genug ist, diese Welt zu verstehen, nicht unbedingt leichter macht …"

„Das … ist schon in Ordnung, Doktor Stone", erwiderte Ruby.

„Wann … kann ich ihn sehen?"

„Können Sie in einer Stunde hier sein?"

„Früher, wenn Sie wollen!"

Ruby legte ihre Hände so ruhig es ihr gelang übereinander auf die kühle Marmorplatte des alten Esstisches in Tildas gemütlicher Küche, um nicht völlig die Nerven zu verlieren.

Noch immer sah sie Noahs weit geöffnete grüne Augen vor sich, nachdem sie ihn geküsst hatte – in ihrem Traum.

Und nun war er tatsächlich aufgewacht? In der realen Welt?

Hier?

Es war – schlichtweg unmöglich!

Nachdem sie eine Weile einfach nur so dagesessen hatte, in der Hoffnung, dass ihr Puls genau wie ihr Atem sich allmählich wieder beruhigte, kniff sie sich dreimal in den Arm. Das dritte Mal so fest sie nur konnte – nur um sicherzustellen, dass sie nicht noch immer träumte.

Auf leisen Sohlen schlich sie zurück in den Salon. Tilda lag genauso friedlich auf der Chaiselongue, wie Ruby sie dort zurückgelassen hatte. Sollte sie sie wecken? Hier und jetzt?

Ihr sagen, was passiert war?

Sie war sich sicher, dass ihre Großmutter diese Nachricht gerne mit ihr teilen würde – denn wie selbst Doc Stone zugab: Es war ein Wunder. Und sehr wahrscheinlich war dieses Wunder eben ihr – Tilda – zu verdanken. Ruby setzte sich auf die Bettkante und berührte sanft ihren Arm.

Doch im selben Moment zog sie ihre Hand zurück.

Was sie zu dieser Entscheidung kommen ließ?

Tildas Gesicht. Ihre Augen waren geschlossen. Genau wie ihr Mund. Doch alles in diesem Gesicht …

… lachte …

… lebte …

… *liebte.*

An einem anderen, weit entfernten Ort. Einem Ort, an dem sie für den Rest ihres Lebens verweilen wollte, wie sie ihr unmissverständlich mitgeteilt hatte. An der Seite des Mannes, den sie liebte.

Was sie und Patrick wohl gerade taten? Vielleicht hatte er seinen Arm um ihre Hüften gelegt und sie tanzten in diesem Moment durch das kleine Cottage, wo Ruby sie zurückgelassen hatte? Vielleicht küsste er sie in derselben Sekunde? Was es auch immer war: Ihre Großmutter war überglücklich – und es machte Ruby ebenfalls überglücklich, sie so zu sehen.

So hoffnungslos verliebt.

Verliebt in einen Traum, ja. Aber wenn alle anderen Auswege wegfielen, war es dann nicht manchmal besser, in einem Traum glücklich zu sein – als unglücklich im echten Leben?

So gern sie ihr die guten Nachrichten hier und jetzt überbracht hätte, Ruby platzte förmlich vor Aufregung – aber in diesem Augenblick zärtlicher Beobachtung beschloss sie, den Wunsch ihrer Großmutter zu respektieren.

Sie nicht zu wecken.

Sondern sie weiterträumen zu lassen.

Weitertanzen zu lassen mit Patrick Green in jenem Sommer vor so langer Zeit.

An einem Tag perfekten Glücks, der nie zu Ende ging.

Die Morgendämmerung wich bereits dem über St Ives aufgehenden Tag, als Ruby sich auf ihr Rad setzte. Ihre Nerven waren bis zum Zerreißen gespannt, als sie das Hospiz schließlich erreichte.

Sie brauchte drei Anläufe, um ihr Fahrradschloss zu montieren. Und ihre Beine – sie fühlten sich an wie aus Wackelpudding produziert, als sie schließlich und endlich den Mut fasste, das Gebäude zu betreten.

Es kam ihr vor wie neu.

Alles strahlte in frischen Farben.

Alles leuchtete.

Jahrelang war sie durch dieses mächtige Portal getreten – doch erst jetzt hatte sie wirklich begriffen, was sich dahinter verbarg.

Die großen Fragen des Lebens, die wir Menschen uns Tag für Tag und Nacht für Nacht stellten, wieder und wieder, die uns quälten und nicht in Ruhe ließen, bevor wir selbst durch dieses Portal traten:

Wofür lebten wir?

Warum liebten wir?

Wieso das alles? Was war der Sinn des Ganzen?

„Das ging ja schnell!", riss Eleonore Stones Stimme sie aus ihren Gedanken. „Jetzt ist ein guter Moment. Der Patient ist noch allein. Wollen Sie ihn sehen?"

Wollte sie?

Ruby hatte eine Höllenangst.

Aber nun war es zu spät, um einen Rückzieher zu machen.

„Wo ist … Rachel?", fragte sie ängstlich.

„Miss Drechsler? Sie musste noch mal zurück ins Hotel, dürfte aber jeden Moment wieder hier sein – also fassen Sie sich am besten kurz."

„Danke", erwiderte Ruby erleichtert.

Die Ärztin blickte sie irritiert an.

„Wofür?"

„Dass Sie das für mich tun. Es bedeutet mir wirklich sehr viel …"

„Kein Problem", erwiderte Doktor Stone, die sich in einen anderen Menschen verwandelt zu haben schien, und begleitete sie zu dem Raum, in dem sie die vergangenen Tage und Nächte fast rund um die Uhr verbracht hatte. „Gut, dann lasse ich Sie jetzt allein", verabschiedete sich ihre Chefin von ihr und entfernte sich auf leisen Sohlen über den langen bernsteingelben Flur.

Draußen im Park vor dem Anwesen erlosch in diesem Moment das Licht der morgendlichen Laternen. Ein Vogel zwitscherte. Süß und voller Hoffnung.

Kam er, um den Frühling zu begrüßen? Den Frühling nach einem langen kalten Winter? Hatte er geheime Informationen, dass dieser Winter wirklich schon vorüber war?

Tatsächlich stand der Frühlingsbeginn kurz bevor, jedenfalls auf dem Kalender. Aber konnte man dem Kalender trauen – oder hatte der Vogel sich nur verflogen?

Nein – das hatte er offensichtlich nicht.

Im selben Moment stob hinter den Bäumen ein ganzer Schwarm Vögel hoch. Ausgelassen und fröhlich schwang er sich empor in den weiten Himmel. Es war ein Bild, das Ruby mit Hoffnung erfüllte.

Mit der Hoffnung, dass auch auf sie der Frühling wartete.

Und wenn es nur ein kurzer Frühling wäre.

Solange er nur den Winter aus ihrem Herzen vertrieb. Mehr konnte sie nicht erhoffen.

Ein paar Sekunden wartete Ruby noch. Dann atmete sie tief durch und öffnete vorsichtig die Tür. Nur einen Spalt breit, sodass sie in das Zimmer sehen konnte.

Ihr Blick fiel auf das Bett.

Es war aufgeschlagen und leer.

Doch auf dem Stuhl daneben – demselben Stuhl, auf dem sie selbst Tage und Nächte verbracht hatte – saß jemand und blickte durch das Fenster hinaus aufs Meer. Er trug ein grob kariertes Hemd und Jeans. Sein Haar war zerzaust.

Sie konnte es selbst kaum glauben.

Aber es bestand kein Zweifel – er war es.

Noah.

Still sah er hinaus auf den Ozean vor St Ives, der fast sein nasses Grab geworden wäre. Doch in dieser Sekunde, wo die Sonne am Horizont aufging, blitzte er so friedlich und silbern, als wäre er eine riesige Schatztruhe, in der man gefahrlos nach seinem Glück tauchen konnte. Er wirkte beschämt, der Ozean. Fast so, als wolle er sich dafür entschuldigen, was in jener Nacht passiert war, als er Noah Green um ein Haar verschlungen hätte.

„Hallo … ?"

Etwas zu spät stellte Ruby fest, dass ihre Stimme leise wie die einer Maus klang. Aber zum einen wollte sie ihn nicht erschrecken – und zum anderen erschreckte sie selbst ebendiese Situation, auf deren Eintreten sie so sehr gehofft und darum gebangt hatte, nun bis ins Mark. Im nächsten Atemzug würde er sich zu ihr herumdrehen und sagen …

„… Ja, bitte …?"

Ein Blitz durchfuhr sie, als er sie anblickte – mit denselben ozeangrünen Augen wie in ihrem Traum, nur zwei Jahrzehnte älter.

Augen, die – sie *nicht* erkannten …

Sie begriff es im selben Moment.

Ruby musste alle Kraft zusammennehmen, um sich die Enttäuschung nicht anmerken zu lassen. Steif, als hätte sie einen Stock verschluckt, näherte sie sich ihm langsam durch den Raum, bis sie schließlich neben seinem Stuhl stand.

Einen Moment wartete sie noch.

Würde er sie jetzt erkennen, aus der Nähe?

Doch nichts, außer diesem unschuldigen Blick, der sie fast verrückt machte.

„Ich bin ... Ruby ...", gab sie sich einen Ruck und stellte sich vor. „Ruby Light – wir kennen uns von früher."

Kaum hatte sie ausgesprochen, erhellte sich in Sekundenschnelle sein Gesicht und er sprang vom Stuhl auf. Nun, zumindest versuchte er es. Doch stattdessen verlor er das Gleichgewicht. In letzter Sekunde ergriff er ihren Arm, um sich abzustützen.

„Oh Entschuldigung, meine Beine ..."

„Kein Problem, die Muskeln müssen sich nach ein paar Monaten im Bett erst wieder an die Belastung gewöhnen, da kann man schon mal stolpern ..."

„Nein, nein – es ist schon gut", widersprach er. Langsam ließ er wieder von ihrem Arm ab und schien nun halbwegs sicher auf eigenen Beinen zu stehen. „*Du* – bist Ruby?"

Er musterte sie, als wäre sie eine Sternschnuppe, die soeben vom Himmel in seine Arme gerauscht wäre. Sein Blick schien durch ihre Augen hinabzusegeln bis hinunter auf den Grund ihrer Seele.

„Ja", murmelte sie, als müsse sie sich geradezu dafür entschuldigen, und starrte auf den Boden. Sie ertrug seinen Blick nicht länger.

Nicht, ohne ihm um den Hals zu fallen.

Sie war so unfassbar glücklich, dass er lebte!

Dass er zurück war!

Und gleichzeitig so unendlich traurig, dass er sich nicht an sie erinnerte.

Nun, wie auch? In ihren Träumen hatte er sie ja nur als kleines Mädchen gesehen. Aber wie es aussah, erinnerte er sich daran ebenfalls nicht.

In anderen Worten: Es war ein Wunder geschehen.

Ein Wunder – aber kein Märchen.

Er würde sein Happy End bekommen, mit Rachel – doch sie würde leer ausgehen.

Ohne ihn.

Ruby kämpfte mit den Tränen.

„Was ... machst *du* hier?", wollte er wissen.

Sie wollte weinen, doch er – er strahlte sie an.

„Ich ... arbeite hier", erklärte sie, so gut es ihre zitternde Stimme hergab. Sie trug keine Schwesternuniform, schließlich war sie im Urlaub. Sie hatte nicht einmal Zeit gehabt, sich hübsch zu machen. Um ehrlich zu sein: Ein wenig müde, so sah sie aus, nach der zurückliegenden Nacht – es war ihr erst im großen Spiegel in der Eingangshalle des Hospizes aufgefallen. Zu spät. Doch er schien es überhaupt nicht zu bemerken. Er blickte sie an, wie der Prinz Aschenputtel angeblickt haben musste, als er sie endlich wiederfand – nicht in einem Ballkleid, sondern in Lumpen gekleidet. Und es war ihm völlig egal.

„Du – arbeitest hier?", wiederholte er fast ungläubig.

Sie nickte.

„Ich, ähm … war deine Schwester hier, in den vergangenen Wochen …"

Noah starrte sie ungläubig an.

„Du … warst *was*?"

„Deine Schwester", bestätigte sie und senkte den Blick. „Nicht im verwandtschaftlichen Sinn, versteht sich …", versuchte sie den Ansatz eines Witzes, „sondern rein beruflich. Kann ich sonst noch was für dich tun?"

Doch Noah starrte sie nur an. Als wäre sie ein Wesen aus einer weit entfernten Welt. Ja, von einem anderen Planeten.

„Ruby?"

„Ja?"

„Du bist ein Engel", sagte er leise. „Ich habe es immer gewusst. Du erinnerst dich vielleicht nicht, aber damals …"

„Doch, ich … erinnere mich …", widersprach sie ihm.

Sie konnte fühlen, dass sie errötete – es machte keinen Sinn, es zu leugnen.

Oh Gott, wie schön es ist, dich zu sehen! dachte sie bei sich.

„Langsam macht alles einen Sinn …", fuhr er fort und sah sie ungläubig an.

„Was macht Sinn …?", fragte sie zurück.

„Ich weiß, es klingt komisch, aber …"

Er blickte sie an, als glaube er, kurz davor zu sein, verrückt zu werden.

„Ich habe von dir geträumt", brachte er es schließlich heraus.

„Du … hast mich geküsst. Und dann – bin ich plötzlich aufgewacht."

Er hatte keine Ahnung, was er da soeben gesagt hatte.

Welche Freude er Ruby damit machte.

„Ich weiß, das klingt seltsam", fuhr er fort. „Aber ich bin mir hundertprozentig sicher, dass du es warst! Nicht so, wie du jetzt bist, sondern als kleines Mädchen – wir haben im Haus meines Großvaters gespielt …"

Wie er sie ansah! Rubys Herz klopfte bis zum Hals.

„Wahrscheinlich habe ich unbewusst an dich gedacht, von dir geträumt, Ruby, weil ich deine Stimme gehört habe, hier in diesem Zimmer. An meinem Bett. Ich … bin dir so unendlich dankbar für …"

Er machte einen Schritt auf sie zu.

Als wolle er sie in den Arm nehmen.

Sie endlich küssen!

Im selben Moment flog die Tür auf.

„Rachel?"

Noah und sie sprachen ihren Namen im selben Atemzug aus, wie zwei Synchronsprecher. Mit weit aufgerissenen Augen, so als wäre soeben ein Gespenst in den Raum gerauscht.

Die Hände in die Hüften gestemmt, blickte Rachel sie an. Entrüstet, als hätte sie sie bereits beim Knutschen erwischt.

„Was geht hier vor sich?"

Doch Noah schüttelte nur den Kopf. Und holte dann tief Luft. Als müsse er sich etwas vom Herzen schaffen, das schon lange wie ein Zementsack darauf ruhte.

„Rachel, ist das das Einzige, was du zu sagen hast, nachdem ich monatelang im Koma gelegen habe? Du willst wissen, was hier vor sich geht? Ich werde es dir sagen: Ich bedanke mich bei meiner Krankenschwester!"

Er legte seine Hand zärtlich und freundschaftlich auf ihre Schulter. Nur freundschaftlich – oder war es mehr?

„Denn Ruby hier war die ganze Zeit an meiner Seite – im Gegensatz zu dir. Wo warst *du*, als ich dich brauchte, Rachel?"

Rachel kniff die Lippen zusammen. Nur eine Sekunde später liefen Tränen ihre Wangen herab.

„Du weißt genau, wo ich war, Noah – in New York! Ich dachte, es wäre aus zwischen uns! Ich konnte ja nicht wissen, dass du dich gleich am ersten Tag nach meiner Abreise in Cornwall ins Meer stürzen würdest, du … *Idiot!*"

Das letzte Wort sprach sie fast zärtlich aus.

„Noah, ich habe dir nie wirklich eine Chance gegeben, mich glücklich zu machen … aber jetzt bin ich bereit dazu."

Sie *glücklich zu machen*?

Was für ein Unsinn, dachte Ruby bei sich. Sie würde nie von einem Mann verlangen, sie glücklich zu machen. Denn wahre Liebe bedeutete *geben* – und nicht *nehmen*. Wenn schon, dann würde sie versuchen, *ihn* glücklich zu machen, wenn er es nicht bereits war – und er würde sie nicht einmal danach fragen müssen. Es würde ganz von allein geschehen. Ihr Glück würde sich auf ihn übertragen.

Wie eine Infektion.

Wie ein Virus.

Und es würde keinen Impfstoff dagegen geben.

„Ich habe tausendmal versucht, dich anzurufen!", fuhr Rachel fort. „Aber du bist nie rangegangen! Was sollte ich denn tun, um Himmels willen, ich hatte doch keine Ahnung … ich … ich …", schluchzte sie, in Tränen aufgelöst.

„Das stimmt."

Kaum hatte sie es ausgesprochen, biss Ruby sich auch schon auf die Lippen. Sie wusste selbst nicht, warum sie sich zu Wort gemeldet hatte und Rachel zu Hilfe eilte. Noch dazu, weil sie nicht gerade ihre allerbeste Freundin war. Aber was wahr ist, musste wahr bleiben. Fest stand: Sie hatte mehrfach versucht, Noah zu erreichen. Ruby hatte ihre vielen vergeblichen Anrufe mit eigenen Augen auf dem Handydisplay gesehen.

„Es stimmt?", fragte Noah sie, fast ein wenig ungläubig.

„Noah, ich liebe dich!", sagte Rachel. „Wann wirst du das endlich begreifen? Wir sind das perfekte Paar! Und ich möchte, dass wir uns wieder vertragen und zusammen nach New York gehen. Oder zurück nach London – ich lasse den Job drüben sogar für dich sausen, nur um bei dir sein zu können. Alles wird gut, ich verspreche es."

Noah blickte sie an, als hätte er sich verhört.

„Du lässt den Job in New York sausen? Den Job, für den du mich verlassen hast?"

„Ja, Darling, das tue ich", erwiderte sie schniefend. „Für dich … für *uns* …!"

Ruby konnte förmlich sehen, wie Noah sich wand.

Liebte er sie auch?

Sie war unglaublich schön, aber reichte das für die wahre Liebe?

Oder steckte hinter der wahren Liebe mehr als Schönheit, Geld, Erfolg und all die anderen Dinge, nach denen Menschen streben? Steckte hinter der wahren Liebe zwischen zwei Seelen ein Plan? Ein Plan, der nicht von Menschenhand geschrieben war – sondern irgendwo dort draußen in der Weite des Universums schon immer existiert hatte?

Weiter kam Ruby nicht mit ihren Gedanken, denn Rachel lief bereits auf Noah zu und warf sich in seine Arme. Direkt vor ihren Augen.

„Ich … lasse euch jetzt besser allein", sagte Ruby leise und ging in Richtung Tür.

„Ruby, warte …!", vernahm sie Noahs Stimme hinter sich.

Doch ihr fehlte der Mut, stehen zu bleiben.

Kehrtzumachen.

Und sich zu holen, was ihr … *gehörte*.

„Ach ja", stammelte sie, bevor sie das Zimmer verließ. „Deine Uhr – sie … ist unter dem Tisch in der Küche. Im Cottage deines Großvaters. Ich hab' sie da versteckt, nur damit sie niemand stiehlt. Die Tür steht offen, der Schlüssel ist mir abgebrochen … tut mir wirklich leid …!"

„Im … Cottage?", vernahm sie Noahs fragende Stimme hinter sich. „Was soll das heißen? Was hast du da gemacht, Ruby?"

„Ich …"

Doch noch bevor Ruby etwas entgegnen konnte, würgte Rachel sie abrupt ab.

„Ich erkläre dir alles später, Noah. Jetzt lass uns packen, ja? Ich bin so froh, dass ich dich wiederhabe!"

Mit einem letzten so blitzschnellen wie sehnsüchtigen Blick über ihre Schulter direkt in Noahs Augen verließ Ruby das Zimmer.

Erst als sie leise die Tür hinter sich schloss, löste sich ihre Anspannung ein wenig.

Im Gegensatz zu ihrer Verzweiflung.

Die auf ein neues Allzeithoch angestiegen war.

Sie brauchte jetzt dringend jemanden, mit dem sie über alles reden konnte. Jemanden, der sie hundertprozentig verstand. Jemanden, bei dem sie sich ausheulen konnte.

Der Goodwill Palace erschien ihr noch verwaister als vor wenigen Stunden, als sie das Anwesen verlassen hatte, auf den Spuren eines Wunders.

Denn das war es.

Noah lebte!

Und das nur, weil sie und er denselben Traum geträumt hatten.

A dream you dream alone is only a dream.

A dream you dream together is reality.

John Lennon hatte das gesagt – und sie und Noah hatten bewiesen, dass jeder Buchstabe davon stimmte. Dass Wunder wahr werden konnten.

Was die Sache nur noch schlimmer machte.

Denn dass er in Zukunft wieder mit der Frau auf dem Amulett träumen würde, war eine Tragödie.

Ruby hatte Tilda versprochen, sie noch ein wenig weiterschlafen zu lassen – aber als sie jetzt an den stumm und starr den Eingang bewachenden Marmorlöwen vorbei durch das mächtige Portal lief, war es mit diesem Vorsatz vorbei. Die paar zusätzlichen Stunden mussten reichen, denn die Ereignisse hatten sich auf eine Art und Weise überschlagen, wie selbst Tilda es in ihren kühnsten Träumen nicht hätte vorausahnen können. Ruby war sich sicher, dass sie von all dem erfahren wollte. Und dass sie die Einzige war, die ihr sagen konnte, was nun zu tun wäre – wenn es überhaupt noch etwas gab, das sie tun konnte.

Natürlich war sie nicht so rücksichtslos gewesen, den schweren Türklopfer aus Messing zu betätigen. Sie wusste ja ohnehin, dass die Tür offen stand. Wenn schon, dann wollte sie Tilda sanft aus ihren Träumen holen.

Durch die Halle steuerte sie auf den großen Salon zu. Die Vorhänge waren noch immer zugezogen, sodass nur wenig Licht eindrang.

Tilda lag dort genauso, wie sie sie an diesem frühen Morgen zurückgelassen hatte: auf dem prächtigen Diwan unter dem antiken Kronleuchter.

Ruby verlangsamte ihren Gang und kam schließlich vor ihr zu stehen.

Noch immer spielte dieses überglückliche Lächeln um den Mund ihrer Großmutter. Ihre Augen waren leicht geöffnet und so auch ihr Mund.

Wie friedlich sie dalag.

Erst jetzt bemerkte Ruby, wie still es war.

Es war fast eine unheimliche Stille – so als wäre die Welt in dieser Sekunde eingefroren.

Während eine seltsame Unruhe Besitz von ihr ergriff, ließ sie sich neben Tilda auf die Chaiselongue sinken. Und zuckte augenblicklich zurück, als sie Tildas Hand ergriff – sie war eiskalt.

Oh Gott, nein!

Vorsichtig beugte sie sich zu ihr hinunter, um ihren Atem zu spüren.

„Tilda? Granny?", rief sie, während ihre Augen sich angstvoll weiteten. „Granny!"

„Der Himmel sendet uns ein warmes Willkommen an diesem traurigen Tag", begrüßte Reverend Jordan die Trauergemeinde. Der Friedhof war in ein gleißendes Licht getaucht. Über Nacht waren die Temperaturen überraschend in die Höhe geschossen und bis zum späten Vormittag bereits auf annähernd zwanzig Grad geklettert – es bestand kein Zweifel mehr: Es war Frühling. Der Himmel erstrahlte wie von Meisterhand gemalt in einem leuchtenden Enzianblau – gekrönt von einer Sonne, die passend zu Tildas Lieblingsfarbe wie eine überreife Orange aus dem Gemälde lachte.

Es war, als würde ihre Großmutter von dort oben zuschauen und einen Gruß hinab auf die Welt senden – eine Nachricht an alle, die sich hier von ihr verabschiedeten.

Macht euch keine Sorgen um mich, meine Lieben – es geht mir gut! schien diese Nachricht sagen zu wollen.

Und doch, trotz der einschmeichelnden Wärme bekam Ruby augenblicklich eine Gänsehaut, als sie das Lied vernahm, das Tilda sich für ihren Abschied von dieser Welt ausgesucht hatte. Vor vielen Jahren, als sie alles mit dem Pfarrer arrangiert hatte.

Aus den Boxen neben dem Grab schallte: Elvis Presley.

It's Now Or Never – der Song, zu dem sie erst vor wenigen Tagen eng umschlungen mit Patrick getanzt hatte, im Garten des alten Cottages, in ihrem allerletzten Traum.

Für einen Moment glaubte Ruby, ihre Großmutter und die Liebe ihres Lebens hier auf ihrer eigenen Beerdigung tanzen sehen zu können. Wie feiner weißer Nebel wehten sie unsichtbar für alle Augen außer ihren an ihr vorbei, während die Sargträger den weißen Sarg, auf dem eine leuchtende Sonne prangte, in das Erdreich versenkten.

Rubys Augen füllten sich mit Tränen.

Hier würde Tildas Körper ruhen, nur eine Handbreit neben Patrick – genauso, wie sie es sich gewünscht hatte. Wie sich herausstellen sollte, war sie es gewesen, die das Grab nach seinem Tod für ihn erworben hatte. Mit dem damit verbundenen Plan, die zweite Hälfte für sich zu reservieren.

Um wenn schon nicht im Leben, dann wenigstens im Tode mit ihm vereint sein zu können.

Die halbe Stadt schien gekommen zu sein – und Menschen aus allen Teilen des Landes. Menschen, denen Tilda geholfen hatte und die ihr nun ein letztes Mal ihren Respekt und ihre Liebe bezeugten. Ihr Lebewohl sagten.

Ihr ein letztes *Goodbye* mit auf die Reise gaben.

Niemand trug Schwarz oder Grau – sondern sie alle leuchteten in sämtlichen Farben des Regenbogens, so wie Tilda es sich für ihre eigene Beerdigung immer gewünscht hatte. Und so kam es, dass ebendiese Beerdigung eher wie eine fröhliche Party wirkte. Eine Abschiedsparty, die sich von anderen Partys nur darin unterschied, dass hier ein paar mehr Tränen vergossen wurden als auf Partys normalerweise üblich.

Tränen des Glücks, hoffe ich.

Ruby konnte sich gut vorstellen, was Tilda sagen würde, wenn sie all das miterleben könnte – wer weiß, vielleicht tat sie es ja sogar? Ein wenig jedenfalls fühlte es sich so an. So als könne sie im nächsten Moment inmitten der Trauergemeinde auftauchen und das alles zu einem großen Scherz erklären.

Ruby stand mit ihren Eltern ganz vorne vor dem alten Grabstein, auf dem neben Patrick Greens Namen in wenigen Tagen auch der von Tilda Goodwill, der Traumweberin von St Ives, eingemeißelt wäre – hier waren sie nun, endlich vereint in der Ewigkeit.

Nachdem der Sarg versenkt wurde, wurde Elvis Presley abgelöst.

„I'm going where the sun keeps shining, through the pouring rain, going where the weather suits my clothes ...", sang Harry Nilsson in seiner unnachahmlichen melancholischen Art.

Ruby hatte den Song hundertmal im Goodwill Palace gehört.

Doch erst jetzt fiel es ihr auf: Der Song beschrieb ihre Großmutter perfekt. Von ihrer Gestalt her, zerbrechlich wie ein Eiszapfen, schneeweiße Haut und eisblaue Augen, mochte sie der Winter gewesen sein. Aber mit ihrer Liebe hatte sie die Welt zum Schmelzen gebracht. Sie war kein Winter gewesen.

Sondern ein ewiger Sommer, in den sie nun aufbrach.

In anderen Worten: Es war die schönste, traurigste und glücklichste Beerdigung, die Ruby je erlebt hatte.

„Danke, Tilda!", flüsterte sie in den Himmel, als sich die Gesellschaft schließlich auflöste und über die grünen Pfade des alten Friedhofs den Heimweg antrat.

Die Sonne blitzte durch die frisch aufgeblühten grünen Kronen der mächtigen Friedhofsbäume. Und so rau und unbarmherzig der hinter ihnen liegende Winter auch gewesen war, eines schien dieser Tag auf dem Barnoon Cemetery von St Ives allen sagen zu wollen, wurde es doch immer wieder Frühling.

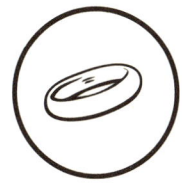

Ring: Vollständigkeit
Lexikon der Träume

Mum – wusstest du das von Tilda und Patrick?", fragte Ruby ihre Mutter auf dem Rückweg. Sie gingen auf das Eingangstor des Friedhofs zu. Ruby hatte sich bei ihr untergehakt. Ihr Vater folgte ein kleines Stück hinter ihnen.

Jenny stoppte und blickte sie an, als wäre der Zeitpunkt für eine Beichte gekommen.

„Ja", bestätigte sie. „Ich wusste es – jeder wusste es."

„Auch Grandpa?"

„Das … weiß ich nicht, mein Schatz. Richtig offensichtlich wurde es ja erst nach seinem Tod. Abgesehen davon ist ja nie etwas passiert, außer …"

„Außer?"

„Na, du weißt schon: sehnsüchtigen Blicken, einem etwas zu langen Händedruck, hier und da einer kleinen Umarmung – eine lebenslange Sehnsucht eben."

Ruby stieß einen tiefen Seufzer aus.

„Warum nur hat sie Patrick nicht geheiratet, als sie jung war?"

Jenny blickte sie kopfschüttelnd an.

„Damals war das nicht so einfach – und heute ist es wohl auch nicht sehr viel anders: Geld regiert nun mal die Welt. Nur dass es heute die jungen Frauen selbst sind, die sich für den Falschen entscheiden – damals haben diese Aufgabe noch ihre Eltern übernommen. Und … nun ja, irgendwie kann man es ja auch verstehen."

Ruby boxte ihre Mutter empört in die Seite.

„Komm schon, du hast Daddy doch auch geheiratet, obwohl er kein Geld hatte."

„Das war etwas völlig anderes, mein Schatz", vernahm sie die Stimme ihres Vaters hinter sich. „Deine Mutter hatte nur mein Angebot vorliegen. Ein reicher Mann hat sich leider nicht für sie interessiert."

Das war typisch Frank. Sowohl Ruby als auch Jenny blickten sich zu ihm um – und er grinste sie an wie ein Honigkuchenpferd.

„Witzbold …", stieß Jenny kichernd aus. „Warte ab, bis wir zu Hause sind."

Es war schön zu sehen, dass ihre Eltern nach all der Zeit noch glücklich miteinander waren.

Doch was war mit ihr? Nach den aktuellen Entwicklungen sah es so aus, als hätte sie das Schicksal ihrer Großmutter geerbt – lebenslanges Sehnen und Unglück.

„Und Noah?", fragte Jenny, als hätte sie geahnt, was oder besser gesagt *wer* im Kopf ihrer Tochter herumspukte.

„Soweit ich weiß, ist er nach London zurückgekehrt. Oder nach New York. Mit seiner Verlobten."

„Dieser Rachel? Der Frau auf dem Amulett?"

„Ja", antwortete Ruby kurz angebunden.

„Eine verrückte Geschichte. Dass ihr euch aus eurer Kindheit kanntet ... Du mochtest ihn wirklich, oder?"

Erwartete ihre Mutter darauf wirklich eine Antwort?

„Es tut mir so leid für dich, Ruby", fuhr diese mitfühlend fort, als hätte sie es bereits geahnt. „Aber so ist die Liebe manchmal: schmerzhaft."

„Das ist sie – in der Tat."

Ruby zuckte zusammen, als sie die Stimme vernahm. Sie blickte vom Boden auf, den sie die ganze Zeit über angestarrt hatte, als wäre der Weg hinaus vom Barnoon Cemetery mit Tretminen gepflastert.

Dort am Eingang, direkt an dem schmalen, aus grauem Schiefer gehauenen Tor stand ...

Noah.

Er trug einen dunkelblauen Wollmantel und eine James-Dean-Sonnenbrille, die er im selben Moment abnahm, um daraufhin seine tiefseegrünen Augen auf Ruby zu richten.

Auch ihre Eltern hatten ihn offenbar erst in derselben Sekunde bemerkt.

„Wir ... lassen euch besser allein ...", reagierte Jenny blitzschnell und zog Frank hektisch mit sich fort.

Noah musste hier auf sie gewartet haben.

„Du ... bist noch hier?", stotterte Ruby. Sie konnte ihre Verlegenheit nicht verbergen.

Er nickte.

„Es tut mir leid, was passiert ist", sagte er, während sein Blick an ihr vorbei in Richtung des frisch aufgeworfenen Grabes glitt.

„Granny ist glücklich gestorben", beeilte Ruby sich ihm zu versichern. „Mit einem Lächeln in ihrem Gesicht – sie war bei ... bei deinem Großvater."

Noah blickte sie an, als verstünde er nicht die Hälfte davon, was sie sagte.

„Nein, ich … meinte eigentlich die Sache mit Rachel", rückte er nach einer kurzen Pause mit der Wahrheit heraus.

„Was – ist mit Rachel?"

„Sie ist in New York – soweit ich weiß."

„Soweit du weißt?"

Noah stieß einen schweren Seufzer aus, als wolle er sich damit auf etwas vorbereiten, was ihm schon lange auf dem Herzen lag.

Sehr lange möglicherweise.

„Ich bin gekommen, um dir etwas zu sagen, Ruby", erklärte er. „Du erinnerst dich wahrscheinlich nicht mehr daran, aber als ich neun Jahre alt war, hatte ich einen schlimmen Autounfall … "

Ruby hatte das Gefühl, sich bei ihm entschuldigen zu müssen, kaum hatte er die Sache erwähnt. Ihm erklären zu müssen, warum sie sich nicht bei ihm gemeldet hatte – auch wenn sie nur ein Kind gewesen war.

„Ich … wusste nichts davon", sagte sie. „Ich hab' es erst vor Kurzem erfahren, Noah. Es tut mir so leid."

„Ist schon gut", erwiderte er. „An jenem Tag habe ich meine Eltern verloren und wenig später meinen Großvater. Als ich wieder halbwegs zusammengesetzt war, war meine ganze Familie tot. Ich war allein auf der Welt."

Ruby wusste nicht, wo sie hinsehen sollte. Sie *wollte* ihm in die Augen sehen – aber sie *konnte* es nicht.

Sie hatte Angst.

Angst, sich aufzulösen.

In seinen Augen. In der Geschichte, die sie miteinander teilten.

„Doch was genauso schlimm war", fuhr er fort, „war etwas, das niemand außer mir wusste. Denn am Tag unserer Abreise habe ich auch noch meine Seelenverwandte verloren."

„Deine … *Seelenverwandte*?", stotterte Ruby. Wenn er nur wüsste, was er damit sagte! Was er damit in ihr auslöste!

Er lächelte und schüttelte dann den Kopf.

„Dich", sagte er.

Hatte sie richtig gehört? Ihr Herz begann zu rasen. Sie sah, dass seine Augen auf sie geheftet waren – aber sie wagte seinen Blick nicht zu erwidern.

„Ich … weiß nicht, was …", erwiderte sie leise.

„Zumindest dachte ich es über all die Jahre, dass ich dich für immer verloren habe", erklärte er. Um dann den Ärmel seines Mantels ein wenig hochzukrempeln.

„Ich habe die Uhr gefunden, danke", erklärte er ihr, während ihr Blick auf die alte Vintage-Rolex an seinem Arm fiel. „Sie gehörte meinem Großvater. Das einzige Schmuckstück, das er je besessen hat. Nun, abgesehen von … deiner Großmutter …", schob er lächelnd hinterher, ohne zu ahnen, welche Freude er ihr damit machte. Er wusste es also auch.

Es musste ihm schon damals aufgefallen sein, als Kind.

„Das … freut mich …"

„Mich auch", erwiderte er. „Aber ich habe noch etwas anderes gefunden, dort unter dem Tisch."

Wie? *Etwas anderes gefunden?* Was – meinte er damit? Was konnte er anderes dort gefunden haben?

Eine Sekunde lang verharrte er reglos, so als wäre er sich nicht ganz sicher, ob er es wirklich aussprechen durfte. Doch dann nahm er sich ein Herz.

„*Ich Dich auch. Ruby* – sagt dir das etwas?"

Ihr wurde schwindelig.

Das – konnte unmöglich sein!

Sie *hatte* es damals nicht unter die Tischplatte geschrieben! Denn sie hatte seine Botschaft an sie nie gefunden. Nicht als Kind. Erst vor wenigen Tagen hatte sie sie doch noch beantwortet – doch nicht im realen Leben, sondern im … *Traum …*?

„All die Jahre nach dem Unfall habe ich gedacht, du magst mich nicht …", fuhr er fort, offenbar ohne zu bemerken, was seine Worte in ihr auslösten.

„Aber … wieso nur …?", wollte sie wissen.

„Weil du weggelaufen bist, Ruby! Das ist das Letzte, an das ich mich vor meiner Abreise erinnerte. Vor dem Unfall."

„Aber das … war doch nur, weil ich so überrascht war … wir waren Kinder, Noah! Du warst neun, ich war acht!", schluchzte sie.

Er nickte zustimmend.

„Ja, aber ich hatte keine Chance mehr, dich danach zu fragen. Ich konnte niemanden mehr fragen …"

Nun war sie es, die nickte, schniefend.

„Irgendetwas hat mich nach St Ives zurückgebracht", sagte er. „Rachel und ich, wir waren kurz davor zu heiraten. Und dann dieser … absolut … unnötige … Streit kurz vor Weihnachten. Sie ist nach New York geflogen, wo ihre Familie lebt und wo sie einen neuen Job antreten wollte. Und ich? Nun, ich hatte keine Familie. Aber aus irgendeinem Grund war ich nicht bereit, England ein für alle Mal hinter mir zu lassen – trotz allem, was mir hier passiert ist. Also bin ich einfach losgefahren. Und da ich nicht wusste, wohin, bin ich in Cornwall gelandet – in St Ives. Nach all der Zeit … ich … hatte einfach das Gefühl, dass ich lange genug vor meiner Vergangenheit weggelaufen bin. An dem Abend bin ich einfach nur mit meinem Surfbrett raus aufs Meer, um einen klaren Kopf zu bekommen. Dann zog der Sturm auf, ich wurde gegen die Klippen geschleudert, und alles war schwarz."

Er machte eine Pause, als wäre es zu anstrengend, noch weiterzureden. „Und dann tauchst *du* plötzlich in meinem Traum auf – und küsst mich. Und ich wache aus all dem auf."

Was um Himmels willen ging hier vor sich?

Ruby hatte das Gefühl, sich an dem kleinen Friedhofsmäuerchen abstützen zu müssen, so schwindelig war ihr. Träumte sie noch immer – oder war das hier die Realität? Das echte Leben? Es konnte unmöglich sein. Aber sie konnte sich auch schlecht in den Arm kneifen, hier und jetzt vor seinen Augen.

Noah machte einen Schritt auf sie zu.

Sie waren nur noch Zentimeter voneinander entfernt.

Ganz vorsichtig legte er seine Hand an ihre Wange. Sie fühlte sich warm und vertraut an.

„Das war kein Traum, oder?", fragte er mit einem tiefen Blick in ihre Augen.

Es war der Moment, in dem Ruby endgültig den Halt verlor.

„Nein … ", schluchzte sie. „Ich glaube nicht."

„Gilt das, was du geschrieben hast, auch heute noch?", fragte er.

„Glaub mir, es ist noch nicht so lange her, dass ich es geschrieben habe", erwiderte sie. „Es kommt mir vor, als wäre es gestern gewesen."

Im Grunde war es auch nicht viel länger her.

Er lächelte sie an, mit seinen leuchtend grünen Augen, die sie nie wirklich vergessen hatte.

„Und ich falle nicht zurück ins Koma, wenn ich dich jetzt küsse?", fragte er sie.

Ruby schüttelte vehement den Kopf.

„Und wenn, dann komme ich mit dir", versprach sie ihm, während er sie mit einem unendlich sanften Ruck an sich zog. Und dann seine Lippen auf ihre legte, so sachte und zärtlich, als wären sie aus Sternenstaub gemacht – oder sollte man sagen: *dem Stoff, aus dem die Träume sind?* – und könnten jeden Moment in sich zusammenfallen.

Sich einfach auflösen.

So wie Ruby es in dieser Sekunde in Noahs Armen tat.

„Ach ja", sagte er, als sie wieder zu Atem kamen. „Das hier hätte ich fast vergessen."

Er zog einen Umschlag aus seiner Manteltasche. „Der ist für dich – lag auf dem Küchentisch im Cottage."

Ruby nahm den Brief verwundert an sich.

Auf dem kleinen blütenweißen Briefumschlag stand in einer blumigen, geschwungenen Handschrift nur ein einziges Wort.

Ihr Name:

Ruby.

Um ein Haar blieb ihr Herz stehen, denn sie kannte diese Handschrift.

Mit zitternden Fingern öffnete sie das Kuvert und holte ein weißes Blatt Papier hervor. Es standen nur ein paar Sätze darauf.

„*Liebe Ruby*", las sie laut. Und hielt dann inne, denn ihr versagte die Stimme.

Patrick und ich genießen die Zeit unseres Lebens! Nie zuvor war ich so glücklich wie in diesem Augenblick, der mich auf ewig begleiten wird. Ich wünsche Dir, dass auch Du mit Noah das Glück findest. Nutzt Eure Zeit.

Dich ewig liebend, Deine Tilda.

Es war, als würde jemand den Boden unter Rubys Füßen wegziehen. Gott sei Dank hielt Noah sie fest in seinen Armen.

Wie – war das möglich?

Es konnte sich nur um den Brief handeln, den Tilda geschrieben hatte, als sie gemeinsam in das alte Cottage am Meer zurückgekehrt waren. Sich zurückträumend in den Sommer 1997.

Träumend, wohlgemerkt.

Aber das hier – der mit dunkelblauer Tinte beschriebene Briefbogen in ihrer Hand – war so real, wie ein Brief nur real sein konnte. Ruby kniff die Lippen zusammen.

Noahs besorgter Blick signalisierte ihr, dass auch er es bemerkt hatte.

„Hey, ist alles in Ordnung?", fragte er. „Schlechte Nachrichten?"

Doch sie schüttelte nur den Kopf, um ihren Tränen dann endgültig freien Lauf zu lassen.

„Nein, keine schlechten Nachrichten", schluchzte sie, während sie ihren Kopf sanft an Noahs Schulter bettete. „Das Gegenteil. Das glatte Gegenteil."

Sie fühlte Noahs Hand, die tröstend über ihr Haar strich. Dabei musste sie gar nicht getröstet werden – das Glück flutete sie wie eine mächtige Welle.

„*Danke für die Nachricht, Tilda. Ich liebe dich auch ...*", flüsterte sie in Gedanken. Sie wusste nun, dass ihre Großmutter zuletzt doch noch dort angekommen war, wo sie ihr Leben nicht hatte verbringen können: zu Hause.

In Patricks Armen.

Zärtlich schlang Ruby ihre Arme um Noah. Und ließ sich fallen in diesen Augenblick, der sich anfühlte, wie sich nur ein Traum anfühlt.

In der Sekunde, in der er wahr wird.

Wir alle kämpfen. Um nicht allein zu sein auf dieser Welt. Um lieben zu dürfen. Um geliebt *zu werden*.

Denn darum geht es im Leben.

Tilda hatte gekämpft.

Patrick hatte gekämpft.

Noah hatte gekämpft.

Und auch sie, Ruby, kämpfte.

So wie du – jeden Tag.

Um deinen Traum vom Leben wahr zu machen. Um deinen ganz eigenen, nur für dich bestimmten Weg zu gehen. All das ist nicht leicht, ganz bestimmt nicht. Aber die Wahrheit ist, du kannst es schaffen.

Nur eines darfst du niemals, niemals, niemals tun:
Aufgeben.

Eines wurde Ruby in dieser Sekunde endgültig klar:
Wir werden geboren.
Wir sterben.
Dazwischen jedoch sollten wir …
Blühen!
Strahlen!
Glühen!
Leben.

– ENDE –

„Only you know how
To hear me through the silence.“
Sinead O'Connor

Hund: Freundschaft, Loyalität
Lexikon der Träume

♥

Für Carlos (1999–2015)

Du hast mein Herz gestohlen, als du zu mir kamst.
Und du nimmst es dorthin mit, wo du jetzt bist.

Ich liebe dich, kleine Hupe.

MERCI

Ich danke meiner Lektorin Sarah Hielscher, Tania Krätschmar
und allen bei MIRA, die dabei geholfen haben, dass dieser
Traum wahr wird. Meinen treuen Freunden Tordis Stöckmann
und Marcus Gaida, die mit mir durch dick und dünn gehen.
Meinem Sohn Irwy für sein gutes Herz und sein süßes Pfannku-
chenlächeln. Doktor Jose Morcate dafür, dass er
mir bei dieser unmöglichen Operation freundschaftlich
assistiert hat. Roberto, Cristo und Pilar
mitsamt Familien für ihre Gastfreundschaft, die mir geholfen
hat, die Geschichte von Ruby, Noah und der Traumweberin
unter schwierigen Bedingungen zu schreiben.
Detlef Krause für seine schönen Illustrationen.
Dem fabelhaften MIX in La Pineda.
Und last but not least dir, meiner Muse – dem lebendigen
Beweis, dass wir uns nur in Engel verwandeln müssen,
um endlich im Himmel leben zu können.

Ben Bennett

Wenn Ozeane weinen

Roman

❧ ★ ☙

How inappropriate to call this planet Earth
when it is quite clearly Ocean.

Arthur C. Clarke

❧ 1 ❧

PAZIFIK

JOURNEY

❧ DER PAZIFIK ❧

Der Pazifik ist der größte und tiefste aller Ozeane.
Er bedeckt ein Drittel der gesamten Erdoberfläche –
mehr als alles Land der Erde zusammen.
Er ist fünfzehnmal so groß wie Amerika.
Und zwanzigmal so groß wie Europa.
Er enthält die Hälfte der Wasservorräte unseres Planeten.
Sechzig Prozent des weltweiten Fischbedarfs
werden aus ihm gedeckt.
Der portugiesische Seefahrer Fernando Magellan
taufte ihn auf den Namen Pazifik,
da er ihm als so viel friedlicher erschien
als der oft raue Atlantik.
Bis dahin hatte er schlicht Südsee geheißen.

Zu dem gleichmäßigen Klang der an den Strand rollenden Wellen schlich sich an jenem weit zurückliegenden Morgen des verheißungsvollen Jahres 1975 eine andere, seltsam anmutende Musik in mein Ohr. Sie schien aus dem Nebenzimmer zu kommen. Leise wehte sie zu uns herüber in die Küche, wo ich auf dem Schoß meiner Mutter saß – bereit, zusammen mit ihr das wichtigste Einstellungsgespräch seit Langem durchzustehen.

Der gläserne Bungalow der Teagardens saß, umspült vom Staub des Meeres, wie ein gigantisches Aquarium auf einer sanft geschwungenen Anhöhe in den blumenbewachsenen Dünen Montereys. Vom Pazifik, dem mächtigsten aller Ozeane, trennte ihn nichts weiter als ein schmaler Streifen safrangelben Sandes, der wie ein feiner handgewobener Läufer die Grenze zwischen Land und Wasser markierte. Die merkwürdigen Klänge, die durch die Wand drangen, lenkten meine eben noch heiteren Gedanken auf die traurige Vergangenheit des Hauses, von der ich gerade erst erfahren hatte. Es war eine perlende, dunkle Melodie, gespielt auf einem seltenen Instrument, einer Glasharmonika. Das Stück hieß *Aquarium* und stammte von Camille Saint-Saëns, einem französischen Komponisten des neunzehnten Jahrhunderts. Es war Teil seines berühmten Werks *Karneval der Tiere*, aber das wusste ich damals noch nicht. Taylor jedoch wusste es. Er war es, der im Nachbarzimmer die Platte aufgelegt hatte.

„Ich hab dich lieb, Mommy", sagte ich zu meiner Mutter, die ich eigentlich nur Claire nennen durfte, und kuschelte mich an sie, während sie kerzengerade auf ihrem Stuhl sitzend auf den Hausherrn wartete.

„Ich hab dich auch lieb, meine Kleine", erwiderte sie, und ein nervöses Lächeln umspielte ihren Mund, der mich schon so oft geküsst hatte, dass ich mittlerweile all ihre Lippenstiftsorten geschmacklich unterscheiden konnte. Ihr Gesicht war rot vor Aufregung, ich konnte die Hitze ihrer glühenden Wangen mit den kleinen Händen eines sechsjährigen Mädchens fühlen. Dann umarmte sie mich und drückte mich fest an sich, als wolle sie mich nie wieder loslassen. Doch leider blieb uns beiden nichts anderes übrig. Mit einem leisen Räuspern trat

Edward Teagarden in die Küche, ein Mann mit lilienweißen Händen und von schlanker Statur, in einen perfekt sitzenden schwarzen Anzug gegossen.

„Schön, dass Sie es einrichten konnten, Mrs Wood", sagte er zu meiner Mutter, „es würde mich mit Freude erfüllen, wenn wir in Ihnen unsere Haushälterin und Kinderfrau gefunden hätten."

Wenig später begab ich mich auf meine erste Erkundungsreise durch das riesige Haus, nahezu geräuschlos über das nach kalifornischen Zypressen duftende Parkett schwebend, nachdem Mr Teagarden und meine Mutter mich für ihre berufliche Unterredung hinausgeschickt hatten.

Bald gelangte ich an eine Tür, hinter der ich eine Stimme hörte. Neugierig spähte ich durch das Schlüsselloch.

Dahinter entdeckte ich einen Jungen mit strubbeligen Haaren – die wie kleine Antennen oder Teleskope in alle Himmelsrichtungen abstanden – und außergewöhnlich blauen Augen. Er musste etwa in meinem Alter sein.

„Ich hab dich lieb, Mommy", sagte der kleine Junge zu einem riesigen goldbraunen, einäugigen Plüschhund, der dort, wo sich eigentlich sein linkes Glasauge befinden sollte, eine schwarze Augenbinde trug. Offensichtlich hatte der Junge mich und Claire vorhin heimlich in der Küche belauscht, während er vorgegeben hatte, im Nachbarzimmer Musik zu hören.

„Ich hab dich auch lieb, mein Kleiner", erwiderte der Plüschhund mit der Stimme des kleinen Jungen, und sofort presste der kleine Junge ihn mit einem konsequenten Ruck so fest an sich, wie meine Mutter mich zuvor auf ihrem Schoß an sich gedrückt hatte. So als wolle er ihn nie wieder loslassen – in seinem ganzen Leben nicht.

„Ich hab dich sogar sehr lieb, Mommy", wiederholte der kleine Junge leise, sein plötzlich tränenfeuchtes Gesicht im seidig glänzenden Fell des Hundes verbergend. „Sehr, sehr lieb."

Das also war Taylor Teagarden. Unser Schützling, wie meine Mom es auf der Hinfahrt im Auto ausgedrückt hatte. Taylors Mutter war vor drei Tagen auf dem Friedhof an der Fremont Street beerdigt worden. Und genau deshalb waren wir an diesem frühen Vormittag hier und mussten uns die Musik von Camille Saint-Saëns anhören, während im Radio mindestens achtmal täglich Barry Manilow lief, mit unserem Lieblingslied *Mandy*. Auf dem Hinweg hatten wir beide gut gelaunt dazu mitgesungen, und nachdem wir schließlich, begrüßt von einem sanften salzigen Wind, vor dem Anwesen aus dem Wagen gestiegen waren, hatte der Song uns hinein in das Haus in den Dünen begleitet. Ein Haus, durch das die Düfte des Ozeans wehten und das uns so freundlich erschien – bis zu jenem Moment, als das Programm plötzlich wechselte und auf Schwarz umschaltete.

„Es wäre mir lieb, wenn Sie schon morgen die Gästezimmer beziehen könnten", sagte Mr Teagarden, als er uns an der Haustür verabschiedete.

„Und du, wie heißt du?", fragte er mich beim Hinausgehen.

„Ich bin Amber", erklärte ich wahrheitsgemäß. „Amber Wood."

„Amber Wood, aha …", entgegnete er mit einem leicht verwunderten Lächeln. Wahrscheinlich hatte es ihn überrascht, dass ich in einem Atemzug meinen Vor- *und* meinen Nachnamen ausgespuckt hatte. „Ein schöner Name", lobte er, aber ich merkte, dass er mit seinen Gedanken eigentlich woanders war.

„Nun, ich bin Edward Teagarden", fuhr er fort, „und meinen Sohn Taylor wirst du bald kennenlernen. Es wäre schön, wenn du dich etwas um ihn kümmern könntest." Er blickte zu Boden. „Seine Mutter ist vor Kurzem … nun, sie ist … *gestorben* …", fuhr er fort, „und Taylor braucht jetzt …"

„Eine Freundin?", versuchte ich das Ende seines Gedankens zu erraten.

„Ja, das … ist wohl richtig. Eine … Freundin", bestätigte er mit einem schwermütigen Nicken. Artig gab ich ihm zum Abschied die Hand, um einen guten Eindruck bemüht, und war dennoch mehr als überrascht, als meine Mutter plötzlich einen kleinen Knicks vor ihm machte. Schließlich war sie ein Hippie, jedenfalls sagte sie das immer. Auf dem Monterey Pop Festival hatte sie zu The Who und Jimi Hendrix getanzt und ihrer konservativen Erziehung auf immer Lebewohl gesagt. Keine zwei Jahre später, auf einer Farm in einem Kaff namens White Lake bei Bethel, hundertfünfzig Kilometer von New York entfernt, wurde ich dann gezeugt, auf einem ziemlich bekannten Musikfestival namens Woodstock, Vater unbekannt, mit hoher Wahrscheinlichkeit ebenfalls Hippie.

Und nun Edward Teagarden, der König der Fischer – Chef eines traditionsreichen Fischereiunternehmens. Dieser Mann mit seiner leisen, zurückhaltenden Art und seiner vornehmen Weise sich zu kleiden und auszudrücken, verströmte offenbar eine derart anziehende altenglische Ausstrahlung auf meine Mutter, dass sie all dem Peace- und Freie-Liebe-Kram augenblicklich Abbitte schwor und von jenem Tag an tatsächlich zu glauben schien, in Diensten eines echten Lords zu stehen. Nun: Mir war es nur recht, denn wen und was ich kurz zuvor ein paar Wände weiter durch ein Schlüsselloch gesehen hatte, war bereits drauf und dran, sich in mein Herz zu schleichen, ob ich es wollte oder nicht.

Es ist kein Wunder, dass Taylors Mutter Elena bei den Engeln ist, dachte ich, als wir am nächsten Tag das gläserne Haus in den Dünen bezogen hatten, denn auf den Bildern, die überall im Haus hingen, vor allem in dem langen Korridor, sah sie genauso aus wie einer. Ihr lockig goldenes Haar, ihr Lachen, das die ganze Welt zu umarmen schien, vor allem aber das beinahe überirdisch strahlende Licht, das durch ihre gütig glänzenden Augen strömte. Taylor blickte durch dieselben unbeschreiblichen Augen in die Welt, die bereits seine Mutter zu einer engelsgleichen Erscheinung gemacht hatten. Sie ähnelten dem klaren, leuchtenden Blau des Pazifiks im Spätsommer, wenn die Morgennebel sich endgültig aufgelöst haben, die die eigentliche Färbung des Meeres in Kalifornien nicht selten bis tief ins Jahr hinein verhüllen; es war ein Ton, den ich noch kein zweites Mal bei irgendeinem Menschen entdeckt habe, so als hätte ihn einer der großen europäischen Expressionisten in diese beiden anbetungswürdigen Gesichter gemalt.

Elena hatte das neue Haus selbst eingerichtet, ohne je darin gelebt zu haben. Es war ihr Wunsch gewesen, endlich ein eigenes Leben mit ihrer Familie zu führen und sich zumindest räumlich ein wenig von den Geschäften in der Cannery Row abzunabeln, die nach wie vor der Senior, William Teagarden, mittlerweile zweiundsiebzig Jahre alt, und ihr Mann Edward gemeinsam führten. Bis dahin hatte das Gebäude in der Geschäftsstraße als Büro und Familiensitz zugleich gedient, doch Elena fand, dass ein kleiner Junge wie Taylor Freiraum brauchte – und dass es an der Zeit war, dass auch ein großer Junge wie Edward sich langsam von seinem übermächtigen Vater abnabelte und sich sein eigenes Leben aufbaute. Sie hatte das Haus in den Dünen mit dem exquisiten Geschmack eines Mädchens eingerichtet, das in den Hamptons aufgewachsen war und namhafte italienische Designer ihre Freunde nannte.

So kühl das Haus von außen erschien, so warm wirkte es von innen. Überall Holz, an den Wänden, am Boden, dazu antike und moderne Möbel aus Frankreich, Italien und Skandinavien. Am Ende war ihr nur eine einzige Nacht in ihrem Haus vergönnt gewesen, auf das sie sich so gefreut hatte; eine einzige Nacht hatte sie in dem neuen Bett geschlafen – die Ärzte hatten sie beurlaubt, für ein letztes Mal Dunkel- und wieder Hellwerden und die Zeit dazwischen, gemeinsam mit ihrem Mann und ihrem Sohn. Am Tag darauf war sie im Krankenhaus gestorben, kaum dass sie ihre Sachen ausgepackt hatte. Sie war nach Hause gekommen, um sich zu verabschieden. Zum Abschied hatte sie ihre Jungs in den Arm genommen und sie ein letztes Mal geküsst, ihre Lippen gespürt und ihren Atem; sie hatte ihre weiche Haut auf ihrer Haut gefühlt und kleine, heimliche Tränen in den Augen ihrer Männer entdeckt. Tränen, die sie nicht hatten unterdrücken können, in dieser Nacht, die sie zu dritt verbracht hatten, einander so nah, als wären sie ganz und gar eins. Elena, Edward und Taylor, der sie fortan auf dieser Welt vertreten sollte – in ihrem vom Sand umwehten und vom Wasser umspülten Familiensitz in den Dünen, den sie schon bald von oben aus dem Himmel betrachten würde.

Seit seine Mutter nicht mehr bei ihm war, konzentrierte Taylor sich meinen ersten Beobachtungen zufolge im Wesentlichen auf zwei Dinge. Erstens: wieder und wieder die Schallplatte von Camille Saint-Saëns in die weiße Phonotruhe legen, die Plexiglashaube schließen und der Glasharmonika lauschen, die ihn an das sanfte Prasseln von Regentropfen erinnerte – wie er es einmal mit seiner Mutter an den Fenstern eines New Yorker Hotelzimmers erlebt hatte. Und zweitens: durch sein Fernrohr aufs Meer hinaussehen. Taylors kleine zartgliedrigen Hände liebten nichts mehr, als frühmorgens nachdenklich über die von der nächtlichen Gischt des Pazifiks benetzte Haut seines liebsten Spielzeugs zu fahren. Solange er zurückdenken konnte, verfügte er über ein drittes Auge aus Glas und Stahl. Er musste sich nur auf die Zehenspitzen stellen, um Dinge zu sehen, die weit außerhalb seiner

Vorstellungskraft lagen. Mit ihrem Umzug in das neue Haus in den Dünen war das von Rost und Regen rotgrün angelaufene Fernrohr seines Großvaters endlich in seinen Besitz übergegangen. Das gusseiserne Monstrum hatte sich zuvor über viele Jahre, Wind und Wetter trotzend, keinen Zentimeter von seinem angestammten Platz auf der Terrasse des Salz und Fischtank atmenden Familiensitzes in der Cannery Row entfernt, obwohl niemand außer Taylor es noch benutzte. Nun war es endlich dort, wo es hingehörte: auf der mit breiten Planken ausgelegten, schiffsähnlichen Reling vor seinem Zimmer in ihrem neuen Zuhause am Strand von Monterey.

Die ersten drei Tage sprach Taylor kein Wort mit mir und meiner Mutter. Er behandelte uns wie die Luft vor seinem Fernrohr – er sah durch uns hindurch, so eifrig wir auch um seine Aufmerksamkeit buhlten. Er verhielt sich freundlich, aber kühl; er ließ uns spüren, dass wir nicht qualifiziert waren, ihn zu trösten. Dass wir nicht zu seiner Familie gehörten. Berührungen duldete er nicht. Ich malte ihm aufmunternde Bilder und schob sie unter seiner Tür hindurch. Keine Reaktion. Meine Mutter kochte ihm Gerichte, für die ich gestorben wäre, so gut waren sie – und am Ende aß ich einen Großteil seiner Portion mit, was meinen Neigungen leider entgegenkam. In meinem ersten Schuljahr an der Elementary nannten sie mich *Dumbo*, nach irgend so einem blöden Elefanten. Danke, Taylor. Das war deinetwegen.

Aber auch mit seinem Vater kommunizierte er nur sporadisch. Allein mit seinem Plüschhund – Mister Wau – unterhielt er sich angeregt, nicht nur abends vor dem Schlafengehen, sondern auch tagsüber und mitten in der Nacht. Ich hörte es, weil ich Wand an Wand mit ihm schlief – im Nachbarzimmer. Offenbar war Mister Wau der einzige Freund, mit dem er seinen Schmerz teilen konnte. So wie ich es damals sah, als kleines Mädchen, das soeben in eine fremde Umgebung gekommen war, war Edward Teagarden ein überaus netter, zuvorkommender Mann. Ein Mann, der seinen eigenen Schmerz über den Verlust seiner großen Liebe tagsüber hinter einer immer freundlichen Fassade verbarg und ihn nachts vor dem Kamin in feinstem Whiskey ertränkte, gepflegt, still und leise, ohne jemals die geringste Spur von Schwäche zu zeigen. Möglicherweise wollte er William, seinem aus Stahl gemachten Vater, etwas beweisen. Geboren und aufgewachsen in Kalifornien, war Edward der Prototyp des feinen Engländers –

während William, der Selfmademillionär im Fischereibusiness und der eigentliche König der Fischer, geboren in einem Armenviertel von Liverpool und Anfang der dreißiger Jahre nach Monterey ausgewandert, ein in England geborener waschechter Amerikaner war. Und darüber hinaus ein Mensch, der meiner ersten Einschätzung nach mit Gefühlen wenig am Hut hatte und dem nicht wirklich etwas unter die Haut zu gehen schien. Vielleicht war es früher anders gewesen. Seine eigene Frau war ebenfalls früh gestorben, und nun schien sich dieselbe Geschichte bei seinem Sohn nach exakt demselben Muster zu wiederholen – so als wäre die ganze verdammte Familie verflucht, wie er es einmal ausgedrückt hatte. Über die sporadisch aus ihm herauspolternden Flüche hinaus schwieg William zu allem. Und Edward tat es ihm nach. Es fiel ihm schwer, Taylor einfach nur in den Arm zu nehmen, obwohl sein Sohn genau das gebraucht hätte. Er war kaum älter als ich selbst, bald würde er sieben werden, und hatte keine Mutter mehr. Beide, Edward und Taylor, hatten das verloren, was sie am meisten liebten in ihrem Leben. Doch sie konnten nicht gemeinsam weinen. Sie mussten es allein tun. Jeder für sich. Hinter den geschlossenen Türen ihrer Schlafzimmer, hilflos taumelnd im Dunkel einer Nacht ohne die Hoffnung eines Morgens, der sie erlösen würde.

Taylor weigerte sich, seine Mutter auf dem Friedhof zu besuchen. Seiner Meinung nach war sie nicht dort, und deshalb wollte auch er nicht an diesen trostlosen Ort, der ihn unglücklich machte. Der ihn erschreckte wie ein Irrlicht, das nachts durch sein Zimmer huschte, sich an ihn schmiegte, kalt und böse, während er vergeblich versuchte, aus diesem Albtraum aufzuwachen.

Das erste Mal, dass Taylor sich entschloss, seine kleine Stimme zu uns zu erheben, war an einem Morgen drei Tage später. Wir saßen alle zusammen am Frühstückstisch, auch William war anwesend.

„Heute Nacht war Mommy bei mir", verkündete Taylor, wobei er von seinen Cornflakes aufsah, die er noch nicht angerührt hatte.

Edward räusperte sich und setzte seine Teetasse ab.

„Taylor, du … weißt, dass Mommy nicht mehr hier ist, sondern im Himmel."

„Aber sie war bei mir. Ich bin aufgewacht, und da saß sie an meinem Bett."

Claire und ich schauten uns betreten an, und das Schweigen kam mir noch stiller vor als in den vergangenen Tagen, als einfach niemand etwas gesagt hatte.

„Taylor …“

„Sie hat gesagt, dass es ihr gut geht da oben bei den Engeln.“

Hilflos blickte Edward Teagarden zuerst seinen Sohn an und dann meine Mutter – es war fast ein Flehen, ihm zu Hilfe zu kommen. Normalerweise war Elena für diese emotionalen Dinge zuständig gewesen, doch nun? Wer war nun zuständig?

„Nein wirklich! Es geht ihr gut!“, wiederholte Taylor, diesmal deutlich lauter und fast ein wenig zornig. Dann seufzte er und zog mit seinem Löffel Kreise in dem weißen See aus Milch und Cornflakes, der vor ihm auf dem Tisch stand. In der Hoffnung, ihn auf diese Weise ein wenig beruhigen zu können, strich ich vorsichtig mit meinen Fingern über seinen Handrücken. Sofort stieß er meine Hand zurück, vielleicht weil sie sich unangenehm feucht anfühlte oder weil ihm meine dicken Finger nicht gefielen – es war nur eine kleine, kaum merkliche Bewegung, aber sie tat mir trotzdem weh.

Um uns alle auf andere Gedanken zu bringen, schlug ausgerechnet William, der wortkarge und für gewöhnlich eher an geschäftlichen als an familiären Aktivitäten interessierte Senior, vor, am Sonntag einen Ausflug mit dem familieneigenen Motorboot zu unternehmen, das im Hafen vor Monterey lag und in den vergangenen Jahren kaum genutzt worden war.

Ein Picknick auf dem Meer.

Mein Herz hüpfte vor Erwartung und Vorfreude.

Uns stand ein Tag bevor, an dem wir nicht eine einzige Wolke am Himmel sichten sollten. Das Gute an den Wintern in Kalifornien ist, pflegte meine Mutter Claire zu sagen, dass sie sich kaum von den Sommern unterscheiden. Sie war Kalifornierin mit Leib und Seele, während ich eher der blasse, bücherverschlingende Stubenhocker war, den man sich in einer der eisgrauen Städte an der Ostküste vorstellen würde.

„Die Sonne wird dir guttun“, sagte meine Mutter, als sie in der Küche den Proviant zusammenpackte. „Ein wenig Bräune, und niemand wird mehr auf die Idee kommen, du würdest in der Sowjetunion leben.“

Claire war Hippie, aber keine Kommunistin. Die Idee, dass alle gleich sein sollten, leuchtete ihr nicht ein. Trotzdem wollte sie um jeden Preis den Weltfrieden. Sie war manchmal unlogisch, das hatte ich schon früh akzeptiert, aber wahrscheinlich mochte ich sie gerade deshalb so gern. Sie war eine liebenswerte Chaotin. Und sie sah gut aus, braun gebrannt, hübsch – und vor allem schlank. Im Gegensatz zu mir. Offenbar war mein Vater gentechnisch gesehen nicht der große Bringer gewesen, aber vielleicht konnte er dafür gut Gitarre spielen.

Als wir losfuhren, war es gegen Mittag. Wir hatten direkt nach der Kirche, mit deren Besuch sich an diesem Morgen sogar Taylor einverstanden erklärt hatte, einen Zwischenstopp bei dem Haus in den Dünen eingelegt, um uns leichte Sachen anzuziehen. William Teagarden, das Familienoberhaupt persönlich, saß am riesigen, spindeldürren Steuer seines metallisch blau schimmernden Chevrolet Caprice, einer eleganten, lang gestreckten Limousine. Für sein Alter war er erstaunlich rüstig. Wahrscheinlich lag es daran, dass er sich nie in den Ruhestand verabschiedet hatte und noch heute zusammen mit seinem Sohn die Geschäfte des Teagarden-Imperiums so souverän lenkte wie an diesem in schönstem Blau erstrahlenden Sonntag seinen Chevy. Edward hatte auf dem Beifahrersitz Platz genommen. Er sah irgendwie anders aus als sonst – in seinem lockeren weißen Leinenhemd und ohne die rechteckige Brille, die er für gewöhnlich trug und die ihn wie einen Chefbuchhalter aussehen ließ. Unterschiedlicher als dieses Vater-Sohn-Gespann konnte man wahrscheinlich gar nicht sein, aber vielleicht machte genau das ihren Erfolg aus. Auf der einen Seite William, der alte Haudegen und Pionier, der unter den Ersten gewesen war, die ihre Netze nach dem großen Geld auswarfen, genau rechtzeitig zum Fischereiboom aus Good Old England eingetroffen – angefangen mit einem winzigen Bötchen, aus dem er mit der Kraft seiner Hände und einer gehörigen Portion Mumm und Abenteuerlust eine ganze Flotte mit einem Verarbeitungsbetrieb in der Cannery Row gemacht hatte. Auf der anderen Seite Edward, sein Sohn, der sich lieber voll und ganz auf seinen Verstand konzentrierte und der Ende der sechziger Jahre, als der Pazifik vor Monterey endgültig leer gefischt war und meine Mutter singend und tanzend am Weltfrieden und an meiner Zeugung gearbeitet hatte, aus Harvard zurückgekehrt war –

um als Juniorpartner das Geschäft erfolgreich auf internationale Beine zu stellen, mit Firmenbeteiligungen in Japan, Australien und Europa. Sie wurden zwar beide *König der Fischer* genannt, aber treffend war diese Bezeichnung eigentlich nur für den Alten. Andererseits konnte man Edward ja schlecht *Sohn des Königs der Fischer* oder *Buchhalter des Königs der Fischer* rufen.

Taylor saß zwischen uns auf der Rückbank, flankiert von meiner Mutter und mir. Ich fragte mich, wie man ihn wohl eines Tages nennen würde. *Sohn des Buchhalters des Königs der Fischer?* Oder genau wie William und Edward in alter Familientradition ebenfalls einfach *König der Fischer?* Im Gegensatz zu seinem Vater und Großvater strahlte Taylor noch etwas anderes aus, über das diese beiden in eher geringem Maße zu verfügen schienen: Wärme. Wahrscheinlich hatte er diese Eigenschaft von Elena geerbt.

Mit seinen knochigen Fingern fummelte William am Autoradio herum, um einen guten Sender zu finden. Auf seiner Suche streifte er plötzlich *Mandy*, unser Lieblingslied. Und schwups, da war er auch schon weiter. Doch er hielt inne. Drehte zurück. Und da war es wieder. Nach einer kurzen Feinjustierung war auch das begleitende Rauschen verschwunden.

„Gibt's nicht was anderes im Radio?", fragte Edward, wie immer nach Ernsthaftem und dem in Violinengesang gekleideten Schmerz vergangener Jahrhunderte dürstend.

„Also mir gefällt der Song", knurrte William und starrte weiter grimmig auf die vor uns liegende Straße, die in den Hafen führte.

„Mir gefällt er auch!", rief ich, denn es war ja unser Familiensong – wenn man eine Mutter und ihre sechsjährige Tochter schon als Familie bezeichnen konnte. Claire lächelte zu mir herüber.

Für einen kurzen Moment trafen sich meine und Taylors Augen im Rückspiegel. Es sah aus, als würde er mich anlächeln, wenn auch nur für eine Sekunde. Mein Herz blieb fast stehen.

„Mir gefällt der Song auch", pflichtete er mir bei.

„Na prima!", bellte William, dessen Laune sich mit Taylors Wortmeldung schlagartig aufzuhellen schien, zu seinem Sohn auf dem Beifahrersitz hinüber. „Damit bist du überstimmt, Miesepeter."

Nun mussten wir alle lachen, nur Edward schüttelte genervt den Kopf.

Der Pazifik vor Monterey mit seiner tiefblauen, von einer seidig schimmernden Haut überzogenen Oberfläche, bevölkert von schlingernden Seepflanzen, wirkte so lebendig und fruchtbar – so als wäre er ein eigener, riesiger Organismus. Uns wehte eine frische Brise vom offenen Meer entgegen, als wir das gemütlich im Wasser schaukelnde, bauchige weiße Holzboot bestiegen, das eher einem Fischkutter glich als einer privaten Motoryacht. Es maß ungefähr fünfzehn Meter, mit einer schlicht gehaltenen Kajüte im vorderen Teil und einem runden, in den Bodenplanken verschraubten weißen Kunststofftisch mit zwei einander gegenüberliegenden gepolsterten Bänken im hinteren Bereich, einer auf jeder Seite des Schiffs. Als wir abgelegt hatten, hatte das Schweigen wieder eingesetzt. Zuvor waren vielleicht acht oder neun Worte gefallen, allesamt technische Instruktionen für uns Passagiere. Langsam tuckerte William, der das Steuer übernommen hatte, aus dem Hafen und hielt sich danach nah an der Küste, Kurs nehmend auf den Leuchtturm bei Point Lobos.

„Möchte jemand etwas essen?", versuchte meine Mutter die unangenehme Stille auf dem von einem kühlen Wind umwehten Boot für einen Moment zu durchbrechen. Mit übertriebener Hast öffnete sie den Picknickkorb aus hellem Bast, der vor ihren nackten Füßen auf dem Deck stand.

„Ich hab einen Mordshunger", rief William erfreut. Claire reichte ihm ein Sandwich. Edward verneinte dankend und versuchte stattdessen, Blickkontakt mit Taylor aufzunehmen, der neben mir auf der gegenüberliegenden Seite saß. Von Claire wusste ich bereits, dass Edward seine Mutter ebenfalls als kleiner Junge verloren hatte, nur wenige Jahre nach seiner Geburt. Sie war Amerikanerin gewesen. Sally. Meine Mutter hatte beim Saubermachen ein Foto von ihr in seiner Nachttischschublade gefunden – obwohl ich mich schon wunderte, warum sie *in* der Schublade sauber machte. Aber mit sechs kennt man eben noch nicht alle Veranlagungen des eigenen Geschlechts, das kommt erst später, nach und nach, wenn man von einem kleinen zu einem großen Mädchen und schließlich zu einer Frau wird.

Einen Moment lang stellte ich mir Claire und Edward, die nebeneinander auf der Bank saßen, beide ganz in Weiß gekleidet und sorgsam darauf bedacht, einander nicht anzusehen, als Paar vor. Sie war einunddreißig, er mochte ungefähr zehn Jahre älter sein – das passte.

Taylor und ich wären dann mit einem Mal Geschwister, eine Idee, mit der ich mich hätte anfreunden können. Doch Edward als Vater? Ich war mir nicht sicher, ob er mir mit seiner depressiven Art zu sehr zusetzen würde. Obwohl ich zugeben muss, dass ich ihm nicht ganz unähnlich war, gelegentlich jedenfalls. Ich hatte immer davon geträumt, einen richtigen Vater zu haben – ohne wirklich beurteilen zu können, wie es war, *zwei* Elternteile zu haben. Denn einen solchen Zustand hatte ich niemals in meinem Leben kennenlernen dürfen. Bei unserem Einzug in das Haus der Teagardens hatte ich Claire gefragt, warum ich eigentlich keinen Vater hatte.

„Schatz", hatte sie geantwortet. „Du … weißt doch, was ein Puzzle ist?"

Ich hatte genickt, natürlich wusste ich, was ein Puzzle war. Jedes Baby wusste, was ein Puzzle war, und ich war schon sechs.

„Nun, eine Familie ist auch eine Art Puzzle."

Ich hatte den Kopf fragend zur Seite geneigt, denn dieser Vergleich wiederum wollte mir zunächst nicht einleuchten.

„Eigentlich wünscht sich jeder, dass sein Puzzle eines Tages vollständig ist und ein richtig schönes, heiles Bild ergibt. Doch in den meisten Familien gibt es eben ein oder zwei Puzzleteile, die partout nicht in dieses Bild passen wollen. Verstehst du? Teile, die versehentlich in der Schachtel gelandet sind und eigentlich zu einem ganz anderen Bild gehören."

„Okay", hatte ich geantwortet und mich nachdenklich an der Stirn gekratzt. „Und … wie war es bei euch? Bei dir und meinem Dad, dem Mann von dem Musikfestival?", hatte ich die Idee zu Ende gesponnen. „Hat er nicht in dein Puzzle gepasst oder du nicht in seins?"

Darauf hatte meine Mutter keine Antwort parat gehabt.

Sie hatte geseufzt und mir dann zärtlich mit der Hand übers Haar gestrichen – ihrer kleinen Tochter, die schon so früh anfing, schwierige Fragen zu stellen. Meine Gedanken flogen rüber zu Edward, der auf der gegenüberliegenden Bank saß und sorgenvoll in den Himmel hinauf zu der uns eskortierenden weißen Wolke aus schreienden Möwen blickte, die anscheinend darauf warteten, dass wir die Netze auswarfen. Im Nachhinein habe ich mich oft gefragt, wie er sich wohl gefühlt haben musste, an jenem Tag auf dem Meer, auf seinem bescheidenen Plätzchen in dem Boot, das von seinem übermächtigen Vater aufs Meer hinausgesteuert wurde. Wie er wohl sein Leben betrachten würde, wenn er, wie es sich für einen Chefbuchhalter gehörte, Bilanz zöge. Was bliebe unter dem Strich, wie sah *sein* Puzzle aus? Seine eigene Mutter war ihm genommen worden, als er noch ein kleines Kind war. Sein Vater war im Alter von zweiundsiebzig Jahren noch immer sein Vorgesetzter – in einem Familienunternehmen, das er, Edward, bereits als junger Mann mit seinen intellektuellen Fähigkeiten von einem Handwerksbetrieb in ein Industrieunternehmen verwandelt hatte, ohne jemals Anerkennung dafür einzustreichen in einer Familie, in der nicht unnötig viel Aufhebens um das Leben gemacht wurde und Gefühle eine rare Währung waren.

Und nun hatte er auch noch seine über alles geliebte Frau verloren. Das Einzige, was ihm im vom Wind des Schicksals verwehten Puzzle seines Lebens blieb, war sein Sohn. Taylor.

Sein Sohn, für den er bis vor Elenas Tod eine weit entfernte Nummer zwei gewesen war, ein Mann im Nebel, mit dem man dreimal am Tag pünktlich die Mahlzeiten einzunehmen hatte. Ein Geschäftsmann mit Krawatte und rechteckiger Brille, der als Vater wahrscheinlich nicht viel besser war als William – nur auf eine völlig andere Art. Er war weicher, aber deshalb nicht weniger unterkühlt, was den Umgang mit seinem Sohn betraf. Und ich glaube sogar, er wusste und bedauerte es im selben Augenblick, als wir mit dem Boot den schwarz-weiß gestreiften Leuchtturm bei Point Lobos ansteuerten – unfähig, auch nur das Geringste dagegen unternehmen zu können. Jedenfalls ließ es sein Gesichtsausdruck erahnen.

Taylor bemerkte nicht, dass sein Vater versuchte, mit ihm Blickkontakt aufzunehmen; er schaute gedankenverloren hinaus auf die blauen Wellen, sah verträumt der weißen Gischt hinterher, dem Staub des Meeres, den der Bootsmotor aufwirbelte. Ich erinnere mich an das Bild, als hätte ich es erst gestern mit meinen hungrig umherschweifenden Augen gesehen: Er trug ein taubenblaues T-Shirt, das im Wind flatterte, indigoblaue Sommerjeans und nachtblaue Indianer-Mokassins an seinen nackten, sonnengebräunten Füßen. Taylor war monochrom. Auch später, in all den Jahren, die noch folgen sollten, habe ich ihn nur selten eine andere Farbe tragen sehen als Blau. Es harmonierte auf eine äußerst spektakuläre Weise mit seinen unwiderstehlich strahlenden Augen.

Langsam und behäbig wie ein des Lebens müder Greis pflügte unser Boot durch die schwach an die Bordwand brandenden Wellen. Der Seegang an diesem Tag war so schwach, dass nicht einmal meine Mutter über Übelkeit klagte, die trotz ihrer Abenteuerlust und unstillbaren Begeisterungsfähigkeit für Dinge, die ihr nicht bekamen, für gewöhnlich die Erste war, die seekrank wurde. Wir waren nicht weiter als ein paar Hundert Meter von der Küste entfernt, als William am Ruder plötzlich aufschrie.

„Delfine!"

Tatsächlich. Jetzt sahen wir sie auch. Es waren zwei Pärchen, nein, drei, nein mehr. Insgesamt acht oder neun Delfine schwammen mit unserem Schiff. Sie waren beinahe zum Greifen nahe, nicht mehr als drei oder vier Meter von unseren an den Bordwänden verlaufenden Bänken entfernt. Sie pflügten übermütig rechts und links von uns durch das Meer und sprangen voller Lebensfreude in eleganten Bögen aus dem kühlen Nass. Wir alle waren wie gebannt, starrten fasziniert hinüber zu diesen fantastischen Geschöpfen, die keine Seltenheit waren hier draußen in der kalifornischen See, aber denen dennoch vor allem wir Kinder selten so nah gekommen waren wie in diesem Augenblick. Die angespannte Stimmung schien sich mit einem Mal aufzulösen, es war, als könne man das erleichterte Aufatmen der nach der sonntäglichen Messe aufgebrochenen Trauergemeinde an Bord, zusammengeschweißt durch ein eisernes Schicksal durch den zu frühen Tod eines geliebten Menschen, förmlich hören; als würden endlich die Tränen über die Gesichter fließen, die von allen seit vielen Tagen so mühsam zurückgehalten wurden. Aufatmen und Erleichterung, das war es, was in jenem Moment an Bord zu spüren war. Ich wandte meinen Blick von den Delfinen ab und schaute zu Taylor, um zu sehen, ob er dasselbe spürte.

Mein Blick gefror. Wo … wo … war Taylor?

Es war, als hätte mir urplötzlich und aus heiterem Himmel irgendjemand einen Schlagstock über den Kopf gezogen. Das, was ich nun am lautesten wahrnahm, war das rasende Pochen meines eigenen Herzens. Ich war stumm und unfähig, ein Wort herauszubringen. Sämtliche Geräusche, das befreite Lachen an Bord, all das war mit einem Mal in einen fernen, gedämpften Hintergrund gerückt. Ich wollte aufspringen, doch meine Beine schienen wie in Zement gegossen. In diesem

Moment sah ich die weit aufgerissenen Augen meiner Mutter; auch sie schien zu begreifen. Wie benommen registrierte ich, wie William das Boot stoppte. Wie sein Gesicht einfror. Wie Edward in nicht mehr als zwei oder drei Sekunden sein weißes Sommerhemd über den Kopf zog, seine Segelschuhe abstreifte und mit einem beherzten Sprung ins Wasser hechtete; wie meine Mutter, gepackt von eisigem Entsetzen, aufsprang und zu mir herübereilte, um meinen kleinen Körper fest an sich zu pressen. Wir bohrten unseren Blick in das meterweit durchsichtige Wasser unter uns: Etwas sank dort unbeweglich wie ein Stein in die Tiefe, gefolgt von den verzweifelt dem Sog des Meeresgrunds nacheilenden schneeweißen Armen Edward Teagardens, der entgegen meinen Erwartungen ein überaus geübter Schwimmer zu sein schien. Anders als sein Sohn. Bei uns in Monterey, ein Ort halb Land, halb Meer, waren nicht mehr als ein bis zwei Prozent aller sechsjährigen Jungs Nichtschwimmer.

Taylor war einer von ihnen.

Es vergingen Ewigkeiten – ich weiß nicht, wie viele Minuten ein Mensch die Luft anhalten kann –, bis Edward wieder auftauchte. Doch so weit ich meine Augen aufriss, ich konnte Taylor nicht bei ihm entdecken. Er war nicht in seinen Armen. Meine Mutter fing an, leise zu wimmern.

„Gott im Himmel steh uns bei …", betete William, der in diesen Minuten als Kapitän gezwungen war, bei uns an Bord zu bleiben, da das Schiff sonst abtreiben würde. Ich konnte ihm ansehen, dass er es kaum aushielt, nicht selbst im Wasser zu sein, um die Sache in die Hand zu nehmen und nach Taylor zu tauchen. Vermutlich wäre er dazu gar nicht in der Lage gewesen. Er war rüstig, aber genau wie sein Boot nicht mehr jung genug, um Höchstleistungen zu vollbringen. Schwer keuchend tauchte Edward erneut hinab in die Tiefe, während William über das Funkgerät den Notruf verständigte. Ich hörte, wie er schrie, dass sie einen Helikopter schicken sollen, und zwar jetzt sofort. Er war der König der Fischer, und wenn jemandem mit aller Macht und allen Möglichkeiten geholfen würde, dann ganz bestimmt ihm – das zumindest war meine Hoffnung, während ich steif und klamm vor Angst auf den Platz neben mir starrte, auf dem kurz zuvor noch Taylor gesessen und sich dem Horizont entgegengeträumt hatte. Dort, wo das Meer in den Himmel überging, jenem Ort, der erst mit dem Tod seiner Mutter in das Zentrum seiner Aufmerksamkeit gerückt war.

Plötzlich, wie eine göttliche Eingebung, vernahm ich meine innere Stimme. Sie wehte von der anderen Seite des Boots zu mir herüber. „Nicht hier", flüsterte sie mir ins Ohr. „Auf der anderen Seite." Mit einem Mal verstand ich. William, Claire und ich befanden uns dort, wo Taylor und ich gesessen hatten und wo er verschwunden war. Dort, wo Edward nach ihm tauchte. Doch was, wenn er auf der gegenüberliegenden Seite auftauchen sollte?

„Er ist auf der anderen Seite, Mommy!", schrie ich aus Leibeskräften.

Wie ferngesteuert folgte meine Mutter meinem Marschbefehl und hechtete mit mir in ihren Armen dorthin, wo nichts weiter war als eine leere Bank, auf der sie vor einer kleinen Ewigkeit noch neben Edward gesessen hatte, beide peinlichst darauf bedacht, einander möglichst nicht zu nahe zu kommen.

Noch bevor ich über die Bordwand blickte, hörte ich bereits sein nasses Husten; sein Schnappen nach Luft. Doch was war das? Da war ein Mädchen bei ihm. Mitten im Pazifik. Ein kleines Mädchen, das nicht älter sein mochte als er und ich. Ihr kupferfarbenes Haar floss in tausend winzigen, von Muscheln aller Art bewohnten Löckchen über ihren nackten, von Salz benetzten Oberkörper; für den Bruchteil einer Sekunde kreuzten sich unsere Blicke. Mit aller Kraft, die ein kleines Mädchen aufbringen konnte, schob sie Taylor, den nur sie, es gab keine andere Erklärung, aus der Tiefe des Meeres gefischt haben konnte, an den Rand unseres Bootes, sodass seine zitternden Hände die Bordwand greifen konnten. Seine Augen waren geschlossen, er hustete und hustete, während seine Finger nach Halt suchten. Ich griff nach ihnen und sah im selben Moment, wie das Mädchen abtauchte; ihren Unterleib, der für einen Augenblick nur Zentimeter unter der fast stillen Haut des Meeres zu uns heraufschimmerte und der, wie ich mir einzubilden glaubte, silbern glänzte, so wie der metallische Flügelschlag einer Libelle im Wasser. Mit ihr tauchten auch die Delfine ab, die uns die ganze Zeit begleitet hatten.

„Mommy? Was ..."

Ich blickte Claire an, die entsetzt auf das Wasser starrte.

Auf einmal nahm ich einen Schatten hinter mir wahr. Ich drehte mich um: Es war William. Seine weit aufgerissenen Augen verrieten mir, dass er genau das gesehen hatte, was auch wir gesehen hatten. Mit einem kräftigen Ruck zog er Taylor an Bord, während sich auf der anderen Seite Edward ins Boot hievte, doch sein Blick war weiterhin stur auf das Wasser gerichtet. Möglicherweise hatte William mehr gesehen als ich – auf jeden Fall schien es mehr zu sein, als er in seiner gesamten Laufbahn als Fischer zu Gesicht bekommen hatte, so verstört schien er. Edward taumelte auf Taylor zu, selbst kaum weniger erschöpft von seinen verzweifelten Tauchgängen, er schrie ihn fast an, wie das passieren konnte, während meine Mutter Taylor das nasse Shirt über den Kopf zog und daraufhin ohne Unterlass auf seinen kleinen goldbraunen, von unzähligen Wasserperlen bedeckten Rücken klopfte, damit er das Meer aus seinen Lungen husten konnte.

William betrachtete all das wie ein stummer Besucher. Die ganze Rückfahrt über sprach er kein Wort, während wir uns um Taylor kümmerten, dem es schon bald besser zu gehen schien.

„Was, um Himmels willen, war das?", fragte Edward seinen Vater. Offenbar hatte auch er etwas gesehen, unter Wasser.

Doch William tat, als hätte er die Frage seines Sohns überhört.

Claire schloss sich ihm stillschweigend an. Und ich? Gedanken und Bilder verknoteten sich in meinem Kopf wie ein wirres Knäuel aus Seetang, das keinen Anfang und kein Ende hatte und erst geordnet werden wollte, bis man den Faden weiterspinnen konnte. Eines jedoch stand für mich im selben Augenblick fest: Die Delfine hatten nicht uns eskortiert, sondern das kleine Mädchen. Wo immer es herkam. Wo immer es hinwollte.

Wer immer es war.

Taylor sprach den ganzen Rückweg über kein Wort. Sein Großvater schloss sich ihm solidarisch an, während Edward sich, auf dem Beifahrersitz aufgeregt mit den Händen fuchtelnd, darüber ausließ, wie böse die Sache hätte ausgehen können, und wieder und wieder die Frage stellte, wie Taylor einfach so über Bord hatte gehen können und warum er bis heute nicht wie alle anderen kleinen Jungs in Monterey schwimmen gelernt hatte.

Ich persönlich denke, Taylor hatte etwas im Wasser gesehen – möglicherweise *sie* – und sich dabei zu weit über die Bordkante gelehnt, wodurch er den Halt verloren hatte und kopfüber ins Meer geplumpst war. Ich selbst war so sehr mit den Delfinen beschäftigt gewesen, dass ich es erst bemerkte, als es zu spät war. Denn auch ein oder zwei Sekunden können zu spät sein. Alles war unfassbar schnell gegangen, von einem Moment auf den anderen.

Taylor indes schien nicht gewillt, zu diesem Zeitpunkt irgendwelche Aussagen über die ganze Sache zu machen, sondern hüllte sich, hin und wieder leise vor sich hin hustend, in andächtiges Schweigen und in die warme senffarbene Wolldecke, die William im Kofferraum seines Chevy gefunden hatte. Zu Hause angekommen, wurde Taylor von meiner Mutter ohne weiteren Zwischenstopp in sein Bett verfrachtet, zusammen mit einer heißen Wärmflasche, fest verschnürt wie ein menschliches Paket, hineingezwängt in wärmende Stoffe verschiedenster Machart und Bestimmung, so als gelte es, eine Nacht in der Antarktis zu überstehen.

Wenig später klingelte es an der Haustür.

Es war Bob Zelman – Doc Bob, wie ihn seine Patienten nannten, der Hausarzt der Teagardens. Nach eingehender Untersuchung verordnete er seinem Patienten strenge Bettruhe für den Rest dieses auf so ungewöhnliche Weise gescheiterten Ausflugssonntags. Die Gefahr einer Lungenentzündung sei noch nicht gebannt. Bis auf Weiteres setzte er Taylor auf den Status *Unter Beobachtung*, bevor er sich zurück in seine verdiente Sonntagsruhe begab, mit dem Hinweis, ihn sofort anzurufen, sollte sich Taylors Zustand signifikant verschlechtern.

Die nächste Überraschung kam noch am selben Abend.

„Kann Amber heute bei mir schlafen?", fragte Taylor seinen Vater, als die hereinbrechende Dunkelheit sich wie eine Decke aus nachtblauer Farbe über Monterey gelegt hatte und für die jüngeren Familienmitglieder die Zeit gekommen war, ins Bett zu gehen.

Edward Teagarden, der eine Weile still am Bett seines Sohns gesessen und meiner Mutter beim Fiebermessen zugesehen hatte, nickte Claire zu.

„Wenn es für Sie in Ordnung ist …", sagte er und blickte sie fragend an.

„Natürlich", entgegnete meine Mutter. „Seine Temperatur ist nur leicht erhöht, kein Grund zur Besorgnis, denke ich."

Sie tat, als sei sie ausgebildete Krankenschwester, wahrscheinlich um Edward zu beeindrucken, mutmaßte ich. Wenn es so war, funktionierte es. Er jedenfalls nickte ihr dankbar zu.

„Und du", fragte sie mich, „ist es für dich auch in Ordnung?" Sie tat so, als ahne sie nicht im Geringsten, dass ich mir nichts sehnlicher wünschte, als mit Taylor befreundet zu sein. Im selben Zimmer zu schlafen wie er wäre definitiv ein entscheidender Schritt in diese Richtung.

„Ja, geht klar", sagte ich und gab mich unbeteiligt, obwohl ich wusste, dass meine Augen dann immer wässrig wurden und meine Wangen rot. Doch diesmal taten alle, als würden sie es nicht wahrnehmen. Offenbar sollte es so sein. Taylor Teagarden und Amber Wood, Freunde für immer. Während Edward mein Bett über den knarrenden Holzboden des Korridors aus meinem Zimmer in das von Taylor schob, malte ich mir aus, wie sich unser gemeinsames Leben entwickeln würde. Ich sah ein Bild von einem Regenbogen und uns beide darunter auf einer verwitterten Holzbank auf einer weiten grünen Pferdekoppel, übersät von bunten Sommerblumen.

Als das Licht ausgeknipst war und nur noch ein schwacher gelber Balken unter der Tür zu uns hereinkroch, hörte ich Taylors Stimme.

„Schläfst du schon?"

„Nein."

„Gut."

„Möchtest du darüber reden?"

Ich hatte diesen Satz bei meiner Mutter aufgeschnappt. Sie sagte ihn immer zu einer Freundin, die uns hin und wieder in unserer kleinen Wohnung besucht hatte, als wir noch im Zentrum wohnten. Sie weinte immerzu und hatte eine Menge Probleme.

„Das Mädchen", sagte Taylor, dessen Bett sich auf der anderen Seite des Raums befand, ein paar Meter von mir entfernt, sodass ich zwar ihn im Halbdunkel sehen konnte, nicht aber seine Augen. „… ich glaube, sie lebt unter Wasser."

Ich wusste nicht, was ich darauf antworten sollte.

„Sie war auf einmal ganz nah bei mir am Boot, sie ist mit den Delfinen geschwommen. Und sie hat mir zugewunken."

„Unter Wasser?"

„Ja."

„Und dann bist du reingefallen?"

„Ja."

„Hm …"

„Sie konnte unter Wasser atmen. Und sie … hatte …"

„… keine Beine?", ergänzte ich fragend, da ich, auch ohne so viel gesehen zu haben wie er, womöglich etwas Ähnliches im Sinn hatte. Mittlerweile ärgerte ich mich maßlos, dass ich mich so von den Delfinen hatte ablenken lassen, dass das eigentliche Spektakel direkt unter unserem Boot vollkommen an mir vorbeigegangen war.

„Nein", bestätigte Taylor und seufzte ob der Tragweite dieser Aussage. Eine Weile blieb es still im Zimmer. Ich hörte Taylor leise atmen.

„Glaubst du, dass sie eine Meerjungfrau ist?", fragte ich ihn schließlich. Wir hatten beide das Alter erreicht, in dem man über die Möglichkeit der Existenz solcher Wesen durch Bücher und Fernsehsendungen unterrichtet war.

Taylor seufzte abermals in seinem Bett auf der anderen Seite des Zimmers.

„Ich glaube schon", erwiderte er leise und starrte dann hinaus aus dem Fenster, vor dem sich ein riesiger weißer Mond, der sich soeben aus den Wolken geschält hatte, in seiner vollen planetarischen Pracht präsentierte.

Die Sterne standen noch am Nachthimmel, als mich ein kalter Wind weckte, der mir wieder und wieder unangenehm über das Gesicht leckte. Müde rieb ich mir den Sand aus den Augen und blickte im fahlen Mondlicht hinüber zu Taylors Bett. Es war leer, der Berg aus warmen Decken aufgeschlagen. Die Tür zur Terrasse, die auf das Meer hinausging, stand sperrangelweit offen. Ich brauchte einen Augenblick, um meine Gedanken zu ordnen und das lauter werdende Schrillen meines inneren Alarms wahrzunehmen. Am Ende war es ein einziger Gedanke, der mich schlagartig aus dem Halbschlaf riss, dieser noch von süßen Träumen durchwebten Welt zwischen Schlaf und Wachsein: *Ich* war es, die für Taylor verantwortlich war, jetzt, da ich in seinem Zimmer schlief. Ich ganz allein.

„Taylor?", rief ich hinaus in die Dunkelheit, bis zum Anschlag alarmiert. Es dauerte ein Weilchen, bis ich meinen noch schlaftrunkenen schwerfälligen Körper aus dem Bett gehievt hatte und, in meine warme Decke gehüllt, nach draußen auf die Holzplanken gelangt war. Erst jetzt beruhigte sich mein Puls ein wenig – fürs Erste zufrieden mit der Erkenntnis, mich dort nicht als einziges menschliches Wesen vorzufinden. Mein Schutzbefohlener stand dort, barfuß, in seinem himmelblauen Pyjama, in einer kühlen, sternenklaren kalifornischen Winternacht, und starrte auf den Ozean hinaus.

„Was machst du da?"

Erschrocken wandte er sich zu mir um.

„Ich … ich habe von ihr geträumt. Ich dachte, sie wäre da draußen und würde mich rufen."

„Weißt du eigentlich, wie kalt es ist? Sie werden *mich* verantwortlich machen, wenn du dir eine Lungenentzündung holst. Bitte komm rein, ja?"

Taylor seufzte schwer und schüttelte den Kopf, während er sich wieder dem Meer zuwandte, so als hätte ich im selben Moment wieder aufgehört, für ihn zu existieren, und er könne sich nunmehr wieder der eigentlichen Sache zuwenden. Der Sache, derentwegen er hier draußen war.

„Taylor, bitte!", quengelte ich. „Ich muss sonst meiner Mutter Bescheid sagen."

Genervt wandte er sich mir erneut zu, dem Quälgeist, den er selbst gerufen hatte, als er mich als Bettnachbarin ausgewählt hatte.

„Hilfst du mir, sie zu finden?", fragte er mit leiser Stimme.

Ich nickte, ohne groß darüber nachzudenken.

„Aber nur, wenn du jetzt sofort mit mir reinkommst und wieder ins Bett gehst."

„Du musst es schwören", drängte er.

„Gut, ich schwöre", erwiderte ich eilig, um keine kostbare Sekunde im Kampf gegen die Lungenentzündung des mir anvertrauten Patienten zu verlieren.

„Hand aufs Herz", befahl Taylor.

Die Familie Teagarden pflegte um acht Uhr morgens zu frühstücken, an den Wochenenden um neun. Das Esszimmer war mit der angrenzenden Küche über eine praktische Durchreiche verbunden, die meiner Mutter und mir das Decken des Tisches erleichterte. Es handelte sich um einen großen, mitten im Raum positionierten kreisrunden Tisch mit einer quittengelben, spiegelglatten Oberfläche, und es erzeugte ein angenehmes Gefühl auf der Haut, beim Eindecken mit den Fingerkuppen sanft über die Tischplatte zu streichen. Claire erzählte mir später, dass der runde Tisch so etwas wie der letzte Wille Elenas gewesen war, die gegen den Willen der Männer im Haus, die auf eine klassische rechteckige Tafel fixiert waren, durchgesetzt hatte, dass er angeschafft wurde. Mitsamt den bequemen, hellgrün gepolsterten Stühlen mit dunkelbraunen Lederarmen, die um ihn herum postiert waren. Sie wollte damit das Flair eines immerwährenden sonnigen Frühlingstags in den Siebzigern ausdrücken und in das neue Haus transportieren. Zumindest mir und Claire, meiner Hippie-Mutter, gefiel es gut. William, der sein Leben als einsamer Wolf durchaus zu genießen schien, nahm sein Frühstück unter der Woche meist nach wie vor in dem Haus in der Cannery Row ein, in dem sich die Firmenzentrale befand, mit der darüberliegenden weitläufigen, um nicht zu sagen palastartigen Wohnung im ersten Stock. An den Wochenenden kam er raus zu dem Haus in den Dünen, oft aber erst gegen Mittag.

Mein Vorhaben war, Claire einzuweihen und auf unsere Seite zu ziehen, bevor Edward zum Frühstück erschien. Im Anschluss würde sie ihn dann mit ihrem Charme einwickeln. So etwas konnte sie, wenn sie wollte.

„Claire? Kann ich dich was fragen?"

„Was willst du, Süße?"

„Äh, woher weißt du, dass ich etwas *will*?"

„Dein Tonfall verrät es mir. Also raus mit der Sprache."

Offenbar musste ich an meinem Tonfall noch arbeiten, um mich in Zukunft nicht gleich zu verraten.

„Es geht um Taylor", erklärte ich kleinlaut, während ich einen Teller nach dem anderen an den für ihn vorgesehenen Platz auf dem Tisch beförderte.

„Aha. Das hab ich mir schon fast gedacht. Geht es ihm besser?"

„Er hat aufgehört zu husten."

„Sehr gut. Dann wird er, wenn er heute artig im Bett bleibt, spätestens morgen wieder ganz fit sein."

Das mit Heute-artig-im-Bett-bleiben war genau die Sache, die ich ansprechen musste, wenn ich Taylor nicht enttäuschen und sein Vertrauen gewinnen wollte. „Glaubst du nicht, Mom, dass ein bisschen frische Luft ihm sogar besser täte als die stickige Luft im Schlafzimmer?"

Ich hatte kaum ausgesprochen, da stoppte das Rascheln in der Küche, und Claire stand im Türrahmen, die Hände in die Hüfte gestemmt, während sie den Kopf misstrauisch zur Seite neigte und mich mit argwöhnisch zusammengekniffenen Augen ansah.

„Raus mit der Sprache!", ordnete sie in barschem Ton an, und ich fragte mich, warum eigentlich alle seit Kurzem im Befehlston mit mir sprachen. Doch im Grunde war es mir egal, Hauptsache, mein Plan ging auf. Und das würde er nur, wenn es Claire gelang, Edward um den Finger zu wickeln. Nur diesen einen Vormittag lang. Meine Mutter beherrschte die Technik, Männer in sich verliebt zu machen, dermaßen gut, dass sie auch Jahre nach Woodstock nicht genau wusste, welcher der auf dem Festival anwesenden Gitarristen nun genau mein Erzeuger war. Sie hatte hysterisch aufgelacht, sofort nachdem dieses Geständnis über ihre Lippen gekommen war – bei einer der unzähligen, tränenreichen Problembesprechungen mit ihrer besten Freundin in unserer alten Wohnung. Offensichtlich wollte sie diese damit ein wenig aufmuntern. Ihr zeigen, dass auch andere Menschen Hürden zu meistern hatten. Ich hatte alles mit angehört, während sie davon ausging, dass ich im Kinderzimmer brav mit meinen Puppen spielte. Aber welches kleine Mädchen wäre so dumm, sich mit Puppen zufriedenzugeben, wenn ein Zimmer weiter hinter einer Tür, die nur einen Spalt weit offen stand, die Geheimnisse der großen Mädchen auf den Tisch kamen?

Es sollte sich herausstellen, dass Claire, obwohl sie durch meine Geburt ein anderer Mensch geworden war, wie sie immer behauptete, nichts von ihren magischen Fähigkeiten verloren hatte. Auch wenn Edward sich nicht augenblicklich und unsterblich in sie verliebte wie die Gitarristen in Woodstock, brachte sie ihn immerhin dazu, in seiner Mittagspause mit uns in dem Boot hinauszufahren, so wie Taylor und ich es in der Nacht zuvor geplant hatten. Zu der Stelle, wo es geschehen war. Taylor hatte sich in den Kopf gesetzt, sich bei *ihr* zu bedanken. Bei dem Mädchen aus dem Meer, das einen Tag zuvor sein Leben gerettet und ihn aus den Tiefen des Pazifiks geborgen hatte – jenen Tiefen, denen er starr und unbeweglich, als wäre er aus Lehm gemacht, ein kleiner Nichtschwimmer in Schockstarre, entgegengesunken war.

„Du bist doch ein Mädchen, oder?" Mit dieser wenig schmeichelhaften Einleitung aus seinem Mund hatte unser Gespräch in der vergangenen Nacht seinen Fortgang genommen.

„... ja? ...", hatte ich wahrheitsgemäß geantwortet, längst wieder in mein Bett auf der anderen Seite des Raums gekuschelt.

„Was wünscht ein Mädchen sich?", hatte er mich gefragt und dabei nachdenklich an die Decke gestarrt, denn er wollte ihr ein Geschenk machen, über das sie sich wirklich freute.

„Eine Puppe?", hatte ich gemutmaßt, denn ich selbst spielte überaus gerne mit Puppen – zumindest wenn meine Mutter keinen Besuch von Freundinnen hatte. Ich hatte eingewilligt, ihm das kleinste Mitglied meiner Sammlung feierlich als Geschenk für seine Lebensretterin zu übergeben: Sie trug ein rotes Kleid auf ihrer zart gebräunten Plastikhaut, ihre blonden Haare waren perfekt frisiert wie die von Doris Day, deren Filme ich gern im Fernsehen anschaute, und auch ihr rundes, niedliches Gesicht mit den strahlend blauen Augen ähnelte ihr, weshalb ich sie Doris getauft hatte. Ich erinnerte mich daran, dass meine Mutter mir erzählt hatte, dass der Name so viel bedeutete wie *Geschenk des Meeres*. Was passte besser, als ein Geschenk des Meeres an das Meer zurückzugeben – oder an ein Wesen, das im Meer lebte? Ich besaß noch sieben andere Puppen, was mir helfen würde, über den Verlust hinwegzukommen. Und ich hoffte inständig, dass mein selbstloser Einsatz sich eines Tages für mich bezahlt machen würde. Eines war klar: Ich tat es nicht für *sie*, sondern für ihn. Für Taylor. Er selbst steuerte ein feines Halsband aus Silber bei, an dem ein Indianeramulett aus Elfenbein hing und das er wie einen großen Schatz in einer Schatulle aus schwarzem Holz unter seinem Bett verwahrte. Wenn ich seinen Worten Glauben schenken durfte, hatte es dem obersten Indianerhäuptling Amerikas gehört und war dann eines Tages in Taylors Besitz übergegangen.

Meine Mutter hatte uns geholfen, Doris und das Amulett mithilfe von Paketband mit einer kleinen Botschaft zu verbinden, die Claire im Schreibwarengeschäft in der Stadt auf unserer Fahrt in den Hafen hatte einschweißen lassen, um sicherzustellen, dass sich Taylors Buchstaben nicht buchstäblich in den Wellen auflösten. Das ganze Paket hatten wir zusätzlich mit einem kleinen Plastikblinker versehen, wie er von Fischern bei Nacht benutzt wurde. Diese Zugabe kam von Edward, wenn auch kopfschüttelnd und ohne wirklichen Sinn für derartige Opfergaben. Der Blinker war unserer Meinung nach nötig, um das Mädchen auf das Geschenk aufmerksam zu machen. Spätestens in der Nacht, wenn sie vom Meeresgrund aus die Sterne am Himmel betrachtete, würde er ihre Aufmerksamkeit erregen. Denn kleine Mädchen, und dazu zählten wir sie, auch wenn sie sich von uns gewöhnlichen Menschen in ein paar Punkten unterscheiden mochte, interessierten sich nun einmal für alles, was glitzert und blinkt.

Andächtig schweigend war die kleine Prozession an diesem genau wie am Tag zuvor sonnigen Wintertag hinausgefahren aufs Meer, und als Taylor meinte, die richtige Stelle wiedergefunden zu haben, beugte er sich prüfend mit dem Oberkörper über die Bordwand, um hinunter in die winterblauen Tiefen des Pazifiks zu spähen, die ihm am Vortag fast zum Verhängnis geworden wären. Eine Bewegung, die dazu führte, dass drei Menschen sich wie einem pawlowschen Reflex folgend in Windeseile auf ihn stürzten – sein Vater, meine Mutter und ich –, damit er nur nicht wieder über Bord ginge.

Als sich alle wieder beruhigt hatten, küsste Taylor wie in einer heiligen Zeremonie jeden einzelnen Bestandteil seines Grußes an seine Lebensretterin, die irgendwo dort unten im Ozean zu Hause sein musste. Um das Paket daraufhin so behutsam, als würde er ein Tablett mit kostbarem Porzellan mit einem Flaschenzug herablassen, in das ans Boot schwappende Salzwasser zu befördern.

Wie heißt Du? Taylor ♥, hatte er in seiner großformatigen und wellenförmig verlaufenden Handschrift auf den kleinen Zettel geschrieben und anschließend das Herz hinter seinem Namen rot ausgemalt.

In Monterey mochten nicht mehr als ein bis zwei Prozent aller sechsjährigen Jungs Nichtschwimmer sein – und Taylor war einer von ihnen –, aber dafür zählte er auch zu den ebenfalls nicht mehr als ein bis zwei Prozent aller sechsjährigen Jungs in dieser kleinen Stadt, die das Alphabet bereits so perfekt beherrschten, dass sie ihre ersten Gedanken zu Papier bringen konnten. Meine Mutter hatte mir bereits bei unserem Einzug mitgeteilt, dass Taylor nicht nur hochsensibel, sondern auch hochbegabt sei. Als ich ihm dabei zugesehen hatte, wie er den Zettel mit der blauen Tinte aus seinem Federhalter füllte, mit den elegant aus dem Stift laufenden Wörtern und dem schönen Herz dahinter, war mir klar, dass sie nicht nur die Wahrheit gesagt, sondern eigentlich sogar untertrieben hatte.

Es war ein merkwürdiges Geschenkpaket, das dort auf den Wellen trieb. Ein kunterbunter Mix aus einer rot leuchtenden Puppe, einem Indianeramulett und einem eingeschweißten Zettel, zusammengehalten durch verschiedene Stränge von Paketband. Gleichmäßig blinkend trieb es langsam ab, während Taylor und wir anderen ihm versonnen nachschauten.

„War es das jetzt?", fragte Edward ungeduldig. Er schien es nicht erwarten zu können, der frischen Seeluft zu entkommen und sich wieder hinter seinem Schreibtisch zu verschanzen. Für unseren kleinen Ausflug hatte er seine Mittagspause geopfert. Eine selbstlose Unternehmung, die ihm mit Sicherheit einen bissigen Kommentar des Seniors einbringen würde.

Edward ließ den Motor an, und der kleine rote Punkt in den Wellen, das Kleid von Doris, das zumindest tagsüber eine stärkere Signalwirkung ausstrahlte als der ebenfalls rote Blinker, wurde kleiner und kleiner, bis er schließlich ganz verschwand.

An jenem Abend einigten wir uns darauf, dass ich von nun an bis zu einem von beiden Parteien jederzeit möglichen Widerruf auch die kommenden Nächte in Taylors Zimmer verbringen würde. Erneut beobachtete ich, wie Taylor sich, kurz bevor seine Augen zufielen, eng an Mister Wau schmiegte, ihn an sich drückte, als hoffe er, über Nacht mit ihm zu verschmelzen. Zuvor hatte er sich noch eine Weile leise mit dem Foto seiner Mutter unterhalten, das er danach zurück auf seinen Nachttisch gestellt hatte. Sie war noch immer da für ihn, daran bestand nicht der geringste Zweifel.

„Ich finde, wir sollten ihr einen Namen geben", hatte ich im Flüsterton vorgeschlagen, kurz bevor Taylor ins Reich der Träume entglitten war.

„Ihr ...?"

„Du weißt schon, wem ..."

„Ich bin mir sicher, dass sie schon einen Namen hat", gab Taylor zu bedenken.

„Aber solange wir nicht wissen, wie sie wirklich heißt, braucht sie einen Übergangsnamen, verstehst du? Oder sollen wir sie einfach *Mädchen aus dem Meer* nennen oder *kleine Meerjungfrau?*"

„Hm."

Ich musste an mein Lieblingslied denken, das mir seit Wochen im Ohr herumschwirrte.

„Ich finde, wir sollten sie Mandy taufen", schlug ich vor.

„Mandy?"

Ich vernahm das typische Taylor-Seufzen von der anderen Seite des Raums und dann eine Weile nichts mehr. Ich dachte schon, er wäre eingeschlafen, ohne sich eine Meinung gebildet zu haben, als doch noch seine Antwort kam.

„Mandy gefällt mir", sagte er, und Minuten später wehte ein leises, sonores Schnarchen zu mir herüber, während ich daran dachte, was Mandy jetzt in diesem Augenblick wohl machte, dort unten am Meeresgrund, und ob die Kinder unter Wasser eigentlich auch schnarchten, wenn ihnen die Augen schwer wurden, sie einschliefen und nach einem langen, ereignisreichen Tag endlich wohlverdient ins Reich der Träume glitten.

Seit Taylor auf der Welt war, hatten sich unzählige Wunder der Natur direkt vor seinem Fenster ereignet. Gewaltige Schwärme schiefergrauer Kormorane, den Flugsauriern in den verstaubten Naturkundebüchern in der Bibliothek seines Vaters nicht unähnlich, die sich auf der Jagd nach Nahrung urplötzlich wie ein dichter Platzregen aus Meteoriten ins Wasser fallen ließen. Verliebte Delfine, die in der Mittagsstunde aus dem Meer schossen, einander so nahe, dass keine Zeitung zwischen ihre im Licht der Sonne glänzenden, von Mutter Natur aus Anmut und Geschmeidigkeit erschaffenen Körper passte. Putzige Seelöwen mit lustigen Altmännerbärten um das Maul herum, eine Entourage aus kreischenden Möwen im Schlepptau. An all diesen Wundern jedoch zeigte er nur wenig Interesse, als er in den folgenden Tagen, nervös auf den Zehenspitzen balancierend, durch das Fernrohr auf seiner Terrasse spähte – dem Outdoor-Bereich seines prächtigen Kinderzimmers, das wir seit Kurzem miteinander teilten –, auf der

Suche nach einem Lebenszeichen von Mandy. Mit dem sehnsüchtigen Blick durch sein Fernrohr sollten von nun an unsere Tage beginnen, frühmorgens, kurz nachdem die Sonne am silberglänzenden Horizont vor Monterey auftauchte. Und mit ihm sollten sie auch enden, sobald sich der Mantel der Nacht über den Pazifik legte. Und doch sollte Taylor nicht das geringste Lebenszeichen von ihr erhalten.

Mit jedem Tag, der ereignislos ins Land ging, schien er, der nach der Beerdigung seiner über alles geliebten Mutter einen Funken Hoffnung und Lebensfreude aus der unerklärlichen Begegnung mit Mandy geschöpft hatte, wieder zurückzukehren ins Reich der Traurigkeit, in das schwarze Loch, in das ihn Elenas Tod gestoßen hatte. In der Familie verlor niemand ein Wort über das, was geschehen war. Ich bin mir nicht sicher, ob Edward überhaupt etwas gesehen hatte. Meine Mutter jedenfalls tat all das als Einbildung ab, so wie die Visionen, die sie beim Monterey Pop Festival und später in Woodstock gehabt hatte, nachdem sie Gras geraucht und andere Drogen zu sich genommen hatte. Nur William, den wir bis zum nächsten Samstag beim Familienfrühstück nicht zu Gesicht bekommen sollten, hatte alles im Detail mitbekommen, dessen war ich mir sicher. Niemals werde ich seinen Gesichtsausdruck an jenem Sonntag auf dem Boot vergessen. Wenn ich jedoch eines gelernt habe in dieser Zeit als kleines Mädchen an der Seite eines kleinen Jungen, dann war es die traurige Gewissheit, dass man in der Welt der Erwachsenen Dinge, die existieren, aber nicht existieren dürfen, oftmals mit Schweigen quittiert. Ein Schweigen, hinter dem sich böse Gedanken verstecken können. Erwachsene neigen dazu, das Unbekannte als Bedrohung einzustufen. Und seine Vernichtung anzustreben.

Es geschah in derselben Woche, dass ich von merkwürdigen Geräuschen geweckt wurde. Mit schläfrigen Augen spähte ich durch das schwarze Rauschen, das undurchlässig wie ein feinmaschiges Fischernetz in die Nacht gewebt war, hinüber zu Taylor. Er drehte und wendete sich in seinen Laken und redete wirres Zeug. Es war fast, als spräche er in einer fremden Sprache mit exotischen Lauten. Allein das mehrmals mit schwerer Zunge ausgerollte Wort *Mommy* hatte ich aus diesem merkwürdigen Tonsalat picken können. Als ich an sein Bett trat, sah ich, dass er vollkommen durchgeschwitzt war. Vorsichtig legte ich meine Hand auf seine schweißnasse Stirn und küsste ihn auf die Wange, um ihn aus seinen bösen Träumen zu holen. Er keuchte schwer, als er zu sich gekommen war.

„Muss ich jetzt auch sterben?", fragte er mich, noch immer halb hier, halb dort.

„Nein", antwortete ich. „Du hast noch dein ganzes Leben vor dir." Das war zumindest das, was Claire immer zu mir sagte, wenn ich in Todesangst aus einem Albtraum erwachte, was Gott sei Dank in letzter Zeit kaum noch vorgekommen war.

„Aber was, wenn ich für immer allein bleibe?", fragte er keuchend. „Mommy ist nicht mehr da."

Sanft streichelte ich ihm über die Wange, um ihn ein wenig zu trösten.

„Du bleibst nicht allein, Taylor. Das verspreche ich dir."

Nach einer Woche im Exil entschloss sich William, der Senior und Vorsteher der Familie Teagarden, schließlich beim ersten gemeinsamen Familienfrühstück an einem heiteren Samstagmorgen im milden Februar des Jahres 1975, eine Woche nachdem *es* passiert war, sein selbstgewähltes Schweigegelübde zu brechen. Ich sah, wie sich Taylors Augen angstvoll weiteten, während er den Worten seines Großvaters lauschte. Sein Löffel klackte wie festgefroren auf dem Tellerrand seiner Cornflakes-Mahlzeit.

„Ich werde dieses Ding fangen", verkündete William Teagarden mit grimmiger Miene. Um daraufhin in seinen Kaffeebecher zu starren, so als hoffe er, im Kaffeesatz eine Antwort darauf zu finden, ob ihm dieses abenteuerliche Vorhaben jemals gelingen würde. „Und wenn es das Letzte ist, was ich in meinem Leben tue."

Konnte man einen Sonnenstrahl einfangen, um ihn zu besitzen? Das Leuchten der Sterne vom Nachthimmel löschen wie das Licht aus einem Zimmer? Das Rauschen des Meeres aus den Wellen fischen? Den Duft einer Rose pflücken? Das Lächeln eines Kindes von seinen Lippen stehlen? Taylor Teagarden war im zarten Alter von sechs Jahren eine einzigartige Gnade zuteilgeworden – eine Gnade, die kein Mensch außer ihm je erfahren hatte. Er hatte gespürt, wie sich Mandys Arme im Dunkel des Ozeans um seine schmächtige Brust und sein erfrierendes Herz geschlossen hatten, wie sie ihn dem Ertrinken entrissen und ihn zurück in das Leben befördert hatten, bevor sich seine kleinen Lungen mit dem kalten, salzigen Wasser des Pazifiks vor Monterey hatten füllen können.

In seinen erschrockenen Augen konnte ich an diesem Morgen vor allem eines lesen: dass er betete, dass Mandy – sobald sein Großvater seine gefräßigen Netze nach ihr auswarf – durch die feinen Maschen schlüpfen würde wie all diese so wunderbaren, göttlichen und unfassbaren Dinge.

Auch an den kommenden Tagen sollte Taylor wie gewöhnlich von Sonnenaufgang bis Sonnenuntergang durch sein Fernrohr hinaus auf den Pazifik blicken, der vor unserem gemeinsamen Zimmer an das Land brandete – doch ein bleierner Schmerz schien sich in seinen Blick gemischt zu haben. Es war die Gewissheit, dass, sollte er dieses Mädchen jemals wiedersehen, es in größter Gefahr schweben würde. So sehnlich er auf ein Lebenszeichen von Mandy hoffte, mit der ihn seit jenem Sonntag, an dem sie ihn aus dem Element ihres Lebens zurück in das Element seines Lebens befördert hatte, auf immer ein unsichtbares Band verbinden sollte, so sehr hoffte er, dass sie so weit wie möglich von ihm entfernt dort unten am Grund des Meeres blieb. Klug genug, der Oberfläche fernzubleiben, auf immer und ewig ausharrend in dem paradiesischen Land außerhalb menschlicher Reichweite, das er für einen kurzen Moment gesehen hatte. Es war der Moment seines Ertrinkens gewesen, der Moment, in dem er bewegungsunfähig dem feuchten Tod entgegengesunken war, dem Seegras, den Fischen und den Krebsen und allen anderen, die dort unten lebten, in *ihrem* Monterey.

Monterey, Kalifornien, 1986

Es waren hauptsächlich drei Ereignisse, die für einigen Rummel sorgen sollten in diesem Jahr, das ich bis an mein Lebensende nicht vergessen werde. Es begann damit, dass Clint Eastwood im Nachbarort Carmel zum Bürgermeister gewählt wurde, was sich auch gut auf die Wirtschaft in Monterey auswirken würde, da es jede Menge zusätzliche Touristen versprach, wie Edward uns versicherte, obwohl er Italowestern nicht ausstehen konnte, sondern abends am Kamin Shakespeare las. Zum Zweiten fanden im Monterey Bay Aquarium, dem vor zwei Jahren am Kopf der Cannery Row eröffneten atemberaubendsten Meeresaquarium Amerikas, in dem Taylor und ich einen Großteil unserer Freizeit verbrachten, Dreharbeiten für den neuen Star-Trek-Film statt. Darüber hinaus gab es noch ein drittes Ereignis, das Staub aufwirbelte; ein Ereignis, das Taylor und mich direkt betraf, ein Ereignis von historischer Größe und Tragik, von dem ich nun erzählen will. Ich meine damit nicht den Umstand, dass sowohl Taylor als auch ich als Erste unseres Jahrgangs die Führerscheinprüfung bestanden hatten und nun gemeinsame Ausfahrten im generalüberholten, wie neu glänzenden Chevy seines Großvaters unternahmen. William war vor zwei Jahren gestorben, und der gepflegte Oldtimer hatte unter einer Plane in der Garage darauf gewartet, dass Taylor fahrtüchtig wurde und ihn aus seinem Dornröschenschlaf erlöste. Es war ein großzügiges, wenn auch betagtes Fahrzeug, ideal für einen Fahranfänger, der diesem Vehikel, seinem allerersten fahrbaren Untersatz, mit großer Wahrscheinlichkeit noch einige Wunden zufügen und ihm dadurch Persönlichkeit verleihen würde – so lange, bis er endgültig reif für den Schrottplatz wäre. Das Jahr ging bereits auf sein Ende zu, als die Softrocker Boston mit ihrem schmachtenden Hit *Amanda* die Charts stürmten. Jedes Mal, wenn wir mit unserem Chevy unterwegs waren und der Song gespielt wurde, drehten wir das Autoradio bis zum Anschlag auf. Und doch konnte Amanda den Gedanken an ein anderes, früher besungenes Mädchen nicht aus Taylors Kopf löschen. Er war nur wenige Monate von seinem achtzehnten Geburtstag entfernt und genau wie ich als Senior in seinem letzten Jahr an der Monterey High. Trotz unserer Freundschaft, die mit den Jahren enger und enger geworden war, kam er mir manchmal vor wie der *Lone Cypress Tree* – die einsame Zypresse, die an der Küste bei Pebble Beach nicht weit von Monterey auf einer Klippe thront und sich sehnsuchtsvoll und in atemberaubender Schönheit dem Meer entgegenstreckt. Sie steht dort seit Jahrhunderten, als warte sie darauf, dass endlich ihre große Liebe dem Pazifik entsteige und sie aus ihrer Einsamkeit erlöse.

Ja – wenn Taylor in den Wellen stand, vor dem Haus in den Dünen, dann war er genauso schön anzusehen. Noch immer betrat er das fremde Element Wasser nicht weiter als bis zu den Knien, aber er war verliebt in den Ozean und verbrachte so viel Zeit wie möglich damit, hinauszusehen auf das Meer. Taylor war, daran bestand nicht der geringste Zweifel, anders als alle anderen Jungen an der Monterey High. Obwohl er weder schwimmen und erst recht nicht surfen konnte, lagen ihm die Mädchen zu Füßen. An unserer Schule gab es im Wesentlichen zwei Typen: die Nerds und die Surfer. Taylor gehörte keiner der beiden Gruppen an. Er strahlte etwas Magisches, Geheimnisvolles aus; optisch war er eher den Surfern zuzurechnen, er trug im Wind wehende, coole blaue T-Shirts, sein Haar war strubbelig wie eh und je und seine Haut so zart braun wie der morgendliche Kaffee aus Guatemala im Hause Teagarden, wenn man etwas Milch hineingab. Ein Haus, das man mit Fug und Recht mittlerweile das Haus Teagarden-Wood nennen durfte. In Mathematik bei Mrs Kendrick hatte Taylor vor einer Woche Rubiks Zauberwürfel in fünfeinhalb Minuten fertigbekommen, was ihm den johlenden Applaus der Jungs und das andächtige, nein: *anbetungsvolle* Schweigen der Mädchen eingebracht hatte, Mrs Kendrick, sechsundfünfzig Jahre alt und nie verheiratet gewesen, eingeschlossen. Doch wie ich schon sagte – während wir im Auto *I'm gonna take you by surprise and make you realize, Amanda!* sangen, waren seine Gedanken noch immer dort, wo sie auch elf Jahre zuvor gewesen waren und danach jeden einzelnen Tag und jede einzelne Nacht.

Bei *ihr.*

Bei Mandy. *Well, you kissed me and stopped me from shakin', and I need you today, oh Mandy …*

Auf Außenstehende mochte es wirken, als hätten ihn jener Tag auf dem Meer vor so langer Zeit und dieses Lied, dessen Melodie er seither ständig gedankenverloren vor sich hin summte, in eine Abhängigkeit getrieben, die – wie jede Droge – ohne Hoffnung auf ein gutes Ende war. Nach wie vor sprach Taylor nicht allzu viel. An guten Tagen kam er auf etwas mehr als 300 Wörter, der von mir errechnete Schnitt lag bei 273. Im Rahmen eines privaten Studienprojekts hatte ich eine Woche lang jedes seiner Wörter mitgezählt, was in seinem Fall nicht besonders schwer war. Den durchschnittlichen Jungen an der Monterey High schätzte ich auf mindestens 1800 Wörter am Tag, das durchschnittliche Mädchen auf etwa fünfzehntausend. Nun ja: Ich selbst war auch nicht unbedingt das klassische kalifornische Bilderbuchmädchen. Doch ich hatte meine Gewichtsprobleme mittlerweile einigermaßen im Griff, und so hatte sich – nachdem mir noch vor einem Jahr der Rädelsführer der *Dumbo*-Bewegung meinen Spitznamen unverfroren über den Schulflur hin zugerufen hatte – diese Phase Gott sei Dank erledigt. Dass ich mein Elefantenmädchen-Image letzten Endes von einem Tag auf den anderen loswurde, hatte ich Taylor zu verdanken. Ich hatte damals so getan, als hätte ich es gar nicht gehört, als ich die tiefen, wütenden Furchen bemerkte, die sich auf Taylors Stirn gebildet hatten.

„Lass, ist schon gut", hatte ich ihn gebeten und ihn am Ärmel festgehalten. Doch er hatte sich losgemacht, war lässig hinübergeschlendert zu Napoleon, wie wir den Anführer der Truppe heimlich nannten, weil er im wahrsten Sinne des Wortes ein kleiner Diktator war, und hatte sich vor ihm aufgebaut.

„Ich möchte dich bitten, sie nie wieder so zu nennen, *Napoleonito.*"

In den elf Jahren, die vergangen waren seit unserer ersten Begegnung, hatte sich Taylor von einem schüchternen kleinen Jungen in einen mutigen großen Jungen verwandelt; in einen schlaksigen, hochgeschossenen und braun gebrannten Pulsbeschleuniger für die Mädchen unseres Jahrgangs. Jeden Abend spurtete er mit der Verlässlichkeit eines Uhrwerks am Meer entlang von Monterey nach Carmel und zurück. Er war der beste Läufer der Schule und wahrscheinlich der klügste Denker. Darüber hinaus war er einen Kopf größer als der Anführer meiner Peiniger, der von diesem Tag an in der ganzen Stadt nur noch *Napoleonito* gerufen wurde. Mit jener mit bedrohlich ernster Miene vorgetragenen Bitte hatte sich die Dumbo-Bewegung an der Monterey High, die mich ein Schulleben lang verfolgt hatte, ein für alle Mal aufgelöst.

Als Taylor ein kleiner Junge war, dessen Mutter gestorben war, hatte ich ihn beschützt. Drei Jahre hatte ich Seite an Seite in seinem Zimmer verbracht – erst als wir endgültig alt genug waren für Privatsphäre, wie unsere Patchworkeltern verfügt hatten, war mein Bett wieder von Edward zurück über die Dielen des Korridors in mein eigenes, ursprüngliches Kinderzimmer geschoben worden, an das ich mich erst wieder hatte gewöhnen müssen. Und nun, ohne jede Aufforderung und so unerwartet wie ein Blitz an einem blauen Himmel mitten im August, hatte Taylor sich revanchiert. Das alles konnte nur heißen, dass ich ihm etwas bedeutete.

Von jenem Tag an sah ich ihn mit anderen Augen – was meinen Schmerz natürlich nur noch größer werden ließ, denn mir war klar, dass wir nie zusammenkommen würden. Auch unabhängig von der Existenz Mandys dort draußen im Pazifik, war ich meilenweit davon entfernt, wie Kelly McGillis auszusehen, die in diesem Jahr das Idol der Mädchen an der Monterey High war, nicht zuletzt, weil Tom Cruise in *Top Gun*, der alle Kinokassenrekorde brach, absolut verrückt nach ihr war. Trotzdem widerstand ich der Versuchung, mir die Haare so zu machen wie sie und sie strohblond zu färben – zumal Taylor nicht war wie die anderen Jungs und auch nicht wie Tom Cruise. Ich blieb bei meiner Naturfarbe Straßenköter mit einem Schuss Feuermelder; darüber hinaus hielt ich mich oft am Strand auf, damit meine Haut weniger weiß aussah und nach Sonne duftete, so wie bei meiner Mutter, mit der ich leider außer ein paar Sommersprossen um die Nase herum nach wie vor nicht die geringste genetische Verwandtschaft aufzuweisen schien. In Kalifornien war es darüber hinaus Pflicht für ein Mädchen meines Alters, immer etwas Sand im Haar oder an den gebräunten Füßen mit sich zu führen. Nicht zuletzt, um zu beweisen, dass man genau wie die Jungs den ganzen Tag am Strand rumhing, wenn man nicht gerade in der Schule war.

Was Claire betraf – sie führte noch immer den Haushalt für Edward. Aus uns allen war mit den Jahren eine Art Patchworkfamilie geworden, auch wenn meine Mutter und Edward trotz starker Sympathien füreinander noch immer nicht ein Bett miteinander teilten. Taylor und ich wiederum hatten uns im Laufe der zurückliegenden Jahre zu den heißesten Favoriten für das vorzeigbarste Bruder-Schwester-Paar in Amerika gemausert – zu meinem größten Bedauern, wie man sich ohne allzu viel Fantasie vorstellen kann. Wir hingen jede freie Minute zusammen herum und erzählten uns einfach alles – vor allem ich ihm, er hörte lieber zu –, aber es hatte nie den geringsten Annäherungsversuch von seiner Seite gegeben. Eine Tatsache, mit der sich bisher allerdings auch alle anderen Mädchen an der Highschool hatten abfinden müssen, was mich zumindest einigermaßen beruhigte. Um es kurz zu machen: Meine Hoffnung war das College. Wir hatten beide vor, Meeresbiologie zu studieren – an der University of California in Santa Barbara. Was wahrscheinlich bedeuten würde, dass wir uns dort zu zweit eine Wohnung teilen würden.

Nur er und ich.

Das konnte manches ändern, auch wenn ich mich an diese Idee eher wie an einen Traum klammerte als an eine realistische Zukunftsperspektive. Vielleicht wäre es das zumindest für Edward und Claire, die einander noch immer vorsichtig umkreisten, unter ständiger Beobachtung ihrer im Haus umherschwirrenden Kinder. In all den Jahren war nicht das Geringste zwischen ihnen vorgefallen. Und das, obwohl Claire – und ich sage das, obwohl sie meine Mutter ist – auch mit knapp über vierzig immer noch unwiderstehlich schön war. Und sich darüber hinaus, soweit ich das beurteilen konnte, mehr als ein bisschen in Edward, ihren nach wie vor leicht unterkühlten Arbeitgeber, verguckt hatte. Dafür sprach nicht zuletzt die Tatsache, dass sie in all der Zeit keinen Mann mit nach Hause gebracht hatte – genauso wenig wie Edward eine Frau. Offensichtlich genügte es den beiden, unter einem Dach zu leben und dreimal am Tag gemeinsam die Mahlzeiten einzunehmen. Tatsache war, dass die Geister der Vergangenheit noch immer durch die Zimmer und Flure des Anwesens in den Dünen spukten. Das vormals so avantgardistische Glashaus der Teagardens hatte sich in eine Art Museum für Elena verwandelt, nicht das kleinste Möbelstück oder Foto hatte laut Edwards Anweisung durch ein neues ersetzt werden dürfen. Auf der anderen Seite hatte ich das sichere Gefühl, dass er in Claire jemanden gefunden hatte, der ihm half, die Vergangenheit, wenn schon nicht zu bewältigen, dennoch unter Kontrolle zu halten. Dieses Gefühl, dass die beiden langsam, aber sicher zusammenwuchsen, hatte sich vor zwei Jahren noch verstärkt, nachdem Edward das Ruder bei den Teagardens endgültig allein übernommen hatte.

Auf der Beerdigung von William, der in der Familiengrabstätte beigesetzt worden war, wo auch Elena ruhte und zu deren wöchentlichem Besuch sich Taylor vor einigen Jahren durchgerungen hatte, war Trauer, aber auch Erleichterung zu spüren gewesen. Nach dem Vorfall an jenem Sonntag auf dem Meer war William Teagarden mehr und mehr der fixen Idee verfallen, Mandy aus dem Meer zu fischen und damit seine größte Tat als Fischer zu vollbringen. Eine Tat, die ihn unsterblich machen würde. Sein fanatischer, entweder weit hinaus auf den Ozean oder abwesend nach innen gerichteter Blick, der nichts um sich herum wahrzunehmen schien, und sein halsstarriges Beharren darauf, eine Meerjungfrau vor Monterey gesichtet zu haben, begleitet von kostspieligen Plänen, ein Schiff der Teagarden-Flotte einzig und allein für ihre Suche einzusetzen, es mit aufwendigster Sonartechnik auszustatten und Tauchertrupps anzuheuern, um sie zu orten und einzufangen, konnte auf Außenstehende durchaus irre wirken. Und das tat es schließlich auch. In den letzten Jahren seines Lebens hielten ihn die meisten für geistig verwirrt. Einzig und allein Taylor und ich kannten die ganze Wahrheit.

Kurz nach seiner wundersamen Rettung hatte ich Taylor eingeschworen: „Wenn dich jemand fragt, ob dich eine Meerjungfrau gerettet hat, darfst du auf keinen Fall mit Ja antworten."

„Ich weiß", hatte er leise erwidert und den Zeigefinger verschwörerisch auf die Lippen gelegt. „Dann würden sie *alle* nach ihr suchen."

Solange wir dichthielten, war William der Einzige, der die Geschichte erzählte. Natürlich hatte er nachgebohrt und versucht, etwas aus Taylor herauszubekommen, doch Fehlanzeige. Taylor war es gelungen, sich damit herauszureden, dass er unter dem Einfluss eines Schocks gestanden habe und sich deshalb an nichts zu erinnern vermochte. Bis heute bin ich mir nicht sicher, ob William ihm diese Version abgenommen hatte, aber sie hatte ihren Zweck erfüllt. Edward sollte in all den Jahren, die noch vor uns lagen, kein Wort über die merkwürdigen Geschehnisse an jenem Sonntag auf dem Meer verlieren. Und Claire hatte sich offenbar dazu entschieden, das, was sie gesehen oder auch nicht gesehen hatte, in dieselbe Schublade zu verfrachten wie ihre von Marihuana umnebelten Jugendsünden in Woodstock. Um Mandys Leben nicht zu gefährden, war es Taylors und meine Mission gewesen, den Mund zu halten. Sie mit unserem

Schweigen zu beschützen. Eine Entscheidung, mit der wir in Kauf genommen hatten, dass der König der Fischer, dieser Mann, dessen Ruf legendär war, am Ende eines langen und zumindest beruflich außerordentlich erfolgreichen Lebens offiziell als Verrückter unter die warme, sonnengetrocknete Erde Kaliforniens kam – ohne jemals den letzten und größten Fang seines Lebens an Land gezogen zu haben.

Es war der dreizehnte November. Thanksgiving stand vor der Tür, und draußen war am frühen Abend ein Unwetter aufgezogen, als es während des gemeinsamen Essens an der Tür klingelte. Edward sah überrascht von seinem Teller auf – und ließ seinen Löffel daraufhin langsam in die vor ihm auf dem Tisch stehende Suppe sinken, während er offenbar darüber nachdachte, wer in aller Welt es um diese Stunde noch wagte zu stören. Mit einem Blick, der keinen Widerstand duldete, forderte Claire mich dazu auf nachzusehen.

„Ich muss sofort zu Edward."

Ich hatte die Tür kaum geöffnet, da drängte sich bereits ein sichtlich aufgeregter, ziemlich durchnässter Jack Di Nero an mir vorbei. Mir blieb nichts anderes übrig, als ihm ins Esszimmer zu folgen, wo er ohne innezuhalten über den blassgelben Teppich auf den Esstisch zusteuerte, als wäre dies *sein* Haus und nicht das seines Arbeitgebers. In der Hand hielt er eine von Regentropfen benetzte weiße Plastiktüte. Er war schier außer sich, noch nie hatte ich ihn so erregt gesehen. Mit zittrigen Händen fummelte er in der Tüte herum und holte schließlich etwas Rotes hervor: eine Puppe in einem roten Kleid, bedeckt von Seetang und mit verkrustetem Meersalz in den ausgeblichenen blonden Haaren.

Doris! schoss es mir durch den Kopf, während mein Herzschlag sich binnen einer Sekunde auf hundertachtzig hochpumpte. Doch mit einem zweiten Blick erkannte ich, dass sie es nicht war. Es war eine weit modernere Puppe, ihr Kleid stammte aus den achtziger Jahren, und ihre Haare waren beinahe so kurz wie die von Jamie Lee Curtis.

Jack wedelte aufgeregt mit der Puppe vor unser aller Augen herum und wandte sich dann an Edward. „Können wir kurz sprechen? Es ist wichtig." In seinen Augen sah ich etwas aufblitzen, das mir ganz und gar nicht gefiel.

Edward erhob sich ohne weitere Fragen von seinem Platz. Offenbar erkannte er eine besondere Dringlichkeit der Situation, denn normalerweise war es unter keinen Umständen erlaubt, den Esstisch während der Mahlzeiten zu verlassen.

Taylor starrte abwechselnd Jack und die Puppe mit weit aufgerissenen Augen an – so schnell und unerwartet wie das Donnergrollen, das vom Meer her anrollte, war dieser Besuch aufgezogen. Ein Besuch, der nicht zwangsläufig das bedeuten musste, was wir beide offensichtlich im selben Augenblick befürchteten. Zugegeben: ein schwacher Trost, aber dennoch eine realistische Möglichkeit. Jack Di Nero, Sohn einer italienischen Einwandererfamilie, war der zweite Mann in der Teagarden Company und so etwas wie der Ziehsohn von William, der ihn vor mehr als zwanzig Jahren in die Firma geholt hatte, da er seinem hochstudierten und nicht minder kultivierten Sohn den hemdsärmeligen Teil des Geschäfts offenbar nicht recht zugetraut hatte. Auch die Drecksarbeit wollte schließlich gemacht sein. Bewusst hatte er über die Jahre Edward und Jack zu Rivalen aufgebaut, und erst mit Williams Tod war durch die Erbfolge die Hierarchie in der Firma eindeutig geklärt gewesen.

Obwohl die beiden Männer nur wenig miteinander verband, hatte Edward Jack nach dem Ableben seines Vaters offensichtlich aufgrund dieser besonderen Qualitäten als zweiten Geschäftsführer behalten. In der Tat trennte Jack nicht viel davon, als jüngere Ausgabe des Seniors durchzugehen, auch wenn er sich optisch deutlich von den Teagardens unterschied. Er war wesentlich kleiner als Edward, drahtig und muskulös wie ein osteuropäischer Boxer, untersetzt wie ein irischer Bierkutscher, und trug die spärlichen Reste seines noch verbliebenen ergrauten Haares in einem äußerst unvorteilhaften Kranz um seinen ansonsten kahlen Kopf. Aus schmalen, auf leicht unterschiedlicher Höhe sitzenden Augen, gefüllt mit einem schwer zu bestimmenden, gelegentlich rot unterlaufenen Grauton, blickte er in die Welt, und auch sonst wies nichts auf seine italienische Herkunft hin. Genau wie Edward Teagarden pflegte er zu jeder Stunde und an jedem Ort grundsätzlich einen Anzug zu tragen, zumindest in der Öffentlichkeit, und das auch außerhalb der Arbeitszeit. Allerdings bevorzugte er die Farbe Grau anstelle von Schwarz oder Dunkelblau. An seinem Handgelenk prangte eine moderne rechteckige Casio mit schwarz blinkender

Digitalanzeige anstatt der von Edward bevorzugten altmodischen Rolex.

Plötzlich konnte ich nicht anders, als mir die hier im Esszimmer versammelten Menschen als Tiere vorzustellen – das Bild schoss mir unversehens in den Kopf. Sofort hatte ich Jack in seinem nassen Pelz als ausgehungerte Hyäne vor Augen. Eine ausgehungerte Hyäne, die Blut gerochen hatte. Edwards Blick war der einer vornehmen englischen Dogge, die sich eigentlich satt gegessen hat und nun überlegt, ob sie noch Nachtisch möchte. Claire wiederum, die im Begriff war, der atemlos vor dem Tisch stehenden Hyäne einen Teller Suppe anzubieten, war eine leichtfüßige, im Umgang mit Hyänen offenbar noch unerfahrene Gazelle aus der afrikanischen Steppe. Taylor, ach, an meiner Seite, verharrte regungslos in seiner Position wie ein schlankes, menschenscheues Fohlen, dessen kastanienbraunes Fell im flackernden Licht des Feuers glänzte. Und ich – zu guter Letzt –, ich drückte den Stuhl unter meinem breiten Hintern in den weichen Holzboden wie Dumbo, der kleine Elefant. Ich hatte mich so sehr an dieses Bild von mir gewöhnt, dass es mir schwerfiel, es aus dem Kopf zu kriegen, obwohl es von meinem Körpergewicht her schon seit Längerem nicht mehr zutraf. Nachdem Taylor meinetwegen mit *Napoleonito* aneinandergeraten war, hatte ich mich ziemlich runtergehungert und war nahezu vollständig auf vegetarische Kost umgestiegen, so als wollte ich Napoleon beweisen, dass er sich in mir ganz schön geirrt hatte. Und Taylor, dass es gar nicht nötig war, mich zu beschützen.

Bevor ich überlegen konnte, was die Tiere wohl als Nächstes miteinander anstellen würden, bat Edward Jack, ihm ins angrenzende Wohnzimmer zu folgen. Und im nächsten Augenblick schlossen sich die mächtigen Flügeltüren leise hinter ihnen.

Claire ließ sich trotz berechtigter Einwände von unserer Seite nicht von der Idee abbringen, dass wir gemeinsam mit ihr das Abendessen zu beenden hatten – was uns einen Strich durch die nächstliegende Option machte: das hinter verschlossenen Türen stattfindende Gespräch heimlich zu belauschen. Taylor sprach kein Wort, während er mit aschfahlem Gesicht zunächst seine Suppe löffelte und sich dann dem Hauptgang widmete, ohne ein einziges Mal den Blick von seinem Teller zu erheben. Er wirkte angespannt wie ein Trapezkünstler, der im Begriff war, über ein in den Himmel gespanntes Seil zu spazieren, ohne zu wissen, ob ihn unter den Wolken ein Netz erwartete, sollte er fallen.

Wir trafen uns in der Garage, wo an der rückwärtigen Wand ein altes, mit dunkelbraunem Stoff bezogenes Sofa stand. Von diesem nur von uns genutzten stillen Platz aus blickte man auf die gepflegten Hinterteile der zwei Familienkutschen: Taylors auf Hochglanz polierter Chevy Caprice und daneben ein alter Range Rover – „das einzig denkbare Gefährt für den Understatement pflegenden britischen Hochadel", wie Edward auszuführen pflegte, wenn er guter Stimmung war. Um danach versonnen in sich hineinlächelnd hinzuzufügen: „Und damit auch für den kalifornischen." Immer wenn mein Blick auf das kantige Heck des Geländewagens fiel, musste ich an seine ursprüngliche Lackierung denken – ein frostig blasses Graugrün, das sämtliche Jahreszeiten in England in einer Farbe ausdrückte. Nun jedoch war er quittengelb. Ich erinnere mich deshalb so genau an seine Verwandlung, weil sie Claire davon überzeugt hatte, dass Edward ein Herz hatte.

Etwa einen Monat nach Elenas Beerdigung und unserem Einzug in das Haus der Teagardens hatte Claire das Garagentor geöffnet, weil sie dahinter verdächtige Geräusche vernommen hatte. Um dort Edward vorzufinden, keuchend und hustend, mit einem Taschentuch vor dem Mund und einer Taucherbrille auf dem Kopf. Edward, den sie bisher nur in perfekt gebügelten weißen Hemden und dunklen Anzügen gesehen hatte und mit sorgfältig herausgeputzten Budapestern an den Füßen. Alles war mit gelber Farbe besprüht: seine nackten Arme, sein Gesicht, sein loddriges, uraltes T-Shirt, das noch aus den Sechzigern stammen musste, mit einem darauf abgebildeten ausgewaschenen Coca-Cola-Logo – und auch der Geländewagen. Die Luft stank bestialisch nach Chemie, und auf dem kahlen Betonboden neben dem Wagen stapelten sich verschiedenartige Farbbehälter und Spraydosen.

Offenbar hatte er ein Fragezeichen in ihrem Gesicht ausgemacht, als sie auf einmal unerwartet im Licht des Tages vor ihm stand. Ein stilles und dennoch nach einer Antwort schreiendes *Warum?*

„Es war ihre Lieblingsfarbe", hatte er gesagt, tonlos, und war mit der Verwandlung fortgefahren, die ein Fahrzeug, standesgemäß für Angehörige des britischen Adels, in ein lachend sonnengelbes Beachauto, standesgemäß für Angehörige des kalifornischen Strandadels, verwandeln sollte. Bis heute hatte er es nicht fertiggebracht, sich von ihm zu trennen – auch wenn er alle paar Jahre seine Nase in Hochglanzprospekte steckte, in denen das jeweils neueste Modell der Range-Rover-Reihe vorgestellt wurde, das er sich ohne Frage hätte leisten können – wenn er wollte, sogar zwei oder drei davon. Hinzu kam, dass sich in Monterey niemand allzu viel dabei dachte, wenn ein angesehener Geschäftsmann mit einem kauzig wirkenden gelben Geländewagen aus England durch die Gegend fuhr. In Kalifornien ticken die Menschen anders, wahrscheinlich bedingt durch die übermäßige Sonneneinstrahlung. Vor der Verwandlung war Edward allemal mehr aufgefallen, so viel stand fest, wenn er mal wieder mit seinem graugrünen englischen Winter auf vier Rädern durch die nach einem ewigen Sommer duftende Stadt gefahren war und sich jeder fragte, ob man ihn bald mit Handschuhen und Pelzmütze am Steuer sehen würde.

Taylor saß schon auf dem Sofa, als ich durch die matt glänzende Aluminiumtür, die vom hinteren Ausgang des Korridors abging, in die Garage kam. Er hatte den Kopf gesenkt und die Hände vor dem Gesicht gefaltet. Obwohl ich mir des Ernstes der Lage durchaus bewusst war, hatte ich mir nach dem Essen noch schnell die Zähne geputzt. Wenn ich schon nicht das schönste und begehrenswerteste aller Mädchen war, wollte ich zumindest, dass alles, was ich selbst halbwegs unter Kontrolle hatte, perfekt war – dass Taylor ein Lächeln von mir erblickte, das ihm gefiel. Doch in jenem Moment schien er so tief versunken in seinen Gedanken, dass es ihm wahrscheinlich noch nicht einmal aufgefallen wäre, wenn ein ganzes Huhn zwischen meinen Zähnen herumgeflattert wäre.

„Es ist nicht Doris", versicherte ich ihm, als ich schließlich neben ihm saß, die Hände artig auf meinen Oberschenkeln platziert, deren nackte Haut unter einer Schicht blauem Jeansstoff verborgen war.

„Bist du dir sicher?", fragte Taylor und musterte mich mit einem zweifelnden Blick, als hätte Jack Di Nero mich dafür bezahlt, dass ich Doris heimlich die Haare abschneide und sie in Jamie Lee Curtis verwandele.

„Ja."

Es tat mir weh, dass er auch nur für eine Sekunde lang daran dachte, mir die Schuld an etwas zu geben, von dem wir noch gar nicht wussten, um was es sich überhaupt handelte.

„Vielleicht machen wir uns völlig unnötig Sorgen", gab ich zu bedenken. „Immerhin wären auch andere Szenarien möglich, in denen eine rote Puppe eine so wichtige Rolle spielt, dass Jack es wagt, unser Abendessen zu unterbrechen, und von deinem Vater keine Abfuhr bekommt."

Mit einem Gesichtsausdruck, der irgendwo im Niemandsland zwischen fragend, zweifelnd und hoffend angesiedelt war, neigte Taylor den Kopf zur Seite.

„Zum Beispiel: Die rote Puppe ist in die Schiffsschraube geraten und hat den Antrieb lahmgelegt."

Taylor schüttelte den Kopf, als hätte ich totalen Unsinn von mir gegeben. Worauf es wahrscheinlich auch hinauslief.

„Eine kleine Plastikpuppe legt ein riesiges stählernes Schiffsgetriebe lahm? Die Unwahrscheinlichkeit dieser Option liegt bei 99 Prozent."

Seit ich ihn kannte, benutzte Taylor das Wort Unwahrscheinlichkeit lieber als das Wort Wahrscheinlichkeit. Es war Teil eines Wortschatzes, den wir fast nur untereinander benutzten – eine Art Code, der dennoch auch verständlich für andere war, wenn auch ein wenig umständlich.

„Oder die Puppe ist eine Art Code", führte ich eben diesen Gedanken weiter. „Jack holt Edward zu einem illegalen Pokerspiel ab, irgendwo in einem Hinterzimmer in einer Spelunke. Das Hereinplatzen mit der roten Puppe ist nur ein Ablenkungsmanöver."

An Taylors typischem Seufzen, das mir seit elf Jahren in all seinen Nuancen und Schattierungen bekannt war, konnte ich erkennen, dass auch hier die Unwahrscheinlichkeit nicht bedeutend geringer ausfiel.

„98 Prozent", antwortete er müde.

„Gut, andersrum: Wie hoch ist die Unwahrscheinlichkeit, dass ein hartgesottener Typ wie Jack aufgeregt mit einer von Seetang bedeckten und vom Meer angefressenen roten Puppe ins Zimmer stürmt und unser Abendessen unterbricht, dass dein Vater ihn trotzdem nicht hinauswirft und dass die ganze Sache nichts mit Mandy zu tun hat?"

Taylor stieß einen tiefen Seufzer aus.

„Ehrlich gesagt: Momentan schätze ich, bei unter zehn Prozent."

Er nickte betrübt, um daraufhin sein Gesicht in den Händen zu vergraben.

Wir wurden unterbrochen von Geräuschen aus dem Korridor; fast wie Einbrecher duckten wir uns. Doch die Stimmen gingen vorbei am Ausgang zur Garage, direkt hinaus auf die Auffahrt. Vor dem kleinen Garagenfenster konnten wir Jack und Edward sehen. Sie standen vor Jacks rotem Ferrari.

„Wir sollten keine Zeit verlieren", empfahl Jack mit durch die Garagenwand gedämpfter Stimme, während Edward auf der Beifahrerseite einstieg.

„Ich werde David Packard anrufen", entgegnete Edward. „Das Aquarium muss bis auf Weiteres für Besucher geschlossen werden."

David Packard war das *Packard* in dem milliardenschweren Computerkonzern Hewlett-Packard. Mit seinem Geld war das Monterey Bay Aquarium gebaut worden. Er war der Oberboss.

„Wenn ich dir einen Rat geben darf", bremste ihn Jack. „Warte damit noch. Schau sie dir erst einmal an, dann sehen wir weiter. Je weniger Leute von ihrer Existenz wissen, desto besser."

Jack warf sich schwungvoll hinter das Steuer seines Autos, seiner großen Liebe – er war weder verheiratet noch verlobt, noch hatte er irgendwelche Kinder, von denen die Welt etwas wusste –, und der Motor des Ferrari fauchte wie eine tiefer gelegte Herde Pumas im Carmel Canyon.

„Damit liegt die Unwahrscheinlichkeit, dass es etwas mit Mandy zu tun hat, bei ungefähr null Prozent", konstatierte Taylor verzweifelt, während Jack und sein Vater rückwärts vom Hof brausten, als wäre der Teufel persönlich hinter ihnen her.

Noch am selben Abend fiel die Entscheidung, das Monterey Bay Aquarium zunächst für die Dauer von vierundzwanzig Stunden für den öffentlichen Besucherverkehr zu schließen – als Grund wurden Wartungsarbeiten angegeben, die keinen Aufschub duldeten. Die Wahrheit sollten zunächst weder David Packard noch die Öffentlichkeit erfahren, obwohl sich die Gerüchte, von der Besatzung des Fischtrawlers gestreut, bald wie ein Lauffeuer in Monterey verbreiteten. Edward Teagarden saß als Vertreter der Fischer im Aufsichtsrat des Aquariums und verfügte somit über weitreichende Befugnisse – Befugnisse, von denen Taylor und ich bislang nur profitiert hatten. Etwa in Form eines Dauerpasses, der es uns ermöglichte, an jedem Tag des

Jahres kostenlos unsere zweite Heimat aufzusuchen, um in das Leben unter Wasser einzutauchen. Seit sechs Monaten arbeiteten wir darüber hinaus beide als Praktikanten mit und gehörten somit fast schon zum Inventar der Anlage, die als krönendes Juwel der Cannery Row nicht weit von den Büros der Teagarden Company auf dem Gelände einer ehemaligen Sardinenfabrik erbaut worden war. Es war ein strahlender Magnet mit einer Anziehungskraft weit über die kalifornischen Grenzen hinaus. Die Sardinenfischerei im großen Stil hatte ihr Ende gefunden, dafür gingen Monterey nun die Touristen im großen Stil ins Netz. Im Meeresaquarium, das wie alle Gebäude an der Seeseite der Cannery Row direkt in den Pazifik gepflanzt zu sein schien, bekamen sie zumindest den Hauch einer Idee davon, dass eine zweite Welt existierte, die nicht in unserem Element stattfand – ein Leben in schillernden Farben und mysteriösen Formen, Tausende von Metern tief versteckt unter der Oberfläche des Meeres, die nicht weniger darstellte als die Grenze zwischen unserer Welt und jener. Es war eine Welt, die wir Menschen nur mit der Kraft unserer Fantasie aus der dunklen, bis heute nicht ergründeten Tiefe an das Licht des Tages zu ziehen vermochten. So wie die Fischer mit ihren Netzen nur einen kleinen Teil dessen, was sich unter den Bäuchen ihrer Boote abspielte, an Land ziehen konnten.

Wir hatten Jack und Edward einen Vorsprung von zehn Minuten eingeräumt und waren ihnen dann mit dem Chevy gefolgt. Während wir, tief in die Ledersitze geduckt, am Straßenrand vor dem Eingang des Aquariums Posten bezogen hatten, war es langsam dunkel geworden. Uns war klar, dass wir nicht einfach hineinspazieren und die Sache auffliegen lassen konnten – um welche Sache auch immer es sich handelte. Es mochten zwei Stunden vergangen sein, und wir hatten mittlerweile sämtliche Möglichkeiten durchgespielt, inklusive der abwegigsten Theorien, als sich plötzlich etwas tat. Das Eingangsportal öffnete sich, und durch die Tür traten Edward, Jack und Julie, die junge Direktorin des Bay Aquariums, mit der wir nicht zuletzt durch unsere ehrenamtliche Mitarbeit einen fast schon freundschaftlich zu nennenden Umgang pflegten. Sie war ein Mensch, der sein Herz am rechten Fleck trug – worüber wir uns bei Jack nicht sicher waren. Julie hingegen war mein großes Vorbild. Ich träumte davon, eines Tages so zu sein wie sie. Jemand, der von außen *und* von innen schön ist. Ihre ernste Miene allerdings ließ nichts Gutes erahnen. Nach einem kurzen Gespräch verabschiedete sie ihre Besucher und begab sich zurück in das Gebäude. Wir hatten uns für absolut unsichtbar gehalten – zumindest so lange, bis Jack, anscheinend in wichtige Verhandlungen mit Edward vertieft, ohne zu uns herüberzusehen beiläufig mit dem Finger in unsere Richtung wies, worauf auch Edward zu uns herüberblickte und uns zuwinkte. Eine peinliche Sekunde lang drückten wir uns noch tiefer in unsere Sitze, doch schließlich erwiderten wir sein Winken. Wir sahen dabei zu, wie er sich von Jack per Handschlag verabschiedete.

Er kam auf uns zu.

Jack blickte ihm hinterher, und für einen kurzen Moment traf uns sein eiskalter Hyänenblick. Er musterte uns aus der Ferne, als frage er sich, ob wir eine ernsthafte Gefahr für ihn darstellten oder ob wir nichts weiter waren als neugierige Kinder. Eine Antwort auf diese Frage sollten weder er noch wir bekommen, nicht zu diesem Zeitpunkt zumindest.

„Nehmt ihr mich mit nach Hause?", fragte Edward, als Taylor auf sein Geheiß hin die Fensterscheibe runtergekurbelt hatte.

„Dad, was ist los?", brachte Taylor unser Anliegen entwaffnend offen und ohne jede erkennbare Strategie auf den Punkt.

Edward blickte ihn an, als versuche er herauszufinden, ob Taylor alt genug wäre für die Wahrheit. Ob er fähig war, sie zu verkraften.

„Nichts …", log er wenig überzeugend, während er die hintere Wagentür öffnete und sich auf die Rückbank fallen ließ. Sein schweres Seufzen kam mir irgendwie bekannt vor – jetzt wusste ich, von wem Taylor es geerbt hatte.

„Dad!", insistierte Taylor und blickte in den Rückspiegel, als wäre *er* der Vater und Edward sein ungehöriger Sohn. „Ist … *sie* es?"

Edward räusperte sich, während sich ihre Augen für einen Moment im Rückspiegel trafen. Sofort sah er weg, als wäre er nicht stark genug, dem Blick seines Sohns standzuhalten.

„Nun, richtig geraten: Sie … ist es …", bestätigte er schließlich nach einer kurzen, bleischweren Pause. „Kinder, ich … kann nicht glauben, was ich gerade mit meinen eigenen Augen gesehen habe, aber es ist nicht zu leugnen."

Die Verwunderung stand ihm in blinkenden Großbuchstaben ins Gesicht geschrieben, nie zuvor hatte ich Edward Teagarden in einer derart aufgewühlten Stimmung erlebt.

„Oh Gott, nein …", stöhnte Taylor. Die Unwahrscheinlichkeit, dass es sich um Mandy handelte, war damit auf exakt null Prozent gesunken. „Du hast sie damals auf dem Meer auch gesehen, oder?"

Edward schüttelte fassungslos den Kopf, als könne er es noch immer nicht glauben.

„Aber nur für den Bruchteil einer Sekunde. Ich dachte, ich hätte es mir eingebildet. Aber …"

„… sie existiert", brachte Taylor seinen Gedanken zu Ende. „Und sie hat mein Leben gerettet."

Edward nickte zustimmend.

„Ich weiß", pflichtete er ihm bei. „Aber dennoch ist sie …"

„Ist sie was?", fragte Taylor wie aus der Pistole geschossen. Seine Stimme klang angriffslustig. Mucksmäuschenstill und für die beiden unsichtbar beobachtete ich vom Beifahrersitz aus, wie sich alles in Taylor gegen das sträubte, was sein Vater ihm als Nächstes verkünden würde.

„Ein … Meeresbewohner. Eine Art … *Fisch* …", erklärte Edward seine Sicht der Dinge, um unmittelbar darauf mit einem erneut aufblitzenden Leuchten in den Augen hinzuzufügen: „Ein sensationeller Fisch, versteht sich. Ein Fang, der alles verändert."

Die darauffolgende Stille im Wagen raubte mir beinahe die Luft zum Atmen.

„Ich will sie sehen, Dad."

„Jetzt?"

Edward blickte sich um, als befürchte er, Jack könne jeden Moment mit einem Maschinengewehr bewaffnet durch die Abtrennung zum Kofferraum stoßen.

„Ich weiß nicht, ob …"

„… Jack es genehmigt? Wer ist der Chef, du oder er?", fuhr es aus Taylor heraus. Noch nie hatte ich ihn so aufgewühlt und gleichzeitig so respektlos seinem Vater gegenüber gesehen. Edward ging es offenbar nicht anders. Die Situation schien ihn völlig zu überfordern. Dennoch gelang es ihm besser als seinem Sohn, seine Gefühle unter Kontrolle zu halten – jahrelange Übung macht den Meister, dachte ich.

„Gut", lenkte er ein. „Wenn du es so wünschst, soll es so sein."
Wir stiegen aus, alle drei.

Das Innere des Gebäudes war schwach illuminiert, die Nachtbeleuchtung erzeugte ein mattes Dämmerlicht. Auch die Bewohner des Ozeans brauchen ihre Nachtruhe, dachte ich, zum ersten Mal bei nahezu völliger Dunkelheit in diesen mir heiligen Gefilden, während wir uns schweigend in Richtung des Meereswaldes bewegten – so nannten wir das immergrüne Reich, das sich hinter den mächtigen, hinauf bis an die Decke der Halle reichenden Acrylglasscheiben auftat; eine Welt, in der statt Luft Salzwasser das herrschende Element war. Ein Miniaturmeer – und doch riesig, künstlich erschaffen, mit einem sanft im Wind des Wassers schwingenden Märchenwald aus Algen, leuchtenden Korallenriffen, fröhlich bunten Anemonenfischen, die im seidigen Garn der Wasserpflanzen tanzten, gigantischen Tintenfischen in durchsichtigen Kleidern, leuchtend orange und zartrosa, blitzschnellen Leopardenhaien, kleinen wendigen Katzenhaien, düster blickenden Muränen, Breitmaulhaien und Sardinen, so silberglänzend wie die Büchsen, in denen Taylors Vater und dessen Vater William sie seit vielen Jahrzehnten verpackten. Und mittendrin, irgendwo hinter den Felsen, versteckt im Unterholz des Meereswaldes: *sie?*

Die Aussicht, Mandy wiederzusehen, deren Auftauchen Taylor sich seit mehr als einem Jahrzehnt entgegensehnte, war überwältigend – aber auch tieftraurig. Denn es bedeutete, dass sie in größter Gefahr schwebte.

Andächtig, still und beinahe regungslos, aufgereiht wie Zinnsoldaten, verharrten wir vor der Wand aus Glas, welche die zwei Welten voneinander trennte: Taylor, Edward und ich. Ich hatte keine Ahnung, was als Nächstes passieren würde. Es fiel mir schwer, meine Erinnerungen abzurufen; die Bilder zu sehen, die ich vor elf Jahren draußen auf dem Pazifik gesehen hatte. Würde sie so aussehen wie damals? Oder wäre sie hier und heute genauso alt wie wir – ein Teenager in ihrer Welt so wie wir in unserer?

Ich hielt den Atem an.

Leise wie ein Gespenst hatte sich Julie zu uns gesellt, elegant und lautlos wie die ihr zum Schutz anvertrauten Meeresbewohner. Sie trug ein Kleid in der Farbe des Ozeans und berührte sanft meinen Arm, um mich nicht zu erschrecken.

„Sie ist wunderschön, nicht wahr?"

„Wir ... haben sie noch nicht gesehen", stotterte ich.

„Entschuldige", wandte sich Edward an sie. „Sie wollten unbedingt ... nun ... ich habe dir die Vorgeschichte erzählt – ich bin es Taylor schuldig."

Julie nickte verständnisvoll und schickte ein mitfühlendes Lächeln zu Taylor am anderen Ende unserer Reihe hinüber. Er schien sie nicht im Geringsten zu bemerken. Sondern starrte geistesabwesend und wie durch einen Zauber gebannt hinein in den dichten, dunklen Meereswald, der sich vor uns in dem gigantischen Wasserbecken auftat. Er durchbohrte ihn nahezu mit seinen Augen.

Es war, als fröre die Zeit ein. Während wir mucksmäuschenstill darauf warteten, dass etwas geschah. Dass *sie* sich zeigte.

Vier klitzekleine Menschen, schockgefroren in Anbetracht der Wunder der Schöpfung.

Es war Taylor, der das Eis brach, indem er einen Schritt vortrat, so nahe heran an die durchsichtige Wand, dass das Glas vor seinem Mund beschlug. Langsam legte er seine rechte Hand auf die mächtige Scheibe, ein wenig oberhalb seines Kopfes, die Finger ausgestreckt, so als wäre es ein Signal, ein Erkennungszeichen. Er tat es wie in Trance, den Blick weiterhin angestrengt in die undurchdringlichen nächtlichen Tiefen des Aquariums gerichtet.

Offenbar war es genau dieses Zeichen, seine ausgestreckte Hand, die sie auch vor elf Jahren als Erstes gesehen hatte, nachdem er über Bord gegangen war. Denn im selben Moment, nur Sekundenbruchteile später, schoss etwas aus dem Dunkel auf uns zu – genauer gesagt auf Taylor.

Erschrocken fuhr ich zurück, während Edward an meiner Seite ein leises *Huch!* entwischte. Der Schweiß stand ihm auf der Stirn, die mir noch weißer erschien als sonst. Julie hingegen starrte gebannt auf Taylor, als wäre er als Studienobjekt nicht minder interessant als das, was sich auf der anderen Seite der Glaswand abspielte. Als folge sie einem Reflex, hatte Mandy – sie war es, daran bestand kein Zweifel, eine Mandy, die ungefähr im gleichen Alter sein musste wie Taylor und ich – in einer Bewegung, die so flüssig und blitzschnell war wie das Wedeln eines Delfins mit seiner Flosse, ihre Hand auf seine gelegt. Finger auf Finger. Fast hätte man sagen können: *in* seine Hand, so harmonisch wirkte es. Ich hätte weinen können, so bewegend war dieser Augenblick des Wiedersehens. Es war, als hätte eine abgrundtief böse Hexe Romeo und Julia ein neues Joch auferlegt und sie auf zwei Seiten eines Zauberspiegels verbannt, um sie für immer voneinander zu trennen. Und doch machte erst dieser Zauberspiegel, diese Wand aus Glas, ihr Wiedersehen überhaupt möglich, denn er trennte Wasser von Luft und Luft von Wasser, sodass sie beide atmen konnten, während sie einander mit den Augen streichelten und mit den Fingerspitzen küssten. Von Mandys nackten Hüften abwärts umfloss ein silbernes Kleid ihren Unterkörper – eine schlanke, vor unseren Augen aufgeregt im Wasser tänzelnde Flosse. Ihr Oberkörper war nackt, ihre kleinen Brüste waren unbedeckt. Die sanfte Unterwasserströmung ließ ihr Haar wie einen leichten, im Wind flatternden Seidenschal über ihren Körper wehen – sie wirkte wie ein Mädchen, das einen Spaziergang in einer Sommerbrise unternahm. Ein Mädchen, für das Wasser dieselbe Bedeutung hatte wie für uns Luft: Es war unsichtbar und immerwährend vorhanden.

Der Kupferton ihres Haars, an den ich mich zu entsinnen glaubte, war einem weichen Sandton gewichen, aber das Meer aus kleinen Locken war geblieben; zu beiden Seiten ihres Gesichts flossen zarte Strähnchen hinab, in die winzige bunte Muscheln geknüpft waren. Ihre Haut war hell, aber nicht eisweiß wie bei einer Porzellanpuppe, auch nicht friedhofsblumenweiß wie Edwards Hände, Hemdkrägen oder in diesem Augenblick seine Stirn, sondern eher von der Färbung eines jungen, makellosen Elfenbeins und ohne die kleinen Pickel, die mir seit einiger Zeit zu schaffen machten. Was mich jedoch am meisten erstaunte, waren ihre Augen: Sie leuchteten so warm wie ein von Edward Hopper gemalter Septemberhimmel, der durch das bunte Herbstlaub der Bäume späht. Für einen Moment verspürte ich den unbändigen Wunsch, sie dort rauszuholen – koste es, was es wolle. Unbestreitbar war: Sie wirkte so menschlich, dass ich Angst bekam, sie könne ertrinken. Schwerelos wie eine Möwe, die sich vom Wind tragen lässt, schwebte sie vor uns in der Tiefe des Wasserbeckens, nur ein paar Armlängen von uns anderen entfernt und nicht mehr als Zentimeter von Taylor. Sie lächelte ihn selig an, durch das Glas hindurch, und er lächelte auf die gleiche Weise zurück. Er schien für immer in ihren sanftmütigen Augen untergehen, in ihnen ertrinken zu wollen.

Ich spürte, wie mich die Szenerie mehr und mehr beunruhigte.

Was machte sie da? Hypnotisierte sie ihn etwa? Ich war selbst nicht weit davon entfernt, dass mir schwindelig wurde bei ihrem Anblick. Kaum hatte ich den Gedanken zu Ende geführt, hatte ich die Apokalypse auch schon klar vor Augen: Das Glas, obwohl so mächtig, dass es möglicherweise einem Bombenangriff standhalten würde, würde zerbrechen, und sie würde Taylor mit ihren unendlich zarten, aber gleichzeitig übermenschlich kräftigen Armen schnappen und mit sich in die ausströmenden Fluten reißen, um den sicheren Pazifik zu erreichen, der direkt an das Aquarium brandete. Wo sie gemeinsam mit ihm, ihrem lang ersehnten Fang, auf den tiefen, für keine Menschenseele jemals erreichbaren Grund des Ozeans hinabtauchen würde.

Was wussten wir schon über Meerjungfrauen? Taylor und ich hatten beide das Alter erreicht, in dem man über die Unmöglichkeit der Existenz solcher Wesen durch Bücher und Fernsehsendungen unterrichtet war. Und nun sahen wir sie mit eigenen Augen vor uns – zum zweiten Mal in unserem Leben, das wir so lange Seite an Seite verbracht hatten, dass wir richtiggehend zusammengewachsen waren, obwohl wir in zwei verschiedenen Körpern lebten. In diesem Augenblick jedoch schien diese, unsere, *meine* Welt zu beben. Nicht nur mir, sondern jedem der vor der gläsernen Manege versammelten Auserwählten fehlte der Atem, um auch nur den kleinsten Laut von sich geben zu können. Spätestens jetzt wurde mir klar, dass wir den Büchern und Fernsehsendungen von nun an ein gutes Stück voraus waren. Und noch etwas dämmerte mir, langsam wie eine düstere Rauchwolke stieg es den Schornstein meiner Seele hinauf, der noch so rein vom Schmutz und Ruß des Lebens war: dass der Moment kommen würde, in dem ich diese so einzigartige, wundervolle, lustige, traurige, verträumte, unersetzliche Seite, an der es mir elf Jahre lang so gut gegangen war, dass ich am liebsten mein ganzes Leben an ihrer nun stark und kräftig gewordenen Schulter verbracht hätte, verlieren würde.

An *sie*. Und die Welt hinter dem Glas.

Oh Gott, die Haie! durchfuhr mich unvermittelt ein schrecklicher Gedanke, so heftig wie der elektrische Schlag eines Zitteraals, als urplötzlich und wie aus dem Nichts ein Rudel der Raubtiere des Meeres hinter Mandys Rücken auftauchte.

„Keine Angst, sie tun ihr nichts", beruhigte mich Julie, als könne sie Gedanken lesen, und legte ihre Hand auf meine Schulter. Tatsächlich: Das verbrecherische Rudel machte einen großen Bogen um die Meerjungfrau, die vor ihren starren Haifischaugen an einer durchsichtigen Leinwand klebte und in eine Welt hineinsah, die sie noch nie zuvor gesehen haben konnte. Nicht nur wir erblickten ein Wunder, auch sie tat es.

Erst jetzt bemerkte ich es: Ein Amulett zierte ihren Hals.

Sein Amulett. Taylors Indianeramulett, das wir zusammen mit Doris und der Botschaft im Meer versenkt hatten, damals, an der Stelle, wo es passiert war. Mandy hatte es also gefunden. Sie hatte unsere Botschaft erhalten. Also war es möglicherweise kein Zufall, dass sie hier war.

„Kommt jetzt, Kinder", drängte Edward. „Wir besprechen alles Weitere zu Hause."

Ich konnte förmlich sehen, wie Taylor in sich zusammensackte.

Er war unfähig zu gehen. Er war unfähig zu reden. Er war noch immer wie in Trance. Es war, als wären er und sie über ihre auf das Glas gepressten Handinnenflächen fest miteinander verbunden – wie zwei Magneten, die, hatten sie einander erst einmal berührt, nicht wieder auseinanderzubekommen waren. Es war offensichtlich, dass Taylor am liebsten einfach bei ihr bleiben würde, die ganze Nacht, den nächsten Tag, für immer. Wie zwei Planeten auf derselben Umlaufbahn – so nah und doch so unerreichbar fern.

Lautlos trat ich einen Schritt vor und ergriff seine andere Hand, jene, die nicht in Kontakt mit Mandy stand. Sie fühlte sich kühl an. Trotz meiner Angst, ebenfalls in ihren Bann zu geraten, konnte ich nicht anders, als Mandy anzusehen. Jetzt verstand ich, warum Taylor in ihren Augen ertrinken wollte – in ihnen schien sich sämtliche Wärme und Güte der Welt zu spiegeln. Nichts an ihr, von ihrer silbernen Flosse abgesehen, erinnerte mich an einen Fisch. Ihre engelsgleichen Augen musterten mich auf eine Weise kameradschaftlich, dass ich für einen Moment glaubte, sie habe mich wiedererkannt.

War das möglich?

Unsere Blicke hatten sich damals nur für Sekundenbruchteile gekreuzt, der Vorfall auf dem Meer lag mehr als ein Jahrzehnt zurück. Sie, ich und Taylor waren Kinder gewesen.

„Wir müssen jetzt gehen", sagte ich zu ihr – der Satz fiel einfach so aus meinem Mund, obwohl ich wusste, dass sie mich durch das dicke Glas nicht hören konnte. Dennoch schaute sie mich traurig an, als hätte sie jedes Wort verstanden. „Aber wir kommen wieder", ergänzte ich, „wir lassen dich nicht im Stich."

Ich weiß auch nicht, warum ich das gesagt habe. Ich hatte nicht den leisesten Schimmer, was sich hier vor meinen Augen abspielte, und doch fühlte ich mich auf einmal verbunden mit diesem Wesen aus dem Meer, von dem ich nicht das Geringste wusste – außer dass sie Taylor, *meinem* Taylor, das Leben gerettet hatte. Dass ich es ihr verdankte, dass er noch immer an meiner Seite war. Vielleicht wollte ich deshalb nicht, dass sie sich verloren fühlte, auch wenn sie es in diesem Moment zweifelsohne war. Ich wollte, dass sie wusste, dass ich auf ihrer Seite war. Dass auch ich ihre Freundin war. Selbst wenn sie es sich in den Kopf gesetzt hatte, mir *meinen* besten Freund zu stehlen.

Und doch, in diesem Moment hielt ich es für die beste Entscheidung, auf Edward zu hören: Zentimeter um Zentimeter stahl ich Taylor aus ihren Armen.

„Wir müssen jetzt wirklich los, Taylor ..."

Die Zeit des Aufbruchs war unweigerlich gekommen.

Edward und Julie gingen wortlos voran, mit einem sich sträubenden Taylor und mir im Schlepptau. Es hatte mich fast körperliche Gewalt gekostet, ihn von ihr loszureißen. Bevor Julie das schwache Nachtlicht in der Halle komplett löschte, drehten wir uns ein letztes Mal zu Mandy um. Sie hockte zusammengekauert am Boden des Aquariums und sah uns mit großen Augen nach. Wie klein und verloren sie wirkte, es konnte einem das Herz brechen. Sie presste ihre zarte Hand noch immer fest auf die Scheibe, ganz so, als wäre Taylor nach wie vor auf der anderen Seite.

Mit einem verzweifelten Ruck riss er sich von mir los, um zu ihr zurückzulaufen. Es war Edward, der ihn kräftig am Arm packte, um ihn daran zu hindern.

„Du siehst sie morgen wieder", versprach er. „Aber du kannst nicht die ganze Nacht hier im Aquarium verbringen."

„Wieso nicht? Ist sie etwa dein Eigentum?", platzte es aus Taylor heraus, während sich seine Augen mit einem feurigen Cocktail aus Sehnsucht, Wut, Enttäuschung füllten.

Unversehens hatten sich die Blicke von Vater und Sohn in scharfe Klingen verwandelt, die einander kreuzten wie die Schwerter zweier Krieger in der Schlacht.

„Nein, Taylor!", versuchte Julie ihn zu beruhigen. „Aber wir brauchen jetzt alle etwas Zeit zum Nachdenken, und damit meine ich auch dich. Zeit, um zu begreifen. Niemand weiß genau, was wir hier vor uns haben – auch du nicht."

„Doch, ich weiß es", protestierte er lautstark und entwand sich dem Griff seines Vaters. „Ich weiß es!"

„Taylor, wir können nicht Hals über Kopf irgendetwas unternehmen. Du solltest jetzt mit deinem Vater und Amber nach Hause fahren. Dort könnt ihr reden", schlug Julie vor. „Hier ist sie sicher, ich gebe dir mein Wort. Und morgen sehen wir weiter."

Taylor holte tief Luft. Ein letztes Mal suchten seine Augen den Kontakt zu Mandy. Es war schwer zu sagen, welches von diesen beiden Wesen verstörter wirkte.

„Erzählt bitte niemandem, was ihr heute gesehen habt", schwor Julie uns ein, als wir das Gebäude verließen. „Je weniger Menschen von ihr wissen, desto sicherer ist sie. Und macht euch keine Sorgen wegen der Haie, mit denen kennt sie sich aus", ergänzte sie, um uns zu beruhigen. Sie verriegelte die Tür von außen. „Wenn es eine Gefahr für sie gibt, dann höchstens menschliche Haie." Sie warf einen flüchtigen Blick hinüber zu Edward, als wolle sie auf etwas anspielen. Wir konnten uns denken, auf was oder besser gesagt *wen*. Offenbar war auch ihr das unheimliche Funkeln in Jack Di Neros Augen nicht entgangen. Wer weiß, welche Pläne bereits in seinem Kopf schwirrten, in dem für nichts anderes als Geld und Macht Platz zu sein schien. Doch auch Edward, so nett er war, durfte nicht unterschätzt werden. Das sagte mir meine Intuition, eine Eigenschaft, die ich offenbar von meinem Vater geerbt hatte – denn Claire ging diese völlig ab –, genauso wie das Talent zum Gitarrespielen und der fatale Hang zu gutem Essen. Ich konnte es kaum erwarten, ihr von Mandy zu erzählen. Sie war die Einzige in der Familie, die komplett ahnungslos war, was die neuesten Nachrichten betraf, und vermutlich gerade ein Liedchen singend den Backofen putzte, während nebenan der Fernseher lief.

„Willst du, dass ich fahre?", fragte ich Taylor, als wir vor dem Auto standen.

Taylor schüttelte den Kopf und holte abermals tief Luft.

„Es geht schon", antwortete er und hievte seinen unter der Last des Schicksals ächzenden Körper hinters Steuer. Ich stieg hinten ein, während Edward auf dem Beifahrersitz Platz nahm. Ein bedrückendes Schweigen füllte den Innenraum des alten Chevy. Wir alle waren Zeuge von etwas geworden, das sehr wahrscheinlich noch nie zuvor ein Mensch auf dieser Welt gesehen hatte. Es fiel mir schwer, das Chaos in meinem Kopf zu ordnen – die Dinge, die ich eben gerade im Bay Aquarium mit meinen eigenen Augen gesehen hatte. All das kam mir vor wie ein Film, aber es war real. So viel stand nun fest. Mandy existierte. Sie war ein Mädchen in unserem Alter. Ein Mädchen, das im Meer lebte.

„Sie ist heute Nachmittag einem unserer Fischtrawler ins Netz gegangen, einfach so", brach Edward das Schweigen.

„Einfach so?" Taylor war noch immer wütend auf seinen Dad.

„Einfach so. Nun … abgesehen von der roten Puppe. Sie war mit ihr im Netz. Offenbar trieb sie irgendwo da draußen auf dem Wasser herum, und da ist sie nach oben geschwommen, um sie sich zu holen, vermute ich. Sieht ein bisschen so aus wie die Puppe, die ihr damals im Meer versenkt habt."

Taylors und mein Blick trafen sich im Rückspiegel.

Ich konnte fühlen, was er dachte. Dass die rote Puppe für Mandy vielleicht so etwas wie ein Erkennungszeichen war. Dass sie gedacht hatte, wir hätten eine Botschaft für sie. Wenn dem so war, war es meine Schuld, dass sie gefangen worden war. Schließlich war ich es, die damals Doris als Geschenk für sie vorgeschlagen hatte.

„Edward, darf ich dich etwas fragen?", versuchte ich meine Gedanken abzulenken. Möglicherweise wollte ich auch einfach nur, wenn auch unbewusst, die Schuld jemand anderem in die Schuhe schieben.

„Solange die Frage fair und sachlich ist, ja."

„Du hast sie doch auch gesehen damals?"

„Wen gesehen?"

„Mandy."

„Mandy? Wer soll das sein?"

„Na sie, die *Meer-jung-frau*!" Ich betonte alle drei Silben des Wortes, sodass sie auch für Begriffsstutzige verständlich sein mussten.

Edward drehte sich zu mir um und schaute mich an, als wäre ich von allen guten Geistern verlassen.

„Ihr habt ihr einen *Namen* gegeben?"

„Jeder Mensch hat einen Namen."

„Aber Amber, sie ist doch kein …"

„Sprich es bitte nicht aus", drohte Taylor mit einem Knurren in der Stimme.

„Gut", beschwichtigte ihn Edward mit erhobenen Händen. „Ja, ich habe sie damals gesehen. Punkt, aus."

Er starrte durch die Windschutzscheibe, als würde er im Licht der Straßenlaternen etwas Wichtiges suchen, das ihm verloren gegangen war.

„Und wieso hast du dann nie etwas gesagt?", bohrte ich nach, während ich sein eingefrorenes Gesicht im Rückspiegel musterte. „Und zugelassen, dass Grandpa William als Spinner begraben wurde?"

„Nun …", antwortete Edward schließlich, nachdem er sich ausführlich geräuspert hatte. „Wenn du nichts dagegen hast, würde ich diese Frage gern an euch beide zurückgeben."

Wortlos startete Taylor den Motor, während ich mich beschämt in die Rückbank drückte und aus dem Fenster sah, den Lichtern der Cannery Row folgend, die an mir vorbeiflogen.

„Da seid ihr ja", begrüßte uns Claire, die gerade mit einem Putzlappen in der Hand aus der Küche kam, während nebenan der Fernseher lief.

Niemand entgegnete etwas, als wären wir alle – inklusive Edward, dem Hausherrn – kleine Kinder, die Mist gebaut hatten und der Enthüllung ihrer Missetaten harrten.

„Was ist passiert? Kommt schon, ich kann es euch ansehen." Fragend blickte sie Edward an, in ihren Augen umschlangen sich Neugier und Vorwurf. Normale Menschen steuerten um diese Zeit müde vom Tagwerk der Gerechten das Schlafzimmer an, anstatt sich unter freiem Himmel durch die Nacht treiben zu lassen. Auch wenn die Sirenenstimmen jenes Lebensstils ihr gewiss nicht unbekannt waren – sie hatten bereits in den Sechzigern in ihren zarten Mädchenohren geklingelt und sie mit Sex, Drugs und Rock 'n' Roll bekannt gemacht. Nicht ganz zu Unrecht vermutete sie, dass heute, zwei Jahrzehnte später, die Verhältnisse in der berühmt berüchtigten Cannery Row möglicherweise anders, aber sicher nicht weniger besorgniserregend waren.

Zu meiner größten Überraschung sollte Claire sich als die Bodenständigste von uns allen erweisen, ihren wilden Lehr- und Wanderjahren im Rock 'n' Roll-Zirkus der Endsechziger zum Trotz. Als diejenige im Hause Teagarden, die offenbar am stärksten verhaftet war mit dem Bild, das sie sich von *ihrer* Realität gemacht hatte und das sie auch weiterhin unbeschädigt wissen wollte.

Taylor und ich hatten uns elf Jahre lang den Mund fusselig geredet über Mandy, sodass ihr Auftauchen uns letzten Endes nur folgerichtig erschien. Vor langer Zeit war uns ein Blick in eine andere Welt vergönnt gewesen, und wir hatten Zeit genug gehabt, uns mit dem Gedanken vertraut zu machen, dass es eines Tages möglicherweise einen zweiten Blick, ein Wiedersehen, geben würde. Edward nahm die Entdeckung ebenfalls gefasst auf, jedenfalls rein äußerlich – von einer leichten Blässe um die Nase mal abgesehen. Allerdings war er der schweigsame Typ, und man konnte sich bei ihm nicht wirklich sicher sein, was er als Nächstes unternehmen würde. Er fraß alles in sich hinein – die Wunder des Lebens sowie die Katastrophen, die es anspülte. So wie er den Tod von Elena in sich hineingefressen hatte, ohne ihn je wirklich verdaut zu haben.

Und meine Mutter? Als wir ihr an jenem Abend mit ernsten Mienen von Mandys Auftauchen erzählten, dachte sie tatsächlich, wir wollten sie auf den Arm nehmen. Hatte sie wirklich alles vergessen, was damals auf dem Boot geschehen war? Oder verhielt sie sich nur, wie Erwachsene sich eben verhielten: alles verdrängend, was nicht in ihr Weltbild passte? Ausgerechnet die Menschen, die ihr am nächsten standen, Menschen, unter denen sich von ihr für hochseriös gehaltene Leute wie Edward Teagarden befanden, wollten ihr weismachen, dass im Monterey Bay Aquarium ein paar Meilen weiter eine Meerjungfrau schwamm.

„Ich weiß gar nicht, ob ich sie überhaupt sehen will", beantwortete sie meine nicht gestellte Frage schließlich und endlich genau wie von mir erwartet: „Das bringt mein ganzes Weltbild ins Wanken." Danach verabschiedete sie sich, um ins Bett zu gehen.

Für den nächsten Morgen, Punkt sieben Uhr, war ein Meeting angesetzt. Ein Meeting zweier einflussreicher Personen: Edward und Jack. In den Büros der Teagarden Company – eine Stunde bevor der normale Geschäftsbetrieb für die Angestellten begann. Edward versprach, uns gleich nach der Sitzung über ihr Ergebnis zu informieren und sicherzustellen, dass wir danach, wenn auch gemeinsam mit ihm und Jack, Zutritt zum für die Öffentlichkeit gesperrten Aquarium erhielten.

Es war Jack, der uns Angst einjagte. Oder vielmehr sein Charakter. An der Monterey High war vor Kurzem ein Modewort aufgekommen.

Es lautete *cool*.

Jeder, der etwas auf sich hielt, musste und wollte cool sein, koste es, was es wolle. Es war eine Mode, geboren in den Achtzigern – eine Mode, die ich absolut nicht verstand. Cool bedeutete kühl, unfähig zu fühlen, versteinert. Letzten Endes also tot. Und wer will schon allen Ernstes tot sein oder zumindest gefühlstot? Ich hoffte inständig, dass sich dieser Trend nicht noch weiter ausbreitete, sonst würden wir bald in einer ziemlich kalten Welt leben. Tom Cruise war cool, seit *Top Gun*. Leider jedoch konnte nicht jeder so aussehen wie er und Pilot bei der US Air Force sein. Schlimmer als die jungen Coolen jedoch waren die alten Coolen. Sie waren nicht cool, sondern einfach nur abgebrüht. Und genau so ein Typ war Jack.

Obwohl es schon spät war, fiel es mir schwer einzuschlafen. Ich musste an Mandy denken, die jetzt einsam und allein in einem nachtschwarzen Aquarium ihre Runden drehte, fernab der Welt, die sie kannte. In der sie zu Hause war. Ich versuchte mir vorzustellen, wie ich mich fühlen würde, wenn ich beim Tauchen im Ozean von einer Population halb Mensch, halb Fisch gefangen genommen und in einen gläsernen Käfig gesperrt würde.

Ich sehnte mich danach, diese Nacht wieder auf der anderen Seite des Korridors zu verbringen, so wie früher, in Taylors Zimmer, um gemeinsam mit ihm das Dunkel zu vertreiben, zu flüstern, Pläne zu schmieden. Doch dafür waren wir zu alt. Mit siebzehn schleicht man sich nicht einfach nachts in das Zimmer des Jungen, den man liebt. Noch dazu, wenn man fühlt, dass das Herz des Jungen bereits vergeben ist.

„Ihr werdet noch zu spät zur Schule kommen", sorgte sich Claire am nächsten Morgen am Frühstückstisch, während sie sich ihren dritten

Becher schwarzen Kaffee einschenkte. Taylor war bereits zehn Minuten überfällig.

„Kannst du bitte nachsehen, wo er bleibt?", bat sie mich.

„Wir dürfen die ersten zwei Stunden dem Unterricht fernbleiben", erwiderte ich betont seriös, damit es nicht nach Blaumachen klang. Seriös und mit einem sehnsuchtsvollen Blick auf mein noch unberührtes Frühstück, das mir seit zehn Minuten – oder um es eindringlicher auszudrücken: *sechshundert elend langen Sekunden* – das Wasser im Mund zusammenlaufen ließ. Aus Gründen der Kollegialität und im Sinne einer ungestörten Gruppendynamik hatte ich beschlossen, nicht damit anzufangen, bevor Taylor neben mir am Tisch saß. „Edward schreibt uns eine Entschuldigung", fügte ich dem Gesagten hinzu. „Wir treffen ihn gleich beim Aquarium."

Claire sah mich entrüstet an.

„Du meinst, er schreibt *Taylor* eine Entschuldigung."

„Oh Mom, bitte."

„Nenn mich bitte Claire. Du bist ein erwachsenes – nun ja, fast erwachsenes – Mädchen. Obwohl ich manchmal daran zweifle, besonders in letzter Zeit."

„Oh Mommy, bitte, bitte …"

Mir blieb nichts anderes übrig, als sie zu quälen. Mit der Verniedlichung des Worts, das sie ohnehin nicht ausstehen konnte.

„Hör auf, sofort!", befahl sie.

Ich stoppte wie auf Knopfdruck und hielt mir theatralisch die Hand vor den Mund.

„Gut", willigte sie ein. „Wenn Edward es Taylor auch erlaubt … aber nur die ersten zwei Stunden." Einen Augenblick lang musterte sie mich nachdenklich, als erwäge sie, nähergehende Informationen zu unserem Fernbleiben des Unterrichts anzufordern, verwarf diesen Gedanken jedoch offensichtlich wieder. Stattdessen schüttelte sie in spielerischer Empörung den Kopf, begleitet von einem tadelnd wedelnden Zeigefinger. Ich konnte nicht anders, als zu lächeln. Nach außen hin mochte Claire ihren Hippie-Lebenswandel aufgegeben haben, doch ich sah ihr an, dass sie sich heimlich darüber freute, dass ihre sonst so vorbildliche Tochter sie mit einer erfrischenden Prise Revolutionärsgeist überraschte und an diesem wunderbaren Morgen einfach so mir nichts dir nichts die Schule schwänzen würde.

Genau wie sie früher.

Über den Tisch hinweg pustete ich ihr einen dicken Luftkuss zu.

„Ehrlich gesagt bin ich ganz froh, nicht zu wissen, was momentan in euren Köpfen vorgeht", ergänzte sie noch immer kopfschüttelnd. „Und nun sieh bitte nach, wo er bleibt."

Nachdem ich dreimal hintereinander mit jeweils leicht erhöhter Lautstärke an Taylors Schlafzimmertür geklopft und mein Ohr dahinter nicht den leisesten Laut vernommen hatte, öffnete ich vorsichtig die Tür. Durch den handbreiten Spalt blickte ich in das Zimmer. Das Bett war aufgeschlagen.

„Taylor?", flüsterte ich mehr, als dass ich es wahrhaftig aussprach, denn eine innere Stimme posaunte es bereits durch alle Windungen meines Gehirns.

Er war verschwunden.

Ich widerstand der Versuchung, augenblicklich wie eine Wilde loszurennen, seiner Spur folgend, sondern ging so langsam und beherrscht wie möglich durch den Flur in Richtung der Garage. Meine Ahnung hatte mich nicht getäuscht: Sie war leer – sowohl Taylors Chevy als auch Edwards Range Rover waren mitsamt ihren Besitzern verschwunden. Taylor, den ich für meinen besten Freund gehalten hatte, hatte mich tatsächlich verraten.

„Du hast ja keinen Happen gegessen!"

Als ich Claire eröffnete, dass ich mich ohne weitere Verzögerung mit dem Fahrrad auf den Weg machen würde, sah sie mich auf eine Art und Weise entgeistert an, als würde nicht ihre eigene Tochter, mit der sie normalerweise eine enge, freundschaftliche Beziehung verband, sondern ein völlig fremdes Mädchen vor ihr stehen. Offenbar hatte sie noch immer Schwierigkeiten, mich als ein Wesen einzustufen, dem der Erfolg einer geheimen Mission über einen vollen Bauch ging.

„Ja, und das ist auch gut so. Ich hab es satt, dick zu sein."

„Du bist nicht dick, Amber." Claire durchbohrte mich mit ihrem von mir gefürchteten *Deine-Mutter-liebt-dich-wie-du-bist-Blick*. Ein Blick, dem ich wiederum kaum standhalten konnte – so wie sie meinen Mommy-Sticheleien. *Sie* war immer schlank gewesen, *sie* hatte keine Ahnung, wie es sich anfühlte, sich schlank hungern zu müssen.

„Ich weiß", lenkte ich ein. „Nicht mehr so wie früher jedenfalls."

„Taylor mag dich so, wie du bist."

Jetzt also auch noch er. Der Verräter.

Sie brauchte nur seinen Namen zu nennen und zu sagen, dass er mich mochte – und schon lief ich rot an. Ich spürte, wie sich die Farbe gleichmäßig über mein Gesicht verteilte, konnte aber nicht das Geringste dagegen unternehmen.

Claire tat, als bemerke sie rein gar nichts. Ich dankte ihr innerlich für ihre mütterliche Diskretion.

„Na, dann geh schon", gab sie mir den Laufpass und verpasste mir einen Kuss auf die Stirn. Bevor sie sich wieder auf ihren Stuhl am Esstisch fallen ließ, von der morgendlichen Aufregung so erschöpft, als würde der Tag nicht eben erst beginnen, sondern würde – endlich! – auf einen ruhigen Ausklang zusteuern.

Jeder Mensch hat seine Engel und Dämonen. Wenn Mandy Taylors Engel war, dann war sein Dämon mit ziemlicher Sicherheit Jack. Im selben Moment, in dem ich beim Aquarium eintraf, lief jener aus dem Haupteingang ins Freie und fummelte an seinem Mobiltelefon herum – einem weißen Motorola, das aussah wie ein riesiger Hundeknochen. Mit dem einzigen Unterschied, dass man darauf nicht herumkaute, sondern ihn anbrüllte. Jack war immer auf dem neuesten Stand der Technik. Tiefe schwarze Ränder zierten seine Augen an diesem Morgen. Ich konnte sie bereits aus zwanzig, dreißig Metern Entfernung erkennen. Wahrscheinlich hatte er die ganze Nacht durchtelefoniert, um sicherzustellen, dass er den größtmöglichen Profit aus dem Fang ziehen würde. Nachdem ich mein Fahrrad abgestellt hatte, lief ich an ihm vorbei, ohne dass er auch nur die geringste Notiz von mir nahm, während er irgendetwas in sein Telefon bellte.

Am Eingang hing ein Schild mit der Aufschrift: *Monterey Bay Aquarium heute wegen dringender Wartungsarbeiten geschlossen. Vielen Dank für Ihr Verständnis.*

Nervös schlich ich mich in die Eingangshalle. Das gläserne Portal folgte meinem sanften Druck. Ruhig und trügerisch friedlich fiel das Licht der Morgensonne an diesem frisch geborenen Novembertag in die Halle, keine Menschenseele war zu sehen. Bis ich zwei Stimmen wahrnahm, die sich mir näherten.

„Wo ist sie, Dad!"

Das war Taylor. Er klang aufgebracht.

„Sie wird für den Transport vorbereitet."

„Für welchen Transport? Wo schafft ihr sie hin?"

„Wir *schaffen* sie nirgendwohin, oder hältst du uns nun schon für Entführer? Ihr wird nichts passieren", erwiderte Edward, sich mühsam beherrschend und auf das Hauptportal zusteuernd, durch das ich gerade getreten war. Auch er schien mich überhaupt nicht wahrzunehmen, anscheinend war ich heute für alle Luft – für ihn, für Jack und sogar für Taylor, der sich einfach in einer Nacht-und-Nebel-Aktion davongestohlen hatte, offenbar ohne den geringsten Gedanken daran zu verschwenden, dass wir ein Team waren. Wir waren es seit elf Jahren, doch nun war ich allem Anschein nach vom Platz geflogen und saß nur noch auf der Reservebank, wenn überhaupt. Was hatte ich getan, um diese Degradierung zu verdienen?

Abrupt verlangsamte Edward seinen bis dahin zügigen Schritt – er und Taylor waren nur ein paar Meter von mir entfernt. Mit einem entschlossenen Blick in die Augen seines Sohnes stellte er klar: „Taylor, du bist zu jung, um das alles zu verstehen. Dieser Fang wird in die Geschichte eingehen. Er wird in den Geschichtsbüchern dieser Welt stehen und ein neues Kapitel in der Naturwissenschaft aufschlagen. Und er wird auf immer mit dem Namen Teagarden verbunden sein. Deine Mutter Elena wäre stolz auf uns, könnte sie all das miterleben."

„Nein, das wäre sie nicht!", entgegnete Taylor wutentbrannt. Sein Körper war angespannt wie ein Bogen, aus dem im nächsten Moment ein Pfeil zu schnellen droht. „Im Gegenteil: Es würde ihr wehtun, zu erfahren, wie kalt dein Herz geworden ist."

Edward lachte ungläubig auf, aber für einen kurzen Moment konnte ich in seinen Augen erkennen, dass sein Sohn ihm soeben einen schweren Treffer verpasst hatte. Innerhalb von Sekunden jedoch fing er sich wieder, kehrte zurück in den Ring.

„Taylor, ich möchte dich an eine Sache erinnern", fuhr er fort, und sein Gesicht schien sich in derselben Sekunde in eine reglose Maske zu verwandeln. „Was einem amerikanischen Fischer da draußen auf See ins Netz geht, ist sein Eigentum. Das war immer so, und das wird immer so sein. Dieses … Wesen … ist in *mein* Netz gegangen und wurde von *meinen* Leuten an Bord *meines* Schiffes gezogen. Sie gehört *mir*, hast du verstanden?"

„Nein", widersprach Taylor trocken. „Keine Seele auf dieser Welt kann eine andere Seele besitzen."

„Oh, jetzt hat sie schon eine Seele …", tat Edward vergnügt. Er spielte den Bösen, und im selben Moment verwandelte er sich in ihn.

„Also: Wo bringt ihr sie hin?", fragte Taylor ihn abermals.

„Wir möchten sie einigen Leuten vorstellen. Einflussreichen Leuten."

„Du meinst Wissenschaftlern? Die besten Meeresbiologen aus ganz Amerika arbeiten hier im Bay Aquarium, Dad!"

„Nein, keine Wissenschaftler, mein Sohn. Ich bin Fischer, und wie du vielleicht weißt, bekommen wir Fischer keine staatliche Unterstützung. Wir müssen unser Brot selbst verdienen. Wenn sie hierbleibt, werden die Wissenschaftler sie uns wegnehmen – und die Leute aus Monterey."

„Sie euch *wegnehmen*?" Taylor schüttelte fassungslos den Kopf.

Edward nickte, die Körpersprache seines Sohnes ignorierend, und räusperte sich kurz, um dann mit seiner Ansprache fortzufahren.

„Taylor, bitte glaube mir: Die Gerüchteküche brodelt schon, die komplette Mannschaft unseres Trawlers hat die Nacht damit verbracht, alles ihren Familien zu erzählen. In weniger als zwei oder drei Stunden, wahrscheinlich früher, werden die ersten Schaulustigen hier vor der Tür stehen. Sie werden sie sehen wollen. Wahrscheinlich ist sogar das Fernsehen bereits informiert, und die ersten Kamerateams sind unterwegs. Bis sie hier ankommen, muss sie verschwunden sein, Taylor, verstehst du? Sonst bleibt uns am Ende nichts." Er legte seine Hände auf Taylors Schultern, die sich mittlerweile auf derselben Höhe befanden wie seine, und blickte ihm ernst ins Gesicht.

Taylor entwand sich ihm augenblicklich und neigte seinen Kopf fragend zur Seite.

„Was meinst du mit *nichts*, Dad – Geld?"

„Unter anderem", erwiderte Edward kühl. „Und nun entschuldige mich. Ich habe zu tun."

Er hastete an mir vorbei, als wäre ich gar nicht vorhanden. Kein Hallo, kein kurzer Blick, nichts. Wie gesagt: Ich war Luft an diesem Morgen. Luft für die, die ich bislang als meine Familie betrachtet hatte.

Taylor war drauf und dran, ihm nachzulaufen, doch ich riss ihn zurück, packte ihn mit aller Kraft am Arm.

„Wieso bist du ohne mich losgefahren?", stellte ich ihn zur Rede. Ich war mindestens genauso wütend wie er.

„Ich wollte dich nicht wecken", log er mich an, während er seinem Vater hinterhersah. Für ihn schien der Vorfall nicht weiter bedeutend zu sein. Für mich aber war er das: Sein Verhalten an diesem Morgen war ein schlimmer Vertrauensbruch, es erschütterte die Grundfesten unserer Beziehung. Wir Menschen sind ein Leben lang auf der Suche nach einem Seelenverwandten. Manche finden ihn nie. Aber noch mehr schmerzt es, wenn man glaubt, ihn gefunden zu haben – nur um dann eines Tages festzustellen, dass man sich offenbar geirrt hat.

Ich schüttelte fassungslos den Kopf. So leicht würde er mir damit nicht davonkommen.

„Hältst du mich nun auch schon für den Feind? So wie deinen Vater? Glaubst du, ich stecke mit ihm und Jack unter einer Decke?"

Erst jetzt schien Taylor mich wirklich wahrzunehmen. Ich konnte förmlich sehen, wie im selben Augenblick die Wut aus ihm entwich.

„Amber … nein. Um Himmels willen. Wie kommst du darauf? Du bist keine Feindin, du bist die beste Freundin, die ich je hatte. Und daran wird sich nie etwas ändern, verstehst du?"

Ich war so wütend und gleichzeitig doch nicht mehr als einen Atemzug davon entfernt, die Kontrolle zu verlieren und meine Lippen auf seine zu pressen.

„Aber *sie* ist mehr als das?", stellte ich ihn stattdessen zur Rede. Natürlich ohne dass es einen offiziellen Grund für meine Eifersucht gab – denn wir waren kein Paar, sosehr ich es mir auch wünschte.

„Amber, ich … weiß es doch auch nicht. Irgendetwas an ihr zieht mich magisch an – eine Stimme tief in mir sagt mir, dass ich mit ihr zusammen sein muss, koste es, was es wolle …"

Er sah mich mit treuen Hundeaugen an, als hätte er soeben *mir* dieses Liebesgeständnis gemacht.

„Aber das hat absolut nichts mit uns zu tun, Amber. Wir sind und bleiben Freunde – die besten, die man sich vorstellen kann, oder?"

Ich nickte tapfer, obwohl sich gerade ein stumpfer Pfahl durch meine Brust gebohrt hatte. Freundschaft ist schon etwas, Freundschaft ist besser als gar nichts, dachte ich, und doch war mein Herz in diesem Augenblick drauf und dran, zu zerspringen wie ein dünnwandiges Glas, das unversehens auf einen harten, unnachgiebigen Marmorboden gefallen war.

Draußen vor der Eingangshalle standen noch immer Jack und Edward – sie waren in ein Gespräch vertieft und nickten einander andauernd zustimmend zu.

„Geh!", schlug ich Taylor vor. „Ich werde versuchen herauszufinden, wohin sie sie bringen."

Er schaute mich zweifelnd an.

„Wie willst du das machen?", fragte er ungläubig.

„So wie es der Wind macht, der um eine Straßenecke spaziert", entgegnete ich mit einem Schulterzucken. „Ich bin Luft für die beiden heute Morgen. Schlicht und ergreifend unsichtbar – vielleicht hilft das."

Ich weiß nicht, ob Taylor mir vertraute oder ob er einfach nur keine bessere Lösung zur Hand hatte, jedenfalls machte er tatsächlich Anstalten, den Tempel seiner Seele, wie Claire den menschlichen Körper nannte, aus dem Raum zu bewegen. Ich hatte keinen Plan, noch nicht, aber ich hoffte, dass mir baldmöglichst etwas einfallen würde. Mir dämmerte, dass ich vielleicht eben gerade etwas zu viel versprochen hatte – aber nun war es zu spät. Wenn ich jetzt versagte, wäre das ein weiteres Minuszeichen für unsere Beziehung, die sich seit Mandys Auftauchen aus dem Wasser mehr und mehr in Luft aufzulösen schien.

„Taylor?" Ich flüsterte es ihm mehr hinterher, als dass ich es rief, kaum hatte er mir den Rücken zugewandt.

„Ja?" Noch einmal drehte er sich zu mir um.

„Ich bin auf deiner Seite, okay?"

Für eine Sekunde schenkte er mir ein Lächeln, das mir durch Mark und Bein ging.

„Ich weiß, Amber", erwiderte er. Dann drehte er sich um und spazierte durch das gläserne Eingangsportal hinaus, vorbei an Edward und Jack, ohne sie eines Blickes zu würdigen.

Der Chevy parkte am Straßenrand. Taylor stieg ein, startete den Motor und fuhr davon. Für einen Moment war Edward abgelenkt. Obwohl Jack weiter auf ihn einredete, blickte er irgendwie wehmütig der alten silberblauen Karosserie hinterher, die einst seinem Vater gehört hatte und die nun auf seinen Sohn übergegangen war. Von dem einen war er ohne großen Trennungsschmerz durch den Tod geschieden worden, und vom anderen … nun, von dem schien er sich hier, im Leben, immer weiter zu entfernen. All das stand geschrieben auf seiner Stirn, die sich in tiefe Falten gelegt hatte.

Ich wartete ein Weilchen, um daraufhin betont gelangweilt an den beiden vorbei zu meinem Fahrrad zu schlendern. Dort angekommen, nestelte ich in dem kleinen Korb am Lenker herum, als würde ich etwas Wichtiges suchen. Genauso gut hätte ich, die Detektivin auf ihrem ersten großen Sondereinsatz, mich aber auch vor meine Zielpersonen stellen und sie mit großen Augen anglotzen können – es hätte wohl kaum einen Unterschied gemacht. Edward und Jack waren dermaßen auf ihr Gespräch konzentriert, dass neben ihnen ein rosaroter Pinguin hätte auftauchen und sie nach dem Weg zur Stadtbibliothek fragen können, ohne dass sie in irgendeiner Weise reagiert hätten. Dennoch kam ich mir für einen Augenblick lang wie eine talentierte verdeckte Ermittlerin vor.

Und nicht nur das. Wenig später hatte ich aus den zu mir herüberwehenden Gesprächsbrocken herausgehört, was mit Mandy geschehen sollte. Mir blieb keine Zeit, um mich im Glanz dieser detektivischen Meisterleistung zu sonnen, die mein Guthaben auf dem Taylor-Freundschaftskonto wieder deutlich in die Pluszone treiben dürfte.

Das Schicksal, das Mandy bevorstand, hielt mich davon ab.

Wollten sie sie doch an einen Ort bringen, der in den achtziger Jahren mit ziemlicher Sicherheit der verruchteste und schäbigste in ganz Amerika war. Monterey mochte ein etwas langweiliges, hübsch lackiertes kalifornisches Provinznest sein, aber zumindest existierte hier so etwas wie Wahrheit. Im Gegensatz zu jenem Ort, auf den Mandy nun zusteuerte. Es war ein Ort, an dem jede neu eintreffende Wahrheit sich sofort von unzähligen glitzernden Spiegeln und Scheinwerfern umzingelt sah, die sie über kurz oder lang in ein käufliches Produkt verwandeln sollten.

„*Wohin* bringen sie sie?" Taylor war außer sich – er glaubte, sich verhört zu haben. Doch es bestand kein Zweifel. Ich hatte es mit meinen eigenen Ohren gehört.

„Nach Las Vegas", wiederholte ich die erschreckende Wahrheit. „Mit einem Truck, der normalerweise Wasser transportiert. Oder Öl, ich weiß es nicht."

Taylor starrte mich an wie ein Wesen von einem fremden Planeten. „Nevada? Das sind fünfhundert Meilen! Mit einem Truck? Das heißt, sie sperren sie für … neun oder zehn Stunden oder länger in einen dunklen Metalltank, um sie irgendwelchen Arschlöchern von Casino-Bossen zu präsentieren?" Er verschluckte sich fast vor Aufregung. „Amber, bist du dir sicher, dass du richtig gehört hast?"

Ich nickte, obwohl auch ich es mir lieber nicht im Detail vorstellen mochte.

„Ziemlich sicher."

„Wir müssen sie aufhalten – irgendwie."

Wir saßen nebeneinander auf dem Verschwörungssofa in der Garage.

„Dafür ist es zu spät", entgegnete ich. „Der Truck ist schon mit Mandy unterwegs. Jack und Edward nehmen den nächsten Flieger, die Präsentation ist bereits heute Abend."

„Die Präsentation?"

Ich nickte betrübt – ein weiteres Detail von dem preisgebend, was mein Lauschangriff zutage gefördert hatte. Ein bleiernes Schweigen erfüllte den Raum. Ich konnte förmlich sehen, wie es in Taylors Kopf rumorte, wie er fieberhaft alle möglichen Optionen durchspielte, auf der Suche nach einem Plan.

„Pack deine Sachen", sagte er schließlich und erhob sich vom Sofa. „In zwanzig Minuten in der Garage. Wir fahren nach Vegas."

Eine Sekunde lang fragte ich mich, wie Claire wohl auf diese Idee reagieren würde. Vor etwas mehr als einer Stunde hatte ich sie darum gebeten, die ersten zwei Stunden an der Highschool schwänzen zu dürfen. Und nun ging es nach Las Vegas, in einem klapprigen alten und trotz allem noch immer siegesgewiss silberblau glänzenden Chevrolet Caprice – zwei vor dem Gesetz nicht volljährige Fahranfänger auf dem Trip ihres Lebens. Möglicherweise wäre es besser, sie gar nicht erst einzuweihen, dachte ich. Und begab mich auf mein Zimmer, um mich auf das größte Abenteuer vorzubereiten, das einem Menschen meines Alters vergönnt sein konnte.

Las Vegas, Nevada, 1986

It never rains in Southern California. Je weiter wir die grünen Hügel von Monterey hinter uns ließen und uns dem Süden näherten, desto mehr manifestierte sich Albert Hammonds Song in der Landschaft, die an uns vorbeiflog. Zuletzt, nachdem wir die Grenze nach Nevada passiert hatten, erschien mir das Gebiet, durch das uns unsere Reise führte, wie ein riesiges sandfarbenes Löschblatt, das sich über alles Leben gelegt hatte, in stillem Durst nach jedem Tropfen Feuchtigkeit lechzend. Ich musste an die perlende Melodie des *Aquariums* von Camille Saint-Saëns denken, an meine ersten Tage im Hause Teagarden. Hier, vor den Toren von Las Vegas – wo Wasser und Wüste aufeinanderprallen sollten. Die Stadt der Fischer gegen die Stadt der Spieler. Einen schwachen Moment lang stellte ich es mir als ein faires Duell zweier ehrbarer Matadoren in einer antiken Arena vor und versprach mir selbst, mich nicht von meinen Vorurteilen leiten zu lassen. Vielleicht war dieser Ort doch nicht von allen guten Geistern verlassen, wie ich bislang gedacht hatte. Vielleicht verbarg sich hinter seiner abstoßenden Fassade ein guter Kern, der sich letzten Endes nur unwesentlich von dem Herzen einer jeden anderen amerikanischen Stadt unterschied. Am frühen Abend war es plötzlich kalt geworden, sodass wir die Fenster hochgekurbelt hatten. Der Unterschied zwischen Tag und Nacht fiel hier in der Wüste noch extremer aus als bei uns zu Hause am Meer. Der Pazifik hat ein ausgleichendes Gemüt, tagsüber kühlt er die Hitze, nachts lindert er die Kälte. In dieser Stadt jedoch, deren goldene Glut aus Elektrizität, lange bevor man sie erreicht, den Himmel über der Wüste erhellt, wurde dieser Job von Klimaanlagen erledigt. Es war ohnehin kein Ort, an dem man sich viel draußen aufhielt. Das Leben hier war abgestimmt auf ein wild blinkendes Interieur der Geschmacklosigkeit. Es gibt echte Diamanten und Diamanten aus Glas. Auch Letztere vermochten mit Hilfe einer Symphonie aus Licht verlockend zu glänzen, doch es war ein trügerischer Glanz. Ein solcher falscher Diamant ist Las Vegas, dachte ich bei mir und begrüßte damit erneut meine alten Vorurteile.

Als wir die Ausläufer der Stadt endlich erreichten, wurde es bereits dunkel.

„Schau, Amber – die Lichter!"

Es war Taylors Stimme, die mich weckte. Ich musste für einen Moment auf dem Beifahrersitz eingenickt sein.

Aus der Wüste, auf die sich langsam das Schwarz der Nacht zu senken begann, fuhren wir hinein in ein Lichtermeer, wie ich es in meinem Leben noch nicht gesehen hatte. Ich blickte hinüber zu Taylor, der gedankenverloren am Steuer saß und auf den wie ein schwarzes Laufband vor uns liegenden Asphalt starrte. Er hatte die ganze Strecke abgerissen wie ein alter Routinier. Auch ich hatte den Führerschein – aber ich hätte mir vor Angst in die Hose gemacht in Anbetracht einer derart höllisch weiten, mir völlig unbekannten Strecke. Ich fühlte mich seit jeher wohler mit Dingen, die mir bekannt waren. Dinge, die ich einigermaßen sicher einschätzen konnte. Bei Taylor jedoch war von Unsicherheit nichts zu spüren, und das, obwohl auch er bisher nicht viel weiter als bis ins benachbarte Carmel gekommen war – plus ein Mal zum Jahrmarkt nach Santa Cruz. Entschlossen näherte er sich seinem Ziel. Einen Augenblick lang musste ich an Claire denken. Ich hatte ihr einen Zettel auf dem Küchentisch hinterlassen. Mit der Nachricht, dass wir uns telefonisch aus Las Vegas melden würden und dass ich vollstes Verständnis dafür hätte, wenn sie alle Hebel in Bewegung setzen würde – außer die Polizei zu rufen, die uns unsere Tour definitiv gehörig vermasseln könnte. Sobald wir in der Stadt wären und ich eine Telefonzelle ausgemacht hatte, würde ich sie sofort und ohne weitere Gnadenfrist anrufen, um mir bereitwillig ihre Standpauke anzuhören. Danach würde alles wieder nach Plan laufen. Ein Plan, der im Wesentlichen darin bestand, dass wir keinen hatten. Was zum einen der Verzwicktheit der Situation im Allgemeinen geschuldet war, zum anderen jedoch auch der Tatsache, dass wir zunächst einmal herausfinden mussten, was genau Jacks und Edwards Plan war.

Wir waren den beiden dicht auf den Fersen.

Obwohl sie den Flieger ab San Francisco genommen hatten, durften sie nicht weit vor uns angekommen sein. Dennoch lag es in der Natur der Sache, dass der Detektiv der Person, die er beschattete, immer einen Schritt hinterher war. Mit einem geschickten Schachzug mussten wir diesen Rückschritt aufholen und ihn im Laufe der Nacht und möglicherweise des kommenden Tages in einen kleinen Vorsprung verwandeln. Noch waren wir die Jäger, aber sollte unsere Mission von Erfolg gekrönt sein, wären wir schon bald die Gejagten. Den Spieß umzudrehen war unser Ziel, und wir waren wild entschlossen, es zu erreichen. Allein der Weg dahin lag noch im Dunkeln.

Trotz der geschlossenen Fenster begann ich zu frösteln. Während der Fahrt hatten wir uns den Kopf darüber zerbrochen, wie es weitergehen sollte – dabei hatten wir nicht allzu viele Möglichkeiten, denn wir verfügten nur über einen einzigen verwertbaren Anhaltspunkt, den ich aus Edwards und Jacks Unterhaltung vor dem Bay Aquarium gefischt hatte: Treffen um neun im Foyer des Caesars Palace.

Das war alles, was uns nun weiterhelfen konnte.

„Und?", fragte Taylor, als ich aus dem Diner wieder nach draußen trat, in dem ich mit meiner tobenden Mutter telefoniert hatte. Er hatte draußen am Straßenrand Wache geschoben, um sicherzustellen, dass uns niemand das Auto klaute. Schließlich waren wir in Las Vegas, nicht in Monterey.

„Sie sagt, sie hätte CIA, FBI und die Polizei von Las Vegas informiert."

Taylor starrte mich mit weit aufgerissenen Augen an. Manchmal war er einfach zu gutgläubig. Ich konnte mir ein Grinsen nicht verkneifen.

„Taylor: Sie *hätte*", betonte ich. „Wäre sie als Exhippie nicht aus ideologischen Gründen dagegen, die Staatsgewalt auf unschuldige Kinder zu hetzen."

„Gut." Taylor atmete auf.

Einen Moment fragte ich mich, ob es Taylor nicht auch merkwürdig vorkam, dass sie uns als Kinder bezeichnete. Es schien ihn nicht im Geringsten zu jucken. Wahrscheinlich lag es daran, dass er nicht jedes ihrer Worte auf die Goldwaage legte, so wie ich es nach all den Jahren, die ich sie mittlerweile kannte, noch immer zu tun pflegte.

„Und deinen Vater konnte sie zum Glück nicht informieren", fuhr ich fort. „Sie hat keine Ahnung, wo er steckt. Abgesehen davon, dass er hier in der Stadt ist." In diesem Fall kam es uns durchaus gelegen, dass Edward genauso fortschrittlich amerikanisch veranlagt war wie William Shakespeare und daher nicht jede Mode mitmachte. Aus diesem Grund besaß er bislang auch noch keines dieser neumodischen Mobiltelefone, die plötzlich jeder Geschäftsmann ständig mit sich führen musste, wenn er etwas auf sich hielt. Jacks Nummer wiederum kannte nur er, schließlich hatten wir normalerweise nichts mit seinem

Geschäftsführer zu tun. Davon abgesehen glaube ich, gruselte sich Claire mindestens genauso vor Jack wie ich, sodass sie es sich zweimal überlegen würde, ihn anzurufen, selbst wenn sie die Möglichkeit hätte. Im Büro war um diese Zeit auch niemand mehr anzutreffen, also blieb ihr tatsächlich nicht viel mehr übrig, als mit uns, den Ausreißern, zu kooperieren. Dafür verlangte sie allerdings, dass auch wir ihr ein wenig entgegenkamen. Ich hoffte inständig, dass Taylor ihrem Vorschlag zustimmen würde.

„Sie hat telefonisch ein Zimmer für uns im Caesars Palace gebucht", informierte ich ihn.

„Was? Das meinst du nicht ernst, oder?" Er blickte mich an, als hätte ich einen schlechten Scherz gemacht.

„Und es kommt noch schlimmer: Sie versucht, einen Abendflug von San Francisco zu bekommen. In diesem Fall wäre sie um Mitternacht hier."

Im Kofferraum des Chevy befanden sich unsere Schlafsäcke. Wir waren davon ausgegangen, dass wir die Nacht im Auto verbringen würden – falls wir überhaupt zum Schlafen kämen. Als Minderjährige hätten wir nicht auf eigene Faust irgendwo einchecken können, jedenfalls nicht in einem halbwegs seriösen Hotel – obwohl ich vorsichtshalber genügend Bargeld eingesteckt hatte, einen Großteil meiner Ersparnisse der vergangenen Jahre. Aber gegenüber einem heruntergekommenen Motel in einer der Seitenstraßen des Strips, wo man möglicherweise nicht so genau nachfragen würde, solange genügend Bargeld auf der Theke lag, zog ich das Auto ganz klar vor. Das Caesars Palace jedoch war ein richtiges, noch dazu komfortables Hotel. Außerdem mussten wir ohnehin dorthin. Hinzu kam: Mehr als einmal hatte ich im Fernsehen gesehen, dass es im Auge des Sturms in der Regel am sichersten war. Jedenfalls galt das für Orkane und Mafiosi. Nun bot sich uns die Gelegenheit, diese These auf ihre Richtigkeit hin zu überprüfen.

„Und was jetzt?", fragte ich.

Taylor musterte mich nachdenklich.

„Und du bist dir absolut sicher, dass sie nicht doch die Polizei informiert hat? Dass die Cops uns nicht bereits erwarten, wenn wir einchecken?"

„Hör mal, was denkst du von meiner Mutter!", entgegnete ich empört. „Die Unwahrscheinlichkeit, dass das passiert, liegt bei hundert Prozent!" Ich musste zugeben, dass der Gedanke daran mich auch schon beschäftigt hatte. Dennoch konnte ich mir beim besten Willen nicht vorstellen, dass Claire so etwas tun würde. Sie mochte ihre kleinen Fehler haben wie jeder von uns, aber in meinem ganzen Leben hatte sie mich noch nie belogen. Allerdings hatte ich sie auch noch nie zuvor auf eine derart harte Probe gestellt.

„Nun gut, neunundneunzig Prozent", schob ich hinterher.

„Gut, dann lass uns das Zimmer nehmen und die Zeit nutzen, die uns bleibt, um Mandy zu finden", beschloss Taylor.

Es sollte uns entgegenkommen, dass es in Las Vegas offensichtlich nur eine einzige nennenswerte Straße gab: den Las Vegas Boulevard – den berühmten, aus dem Fernsehen bekannten Strip, an dem sich die großen Casinos aneinanderreihten wie Perlen an einer Schnur. Das Stardust, das Dunes, das Flamingo – eine Spielhöllen-Symphonie, komponiert aus rosarotem Licht – und schließlich gegenüber auf der anderen Straßenseite das Caesars Palace mit seinen imposanten, wasserspeienden Brunnen vor dem Eingangsportal. Ich schätzte, dass es bis zu Edwards und Jacks Treffen mit ihren Klienten, wie Jack es ausgedrückt hatte, nicht mehr lang hin war. Es blieb uns nicht viel Zeit, wenn wir vorher noch unser gemeinsames Zimmer beziehen wollten. Ein Gedanke, der mein Herz höher schlagen ließ und mich zugleich nervös machte – auch wenn meine Mutter gerade dabei war, Taylors und meine erste gemeinsame Nacht seit Jahren mit ihrer geplanten Anreise zu vermasseln.

Es standen zwei Doppelbetten in dem Zimmer, das Claire für uns gebucht hatte. Sowohl Taylor als auch ich hatten noch nie zuvor in einem Hotel übernachtet, es war unser erstes Mal. Ich breitete meine Sachen auf dem Bett am Fenster aus, nachdem Taylor sich galant die schlechtere Lage an der Tür ausgesucht hatte. Er war jung, aber bereits ein wahrer Gentleman. Elegant wie ein Kartoffelsack ließ ich mich auf das Bett plumpsen und atmete tief durch. Taylor blinzelte zu mir rüber.

„Gute Idee", bestätigte er und tat es mir nach.

Ein paar Minuten lang unternahm ich nichts weiter, als dösig an die

Decke zu starren. Alle Hektik, Panik und Anspannung lösten sich auf, während ich meinem Atem lauschte, der langsam ruhiger wurde. Ich spürte, wie mein Puls runterkam. Taylor hampelte neben mir, aber außerhalb meines momentanen Sichtfelds in seinem Bett rum – jedenfalls dem Quietschen seiner Matratze nach.

„Donkem", vernahm ich plötzlich mit gedämpfter Stimme aus seiner Ecke des Raums.

„Was?" Neugierig wandte ich ihm den Kopf zu.

Taylor lag mit dem Gesicht auf seinem Kissen. Offensichtlich war er zu faul oder zu müde, um seinen braun gelockten Kopf aus den Federn zu heben.

„Tonke!"

„Wofür?", fragte ich zurück, den Blick interessiert auf ihn gerichtet, der sein Gesicht noch immer tief in das Kopfkissen drückte.

„Doffdumetnaklasmegaskokommewiss."

„Taylor!"

„Dafür, dass du mit nach Las Vegas gekommen bist", wiederholte er und setzte sich endlich ordentlich auf sein Bett.

„Kein Problem", versicherte ich ihm. Hoffend, dass er nicht bemerkte, was ich bemerkte. Dass ich schon wieder rot anlief – er musste mir nur das winzigste Kompliment machen, und schon verlor ich die Kontrolle über meine Körperreaktionen.

„Nein, im Ernst, Amber", fuhr er fort. „Die Unwahrscheinlichkeit, dass du ein gutes Herz hast, liegt bei genau null Prozent."

Bitte lieber Gott, lass ihn aufhören, mich als Mutter Teresa von Monterey in den Himmel von Las Vegas zu loben, betete ich. Wenn ein Junge damit anfing, Kerzen für einen in der Kirche anzuzünden und den Weihrauchkübel zu schwenken, konnte man seine Hoffnungen endgültig an den Nagel hängen.

„Oh, sorry, Taylor – aber ich glaube, du bist schon über deinen heutigen 273 Wörtern", entgegnete ich in Ermangelung der witzigen Antwort, nach der ich eigentlich suchte. „Wollen wir nicht lieber nach unten gehen?", schob ich schnell hinterher. „Ich hab schrecklichen Durst."

„Okay, wie du willst …", willigte er nach einer kurzen, peinlichen Funkstille ein, wobei er mich eindringlich von der Seite musterte. Ich hingegen tat, als ließe ich meinen Blick gelangweilt aus dem Fenster hinaus über die funkelnden Lichter der Stadt schweifen. Tatsächlich jedoch starrte ich wie gebannt sein Spiegelbild in der getönten Scheibe an, die unser erleuchtetes Zimmer bis ins kleinste Detail reflektierte.

„Ich mach mich schnell fertig", kündigte ich hastig an und huschte ohne ein weiteres Wort ins Bad. Wo mich ein Schreck durchfuhr – kaum hatte ich mich im Spiegel erblickt.

Kein Wunder, dass er sich lieber in eine Meerjungfrau verliebt – so wie du heute wieder aussiehst, seufzte ich in Gedanken. Mein Haar erschien mir strähnig, dabei hatte ich es erst morgens gewaschen. Die Augen müde und gerötet. Die Haut fahl. Nun, vielleicht lag es auch am künstlichen Licht, denn zu Hause in Monterey war sie definitiv noch zartbraun gewesen, versuchte ich mich zu beruhigen. Es dauerte ein Weilchen, bis ich mich wieder vollkommen gefangen hatte.

„Amber? Kommst du?"

Gedämpft vernahm ich Taylors Stimme hinter der Tür. Viel mehr als fünf oder zehn Minuten konnten eigentlich nicht vergangen sein.

Reiß dich zusammen! befahl ich mir selbst und öffnete die Tür.

„Ta-ta!", trompetete ich leise und, wie ich hoffte, dennoch zuversichtlich. Ich schenkte ihm mein schönstes Lächeln.

„Ta-ta zurück", erwiderte er ebenfalls lächelnd und drückte mich, bevor ich den leisesten Protest von mir geben konnte, sanft an sich – gegen meinen Willen, und doch wünschte ich mir nichts sehnlicher. Ich kostete den Moment aus, so lange wie möglich. Um mich ihm dann so scheinbar unbeeindruckt wie möglich zu entziehen.

„Los jetzt!", befahl ich und steuerte auf die Tür zu, Taylor im Schlepptau.

Ich öffnete die Tür.

Und erschrak um ein Haar zu Tode.

Nur Zentimeter vor meiner Nase entfernt starrte mich ein Gesicht an.

Ein Gesicht, das mir bekannt vorkam. Sehr bekannt sogar. Und eines war so sicher wie die Aussicht, in dieser Stadt Roulettetische und einarmige Banditen vorzufinden: Es passte ganz und gar nicht zu unserem Plan, wie immer dieser am Ende auch aussehen mochte.

Denn es gehörte – Edward.

„Seid ihr von allen guten Geistern verlassen?", schnauzte er uns empört an, während er uns zurück in das Zimmer dirigierte.

Verrat! durchfuhr es mich, nachdem ich fast einem Herzinfarkt erlegen wäre. Etwas Schlimmeres konnte eine Mutter ihrer Tochter nicht antun. Auf einen Schlag hatte Claire mich vor Taylor bis in alle Ewigkeit unglaubwürdig gemacht. Mich zur Lügnerin und Verräterin abgestempelt. Eben noch war ich traurig darüber gewesen, nur seine beste Freundin zu sein, und nur Augenblicke später hatte ich mich von ebendieser in ein unkontrollierbares Sicherheitsrisiko für ihn verwandelt. Hatte er mich deshalb heute Morgen nicht mit zum Bay Aquarium genommen? Weil er ahnte, dass ich eine Gefahr für den Erfolg seiner Mission darstellte?

„Kinder, Kinder – wieso will das nicht in eure Köpfe?", setzte Edward zu seiner Standpauke an. „Ihr seid Minderjährige, auch wenn ihr euch vielleicht schon wie Erwachsene fühlt! Ihr könnt nicht einfach machen, was ihr wollt! Wer weiß, was noch passiert wäre, hätte Claire keine Nachricht für mich im Hotel hinterlassen."

Der letzte Satz war ein erneuter Schlag in meine Magengrube. Meine eigene Mutter hatte mich verraten und auf diese Weise unsere Pläne durchkreuzt. Sie hatte mich kaltblütig am Telefon angelogen. Offenbar war sie sehr wohl darüber informiert, dass Edward im Caesars Palace abgestiegen war, und hatte uns aus eben diesem Grund dorthin gelotst. Damit er die Ausreißer wieder einfangen konnte. Ich brachte es nicht zustande, in Taylors Augen zu blicken in diesem Moment – zu abgrundtief schämte ich mich dafür, dass die undichte Stelle in meinem Stammbaum zu finden war. Wie sollten wir Mandy jetzt noch retten? Hinter meinen geschlossenen Lidern suchte ich verzweifelt nach einer Antwort auf diese Frage.

„Ihr habt nicht die geringste Ahnung, wie kriminell diese Stadt ist."

„Kriminell?", fragte Taylor mit empörter Stimme. „Und das, was ihr macht, du und Jack, ist nicht kriminell?"

„Nein, ist es nicht."

„Eine Entführung ist legal?"

„Nein, Taylor, eine Entführung ist ein Verbrechen. Aber mit der Entführung von Fischen aus dem Meer, wenn du es so nennen willst, verdient unsere Familie seit Generationen ihr Geld, wenn ich dich bitte daran erinnern darf. Es ist …"

„… sie ist kein *Fisch*, wenn ich dich bitte *daran* erinnern darf", schnitt Taylor seinem Vater das Wort ab, bevor dieser seinen Gedanken zu Ende bringen konnte.

„Diese Frage wird noch zu klären sein", erwiderte Edward trocken. „Fakt ist, dass sie, auch wenn ich Gefahr laufe, mich zu wiederholen, unserer Familie die einmalige Chance bietet, in die Geschichtsbücher einzugehen und uns finanziell für alle Zeit gutzustellen."

„Vor allem das Letztere scheint dich zu interessieren, Geld", schnaubte Taylor verächtlich.

„Taylor, wach auf, um Himmels willen!", entrüstete sich Edward. „Wir leben in Amerika! In diesem Land geht es um nichts anderes als um Geld. Tu nicht so, als wüsstest du das nicht. Du lebst übrigens ziemlich gut davon, wenn ich das ergänzen darf."

Ich konnte Taylors Kopfschütteln nicht sehen, aber erahnen. Noch immer zog ich es vor, die Augen geschlossen zu halten. Ich hatte mich auf meine Bettkante gesetzt und lauschte den Vorwürfen, die Vater und Sohn sich gegenseitig an den Kopf warfen.

„Was hat dich bloß so ruiniert, Dad?"

„Was … hast du gesagt?" Ich konnte in Edwards aufweichender Stimme lesen, dass er wünschte, sich verhört zu haben.

„Bis vor Kurzem dachte ich", fuhr Taylor fort, „dass du ein Mensch wärst, der bei dem Wort *Wert* nicht nur an Dollarnoten denkt. Aber offensichtlich hast du dich in eine perfekte Kopie von Grandpa verwandelt, seit er nicht mehr lebt. Ich hoffe wirklich, dass ich eines Tages nicht auch so ende, nur weil es bei uns Familientradition zu sein scheint."

Die Worte schossen nur so aus seinem Mund, ratternd wie die Patronen eines bis zum Anschlag geladenen Revolvers. Kaum hatte er seine Munition verschossen, legte sich eine eisige Stille in den Raum. Man hätte ein Haar zu Boden wehen hören können.

„Es tut mir leid, dass du einen solch schlechten Eindruck von mir hast, Taylor", antwortete Edward schließlich mit gepresster Stimme, eine halbe Ewigkeit schien vergangen. Auch er schien sichtlich Mühe zu haben, seine Gefühle im Zaum zu halten und sachlich zu bleiben – so wie man es von einem seriösen Erwachsenen erwartete, der unter keinen Umständen jemals die Contenance verlor. „Aber leider muss ich dir auch in diesem Punkt widersprechen, mein lieber Sohn", sagte er zu seiner Verteidigung. „Ich glaube vielmehr, dass du dir etwas vormachst, wenn du glaubst, dieses Wesen zu kennen. Mehr zu wissen als alle anderen. Willst du wissen, was *ich* glaube?"

Er legte eine kurze Pause ein, so als erwarte er tatsächlich eine Antwort auf seine Frage.

„Ich glaube, du hast sie gesehen und bist nur deshalb überhaupt ins Wasser gefallen! Irgendwie hast du es dann aus eigener Kraft wieder nach oben geschafft. Glaub mir, Taylor, das ist nicht *so* ungewöhnlich. Menschen, ob Kinder oder Erwachsene, entwickeln oftmals unglaubliche Kräfte, wenn es darum geht zu überleben. Aber statt die Wahrheit so zu akzeptieren, wie sie ist, hast du dir ein Märchen zusammengesponnen. Ein hübsches kleines Märchen von einer süßen Meerjungfrau, die den kleinen Taylor aus dem Schlund des Ozeans vor seiner Haustür gerettet hat."

Für einen Moment öffnete ich meine Augen einen Spalt weit.

Taylor blickte kopfschüttelnd zu Boden, während sein Vater sprach. Und dieser war noch nicht fertig mit seiner Ansprache – im Gegenteil, er schien erst jetzt richtig auf Touren zu kommen: „Und anschließend hast du dieses Märchen über Jahre hinweg in deinem Kopf auf Hochglanz poliert, so lange, bis du selbst daran geglaubt hast. Und nun – Chapeau, die Meerjungfrau ist aufgetaucht! – reitest du wie ein Prinz auf deinem hohen Märchenross und feierst dich als Christoph Kolumbus der Unterwasserwelt. Nur dass dieser die von ihm entdeckten Eingeborenen nicht auf der Stelle heiraten wollte …"

„Stimmt, er hat sie lieber ausgeraubt und umgebracht", stöhnte Taylor gequält auf. „Du hast doch keine Ahnung, Dad. *Du* hast nicht gesehen, was ich gesehen habe. *Du* warst nicht unter Wasser damals. Und *du* wärst auch nicht fast ertrunken."

„Und was genau *hast* du gesehen?" Edwards Tonfall klang auf einmal sarkastisch – so als wäre ihm die Antwort auf seine Frage so ausführlich bekannt wie das Innenleben seiner zahlreichen Kugelschreiber, die er in seinem Arbeitszimmer im Haus gedankenverloren auseinander- und wieder zusammenzubauen pflegte.

Taylor seufzte, als hätte er letzten Endes erkannt, dass er in dieser Diskussion einfach nicht gewinnen konnte.

„Nichts, Dad", winkte er resigniert ab. „Absolut gar nichts."

„Gut", beschloss Edward das Gespräch. „Und was ist mit dir, Amber? Hast du auch noch irgendetwas zu dieser Diskussion beizutragen?"

Ich saß nur da, starr und unbeweglich wie die in billiges Kunstleder gebundene Bibel, die auf dem Nachttisch lag, und sagte keinen Mucks.

„Nun, dann sitzen wir ja alle wieder im selben Boot, das freut mich außerordentlich", stellte Edward fest, die Wahrheit kräftig nach seinen Vorstellungen zurechtbiegend. In seinen noch immer aufgebrachten Blick mischte sich eine Spur Versöhnlichkeit.

„Also: Wenn ihr mir versprecht, auf dem Zimmer zu bleiben, bringe ich euch nach dem Meeting zu ihr."

War das der nächste Trick, um uns auszuschalten? Seit Mandys Auftauchen hatte sich mein Weltbild komplett auf den Kopf gestellt. Nicht nur, was Edward betraf. Ich hatte immer geglaubt, alle Menschen wären im Grunde ihres Herzens gut. Mittlerweile war ich mir da nicht mehr so sicher. Vielleicht waren Menschen nur so lange gut, bis sie eine Chance bekamen, das Raubtier rauszulassen, das tief in ihnen schlummerte, unter Maßanzügen und Manieren. Die Frage, die sich uns stellte, war: Inwieweit konnten wir Edward trauen? Inwieweit konnte man Erwachsenen überhaupt trauen? Schließlich hatte er uns etwas Ähnliches schon einmal versprochen – und zwar erst gestern Abend, bevor er Mandy in einer Nacht-und-Nebel-Aktion nach Vegas verschleppt hatte. Und auf Claire war, wie sich nun herausgestellt hatte, ebenfalls kein Verlass. In diesem Moment, in einem Doppelzimmer des Caesars Palace, keimte ein schrecklicher Verdacht in mir: Waren alle Erwachsenen notorische Lügner? Wenn ja: Ging diese Entwicklung schleichend voran, oder verwandelte man sich über Nacht in einen Lügner, sobald man achtzehn wurde? In diesem Fall: Lieber Gott, lass mich ewig siebzehn bleiben, betete ich.

Eines wurde mir schlagartig klar: Wir konnten Edward und Jack nur mit ihren eigenen Waffen schlagen. Indem wir sie glauben ließen, dass wir ihre Forderungen akzeptierten. Unsere vermeintliche Kapitulation würde unser Trojanisches Pferd werden, in dem wir unsere eigenen Pläne einschmuggeln konnten:

Sei Wasser, mein Freund.
Gießt man Wasser in eine Tasse, wird es die Tasse. Gießt man
Wasser in eine Flasche, wird es die Flasche. Wasser kann fließen,
und Wasser kann zerstören …

Es war genauso, wie Bruce Lee sagte.

Wir mussten das Wasser sein, das in Edwards und Jacks Pläne floss, um sie daraufhin zum Bersten zu bringen. Nur wenn wir dieser Formel folgten, hatten wir eine Chance. Wenn wir Edward hingegen offen den Krieg erklärten, wenn wir versteinerten, anstatt uns in Wasser zu verwandeln, verschenkten wir möglicherweise in blinder Wut unsere letzte Chance, Mandy bald wiederzusehen.

Auch Taylor schien das langsam zu begreifen. Er hatte sich ebenfalls auf sein Bett gesetzt, das Gesicht in den Händen vergraben.

„Im Gegenzug für euer freundliches Entgegenkommen versichere ich euch, dass ihr nichts passieren wird", mühte sich Edward, dem die Aufregung noch immer ins Gesicht geschrieben stand, einen anderen Ton anzuschlagen. „Niemand wird ihr etwas antun, dafür werde ich persönlich Sorge tragen. Nicht nur ihr, auch wir brauchen sie gesund und munter", betonte er.

„Einverstanden?", fragte er schließlich.

Taylor sagte nichts und verbarg sein Gesicht weiterhin in den Händen.

Offensichtlich rang er noch mit sich, ob er Bruce Lee und das Trojanische Pferd in sein Herz würde schließen können.

Also war es an mir, den Ball im Spiel zu halten.

Ich nickte wortlos, aber unmissverständlich. Eine Geste, die Edward offensichtlich als für uns beide geltend akzeptierte – um kurz darauf schließlich und endlich unser Zimmer zu verlassen.

„Oh Gott, was war das denn?", stöhnte ich, hoffend, Taylor damit aus seiner Lethargie zu erlösen. Doch Fehlanzeige. Er rührte sich noch immer kein bisschen. Was soll ich sagen? Wenn ich etwas daran liebte, siebzehn zu sein, war es das Gefühl, mit Siebenmeilenstiefeln der Freiheit und einem selbstbestimmten Leben entgegenzurennen. Wenn ich etwas daran hasste, siebzehn zu sein, war es der zähflüssige Klebstoff, den irgendein blöder Spaßvogel unter die Sohlen der Siebenmeilenstiefel gesprüht hatte. Wir saßen fest in einem Hotelzimmer in Las

Vegas – und der Schlüssel, der die Tür versperrte, war die unausgesprochene Drohung Edwards, uns wie kleine unartige Kinder nach Hause zu schicken, sollten wir auf die Idee kommen, unser luxuriöses Gefängnis zu verlassen.

„Und nun? Was sollen wir jetzt machen?", fragte ich leise. Ich war am Ende meines Lateins.

„Nichts", erwiderte Taylor. Endlich! *Ein* Wort.

Er ließ seinen Blick durch das Fenster über die in einem wirren Feuer aus grellen Lichtern entflammte Stadt schweifen. „Vorerst jedenfalls", schickte er Nummer zwei und drei hinterher.

Was soll man tun, wenn man nicht weiß, was man tun soll?

Nichts, lautete die simple Antwort von Konfuzius auf ebendiese Frage. Taylor hatte seinen Konfuzius offensichtlich gut studiert.

Nachdenklich betrachtete ich meine nackten Füße, nachdem ich ein Weilchen nur an die Zimmerdecke gestarrt hatte. Sie gefielen mir. Zumindest *etwas* Schönes hatte ich von meiner Mutter geerbt.

Ich warf einen Blick hinüber zu Taylor. Genau wie ich hatte auch er sich auf den Rücken gelegt und musterte den weißen Betonhimmel über unseren Köpfen, als wären dort alle Lösungen auf unsere Fragen notiert. Ich hätte nur meinen rechten Arm ausstrecken müssen und er seinen linken, und unsere Hände wären in der Mitte zwischen unseren Betten ineinandergeglitten, einander zärtlich umschlingend. Doch dieser Gedanke, so schön er war, war nichts als reine Theorie. Ein Wunschdenken meiner Fantasie, die mal wieder mit mir durchging. Um auf andere Gedanken zu kommen, stellte ich mir vor, die Zimmerdecke wäre aus Glas und unser Zimmer läge im obersten Stockwerk, sodass man den Himmel sehen könnte. Wie wenig wir Menschen doch über unseren Planeten wussten. Vor Jahren hatte ich einmal versucht, die Sterne am Nachthimmel zu zählen. Es war unmöglich, denn es waren Tausende und Abertausende. Jede Nacht bewunderten Millionen von Menschen auf dieser Welt diese Sterne – und doch hatte niemand von uns auch nur die leiseste Ahnung, was sich dort oben abspielte, wie es dort aussah. Das Einzige, von dem wir uns zumindest ein nebulöses Bild machen konnten, war der Mond. Unsere Wissenschaftler kannten ihn so gut wie ein Maler ein Gemälde, das er eben erst mit einem einzigen Pinselstrich begonnen hatte. Und was für den

Himmel galt, galt auch für das Meer. Wenn wir ehrlich waren, hatten wir keine Ahnung, was dort unten in seinen tiefsten Abgründen vor sich ging. Selbst die Fischer waren nichts weiter als Tagesausflügler, denen es hin und wieder gelang, einen oberflächlichen Blick in ein fremdes Universum zu werfen. Meine Augen wanderten durch das Hotelzimmer. Auf einmal kam es mir vor wie ein Gleichnis – ein Abbild unserer kleinen Welt. Jeder Mensch glaubte sich mit allem auszukennen, wir konnten lesen, schreiben, rechnen, Auto fahren, Dinge produzieren, kaufen und verkaufen. Und dennoch war unser persönliches Universum verglichen mit dem echten Universum nicht größer als ein winziges Hotelzimmer. Ausgestattet mit einer Tür, die nach draußen führte, wo noch Tausende und Abertausende von Zimmern, Fluren und Sälen auf uns warteten, von deren Existenz wir nichts ahnten. Im Laufe unseres Lebens gelingt es uns vielleicht, einen Blick in den einen oder anderen Raum dieses Hotels zu erhaschen – doch viel weiter als ein Hamster in seinem Laufrad kommen wir nicht. So dachte ich, während meine Augenlider sich schwer und unwiderstehlich, als hätte jemand Blei auf sie gegossen, über meine Sicht der Dinge senkten, bis das Weiß der Zimmerdecke sich schließlich auflöste.

Ich musste eingeschlafen sein. Während ich durch den sich allmählich lichtenden Nebel beunruhigender Träume stakste und langsam wieder zu mir kam, vernahm ich die Stimmen von Taylor und Edward. Offenbar waren sie bereits mitten in einer Unterhaltung und hatten es nicht für nötig gehalten, mich zu wecken. Ich hatte keine Ahnung, wie spät es war. Draußen war es noch so dunkel wie kurz zuvor – niemand hatte die Sonne angeknipst, während ich die Nacht der Nächte, meine erste Nacht in einem Zimmer mit Taylor seit vielen Jahren, glatt verschlafen hatte.

Hatte ich? Nachdem ich mich vergewissert hatte, dass keiner der im Raum Anwesenden einen Pyjama trug, ließ ich meinen Blick auf den Wecker neben meinem Bett wandern. Es war noch vor Mitternacht. Ich atmete auf. Wie es aussah, war Edward eben erst von seinem Treffen zurückgekehrt. Sein Gesicht leuchtete wie das eines glücklichen kleinen Kindes unter dem Weihnachtsbaum.

„Zehn Millionen Dollar!", frohlockte er, während er selig lächelnd an die Wand gelehnt neben Taylors Bett stand. Taylor hockte wie erstarrt auf dem Bett vor ihm.

„Sie werden sie auf Tournee schicken", fuhr Edward fort. „Zuerst die Weltpremiere in Las Vegas, auf dem Strip. Dann New York, Times Square. Die ganzen Staaten. Und dann Europa. Sie wird *der* Event des Jahres 1986, nein: der gesamten achtziger Jahre, wahrscheinlich sogar des gesamten zwanzigsten Jahrhunderts. Ich weiß, du hörst das nicht gern, aber damit ist sie der teuerste Fisch aller Zeiten. Die blaue Mauritius unter den Meeresbewohnern."

Edward war in Feierlaune. Wie es aussah, hatten ihm die Casinobetreiber, nachdem er ihnen einen kurzen süßen Blick auf seinen Fang gewährt hatte, ein Angebot unterbreitet, das seine kühnsten Träume noch übertraf.

„Das heißt, du verschacherst sie an diese Leute", stellte Taylor nüchtern fest.

„Nein, wir leihen sie nur aus, mein Junge. Die Details werden unsere Anwälte morgen früh aushandeln. Aber ich werde mich dafür einsetzen, dass sie nach der Tour zurück nach Monterey kommt."

„Du meinst, zurück ins Meer?" Taylor hob erwartungsvoll den Kopf.

„Ins Meer?" Edward warf seinem Sohn einen fassungslosen Blick zu. „Selbstverständlich nicht! Ich spreche vom Monterey Bay Aquarium", zerstörte er Taylors Hoffnungen mit einem Schlag. „Das wäre doch ein guter Kompromiss für uns alle, nicht wahr? Dann könntest du sie sehen, wann immer du willst."

Taylor schüttelte den Kopf.

„Du verstehst gar nichts."

„Nun, in diesem Punkt stimme ich dir allerdings voll und ganz zu", erwiderte Edward und schüttelte ebenfalls den Kopf – auf dieselbe Art und Weise, wie es sein Sohn machte, dieselbe Rhythmik, derselbe Winkel, der gegenteilige Anlass. Obwohl Taylor insgesamt eher nach Elena geraten war, gab es doch auch zu seinem Vater eindeutige Verwandtschaftsbeweise.

„Hättest du Mom auch in einen Glaskasten sperren und sie von der Menschheit begaffen lassen, wenn dir dafür jemand zehn Millionen geboten hätte?"

Edward starrte seinen Sohn entgeistert an.

„Das ist doch überhaupt nicht vergleichbar."

Ich sah Edward an, dass Taylors Worte ihn hart getroffen hatten, auch wenn er sich Mühe gab, es zu verbergen.

„Oder Claire?", fuhr Taylor mit seiner Aufzählung von Mandys möglicher Zweitbesetzung fort.

„Taylor! Du redest hier von Menschen, die wir lieben, und vergleichst sie mit einem Wesen, von dem kein Mensch etwas weiß, außer dass es bis heute nur in Märchenbüchern zu finden war! Nur weil sie ein menschliches Gesicht hat, ist sie noch lange kein Mensch – oder weißt du etwa mehr? Kannst du mit ihr sprechen? Spricht sie überhaupt irgendeine Sprache? Das wird irgendwann die Wissenschaft klären müssen."

„Nachdem sie genügend Geld gemacht hat, meinst du."

„Genauso ist es, mein lieber Sohn. Und daran ist absolut nichts Ehrenrühriges, da niemand ihr auch nur ein Haar krümmen wird. Sie wird die Welt sehen und von ihr gefeiert werden. Ist das wirklich so ein schlimmes Schicksal?"

„Also mir würde es nicht gefallen, splitternackt in einem Glastank vor Millionen von Menschen ausgestellt zu werden – selbst wenn ich auf diese Weise London oder Paris sehen würde", eilte ich Taylor zu Hilfe. Meine Stimme klang brüchig und noch vom Schlaf belegt. Aber was wahr war, musste wahr bleiben.

Überrascht von meinem plötzlichen Diskussionseintritt, drehte sich Taylor zu mir um, während Edward missbilligend die Augenbrauen hochzog und mich ansah wie ein minderbemitteltes Kind, das soeben den endgültigen Beweis erbracht hatte, dass bei ihm wirklich Hopfen und Malz verloren waren.

„Taylor, wenn es irgendwelche handfesten Beweise dafür geben sollte, dass sie dich wirklich damals vor dem Ertrinken gerettet hat oder dass sie fühlt und handelt wie ein Mensch", wandte er sich, das hoffnungslose Dummerchen in Bett Nummer zwei mit Nichtachtung strafend, wieder seinem eigen Fleisch und Blut zu, „werde ich selbstverständlich dafür sorgen, dass sie so frei und ... *selbstbestimmt* ... leben kann wie jeder andere Bürger dieses Landes auch. In diesem Fall würde ich sie persönlich dorthin zurückbringen, wo sie hergekommen ist. Ich bin kein Unmensch, auch wenn du das momentan um jeden Preis glauben willst."

Seine Betonung des Wortes *selbstbestimmt* indes sprach eine andere Sprache.

Es klang, als wäre es auf einen Gegenstand gemünzt. Zum Beispiel einen Rasenmäher, der ohne jeden Zweifel *nicht* in der Lage war, *selbstbestimmt* zu existieren – was uns, der nächsten Generation des Hauses Teagarden, jedoch partout nicht einleuchten wollte.

Irgendwo weit unten auf dem Las Vegas Boulevard, draußen vor der Fensterfront, rauschte ein hysterisch aufheulender Feuerwehrzug vorbei. Etwas schien in Taylor vorzugehen. Ich konnte es in seinen Augen lesen, sie waren seit jeher ein offenes Buch für mich. Und so entging es mir auch nicht, dass sich sein Blick fast unmerklich aufhellte.

„Das heißt, wenn ich diesen Beweis erbringe, ist sie frei? Und ich kann mich auf dein Wort verlassen?", bemühte er sich, den Klageruf der Sirenen zu übertönen, während er sich wieder seinem Vater zuwandte.

„Das kannst du, mein Sohn!", versprach Edward, offensichtlich von der plötzlichen Wende im Tonfall des Gesprächs überrascht. „Wenn du mir im Gegenzug versprichst, keine Schwierigkeiten mehr zu machen."

Taylor nickte artig, obwohl ihm klar sein musste, dass er seinen Teil der Vereinbarung sehr wahrscheinlich nicht würde einhalten können.

„Versprochen", willigte er in den Handel ein, während der Lärm draußen leiser wurde und in eine andere, entlegenere Ecke der Wüste aus Sand und elektrischem Licht verschwand.

Vor meinem geistigen Auge formte sich ein riesiges Fragezeichen. Es schwebte vor mir wie eine geheimnisvolle Box, deren Inhalt ich weder kannte noch zu erraten vermochte. Wie, um Himmels willen, wollte Taylor seinem Vater beweisen, dass Mandy ihn damals tatsächlich gerettet hatte? Dass sie nicht nur über menschliche Charakterzüge verfügte, sondern über den Charakter einer Heldin? Einer Heldin, die ein Menschenkind vor dem Ertrinken bewahrt hatte. Das Ganze lag so viele Jahre zurück. Wenn es damals keine Beweise gegeben hatte, wie sollten sich heute welche finden lassen? Ehrlich gesagt: Es war mir schleierhaft.

Wie sich zu unserem blanken Erstaunen herausstellen sollte, befand sich unter dem sichtbaren Teil des Caesars Palace ein seinen normalen

Gästen nicht zugängliches Labyrinth aus endlosen Gängen, geheimnisvollen Sälen und verschlossenen Zimmern. Man gelangte in dieses Schattenreich über einen geheimen Fahrstuhl, der von einem komplett mit rotem Samt bezogenen Hinterzimmer abging, in dessen Mitte ein Roulette-Tisch unter dem kahlen Licht einer Neonröhre stand und das davon abgesehen gänzlich unmöbliert war. Es war mitten in der Nacht – aber die Zeit spielt keine Rolle in Las Vegas, wohin ohnehin niemand kam, um die feinen Nuancen des Tageslichts zu bewundern. Als wir dem Fahrstuhl ein Stockwerk tiefer entstiegen, nahm ein mächtiger muskelbepackter Bodyguard in einem schwarzen Anzug Edward, Taylor und mich in Empfang. Nach einer schier unendlichen Reise durch einen sich endlos windenden Korridor stieß er schließlich eine mit Leder gepolsterte Doppeltür auf – nachdem ein dort postierter Doppelgänger in dem exakt gleichen Anzug, der irgendwo in Las Vegas Downtown im Sonderangebot sein musste, ihm kurz zugenickt hatte.

Vor uns tat sich eine Welt auf, die wir hier unten nicht erwartet hätten: Wir befanden uns in einem in samtiges Bordeauxrot gekleideten und in ein schales Dämmerlicht getauchten Saal. Ein Meer aus Stimmen erfüllte den Raum. Es schien, als wäre eine Party im Gange. Durch die Luft unter den Scheinwerfern waberten dicke graue Tabakwolken.

„Edward – endlich! Wo hast du gesteckt?" Es war Jack, der mit einem Champagnerglas in der Hand aus dem Gewühl auf uns zuscharwenzelte. Er musterte uns mit einem irritierten Blick.

„Was machen die Kinder hier?", flüsterte er Edward zu. „Steve und seine Leute würden gern mit uns persönlich ein paar Dinge klären. Vertragliche Dinge. Da wäre es besser, wenn die Kleinen im Bett wären."

Er schaute uns an und lächelte übertrieben süßlich, als würde er gleich bunte Lollis an uns verteilen.

„Zu Hause im Bett in Monterey, meine ich", ergänzte er an uns gewandt, ohne dass sich das Geringste an seinem grotesk freundlichen Gesichtsausdruck veränderte. Der Umstand, dass Taylor beinahe einen Kopf größer war als er selbst, zwang Jack dazu, zu ihm aufzusehen – was seinen Spruch mit den Kindern um eine unfreiwillig komische Note bereicherte. Dennoch war Jack jemand, den man nicht unterschätzen durfte. Taylor mochte den Kampfgeist eines jungen

374

Löwen in sich tragen – aber auch ein junger Löwe war trotz körperlicher Überlegenheit ohne Frage gut beraten, einen großen Bogen um eine ausgewachsene und mit allen Wassern gewaschene Hyäne zu machen.

Mir entging nicht, wie sich Taylors Körper nervös anspannte. Ich hatte ihn noch nie eine Schlägerei anfangen sehen, aber in diesem Moment war er offensichtlich nicht weit davon entfernt. Vorsichtig berührte ich ihn am Arm, um ihm zu signalisieren, dass genau das jetzt ganz bestimmt keine brillante Idee wäre. Bevor der Löwe und die Hyäne aufeinander losgehen konnten, fielen unsere Blicke auf eine Gestalt, die sich fast unmerklich aus dem Pulk der Männer in dunklen Anzügen gelöst hatte und nun zügigen Schrittes auf uns zusteuerte.

„Steve, darf ich Ihnen meinen Sohn Taylor vorstellen?", begrüßte ihn Edward, als er uns erreicht hatte. Anders als die anderen Männer trug er lediglich ein einziges schwarzes Teil – ein Samtsakko – und darunter einen bernsteinfarbenen Kaschmirpullover, dazu eine graue Anzughose und kostspielig wirkende Lederschuhe. An seinem Arm prangte eine goldene Uhr. Von der Statur her ähnelte er Jack, er war mittelgroß und untersetzt. Mit einer fast kindlichen Begeisterung schüttelte er Taylor die Hand.

„Da ist ja unser Goldjunge! Eddie hat mir schon erzählt, dass wir all das hier dir zu verdanken haben – du hast sie entdeckt, und Daddy hat sie aus dem Meer gefischt. Das nenne ich ein echtes Familienunternehmen!"

Es war als Kompliment gedacht, aber Taylor senkte beschämt den Blick.

„Hey – kein Grund zur Bescheidenheit!" Anerkennend boxte Steve Taylor an die Schulter, während Edward geflissentlich tat, als hätte er das *Eddie* überhört. Niemand in Monterey hätte ihn ungestraft so nennen dürfen.

„Und die junge Dame an seiner Seite ist Amber …"

Edwards Stimme senkte sich nicht, wie es normalerweise am Ende eines Satzes der Fall ist, sondern verharrte unentschlossen auf demselben Level. Es klang, als würde er noch händeringend nach besagtem Ende suchen, nach einer passenden Bezeichnung für mich, so wie: die Tochter meiner Fast-Lebensgefährtin, Nicht-mehr-nur-Haushälterin oder so ähnlich.

„Das Herzblatt des jungen Mannes, ausgezeichnet!", setzte Steve, ohne es zu ahnen, sein Skalpell ein zweites Mal dort an, wo es am meisten schmerzte. Diesmal war ich das Opfer.

„Nein, wir sind nur … Freunde …", beeilte ich mich richtigzustellen und ergriff seine mir entgegengestreckte Hand.

„Halb so schlimm. Das wird schon noch …", scherzte Steve und zwinkerte mir und Taylor eindeutig zweideutig zu. Bevor wir auf irgendeine Weise reagieren konnten – es blieb nicht einmal die Zeit, rot anzulaufen –, fuhr er fort: „Dann wollen wir mal Hallo sagen!"

Auf sein Fingerschnippen hin öffnete sich der uns einrahmende Pulk aus Anzugträgern, deren reiner Goldwert an Hals, Fingern und Handgelenken jedes Juweliergeschäft von Los Angeles bis nach San Francisco vor Neid hätte erblassen lassen, und gab den Blick frei auf das, was vor ihren und nunmehr auch vor unseren Augen lag.

Das, wofür sie alle gekommen waren.

Ich war geschockt: Denn wir alle blickten auf ein besseres Zierfischaquarium, das in die Mitte der Wand am Kopfende des Saals eingelassen war. Es umfasste nicht mehr als die Breite von Marlon Brando, die Höhe von Danny DeVito und die Tiefe von Charlie Sheen. Ein frostiges Neonlicht fiel aus dem Becken auf die Gesichter der davor ausharrenden Gesellschaft, die Zigarren rauchend und Gin Tonic schlürfend in diese Badewanne aus Glas glotzten. Denn mehr war es nicht. Zwischen kleinen bunten Zierfischen drückte dort ein junges Mädchen ihren nackten, von den Hüften aufwärts aus einem feinen Silber entspringenden Körper, zart wie ein Zweig und genauso zerbrechlich, zwischen die unnachgiebigen Wände aus Glas: Mandy.

Die Casino-Bosse hatten sie doch tatsächlich zur Begrüßung in ein gewöhnliches Aquarium gesperrt! Ein Aquarium, in dem sie normalerweise ihre bunten japanischen Edelkarpfen hielten. Unwillkürlich schlug ich meine Hand vor den Mund, so erschreckend war es, sie hier in dieser Position zu sehen, mit all den Männern vor der Scheibe, die sie mit ihren Augen zu verschlingen schienen. Sie starrten sie an, als wäre sie in einem Bordell ausgestellt.

Niemals werde ich ihren Blick vergessen, als sie uns erkannte. Ihre Augen hellten sich urplötzlich auf, als wäre etwas ganz und gar Wunderbares geschehen, als wären, nachdem sie schon alle Hoffnung aufgegeben hatte, doch noch unerwartet und in letzter Minute ihre Anwälte erschienen, um kurz vor ihrer öffentlichen Hinrichtung ihre sofortige Freilassung aus der Todeszelle zu erwirken. Augenblicklich presste sie beide Hände auf ihre Seite der unüberwindbaren Scheibe, die uns von ihr trennte, und ich hatte das Gefühl, durch ihre feine muschelweiße Haut hindurch ihr vor Angst zitterndes Herz schlagen sehen zu können. In diesem Moment konnte ich nicht anders, als sie auch zu lieben. Als mit ihr zu fühlen. Unvermittelt musste ich an die Fotos denken, die ich vor Kurzem im *Time Magazine* gesehen hatte. Bilder von den Kuppeln europäischer Kirchen, beeindruckend und schön, zugleich jedoch beängstigend. Über das ursprüngliche warme Kupfer hatte sich eine matte wintergrüne Patina gelegt. Die erschreckende Szenerie, die ich hier und jetzt erblickte, erinnerte mich an die Geschichte, die mir meine Mutter einmal über ihr Herz erzählt hatte: dass sich, je älter man wird, eine Patina darüberlegt, eine Art Schutzschicht. Eine Patina, die dafür sorgt, dass man seine Gefühle nicht mehr so intensiv wahrnimmt wie zu der Zeit, als man noch jung war – und empfindsam und zerbrechlich wie ein rohes Ei.

„Die Patina ist eine Art Kopfschmerztablette gegen Herzschmerzen", hatte sie mir erklärt. „Je älter wir werden, desto mehr zirkuliert von dieser unsichtbaren Droge in unserem Blutkreislauf und hilft uns, auch die grässlichsten Dinge zu ertragen und zu akzeptieren."

So wie es Edward offensichtlich tat, den ich für einen guten Menschen gehalten hatte. Einen guten Menschen mit einer fingerdicken Schicht Patina auf seinem Herzen.

Was mich betrifft: Ich möchte nicht, dass sich jemals diese Patina auf mein Herz legt. Lieber ertrage ich wieder und wieder den schlimmsten Schmerz, als taub für jedes Gefühl zu sein – genau das dachte ich in diesem Augenblick, als ich Mandy eingezwängt in ihrem gläsernen Sarg erblickte. Sosehr es mich schmerzte, dass dieses Mädchen drauf und dran war, Taylors Herz zu stehlen, quälte ich mein Herz lieber mit dieser Gewissheit, als es gleichgültig und kalt werden zu lassen. Sie tat mir so unsagbar leid, dass ich im Erdboden versinken wollte – in Anbetracht der Taten, zu denen die menschliche Rasse fähig war. Was das betraf, war ich offenbar die Einzige. Niemand schien sich im Geringsten an der entwürdigenden Situation zu stören. Sie alle starrten nur mit weit aufgerissenen Augen auf ihren nackten Körper.

Alle außer einem.

In Windeseile hatte Taylor sich durch die Menge zu dem Aquarium vorgearbeitet, um sich daraufhin, offensichtlich der einzige Gentleman im Raum, schützend vor Mandy zu stellen. Genau wie am Tag zuvor, bei ihrem ersten Zusammentreffen im Monterey Bay Aquarium, legte er seine Handflächen flach auf ihre – ihre Nacktheit vor dem versammelten Rudel geiler alter Hunde verbergend, im Austausch gegen seinen Rücken.

Sein warmer Atem beschlug das Glas vor ihrem Mund.

Es wirkte beinahe, als wolle er sie, die er aus ihrer verzweifelten Lage nicht zu erretten vermochte, zu einem letzten Tanz auffordern. Seine Aktion verfehlte ihre Wirkung nicht. Für Sekunden schien der gesamte Saal die Luft anzuhalten. Die großkotzige Halbwelt Nevadas versank in Sekunden heiliger Stille, unfähig, sich diesem Schauspiel voll tiefer Hingabe zu entziehen. Magie durchwehte den Raum, so als wären vor aller Augen Romeo und Julia auf der Bühne erschienen, und so wie die Familienfehde der Montagues und Capulets ihre Liebe unmöglich gemacht hatte, schienen die verschiedenen Elemente, aus denen Taylor und Mandy geboren waren, auch dieses ungleiche Paar mit einem bösen Fluch zu belegen. Erst als Taylor einen Schritt zurücktrat, sich von ihr löste, bemerkte ich den Zettel in ihrer Hand. Zuerst ich, und dann sahen ihn alle.

Wie heißt Du? Taylor ♥

Es war Taylors in Plastik eingeschweißte Nachricht an Mandy, die wir vor Ewigkeiten im Pazifik versenkt hatten. Der Zettel war ein wenig zerfleddert, so wie mein Ausweis für den Schulbus, aber ansonsten in erstaunlich guter Verfassung. Mir war schleierhaft, wo sie ihn hergezaubert hatte. Möglicherweise waren die unzähligen silbernen Schuppen des Unterleibs von Meerjungfrauen mit Hosentaschen ausgestattet. Unruhe machte sich im Raum breit. In den Gesichtern, die mich umringten, las ich ungläubiges Staunen.

„Bravo!", rief schließlich irgendjemand, als handele es sich bei der Darbietung um eine Art Zaubertrick. Offensichtlich war er nicht allein mit dieser Auffassung. Sofort brandete tosender Applaus auf. In meinen Ohren jedoch klang er nicht tosend, sondern einfach nur wüst und primitiv.

Auch Edward neben mir lachte gekünstelt und stimmte mit gespielter Begeisterung in das Klatschen ein, während er seinem neuen Geschäftspartner Steve einen hündischen Blick zuwarf. Irgendwie wirkte er verunsichert.

Klein.

Ja, das war es. Er wirkte klein.

War er möglicherweise kurz davor, etwas Wesentliches zu begreifen? Ich hoffte es inständig.

„Der Junge muss unbedingt Teil der Show werden!", brüllte Steve begeistert zu Edward rüber – oder soll ich besser sagen, *Eddie*? –, den frenetischen Jubel übertönend. Ich nahm an, Taylor hätte es nicht mitbekommen. Er stand noch immer Meter von uns entfernt bei ihr am Aquarium. Wie schon beim letzten Aufeinandertreffen mit Mandy wirkte er wie ferngesteuert. Wie in Trance.

Doch ich hatte mich getäuscht.

„Ich würde liebend gern Teil der Show werden", bot er Steve in dessen eigenen Worten an, als wir wenig später zusammen mit Edward, Jack und dem Trupp wichtiger Männer in schwarzen Anzügen – dem *Konsortium*, wie Edward sie später nennen sollte – den Saal verließen und das Licht hinter uns löschten.

Weil es sich löschen ließ – anders als der Gedanke an Mandy, aus deren Augen jedes Licht und jeder Hoffnungsschimmer im selben Moment wichen, als wir ihr den Rücken kehrten, offensichtlich im freundschaftlichen Schulterschluss mit ihren Entführern.

Ich fühlte mich schuldig. Schuldig und schmutzig.

Bevor ich ins Bett ging, suchte ich das Bad auf, schloss die Tür hinter mir und duschte derart ausgiebig, als könne ich auf diese Weise die Schuld von meinem Körper schrubben. Als würde sie zusammen mit dem abfließenden, von der Seife weiß gefärbten Wasser in der Kanalisation verschwinden.

„Warum hast du das gesagt? Dass du mit zur Show gehören möchtest?", fragte ich Taylor später, als wir nebeneinander in unseren Betten lagen, zwischen denen ein unüberbrückbarer Abgrund von nicht mehr als einem Meter Breite gähnte – ein Abgrund aus schwarzer Nacht, Einsamkeit und Träumen, die sich nie erfüllen würden. Die Augen fielen mir zu, und dennoch konnte ich keinen Schlaf finden.

Draußen vor dem Fenster schien der Mond. Keine Ahnung, ob es der echte Mond war oder ein künstliches Gebilde, ein strombetriebener Plastikmond.

Taylor antwortete nicht auf meine Frage. Ich vernahm nichts als seinen gleichmäßig gehenden Atem. Ich dachte schon, er wäre eingeschlafen.

„Wer kann eine Bank leichter ausrauben?", fragte er urplötzlich in die Stille hinein. „Ein Bankräuber oder ein Bankangestellter?"

Die Klarheit seiner Stimme überraschte mich. Anstatt tief und fest zu schlafen, brütete er offensichtlich etwas aus.

„… keine Ahnung …", entgegnete ich – eine bessere Antwort wollte mir mitten in der Nacht nicht einfallen. „Wahrscheinlich der Bankangestellte …?"

„Bingo."

„Und was willst du mir damit sagen?"

„Ganz einfach: Wenn ich Teil der Show werde und Zugang zu ihr bekomme, kann ich Mandy sehr viel besser helfen, als wenn sie hinter verschlossenen Türen vor mir versteckt wird, richtig?"

Da war er: Der Bruce-Lee-Plan. *Sei Wasser, mein Freund.*

Doch nach dem, was ich an diesem Abend gesehen hatte, war ich mir selbst nicht mehr sicher, ob Taylor und ich zusammen genügend Wasser wären, um das Glas zum Platzen zu bringen. Die Größenordnungen hatten sich eklatant verschoben – wir sprachen nicht mehr von einer Tasse, einem Glas oder einer Flasche, sondern von einem dickwandigen Aquarium.

„Ich … ich weiß nicht …", stotterte ich. „Du hast es doch gehört: zehn Millionen Dollar. Plus Eintrag in die Geschichtsbücher. Soll heißen: In der Abschlussprüfung in Geschichte könnten demnächst Fragen über uns drankommen – in Biologie übrigens auch. Glaubst du wirklich, dass sie sich das alles entgehen lassen?", fragte ich Taylor.

„Was hast du dagegen schon in der Hand, selbst wenn du so tust, als würdest du brav mitspielen?"

Es tat mir weh, es auszusprechen, aber war es nicht die Wahrheit?

„Das Wort meines Vaters. Und dich als Zeugin", beantwortete Taylor meine Frage, ohne eine Sekunde darüber nachdenken zu müssen. „Du hast es mit eigenen Ohren gehört: Er hat gesagt, wenn ich den Beweis erbringe, dass sie mich damals vor dem Ertrinken gerettet hat und dass sie ein Mensch ist und kein Fisch, wird er sie freilassen und ins Meer zurückbringen."

Was sollte ich darauf schon entgegnen? Ich blickte Taylor einfach nur an. Er war wirklich ein hoffnungsloser Fall.

Hoffnungslos naiv.

Hoffnungslos romantisch.

Hoffnungslos mutig.

Und genau dafür liebte ich ihn.

Als ich mich wenig später auf die andere Seite drehte und die Augen schloss, betete ich, dass das Wort seines Vaters am Ende wirklich mehr wert wäre als zehn Millionen Dollar.

Als wir vor einigen Stunden das Hotelzimmer bezogen hatten, hatte ich mich gefragt, ob ich auch nur eine Sekunde Schlaf bekommen würde in dieser Nacht. Zum einen lag Taylor im Nachbarbett. Ich hätte mich nur ein winziges bisschen über meinen Bettrand lehnen müssen, um ihn zu berühren. Zum anderen konnte ich mich nicht daran erinnern, wie es war, ohne das sanfte Rauschen des Ozeans einzuschlafen und ohne die friedliche Stille der Nächte in Monterey, die sich wie ein Laken aus guten Hoffnungen über einem ausbreitete, kurz bevor die Sinne müde vom Tagwerk ihre Arbeit einstellten. Doch nun fühlte ich mich so erschöpft wie noch nie zuvor in meinem Leben. Ich hatte die Augen eben erst geschlossen – da sah ich ihn plötzlich: den Strand. Ich saß in den Dünen vor unserem Haus und ließ meinen Blick zufrieden über den nachtblauen, vom Licht des fahlen Mondes und der Sterne erleuchteten Pazifik schweifen. Ein seidig warmer Wind streichelte meine Haut, und kein Nachtwölkchen trübte die Sicht auf das, was sich am Himmel abspielte.

Ein Stern lenkte meine ganze Aufmerksamkeit auf sich. Er leuchtete heller als alle anderen, heller sogar als der Nordstern. Zuerst nahm ich an, dass es sich um ein Flugzeug handeln müsse, das sich blinkend seinen Weg durch den Nachthimmel bahnte. Doch der helle Punkt bewegte sich nicht von der Stelle, weder vor noch zurück. Nie zuvor hatte ich ein solches Licht dort oben erblickt. Und nie zuvor war ich Zeuge dessen gewesen, was als Nächstes geschehen sollte: Unvermittelt gewann der Stern an Größe. Er blies sich auf wie ein Luftballon aus Licht, so als müsse er sich dringend Luft machen – als hätte man ihn gegen seinen Willen in ein viel zu enges Kleid gezwängt. Bis schließlich das Unvermeidliche geschah: Er explodierte, aber nicht mit einem einzigen ohrenbetäubenden Knall wie eine einschlagende Bombe, sondern in Zeitlupe und ohne das leiseste Geräusch. Lautlos nieselte ein feiner Goldregen hinab in den schwarzen Ozean. Wie ein Vorhang aus feinstem goldenen Staub, der sich über eine Bühne senkte. Das Schwarz des Meeres wich augenblicklich einem hellen Strahlen, als die glitzernden Sternsplitter in ihm versanken. Ich wollte aufspringen, in das seichte Wasser laufen, um in das magische Licht zu tauchen und darin zu baden. Doch sosehr ich mich anstrengte, ich konnte meine Beine nicht bewegen. Sie waren steif und ohne jedes Gefühl – so als wären sie aus Holz gemacht. Ich spähte angestrengt hinaus aufs Meer, irgendetwas war dort draußen. Es kam direkt aus dem Licht. Von der Stelle, an welcher der Stern im Meer versunken war. Erst jetzt verstand ich.

Es war Mandy.

Das also ist sie, dachte ich: ein Stern, der vom Himmel gefallen war. Ein Stern, der anders war als alle anderen Sterne und sich dafür entschieden hatte, fortan lieber im Meer leuchten zu wollen anstatt dort oben am Firmament mit seinen Brüdern und Schwestern. Jetzt erblickte ich sie. Sie war auf mich zugeschwommen und erhob sich aus dem seichten Wasser. Nackt, wie die Natur sie erschaffen hatte. Doch was war das?

Sie hatte Beine. Echte, menschliche Beine.

Mandy ist nichts weiter als ein normales Mädchen, dachte ich verblüfft.

Langsam kam sie auf mich zu. Ich verspürte nicht die geringste Angst, wovor auch immer. Als sie vor mir stand, sagte sie mit Tränen in den Augen: „Taylor hat mich erlöst."

Ich nickte nur, unfähig, etwas zu entgegnen.

Behutsam, als befürchte sie, mir versehentlich wehzutun, legte sie ihre Arme um mich und umarmte mich mit einer Vorsicht, als wäre ich ein zerbrechliches Porzellanpüppchen.

Noch etwas fiel mir auf, als wir einander plötzlich ganz nah waren, so nah wie nie zuvor: Ihre Haut und ihr Haar rochen weder nach Meer noch nach Salz, Algen oder Tang. Sondern danach, wie kalifornische Mädchen eben riechen: nach Sonne und Sonnencreme.

„Willkommen im Club!", wollte ich rufen, aber plötzlich machte sie eine Faust aus ihrer rechten Hand und begann, damit sanft gegen meine Stirn zu klopfen. „Klopf, klopf!", sang sie und lächelte mich an, während ihre Gesichtszüge langsam vor meinen Augen verschwommen.

Ich hatte keine Ahnung, was das nun wieder bedeuten sollte. Irgendetwas lief hier gehörig an mir vorbei.

„Klopf, klopf." Nun hatte sich die Stimme verändert. Sie klang ungefähr eine Oktave tiefer.

„Klopf, klopf – aufstehen, Amber!" Es war Taylor, der mich lächelnd auf meiner Bettkante sitzend begrüßte und mit seinem Zeigefinger sanft gegen meine Stirn tippte, während ich langsam zu mir fand und mich meinen wirren Träumen entwand. Die Morgensonne leuchtete grell ins Zimmer. Blitzschnell zog ich mir die Bettdecke über den Kopf, damit Taylor nicht sah, wie unfassbar schrecklich ich morgens aussah.

Er empfahl mir irgendetwas in der Richtung, dass ich mich beeilen solle, wenn ich Wert darauf legte, gemeinsam mit ihm zu frühstücken. Ich grunzte zustimmend, nur um ihn loszuwerden, und blieb anschließend noch so lange in meinem Versteck unter der Decke, bis ich die Tür ins Schloss fallen hörte.

Mich *beeilen*.

Für was für eine Art Mädchen hielt er mich? Zu Hause in Monterey hatte zwar jeder von uns sein eigenes Bad, eins für die Männer und eins für die Frauen, aber dennoch musste ihm klar sein, dass es sich bei mir nicht um eine dieser Cheerleader-Prinzessinnen handelte, die morgens eine Stunde oder mehr im Bad verbrachten.

Bis sie so aussahen, wie sie eben aussahen: sexy und begehrenswert.

„Ich bin froh, dass du es dir noch mal überlegt hast." Edward und Taylor saßen draußen auf der Terrasse an einem der Gartentische aus weißem Plastik, als ich zu ihnen stieß. Von Jack weit und breit keine Spur. Entweder hatte er genau wie ich verschlafen, oder er brütete bereits wieder irgendeinen teuflischen Plan aus. Meine innere Stimme tendierte deutlich zu Lösungsansatz Nummer zwei.

„Und was das Aquarium betrifft, gebe ich dir recht", fuhr Edward fort, während ich mich, durch ein abwesendes Kopfnicken von ihm begrüßt, zu ihnen setzte. Taylor schenkte mir ein kleines Lächeln, das aber nicht wirklich mir galt. Seine Gedanken waren woanders an diesem Morgen, und ich konnte ihn nur allzu gut verstehen. Sie befanden sich nicht hier auf der von der Morgensonne gefluteten Frühstücksterrasse des Caesars Palace, sondern in dem dunklen Saal in dem Labyrinth tief unter unseren Füßen. Dort, wo wir Mandy gestern allein zurückgelassen hatten.

„Sie wird noch heute Nachmittag umziehen. In etwas deutlich Großzügigeres. Steve wird etwas Angemessenes für sie bereitstellen."

„Seinen Swimmingpool?", fragte Taylor scharfzüngig. Wenn es wirklich sein Plan war, das Spiel unauffällig mitzuspielen und dabei nicht sofort als Saboteur aufzufliegen, musste er ohne jede Frage noch dazulernen.

Edward lachte vergnügt auf, wobei er die Reise seiner Gabel kurz unterbrach. Sie hatte ein Stück Pfannkuchen aufgespießt, aus dem dunkles Blaubeerblut hinunter auf den Teller tropfte. „Nein, das wäre viel zu gefährlich", erklärte er. „Zum einen könnte sie vor der Show gesehen werden. Und zum anderen wäre die Gefahr zu hoch, dass sie entkommt."

„Du meinst, über den Kunstrasen vor Steves Villa und dann durch die Wüste Nevadas und schließlich per Anhalter weiter nach Monterey ans Meer?", scherzte ich, um die beiden höflich auf den Umstand aufmerksam zu machen, dass Amber Wood ihren Platz am Tisch eingenommen hatte.

Taylor dankte mir mit einem Augenzwinkern für meinen Wortbeitrag, während Edward mich amüsiert musterte.

„Es freut mich, liebe Freunde, dass ihr euren Humor nicht verloren habt", konterte er und ließ den Pfannkuchen, dessen Gnadenfrist nun abgelaufen war, in seinem Mund verschwinden.

„Darüber hinaus gibt es noch ein anderes kleines Problem, das ich mit euch besprechen möchte – wo wir gerade so gemütlich zusammensitzen."

Ein Problem? Taylor und ich schauten uns fragend an.

Für uns gab es derzeit *nur* Probleme.

„Sie isst nicht", erklärte Edward uns. „Weder in Monterey noch hier hat sie das Fischfutter angerührt, das wir ihr angeboten haben."

Taylor wurde schlagartig blass.

„Ihr habt ihr *Fischfutter* angeboten?"

„Ja, warum nicht?", entgegnete Edward guter Dinge und sich offenbar keiner Schuld bewusst, während er sich weiter gut gelaunt seinem Frühstück widmete. Offenbar hatten ihm die in Aussicht stehenden Dollarbündel süße Träume bereitet, und er war trotz nächtlicher Verhandlungen ausgeschlafen und erholt, so als befänden wir uns alle im Urlaub auf Hawaii.

Fischfutter. Der Gedanke daran klang absurd. Und logisch zugleich. Logisch und absurd – wie man es drehte und wendete, es blieb das Gleiche. Vor allem wenn man wie ich in der vergangenen Nacht davon geträumt hatte, dass Mandy ein ganz normales Mädchen aus Fleisch und Blut war. Ein Mensch. Wobei mir auch mein Traum keinerlei Hinweise darauf gegeben hatte, ob tatsächlich Blut durch Mandys Adern floss, ja, ob sie überhaupt über so etwas wie Adern verfügte. Und die Antwort auf die Frage, ob sie eher Mensch war oder eher Fisch, war nach wie vor von dichtem Nebel verhüllt. Von daher konnte man Edward mit seinem Gedanken an Fischfutter nicht unbedingt einen Vorwurf machen. In den zurückliegenden Jahren unserer Kindheit – Jahre nachdem die Geschichte mit Taylor und Mandy passiert war – war mir der Gedanke gekommen, mich genauer über den Stand der Wissenschaft zu informieren, was Meerjungfrauen betraf. Wie zu erwarten war in der Stadtbibliothek nichts wirklich Konkretes zu finden gewesen. Da noch nie irgendwo auf der Welt eine echte Vertreterin dieser Spezies aufgetaucht war, hielt sich das Wissen über sie verständlicherweise in Grenzen. Sämtliche erhältliche Literatur zu dem Thema befasste sich mit Sagen und Fabeln. Doch genau dieser Punkt fing nun an, mir Sorgen zu machen: Ich hatte gelesen, dass Meerjungfrauen verwünscht waren, dass ein schrecklicher Fluch auf ihnen lastete, der sie als zweigeteilte Wesen, halb Mensch, halb Fisch, durch die Ozeane irren ließ. So lange, bis sie durch die unendliche und selbstlose Liebe eines Menschenkindes zu ihnen erlöst wurden. Mein Traum aus der vergangenen Nacht stand mir noch immer so deutlich vor Augen, als wäre er Realität gewesen. Hatte Mandy sich Taylor ausgesucht, damit er sie erlöste? Oder hatte ihn gar das Schicksal, wer oder was auch immer sich dahinter verstecken mochte, für diese Aufgabe auserwählt?

„Ein Königreich für deine Gedanken." Es war Taylors Stimme, die mich zurück an den Frühstückstisch holte.

Du kannst sie wesentlich günstiger haben, dachte ich. Und alles, was an ihnen dranhängt.

Noch bevor ich etwas weniger Verfängliches entgegnen konnte, verkündete Edward: „Wie dem auch sei, ich würde dich, Taylor, sowie deine hier ebenfalls anwesende wissenschaftliche Mitarbeiterin Amber gern als Pateneltern für sie engagieren."

Pateneltern? Hatte ich richtig gehört? Es fiel mir schwer, nicht lauthals aufzulachen. Doch Edward sah uns beide an, als meine er es todernst.

„Offenbar habt ihr – insbesondere natürlich du, Taylor – einen ganz besonderen Draht zu ihr. Das ist nicht zu leugnen. Von daher würde ich es schätzen, wenn ihr dafür sorgt, dass es ihr gut geht. Letzteres ist wohl auch in eurem Sinne, nehme ich an?"

Er neigte den Kopf ein wenig zur Seite und musterte uns prüfend. „Nun, was sagt ihr?"

Taylor war der Erste von uns, der seine Sprache wiederfand.

„Wir sind dabei." Er schaute mich an. „Oder?"

Ich nickte. Wenn Taylor dabei war, war ich es auch. So viel war klar. Genauso klar, wie Edwards Strategie vor meinem geistigen Auge aufleuchtete: Er hatte seinem Sohn einen Köder hingeworfen – in dem Glauben, dass er sich damit die Treue eines kleinen Fisches angeln würde, der keine wirkliche Bedrohung für sein Vorhaben darstellte. Möglicherweise sollte er sich in diesem Punkt getäuscht haben, dachte ich in Anbetracht der Unterhaltung, die ich in der vergangenen Nacht mit Taylor geführt hatte. Der Gedanke an unseren neuen Job klang aufregend: Wir würden so viel Zeit miteinander verbringen wie schon lange nicht mehr. Vielleicht war Mandys Rettung doch noch nicht fehlgeschlagen. Und vielleicht sollte sie am Ende sogar Taylor und mich einander näherbringen. Wie auch immer die Sache ausgehen würde: Wir würden die Chance bekommen, gemeinsam an ihrem Erfolg zu arbeiten. Über Tage, vielleicht sogar Wochen. Als Pateneltern waren Teamwork und Nähe für die Erfüllung unserer Aufgabe unerlässlich. Und last but not least: Wir waren damit offiziell Teil einer großen Sache, einer Riesensache sogar. Einer Sache, die uns von Ausreißern zu unersetzlichen Teammitgliedern machte, die von der Monterey High eigens für diese bedeutende, keinen Aufschub duldende Mission beurlaubt wurden. Dafür hatte Edward heute Morgen bereits gesorgt.

Nach dem Frühstück flitzte ich hinauf aufs Zimmer, um Claire anzurufen, während Taylor seinen Vater hinunter in das unterirdische Labyrinth begleitete. Entgegen ihrer telefonischen Ankündigung war sie nicht in der vergangenen Nacht eingeflogen, und weder Edward noch ich hatten bisher von ihr gehört. Ich machte mir Sorgen. Auch wenn sie Taylor und mich verpfiffen hatte – sehr wahrscheinlich ebenfalls aus Sorge –, blieb sie noch immer meine Mutter. Hoffentlich war ihr nichts passiert. Nervös tippte ich die Ziffern unserer Telefonnummer in den Apparat neben dem Bett.

Gott sei Dank – gleich nach dem ersten Freizeichen nahm sie ab, als hätte sie geradezu vor dem Telefon auf meinen Anruf gewartet. Ich war erleichtert, ihre Stimme zu hören. Auch wenn Claire alles andere als guter Dinge war: Hinter ihr lag eine chaotische Nacht in Monterey. Und chaotische Nächte hatte es in Monterey zum letzten Mal beim großen Pop Festival im Jahr 1967 gegeben. Offenbar hatte Mandy das Leben in dieser beschaulichen Kleinstadt am Meer innerhalb eines einzigen Tages aus dem Gleichgewicht gebracht. Claire hatte ihren Flug verpasst und sich stattdessen in unserem Haus verschanzt. Die Türen verrammelt, die Vorhänge zugezogen, hatte sie versucht sich unsichtbar zu machen – kein leichtes Unterfangen in einem Haus aus Glas. Gestern Abend kurz nach unserem Telefonat hatte eine Abordnung der Fischer bei ihr angeklopft. Die Besatzung des Trawlers wollte sehen, was ihnen ins Netz gegangen war. Sie fanden, dass sie ein Anrecht darauf hatten.

Edwards Prognose sollte sich bestätigen: Die Kunde von ihrem Fang hatte sich wie ein Lauffeuer verbreitet. Vor dem nach Mandys heimlichem Abtransport wiedereröffneten Bay Aquarium hatten sich lange Schlangen gebildet, und es waren längst nicht nur Fischer und ihre Familien. Sensationen verbreiten sich wie ein Ölteppich auf offenem Meer – es geht ganz von allein, und niemand kann die Sache stoppen.

Enttäuscht darüber, dass sie im Meeresaquarium nichts vorgefunden hatten, waren ungefähr zehn bis fünfzehn Mitglieder der Crew, die sich als die Sprecher der Fischer von Monterey bezeichneten, raus zu unserem Haus in den Dünen gezogen. Nur um dort von Claire die ehrliche Auskunft zu erhalten, dass sie von der ganzen Sache kaum mehr wusste als sie. Und dass Edward und Jack nach Las Vegas aufgebrochen waren. Abgesehen davon habe *sie* keine Meerjungfrau gesehen, womit sie zu der Frage überleitete, ob die ans Unglaubliche grenzenden Visionen der Fragesteller möglicherweise auf den übermäßigen Genuss von Drogen oder Alkohol zurückzuführen seien. Im Großen und Ganzen hatte sie dabei nicht gelogen – kannte sie doch als Einzige von uns Mandy allein aus unseren Erzählungen. Dennoch war ihr selbstbewusstes Auftreten offenbar der Quell für weiteren Unmut unter den Fischern gewesen, die daraufhin die ganze Nacht vor dem Haus campiert und Fackeln entlang der Auffahrt entzündet hatten. Zweimal in der Nacht hatte Claire die Polizei gerufen, da sie verdächtige Geräusche vernommen hatte und fürchtete, die Wegelagerer – so bezeichnete sie die Angestellten der Teagarden Company bereits – würden sich gewaltsam Zutritt zum Haus verschaffen.

„Noch eine Nacht überstehe ich nicht", seufzte sie gegen Ende unseres Gesprächs. „Ich werde rüber nach Carmel fahren und im erstbesten Hotel einchecken." Sie klang wirklich erschöpft. Andererseits wollte sie das Haus nicht im Stich lassen, schließlich war sie die letzte Bastion, bevor es möglicherweise in Schutt und Asche gelegt würde. Außer ihr war ja niemand vor Ort, und sie fühlte sich verantwortlich. Bei allem Unheil, das zwischen Land und Meer aufzuziehen drohte, war es schön, von Claire daran erinnert zu werden, dass wir – sie, ich, Taylor und Edward – noch immer eine Familie waren. Und eine Familie hielt zusammen, wenn es eng wurde. Einer für alle, alle für einen. Nur dass die *eine* in diesem Fall ausgerechnet meine so hoffnungslos hilflose, von der Situation vollkommen überforderte Hippie-Mutter war, behagte mir weniger.

Tatsächlich waren es nicht nur die Fischer, die unser Haus belagerten. Auch die ersten Medienvertreter hatten Wind von der Sache bekommen. Allen voran Buster Gray, auch die *Heilige Inquisition* genannt. Buster war eine Koryphäe, eine Institution, eine graue Eminenz der Pressewelt. Dreißig Jahre lang hatte er für den *San Francisco Chronicle* gearbeitet und zahlreiche Preise und Ehrungen für seine dort veröffentlichten Reportagen entgegennehmen dürfen, bevor er sich nach Monterey zurückzog, um seinen wohlverdienten Ruhestand zu genießen. Als es ihm nach ein paar Jahren langweilig wurde, rief er die *Monterey Post* ins Leben – eine kleine lokale Zeitung, als deren Chefredakteur er noch immer fungierte, obwohl er mittlerweile auf die achtzig zugehen musste. Die Arbeit jedoch ließ ihn zehn Jahre jünger erscheinen. Da er sich auch für das Monterey Bay Aquarium engagierte, kannte ich ihn vom Sehen. Einmal hatte er sogar ein kleines Interview mit mir geführt. Er war ein Mann mit einem lieben, runden Gesicht, das eingerahmt war von einem mächtigen silbernen Rauschebart; seine Augen blinzelten immerzu schelmisch. Er trug ein Bäuchlein vor sich her, das von Jahr zu Jahr an Umfang gewann, sodass man Angst haben musste, er könne beim Spazierengehen mit dem kleinsten Windstoß, der auf seinen Rücken pfiff, vornüber auf das Pflaster fallen. Seit Urzeiten war er verheiratet mit Fanette, die er in den sechziger Jahren auf einer seiner journalistischen Reisen in Brüssel kennengelernt hatte und die nach einer etwa einwöchigen heißen Liebesaffäre – die ganze Stadt kannte die Geschichte mittlerweile auswendig – mit ihm in die Staaten durchgebrannt war. Alles, was sie sagte, klang nach einem seltenen belgischen Weichkäse.

Wie dem auch sei: Buster war einer von den Guten, jedenfalls behauptete man das von ihm. Von daher ließ es mir nicht unbedingt die Nackenhaare zu Berge stehen, als ich von Claire erfuhr, dass er gefordert hatte, als Bürger und wichtigster Medienvertreter von Monterey die Story als Erster zu bekommen. Wenngleich ich nicht wirklich daran glaubte, dass Edward und vor allem nicht Jack und die Casino-Clique auch nur in Erwägung ziehen würden, einem fast achtzigjährigen Lokaljournalisten den Vortritt gegenüber dem US-Fernsehen zu lassen, das sicher schon um die Rechte für die weltweite Live-Ausstrahlung buhlte. Im Grunde war es nur die Frage, wer von den beiden Großen das Rennen machen würde: ABC oder CBS – das Auge, dem nichts entging.

Es war unglaublich, welche Aufregung das Auftauchen von Mandy innerhalb kürzester Zeit verursacht hatte. Obwohl: Nein, es war nicht unglaublich. Ich musste an die vielen Menschen denken, die aus aller Welt zum Whale Watching nach Kalifornien kamen. In der Hoffnung, einen dieser mächtigen prähistorischen Meeressäuger wenige Meter vor den eigenen Augen aus dem Pazifik springen zu sehen, stiegen sie vor der Küste von Monterey zu Tausenden in die Boote. Unzählige Male war ich selbst dabei gewesen. Manche dieser Menschen machten Luftsprünge an der Reling und ballten die Fäuste, als hätten sie soeben den Super Bowl für sich entschieden. Andere hielten sich still die Hand vor den Mund. Wiederum andere fingen an zu weinen, überwältigt von etwas so Großem und Göttlichem. Was also musste dann erst der Anblick einer Meerjungfrau in den Menschen auslösen? Noch dazu, wenn es sich um altgediente und mit allen Wassern gewaschene Fischer handelte, die glaubten, alles zu kennen, was sich in der Welt unter den Planken ihrer Boote abspielte. Deren gesamtes Universum mit einem einzigen Fang urplötzlich unterzugehen drohte – oder um es auf Las Vegas zu münzen: in sich zusammenfiel wie ein klappriges, mit zittriger Hand gebautes Kartenhaus.

Tatsache war: Mandy hatte die Karten neu gemischt.

Und es war ein überaus spektakuläres Blatt, das selbst die Pokerfaces in Vegas staunen ließ. Auch wenn jetzt schon festzustehen schien, dass es nicht Mandy war, die den Jackpot mit nach Hause nehmen würde.

Claire bat mich, Edward auszurichten, dass sie dringend seinen Anruf erwarte. Zumindest falls er sie noch einmal lebend wiedersehen wolle. Den letzten Satz hatte sie nicht ernst gemeint, aber er jagte mir trotzdem Angst ein. Als ich aufgelegt hatte, konnte es nicht schnell genug gehen: Ich musste Edward dringend über die dramatischen Ereignisse unterrichten, die sich zu Hause abspielten. Jetzt verstand ich seine Eile, was den Abtransport von Mandy betraf. Und hoffte inständig, dass es nicht ausgerechnet Claire wäre, die von den Zurückgebliebenen dafür zur Rechenschaft gezogen wurde.

Die anderen wiederzufinden sollte sich als ein größeres Problem herausstellen, als ich angenommen hatte. Als ich an der Rezeption darum bat, in das unterirdische Labyrinth geführt zu werden, wo man bereits auf mich warte, stieß ich auf eine Mauer aus Beton. Eine Mauer aus Beton und belustigtem, mich zur Verrückten abstempelndem Kopfschütteln.

„Ein unterirdisches Labyrinth? Was meinen Sie damit, junge Dame?"

Offenbar hatten es sowohl Edward als auch Taylor versäumt, irgendeine Menschenseele darauf hinzuweisen, dass ich mich ein wenig später als sie dort unten einfinden würde. Die Pforten, die an diesem Morgen das größte Geheimnis unseres Planeten hinter sich verbargen – im Gegensatz zu den sonst dort unten im Keller des Caesars Palace versteckten *kleinen* Geheimnissen –, sollten mir verschlossen bleiben. Mir blieb nichts anderes übrig, als auszuharren. Bis sie sich erneut öffneten, um die beiden wieder auszuspucken.

Nichts war schlimmer als Warten, wenn man das Gefühl hatte, dass einem die Zeit davonlief. Wenn man vor seinem geistigen Auge wertvolle Sekunden und Minuten durch eine Sanduhr rinnen sah, während man selbst zur völligen Untätigkeit verdammt war – ohne jede Chance, den Fluss zu stoppen.

Während ich mich, des Wartens müde und mit einer gehörigen Wut im Bauch, kurz aus dem Hotel wagte und den Las Vegas Boulevard rauf und wieder runter schlenderte, beschienen von einer Sonne, die mich gleichzeitig blendete und ein eigenartiges Dröhnen in meinem Schädel hervorrief, kam mir ein Gleichnis in den Sinn: Las Vegas war das Negativ einer Stadt. Zumindest war es die einzige Stadt, die ich kannte, die nur als Negativ funktionierte. Vor Kurzem hatte ich begonnen, mich für Fotografie zu interessieren, und deshalb drängte sich mir dieses Bild einfach auf. Das Positiv war Las Vegas am Tag: eine schreckliche, armselige Aneinanderreihung aus bunten Jahrmarktsbuden, die nicht den geringsten Glamour versprühten. Doch nachts, wenn die Sonne untergegangen war und die Elektrizität das Zepter übernahm, sprühte ein eigenartiges, zugleich widerliches und im selben Moment unwiderstehliches Licht aus allen Kanälen. Ein Licht, das keine Zärtlichkeit kannte und das der Stadt dennoch auf einmal Konturen verlieh. Jene Konturen, für die so unzählig viele Menschen aus aller Welt einen weiten Weg auf sich nahmen, um an diesem gottverlassenen Ort in der Wüste ihr Glück zu suchen und sich dabei nicht selten für immer in dieser Suche zu verlieren. Man konnte hier alles finden, was das Herz begehrt – außer den Dingen, die auch bei Tageslicht betrachtet noch in Anmut und Schönheit erstrahlen. Las Vegas war eine Stadt, die am Abend zur Welt kam und am Morgen erstarb.

Erst am frühen Nachmittag sollte ich Taylor wiedersehen. Ich hatte allein zu Mittag gegessen, bei McDonald's. Ein Restaurant, das ich mir eigentlich abgewöhnt hatte – ich hoffte inständig, dass es mit Fast Food nicht so war wie mit Alkohol oder Drogen. Dass man sofort wieder rückfällig und süchtig wurde, wenn man in einem schwachen Moment auch nur davon kostete.

„Vielen Dank dafür, dass du mich behandelst, als wäre ich Luft – jetzt, wo du *sie* hast!", stellte ich ihn empört zur Rede, als er endlich in unser Zimmer stolperte. Sein Shirt war nass geschwitzt. Ich hatte nicht vorgehabt, ein Eifersuchtsdrama zu inszenieren, aber die Worte waren mir einfach so aus dem Mund gerutscht. Offenbar sah mein Unterbewusstsein Mandy wie ein ganz normales Mädchen als Konkurrentin, während ich mir all die Zeit über klarzumachen versuchte, dass sie etwas anderes war. Dass man sie mit derartigen Maßstäben nicht messen konnte.

Genauso wenig wie Taylor. Das, was diese beiden miteinander verband, war nicht von dieser Welt. Und trotzdem – oder gerade deshalb – verursachte es mir Bauchschmerzen. Bauchschmerzen, die ganz sicher und ohne jeden Zweifel von dieser Welt waren – es sei denn, in meinem Bauch hatten Außerirdische ihre Zelte aufgeschlagen.

„Ich hab dich überall gesucht!", entgegnete Taylor im Brustton der Überzeugung, obwohl ich mir ziemlich sicher war, dass er log. „Als ich dich abholen wollte, warst du nicht mehr auf dem Zimmer. Und an der Rezeption wusste auch niemand, wo du bist."

In diesem Punkt konnte ich ihm schlecht widersprechen: Mein Spaziergang hatte länger gedauert als geplant. Der Las Vegas Boulevard war mir so übersichtlich und von kurzer Distanz erschienen, während ich das Gefühl grenzenloser Enttäuschung mit jedem Schritt aufs Neue unter meinen Schuhsohlen zu begraben versuchte. Man sah ein Gebäude und dachte, es wären nur fünf Minuten bis dorthin, und dann stellte es sich als fünfzehn Minuten oder mehr heraus. Auf diese Weise hatte ich einige Zeit verbracht, bis ich schließlich wieder in unser Hotel zurückgekehrt war, den kleinen Zwischenstopp bei McDonald's eingeschlossen.

„Es tut mir leid, Amber", entschuldigte Taylor sich, ging auf mich zu und nahm mich in den Arm. Mich, das Mädchen, das er fälschlicherweise als seine Schwester betrachtete. Und das schon unser ganzes Leben lang, aber über die ersten Jahre will ich mich nicht beschweren.

„Edward muss dringend Claire anrufen", sagte ich. Und fing im selben Augenblick an zu weinen. Ich weiß auch nicht, warum. Ich hoffte, er würde meine Tränen nicht bemerken, während ich mich an seine Schulter drückte.

„Hat er schon", flüsterte Taylor und strich mir übers Haar. „Alles wird gut. Mach dir keine Sorgen."

Wenig später saßen wir im Fond einer schwarzen Stretchlimousine mit getönten Scheiben. Zwei Lederbänke waren einander gegenüber angeordnet. Auf der einen hatten Taylor und ich Platz genommen, auf der anderen Edward, der dem Chauffeur Anweisung gab, Gas zu geben, da wir spät dran waren. Jack war uns wie immer bereits einen Schritt voraus.

Zügig ließen wir den Strip hinter uns und gelangten schließlich in ein Industriegebiet. Im Grunde sah ganz Las Vegas aus wie ein Industriegebiet, aber dieses hier war wirklich eines. Wir fuhren vorbei an unzähligen Containern und Wellblechhallen, die einander glichen wie ein Ei dem anderen und von feinem Wüstenstaub umweht wurden, der trotz strahlenden Sonnenscheins alles matt und gräulich wirken ließ.

Schließlich hielt der Wagen. Vor einer mächtigen Halle, die sich von allen anderen Hallen, die wir unterwegs passiert hatten, nicht nur durch ihre schiere Größe unterschied, sondern auch dadurch, dass sie komplett schwarz war. Ohne jeden Aufdruck oder ein buntes Logo, das sie zumindest etwas freundlicher hätte erscheinen lassen. Meine Augen brauchten eine Weile, bis sie sich an das spärliche Licht im Innern gewöhnt hatten.

Nachdem wir durch eine unscheinbare, sich kaum von der sie umgebenden Wand abhebende Metalltür eingetreten waren, um danach eine Art Sicherheitskorridor zu passieren, einen schmalen, ebenfalls nachtschwarzen Schlauch, waren wir durch eine zweite Tür in die eigentliche Halle gelangt. Das Erste, was ich vernahm, war eine Art undefinierbares Gemurmel. Stimmen von Menschen – Männern –, die sich gedämpft unterhielten. Jedenfalls klang es so, aber möglicherweise war es auch die Weite des Raums, die jedes Geräusch verschluckte und eine Unterhaltung von zehn, zwanzig oder mehr Männern klingen ließ, als würde sie von Ameisen geführt. Es war so stockdunkel, dass ich mir allein anhand von winzigen Leuchten, die an den Wänden auf Toiletten und Notausgänge hinwiesen, eine ungefähre Vorstellung von den Ausmaßen der Halle machen konnte. Sie musste riesig sein. Irgendetwas funkelte nicht weit vor meinen Augen in dem künstlichen Nachthimmel über uns, so als würden Millionen das Dämmerlicht reflektierende Splitter aus Glas still und stumm wie glitzernde Schneeflocken darauf warten, auf unsere Köpfe herabzuschneien.

Dann – ich zuckte erschrocken zusammen – ein metallisches Klacken, so als würde jemand einen mächtigen Hebel umlegen.

Urplötzlich schien die Halle in Flammen zu stehen. Flammen, elektrisch verschossen von einem Bataillon von Scheinwerfern, die einen riesigen Kelch aus gleißendem Licht aus dem schwarzen Nichts auferstehen ließen, der sich innerhalb von Sekundenbruchteilen vor meinen sich weitenden Augen erhob, begleitet von einem laut tönenden elektrischen Surren, das von einem Generator stammen musste.

Ein Raunen ging durch die Halle. Erst jetzt, im Licht der Scheinwerfer, offenbarte sich ihr wahrer Umfang. Es handelte sich um eine weitläufige Arena – groß genug für Popkonzerte oder Boxkämpfe. Eine Bühne für die Titanen und Heroen unserer Zeit. Nichts würde jemals dem Anblick gleichkommen, der sich mir in diesem Augenblick bot: Es war, als würde in dunkler Nacht ein Stern geboren. Und ich war Zeuge dieser Geburt. Vor meinen Augen verwandelte sich das Schwarz in Weiß, aus Dunkelheit wurde Licht. Der Stern war geboren. Da er keine richtige Mutter hatte, hatte man ihn in einen mit Licht und Wasser gefüllten Brutkasten geworfen. Ein Brutkasten, der aussah wie ein ganz gewöhnliches Trinkglas – allerdings von der Größe eines doppelstöckigen Hauses, in dessen Keller Kies und sanft von einer künstlichen Strömung umwehte Algen ruhten.

Gib dich deinem Glück hin, genieße jeden Moment.

Nie zuvor in meinem Leben war mir die Vergänglichkeit des Glücks so jäh bewusst geworden wie in diesem Augenblick. Es war nur achtundvierzig Stunden her, dass Mandy den Pazifik ihr Zuhause nannte, wo sie als freies Wesen ihre Bahnen zog. Und nun? War sie eine Gefangene. Ihr Anblick war schockierend: Ich erkannte sie kaum wieder. Sie wirkte wie ein junges, im Vertrocknen begriffenes silberweißes Bäumchen, dessen Wurzeln es zwar noch am Grund festhielten, es aber nicht ausreichend zu versorgen mochten. Ihre zarten Wangenknochen, die mich gestern noch an einen Engel erinnert hatten, standen nun so deutlich hervor wie bei einem Gespenst. Ihre Arme erschienen mir schmaler, sehniger, so als hätte sie Tage und Wochen gehungert. Ihre vormals schillernd weiße Haut war aschfahl, ihr Haar kalkgrau wie das einer Greisin und ihre Augen – sie starrten stumpf wie die einer Blinden in das sie mit all seiner lautlosen elektrischen Gewalt anschreiende kalte Licht.

Es war, als wäre sie im Zeitraffer gealtert.

Als könne ich ihre Verlorenheit damit auslöschen, fühlte ich auf einmal den sehnsüchtigen Wunsch, meinen Kopf an Taylors Schulter zu legen. Ich war nur Zentimeter davon entfernt, es wirklich zu wagen. Zum ersten Mal wurde mir bewusst, wie klein ich war. Wie klein und vergänglich *wir* alle waren und unser Leben.

Über dem Monsterglas verlief eine Stahlbrücke, so wie man sie von Industrieanlagen kennt. Von dort aus konnte man Dinge ins Wasser werfen – Fischfutter zum Beispiel, um Edwards Gedanken wieder aufzugreifen.

Ich schielte unauffällig zu ihm hinüber.

Ein leises, selbstzufriedenes Lächeln umspielte seinen Mund. Leicht oberhalb seines Kopfes konnte ich eine strahlend weiße Gedankenblase in der Luft schweben sehen. Eine Gedankenblase, in der Taylor fröhlich auf und ab hüpfte, der glückliche Patenonkel der ersten und einzigen auf diesem Planeten jemals gefangenen Meerjungfrau. Auf der Kommandobrücke stehend schleuderte er schwungvoll kleine Fische aus einem silbernen Eimer in das riesige Becken unter sich, während Mandy wie ein dressierter Delfin aus dem Wasser sprang, um sie sich zu schnappen.

Ich fragte mich, wo sie dieses Monstrum von einem Gefäß in der Kürze der Zeit aufgetrieben hatten. Andererseits: Zeit hatte noch nie eine Rolle gespielt in Amerika – nicht solange das Budget stimmte.

„Steve hat das Planschbecken besorgt – hübsch, nicht wahr?", vernahm ich auf einmal Jacks Stimme hinter mir. Ich war mir nicht sicher, ob sie triumphal klang oder einfach nur arrogant. Wahrscheinlich beides in einem. Unbemerkt hatte er sich durch das Halbdunkel angepirscht. Da also war er wieder. Mit seinem neuesten Coup. Er gefiel sich sichtlich in seiner Rolle als Conferencier und aktiver Teamchef, während Edward bei der ganzen Angelegenheit eher der stille Teilhaber im Hintergrund zu sein schien, der sich über das Feuerwerk freute, das hier unter seiner Ägide gezündet wurde.

„Panzerglas – absolut ausbruchssicher", ergänzte Jack mit einem linkischen Augenzwinkern, als ahne er, was Taylor und ich im Schilde führten.

Sein eindringlicher Blick verharrte verdächtig lang auf mir, als wolle er sagen: *Denkt nicht einmal daran.*

Um ihm auszuweichen, sah ich zuerst zu Boden, um dann festzustellen, dass eine solche Geste wie ein Schuldeingeständnis wirken könnte. Also schaute ich zu Taylor.

Doch – er war nicht mehr an meiner Seite.

„Soweit ich weiß, stammt es vom Militär", fuhr Jack unbeirrt fort. Seine Stimme rückte augenblicklich in den Hintergrund, während ich meinen Blick suchend durch die Halle schweifen ließ.

„Aus einem Pilotprojekt für ein Wasserkraftwerk, meine ich. Oder, nein, ich glaube, er sagte, es wäre so 'ne Art Kühlwasserbecken in einer nuklearen Anlage gewesen. Die Armyleute waren jedenfalls froh, dass sie noch ein paar Mäuse dafür rausschlagen konnten."

Mir wurde schlagartig übel bei dem Gedanken daran, dass sie Mandy, dieses unschuldige Wesen aus der Tiefe des Pazifiks, möglicherweise in einen radioaktiv verseuchten Glastank gesteckt hatten, nur weil er ein Schnäppchen gewesen war und beeindruckend aussah.

Endlich entdeckte ich Taylor.

Er verharrte regungslos und wie schockgefroren am Fuß der stählernen Treppe, die hinauf zur Brücke über dem Wasser führte.

„Steve und ich sind der festen Überzeugung, zur Premiere sollte sie genau darin schwimmen – mitten auf dem Las Vegas Boulevard vor dem Caesars Palace! Das Becken ist annähernd so spektakulär wie sie selbst! Was hältst du davon, Edward!" Jack klatschte vor Freude in die Hände, so begeistert war er von seiner Idee. Derart begeistert, dass er auch Sätze, die eigentlich mit einem Fragezeichen endeten, mit einem Ausrufezeichen abschloss.

„Wenn sie bis dahin noch lebt", antwortete ich an Edwards Stelle. Ich musste mir keine große Mühe geben, schockiert zu klingen.

Ich *war* es.

„Keine Sorge, Frau Doktor", erwiderte Jack ironisch, ohne sein hämisches Joker-Grinsen für eine Sekunde abzusetzen. „Da verlassen wir uns ganz auf die Kompetenz der zwei frisch von uns engagierten künftigen Meeresbiologen. Du und Taylor habt unser vollstes Vertrauen, nicht wahr, Edward?"

Edward nickte, doch seine Miene hatte sich in Anbetracht von Mandys Anblick verdunkelt.

„Allerdings nur, solange ihr Zustand sich nicht weiter verschlechtert", stimmte er seinem Geschäftspartner bei. „In diesem Fall müssten wir professionellen Rat einholen, dafür geht es einfach um zu viel. Also gebt euch Mühe."

Taylor war unterdessen oben auf der Brücke angelangt. Er hatte sich flach auf den Bauch gelegt und versuchte, mit ausgestreckten Armen die Wasseroberfläche zu erreichen – das Nass mit seinen Fingerspitzen zu berühren. Er musste sich gewaltig strecken, doch schließlich gelang es ihm.

Wie ich schon sagte: Er war ein ausgezeichneter Sportler. Der beste an der Monterey High – leider Gottes jedoch nur in Sportarten, die sich außerhalb des Wassers abspielten. Die Unwahrscheinlichkeit von neunundneunzig Prozent war tatsächlich eingetreten: Taylor war noch immer Nichtschwimmer.

„Wir lernen zusammen schwimmen, wenn Mommy wieder ganz gesund ist", hatte Elena ihm und sich Hoffnung gemacht, noch kurz vor ihrem Tod. Denn auch sie hatte es nie gelernt. Taylor hatte Jahre gebraucht, um mir von dem Gespräch zu erzählen, das er und seine Mutter in ihren letzten Tagen auf dieser Welt geführt hatten.

„Du wirst wieder ganz gesund, oder, Mommy?", hatte er sie gefragt. Sie hatte ihm tröstend zugenickt, mit Tränen in den Augen.

„Und wir lernen schwimmen, nur du und ich, versprochen?"

„Versprochen!", hatte sie bestätigt.

Er war ihr vor lauter Glück um den Hals gefallen. Weil er glaubte, dass nun das Schlimmste überstanden war. Doch das war es nicht. Als seine Mutter nur Tage später starb, schwor er sich, niemals schwimmen zu lernen. Denn sie hatten einander versprochen, es gemeinsam zu tun. Und für immer Nichtschwimmer zu bleiben war Taylors Art, das Versprechen zu halten, das er Elena gegeben hatte. Ein Band, das ihn weiter mit ihr verbinden würde – mit seiner Mutter, die er über alles geliebt hatte und die ihm viel zu früh weggenommen worden war.

Und weil er ebendieses Band nie hatte zerreißen können, blieb ihm nun keine andere Wahl, als sich Mandy voller Sehnen und Hoffnung entgegenzustrecken. Mehr konnte er nicht tun. Denn sie erwartete ihn ausgerechnet in jenem Element, das ihm fremder und unzugänglicher war als jeder andere Ort auf diesem Planeten.

Doch die Reaktion, auf die er offensichtlich spekuliert hatte, blieb aus. Das, worauf er sehnlich gehofft hatte, die erste wirkliche Berührung nach dem Vorfall vor so langer Zeit auf dem Boot vor Monterey, wurde ihm versagt. Statt ihm entgegenzuschwimmen, hob Mandy nur apathisch den Kopf und blickte ihn aus dem Keller ihres Kerkers aus Glas müde an. Ihr Körper wirkte schlaff, als wäre jede Energie aus ihm entwichen wie die Luft aus einem Ballon.

Ich konnte sehen, wie sie versuchte, sich aufzurappeln. Sich vom Boden abzustoßen, um zu ihm zu gelangen. Doch ihre Bewegungen hatten sämtliche Leichtigkeit und Eleganz eingebüßt – es wirkte fast, als würde ein Stein versuchen, sich vom Meeresgrund abzustoßen, um den Himmel über sich zu erreichen, der so nah schien und doch so unerreichbar weit entfernt war. Die Finger ihrer rechten Hand streckten sich verzweifelt gen Himmel, Taylors ebenfalls ausgestreckten Fingern entgegen, die bis gerade unter die Wasseroberfläche reichten. Zwischen ihnen jedoch befand sich ein Korridor aus Wasser, eine Distanz von bestimmt acht Metern oder mehr.

Ein Witz für ein Kind des Ozeans.

Aber sie hockte da wie festgezurrt. Wie mit unsichtbaren Fesseln am Grund gehalten.

Es schmerzte, mit ansehen zu müssen, wie sie offensichtlich von einem Tag auf den anderen all ihre Kraft und Lebenslust verloren hatte. Alles Leben schien aus ihr gewichen, abgesehen von einem verbliebenen kümmerlichen Rest, der ihre Körperfunktionen aufrechterhielt – *noch*.

Je länger ich diesem erschreckenden Schauspiel beiwohnte, desto klarer wurde mir, dass dieser kümmerliche Rest seinen Überlebenskampf wahrscheinlich schneller verlieren würde, als Edward, Jack und Co. es sich vorstellen konnten. So wie ich es sah, ging es hier um Stunden. Höchstens.

Ich musste Taylors Augen nicht sehen, um mir den tiefen Schmerz darin vorstellen zu können. In dieser Sekunde fühlte ich genau wie er. So wie man den Mond und die Sterne nachts fast mit den Fingern vom Himmel pflücken kann, wenn man einfach nur den Arm ausstreckt, streckte auch ich den Arm aus. Nach Taylor. Er war weit von mir entfernt, aber ich konnte seine Tränen beinahe spüren, als ich in Gedanken mit meinen Fingerkuppen sanft über seine Wangen strich. In diesem Moment waren wir vereint. Vereint in Schmerz und Hoffnungslosigkeit. Geht es dir nicht auch manchmal so? Wie oft ist das große Glück, alles, was deinem Leben Sinn geben würde, alles, wonach du dich Tag und Nacht sehnst, nur einen ausgestreckten Arm entfernt – und bleibt doch unerreichbar. Auch ich kämpfte mit den Tränen. Und doch musste ich mich der schmerzhaften Wahrheit fügen. So wie Taylor. Nachdem ihm klar wurde, dass seine Bemühungen nicht von Erfolg gekrönt sein würden, ließ er seine Hand ein letztes Mal traurig durch das Wasser schweifen und zog seinen Arm schließlich zurück.

Ich sah, wie er seine nackten Fingerkuppen küsste, um ihr zum Abschied einen fliegenden Kuss nach unten in ihr gläsernes Verlies zu senden.

Doch irgendetwas stimmte nicht.

Er verfolgte nicht den Weg seines Kusses zu Mandy, sondern starrte seine Fingerkuppen an, die er soeben mit den Lippen berührt hatte. So als hätte er im selben Moment etwas gekostet, das ihm ganz und gar nicht schmeckte.

Das versammelte ausgewählte Publikum – *das Konsortium* – folgte der Vorstellung gebannt. Niemand hier in dieser Stadt schien über das geringste Wissen über das Element Wasser zu verfügen. Der Pazifik, der mehr als ein Drittel der gesamten Weltoberfläche bedeckt, war in Las Vegas anscheinend eine kleine Nummer, die man nur vom Hörensagen kannte, so wie die Boxer, die im Caesars Palace gegen Muhammad Ali oder Evander Holyfield antraten. Auch wenn man an den Spieltischen der großen Casinos die Highroller wegen ihrer riesigen Einsätze als *Wale* bezeichnete – diese superreichen Zocker, die hunderttausend Dollar oder mehr pro Spiel setzten und von den Casino-Betreibern per Jet eingeflogen wurden: Las Vegas war eine Wüste. Und die Menschen, die hier lebten, waren Wüstenbewohner. Sie hatten vergessen, dass das Meer der Ursprung allen Lebens war, die Quelle.

Und dass die Wüste der Feind allen Lebens war.

Wenn der Pazifik das Leben war, dann war Las Vegas der Kontrapunkt, der Tod. Genau dieses Gleichnis drohte hier vor unser aller Augen wahr zu werden, ohne dass irgendjemand außer Taylor und mir auch nur davon Kenntnis zu nehmen schien.

„Was, um Himmels willen, ist in diesem Becken?"

Nachdem Taylor die Leiter mehr im Flug genommen hatte, als sie Stufe für Stufe hinabzusteigen, und sich den Weg durch seine neuen Fans und Bewunderer gebahnt hatte, baute er sich wütend vor Jack und Edward auf.

„'Ne Menge Wasser und eine kleine Meerjungfrau?" Jack rollte gespielt müde mit den Augen und zuckte gleichzeitig gelangweilt mit den Schultern, als hätte ihn nachts um drei an der Bar irgendein Typ nach dem Namen seines Drinks gefragt.

Vielleicht war es ebendieses respektlose Verhalten, an das ihn seine bis dahin unscheinbare, ja fast zierliche Nase noch Jahre danach erinnern sollte, wenn er sich abends vor dem Spiegel die Zähne putzte. Zum ersten Mal in elf friedlichen Jahren sah ich Taylor ausrasten. Auf seine Weise, versteht sich – elegant, leise und ohne viel Aufhebens. Bruce Lee wäre stolz auf ihn gewesen, hätte er in diesem Augenblick bei uns sein können.

Taylor genügte eine einzige, blitzschnelle Bewegung seines rechten Arms. Alles ging so schnell, als wäre es gar nicht passiert. Wie aus einer sich urplötzlich auftuenden Fontäne schoss Blut auf Jacks sorgfältig gebügeltes Nadelstreifenhemd – aus einer Nase, die deutlich an Feinheit und vor allem an Halt verloren hatte. Jacks ansonsten überwache Augen starrten wie in Trance auf sein Hemd. Für einen Moment musste Edward ihn stützen, damit er nicht vornüber auf den Betonboden unter unseren Füßen kippte.

Anscheinend hatte außer uns niemand etwas von der ganzen Sache mitbekommen. Das Halbdunkel in der Halle und Mandys überwältigende Präsenz verhinderten, dass sich jemand in diesem Moment ausgerechnet für uns interessierte. Steve allerdings, der eben noch bei uns stand, wollte in einer Minute wieder zurück sein – mit frisch gemixten Cocktails in allen Farben der Hölle, wie er sich ausgedrückt hatte. So blieb Edward ausreichend Zeit, Jack ein Taschentuch vor das Gesicht zu pressen, bis dieser wieder halbwegs bei klarem Verstand war.

Wenn man das überhaupt je von ihm behaupten konnte.

Mit zittrigen Händen griff er nach dem in Windeseile rot anlaufenden Tuch und drückte es noch fester auf seine Nase, als befürchte er, sie könne andernfalls abfallen. Er sagte kein Wort, aber sein Blick sprach Bände. Wenn mich jemand so angeblickt hätte wie Jack Taylor in diesem Moment, ich hätte es mit Todesangst zu tun bekommen. Doch Taylor erwiderte seinen Blick kühl und ohne jedes Anzeichen einer Regung.

Sie waren wie zwei Wölfe, die eine Machtprobe unter sich austrugen.

„Es tut mir leid, Jack. Aber für jeden Schmerz, den du ihr zufügst, werde ich dir Schmerz zufügen", versprach Taylor seinem Kontrahenten mit einem Selbstbewusstsein in der Stimme, das selbst Jack einzuschüchtern schien. Auch Edward hatte die Sprache verloren und fand sie erst jetzt wieder: „Wir sprechen uns später", zischte er in Taylors Richtung.

Doch dazu sollte es nie kommen.

Es sollte sich herausstellen, dass sein Sohn zwar möglicherweise überreagiert hatte, aber mit allem anderen im Recht war. Der Geschmack des Wassers auf seinen Fingerkuppen hatte es ihm geflüstert: Der Salzgehalt in Mandys gläsernem Showroom entsprach nicht dem von Meerwasser. Und dafür gab es auch einen Grund: Das Meerwasser aus dem Tank, in dem man sie aus Kalifornien nach Nevada transportiert hatte, war deutlich zu knapp bemessen gewesen für ihre neue, komfortable Heimat, also hatte man es in Ermangelung kurzfristiger Alternativen mit gewöhnlichem Süßwasser gestreckt. Somit lag der Salzgehalt in ihrem Bassin nicht bei etwa dreieinhalb Prozent, wie Mandy es von ihrem natürlichen Lebensraum, dem Pazifik, gewöhnt war, sondern vielleicht gerade mal bei der Hälfte davon. Es erging ihr nicht anders, als es uns Menschen ergehen würde, wenn man den Sauerstoffgehalt in der Luft von zwanzig Prozent urplötzlich auf zehn reduzieren würde. Bereits in Räumen mit einem Sauerstoffgehalt von fünfzehn Prozent sollte sich ein Mensch nicht länger als ein oder zwei Stunden aufhalten, da er ansonsten ohnmächtig würde.

Edward beteuerte, keine Ahnung von dem verhängnisvollen Fehler gehabt zu haben. Wie immer habe er die Details, wie er es ausdrückte, vertrauensvoll in Jacks erfahrene Hände gelegt. Bisher habe dieser die

Gäste der Teagarden Company immer anständig untergebracht. Als ich das hörte, empfand ich augenblicklich noch mehr Genugtuung bei dem Gedanken daran, dass ebendiese in der Unterbringung von Gästen so erfahrenen Hände hier und jetzt ein mit Blut getränktes Tuch auf eine gebrochene Nase pressten.

Ein Gefühl, das schon bald einem anderen weichen sollte.

Einer rasant aufsteigenden Panik.

Klar war: Wir durften keine Zeit verlieren. Mandy schwebte in Lebensgefahr.

Während Jacks Nase im University Medical Center gerichtet wurde und Edward sich um die Aufrechterhaltung der guten Geschäftsbeziehungen mit dem Konsortium bemühte, fuhren Taylor und ich mit dem Chevy durch die Stadt, um sämtliche Speisesalzvorräte von Albertsons und Walmart aufzukaufen. Wohl wissend, dass nicht die Beschaffung von Salz das eigentliche Problem darstellte, sondern vielmehr seine artgerechte Dosierung. Dementsprechende Messgeräte waren erwartungsgemäß nicht zu kaufen, ebenso wenig wie es Fischereigeschäfte gab. Letzteres wäre auch sehr verwunderlich gewesen in Anbetracht der geografischen Lage, in der wir uns befanden. Uns war sehr wohl klar, dass unser primitiver Ansatz zu nicht mehr als einer Art Notversorgung taugte, und doch hofften wir, dass sich diese Notversorgung als wirksame Kreislaufspritze herausstellen und unserer Patientin einen lebenswichtigen Aufschub gewähren würde – so lange, bis der Wassertruck eintraf, den Edward nach unserem Gespräch aus Monterey herbeordert hatte. Er würde frisches Meerwasser aus dem Pazifik für Mandys Bassin zu uns in die Wüste Nevadas bringen. Bis zu seiner Ankunft jedoch konnten gut und gern neun oder zehn Stunden vergehen. Bis dahin musste uns wohl oder übel das Speisesalz über die Zeit retten.

Immerhin gelang es Edward schließlich, die Casino-Bosse aus der Halle zu komplimentieren. Das grelle Licht der Scheinwerfer wurde heruntergefahren, und zum ersten Mal überhaupt bot sich uns die Gelegenheit, mit Mandy allein zu sein. Draußen vor der Halle hielten zwei finster dreinblickende Hünen mit lang gezogenen Pferdegesichtern und nikotingrauen, hinter dem Kopf zusammengebundenen Mähnen Wache.

„Zu eurem Schutz", hatte Edward kurz angemerkt. Wahrscheinlich um damit die mögliche Interpretation im Keim zu ersticken, die Pferdegesichter wären nicht nur Mandys, sondern auch unsere Gefängniswärter. Dann hatte er uns allein mit ihr in der Halle zurückgelassen, um weitere Vorkehrungen zu treffen. Zu denen unter anderem gehören mochte, zu verhindern, dass Jack einen Profikiller auf Taylor ansetzte.

Was Mandy betraf, sollte die Premiere, um kein weiteres Risiko einzugehen, bereits am kommenden Abend stattfinden. Mitten auf dem Las Vegas Boulevard. Danach war geplant, sie in ihrem Bassin wie einen Wanderpokal eine Woche lang durch die großen Casinos reisen zu lassen. Jeden Tag eine andere Bühne, bevor es schließlich nach New York an den Times Square gehen sollte. Niemand schien auch nur den geringsten Gedanken daran zu verschwenden, dass Mandy Rechte und Bedürfnisse hatte. Dass sie schlafen musste zum Beispiel. In Las Vegas lief jede Show vierundzwanzig Stunden rund um die Uhr. Die Lichter in dieser absurden Welt des bunten Glitzers erloschen niemals, und es versank auch keine Sonne am Horizont – den Ozean und das Land von der Hitze des Tages erlösend, so wie es zu Hause in Monterey im ungestörten Rhythmus der Natur geschah. Nun, jedenfalls bemerkte es hier niemand. Denn für so etwas Romantisches wie Naturgesetze gab es in der Stadt der Spieler keinen Platz, sie folgte ihren eigenen Regeln. Eine davon war, dass die Trennung von Tag und Nacht nicht existierte. Alles war ein einziger, ewiger greller Tag und gleichzeitig eine quietschbunte Nacht, gehüllt in ein schrilles, aus Neonlicht gestricktes Partykleid.

Als alle die Halle verlassen hatten und es still geworden war, saßen Taylor und ich nebeneinander auf der Kommandobrücke über dem Bassin und ließen unsere Füße ins Wasser baumeln. Ich hatte erst einmal in meinem ganzen Leben an einem Gin Tonic genippt, aber hier bekam die Redensart *Zu tief ins Glas schauen* plötzlich eine ganz eigene Bedeutung für mich. Mir wurde prompt schwindelig, wenn ich nach unten sah – also konzentrierte ich mich darauf, die Salzpackungen zu öffnen und sie an Taylor weiterzureichen, der den Inhalt daraufhin sachte in das Wasser rieseln ließ. In weißen, sich auf ihrem Weg nach unten langsam auflösenden Wolken sank das Lebenselixier in Zeitlupengeschwindigkeit in Richtung Grund, wo Mandy noch immer regungslos kauerte. Hin und wieder hob sie angestrengt und als wäre es Schwerstarbeit den Kopf zu uns nach oben, aber ich war mir keinesfalls sicher, ob sie uns überhaupt erkannte.

Sie schien in einer Art Delirium zu sein.

„Es sieht aus wie Federwolken an einem blauen Himmel, oder?" Wie ein Schutzmechanismus schob sich ein schöner Gedanke vor das Elend dort unten.

Taylor nickte, während er weiteres Wolkenpulver in den Wasserhimmel unter uns streute.

„Ja, du hast recht. Es sieht schön aus. Ich hoffe, es hilft ihr."

Die künstliche Nacht in der Halle, in der wir uns befanden, konnte mich nicht daran hindern, mir einen blauen Himmel vorzustellen, durchzogen von feinen seidigen Wölkchen. Während wir so dasaßen und unserer Tätigkeit nachgingen, kam mir plötzlich eine Eingebung: Eine Wolke ist eine Ansammlung von feinsten Wassertröpfchen. In ihr vereinigen sich die Elemente Wasser und Luft zu einem neuen Ganzen. Die Natur schließt es also nicht kategorisch aus, dass sich die Wege dieser Elemente kreuzen und sie zu einer Einheit werden. Die Möglichkeit existiert. Sie ist in der Natur bereits angelegt. Was die Verbindung Mandy-Taylor nicht unbedingt wahrscheinlicher machte. Und doch: Sie war unwahrscheinlich, aber nicht unmöglich. Oder um es in Taylors Worten auszudrücken: Die Unwahrscheinlichkeit dafür, dass sie zusammenkamen, ich meine: *richtig* zusammenkamen, lag bei 99,9 Prozent. Und dennoch und trotz aller Zuneigung und dem uneingeschränkten Mitgefühl, das ich für Mandy empfand, versetzten mich die verbliebenen null Komma eins Prozent in eine beinahe depressive Stimmung, als ich Stunden später allein mit dem Taxi zum Hotel fuhr. An einem Ort ohne Tageslicht wird die Zeit sehr schnell bedeutungslos. Sie rinnt vollkommen unbeobachtet durch die Sanduhr, sie zieht sich und dehnt sich, und man verliert jedes Gefühl für sie.

Trotz unseres unermüdlichen Einsatzes hatte sich bei Mandy keine sichtbare Verbesserung ihres Zustands eingestellt. Die Meerwasserlieferung würde noch bis tief in die Nacht hinein auf sich warten lassen. Die wirkliche Nacht. Ich war hundemüde.

„Ich bleibe bei ihr", hatte Taylor mir ohne einen Augenblick des Zögerns widersprochen, als ich ihn bat, mich auf unser Hotelzimmer zu begleiten. Offenbar hatte er sich darauf versteift, die Nacht hier zu verbringen, anstatt seine Kräfte für den kommenden Tag zu sparen. Er würde warten, bis der Wassertruck aus Kalifornien eintraf. Bis es ihr besser ging. Jetzt, wo sich ihm endlich die lang ersehnte Chance bot, bei ihr zu sein – eine Chance, auf die er all die Jahre sehnsuchtsvoll gewartet hatte –, würde er nicht mehr von ihrer Seite weichen. Das wurde mir auf einmal glasklar. Die Wahrheit war: Ich war nicht nur hundemüde. Ich war vor allem das dritte Rad am Wagen, und ich verspürte keine Lust, die traute Zweisamkeit der beiden noch länger zu stören als unbedingt nötig.

Als ich nach unten kletterte, warf ich Taylor noch einen kurzen Blick zu. Was ich sah, zerschmetterte mir beinahe das Herz: Eine dicke salzige Träne floss aus seinem rechten Auge seine Wange hinab, um daraufhin lautlos in das Becken zu tauchen, hinab zu ihr. Eine zweite folgte ihr augenblicklich nach. Nie zuvor in meinem Leben hatte ich so viel Hingabe und Zärtlichkeit gesehen. Es war, als wolle er Mandy mit seinen Tränen füttern. Als wüsste er, dass es genau das war, was sie brauchte, damit *ihr* Herz nicht aufhörte zu schlagen: Salz, Wasser und seine ganze, große, schier unendliche Liebe, in die alle Ozeane dieser Welt gepasst hätten, und es wäre noch immer Platz gewesen.

Bevor ich zu Bett ging, telefonierte ich mit Claire. Es tat so gut, ihre Stimme zu hören, dass ich um ein Haar geweint hätte. Manchmal lässt das Vertraute, Geliebte zu, dass sich ein Kloß plötzlich löst. Meine Stimme klang brüchig, aber es gelang mir, mich zusammenzureißen, bevor sie etwas merkte. Natürlich ahnte sie schon lange, dass ich für Taylor mehr empfand als Freundschaft oder Geschwisterliebe – aber sie hatte diese Ahnung bis heute diskret für sich behalten. Allein in gewissen Situationen, wenn die Wahrheit allzu klar auf dem Tisch lag, entwischte ihr gelegentlich ein wissendes Augenzwinkern. Am Nachmittag hatte sie ausführlich mit Edward gesprochen. Gemeinsam hatten sie eine Strategie entworfen, wie die Fischer in Monterey fürs Erste zu beruhigen und von einer weiteren Belagerung unseres Hauses abzubringen wären und wie am besten mit den Medienvertretern umzugehen war. In Anbetracht der außergewöhnlichen Umstände hatte Edward zugesagt, sämtliche Mitarbeiter der Teagarden Company und ihre Familien für den morgigen Tag vom Dienst zu befreien und sie mit einer eigens dafür georderten Greyhound-Flotte nach Las Vegas zu bringen, damit sie die Premiere mit eigenen Augen verfolgen konnten. Großzügig hatte er eigenhändig für halb Monterey Hotelzimmer reserviert. Es hatte den Anschein, als würde er seinem Geschäftsführer Jack – zumindest was die Gästebetreuung anging – nicht mehr dasselbe Vertrauen entgegenbringen wie früher. Was die Medien betraf, hatte sich CBS – das Auge – damit einverstanden erklärt, dass Buster Gray die Fernsehübertragung moderieren würde. Überraschenderweise hatte niemand etwas dagegen, dieses Urgestein des amerikanischen Journalismus für diesen Anlass noch einmal aus der selbst gewählten Versenkung in einem kleinen Städtchen am pazifischen Ozean zu holen. Einzig und allein Claire haderte noch immer, ob sie sich dieses Spektakel zumuten wollte. Denn danach wäre nichts mehr, wie es einmal war. Wenn Meerjungfrauen tatsächlich existierten, was war dann mit all den anderen in Stein gemeißelten Wahrheiten des Lebens? Ich glaube, Claire fühlte sich ein wenig wie die gläubigen europäischen Christen des sechzehnten Jahrhunderts, die sich nach Fernando Magellans Weltumsegelung endgültig damit abzufinden hatten, dass die Erde keine flache Scheibe war, sondern ein von der Schwerkraft her vollkommen unlösbares Rätsel: eine Kugel, von der man dennoch nicht ins All plumpste, selbst wenn man anscheinend auf dem Kopf stand.

„Andererseits kann ich ja wohl kaum die Einzige hier bleiben, die sie am Ende nicht gesehen hat", konstatierte sie am Ende unseres Gesprächs fast ein wenig deprimiert. „Ich will nicht, dass eines Tages auf meinem Grabstein steht: *In Gedenken an Claire Wood, die einzige Bürgerin Montereys, die 1986 die Meerjungfrau verpasst hat.*"

Hin und wieder blitzte auch heute noch ihr schwarzer Humor auf, der erahnen ließ, wie sie gewesen sein musste, als sie so alt war wie ich. Auf jeden Fall deutlich frecher, so viel stand fest.

„Ist sie denn wirklich …"

„… eine Meerjungfrau …?", führte ich ihren Satz zu Ende. „Ja, ist sie. Du solltest mit uns zur Premiere kommen."

„Und Taylor?"

Ohne es zu ahnen, hatte sie den rostigen Dolch noch ein Stück tiefer in mein Herz gerammt.

„Was … äh, meinst du?" Ich räusperte mich verlegen.

„Wie geht es ihm?"

„Er … nun … er …"

„Komm schon, Schätzchen. Raus damit", befahl Claire.

„Er … ist bei ihr", gab ich schließlich zu. „Er wird über Nacht bei ihr bleiben."

„Und du? Wo bist du?"

„Ich bin schon auf dem Zimmer." Ich versuchte es so leicht, locker und unbeteiligt wie möglich über die Lippen zu bringen.

„Oh …", erwiderte Claire leise am anderen Ende der Leitung, und ich wusste, dass sie verstand.

Wieder und wieder ging mir mein Traum der vergangenen Nacht durch den Kopf. In einer Art Endlosschleife, so als hätte jemand den Repeat-Schalter gedrückt, um sein Lieblingslied hundertmal hintereinander zu hören. Nur dass dieser Traum ganz gewiss nicht *mein* Lieblingslied war. Der Gedanke daran, was sich in diesem Moment wohl zwischen Taylor und Mandy im Dunkel dort draußen vor den Toren der Stadt abspielen mochte, ließ mich nicht mehr los. Hatte das Schicksal Taylor ausgewählt, um Mandy zu erlösen? Presste sie möglicherweise bereits in diesem Augenblick ihre feuchten Lippen auf seine, während ich untätig wie eine fette Made in meinem Hotelbett lag? Würden die beiden mich morgen früh eng umschlungen auf der Kommandobrücke über dem verwaisten Riesenwasserglas sitzend begrüßen, mit den Füßen glücklich im Wasser planschend und Schokolade futternd, nachdem Taylors Liebe, seine Lippen und sein warmer Atem Mandy in einen Menschen zurückverwandelt hatten? Nachdem sie ihre schuppig silberne Fischhaut von ihrem Unterleib gestreift hatte und darunter die schönsten Mädchenbeine aufgetaucht waren, die Kalifornien je gesehen hatte?

Kurz vor dem Hinübergleiten in das Reich der Träume – dann, wenn die Nacht mit ihren wilden Fantasiegebilden das klare Denken des Tages hinterrücks erschlägt – können einem die merkwürdigsten Theorien als durchaus plausibel erscheinen. Theorien, die bei Tageslicht betrachtet allein einer überbordenden Fantasie zugerechnet werden können. Es musste mir irgendwie gelingen, zur Logik des Tageslichts zurückzukehren und meine verqueren Gedanken dorthin zurückzumanövrieren, wo sie herkamen: ins Reich der Träume. Doch selbst dann, wie sahen die realistischen Alternativen aus? Taylor würde die Nacht bei Mandy ausharren, daran bestand nicht der leiseste Zweifel. Was aber, wenn sich ihr Zustand weiter verschlimmerte? Wenn das Salzwasser nicht rechtzeitig eintraf? Was, wenn Taylor, der Nichtschwimmer – versehentlich oder gar absichtlich –, in das Becken stürzte? Oh Gott, erst jetzt wurde mir klar, in welcher Gefahr er sich befand! Niemand wäre da, um *ihm* zu helfen, während er *ihr* zu helfen versuchte. Ich mochte mir nicht ausmalen, was das Schicksal sonst noch an möglichen Gemeinheiten auf Lager hatte. Doch je länger ich darüber nachdachte, desto schlechter fühlte ich mich auf einmal. Schlecht und schuldig. Dass ich ihn alleingelassen hatte dort draußen und es mir hier gemütlich machte, während er unseren Job erledigte. Doch zugleich fühlte ich so sicher wie das Amen in der Kirche, dass genau das sein Wunsch gewesen war. Dass ich ging und ihn und sie dort zurückließ.

Erneut vernahm ich die hinterhältige Stimme der Nacht, die begann, mir böse Lügen ins Ohr zu flüstern. Oder waren sie real, die Stimmen hinter der Wand am Kopfende meines Bettes, die aus dem Nachbarzimmer zu kommen schienen? Eine von ihnen war Taylor, die andere musste Mandy gehören, meiner mysteriösen Konkurrentin im Kampf um sein Herz. Ich konnte nicht hinhören. Versuchte mir die Ohren zuzuhalten. Doch vergeblich. Es war ein unerträgliches, heimlichtuendes Gekicher. So nah, als befänden sich die beiden tatsächlich im Nachbarzimmer, nur durch eine dünne Wand von mir getrennt. Vergnügten sie sich dort, taten sie dort das, wovon ich träumte, es mit Taylor zu tun? Während ich, das dritte Rad am Wagen, das gegen Mandys makellose Schönheit verblasste wie der Mond im Anblick der aufgehenden Sonne, allein unter meiner Decke darauf wartete, dass der Schlaf mich endlich zu sich holte, mich erlöste?

Vielleicht träumte ich zur Abwechslung mal von einer Geschichte, der ein Happy End beschieden war. Oder von der Wahrheit, die manchmal sogar den schönsten Traum in den Schatten stellen konnte. Doch leider träumte ich nie von der Sache, die sich vor ein paar Jahren tatsächlich zugetragen hatte: Wir waren noch Juniors, als unter den Schülern der Monterey High ein Spiel namens *Bottle Kiss* populär wurde, auch bekannt als Flaschendrehen. Die Regeln konnten einfacher nicht sein – und wohl auch nicht reizvoller für Teenager, die sich langsam an die überaus interessanten, von vielen Eltern vergeblich wie ein dunkles Geheimnis gehüteten Aspekte des Erwachsenwerdens herantasteten. Vier oder fünf Leute bildeten einen Kreis, in der Mitte lag eine Flasche. Derjenige, der sie drehte, musste denjenigen, auf den sie zeigte, küssen. Egal ob Junge oder Mädchen, was den Nervenkitzel für den einen oder anderen noch erhöhte – besonders wenn es zwei Jungs traf, was ein paarmal beinahe in Prügeleien ausgeartet wäre.

An jenem Spätsommernachmittag jedenfalls hatten Taylor und ich uns in die Garage geflüchtet, da draußen in Minutenschnelle ein schweres Unwetter aufgezogen war. Regentropfen so dick und schwer wie Weintrauben klatschten auf die Auffahrt vor dem offenen Garagentor, während wir es uns dahinter auf einer Decke gemütlich gemacht hatten und dem Treiben zusahen. Außer uns war niemand zu Hause. Jedenfalls nahmen wir das an. Der Wind wehte den lieblich parfümierten Duft des Sommerregens zu uns herüber. Auf einmal, ohne jede Vorwarnung, leerte Taylor seine Wasserflasche mit einem letzten andächtigen Schluck und legte sie in die Mitte zwischen uns. Scheinbar gedankenverloren umfasste er sie und gab ihr einen Klaps. Nach wenigen Umdrehungen stoppte die Flasche und zeigte mit dem Hals direkt auf mich. Mir wurde augenblicklich heiß. Ich brachte kein Wort heraus.

Ich werde nie vergessen, wie überrascht Taylor mich ansah. Wie seine Zunge nachdenklich über seine Oberlippe fuhr.

Mein Herz begann zu rasen.

Er rückte an mich heran.

Und drückte seine Lippen auf meine.

Keine gefühlte Sekunde später rauschte Claire zu uns rein. Die nächste Naturgewalt, die uns überraschen sollte und die wir nicht auf dem Zettel hatten. Sie schrie gegen den tosenden Wind an.

„Hier seid ihr! Kommt sofort ins Haus und helft mir, die Fensterläden zu schließen. Es geht drunter und drüber, da ist ein schlimmes Gewitter im Anmarsch!"

Wir verloren nie ein Wort darüber. Und doch werde ich es nie vergessen. Manchmal frage ich mich, ob ich das Ganze nur geträumt habe. In der Nacht zog ein gewaltiger Sturm auf und rüttelte rüde wie ein betrunkener Landstreicher an den verriegelten Fenstern. Am nächsten

Morgen war der Himmel wieder blau, die Vögel zwitscherten, das Meer rollte sanft an den Strand und es war, als wäre alles nur ein Produkt meiner Fantasie gewesen.

Könnte ich mich für einen einzigen Traum entscheiden, der mich ein Leben lang jede Nacht begleitet, es wäre ganz sicher dieser Augenblick, den ich wählen würde – jener Gewitterkuss in der Garage, der urplötzlich wie der geübte Punch eines Boxers durch meine Brust gefahren war, um ohne Vorwarnung direkt auf meinem Herzen zu landen, so hart, brutal und schön, dass ich es in meinen Ohren hämmern hörte, taub und stumm vor Glück.

Der Las Vegas Boulevard war die gleichmäßig pulsierende Hauptschlagader der Stadt. Als ich schließlich ziemlich gerädert erwachte – die Sonne stand bereits hoch am Himmel – und mit müden Augen aus dem Fenster auf die sich in der Tiefe durch die Fluchten der Casinos fressende Straße schaute, um zu sehen, wer dort einen solchen ohrenbetäubenden Lärm verursachte, schnürte es mir um ein Haar die Luft ab: Eine unheimliche, monströse Prozession wälzte sich dort unten im Tal des Glücks und der Verzweiflung über den heißen Asphalt. Es schien, als wäre ein Trauerzug unterwegs. In seiner Mitte eine Art Turm, ganz und gar von schwarzem Tuch verhüllt, platziert auf einem beide Straßenseiten einnehmenden Schwertransporter und eskortiert von einem Dutzend Streifenwagen. Der Verkehr war zum Erliegen gekommen. Polizisten ruderten wild mit den Armen und versuchten, die Schlangen aus Blech, die sich in beiden Richtungen des Strips gebildet hatten, auf die Seitenstraßen umzulenken. Links und rechts der für die Prozession errichteten Absperrungen hielten jede Menge Fahrzeuge am Straßenrand. Die Menschen waren ausgestiegen und starrten angespannt zu dem schwarz verhüllten Koloss hinüber. Zuerst dachte ich, jemand hätte Ronald Reagan erschossen. Dann jedoch wurde mir klar, dass sich unter den schwarzen Tüchern nur das Glasbecken befinden konnte, das in diesen Minuten an den Ort transportiert wurde, an dem die Premiere stattfinden sollte. Wahrscheinlich befand sich Mandy nach wie vor in dem Bassin, deshalb die Tücher und Abdeckungen, die sie verhüllen sollten wie eine arabische Braut vor der Hochzeit. Das Erste, was ich in diesem Moment in mir fühlte, war die Hoffnung, dass sie lebte. Dass die Meerwassertanks rechtzeitig eingetroffen waren. Dass dies hier nicht wirklich ein Begräbnis war, sondern lediglich eine Maßnahme, um das Geheimnis nicht schon auf dem Weg zu seiner Offenbarung verfrüht preiszugeben. Noch eine Trauerfeier würde Taylors Herz nicht überleben. Auch wenn der Tod seiner Mutter weit zurücklag, er hatte ihn bis heute nicht wirklich überwunden.

Ich musste ihn dringend erreichen. Irgendwo dort unten im Tal war auch er unterwegs, so jedenfalls nahm ich an – eine der unzähligen winzigen Ameisen, die den Transport begleiteten.

Es dauerte eine geschlagene halbe Stunde, bis ich mich die wenigen Meter von der Hotellobby bis zum Boulevard durchgeschlagen hatte – zu der Stelle, wo der schwarze Turm zum Stehen gekommen war. Bereits jetzt säumten Hunderte von Schaulustigen den geheimnisvollen Tross wie Fans bei einem Popkonzert. Offenbar waren schon erste Gerüchte durchgesickert oder absichtlich verbreitet worden, um den Hype für die Premiere noch zu steigern, auch wenn diese hauptsächlich für das Fernsehen gedacht war. Das damit verbundene Ziel war offensichtlich, so viele Menschen wie möglich nach Las Vegas zu locken, damit sie sich Mandy live ansahen und danach ihr schwer verdientes Geld in den Casinos durchbrachten. Endlich entdeckte ich Taylor. Er lehnte an einem der gigantischen Reifen des Schwertransporters – verloren und erschöpft.

„Wie geht es dir?", fragte ich besorgt, als ich mich zu ihm durchgeschlagen hatte.

„Es geht ihr gut", antwortete er.

„Nein, ich meine, wie es *dir* geht."

„Mir?" Er schaute mich an, als wäre das eine absurde Frage. „Auch gut, wieso?"

„Du siehst müde aus. Vielleicht solltest du dich für ein paar Stunden hinlegen. Hast du letzte Nacht überhaupt geschlafen?"

Er schüttelte widerwillig den Kopf, als würde ich den Kern der Sache noch nicht begreifen.

„Siehst du das da?" Er wies mit der Hand auf die unzähligen Gaffer am Rande der Absperrungen, die uns schon jetzt einkreisten wie Kojoten in der Wüste von Nevada ihre anvisierte Beute. „Du wirst sehen: Bis heute Abend wird sich der Trubel verzehnfachen, Amber. Ich kann sie nicht aus den Augen lassen, unmöglich."

Ich ließ meinen Blick schweifen und versuchte mir vorzustellen, wie sich der Teppich aus Menschen um das auf dem Truck postierte Aquarium herum dichter und dichter webte. So lange, bis er so undurchlässig wäre, dass selbst das Licht nicht mehr hindurchpasste. In einigen Stunden würden hier Tausende und Abertausende Menschen der Enthüllung des gläsernen Tempels harren, um ihn endlich anbeten zu können. Inklusive der Fischer aus Monterey und meiner Mutter, die jederzeit eintreffen konnte.

„Glaubst du wirklich, dass du all das hier noch stoppen kannst?", fragte ich Taylor ungläubig. Die Sache war schon jetzt viel zu groß geworden, um sie noch aufzuhalten. Ich konnte mir beim besten Willen nicht vorstellen, welchen Ausweg aus dieser festgefahrenen Situation es für Mandy noch geben konnte.

„Das hier vielleicht nicht", stimmte Taylor mir zu und stieß im selben Atemzug einen schweren Seufzer aus. „Aber vielleicht kann ich dafür sorgen, dass sie morgen wieder frei ist."

„Wie willst du das anstellen?", fragte ich kopfschüttelnd.

„Ich habe einen Plan."

„Und wie sieht dieser Plan aus?"

Für einen Moment wandte Taylor seinen Blick von mir ab und schaute hinauf in den Himmel über der Wüste. Keine Wolke zog vorüber. Dann wandte er sich wieder mir zu.

„Amber, darf ich dich etwas fragen?"

Ich nickte.

„Du und ich, wir sind Freunde, oder?"

Natürlich waren wir Freunde! Ich fragte mich, worauf er hinauswollte.

„Ja? Wieso?"

„Ich meine: gute Freunde, Freunde fürs Leben."

Ich zuckte mit den Schultern und nickte. Es gefiel mir nicht, wenn ich zu viel Pathos in seiner Stimme hörte. In der Regel verhieß das nichts Gutes.

„Und du würdest nicht zulassen, dass mir etwas zustößt, dass ich in Lebensgefahr gerate zum Beispiel. Du würdest alles tun, um das zu verhindern, oder?"

Die Richtung, in die unser Gespräch lief, gefiel mir ganz und gar nicht. Was hatte er nur vor?

„Ja, das würde ich", bestätigte ich mit fester Stimme und entschlossenem Blick.

Taylor nickte, als hätte er die Antwort bereits vorher gekannt. War ich so durchschaubar? Ein Mensch, so gläsern und durchsichtig wie das Aquarium, in dem Mandy gefangen war?

„Das habe ich mir schon gedacht", bestätigte Taylor meine Ahnung mit einem kameradschaftlichen Lächeln. „Und genau aus diesem Grund … nun … kann ich dich leider nicht in den Plan einweihen."

Ich kriegte den Mund nicht zu. Ein Mund, der ein Gewitter lostreten wollte und dennoch stumm blieb. Vor Entrüstung und tiefer Enttäuschung. Hatte er das wirklich gerade zu mir gesagt? Oder hatte ich es mir nur eingebildet?

Im selben Moment stieß Edward zu uns.

„Hier seid ihr also", sagte er und klopfte mir väterlich auf die Schulter. „Habt ihr Hunger? Das wird ein langer Tag für uns alle. Besser, wir schaffen uns eine Grundlage, damit wir bis heute Nacht nicht verhungern. Claire ist gerade gelandet. Wir werden jetzt alle zusammen essen gehen, die ganze Familie. Am besten gleich hier drüben, mit Blick auf unser Baby."

Mit *Baby* meinte er Mandy. Mit *gleich hier drüben* eine pseudoitalienische Pizzeria auf der anderen Straßenseite. Edward hing definitiv zu viel mit Jack und Steve rum in diesen Tagen – mittlerweile sprach er schon fast genauso wie sie. Seine englische Feinheit, auf die er sonst so stolz war, war einer zweifelhaften amerikanischen Lockerheit gewichen, die nicht wirklich zu ihm passte.

Wenig später saßen wir in der grellbunten Pizzeria und warteten auf Claire. Ihr Flug hatte sich verspätet, und sie hatte uns gebeten, ohne sie anzufangen. Taylor hatte eine Pizza Vier Jahreszeiten bestellt und futterte sich gedankenverloren durch Frühling, Sommer, Herbst und Winter, während sein Blick starr wie ein langer, schmaler Schatten aus dem Fenster fiel. Er sagte kein Wort. Erst als Claire fast eine Stunde später eintraf, gerade noch rechtzeitig zum Nachtisch, hellte sich seine Miene auf. Es war schön zu sehen, wie sich alle vom Tisch erhoben, um meine Mutter zu begrüßen. Fast schien es, als käme mit ihr ein strahlend goldenes Licht in das Restaurant geströmt, eine auf Sandalen federnde Leichtigkeit, die uns alle für einen Moment aufatmen ließ.

„Hallo, meine Süße", begrüßte sie mich, und sie hätte es tausendmal wiederholen können, während sie mich umarmte, es wäre dennoch nicht peinlich gewesen.

Unser gemeinsames Mittagessen sollte das letzte große Luftholen sein, bevor sich die Ereignisse überschlugen. Ich war froh, Claire an meiner Seite zu wissen. Wir waren nicht nur Mutter und Tochter, sondern auch Freundinnen. Ungeachtet des Verrats, den sie ja nur begangen hatte, weil die Sorge um mich und Taylor ihr keinen anderen Ausweg gelassen hatte. Manchmal vergaß ich das, aber jetzt wurde es mir auf einmal wieder so klar wie der Himmel draußen über dem rabenschwarzen Ungetüm vor unseren Augen. Taylor wich meinen Blicken aus. Ich fragte mich, ob Mandy möglicherweise über Zauberkräfte verfügte. Vielleicht hatte sie ihn verhext, und er folgte nur noch wie ein willenloser Automat ihren über Gedankenkraft übermittelten Befehlen, so abwesend schien er. Ich mochte wütend und enttäuscht sein, dass er mich nicht in seinen Plan einweihen wollte, doch dieses Gefühl wich mehr und mehr der Sorge, er würde sich absichtlich in Gefahr bringen, sein Leben riskieren – allein um sie zu retten.

Während ich meine Gedanken durch diese düsteren Täler schweifen ließ, landete mein Blick zufällig auf Claire und Edward.

Für einen Moment glaubte ich nicht, was ich wohl als Einzige sah.

Sie hielten tatsächlich Händchen – heimlich unter dem Tisch. Wie frisch verliebte Teenager in Anwesenheit ihrer jeweiligen Eltern. Nur dass es bei uns andersherum war. Offenbar dachten sie nach all den Jahren noch immer, es würde Taylor oder mich stören, wenn sie offiziell ein Paar wären. Eine Sekunde lang hielt ich inne: *Würde* es Taylor stören?

Noch immer besuchte er Elenas Grab mindestens zweimal in der Woche und sprach mit ihr über dieses und jenes, ganz alltägliche Sachen, während er vor dem kantigen weißen Stein hockte, auf dem ihr Name stand und der doch nicht im Geringsten ausdrückte, wie sie wirklich gewesen war: weich, fließend, farbenfroh, lebendig. Und doch starrte Taylor ihren Grabstein an, als wäre er ein Abbild von ihr. Ein Abbild, das sie in seiner Welt vertrat. So als wäre sie noch immer da, als wäre sie nicht wirklich gestorben. Mit einem Mal erschien mir das, was ich unter dem Tisch sah, schon weit weniger merkwürdig: Vielleicht war es tatsächlich so, vielleicht war Edwards und Claires durchsichtiges Versteckspiel eigens für *ihn* inszeniert? Für mich jedenfalls war die Harmonie, die die beiden mit ihrer zärtlichen Geste ausdrückten, etwas Wundervolles. Ich wünschte mir, dass auch ich eines Tages eine solche innige Beziehung haben würde – ob geheim oder offiziell, war mir ehrlich gesagt egal. Das Einzige, was mir Sorgen bereitete, nein: was mir wehtat, war, dass es mit an Sicherheit grenzender Wahrscheinlichkeit nicht Taylor sein würde, mit dem ich eines Tages unter oder über der Tischplatte Händchen halten würde. Ich war kurz davor, ihn zu verlieren. Das spürte ich tief in meinem Herzen.

Die Scheinwerfer draußen auf dem Boulevard vor der Fensterfront der Pizzeria liefen sich bereits warm, die Menge der Schaulustigen wuchs und wuchs, während meine Nebenbuhlerin, die nicht von dieser Welt war und noch dazu wunderschön, sich im sanften Dämmerlicht ihrer abgedunkelten Garderobe auf ihren großen Auftritt vorbereitete.

Die Stunde der Wahrheit rückte immer näher.

Es war Abend geworden, und ich saß auf Claires Bett in ihrem Hotelzimmer, noch immer bedrückt von Taylors beunruhigendem Verhalten.

„Ich habe Angst, dass ihm etwas passiert", unternahm ich einen Anlauf, meine Bedenken in Worte zu fassen. „Oder dass er sich selbst etwas antut, nur um ihr zu helfen."

Claire runzelte ungläubig die Stirn.

„Schatz, wieso sollte er das tun?"

„Weil er sie liebt?"

„Hm, das ist natürlich eine Möglichkeit, die man in Betracht ziehen muss", bestätigte sie und tat nachdenklicher, als sie es tatsächlich war. Bis jetzt hatte sie Mandy noch kein einziges Mal zu Gesicht bekommen und konnte deshalb nicht im Geringsten nachvollziehen, welche Wirkung sie auf Taylor ausübte.

„Ich hoffe eigentlich eher, dass sie keine Massenpanik oder so etwas auslöst, wenn der Vorhang hochgeht."

„Das glaube ich eher nicht", beruhigte ich sie, ohne selbst ganz davon überzeugt zu sein. „Weißt du: Eigentlich ist sie ja nur ein ganz normales Mädchen, bloß dass sie unter Wasser lebt und statt Beinen eine silberne Flosse hat."

„Na, normal nenne ich was anderes …", sagte Claire kopfschüttelnd und setzte sich neben mich, um mir liebevoll übers Haar zu streichen.

„Es wird schon gut gehen, glaub mir."

Sie hatte den Satz noch nicht beendet, als es an der Tür klopfte. Kurz darauf steckte Edward seinen Kopf zu uns hinein.

„Noch sechzig Minuten bis Showtime, meine Damen!", erinnerte er uns daran, dass es höchste Zeit war, uns um unsere Abendgarderobe zu kümmern. Er selbst hatte sich bereits fein herausgeputzt. Übertrieben fein für meinen Geschmack. Er trug einen Smoking, so als wäre er zu einem Opernball eingeladen oder zur Verleihung der Academy Awards. Und schon war er auch wieder verschwunden. Claire drehte sich zu mir um, nachdem sie die Tür hinter ihm geschlossen hatte.

„Dann mal los", ordnete sie an. „Langsam werde selbst ich nervös."

Buster Gray war der Einzige, der sich auch an einem Tag wie diesem, den er vor laufenden Fernsehkameras moderieren würde, nichts aus Mode machte. Wie immer trug er kurze Hosen über seinen weiß behaarten Beinen, ein kurzärmliges grob kariertes Baumwollhemd und Gesundheitssandalen. Sein anscheinend unkontrollierbar wuchernder Rauschebart verlieh ihm die Aura einer alten weisen Märchenfigur oder eines weißhaarigen Kobolds – je nachdem, wen man fragte.

„Wenn ihr tatsächlich eine Meerjungfrau da drin habt, werden sie morgen den Präsidenten nebst First Lady einfliegen", raunte er mir auf den Stufen zu, die hinauf zur Ehrentribüne führten, und wischte damit meinen verträumten Blick von den hinter den Dächern der Stadt verschwindenden letzten Sonnenstrahlen des Tages. Hier hatten wir uns nun also eingefunden, hilflos dahintreibend in unseren Abendkleidern, inmitten eines Meers aus Menschen, einer Symphonie aus wirr übereinandergeschichteten Stimmen und schrägen Akkorden, unsensibel vorgetragen von Autohupen. Für einen Moment fühlte ich mich überwältigt von dem Ausmaß der Veranstaltung. Edward sollte recht behalten: Mittlerweile hatten sich Tausende von Menschen auf der Straße eingefunden, die sehen wollten, was sich hinter den geheimnisvollen schwarzen Tuchbahnen befand, die den hoch wie den Turmbau zu Babel in den Himmel weisenden Koloss mitten auf dem Las Vegas Boulevard einhüllten. Die Straße würde bis Mitternacht gesperrt bleiben. Alles war bis auf die letzte Minute durchgeplant.

Die Fernsehkameras und Fotoapparate der Presse waren auf unsere Gesichter gerichtet, und wir alle würden für immer mit dieser Nacht verbunden werden – unabhängig davon, welchen Ausgang sie nehmen würde. Mittlerweile hatte der Himmel über uns die Farben der aus ihrem Schlaf erwachten Nacht angenommen. Die Sonne war abgelöst worden vom wild blinkenden, nach Aufmerksamkeit heischenden Papageienlicht der Stadt. Von den Dächern der Casinos auf beiden Seiten des Boulevards wanderten weiß gekleidete Scheinwerferkegel über die schwarzen Stoffbahnen, hinter denen sich die größte Entdeckung unserer Zeit verbarg. Die größte Entdeckung *aller* Zeiten? Möglicherweise war sie das. Und deswegen waren sie alle hier: die Fernsehsender, die Zeitungsleute, die Schaulustigen, die Fischer aus Monterey, die Teagarden Company und zu guter Letzt die Teagarden Family.

Nachdem Jack mit einer bandagierten Nase leichtfüßig als Erster das von allen Straßenseiten einsehbare Rednerpult auf der stählernen Brücke über dem offenen Bassin erklommen und nach einer kurzen, hölzernen Begrüßung wieder verlassen hatte, hievte schließlich Buster Gray seinen kleinen schweren Körper auf die Bühne über unseren Köpfen. Sein Bild wurde über Großbildleinwände auf alle Seiten des Boulevards geschickt. Eine von einem Kran geführte Kamera filmte ihn frontal aus der Luft. Oben angekommen, tauchte sein Blick für eine Sekunde hinab in die Welt aus Wasser unter seinen Füßen. Augenblicklich schien ihn ein heftiger Schwindel zu erfassen. Möglicherweise war er solche Höhenflüge nicht oder nicht mehr gewöhnt, denn sein rechter Arm krallte sich geradezu panisch an das Geländer aus Metall. Entweder es war die Tiefe, die ihn einschüchterte – oder aber er hatte bereits einen Blick auf Mandy geworfen, und sie hatte sein Weltbild soeben gehörig durcheinandergewürfelt.

Denn genauso wirkte er auf mich in diesem Moment, kurz bevor wir alle Geschichte schreiben würden: ziemlich durcheinander.

„Wir schreiben das Jahr 1749", begann er seine Ansprache, nachdem er sich ein paarmal kurz geräuspert und sich einen Überblick über seine Notizen verschafft hatte.

Ich konnte mir ein Grinsen nicht verkneifen. Er schien wirklich völlig durcheinander zu sein.

Gelächter und Johlen aus dem Publikum.

Doch im selben Augenblick erhellte ein lausbübisches Grinsen sein Gesicht.

„Oh, Verzeihung, da muss ich wohl den ewigen Kalender meiner Uhr nachstellen – das Jahr 1986 meinte ich natürlich", korrigierte er sich selbst mit einem Blick auf die altmodische Uhr, die an seinem behaarten Handgelenk prangte. Um dann mit seiner Geschichte fortzufahren: „Meine Kollegen vom *Genleman's Magazine* jedoch waren bereits im Jahr 1749 der Ansicht, dass es dort draußen auf den Ozeanen merkwürdige Vorkommnisse gebe. Angeblich soll Fischern vor Dänemark eine ... *Meer-jung-frau* ... ins Netz gegangen sein."

Er sprach das Wort betont langsam in aller Pracht seiner drei Silben aus, wobei er verschwörerisch in die Menge und in die Linse der vor ihm an dem Kran baumelnden Fernsehkamera starrte. „Für alle, die es nicht wissen: Dänemark ist ein winziges Land in Europa – ein Land, in dem die hübschesten Frauen der Welt zu Hause sind, wie ich zu meiner Zeit als Auslandskorrespondent feststellen durfte. *Nach* Belgien natürlich", beeilte er sich zu ergänzen, „wo ich meine geliebte Fanette gefunden habe, die heute Abend auch hier bei uns sein darf." Er warf einen Luftkuss hinunter zu seiner Ehefrau, die ebenso wie wir auf der Ehrentribüne Platz genommen hatte.

Kurz war auf den Großbildleinwänden ihr Gesicht zu sehen. Ich meinte, ein irgendwie gequältes Lächeln darin zu entdecken, so als wäre sie nicht ganz glücklich darüber, dass ihr Buster, der ein ehrbares Leben als seriöser politischer Berichterstatter hinter sich hatte, im hohen Alter plötzlich Gefallen an den Sensationen des Boulevards fand. Es war ihr deutlich anzusehen, dass sie selbst nicht im Geringsten an die Existenz der Meerjungfrau glaubte, die dort angeblich in dem riesigen Tank vor unser aller Augen auf ihre Enthüllung wartete. Du wirst staunen, dachte ich, bevor Buster mit seiner Moderation fortfuhr.

„Nun, und im Jahre 1811 beschwor ein Mann aus einer Stadt namens Campbeltown – einer Stadt, die für ihren guten schottischen Whisky bekannt ist –, ein Wesen gesichtet zu haben, das halb Mensch, halb Fisch gewesen sein soll."

Gelächter.

„Und zu guter Letzt möchte ich unseren guten alten Freund Christoph Kolumbus zitieren, ohne den wir Amerikaner noch immer unentdeckt vom Rest der Welt wie ein Floß zwischen dem Pazifik und dem Atlantik herumtreiben und unsere Burger grillen würden …"

Erneut hatte er die Lacher auf seiner Seite.

„… Christoph Kolumbus, der auf seinen Reisen ebenfalls Meerjungfrauen gesichtet haben will. Später sollte sich allerdings herausstellen, dass es Seekühe waren."

Brandender Applaus. Man musste zugeben: Der kleine alte Kobold im Ruhestand machte einen guten Job. Offensichtlich hatte er nichts verlernt. Es wäre nicht weiter verwunderlich gewesen, hätte CBS ihm direkt nach der Übertragung ein Angebot für eine Talkshow gemacht.

„Wie auch immer", fuhr er fort und wandte sich nunmehr dem Bassin unter seinen Füßen zu, „heute Abend, in dieser wunderbaren, eben erwachenden Nacht, werden Las Vegas, Amerika und die ganze Welt möglicherweise Zeugen einer weiteren Meerjungfrau-Sichtung. Ich selbst weiß nicht mehr als Sie und habe nicht die leiseste Ahnung, was sich hinter diesem schwarzen Vorhang verbirgt, sehr verehrte Gäste, aber eines verspreche ich Ihnen jetzt schon: Ich fresse einen Besen, wenn ich auf meine alten Tage noch einmal eine Nixe zu Gesicht bekommen sollte! Und damit Vorhang auf für die Meerjungfrau aus Monterey, gefangen und präsentiert von der Teagarden Company!" Er schrie es fast hinaus – so als wäre er kein durchgeistigter, weißhaariger Intellektueller, der mit ständig abwesendem Blick auf bequemen Gesundheitslatschen durch das ihm verbleibende Zipfelchen Leben spazierte, sondern einer dieser massiven schwarzen Promoter, die für eine Handvoll Cash das Duell zweier Boxlegenden im Caesars Palace ankündigten.

Man glaubte, das Ächzen der Schrauben und Gewinde förmlich spüren zu können. Es kroch hinüber zu uns auf die Tribüne, auf der wir uns versammelt hatten, harmonisch eingerahmt von den nett lächelnden Haifischen der Glitzerwelt von Las Vegas – ein seltsames Familienfoto. Es folgte das Vibrieren und sich Drehen all der Rädchen und Stangen, die den schweren Vorhang, der das Bassin einhüllte, mit einem Mal in Wallung brachten. Wir befanden uns im Jahr 1986, mitten auf dem quirligen Las Vegas Boulevard, und doch wohnte dem

Spektakel vor unseren Augen ein eigenartiger Geist vergangener Jahrhunderte inne. So als geschähe all das in einem mächtigen Ring im antiken Rom, in Anwesenheit von Feldherren und Gladiatoren. Ein Blick auf die riesigen Bildschirme, auf denen das Schauspiel übertragen wurde, holte mich zurück in die Gegenwart, während der Vorhang sich langsam von oben beginnend senkte und den Blick auf die in dem haushohen Glas versenkte Wasserwelt freigab.

Ein Raunen ging durch die Massen, als der Vorhang die letzten Meter passierte. Und schließlich zu Boden fiel.

Alles war mucksmäuschenstill.

Die Welt hielt den Atem an – bereit, die Augen auf jenes nie zuvor von einem Menschen gesichtete Geschöpf zu richten, das am Grund des gigantischen Aquariums kauerte, schutzlos den gierigen Blicken einer fremden Zivilisation ausgeliefert. Doch was war das? Auf den Großbildleinwänden war für einen Moment lang nichts weiter zu entdecken als ein merkwürdiges Flackern. Ausgerechnet jetzt, wo die Menschenmassen auf dem Boulevard Mandy aus der Nähe sehen wollten, denn aus der Entfernung konnten sie in dem mächtigen Glaskäfig nicht viel mehr wahrnehmen als eine am Boden kauernde Gestalt, gaben sie ihren Geist auf.

Was ging hier vor sich?

Ich blickte verwirrt zu Edward, der neben mir Platz genommen hatte. Sein Gesicht war angespannt.

Ein unruhiges Raunen ging durch die Menge.

Dann – doch noch. Ich konnte förmlich hören, wie Edward aufatmete. Endlich erschien ein Bild. Es war klar und gab den Blick frei auf das Aquarium. Die Kamera fuhr suchend über den Miniaturmeeresgrund. Von der rechten Seite auf die Mitte, dann weiter auf die linke Seite. Und wieder zurück. Dann noch einmal dasselbe.

Alles war zu sehen. Jedes Steinchen, jede Muschel, jede Meerespflanze.

Nur sie nicht – Mandy.

Sie war unsichtbar.

Es war unfassbar: Wir alle sahen dieses Mädchen mit unseren eigenen Augen direkt vor uns, da im Wasser, aber auf den Leinwänden war sie aus irgendeinem Grund nicht vorhanden. Buster Gray oben auf seinem Podest auf der Brücke über dem gläsernen Gefängnis schien von all dem noch nichts mitzubekommen. Die Kameras umkreisten weiterhin ihr Objekt der Begierde wie ferngesteuerte Kraken, jedoch ohne Erfolg. Irgendwo musste eine Fehlschaltung vorliegen. Ich hatte keine Ahnung, ob diese auch die Fernsehübertragung betraf oder nur die Großbildleinwände.

Schließlich schien auch Buster klar zu werden, dass irgendetwas nicht stimmte. Die sich ausbreitende Unruhe unter den Schaulustigen war mittlerweile weder zu übersehen noch zu überhören. Ein einziger Blick auf die Menschenmassen unter ihm, die wie gebannt abwechselnd auf das Aquarium und dann wieder auf die Großbildleinwände starrten, genügte ihm, um zu erkennen, dass sich dort etwas Außerplanmäßiges abspielte. Auch wenn er selbst dort oben auf seinem Aussichtsposten von diesem Schauspiel ausgeschlossen war. Immer mehr Menschen drängten nach vorne, versuchten, sich in die erste Reihe vorzuarbeiten – um etwas zu sehen. Vergeblich. Die anfangs erwartungsvolle Stimmung machte einer sich rasant ausbreitenden Enttäuschung Platz. Die ersten Buhrufe ertönten.

Taylor, der am Fuß der Treppe auf seinen Auftritt gewartet hatte, sah seine Zeit gekommen und kletterte hinauf zu Buster, wie es in der Generalprobe vorbereitet worden war.

Für einen Moment schien sich die Unruhe etwas zu legen.

Es war Busters Idee gewesen, zuerst Taylor zu interviewen und erst danach Edward und Jack, die eigentlichen Herren im Ring, zum Gespräch nach oben auf das Podest zu bitten. Buster hatte einen Narren an der Geschichte gefressen, dass es eigentlich Taylor war, der Mandy entdeckt hatte, vor so vielen Jahren dort draußen auf dem Pazifik – oder besser gesagt: sie ihn, warum sonst hätte sie ihn damals vor dem Ertrinken gerettet? Offenbar schien der kauzbärtige Chef der *Monterey Post* ein Faible für romantische Storys zu haben, was ihn von den meisten Vertretern seines Genres unterschied.

„Und hier haben wir jemanden, der Kolumbus offenbar einen gehörigen Schritt voraus ist – zumindest was die Unterscheidung von Seekühen und Meerjungfrauen betrifft", begrüßte er Taylor, der in Jeans und einem seiner blauen T-Shirts, die zu ihm gehörten wie die Luft in seinen Lungen, neben ihn getreten war.

„Ich bin froh, dass ich mit diesem jungen Entdecker zumindest *eine* Schwäche teile", fuhr er fort und legte Taylor vertraulich seine Hand auf die Schulter. „Ich darf das doch hier sagen, vor den neugierigen Augen und Ohren der Welt?"

Mit angehaltenem Atem verfolgte ich auf der Großleinwand, wie er fragend in Taylors Augen blickte. Taylor indes zuckte nur mit den Schultern, als wäre es ihm vollkommen gleichgültig, welche Geheimnisse hier für das amerikanische Fernsehpublikum gelüftet wurden.

„Nun, im Grunde ist es halb so schlimm", nahm Buster Anlauf für seinen nächsten Gag: „Wir sind beide – Nichtschwimmer."

Es war sein erster Witz, auf den eine überschäumende Reaktion ausblieb. Was zum einen daran liegen mochte, dass abgesehen von den Leuten in den ersten Reihen fast niemand etwas sehen konnte – denn noch immer funktionierten die Großbildschirme nicht. Und zum anderen daran, dass Buster Gray bei der Vorbereitung seiner Rede offenbar vergessen hatte, dass wir uns nicht in Monterey befanden, wo das Bekenntnis, Nichtschwimmer zu sein, in etwa jenem gleichkam, dass man nicht in der Lage war, eine Kerze auszupusten. Hier in Nevada jedoch, mitten in der Wüste, galten andere Regeln. In Las Vegas lebten ohne Frage mehr als zwei Nichtschwimmer. Das Element Wasser stand hier im Rang des Lebensnotwendigen, des spärlich vorhandenen – es war keinesfalls selbstverständlich wie bei uns zu Hause an der Küste Kaliforniens, sondern eher eine Art flüssiges Gold. Und wer schwamm schon in Gold?

„Wie dem auch sei", fuhr er unbeirrt fort. „Leider kann ich nicht sehen, was Sie dort unten sehen, aber es gibt jemanden, der uns allen mehr erzählen kann. Jemanden, der die Meerjungfrau persönlich kennengelernt hat – als er noch ein kleiner Junge war, vor vielen Jahren draußen auf dem Pazifik vor Monterey …", raunte er mit seiner Märchenonkelstimme in das Mikrofon an seinem Pult. Schlagartig hatte er die Aufmerksamkeit wieder. Eine für diese Stadt ganz und gar untypische Stille legte sich über die Szenerie. Der ganze bunte Zirkus schien für einen Augenblick innezuhalten. Um der Geschichte zu lauschen, die Buster Gray nun erzählen würde.

Das ließ er sich nicht zweimal sagen.

Tief Luft holend und mit weit ausladenden Armbewegungen, die Augen sperrangelweit aufgerissen, berichtete er von geheimnisvollen Unterwasserwelten und ihren mysteriösen Bewohnern, von denen wir gewöhnlichen Menschen keinen blassen Schimmer hatten. Von der dramatischen Rettung eines kleinen, traurigen, sechs Jahre alten Jungen aus dem Pazifik. All das schilderte er so lebendig und voller Details, dass man den Eindruck gewinnen konnte, er wäre selbst mit uns an Bord gewesen damals. Ja, er war so sehr in seine Geschichte vertieft, dass er darüber Mandy, die vor aller Augen weit unter seinen Füßen am Boden des Beckens kauerte, fast vergessen zu haben schien.

Im Gegensatz zu der Person, die neben ihm stand: In Taylors Gesicht las ich, dass irgendetwas nicht stimmte. Er wirkte zu allem entschlossen. Je mehr ich darüber nachdachte, desto weiter rückten Busters Worte für mich in die Ferne. Meine Gedanken kreisten mittlerweile panisch um das, was kurz vor seiner Ausführung stehen musste: Taylors Plan. Was, um Himmels willen, hatte er nur vor? Was nur?

Im nächsten Moment erhob Taylor seine Stimme. Er klang zu allem entschlossen.

„Als ich ein kleiner Junge war, meine Mutter war gerade gestorben", begann er seine Ansprache, „rettete mich ein Mädchen vor dem Ertrinken."

Ein weiteres Raunen ging durch das Publikum.

„Und heute Abend", fuhr Taylor fort, „ist es an mir, sie zu retten."

Ich schrie auf, doch es war bereits zu spät. Taylor hatte sich mit einem einzigen kräftigen Satz über die Brüstung der Brücke geschwungen. Einen allerletzten Moment noch, als wolle er das Gefühl von gebürstetem Aluminium auf seiner Haut für immer konservieren, umfassten seine Hände das kühle Metall. Dann, ohne jedes weitere Zögern, sprang er, begleitet von einem gewaltigen Aufschrei der Menschenmenge. Und tauchte hinab, auf dem Weg zu ihr, hinunter in den Abgrund. Ein Nichtschwimmer, ein lebender Grabstein aus Fleisch und Blut, auf seinem unvermeidlichen Weg in den Tod.

Es war, als würde sich dieselbe Geschichte wiederholen, die sich damals auf dem Boot zugetragen hatte. Nur dass dieses Mal Absicht dahintersteckte. Ein Plan, wie Taylor es ausgedrückt hatte – auch wenn es offensichtlich ein Plan ohne Plan B war. Nur für den Fall, dass er schiefging. Dass das geplante Manöver nicht glückte.

Edward, Claire und Jack waren von ihren Sitzen aufgesprungen. Ich saß einfach nur da, wie gelähmt. Es war genau wie damals auf dem Boot.

Regungslos sank Taylor hinab, mit offenen Augen dem Salzwasser trotzend und dabei sein Ziel suchend. Über ihm auf der Brücke ruderte Buster Gray verzweifelt mit den Armen – was konnte er schon unternehmen, als zweiter Nichtschwimmer von Monterey? Edward und Jack versuchten derweil verzweifelt, von der Tribüne herunterzukommen. Es gab kein Durchkommen. Minuten würden vergehen, bis sie die Brücke über dem feucht in den Nachthimmel atmenden Schneewittchensarg erklommen hätten. Alle anderen, mich und Claire ausgenommen, schienen sich noch immer nicht im Klaren darüber zu sein, ob es sich bei dieser Darbietung um einen Bestandteil der Show handelte oder um Leben oder Tod. Ich befand mich in einer Art Schockstarre. Es war, als presste jemand seine Hände auf meine Ohrmuscheln – alles dort draußen, das aufgeregte Geschrei der Menge, die kurz darauf einsetzenden Sirenen der Polizeiwagen, verstummte schlagartig. Denn mir war nun klar, welchen Plan Taylor verfolgte: Nicht *er* wollte sie retten – nein, er wollte sich von *ihr* retten lassen. Genau wie damals auf dem Ozean. Dieses Mal jedoch vor den Augen der Welt – um seinen Vater an das Wort zu binden, das dieser ihm gegeben hatte. Doch mit einer alles durchdringenden entsetzlichen Klarheit wurde mir bewusst, dass es dieses Mal nicht funktionieren würde.

Es war Mandys Anblick, der mir Taylors Todesanzeige lautlos und doch mit der Wucht eines auf meine Stirn treffenden Hammers entgegenschrie.

Sie war zu schwach. Zu schwach, um ihren sonst so wendigen, so leichten, so fabelhaften Körper auch nur das kleinste Stück nach oben zu bewegen, ihm entgegen, um ihn auf halber Strecke aufzufangen. Es erschien mir wie eine Ewigkeit, bis Taylor schließlich in ihre Arme sank und sie beide zu Boden fielen. Die Fernsehkameras umkreisten das Geschehen in wilder Aktion von außen, doch auf den Leinwänden rund um das Bassin auf dem vor Anspannung mucksmäuschenstill gewordenen Boulevard war niemand zu sehen als Taylor selbst. Ein Umstand, der mir noch mehr Angst einjagte. War Mandy möglicherweise nichts weiter als eine Illusion? Eine optische Täuschung, ein aus Lichtwellen geformtes Bild, durch das man wie durch Luft oder Wasser mühelos hindurchgreifen würde, sollte man es je zu fassen kriegen? Es wäre Taylors sicheres Todesurteil.

Ohnehin schien bereits alles verloren.

Ich sprang auf, wollte loslaufen, Edward und Jack nacheilen – aber noch immer waren meine Beine wie taub. Bevor ich den Halt endgültig verlor, wurde ich aufgefangen. Es war Claire, die mich unter Aufbietung der ganzen Kraft ihres zierlichen Körpers hielt.

„Taylor, nein …", schluchzte ich voller Verzweiflung, die Augen auf das Aquarium gerichtet, seinen nahen Tod vor Augen.

Doch was war das? Bildete ich es mir nur ein, oder geschah es tatsächlich?

Ich glaubte meinen Augen nicht zu trauen. Es war ein Anblick, der sich mir bis in alle Ewigkeit ins Gedächtnis brennen würde: Zärtlich hielt Mandy Taylors Gesicht in ihren Händen. Ihre Augen waren geschlossen, während sich ihre Lippen vorsichtig auf seine legten, als wolle sie ihn küssen. Doch es war mehr als ein Kuss – sie schützte seinen Mund vor dem einströmenden Wasser!

Sie hauchte ihm ihren Atem ein!

Mit einem Mal sprang mein Herz wieder an. Das Blut schoss zurück in die Venen und Adern meiner eben noch tauben Beine, die langsam wieder Tritt fassten. Ich sah einen Kuss, der alles änderte. Mandy teilte ihren Atem mit Taylor und gab ihm so die Chance, ihr Element lebend wieder zu verlassen.

Wohl selten hat die Welt ein Mädchen so glücklich gesehen wie mich in diesem Augenblick, in dem mir eines klar wurde: Taylor würde überleben.

Edward erreichte als Erster die Brücke und hechtete entschlossen und in voller Abendgarderobe ins Wasser. Einzig seiner schwarzen Lackschuhe hatte er sich auf dem Weg entledigt. In einer ungeahnten Sportlichkeit und mit einer vermutlich aus reiner Verzweiflung geschöpften Kraft tauchte er hinab in die Tiefe, sich mit kräftigen Stößen den Weg durch das Nass bahnend, während Jack, nachdem er den Gedanken, seinem Chef nachzueilen, offensichtlich beiseitegewischt hatte, das Rednerpult mitsamt Mikrofon von einem sichtlich verstörten Buster Gray in Besitz nahm.

„Machen Sie sich keine Sorgen, all das ist Teil der Show!", beeilte er sich den Schaulustigen unter ihm zuzurufen, die mittlerweile die Balustraden vor dem Becken gestürmt hatten und sich wie eine an die Uferfelsen tosende Welle an das mächtige Glas drückten, nicht weiter als einen ausgestreckten Arm von Taylor und Mandy entfernt.

Nun konnten sie es alle sehen: das rauschende Silber, das unterhalb von Mandys Hüften im Licht der Scheinwerfer glitzerte wie ein Schatz aus Tausendundeiner Nacht. Jeder wollte diesem Anblick so nahe wie nur möglich sein. Nie zuvor hatte ich einen solchen Kuss gesehen – und in diesem Moment betrachtete ich ihn ohne jede Eifersucht. Es lag etwas Überirdisches, Heiliges, ganz und gar Reines in ihm. Als wäre er eine göttliche Nachricht, eine Message aus dem Himmel, in der uns Menschen mitgeteilt wird, dass die Liebe stärker ist als der Tod.

Das Spektakel währte nur wenige Minuten, aber es waren Minuten im Gewand der Ewigkeit. Keiner der Menschen, die diesem Schauspiel in ehrfürchtigem Staunen hatten beiwohnen dürfen, würde jemals wieder etwas Vergleichbares sehen, so viel stand fest. Viele weinten, andere fielen auf die Knie, während wieder andere genau wie ich für einen Augenblick davor waren, von Ohnmacht übermannt zu werden in Anbetracht dessen, was sich hier abspielte. Einzig und allein auf den Großbildleinwänden erhielt man weiterhin den Eindruck, als wäre schlichtweg ein junger Mann ins Wasser gefallen. Ein junger Mann, der völlig unter Drogen stehen musste und einen imaginären Körper umarmte und liebkoste. Das Wunder von Las Vegas, das sich in dem Becken abspielte, würde für einen Großteil der Schaulustigen draußen auf dem Boulevard und möglicherweise auch vor den Fernsehbildschirmen unsichtbar bleiben. Ein Märchen, von dem man nicht wusste, ob es sich tatsächlich so zugetragen hatte, und für das es nur wenige Augenzeugen geben würde. Alle diese Bilder durchfluten noch heute, während ich die Geschichte aus den sorgfältig gepackten Kartons meiner Erinnerung hole, meinen Kopf – wie ein Video, in dem sich jede Szene beliebig oft im kleinsten Detail wiederholen lässt.

Als Edward endlich Taylors Arm ergriff, entließ Mandy ihn sanft aus ihrer Umarmung. Es war Taylor, der nicht von ihr lassen wollte, es schlichtweg nicht konnte, sich wie ein Verrückter an sie klammerte. Nicht nur sein Arm, sondern sein ganzer Körper streckte sich ihr mit jeder Faser entgegen.

Bis er ihr schließlich von seinem Vater entrissen und wenig später an die Luft gesetzt wurde.

Edward sollte sich an sein Versprechen halten. Und die Teagarden Company sollte viel Geld verlieren – Geld, das wie Herbstlaub von einem zufälligen Windstoß in die Büroräume in der Cannery Row getragen worden war und sich dann als ebenso vergänglich und vergleichsweise unwichtig herausgestellt hatte. Im Vergleich zu den wirklich wichtigen Dingen des Lebens jedenfalls. Seit ich zurückdenken konnte, waren die Teagardens reich gewesen – was bedeuteten schon ein paar Millionen Dollar verglichen mit dem wiedergewonnenen Vertrauen zwischen Vater und Sohn? Im Nachhinein kommt mir unser Aufbruch aus Las Vegas vor wie der Hals über Kopf ablaufende Rückzug aus einer voreilig vom Zaun gebrochenen Schlacht, von der sich später herausstellen sollte, dass sie einfach nicht zu gewinnen war. Verständlicherweise zeigten sich weder das Konsortium der Casino-Betreiber noch Jack begeistert von der Idee, die Show abzubrechen und Mandy zurück nach Monterey zu bringen. Letzten Endes sollte es sich daher als ein kluger Zug herausstellen, dass Edward nahezu alle seine Angestellten mitsamt ihren Familien nach Las Vegas eingeladen hatte. Gegen gut hundert kräftige Fischfänger, die nach der vorangegangenen Vorstellung allesamt mit Herz und Seele und notfalls auch mit ihren Fäusten für *ihre* Mandy einzustehen bereit waren, kamen selbst Steve und seine muskelbepackten Rausschmeißer nicht an.

Allein Jack zeigte bis zuletzt kein Einsehen: Durch die Heckscheibe verfolgten wir jeden seiner weit ausholenden Schritte, als er unserem Wagen bei der Abfahrt hinterherspurtete, als wäre ihm der Teufel höchstpersönlich auf den Fersen. So lange, bis ihn die Kraft verließ und er im Nachtlicht auf der Straße zurückblieb, die Hände nach Luft ringend in die Hüften gestemmt – kleiner und kleiner werdend, bis er schließlich ganz verschwand. Im Gegensatz zu uns konnte Edward noch nicht darüber lachen. Ich glaube, dass es eher Mandys katastrophaler Zustand war, mit dem er sich trösten konnte: Ohnehin hätte sie wahrscheinlich keine Welttournee lebend überstanden. Das Einzige, was sie jetzt noch überstehen musste, war der Rückweg nach Monterey.

Die ganze weite Strecke über behielten wir den Wassertruck im Auge, der Mandy dorthin zurückbringen würde, wo die Netze des Fischtrawlers sich um sie geschlossen hatten. Nachdem wir uns darauf geeinigt hatten, dass es zu riskant war, sie noch eine weitere Nacht in Las Vegas zu lassen – weder die Halle im Industriegebiet noch das Caesars Palace erschienen uns als geeignete Lösung –, waren wir weit nach Mitternacht nach Monterey aufgebrochen. Wir hofften, gegen Morgen dort anzukommen. Edward hatte das Steuer des Chevy übernommen und war nicht zurückgewichen, als Claire nach einer Weile sanft ihren Kopf an seine Schulter gelegt hatte, während Taylor und ich uns die Rückbank teilten. Ein erleichtertes Schweigen erfüllte den Innenraum des Wagens. Noch immer war Taylor ein wenig außer Atem, verständlicherweise. Möglicherweise war doch etwas Wasser in seine Lungen gelangt, denn sein Atem rasselte leise wie eine helle Schelle vor sich hin, ab und zu begleitet von einem trockenen Husten. Doch ich machte mir keine Sorgen mehr. Er war in Sicherheit.

Ich war kurz davor, seine Hand zu berühren. Genau wie ich spähte er hinaus in die Nacht, aus der mit jeder Meile, die wir zurücklegten, ein wenig mehr das Licht aus Fehlfarben wich.

Irgendwo auf unserer Reise durch die Nacht, in einem der Casinos, hatte ich einen alten Mann bemerkt. Er saß am Ende einer schier unendlich langen Reihe vor einem einarmigen Banditen. Sein Blick war stumpf. Als wäre er bereits vor langer Zeit vor dem Spielautomaten gestorben. Las Vegas, das Monster aus Irrlichtern und trügerischen Hoffnungen, hatte ihn aufgefressen. Ich war froh, die Lichter der Stadt im Rückspiegel verschwinden zu sehen. Aus der Ferne war das nächtliche Las Vegas ein schöner Anblick, vielleicht sogar auf eine gewisse Art magisch. So wie ein prächtiger Tiger in einem Gehege, dessen Augen geheimnisvoll funkelten. Man durfte einen Blick riskieren, von der sicheren Seite des Gitters, aber man musste aufpassen, dass man ihm nicht zu nahe kam. Dass man nicht leichtsinnig wurde. Auch wenn der Gedanke daran, die süße Raubkatze zu streicheln und sie zärtlich zu liebkosen wie ein verschmustes Hauskätzchen, noch so reizvoll sein mochte.

Die ganze Fahrt über brummte in meinem Kopf die große, noch immer unbeantwortete Frage. Die Frage, die ich mir schon früher gestellt hatte – Zufall oder Schicksal? War Mandy den Fischern von Monterey wirklich zufällig ins Netz gegangen? Oder steckte mehr dahinter? Ich war nach wie vor auf der Suche nach einer Antwort. War sie gekommen, um Taylor zu retten, oder war in Wahrheit sie es, die von ihm gerettet werden wollte? Es gelang mir einfach nicht, mir einen Reim darauf zu machen, ob und wie es mit den beiden weitergehen würde. Am nächsten Morgen – vorausgesetzt, alles lief nach Plan, nach *Taylors Plan* – würde Mandy zurückkehren in ihr Element, die Welt aus Wasser. Und er wäre wieder ganz und gar und ungeteilt bei uns, im Schoße seiner Familie. Ich atmete tief durch bei dem Gedanken daran, dass unser Leben uns wiederhatte. Dass womöglich eine glückliche Fortsetzung für das Leben vorgesehen war, das wir in Monterey zurückgelassen hatten, in dem von uns allen so geliebten Haus in den Dünen.

Monterey, Kalifornien, 1986

Als wir Monterey schließlich erreichten, übermüdet und mit letzter Kraft, war schon lange die Sonne über dem Dach des alten Chevy aufgegangen. Wenn auch unsichtbar, versteckt hinter einer dunklen Wand aus Wolken. Es war ein heftiges Gewitter mit kräftigen Schauern aufgezogen, das uns dazu zwang, die letzten Kilometer im Schritttempo zu fahren. Der Regen trommelte hart wie eine nur aus Schlagzeugern bestehende Band auf das Wagendach. Der Himmel über uns war von schwarzgrauen Wolkenungetümen bevölkert, und die ganze Welt schien aus nichts als Wasser zu bestehen – als wir endlich den Strand erreichten. Den Ort der Übergabe. Oder sollte man besser sagen: den Ort der *Rückgabe*?

Es war, als hieße Mandys Element sie willkommen. Als erwarte sie der Pazifik bereits und kam ihr und uns in vorauseilendem Gehorsam aus allen Himmelsrichtungen entgegen.

Der Ozean weinte. Seine salzigen Tränen waren überall, hüllten uns ein wie ein Schleier. So wie die Fischer Tag für Tag ihre Netze in Neptuns Reich auswarfen, schien es diesmal er zu sein, der sein feuchtes Netz über der Welt an Land ausbreitete – um sich das zurückzuholen, was ihm gehörte.

Wie zwischen Taylor und Edward vereinbart, wühlte sich der Truck mit seinen mächtigen Reifen durch den aufgeweichten Sand, bis er schließlich direkt am Meer zu stehen kam. Wir alle hatten im Wagen an der Straße gewartet. Der Fahrer des Trucks hatte die Luke des Wassertanks geöffnet, die sich nun sperrangelweit offen dem grauen, Wasser speienden Himmel entgegenreckte. Dann kam auch er durch das Unwetter zu uns geeilt und warf sich, keuchend und nass bis auf die Haut, in den Wagen. Die Zeit für Taylor war gekommen. Für ihn und für Mandy. Ich blickte ihm in einer Mischung aus Furcht und Erleichterung hinterher, als er durch den dichten Regen zu dem Laster lief. Es war noch relativ früh, wir waren besser durchgekommen als erwartet, und dank des Gewitters hatten sich bislang keine Schaulustigen am Strand blicken lassen. Ein Umstand, der sich bereits in Kürze ändern würde, dessen waren wir uns sicher. Es war, als hätte Neptun persönlich dieses Wetter bestellt, um eine störungsfreie Übergabe seiner verlorenen Tochter zu garantieren.

Der Moment war gekommen. Edward legte den Rückwärtsgang ein. Langsam wendete er und fuhr an. Bis zu unserem Haus hätte man eigentlich gemütlich laufen können – bei gewöhnlichem, also sonnigem kalifornischen Wetter. Schon nach wenigen Metern waren Taylor und der Truck am Strand durch die fast undurchlässige Regenwand kaum noch zu erkennen. Wahre Sturzbäche rannen an der Heckscheibe des Chevy herab, so als wäre sie aus flüssigem Glas gemacht. Ich versuchte, noch einen letzten Blick auf Taylor und das Geschehen am Strand zu erhaschen. Vergeblich. Innerhalb weniger Sekunden hatte ich ihn endgültig aus den Augen verloren.

Wir waren noch immer eine Familie. Zumindest dieser Gedanke beruhigte mich, als wir schließlich zu Hause im weitläufigen Wohnzimmer auf die Heimkehr *unseres* verlorenen Sohns warteten, dessen Schicksal sich im selben Moment in nicht viel mehr als Rufweite von uns im Auge des Unwetters vollzog. Edward hatte ein melancholisch knisterndes Feuer im Kamin entzündet. Claire hatte Tee aufgesetzt, *englischen Tee*, ihn eingeschenkt, neuen Tee aufgesetzt und ihn wieder eingeschenkt. Ich wiederum starrte abwechselnd hinaus zu der dichten dunklen Gewitterfront mit ihren grell aufleuchtenden Blitzen und in das warme, beruhigend gleichmäßig vor sich hin flackernde Feuer, das die glühenden Holzscheite aussandten. Die ganze Zeit über sprachen wir kein Wort. Es war nicht nötig – wir kannten uns lange genug, um zusammen sein zu können, ohne um jeden Preis reden zu müssen.

Rede nur, wenn deine Worte das Schweigen überragen. Diese unausgesprochene Familientradition der Teagardens beherzigten wir an diesem Vormittag, denn niemandem von uns fiel etwas Hilfreiches ein – weise Worte, die das Durcheinander in unseren Köpfen hätten ordnen können. Und die Furcht verdrängen, die noch immer an uns zerrte wie der Sturm an den Fensterläden. Wir waren sicher zurück im Hafen, aber einer von uns befand sich noch immer dort draußen. Weil er selbst es so entschieden hatte. Weil es sein Weg war, den er nur allein gehen konnte. Der Gedanke, Taylor würde möglicherweise nie wieder aus der dort draußen wütenden Welt aus Wasser zurückkehren, hatte uns die Sprache geraubt. Es blieb uns nichts anderes übrig, als zu warten. Zu warten und zu hoffen.

Eine Ewigkeit später, es mochten zwei, drei oder gar vier Stunden vergangen sein, ich hatte aufgehört, dem Zeiger der großen Wanduhr zu folgen, trat plötzlich ein sandbrauner, völlig durchnässter Junge durch die Tür. Seine Haut glänzte von Regen und Schlamm. Es hätte nicht viel gefehlt, und ich wäre ihm um den Hals gefallen.

„Taylor!", riefen wir nahezu unisono.

Ich lief ins Badezimmer, um ihm ein Handtuch zu holen. Er fröstelte, als ich es um ihn schlang – anstatt mich selbst um ihn zu schlingen. Wie kann ein Mensch nur so nass sein, bis auf die Knochen, und so zittern! dachte ich und strahlte ihn gleichzeitig an wie ein Honigkuchenpferd, denn wichtig war nur, dass er hier war.

Zurück bei uns.

Zurück bei mir.

Es schien ihm gut zu gehen. Auf den ersten Blick jedenfalls wirkte er unverändert – abgesehen davon, dass er ein wenig schwer atmete, so wie bereits bei unserer Abreise aus Las Vegas. Aber was war schon eine Erkältung gegen das, was sonst noch alles hätte passieren können!

Edward beeilte sich, unverzüglich Doc Bob Zelman junior anzurufen, während Claire und ich uns um Taylor kümmerten, als gelte es, einen mit einer Million Dollar dotierten Wettbewerb als beste Hilfskrankenschwestern Kaliforniens für uns zu entscheiden. Doc Bob junior hatte vor einigen Jahren die Praxis an der Main Street in Monterey von seinem Vater Doc Bob übernommen, der wie die meisten Ärzte auf dieser oftmals ungerechten Welt das gesetzlich vorgeschriebene Mindestalter zum Sterben nicht erreicht hatte und dem von ihm propagierten gesunden Leben allzu früh Lebewohl hatte sagen müssen. Ehrlich gesagt hatte ich den Wechsel gar nicht bemerkt, so ähnlich sahen sich Vater und Sohn. Einmal hörte ich Edward und Claire über sein Alter spekulieren. Claire meinte, dass er, gemessen an seinem Äußeren, etwa Anfang fünfzig sein müsse – einer Ansicht, der Edward entgegenhielt, dass Doc Bob junior rein logisch und anhand der Familiengeschichte der Zelmans betrachtet nicht viel älter als Mitte dreißig sein könne. Wie auch immer: Hinter verschlossenen Türen untersuchte und behandelte Doc Bob seniors Sohn nun Edwards Sohn, der erfolgreich gegen seine öffentliche Entkleidung und Behandlung im Kreise der im Wohnzimmer versammelten Familie protestiert hatte, was ich ihm nicht verübeln konnte, und deshalb in seinem Schlafzimmer verarztet wurde. Nach einer knappen Viertelstunde trat Doc Bob junior mit einem nachdenklichen Stirnrunzeln auf den Flur hinaus, in das sich jedoch sofort ein kleines Lächeln mischte, als er uns mitteilte, dass kein Anlass zur Sorge bestehe. Eine kleine Erkältung, Lungenentzündung ausgeschlossen, lautete seine Diagnose. Wir alle atmeten auf, während Taylor sich sein Hemd anzog und dabei leise weiter vor sich hin keuchte.

Wenig später klingelte es erneut an der Tür. Ein Trubel, der in diesem Haus für gewöhnlich nicht üblich war. Eine Abordnung der Fischer erklärte, dass Jack ihnen befohlen habe, trotz des immer schwerer wütenden Unwetters mit der gesamten Flotte auszurücken, um seine verfluchte Meerjungfrau, wie er sich ausgedrückt hatte, wieder einzufangen. Die Fischer hatten sich diesem verrückten Marschbefehl einstimmig widersetzt, sodass Jack schließlich wie vom Teufel geritten mit seinem eigenen Privatboot, einer weißen Motoryacht, aus dem Hafen gebraust sei, ausgestattet mit nichts als ein paar Angelruten. Das Letzte, was der Sturm von ihm ans Land geweht hatte, hinüber zu den staunenden Hafenarbeitern und Fischern, war seine fluchende, langsam in der Wand aus Wind und Wasser untergehende Stimme. Offenbar hatte ihn die Sache mit Mandy endgültig den Verstand gekostet. Wenn er das Unwetter draußen auf dem wild wogenden Pazifik heil überstehen sollte, würde er sich in eine Anstalt einweisen lassen müssen, um über all das hinwegzukommen und seinen Frieden mit der Sache zu machen.

Gegen späten Nachmittag schließlich verzogen sich die Gewitterwolken, und der Himmel klarte urplötzlich auf, als wäre nichts gewesen. In seinem schönsten kalifornischen Saphirblau strahlte er mit der Sonne um die Wette. Etwa um diese Zeit trudelte auch Buster Gray ein. Seine Augen blinzelten aus seinem teigigen Pfannkuchengesicht wie winzige, müde Glasperlen. Er brauchte ein Weilchen, um wieder zu Atem zu kommen, nachdem er sich in einen der noch aus Elenas Zeit stammenden, mittlerweile zum zweiten oder dritten Mal neu im selben zarten Fliederton bezogenen Sessel hatte plumpsen lassen. Sein tendenziell kleiner, aber seit Jahrzehnten unentwegt mit den schmackhaftesten Leckereien der Lebensmittelindustrie zu einem Koloss aufgepäppelter Körper ließ ihm selbst den verhältnismäßig kurzen Weg von der Auffahrt hinter dem Haus durch den Korridor hinein in das aufs Meer hinausblickende Wohnzimmer zu einer anstrengenden kleinen Reise werden.

„Merkwürdig", sinnierte er, nachdem er das ihm von mir auf den lautlosen Wink eines Verdurstenden hin eiligst gelieferte, in einem Zug geleerte Wasserglas auf dem Couchtisch abgesetzt hatte. Nachdenklich zupfte er mit seinen Fingern an seinem Märchenonkelbart. „Einfach merkwürdig." Er sprach die Worte mehr in sich hinein, als dass er sich an uns wandte, so als wäre er gänzlich allein im Haus und würde angestrengt über etwas nachdenken.

„Was ... ist merkwürdig?", wagte schließlich Claire ihre Stimme zu erheben, nachdem weder Edward noch ich etwas auf Busters seltsame Gesprächseinleitung erwidert hatten. Taylor hatte sich in seinem Zimmer hingelegt. Nicht nur, weil Doc Bob junior es empfohlen hatte, sondern weil er derjenige von uns war, der in den vergangenen achtundvierzig Stunden am wenigsten Schlaf bekommen hatte. Er und Mandy hatten die Hauptrollen in einer Aufführung gespielt, deren Vorhang erst jetzt gefallen war, sodass der mit aller Kraft und dem Mut der Verzweiflung verdrängte Schlaf nun seinen Tribut einforderte. Ich fragte mich, ob Meerjungfrauen auch schliefen – nachts im Ozean oder nach einem Höllentrip in die Welt der Menschen wie jenem, der nun hinter ihr lag.

„Auf den CBS-Aufzeichnungen ist sie nicht zu sehen. Nicht ein einziges Mal. Ich kann es mir beim besten Willen nicht erklären", weihte Buster uns in den neuesten Stand der Dinge ein. „Das gleiche Phänomen wie bei den Großbildschirmen."

„Und was bedeutet das?"

„Was das bedeutet?"

Er sah uns an, als wäre uns das Ausmaß der Katastrophe noch nicht ganz bewusst.

„Nun, es bedeutet, dass die Welt eure Meerjungfrau nie zu Gesicht bekommen wird. Abgesehen von den Leuten, die sie mit eigenen Augen gesehen haben, die meisten aus weiter Entfernung. CBS jedenfalls wird das Band nicht ausstrahlen."

„Sie haben es nicht *live* gesendet?", rief ich überrascht aus. Ich war der festen Überzeugung gewesen, dass die Bilder direkt in jedes amerikanische Wohnzimmer gesendet worden waren.

„Nein", bestätigte Buster müde. „Für eine Livesendung war die ganze Sache dem Sender zu kurzfristig und wohl auch zu ominös. Das Risiko war denen einfach zu hoch. Offenbar haben sie das genau richtig eingeschätzt. Eigentlich wollten sie es heute Morgen als Sondersendung mit den Nachrichten bringen, aber wie die Sache gelaufen ist, sieht es nun mehr nach einer typischen Las-Vegas-Ente aus, die die Werbung für die Stadt ein bisschen ankurbeln sollte. Also haben sich die Verantwortlichen beim Sender entschieden, das Thema einfach ganz fallen zu lassen."

Wie es aussah, glaubten die Fernsehleute, irgendeinem cleveren technischen Trick aufgesessen zu sein – einer von den Veranstaltern auf welche Weise auch immer in das Becken projizierten Meerjungfrau, die tatsächlich nichts weiter war als eine aus Lichtwellen bestehende, künstlich erschaffene Fata Morgana. Ich musste daran denken, dass auch mir am Abend zuvor in einem schwachen Moment ein ähnlicher Gedanke gekommen war – und das, obwohl ich so viel mehr über sie wusste als alle anderen, abgesehen von Taylor. Dennoch war es offensichtlich ein Gedanke, der naheliegend war. Vielleicht sogar die einzige mögliche, halbwegs logische Erklärung für das Phänomen, das vergangene Nacht mitten in einer Wüste aus Spielautomaten so mir nichts dir nichts aufgetaucht und ebenso schnell wieder verschwunden war. Ich wusste natürlich, dass es nicht stimmte, aber für Mandy konnte es keine besseren Nachrichten geben, als dass man dabei war, sie ins Reich der Fantasie zu verbannen. Das galt natürlich auch für Taylor, der auf diese Weise sicher sein konnte, dass keine Flotte aus Booten den Pazifik nach ihr durchkämmen würde.

Wenn man vom Teufel spricht. Taylor musste leise und unbemerkt von mir, die ich mit dem Rücken zum Flur saß, das Zimmer betreten haben. Ich merkte es daran, dass Busters Kopf sich fast unmerklich hob. Seine Augen begannen zu leuchten, während sein Blick über meine Schulter hinweg in den freien Raum hinter mir glitt.

„Solltest du nicht im Bett sein?", fragte Edward mit besorgter Miene und blickte seinen Sohn vorwurfsvoll an.

„Ich bin nicht mehr sechs, Dad", hörte ich Taylor mit kratziger Stimme antworten. Obwohl er nicht mehr sechs war, gab ich seinem Vater in diesem Moment recht.

„Junge, Junge – du hast da eine ganz schön verrückte Show abgezogen gestern Abend!", lenkte Buster das Gespräch in eine gänzlich andere Richtung. In seinen Augen las ich Bewunderung. „Du hast deiner Familie und uns allen eine Mörderangst eingejagt. Trotzdem muss ich sagen: Es fehlt dir nicht an Courage, mein Kleiner."

„So, und jetzt reicht es mit der Belobigung", beeilte sich Edward hinzuzufügen. „Diese Courage hätte ihn das Leben kosten können."

„Hat es aber nicht", protestierte Taylor.

„Aus diesem Grund sagte ich *hätte*", hielt Edward mit strengem Blick entgegen. Bis schließlich, zum ersten Mal seit Tagen, ein freundliches, um nicht zu sagen entwaffnendes Lächeln seinen Mund umspielte. „Wie auch immer: Du verdankst dieser ..."

„... Mandy ...", fügte Taylor ein.

„Genau, du ... nun, du verdankst ihr eine Menge."

„Und das aus deinem Mund?", fragte Taylor, das Lächeln seines Vaters zögerlich erwidernd, und setzte sich in seinen hellblauen Baumwollshorts und einem nachtblauen Levi's-Shirt neben mich auf das Sofa.

„Ja, ja, schuldig in allen Punkten der Anklage. Aber nun ist sie ja wieder frei", erwiderte Edward, wobei sich seine Miene für einen Augenblick verdunkelte. „Die Sache hat mich zehn Millionen Dollar gekostet. Und meinen langjährigen Geschäftsführer."

„Jack ist irgendwo da draußen angeln – tot oder lebendig", beeilte sich Buster, Taylor den zweiten Punkt in Edwards Aufstellung der Frontverluste zu erklären. Mit dem Gesichtsausdruck eines Priesters auf einer Beerdigung wies er hinaus auf den Ozean.

Es war so traurig und zugleich abgrundtief komisch, dass wir uns nicht mehr halten konnten. Claire war die Erste, die losprustete. Sie mochte Jack ohnehin nicht besonders. Dann platzte es auch aus uns anderen heraus. Einer nach dem anderen verlor die Kontrolle über seine Gesichtsmuskeln und ließ seinen Gefühlen freien Lauf. Alle Anspannung schien sich in einem einzigen Augenblick zu lösen, und plötzlich nahm Taylor mich in den Arm, so spielerisch wie früher, und verpasste mir einen Schmatzer auf die Wange.

Ich atmete auf. So wie ich es schon lange nicht mehr getan hatte.

Im Laufe des Tages, die Sonne prangte mittlerweile wieder an einem wolkenlosen Himmel, hatte sich der weitläufige, normalerweise menschenleere Strand vor unserem Haus in eine Art Campingplatz mit Festivalstimmung verwandelt. Nach und nach waren all die Nachzügler eingetrudelt, die von der Meerjungfrau von Monterey Wind bekommen hatten. Gott sei Dank mit der Handvoll Stunden Verspätung, die es uns und allen voran Taylor ermöglicht hatte, sie ohne großen Trubel wieder in ihr Element zu entlassen. In Claires Augen entdeckte ich, dass es ihr Spaß machte, die Menschen in unserem für gewöhnlich dünn besiedelten natürlichen Vorgarten zu beobachten. Sehr wahrscheinlich kehrten damit schöne Erinnerungen an die Zeit zurück, als sie selbst mit feurigem Herzen auf dem Monterey Pop Festival aufgeschlagen war. So viele Menschen – angelockt von einem Wunder, das sich wie ein Lauffeuer in der kleinen Stadt verbreitet hatte. Viele formten die Hände über ihren Augenbrauen zu einem Dach und spähten angestrengt auf das Meer hinaus, andere hatten Ferngläser dabei. Und das über Stunden, als hofften sie, dass Mandy noch ein allerletztes Mal eigens für sie voller Kraft und Anmut wie ein Delfin aus dem Wasser springen würde, um dann endgültig in Neptuns Reich abzutauchen. Derweil waren Zelte aufgeschlagen worden, man grillte und spielte auf Westerngitarren die Hits des Jahres. Ich hatte es mir zusammen mit Claire auf der Veranda gemütlich gemacht, als plötzlich ein paar Jungs, die ich von der Highschool kannte, einen Oldie anstimmten: Barry Manilows *Mandy*. Natürlich ahnten sie nicht, welche Bedeutung dieser Song für uns hatte – dass es *ihr* Song war. Die von uns vor so vielen Jahren auserkorene Ballade für jene Meerjungfrau, die sie alle da draußen – die Zahl der Schaulustigen musste mittlerweile in die Tausende gehen – so gerne noch einmal sehen wollten. Während sich die Melodie leise unter den Klang der Wellen mischte, spürte ich, wie sich eine wohlige Gänsehaut über meinem Körper ausbreitete. Es war, als würde die ganze Stadt sich mit diesem Lied von ihr verabschieden.

Ich war heilfroh, wieder in Monterey zu sein. Ich hatte das Haus in den Dünen vermisst. Den Klang des Ozeans, der sich jeden Tag aufs Neue wie ein tiefblauer, nach Salzblumen duftender Teppich zu meinen Füßen entrollte. Es fühlte sich an, als würde ich von einer langen Reise zurückkehren, obwohl es nur zwei Tage gewesen waren. Alles war wie neu angestrichen. Nachdem Buster gegangen war und ich fürs Erste genug hatte vom bunten Treiben am Strand, unternahm ich eine

Fahrradtour durch den fast menschenleeren Ort. Alle waren sie draußen am Meer, sodass Monterey mir allein zu gehören schien. Ich war beruhigt, alles noch an seinem Platz zu finden. Meine Welt war nicht untergegangen, während ich ihr den Rücken gekehrt hatte, um in Las Vegas ein Abenteuer zu erleben, das mein Leben ordentlich durcheinandergewirbelt hatte.

Nachdem ich mein Fahrrad wieder im weichen Sand neben unserer Garage abgestellt hatte, spazierte ich barfuß in meinen weißen Shorts hinaus auf die hölzerne Veranda, um mich dort in einen der gemütlichen Korbsessel zu kuscheln und auf den Ozean hinauszublicken. Es herrschte noch immer Partystimmung, auch wenn es mittlerweile ein wenig ruhiger geworden war. Die Sonne versank am Horizont in dem für den kalifornischen Herbst so typischen Zeitraffertempo in den unergründlichen Tiefen des Pazifiks. Ich wusste, irgendwo dort unten schwamm auch sie: Mandy. Bevor jedoch meine Gedanken eintauchen konnten in das Reich, in dem sie zu Hause war, bemerkte ich weit hinten an der Wasserkante inmitten der Menschenmenge Edward und Taylor. Wie es aussah, unterhielten sie sich angeregt miteinander. Obwohl ich aus der Entfernung ihre Stimmen nicht hören und ihre Gesichter nur schemenhaft erkennen konnte, schien es mir eine Aussprache zwischen Vater und Sohn zu sein, die sich dort abspielte. An ihren Bewegungen und Gesten erkannte ich, dass es anfangs eine ernsthafte Unterhaltung war; nach wenigen Minuten jedoch schien eine gewisse Leichtigkeit das Zepter zu übernehmen. Die beiden boxten einander gegenseitig spielerisch an die Schulter und schleuderten Steinchen ins Wasser. Schließlich umarmten sie sich. Offensichtlich hatten sie ihren Frieden gefunden und sich miteinander versöhnt.

Fast unbemerkt hatte sich Claire zu mir nach draußen gesellt, die in der Küche das Abendessen vorbereitete. „Manchmal hätte ich auch gern einen Vater", seufzte ich, nachdem ich sie hinter meinem Rücken wahrgenommen hatte. „Einfach nur, um zu wissen, wie es sich anfühlt."

„Ach Schätzchen, immerhin hast du ja Edward – das ist doch fast genauso gut, oder?"

„Ja, fast", entgegnete ich gelangweilt und ohne übertriebene Begeisterung. Eine Weile beobachteten wir unsere zwei Männer, wie sie am Strand spazieren gingen und übermütig gegen das Rauschen der anbrandenden Wellen anschrien.

„Edward und ich wollen heiraten", platzte es urplötzlich und ohne jede Vorwarnung aus Claire heraus. „Ich wollte, dass du es zuerst erfährst."

Ich drehte mich zu ihr um. „Ihr wollt – heiraten? Das ist ... absolut ..."

Überfällig war das Wort, das mir als Erstes in den Kopf schoss.

„... großartig!", beendete ich meinen angefangenen, hilflos dahingestammelten Satz und umarmte meine Mutter. Endlich! Ich war wirklich glücklich, schon bald wären wir nun also auch offiziell eine richtige Familie – ohne dieses Versteckspiel zwischen den beiden, das niemand mehr brauchte. Weder Taylor noch ich. Und wahrscheinlich war ganz Monterey ebenfalls dieser Auffassung.

Und so kam es, dass wir Thanksgiving in diesem Jahr zum allerersten Mal als richtige Familie feiern sollten, auch wenn die Hochzeit erst für das nächste Frühjahr angesetzt war. Einzig und allein Taylors Gesundheitszustand, sein schwerer, stockender Atem, der mit jedem Tag, der ins Land ging, mehr und mehr an eine alte Dampflok erinnerte, die sich mühsam und ächzend vorwärtsschob, bereitete uns Kummer. Ihn jedoch schien all das nicht zu stören. Gut gelaunt, wenn auch ein wenig abwesend, beteuerte er bei jeder Gelegenheit, dass es ihm ausgezeichnet gehe und keinerlei Anlass zur Sorge bestehe. Mental schien er tatsächlich in bester Verfassung, obwohl er sich manchmal stundenlang nicht sehen ließ und sich weit entfernt vom Haus irgendwo draußen am Strand herumtrieb, immer mit den Füßen im Wasser oder darin badend. Noch nie zuvor hatte ich ihn körperlich so eng mit dem Meer verbunden gesehen. Über all die Jahre unserer gemeinsamen Kindheit und Jugend waren es seine Gedanken gewesen, die es hinausgezogen hatte auf den Pazifik. Doch die schwermütige Sehnsucht war aus seinen Augen gewichen, während es nun sein Körper war, der sich treiben ließ im hüfthohen Wasser, als wäre es das gewesen, wonach er sich all die Zeit gesehnt hatte – eins zu werden mit diesem Element, das er seit jeher abgöttisch liebte, ohne sich jedoch diese Liebe wirklich zuzutrauen und endlich schwimmen zu lernen.

In den Tagen nach unserer Rückkehr hingen wir viel mit Buster Gray herum. Er schrieb in seiner *Monterey Post* eine tägliche Kolumne über Mandy, die von den Bewohnern der kleinen Stadt verschlungen wurde wie sonst nur die Burger von McDonald's an der Del Monte Avenue. Seine detaillierten Fragen an uns, was ihr Äußeres betraf, ließen den Schluss zu, dass Buster die von allen anderen Augenzeugen in schillernden Farben der Bewunderung nachgezeichnete Meerjungfrau gar nicht mit seinen eigenen, möglicherweise bereits etwas altersschwachen Augen gesehen hatte. Jedenfalls nicht den Teil, der sie von uns gewöhnlichen Menschen unterschied. Ein Umstand, der seiner Kolumne nicht selten einen unfreiwilligen Schuss Humor verlieh und sie sogar noch interessanter machte – ähnlich einer Aufklärungskolumne, die von einer Nonne für eine Jugendzeitschrift verfasst wird. Ein Gutes hatte die Sache immerhin: Niemand zwang ihn, einen Besen zu verspeisen, wie er es von seinem Rednerpult in Las Vegas aus vom Leichtsinn getrieben angekündigt hatte.

Der Tag jedoch, an dem mir um ein Haar das Herz stehen geblieben wäre, war der Tag nach Thanksgiving. In unserem Haus gab es mehrere Bäder. Das geräumigste grenzte an Edwards Schlafzimmer, das vor langer Zeit für ihn und Elena vorgesehen war. Nachdem Claire und Edward sich geoutet hatten und nicht länger für uns *Kinder* kurz vor Morgengrauen in getrennte Schlafzimmer huschen mussten, teilten die beiden sich nunmehr dieses Bad. Es war das mit Abstand schönste und großzügigste Badezimmer, das ich je gesehen hatte, und so war es für mich zu einer lieb gewonnenen Angewohnheit geworden, mich gelegentlich dort aufzuhalten, wenn ich außer mir niemanden im Haus vermutete und alles still und friedlich war. Auch an jenem Nachmittag stand ich vor dem großen Spiegel in der Mitte des Raums, während ich nachdenklich mein Haar mit einer goldfarbenen Bürste kämmte, die eigentlich meiner Mutter gehörte. Abwechselnd ließ ich meinen Blick über mein Spiegelbild und über all die kleinen Dinge schweifen, die zu beiden Seiten des marmornen Waschtisches platziert waren. Die Cremes, Wattebäusche und Parfümfläschchen meiner Mutter auf der einen – ein Rasierer, Rasierschaum und ein Aftershave auf der anderen Hälfte des Territoriums, jeweils ergänzt um eine Zahnbürste und ein Glas. Einzig und allein die Zahnpasta lag in der Mitte auf einer Ablage oberhalb des Waschbeckens, sie war gemeinsames Eigentum. Ich liebte meine Besuche in diesem Zimmer. Sie erinnerten mich an die Zeit, als ich noch ein kleines Mädchen war und dort herumstöberte. Es war, als würde die Zeit stillstehen.

Auch an jenem Tag nach Thanksgiving, den ich nie vergessen werde, war es so. Das Büro der Teagarden Company befand sich noch in den Ferien, Edward und Claire waren zusammen einkaufen gefahren. Auch Taylor konnte ich nirgendwo im Haus entdecken, also nahm ich an, dass er auf einer seiner Erkundungstouren am Strand unterwegs war. Ich musste bereits eine Viertelstunde vor dem Spiegel gestanden und entspannt meinen Gedanken nachgehangen haben, als ich plötzlich noch etwas anderes im Spiegel wahrnahm.

Unendlich langsam erhob sich ein Körper aus der Badewanne hinter meinem Rücken. Ein nackter, von Wasser benetzter Männerkörper. Die Bürste fiel mir vor Schreck aus der Hand, und augenblicklich durchflutete ein schrilles Pfeifen meine Ohren. Innerhalb von Sekundenbruchteilen war mein ganzer Körper schweißnass. Ich war starr vor Angst.

Dann schrie ich los, was das Zeug hielt. Es war ein spitzer, schriller Schrei, der alles, was aus Glas war in diesem Haus, zum Platzen hätte bringen können, inklusive des Spiegels vor meinen entsetzten Augen. Als wäre mir der Leibhaftige höchstpersönlich auf den Fersen, spurtete ich aus dem Zimmer, wobei ich einem Reflex folgend die Tür hinter mir mit einem kräftigen Ruck zuwarf, als handele es sich dabei um nicht weniger als das Tor zur Hölle.

„Amber!!", hörte ich den Herrn der Finsternis mir nachrufen. Oh Gott, woher kennt er meinen Namen? durchschoss mich die nächste Kugel blanken Horrors.

„Amber, warte! Ich bin's", hallte es aus dem Bad, während ich mich zitternd und noch immer steif vor Angst an die der Tür gegenüberliegende Wand des Korridors drückte. Ich hatte meinen Lauf abrupt gestoppt. Etwas hatte mich innehalten lassen: Das Monster hatte Taylors Stimme angenommen.

Langsam kam ich zu Atem.

Mit einem Ruck ging die Tür auf. Erneut schrie ich so laut auf, wie mein Brustkorb und meine Stimmbänder es hergaben.

Vor mir stand Taylor. Er hatte ein weißes Handtuch um seine Hüften geschlungen, auf seiner gebräunten Haut lag ein feiner Tau perlender Wassertropfen und sein Haar war so nass wie das Haar eines Jungen, der sich eben noch unter Wasser befunden haben musste.

Er sah mich auf eine Weise an, als wäre ihm durchaus klar, dass er etwas Schlimmes ausgefressen hatte.

Obwohl *mir* keineswegs klar war, was genau. *Noch* nicht.

„Ich wollte es dir sagen", beteuerte er schwer keuchend. „Ich wusste nur nicht, wie. Ich kann es ja selbst kaum begreifen."

Langsam näherte er sich mir. Dann nahm er mich in den Arm und hielt mich so lange fest, bis ich mich wieder einigermaßen beruhigt hatte.

Als wir wenig später auf der Couch im Wohnzimmer saßen, war die Stille in das Haus in den Dünen zurückgekehrt, begleitet von ihrer hilflosen kleinen Schwester, der Ratlosigkeit.

„Es begann an dem Abend in Las Vegas, als ich zu ihr in das Becken gesprungen bin. Nach dem … Kuss …", versuchte er, für einen Augenblick ein wenig geniert, mir seine seltsame Verwandlung zu erklären. „Seitdem kann ich Wasser atmen."

„Du kannst …?"

„Unter Wasser atmen. Solange ich will."

„Und … Luft?", fragte ich. Der Zusammenhang zu seinem seit jenem Tag schwer gehenden Atem war nicht von der Hand zu weisen.

„Nun, es geht … einigermaßen …", antwortete er. „Aber ich habe das Gefühl, dass es immer mühsamer wird." Er sprach nur das aus, was ich in den vergangenen Tagen auch schon selbst beobachtet hatte. Der Verlauf seiner Erkältung hatte sich keineswegs gemildert, tatsächlich hatte sich sein Zustand zum Schlechten gewandt.

Als Edward und Claire vom Einkaufen zurück waren, wiederholte Taylor sein Kunststück in der Badewanne vor unser aller Augen. Ich hatte ihn dazu überredet, obwohl er sich innerlich mit aller Kraft dagegen sperrte, ich sah es ihm an. Doch schließlich hatte er eingewilligt. Offenbar war auch ihm klar, dass es ohnehin rauskommen würde. Dass es keinen Sinn machte, den Moment der Wahrheit noch weiter hinauszuschieben. Wir hatten uns um die Badewanne versammelt, in der Taylor es sich in seiner Badehose so bequem gemacht hatte, als läge er in einem weich gefederten Daunenbett. Seine Augen waren geöffnet und blickten abwechselnd auf seine wasserdichte Armbanduhr, an die Decke und dann wieder zu uns. Ich hatte mich auf den Badewannenrand gesetzt, während Edward bereits nach wenigen Minuten damit begonnen hatte, nervös auf und ab zu gehen. Die Beunruhigung stand ihm ins Gesicht geschrieben. Er hatte gedacht, dass die Sache mit Mandys Rückkehr in den Ozean ausgestanden wäre. Und nun kam ihm offenbar derselbe Gedanke, der sich auch mir aufgedrängt hatte. Dass es noch nicht zu Ende war.

Nach etwa zehn Minuten brach Edward die Vorführung ab. Um erneut Doc Bob junior anzurufen.

„Ganz ehrlich: Ich bin mit meinem Latein am Ende", konstatierte dieser kopfschüttelnd, nachdem er sich die Spätvorstellung von Taylors kleiner Show angesehen hatte. „So etwas gibt es nicht. Ich bin mir absolut sicher, dass in der gesamten Schulmedizin nicht ein einziger vergleichbarer Fall existiert."

Claire blickte ihn empört an. „Und was sollen wir jetzt machen? Wir können hier doch nicht einfach herumsitzen und darauf warten, dass Taylor sich langsam … in einen *Fisch* verwandelt!"

Sie war außer sich. Seit sie den Exzessen ihrer Jugend auf immer Lebewohl gesagt hatte, lebte sie in einer geordneten Welt, in der es auf jede Frage auch eine dazu passende Antwort gab. Wenn der Wasserhahn lief, drehte man ihn zu, um den Fluss des Wassers zu stoppen. Wenn das Wasser dennoch weiterlief, rief man einen Mechaniker, um den Wasserhahn zu reparieren. Dass ein Mechaniker sagte: *Der Wasserhahn lässt sich nicht reparieren, und das Wasser wird für immer weiterlaufen, wenn nicht noch ein Wunder geschieht,* war in ihrem Kosmos nicht vorgesehen.

Dass Claire Taylor mit einem Fisch verglichen hatte, entlockte Doc Bob junior immerhin ein kleines Lächeln.

„Nun, so schlimm scheint es vorerst noch nicht zu sein …", versuchte er beruhigend auf sie einzuwirken. „Aber wir müssen die Sache im Blick behalten."

„Im Blick behalten?", fragte Edward skeptisch.

„Mehr können wir momentan nicht tun. Seine Lungen sind in bester Ordnung, medizinisch betrachtet fehlt ihm rein gar nichts", sagte Doc Bob junior, während er seinen kleinen ledernen Arztkoffer zuklappte. „Wir machen natürlich noch einen Ultraschall, um sicherzugehen."

Er betrachtete Taylor noch einmal eingehend, um daraufhin ratlos den Kopf zu schütteln. „Andererseits ist es mit einer menschlichen Lunge unmöglich, so lange unter Wasser zu bleiben und danach einfach aufzutauchen, ohne verzweifelt nach Luft zu schnappen."

Er schickte seiner Diagnose einen schweren Seufzer hinterher und fuhr nachdenklich mit der Hand über sein Kinn. „Ich würde Ihnen dringend raten, einen Spezialisten hinzuzuziehen. Wenn es Spezialisten für einen solchen Fall gäbe."

Mit einem erneuten leichten Kopfschütteln blickte er in die Runde, um sich dann wieder Taylor zuzuwenden, der unterdessen meinen Platz auf dem Badewannenrand eingenommen hatte. „Und du, Taylor, wie fühlst du dich? Hast du Schmerzen oder irgendwelche anderen Beschwerden, abgesehen vom Luftholen *an der Luft*?" Er betonte die letzten drei Wörter besonders, da sie die Besonderheit des vorliegenden Falles ausmachten.

Taylor hatte die ganze Zeit schweigend in seiner Badehose dagesessen und gar nichts gesagt.

„Mir geht es gut", sagte er. Über seinen Mund huschte ein kleines Lächeln. Er sah nicht krank aus, im Gegenteil: Seine Augen glänzten, und alles an ihm war das pure, nackte Leben – im wahrsten Sinne des Wortes. Ich habe nicht die geringste Ahnung, ob er in diesem Augenblick ebenfalls die Fragezeichen sehen konnte. Ich jedenfalls konnte es – sie hatten sich wie mächtige Betonpfeiler in die Gesichter von Edward, Claire und Doc Bob junior eingegraben.

Es musste bereits nach Mitternacht sein – ich hatte gerade das Licht im Zimmer gelöscht –, als ich ein vorsichtiges Klopfen vernahm, gefolgt von einem kleinen weißen Zettel, der aus dem spärlich beleuchteten Flur unter meiner Schlafzimmertür hindurchgeschoben wurde. Auf dem Papier las ich in Taylors großformatiger, chaotischer Handschrift den kurzen, aber prägnanten Satz: *Das Haus brennt.*

Taylor hatte diesen Code eigens für unangekündigte Besuche zu später Stunde oder während kriegerischer Auseinandersetzungen entwickelt. Man hatte zwei Möglichkeiten: keinen Mucks von sich zu geben und zu hoffen, dass das Haus nicht wirklich brannte – oder der Feuerwehr die Tür zu öffnen. Es war eine Art Vorwarnsystem für plötzliche, einem möglicherweise unangenehme Besuche, die man auf diese Weise, ohne sein Gesicht zu verlieren, ablehnen oder annehmen konnte.

„Hey", flüsterte er, als ich ihm die Tür öffnete.

„Was gibt's denn?", fragte ich, damit es nicht so aussah, als hätte ich seinen Besuch geradezu erfleht. Eilig lief ich zurück zu meinem Bett, um meinen fast nackten Körper wieder unter der Decke verschwinden zu lassen.

„Ich wollte sehen, wie es dir geht", erkundigte sich Taylor, während er die Tür leise hinter sich schloss und in mein Zimmer trat, in Shorts und Schlafshirt.

„Sollte nicht eigentlich *ich* es sein, die dir diese Frage stellt?", fragte ich, überrascht von seinen Worten, auch wenn ich mich insgeheim darüber freute, dass es ihn interessierte, wie es mir ging. Alles andere als gut nämlich. Zumindest nach den neuesten, mir mehr als bedrohlich erscheinenden Entwicklungen. Ich spürte instinktiv, dass von seinem merkwürdigen Asthma im wasserfreien Raum – oder seiner allmählichen Verwandlung in einen Fisch, wie Claire es ein wenig übertrieben, aber mit einem darin verborgenen gefährlichen Funken Wahrheit ausgedrückt hatte – eine unkontrollierbare Gefahr ausging, die alle Herausforderungen, die wir bis jetzt gemeinsam gemeistert hatten, zu einfach zu lösenden Multiple-Choice-Aufgaben degradierte. Niemand brauchte ein drittes Auge oder andere seherische Fähigkeiten, um zu diagnostizieren, dass diese jähe und unerwartete Krankheit, oder besser gesagt *Verwandlung*, wenn sie nicht bald von selbst aufhörte oder von irgendjemandem gestoppt wurde, dazu führen musste, dass ich und wir alle Taylor verlieren würden. Und die Antwort auf die Frage, auf welche Weise es geschehen würde, hatte ich auch schon parat. Sie lag so klar vor mir wie der schmale hölzerne Pfad, der sich von unserem Haus aus durch die blumenbewachsenen Dünen schlängelte. Auch wenn mir vor der Vorstellung graute, aber es existierte nur dieser eine logische Ausweg aus dem Dilemma. Ich fragte mich, ob es vielleicht genau das war, was er wollte? Was er sich in all den Jahren seit seiner ersten Begegnung mit Mandy sehnlichst erträumte? Was ihn seinen derzeitigen, uns alle anderen nicht schlafen lassenden Zustand mit einem glücklichen Lächeln hinnehmen ließ.

„Bist du schon mal in einen Sog geraten?", fragte Taylor mich mit ernster Miene und setzte sich zu mir aufs Bett, direkt neben mich, so wie er es getan hatte, als wir noch Kinder waren und zusammen träumten.

„Du meinst den Sog der Wellen?", erwiderte ich. Im Gegensatz zu ihm war ich eine leidlich gute Schwimmerin und kannte mich mit dem Element, das ihn so unwiderstehlich anzog, deutlich besser aus als er. Zumindest was die praktische Seite betraf. Taylor hingegen war zuständig für die Theorie: die Geheimnisse unter der Oberfläche, die den Praktikern verschlossen blieben.

„So ähnlich." Taylor nickte. „Nur unendlich viel stärker."

Das Haus lag still in der Nacht, allein aus meinem Zimmer fiel noch Licht hinaus auf den weißen, vom fahlen Mond geküssten Sand, während Taylor vom Sog des Meeres vor Monterey erzählte. Diesem Sog, in den er zum ersten Mal vor vielen Jahren, an einem traurigen Spätwintersonntag des Jahres 1975, geraten war. Tief hatte dieser ihn mit sich hinuntergerissen in eine Welt, die sich, obwohl nicht mehr als eine mittlere Laufdistanz entfernt, unendlich weit von jener abspielte, die er bis dahin kennengelernt hatte. Jener Welt, die wir alle kannten. Aber über die andere wussten wir nichts. Wir, die Schüler, die Lehrer, die Angestellten, die Schwimmer und Nichtschwimmer, und nicht zu vergessen die Fischer unseres kleinen kalifornischen Städtchens – was wussten wir schon von jenem Reich dort tief unten, weit unter den Planken der Boote, die den Himmel dieser uns unbekannten Welt Tag für Tag aufs Neue bevölkerten und dort ihre Netze auswarfen. Netze, die nicht näher an dieses Universum heranreichten als ein mit einem Bogen verschossener Pfeil an die Oberfläche des Mondes. Je länger Taylor davon erzählte, je leuchtender sein Blick mit jedem Satz wurde, desto klarer wurde mir, dass er zwar von einem Sog des Meeres sprach, der ihn als Kind hinabgezogen hatte in diese Welt und ihn all das hatte sehen lassen, dass es aber eigentlich ein Sog unendlicher Zuneigung, Sehnsucht und Liebe zu dieser kleinen Meerjungfrau war, der ihn nicht mehr losließ. Der ihn magisch zu diesem unglaublichen Wesen hinzog, für das sich in den Köpfen der Menschheit kein Platz fand. Es war ein Sog, dem er sich nicht entziehen wollte. Weil er einen Traum hatte – den Traum von der Möglichkeit der Unmöglichkeit. Den Traum von der Vereinigung der Elemente – die Idee, dass aus Wasser und Luft eine Liebe wachsen könnte, wie sie die Welt noch nicht gesehen hat. Das, was ich mit meinen eigenen Augen sehen durfte, und damit kommen wir zurück auf den längsten Unterwasserkuss der Geschichte, präsentiert in einem gläsernen, mit Salzwasser gefluteten Showroom auf dem Las Vegas Boulevard, lässt darauf schließen, dass es ein Traum war, für den es sich lohnt, alles andere aufs Spiel zu setzen. Sollten Romeo und Julia tatsächlich aus Fleisch und Blut gewesen sein und nicht nur der Traum eines Poeten, sollten sie je auf dieser Erde verweilt haben und sollten ihre Seelen sich ein Wiedersehen geschworen haben, und sei es in einem anderen, wiederum unmöglichen Leben, nur dieses Mal nicht in Verona, sondern im Pazifik vor Monterey, dann, ja, dann war es recht wahrscheinlich, dass Taylor und Mandy genau diese beiden Seelen waren.

„Und was wirst du jetzt machen?", fragte ich ihn, obwohl ich es lieber nicht hören wollte. Weil ich es vermutlich nicht ertragen würde.

„Ich habe einen Plan", sagte er mit einer Stimme, die zu allem entschlossen schien.

Ein Plan? Allein das Wort ließ mich zusammenzucken.

„Und du … kannst mich auch dieses Mal nicht einweihen, richtig? Weil wir Freunde sind …", entgegnete ich. Es gelang mir nicht wirklich, meine Enttäuschung darüber zu verbergen, dass er mich in Las Vegas in diesem Punkt so maßlos hintergangen hatte.

„Doch!", widersprach er zu meiner größten Überraschung. „Ich werde dich einweihen. Es tut mir leid, dass ich es nicht schon früher getan habe."

Eines musste man Taylor lassen: Er gab einem immer das Gefühl, zurzeit die wichtigste Person in seinem Leben zu sein. Und vielleicht war ich es in diesem Moment sogar für ihn. Nun, zumindest die wichtigste *anwesende* Person.

„Amber, du weißt, dass du immer meine beste Freundin sein wirst … mehr als das … aber das hier … diese Sache ist etwas anderes. Und ich bitte dich, es zu verstehen, auch wenn es eigentlich nicht zu verstehen ist."

„Was ist an der großen Liebe so schwer zu verstehen?", fragte ich ihn, wobei ich nur mühsam die Tränen zurückhalten konnte. Doch statt zu weinen, lächelte ich ihn tapfer an. Sanft legte er seinen Arm um meine Schulter und küsste mich auf die Schläfe, einmal und dann noch einmal.

Dann, das Morgengrauen kündigte sich bereits am Horizont draußen über dem Pazifik an, erzählte er mir von seinem Plan.

Es war, wie ich befürchtet hatte. Ich würde ihn verlieren. Wir alle würden ihn verlieren.

Als er schließlich zurück in sein Zimmer geschlichen war, setzte ich meine Füße aus dem Bett und wartete eine Weile. Dann ging ich hinüber zu der weiß lackierten Holzkommode, in der ich meine Wäsche aufbewahrte. Oben auf der Kommode lag eine große vanilleweiße Muschel mit zahlreichen hellbraunen Einsprengseln. Vorsichtig drückte ich sie an mein Ohr und begab mich wieder in mein Bett. Ich legte mich auf den Rücken und starrte zuerst an die Decke, um dann den Blick hinaus aus dem Fenster schweifen zu lassen. Es war kalt geworden in dieser Nacht, deshalb hatte ich es geschlossen. Ich lauschte dem sanften Rauschen der Muschel, das ein wenig klang wie das Nachlaufen der Toilettenspülung, auf eine unangenehme Weise feiner als der Ozean und nervöser. Dann entschied ich mich, enttäuscht von diesem Hörerlebnis, doch das Fenster zu öffnen. Ich zog mir ein zweites Shirt über, um mich nicht zu erkälten. Was ich jetzt brauchte, war der beruhigende Gesang der Wellen, der mich für die paar bis zum Frühstück verbleibenden Stunden in den Schlaf wiegen würde wie ein Vater, der den ums Haus streichenden Wind imitiert, während er am Bett seines Kindes wacht und zärtlich mit der Hand über dessen Stirn fährt. Ich schloss die Augen und versuchte, mir die Welt dort unten auf dem Grund des Meeres vorzustellen. Dort, wo sich Fische und Meerjungfrauen Gute Nacht sagten. Es war eine Welt, von der Taylor mir heute zum ersten Mal in aller Ausführlichkeit erzählt hatte und die schon bald die seine wäre, sollte er mit allem recht behalten. Womit? Nun, mit der Version seiner eigenen Liebesgeschichte und wie sie enden würde.

Innerhalb weniger Tage verschlechterte sich Taylors Gesundheitszustand dramatisch. Nachdem Spezialisten aus allen Ecken der Welt angereist und wieder abgereist waren, ohne dass sich irgendeine sichtbare Verbesserung einstellte, berief Edward eine Familiensitzung ein. Eine außerordentliche Familiensitzung, für die er an jenem Tag im vorrückenden Dezember seinem Schreibtisch in der Cannery Row erstmals in der Firmengeschichte an einem gewöhnlichen Werktag fernblieb. Sie sollte bis zum Sonnenuntergang dauern, und in ihrem Verlauf sollte Taylor die Frage in den Raum werfen, ob wir alle es wirklich vorzögen, ihn sterben zu sehen und ihn daraufhin neben seiner Mutter beizusetzen, oder ob wir ihm die Möglichkeit zugestanden, einen anderen Ausweg zu finden. Einen Ausweg, der für ihn selbst das Gegenteil von Sterben bedeutete, für uns jedoch ähnliche Auswirkungen mit sich bringen würde. Zum ersten Mal in meinem ganzen Leben sah ich Edward weinen in jenen Stunden. Er hatte bereits seine Frau verloren, und jetzt würde er sein einziges Kind verlieren.

Nach dem Mittagessen, während dessen niemand von uns auch nur ein Sterbenswort von sich gab, unterbreitete Edward uns allen schließlich einen Vorschlag.

In Anbetracht des rasanten und offenbar unaufhaltsamen Krankheitsverlaufs seines Sohnes, der keinen weiteren Aufschub zu dulden schien, schlug er vor, Claire im Kreis der Familie bereits noch vor Weihnachten sein Jawort zu geben.

„Ich wünsche mir", hatte er zu Taylor gesagt, dessen Keuchen und Husten mittlerweile keinen leeren Raum mehr zwischen seinen Wörtern ließ, „dass du unser Trauzeuge bist."

Taylor hatte spürbar zu kämpfen mit der Bitte seines Vaters – vielleicht weil sie ihn an Elena erinnerte, weil sie ihn zu dem Gedanken veranlasste, dass Claire demnächst offiziell die neue Elena wäre und dass seine Mutter damit auf eine gewisse Weise ein zweites Mal sterben würde. Schließlich jedoch nickte er, wortlos und mit zusammengekniffenen Lippen.

„Und du natürlich auch, Amber", hatte Edward hinterhergeschickt und mich mit einem freundlichen Lächeln dafür um Verzeihung gebeten, dass er zuerst Taylor gefragt hatte. Es war ungewöhnlich, dass ein Brautpaar die eigenen Kinder als Trauzeugen einberief – andererseits hatte es in Kalifornien auch schon Schimpansen in dieser Funktion gegeben, so schwer konnte es also nicht sein. Die Sitzung endete damit, dass wir uns umarmten. Dicht wie nie zuvor in all den hinter uns liegenden Jahren standen wir beieinander, mitten im Wohnzimmer, miteinander verwoben in einem winzigen imaginären Kreis, ähnlich den Sardinen in den Konservenbüchsen der Teagarden Company.

Doch im Gegensatz zu ihnen waren wir am Leben. Wir konnten einander fühlen, die Wärme unserer Körper aufeinander übertragen, die Anspannung, die in ihnen steckte, ableiten; wir konnten einander umarmen, einander küssen und uns gegenseitig die Tränen aus dem Gesicht wischen, ihnen freien Lauf lassen in diesen Minuten, die in einer heiligen Stille endeten. Es sollte das letzte Mal sein, dass wir, die wunderbare Familie Teagarden-Wood, einander so nah waren.

Edward und Claire heirateten am zweiundzwanzigsten Dezember 1986 im Rahmen einer kleinen Feier, zu der nur die engsten Freunde und Vertrauten der Familie eingeladen waren. Sie gaben sich das Jawort am Strand, und Taylor und ich ernteten von allen Seiten überschwängliches Lob für unsere angeblich überaus charmante Tätigkeit als Trauzeugen. Im Verlaufe der Zeremonie hatte Edward seinen Sohn nicht weniger oft angesehen als seine zukünftige Ehefrau, die schon seit so vielen Jahren die Frau an seiner Seite war und ihm genau wie ich diese Seitenblicke gern verzieh.

Die darauffolgenden Tage verbrachten wir allein mit uns. Ich kann mich an kein schöneres Weihnachtsfest erinnern als das des Jahres 1986 – mit einem prächtig funkelnden Weihnachtsbaum. Im Bad. Denn dort spielte sich das Familienleben in der letzten Woche dieses Jahres fast ausschließlich ab. Taylor, dessen Atmung an freier Luft sich dramatisch verschlechtert hatte, war aus seinem Schlafzimmer in das Badezimmer umgezogen und verließ die Badewanne nur noch selten. Sobald er aus dem Wasser aufstand, wirkte er wie ausgewechselt. So gesund und glücklich wie ein Fisch im Wasser eben. Die Nächte verbrachte er in der Wanne, und morgens schien er geheilt. Die Zeitabstände jedoch, die er ohne größere Beschwerden an der Luft verbringen konnte, verkürzten sich mit jedem Tag. Es war abzusehen, dass ihm höchstens noch ein oder zwei Wochen blieben, bis er vollständig im Wasser würde leben müssen.

Mandys Atem hatte ihn gerettet. Doch zugleich hatte dieser Atem ihm sein Leben genommen, sein Leben in *dieser* Welt. Ich machte ihr keine Vorwürfe. Es war Taylors Entscheidung gewesen, zu ihr in das Aquarium zu springen. Er hatte ihr keine andere Wahl gelassen, als ihm den Atem des Meeres einzuhauchen, wenn sie ihn nicht vor ihren Augen sterben sehen wollte.

Am Neujahrsmorgen des soeben frisch über den Pazifik geschwappten Jahres 1987 schloss Claire sämtliche Fensterläden des Hauses in den Dünen. Einen nach dem anderen. Ein prächtiges Feuerwerk hatte die Bucht vor Monterey in der Nacht zuvor in ein Meer aus hoffnungsvoll sprühenden Farben verwandelt. Taylor hatte darauf bestanden, noch während des Feuerwerks seinen Plan in die Tat umzusetzen und aufzubrechen. Wir alle waren eingeweiht, wir alle wussten, dass jener Augenblick, von dem wir hofften, dass ein Wunder ihn in letzter Sekunde verhindern möge, gekommen war. Und doch gelang es keinem von uns in diesen letzten Minuten am Strand, auch nur ein leises Wörtchen herauszubekommen – in diesen Minuten, in denen Taylor sich mit einer innigen Umarmung von jedem Einzelnen von uns verabschiedete. Von Edward, seinem Vater, mit dem er ins Reine gekommen war. Von Claire, die ihm zu einer geliebten zweiten Mutter geworden war. Und schließlich von mir. Ich weiß nicht, was genau ich für ihn war, aber ich weiß, was er für mich war. Auch Taylor sagte nichts, aber seine Augen sagten alles, als er das kleine, von einem Dieselmotor angetriebene Schlauchboot bestieg, das wir am Nachmittag für seine Reise vorbereitet hatten. Wir alle schoben ihn an, begleiteten ihn hinaus in die anrollenden Wellen, so lange, bis das Boot sicher im Wasser lag und langsam hinaus auf den Ozean steuerte, der in dieser Silvesternacht nicht undurchdringlich schwarz war wie gewöhnlich, sondern ein fröhlicher, leuchtend bunter Spiegel der am Himmel tosenden Begrüßung des neuen Jahres. Es würde das erste Jahr ohne ihn sein, das wussten wir, als er sich ein letztes Mal zu uns, die wir am Strand zurückgeblieben waren, umblickte und uns zum Abschied zuwinkte – mutterseelenallein auf dem kleinen Boot, das sich schon wenig später im Dunkel der Nacht auflösen sollte.

„Nur weil wir etwas nicht mehr sehen können, heißt das noch lange nicht, dass es nicht mehr da ist." Es war Claire, die mit unendlich leiser Stimme die lastende Stille zwischen uns brach. „Die Sterne sind ja schließlich auch da, wenn wir sie nicht sehen können. Am Tag oder wenn der Himmel bewölkt ist. Genauso ist es mit Taylor – er ist noch immer da, wir können ihn nur nicht sehen." Ich blickte meine Mutter an, mit Tränen in den Augen, während Edward zärtlich ihre Hand ergriff. Ich glaube, uns beiden wurde im selben Moment klar, dass wir

Claire unterschätzt hatten. Nichts hätte besser ausdrücken können, was in dieser Nacht geschehen war.

Es war, als hätte sie ein kleines Pflänzchen in unseren Herzen gepflanzt.

Ein Pflänzchen namens Hoffnung.

Als wir wenig später zu Hause ankamen, schlich ich hinüber ins Wohnzimmer, zu der schneeweißen Stereoanlage mit dem durchsichtigen Acrylglasdeckel, die mittlerweile ein Sammlerstück war und bis heute ihren Stammplatz an der Kopfwand des weitläufigen Raums nicht hatte räumen müssen. Traurig strich ich mit den Fingern über die vergilbte Plattenhülle, während ich die im hereinströmenden Sternenlicht glänzende schwarze Lackscheibe auflegte und dem Stück lauschte, das ich über so viele Jahre nicht mehr gehört hatte. Das *Aquarium* von Camille Saint-Saëns. Es war mein erstes Lied im Hause Teagarden gewesen, und es sollte auch mein letztes sein. Das entschied ich in diesem Augenblick zärtlichen Hörens. Dann ging ich zu Bett und löschte das Licht aus diesen unerhörten Tagen, Wochen, Monaten und Jahren, ja: aus meinem Leben mit Taylor Teagarden.

Doch wie könnte ich schlafen, jetzt, in dieser Totenstille? Langsam wie schwarze Tinte auf einem Löschblatt kriecht die heraufziehende Nacht durch das geöffnete Fenster in mein Zimmer, das letzte Tageslicht von den Wänden löschend. Der Ozean vor meinen Augen schmiegt sich in eine Decke aus Sternen, und ich – ich schmiege mich in meine Sehnsucht. Während die Himmelskörper freundlich auf uns herablächeln, als wäre all das nur ein böser Traum. Ein Traum, aus dem ich schon morgen früh erleichtert erwachen werde. Um mich kerzengerade aufzusetzen auf meinem Bett, verschwitzt, atemlos und verwirrt – nur ein Weilchen, bis mein Herz zur Ruhe kommt und das Leben, das noch einen Tag zuvor in all seiner Pracht mir gehört hatte, wieder an die Tür klopft und einen Zettel darunter hindurchschiebt: *Das Haus brennt.*

Monterey, Kalifornien, 1987

Es ist der erste Winter, in dem ich allein die wenigen Meilen zum Natural Bridges Park hinaus nach Pacific Grove fahre – am Steuer des alten Chevy, den Edward mir geschenkt hat, damit ich ein Auto habe, wenn ich dieses Jahr nach Santa Barbara gehe, um dort Meeresbiologie zu studieren. Er hatte mir angeboten, mir einen neuen Wagen zu kaufen, aber ich bestand auf dem Chevy. Die Schmetterlinge sind in diesem Jahr spät angekommen, und obwohl es schon Januar ist, spielen sie offenbar noch nicht mit dem Gedanken weiterzuziehen. In all ihrer leuchtenden Pracht bevölkern sie den Park, orange wie das sich aufbäumende Feuer der untergehenden Sonne, schwarz wie das Grab, das Nacht genannt wird, weiß wie der endlich aufziehende Morgen. Abertausende dieser Schmetterlinge hängen in den knorrigen Kronen der alten Zypressen am Meer. Stauben urplötzlich auf wie bunte Wolken, ein Regen aus Farben, der lautlos über mir am Himmel schwebt. Gemeinsam blicken wir hinaus auf den blau schimmernden Pazifik, den mächtigsten aller Ozeane. Am schönsten jedoch ist es frühmorgens, wenn die Welt erwacht und die Menschen noch schlafen.

Es ist ein Weilchen her, dass ich hier auf dieser Bank mit Taylor gesessen und schweigend Gottes Schöpfung betrachtet habe. „Wer auch immer dieser Gott sein mag, er muss einen Sinn für Schönheit haben", hast du damals gesagt. Wenn ich tief einatme und die Augen schließe, kann ich den Duft der Sonne auf deiner Haut riechen, als würdest du noch immer neben mir sitzen. Ich kann das goldene Licht der aufgehenden Morgensonne sich in deinen Pupillen spiegeln sehen, und mit ein bisschen Fantasie spüre ich deine samtigen Lippen, die sich sanft auf meine legen – ganz so, als wäre es wirklich geschehen.

Fast wünschte ich mir, wir wären Schmetterlinge und lebten nur drei Sommertage lang.

Ich muss an das Gedicht von John Keats denken. Der dünne, edel gebundene Gedichtband lag vor Kurzem auf dem Küchentisch. Ich war allein zu Hause und hatte das Büchlein gedankenverloren aufgeblättert. Ganz am Anfang entdeckte ich eine Widmung, in geschwungener Handschrift mit Füllfederhalter verfasst: *Für Claire. Edward.*

Es waren nur drei Worte, und doch konnten drei Worte sehr viel bedeuten.

Ich vermisse dich, Taylor. So sehr, dass mir die Worte fehlen. Und ich frage mich, ob ich eines Tages hier auf dieser Bank in Pacific Grove oder in den Dünen vor Monterey sitzen und meinen Kopf an die Schulter eines Jungen lehnen werde, der mein Herz genauso fest umschlingen wird, wie du es getan hast und immer noch tust. Ehrlich gesagt: Ich vermag es mir nicht vorzustellen.

Man kann die Liebe nicht einfach pflücken wie eine Blume im Park. Sie ist etwas vollkommen Flüchtiges, Zartes, Zerbrechliches, das unentwegt am Himmel über unseren Köpfen kreist. Ein- oder zweimal im Leben, wenn wir Glück haben, verlangsamt sie ihren Flügelschlag und lässt sich leise und unbemerkt auf uns herabsinken. Um dort kurz zu verweilen und schließlich ihren vom vielen Fliegen über den Wolken aufgeregten Herzschlag auf uns zu übertragen – bis wir endlich, endlich! fühlen, dass sie da ist. Der Himmel über mir hängt voller Träume. Aber wer, Taylor, wer lehrt mich, zu fliegen, jetzt, wo du nicht mehr an meiner Seite bist?

2

INDISCHER OZEAN

❧ DER INDISCHE OZEAN ❧

Der Indische Ozean ist der südlichste und salzigste
aller Ozeane.
Der wärmste und der windigste:
Auf einigen seiner Inseln existieren nur
flügellose Insekten, da die starken Winde alle
fliegenden Insekten aufs Meer hinaustrugen,
sodass allein Mutanten ohne Flügel überlebten.
Er bedeckt fünfzehn Prozent der Weltoberfläche.
In seinen Gewässern liegen die Weihnachtsinseln,
die Kokosinseln, die MacDonaldinseln, die Cartier-Insel
und vor der afrikanischen Küste Madagaskar,
das aufgrund seiner einzigartigen Natur auch als
sechster Kontinent bezeichnet wird.
Nach dem Pazifik und dem Atlantik
ist er der kleinste der drei Brüder –
und hört wie diese auf einen Kurznamen,
der jedoch kaum bekannt ist:
Indik
(von lateinisch *oceanus indicus*).

Buffalo City, Wild Coast, Ostkap Südafrika, 1987

„Taylor?" Mein Herz begann zu rasen.

Unten am Strand spielten ein paar Jungs Fußball. Schwarze Jungs. Aber es waren nicht sie, die unbeabsichtigt einen Pfeil hinauf in die Dünen geschossen hatten, der nun fest in meiner Brust steckte. So fest, dass ich kaum atmen konnte. Nein, es war der Junge in dem blauen Dress.

Er stand ein Stück abseits von den anderen bis zu den Knien in den Wellen und ließ seinen Blick verträumt hinaus auf die am Horizont aufgehende Morgensonne schweifen, deren warmes Licht in dieser Sekunde über den Tellerrand schwappte und den Ozean zu fluten begann.

„Taylor!"

Ich rief es, so laut ich nur konnte. Und noch mal: „Taylor!"

Wir waren mehrere Hundert Meter Luftlinie voneinander entfernt. So schnell meine Beine mich trugen, rannte ich barfuß die Dünen hinab durch den warmen goldenen Sand. Ich hätte wissen müssen, dass es eine Fata Morgana war.

Denn dies hier war weder Monterey noch Santa Barbara.

Nein, meine Pläne hatten sich geändert.

Dies hier war das andere Ende der Welt: Afrika. Die Wiege der Menschheit.

Ich war im Morgengrauen von der Farm der O'Briens aufgebrochen, um hinaus nach Nahoon Beach zu fahren und den Sonnenaufgang zu beobachten. Den fantastischen Strand am Rande von East London, das von seinen Bewohnern nur Buffalo City genannt wurde. Ich hatte mir einen der Pick-ups der Farmarbeiter ausgeliehen und war durch die sanft geschwungene Hügellandschaft der Wild Coast gecruist, durch das Land der Xhosa, der afrikanischen Ureinwohner, vorbei an ihren runden weißen Lehmhütten mit den goldenen Strohhüten auf dem Kopf. Auf dem Weg hatte ich ein paar Jugendliche am Rande der Straße gesehen, in bunten traditionellen Kostümen und mit weiß angemalten Gesichtern. Auf dem Beifahrersitz lag das Gewehr, das Pat O'Brien mir mitgegeben hatte. Die Menschen waren warmherzig in diesem Landstrich. Abgesehen von denen, die es nicht waren. Hinzu kamen wilde Tiere, die domestizierte amerikanische Mädchen wie ich nur aus dem Zoo oder aus dem Fernsehen kannten. Als ich den Wagen am Strand parkte und durch die Dünen schlich, sah ich dort eine Herde Bisons grasen. Diese Büffel sind typisch für East London, deshalb auch Buffalo City. Es wäre ziemlich dumm, sie mit Kühen zu verwechseln, denn sie gelten als angriffslustiger als Löwen oder Geparden. Die es hier natürlich auch gibt.

All diese Gefahren jedoch konnten mich nicht von meinen kleinen morgendlichen Ausflügen abhalten: Ich liebte die Sonnenaufgänge an Nahoon Beach. Sie übertrafen sogar die von Monterey. Seit ich hier vor ein paar Monaten angekommen war, ahnte ich, warum Afrika und insbesondere dieser Teil Schwarzafrikas als die Wiege der Menschheit gilt: Gott hat sich den schönsten Teil der Welt ausgesucht, um den Menschen zu erschaffen und ihm ein perfektes Zuhause zu geben.

Die ersten Monate nach Taylors *Abreise* waren wie in einem Delirium verstrichen. Ich konnte weder schlafen noch auch nur einen einzigen klaren Gedanken fassen. Wie von uns geplant war ich nach Santa Barbara gegangen, um dort Meeresbiologie zu studieren. Es war unser Traum gewesen, und ich fühlte mich verpflichtet, ihn nun für uns allein durchzuziehen. Ich bezog mein Zimmer im Studentenwohnheim auf dem Campus. Und besorgte mir die Bücher, die für das erste Semester auf dem Stundenplan standen. Nur um kurz darauf festzustellen, dass Santa Barbara bei Weitem nicht weit genug von Monterey entfernt war.

Weit genug, um zu vergessen. Das Leben, das nun für immer hinter uns lag.

Wenig später, es war der Spätsommer des Jahres 1987, und die Band Heart stürmte die Charts mit ihrem Schmachtfetzen *Alone*, schlug Edward vor, dass ich den Rest des Jahres bei Freunden in Südafrika verbringen könne – den O'Briens, irischen Auswanderern, die es als Farmer an der Wild Coast zu einem kleinen Vermögen gebracht hatten. Sie waren auf der Suche nach einem zuverlässigen Babysitter für ihre Zwillingstöchter Iris und Rose, die im selben Alter waren wie Taylor und ich, als wir uns kennenlernten: sechs Jahre.

Sie lebten auf einem Anwesen im Kolonialstil am Rande von Buffalo City, ein paar Autostunden von Durban entfernt. Der Ozean lag direkt vor ihrer Haustür. All das wäre um ein Haar als Kopie meines Lebens in Monterey durchgegangen – allein das Haus war nicht aus Glas. Unter seinem gelben Schindeldach war es kühl und dunkel, und die langen, mit Antiquitäten und den Fellen erlegter wilder Tiere möblierten Flure, die sich durch das Anwesen zogen, strahlten etwas Herrschaftliches aus. Kurz gesagt: Es war eine willkommene Abwechslung zu dem Aquarium der Teagardens.

Nichts hier erinnerte mich an Taylor.

Die andere gute Nachricht, die ich schon bald nach meiner Ankunft am eigenen Leib spüren durfte – zwanzig Stunden im Flugzeug lagen hinter mir –, war: Der Indische Ozean ist warm! So viel wärmer als der Pazifik. Man kann darin baden, ohne zu erfrieren oder zumindest ohne rot und blau gefroren den Fluten wieder zu entsteigen wie die Surfer vor Monterey.

Die Zeit verging wie im Flug. Tage, Wochen, Monate – sie rannen nur so dahin. Es gab eine Menge Arbeit auf der Farm, und Iris und Rose, meine zwei Babys, hielten mich enorm auf Trab. All das sorgte dafür, dass ich anfing, weniger zu denken. Und stattdessen mehr zu leben – im Hier und Jetzt. Es war eine neue Welt, und ich hatte das Gefühl, dass es die richtige Entscheidung gewesen war, eine Auszeit von meinem Leben in Kalifornien zu nehmen.

Wenn es mir irgendwo gelänge, Taylor Teagarden aus meinem Gedächtnis zu streichen, dann hier.

Doch in diesem Punkt sollte ich mich getäuscht haben. Das Jahr ging schon wieder auf sein Ende zu, als die Dinge sich erneut zu wenden schienen, als die Vergangenheit mich wieder einholte und mit ihr die Erkenntnis, dass man vor den Geistern, die einen verfolgten, nicht einfach so davonlaufen konnte – an jenem denkwürdigen Morgen in Nahoon Beach.

„… Taylor …!"

Ich war völlig außer Atem, als ich den Jungen im Meer schließlich erreichte. Die Fußball spielenden Schwarzen musterten mich befremdet aus der Entfernung.

„Hä …?"

Mein Herz sackte innerhalb einer Sekunde in sich zusammen wie ein Luftballon, aus dem mit einem leisen Zischen die Luft entwich.

Natürlich war es nicht Taylor – was hatte ich mir nur ausgemalt?

Sondern einfach nur irgendein Junge, wenn auch der einzige, dessen Haut weiß war. Erst jetzt fiel mir auf, dass ich mein Gewehr im Wagen gelassen hatte. Ich befand mich mutterseelenallein in der Wildnis. Frühmorgens an einem menschenleeren Strand, umringt von einer Horde junger afrikanischer Männer.

„Guten Morgen, Prinzessin!", rief mir einer der Jungs grinsend zu.

Himmel – was machst du hier? dachte ich bei mir, eine sich rasant ausbreitende Panik bekämpfend. Falls irgendjemand auf dumme Gedanken käme, standen meine Chancen nicht gut, das wurde mir in dieser Sekunde klar. Einfach loszurennen wäre keine gute Idee. Das wusste jedes Zebra, das sich plötzlich einem Rudel Löwen gegenübersah. Losrennen funktionierte nur, wenn der Abstand stimmte. Oder wenn man eine Gazelle war, was ich von mir leider ebenfalls nicht behaupten konnte.

Also tat ich, was jedes Mädchen Tag für Tag im Angesicht von hungrigen, glotzenden Männerrudeln tut – ob in einer kalifornischen Disco oder im Herzen Afrikas: Ich stolzierte mit durchgedrücktem Rücken und hoch erhobenen Hauptes an ihnen vorbei, ohne sie auch nur eines Blickes zu würdigen. Zurück in Richtung der mächtigen Düne in ein paar Hundert Metern Entfernung, wo mein Pick-up parkte. Erst als ich die Jungs ein ordentliches Stück hinter mir gelassen hatte, nahm ich meine Beine in die Hand und begann zu rennen.

Augenblicklich entlud sich die verdächtige Stille hinter meinem Rücken.

Aus der Ferne vernahm ich – Gelächter!

Sie lachten mich tatsächlich aus. Die kleine verängstigte Amerikanerin.

Wie auch immer, mir sollte es egal sein. Ich rannte weiter.

So lange, bis ich das sichere Auto erreicht hatte. Ohne innezuhalten, startete ich den Motor und setzte zurück auf die kleine Landstraße. Erst jetzt konnte ich durchatmen. Von hier oben blickte man über einen Küstenstreifen, der über gut und gerne hundertfünfzig Meilen nach Durban führte. Hundertfünfzig Meilen Sand, Strand und Dünen. Bevölkert von allen Tieren, die es auf die Arche Noah geschafft hatten. Solch paradiesische Ausblicke gab es nicht einmal bei uns in Kalifornien.

Langsam kam ich wieder zu Atem.

Im Radio lief *Alone*. Ich blickte hinaus auf den Indischen Ozean und sang die ersten Zeilen mit: *„I hear the ticking of the clock, I'm lying here the room's pitch dark, I wonder where you are tonight …"*

Du warst noch immer in meinem Kopf, auch nach Monaten hier konnte ich dich nicht vergessen. Das hatte mir die Episode am Strand soeben bewiesen.

Doch wo sollte ich sonst hin? Wer sonst wäre so wie du?

Die Sehnsucht ist ein Zimmer ohne Türen und Fenster. Ein stilles Gefängnis, aus dem es kein Entrinnen gibt, außer man füllt es mit den richtigen Menschen. Um ihm zu entkommen, füllen viele es mit den falschen Menschen. Falschen Freunden. Falschen Lieben. Nur um eines Tages festzustellen, dass man auf diese Weise nicht mehr erreicht hat, als gemeinsam einsam zu sein. Gemeinsam sehnsüchtig. Es ist unglaublich schwer, jemanden zu finden, mit dem man sein Zimmer teilen möchte. Der dein Herz mit Freude erfüllt. Wenn man diesen Jemand einmal gefunden hat, darf man ihn nie wieder loslassen.

Ich aber hatte Taylor losgelassen. Nicht freiwillig natürlich. Es war mir keine andere Wahl geblieben. Und nun saß ich hier in meinem Gefängnis der Sehnsucht. Wie schon in meiner kurzen Zeit an der Uni in Santa Barbara beschränkte ich auch hier in Buffalo City meine Kontakte zu anderen Menschen auf das Allernotwendigste: Pat und Jenny O'Brien und ihre Zwillinge Iris und Rose, für die ich bald zu so etwas wie einer Art größeren Schwester wurde. Wie auch immer: Nach meiner merkwürdigen Begegnung mit dem vermeintlichen Doppelgänger von Taylor beschloss ich, direkt nach Grahamstown durchzufahren, anstatt erst noch für das Frühstück bei den O'Briens einzukehren.

Grahamstown war ein kleines verträumtes Städtchen, etwa eine Autostunde von Buffalo City entfernt. Ich hatte das Thema Meeresbiologie vorerst an den Nagel gehängt, weil damit zu viele Erinnerungen verbunden waren, dafür belegte ich an der dortigen Universität dreimal wöchentlich ein Seminar in Fotografie. Um ein bisschen rauszukommen und etwas von Land und Leuten zu sehen, beschloss ich, außerdem ein paar Vorlesungen zu besuchen – ebenfalls in Fotografie. Der Campus der Rhodes Universität war übersät von imposanten, hoch in den Himmel ragenden uralten Bäumen, die umrandet waren von hölzernen Bänken. Hier hatte ich Kabibi kennengelernt. Sie war so etwas wie meine einzige Freundin hier.

Sie war Kenianerin und belegte ebenfalls die Fotoseminare, aber mit wesentlich mehr Verve als ich. Eines Tages wollte sie für *Vogue* und *Elle* in Paris als Modefotografin arbeiten, das war ihr erklärtes Ziel. Sie war eine Schönheit, geschnitten aus feinem, dunklem Ebenholz, und ihr Englisch war perfekt. Es unterschied sich kaum von meinem.

„Hey", begrüßte sie mich an diesem Morgen. Wir waren die Ersten, die so früh auf dem Campus eintrudelten. „Hast du Lust, *Dumbos* zu schießen, heute nach dem Seminar?"

Augenblicklich fuhren mir die Schrecken meiner Kindheit in die Glieder.

„Dumbos?", fragte ich, meine Stimme klang brüchig. Gott sei Dank wusste sie nichts von meinem früheren Spitznamen.

„Elefanten!", bestätigte Kabibi. „Mit der Kamera, meine ich."

Jenny O'Brien betreute heute Vormittag ihre Kinder und erwartete mich erst am Nachmittag zurück. Theoretisch hatte ich Zeit.

„Ich … weiß nicht …"

„Komm schon – das wird Spaß machen. Wir fahren raus zum Addo Elephant Park, da gibt's jede Menge von ihnen in freier Wildbahn. Du brauchst doch auch noch was für deine Mappe, oder?"

Sie hatte recht. Ich hatte bisher nur ein paar Bilder von Iris und Rose geknipst und den Sonnenaufgang bei Nahoon Beach.

„Okay", willigte ich ein. „Dann legen wir uns nachher auf die Lauer."

Gegen Mittag, eine Gluthitze hatte sich über das Landesinnere gelegt, in das wir hinausgefahren waren, saßen wir schussbereit auf der Ladefläche des Pick-ups. Unsere Kameras waren mit Filmen geladen.

Das Erste, was uns vor die Linse kam, war ein Paar Giraffen. Sie weideten, ohne jede Hast und ohne uns auch nur eines Blickes zu würdigen, in den Kronen einer nicht weit entfernten Baumgruppe.

Die wichtigste Regel lautete, erstens, immer im Auto oder am Auto zu bleiben. Und zweitens, das Gewehr nicht aus den Augen zu lassen. Jederzeit konnte ein Gepard aus dem Unterholz springen. Wenn man es nicht gewohnt war, fühlte es sich in etwa so an, als würde man in einem Zoo einfach in das Raubtiergehege spazieren, um sich die Tiere mal aus der Nähe anzusehen. Man war allein mit ihnen – und sie spielten nach ihren eigenen Regeln. Sich richtig zu verhalten konnte zu einer Frage von Leben oder Tod werden. Zu Regel Nummer eins: Das Auto würden sie nicht anrühren, denn sie betrachteten es als ein größeres Tier, das man lieber in Ruhe ließ. Was Regel Nummer zwei betraf: Den Anblick eines Gewehrs fürchteten sie nicht. Es war nur der allerletzte Ausweg. Man musste gut und schnell schießen, um damit auf der sicheren Seite zu sein. Von daher war das Auto ohne jede Frage die bessere Alternative.

Wir mussten zwei Stunden warten und waren kurz davor, unsere Zelte abzubrechen, als wir endlich das sahen, weswegen wir hergekommen waren: Elefanten.

Unsere Hoffnungen sollten sich mehr als erfüllen, war es doch gleich eine ganze Elefantenfamilie.

Sie schienen so fröhlich und ausgeglichen zu sein, dass ich am liebsten mit ihnen davongezogen wäre. Dumbo, das kleine Elefantenmädchen, das ich lange hinter mir gelassen hatte, erlebte eine nicht für möglich gehaltene Renaissance. In diesem Moment begann ich fast, mein früheres Ich mehr zu mögen als mein heutiges. Jenes traurige Häufchen Elend, das hier mit Kabibi auf Fotosafari ging, so atemberaubend es auch war, und dennoch an nichts anderes denken konnte als an einen Jungen, den es vor bald einem Jahr an den Pazifik verloren hatte. Und an ein Wesen dort unten in den Abgründen des Ozeans, von dem das Elefantenmädchen besser weder Kabibi noch sonst jemandem etwas erzählte.

Wie es ihnen wohl ergangen war?

Ich hoffte, nein, ich *betete*, dass alles gut war.

Es war noch immer allein dieser Gedanke, die Hoffnung, dass es Taylor gut ging, der mich am Leben hielt.

„Schade, dass du nicht hier auf dem Campus wohnst. Wir könnten viel Spaß zusammen haben", bedauerte Kabibi, als ich sie auf dem Rückweg wieder an der Uni absetzte. Es war höchste Zeit, zurückzufahren nach Buffalo. Meine Ersatzfamilie musste sich bereits Sorgen machen. Sie wussten, dass ich ein selbstständiges Mädchen war, aber Edward und Claire zu erzählen, ich sei wahrscheinlich bei einem Ausflug in die Natur von Hyänen gefressen worden, sodass keinerlei sterbliche Überreste zu finden wären, die sie zur Bestattung nach Kalifornien senden könnten, wäre wohl auch für sie zu viel.

„Ja, ich fand's auch schön heute", gab ich die Blumen zurück. „Aber momentan tut mir die Abgeschiedenheit ganz gut, glaube ich. Ich brauch einfach ein bisschen Zeit für mich selbst, deshalb bin ich hierhergekommen."

Sie lächelte mich an.

„Ans Ende der Welt …", grinste sie.

Ich nickte zustimmend.

„Ans Ende der Welt."

Sie seufzte und schüttelte den Kopf, als könne sie nicht wirklich nachvollziehen, warum ein Mädchen in unserem Alter überhaupt länger traurig sein konnte als einen Tag und eine Nacht.

„Verstehe …", setzte sie an. „Trotzdem: Muss ziemlich einsam sein da draußen bei euch auf der Farm."

Nun, damit mochte sie recht haben. Die Decke fing langsam an, auch mir auf den Kopf zu fallen. Moment mal – erst jetzt fiel es mir ein: Die O'Briens veranstalteten am Wochenende ein riesiges Barbecue, zu dem die ganze Nachbarschaft erwartet wurde. Nachbarschaft hieß hier, in den Größenordnungen der Wild Coast, alles, was in einer Entfernung von ein bis zwei Autostunden lag. Sie hatten bereits hundert Leute oder mehr eingeladen.

„Willst du nicht auch kommen?", lud ich Kabibi ein. Schließlich war sie meine einzige Freundin hier – zumindest wenn man dieses Wort nach ein paar Monaten, die man miteinander rumhängt, schon benutzen darf.

„Gibt's da auch Jungs?", fragte sie neugierig und zwinkerte mir keck zu.

Keinen, der mich interessieren würde, dachte ich.

„Jede Menge!", versprach ich.

Wie es sich im ausklingenden Herbst des Jahres 1987 für anständige Iren im südafrikanischen Exil gehörte, lief an jenem Partyabend hauptsächlich eine einzige Platte: *The Joshua Tree* von U2. Die Band aus Dublin war auf ihrem Siegeszug um die Welt, und Singles wie *With Or Without You* und *I Still Haven't Found What I'm Looking For* eroberten die Charts und wurden überall rauf und runter gespielt, selbst in den hintersten Winkeln des Globus. Sogar hier, an der afrikanischen Wild Coast. Auch ich mochte Bono, The Edge und ihren nie zuvor gehörten Gitarrensound, der so kühl klirrte, als schüttele man winzige Eiswürfel in einem Glas. Gleichzeitig jedoch verstärkten ihre melancholischen Songs nur die ohnehin schon wie ein schweres Joch auf mir lastende Sehnsucht nach Taylor.

Kabibi wog sich geschmeidig im Rhythmus der Musik, die aus den rund um eine Tanzfläche aus Sand postierten Freiluftboxen klang. Sie wirkte geradezu ekstatisch auf mich. *Glücklich* ekstatisch.

Wie lange war ich nicht mehr so ausgelassen gewesen? War ich es je gewesen?

Ich konnte mich nicht daran erinnern, während ich am Rand der Tanzfläche stand, mit einer Coke in der Hand, und dem Treiben zusah.

„Komm schon, Amber, sei keine Spielverderberin!", forderte Kabibi mich auf, ihr Gesellschaft zu leisten. Ihre helle, um nicht zu sagen spitze Stimme segelte mühelos über die ohrenbetäubend laute Musik zu mir herüber. Aber ich schüttelte den Kopf. Mir war nicht nach Tanzen.

All the bright precious things fade so fast and they don't come back – all die strahlenden, kostbaren Dinge verfliegen so schnell, und sie kommen nicht zurück.

Unvermittelt kam mir die Zeile aus *Der große Gatsby* in den Sinn. Auch meine Zeit mit Taylor war für immer verloren. Sie würde nie zu mir zurückkommen. Es brach mir das Herz.

Ich war so sehr in meine Gedanken vertieft, die sich immer wieder nach Monterey schlichen, um dort in einer süßen, für immer verlorenen Vergangenheit zu schwelgen, die schon seit fast einem Jahr unwiederbringlich hinter mir lag, dass ich kaum bemerkte, dass mich jemand interessiert von oben herab betrachtete.

„Und, wie wär's mit uns?"

Erschrocken blickte ich zu ihm auf – er war ein wahrer Hüne. Wäre er ein Baum gewesen, dann eine knorrige alte Eiche, bedeckt von silbernem Laub. Und verziert von einem Graffiti-Künstler.

Er trug kakifarbene Shorts, ein halb offenes Hawaii-Hemd, ein rotes Schlangenherz-Tattoo auf dem Arm und ein schelmisches Lächeln im Gesicht. Er musste ungefähr achtzig Jahre alt sein oder so. Uralt jedenfalls. Ich musste ihn dermaßen entsetzt angesehen haben, dass er augenblicklich zurückruderte.

„Das war natürlich nur ein Scherz, Verehrteste", fuhr er lächelnd mit dem Aufbau einer Konversation fort. „Wim Wonderland, wenn Sie gestatten, Entrepreneur und Abenteurer."

Er reichte mir seine riesige gebräunte Hand.

Ich ergriff sie vorsichtig.

„Keine Sorge, ich zerdrücke sie schon nicht ...", bemerkte er. „Obwohl ich es könnte ..." Mit einem Zwinkern gab er mir zu verstehen, dass auch das nicht ernst gemeint war.

Er schien ein merkwürdiger Kauz zu sein, aber irgendwie auch sympathisch.

„Amber Wood", stellte ich mich selbst vor, während ich ihm meine Hand, die in seiner wirkte wie das Patschhändchen eines Kleinkinds, langsam wieder entzog.

„Entzückend, wie kann man nur so jung sein!", konstatierte er mit lachendem Mund und traurigen Clownsaugen und stieß einen tiefen Seufzer aus.

Nun musste auch ich lachen.

„Heißen Sie wirklich *Wim Wonderland*?", fragte ich ihn neugierig.

„So tragisch es ist, ja. Mein Ururgroßvater war der Earl von Wonderland. Er lebte auf einer prächtigen Burg im schottischen Hochland. Nun ja, so lange, bis er mit seiner australischen Konkubine durchbrannte und sein unrühmliches Ende irgendwo inmitten von Aborigines und Kängurus in der endlosen Wüste des fünften Kontinents fand. Dort, wo ich sehr viel später meinen Anfang finden sollte. Das, in der gebotenen Kürze, ist meine Familiengeschichte. Und Sie – sind auch nicht von hier, richtig?"

Ich nickte. „Ich bin aus Kalifornien."

„Ha! Ich dachte es mir schon. Kein Landstrich auf dieser Welt produziert anmutigere Geschöpfe, wenn ich das sagen darf."

In seiner Jugend musste Wim Wonderland ein ziemlicher Aufreißer gewesen sein, so viel stand fest. Und offensichtlich hatte er im Alter nichts vergessen. Oder nichts dazugelernt, je nachdem. Trotzdem hellte sein übertriebenes Kompliment mich für einen Augenblick auf. Noch nie hatte mich jemand als hübsches Mädchen bezeichnet, noch dazu mit derart glückselig glänzenden Augen. Irgendwie tat es gut, auch wenn ich ahnte, dass es nicht ganz stimmte. Wahrscheinlich funktionierten seine Augen nicht mehr ganz richtig.

„Aber nennen Sie mich doch Wim", bot er mir an. „Oder Earl junior, wenn Ihnen das lieber ist."

„Flirtest du schon wieder, Earl?"

Es war die Stimme von Pat O'Brien, meines Gastfamilienvaters, der sich in diesem Moment zu uns gesellte. „Ich hoffe, er belästigt dich nicht zu sehr, Amber", sagte er an mich gewandt und boxte dem alten Abenteurer an meiner Seite spielerisch an die Schulter.

„Von Flirten kann keine Rede sein – ich mache der jungen Dame nur nach allen Regeln der altschottischen Kunst den Hof", stellte jener richtig.

Zugegeben: Er war wirklich lustig.

„Wim hier ist ein guter alter Freund", klärte Pat mich auf. „Alt vor allem."

Langsam begann die Sache Spaß zu machen. Es war befreiend, ein wenig zu lachen. Die Traurigkeit für einen Moment zu vergessen, mir auf fröhliche Weise ein bisschen Luft zum Atmen zu verschaffen. Vielleicht werde ich nachher doch noch mit Kabibi tanzen, dachte ich.

„Abgesehen davon ist er ein hervorragender Pilot", fuhr mein Gastvater fort. „Er hat ein Wasserflugzeug – vielleicht unternehmt ihr mal zusammen einen Ausflug und schaut euch die Küste aus der Luft an. Es lohnt sich, das kann ich dir versprechen. Und keine Angst: Er ist absolut ungefährlich."

„Selbst wenn ich wollte, könnte ich nicht mehr", stimmte der alte Wim ihm schwermütig seufzend zu.

Ein Ausflug über die Wild Coast mit dem Wasserflugzeug? Starten und landen auf dem Ozean? Das klang höchst verlockend. Andererseits …

„Sind Sie nicht ein bisschen zu alt zum Fliegen, Wim?", fragte ich ihn ungeniert.

Er nickte und seufzte erneut.

„Ich bin zu alt zum Fliegen, und Sie sind zu jung zum Sterben. Was kann da schon schiefgehen?"

Eine Menge, dachte ich ein wenig beunruhigt.

„Ihre Freundin da können Sie auch gern mitbringen." Er wies auf Kabibi auf der Tanzfläche. Sie winkte fröhlich von der Open-Air-

Tanzfläche zu uns herüber. Klar war: Sie würde platzen vor Begeisterung, ihre Fotomappe mit derartigen Schüssen aus der Vogelperspektive aufmotzen zu können.

„Und ab jetzt *Du*, in Ordnung?" Wim Wonderland streckte mir seine offene Hand auf der Höhe seiner Brust zu einem High Five entgegen.

Komm schon, gib dir einen Ruck! befahl ich mir selbst.

„In Ordnung!", sagte ich und schlug ein.

Bereits am nächsten Tag sollte es losgehen. Es war Sonntag, und wir alle hatten ohnehin nichts weiter geplant, als zu faulenzen. Kabibi und ich waren perfekt ausgestattet für unser kleines Abenteuer: Taucherbrille, Schnorchel und Flossen. Kabibi hatte zudem ihre wasserdichte, speziell für diese Zwecke ausgestattete Unterwasserkamera dabei. Der kleinen Charmeurin war es doch tatsächlich gelungen, mit Wim, dem großen Charmeur, auszuhandeln, dass uns unser Ausflug nicht nur in den Himmel über Afrika, sondern auch mitten ins Meer führen würde. Wir würden ein wenig den Küstenstreifen entlangfliegen, um dann Kurs zu nehmen auf den Ozean. Wo wir nach ein paar Meilen landen würden, sodass Kabibi und ich die Welt unter Wasser erkunden konnten.

Pat O'Brien hatte uns mit seinem kleinen Schlauchboot zu Wims Flugzeug hinausgefahren, das im ruhigen Wasser ein Stück weiter draußen auf dem Meer auf uns wartete. Es war ein quietschgelber, etwas betagter Flieger, mit mächtigen Kufen in derselben Farbe.

Mister Wonderland, der nicht mehr ganz junge Earl, begrüßte uns hinter dem Steuerknüppel, eingeklemmt auf dem für einen Mann seiner Statur etwas knapp bemessenen Pilotensitz. Er trug einen coolen senffarbenen Sommeranzug mit kurzen Hosen und exakt dieselbe Ray-Ban-Sonnenbrille, die Tom Cruise in Top Gun getragen hatte. Kurz gesagt: Er sah umwerfend aus, wenn auch in einem völlig anderen Sinn als Tom Cruise.

„So, Mädchen, dann kann's ja losgehen."

Wir hatten kaum die kleine Einstiegsluke hinter uns geschlossen, unsere Sachen halbwegs verstaut und waren dabei, uns auf unseren Sitzen anzuschnallen, als Wim mit einem lauten Röhren die Rotoren startete. Ich hatte vorne Platz genommen, während sich Kabibi mitsamt ihrer Ausrüstung auf die Rückbank gequetscht hatte.

Nur eine Sekunde später setzte der Flieger sich in Bewegung. Schneller und schneller holperten wir über die Wasseroberfläche wie eben noch der Pick-up über die Schotterpisten entlang der Küste. Schließlich hoben wir ab. Der Lärm verstummte, und das Rütteln, das uns noch eben tief in unsere Sitze gedrückt hatte, mit ihm. Die Maschine segelte augenblicklich ruhig und elegant wie eine Seemöwe über dem Wasser, nur ein paar Meter über der Oberfläche.

„Irgendjemand seekrank oder nicht schwindelfrei?", fragte Wim und wartete nicht lange ab.

Er schoss hinauf in den Himmel und vollführte einige waghalsige Manöver, abgeschlossen von einer Art Halbsalto.

Nun waren wir alle wach. So wach man nur sein konnte. Unten auf dem Meer sah ich Pat in seinem winzigen Boot. Er winkte uns fröhlich zu.

„Keine Angst, Ladys. Das war nur zur Einstimmung", beruhigte uns Wim, der Kunstflieger. „Jetzt lassen wir es ein bisschen ruhiger angehen."

Kabibi, deren ebenholzfarbener Hautton vorübergehend in ein lupenreines Elfenbein übergegangen war, atmete erleichtert auf. Ich tat es ihr nach.

Wenig später flogen wir die Wild Coast entlang in Richtung Durban. Die ganze Strecke war übersät mit alten Schiffswracks.

Über einem der Wracks, einem kleineren Boot, ging unser Pilot in den Sinkflug.

„Seht ihr da unten: Das ist die *Kookaburra*, meine Yacht", erklärte er uns. „Der Sturm hat sie vor ein paar Jahren zerlegt. Die Wild Coast ist berühmt-berüchtigt für ihre gefährlichen Klippen und die unberechenbaren Winde, deshalb die ganzen Wracks, die hier liegen. Wie auch immer: Von der Versicherungsprämie hab ich mir den Flieger gekauft, hier oben an der frischen Luft ist es deutlich ungefährlicher für einen alten Mann wie mich, dessen Augenlicht nicht weiter trägt als bis von einer Seite dieser Kabine bis zur anderen."

Kabibi und ich blickten ihn augenblicklich erschrocken an.

„Das war ein Scherz, meine Damen."

Der Earl hatte wirklich Nerven. Ein solcher Scherz hier oben in der Weite des Himmels konnte einem schon einen Schrecken einjagen.

„Wie wär's, wenn wir jetzt raus aufs Meer fliegen und landen?", fragte Kabibi nicht viel später, offenbar genau wie ich begeistert von der Idee, den Luftraum baldmöglichst zu verlassen.

„Wie die Damen wünschen!"

Wir waren ein paar Meilen aufs Wasser rausgeflogen, als unter uns eine Gruppe Wale auftauchte. Orcas! Mein Herz schlug höher. Auch Kabibi drückte sich die Nase an ihrem kleinen Fenster platt.

„Die sind … unglaublich!", rief sie. Wir flogen nur Meter über ihnen, knapp über der Wasseroberfläche.

Ich vergaß alles um mich herum bei diesem Anblick, während Kabibi ihre Professionalität nicht länger als ein paar Sekunden vergaß und sofort ihre Kamera herausholte.

„Das werden Hammerbilder!", rief sie begeistert.

„Darauf können Sie einen lassen!", entgegnete Earl Wonderland. „Verzeihung, Mylady, ich meinte natürlich: Darauf können Sie *wetten*. Ach, wo sind nur meine Manieren geblieben. Muss sie irgendwo beim Start verloren haben …"

Wir überholten die Orcas und setzten zur Landung an.

Alles war prima, und wir freuten uns darauf, die Tiere gleich unten auf dem Wasser begrüßen zu können. Kabibi verstaute ihren normalen Fotoapparat und machte die Unterwasserkamera startklar, während ich meine Tauchutensilien herauskramte.

Als Wim sich urplötzlich an die Brust fasste.

Er stieß einen röhrenden Laut aus. So als hätte er Probleme zu atmen. Gleichzeitig riss er die Augen weit auf.

Kabibi und ich fingen unisono an zu lachen, während er unsere Blicke auf sich zog. Die Grimasse, die er uns präsentierte, war dermaßen überzeugend, dass wir nicht anders konnten. Das war sein bislang überzeugendster Gag.

„Das … ist … kein Scherz …"

Augenblicklich hielten wir inne.

Er war schweißnass, innerhalb von Sekundenbruchteilen hatte sich sein Hemd komplett durchnässt.

„Ich glaube, ich habe einen Herzinfarkt …", stöhnte er, während er sich mit einer Hand an die Brust fasste und mit der anderen die Maschine auf Kurs hielt. „Es ist genauso wie damals …"

„Wie damals?", fragte ich, sofort in heller Panik.

„Damals – bei meinem … ersten."

Bei seinem *ersten*?

Innerhalb von Sekundenbruchteilen wurde mir klar, dass wir in Lebensgefahr schwebten. Wir mussten augenblicklich handeln, sonst würden wir alle sterben.

„Versuch zu landen, Wim!", schrie ich ihn an.

„Yep …", stöhnte er. Er war kalkweiß im Gesicht. Der Schweiß lief ihm von der Stirn.

Doch zu spät. Es war, als durchfuhr ihn ein elektrischer Schlag. Im selben Moment verlor er die Kontrolle über das Flugzeug. Wir waren kurz über dem Wasser und wären fast normal aufgesetzt, doch unsere Schieflage verhinderte es. Mit einem ohrenbetäubenden Knall schlugen wir mit nicht allzu hoher Geschwindigkeit auf der Wasseroberfläche auf. Sofort riss der Flügel auf der Seite, die zuerst ins Wasser tauchte, von der Maschine ab.

Wir wurden ordentlich durchgeschüttelt, doch es hielt uns auf unseren Sitzen, da wir alle angeschnallt waren. Wim hatte das Bewusstsein verloren. Er saß starr da, als wäre er bereits – oh Gott, ich mochte nicht daran denken.

„Bist du okay?", rief ich nach hinten zu Kabibi.

„Mir geht's gut", stöhnte sie. „Hab mir nur den Kopf gestoßen." Ich blickte mich zu ihr um. Sie hatte eine Wunde an der Stirn. Es war nicht mehr als eine Schramme, wie es aussah.

„Was ist mit ihm?", fragte sie mich panisch und wies auf unseren Piloten. „Ist er …?"

„Ich hab keine Ahnung, Kabibi."

Die Maschine trieb nun umgekippt auf der Seite im Ozean. Die Kufe auf meiner Seite schwebte im Himmel, während der Teil des Flugzeugs, in dem Wim saß, bereits etwa einen halben Meter unter dem Meeresspiegel lag. Noch war alles dicht. Kein Wasser drang in die Kabine.

Die Sache sah nicht gut aus. Wim verharrte wie ein Eisblock auf seinem Sitz. Er schien nicht zu atmen, und seine Augen blickten starr in die Ferne. Ich presste mein Ohr fest an seine Brust.

„Er ist tot, oder? Ist er tot? Nun sag schon was!"

Kabibi verfolgte meine Aktionen panisch von der Rückbank.

Ja, das war er. Jedenfalls soweit ich das beurteilen konnte.

Noch lag das Flugzeug auf dem Wasser. Ich hoffte, dass uns genug Zeit bliebe, um die Tür zu öffnen, die sich an meiner Seite befand, und die Maschine zu verlassen, die sich schon in Sekunden in eine Todeszelle verwandeln konnte.

„Wir müssen hier raus!", schrie ich. „Lass alles liegen, bis auf Schnorchel und Taucherbrille!"

„Auch meine Unterwasserkamera?"

„Was willst du: fotografieren – oder überleben?", machte ich sie darauf aufmerksam, wie idiotisch ihre Frage war. Nichtsdestotrotz hängte sie sich ihre Kamera um den Hals und suchte dann die überlebenswichtigen Gegenstände heraus, während ich verzweifelt versuchte, die Tür aufzudrücken.

Sie klemmte. Der Flieger musste sich beim Aufprall verzogen haben. Ich stemmte mich mit aller Kraft dagegen, zuletzt mit beiden Beinen, während Kabibi mich von hinten stützte, sodass ich die größtmögliche Hebelwirkung entfalten konnte.

Doch Fehlanzeige.

Wumm!

„Nein, bitte nicht!" Mit einem einzigen kräftigen Ruck, so als hätte sich ein Riese auf das Dach des Fliegers gesetzt, wurde die Kabine in Sekundenschnelle komplett unter Wasser gedrückt. Ich wollte anfangen zu weinen, aber ich konnte es nicht. Mein Herz blieb für einen Augenblick stehen, als mir klar wurde, was hier geschah: Wir sanken.

Kabibi stieß ein leises Wimmern aus.

„Werden wir sterben, Amber?", schluchzte sie.

„Ich weiß es nicht …", stieß ich verzweifelt aus, während ich mit letzter Kraft weiter gegen die Tür presste. Ich hatte gehofft, dass sich das Flugzeug länger an der Oberfläche halten würde, aber durch die Seitenlage war der verbliebene, eben noch hoch in den Himmel ragende Flügel auf meiner Seite als Schwimmhilfe nutzlos geworden. Das Tempo, mit dem wir in die Tiefe sanken, fast wie ein überdimensionierter kanariengelber Stein, an dem ein Flügel, ein Rotor und zwei Kufen pappten, ließ mich schließlich innehalten. Langsam verschwand das eben noch gleißende Licht des Himmels über uns, und wir tauchten ein in die Dunkelheit. Ich hatte nicht den leisesten Schimmer, wie tief der Indische Ozean an dieser Stelle war. In seinen tiefsten Tälern ging es hinunter bis über achttausend Meter. Hier mochte es weit weniger sein, schließlich waren wir nur einige Meilen von der Küste entfernt, aber auch ein paar Hundert Meter reichten aus, um unser Todesurteil zu besiegeln.

Hinter mir hörte ich, wie Kabibi leise in sich hineinschluchzte.

Einen Augenblick lang saßen wir einfach nur da und starrten hinaus. In das uns umgebende Nass.

Ich weiß auch nicht, warum, aber in diesem Moment breitete sich in mir völlig unerwartet eine göttliche Ruhe aus. Es stimmt, was man über das Sterben sagt: Die Angst davor ist am größten, solange noch eine winzige Chance besteht, dass man überlebt. Doch danach, wenn alle Türen, die zurück ins Leben führen könnten, sich geschlossen haben, wird die Angst auf einmal ganz klein. Man lässt sein Schicksal willig aus den Händen gleiten wie ein schmerzendes Seil, das man aus seinem Griff entlässt, um frei zu sein.

Was auch wahr ist, ist die Sache mit den Bildern: Mein Leben schoss mir durch den Kopf wie ein ratternder Super-8-Film. Allen voran meine Mutter, die ich nie wiedersehen würde:

„Ich hab dich lieb, Claire", flüsterte ich ihr im Geiste ins Ohr. „Mach dir keine Sorgen, wir sehen uns wieder, wo auch immer das sein wird." Ich hatte keine Ahnung, warum, aber auf einmal war ich felsenfest davon überzeugt, dass es weiterging. Es war ein Gefühl der Unsterblichkeit, das mich beinahe überwältigte. Das hier ist nicht das Ende, so viel wurde mir auf einmal glasklar.

Schließlich, wie als Höhepunkt und Abschluss der Bilderreise durch mein Leben, das schon in wenigen Augenblicken der Vergangenheit angehören würde, sah ich dich: Taylor. Du, der Nichtschwimmer, kamst mit schnellen kräftigen Zügen durch das dunkle Wasser auf mich zu. Neben dir erkannte ich Mandy. Sie war an deiner Seite. Nun wart ihr direkt vor mir, an der Scheibe.

Es war, als würde es wirklich geschehen. Ich konnte nicht anders, als zu lächeln. Dich und sie sehen in diesem Augenblick – es war ein göttlicher Abschied. Ein Abschied, der mich glücklich machte. Ein letzter atemberaubender Schnappschuss von dem, was wir zusammen erleben durften. In dieser wunderbaren Welt, die ich nun verlassen würde. Jeden Augenblick konnte der Wasserdruck die Fenster zum Platzen bringen.

„Was – ist das?!"

Es war Kabibis aufgeregte Stimme, die mich weckte.

„Was meinst du?", fragte ich zurück.

„Siehst du das denn nicht? Da schwimmen zwei … *Wesen*."

Ich blickte mich zu Kabibi um. Erschrocken rieb ich mir die Augen.

„Du – siehst sie auch?"

„Natürlich sehe ich sie!", brüllte sie mich an. Und wieder: „Was ist das?"

Erneut blickte ich hinaus. Konnte es wirklich sein?

Ich blickte in Taylors Augen, während mein Herzschlag sein Tempo augenblicklich verdoppelte. Wir waren nur Zentimeter voneinander entfernt. Ich auf dieser Seite der Scheibe, auf meiner Seite des Aquariums, er auf der anderen. Er lächelte mich so zuversichtlich an, so als wäre all das hier, dieser Kampf um Leben und Tod, nichts weiter als ein Wiedersehen zweier alter Freunde, die sich für ein Weilchen nicht gesehen hatten. Als wäre ihm bereits klar, dass die Sache ein Happy End haben würde.

„Oh Gott, was geht hier vor?", wimmerte Kabibi, als jagten ihr die Geschehnisse da draußen noch mehr Angst ein als der sichere nasse Tod.

Genauso wie Taylor es damals bei Mandy getan hatte, die gefangen in ihrem Aquarium hockte, legte er seine flache Hand auf das Fenster der Tür neben meinem Kopf. Als wolle er mir mitteilen: Mach dir keine Sorgen. Alles wird gut. Um sich dann mit seinen Beinen fest gegen die Maschine zu stemmen, während er gleichzeitig den metallischen Türgriff von außen umfasste.

Ich täuschte mich nicht: Er versuchte, uns zu befreien!

Mandy schwamm unmittelbar hinter ihm.

Ein kleines, zuckendes, grelles Licht spiegelte sich in ihrer silbernen Flosse. Was war das?

Ich blickte mich zu Kabibi um. Gebannt betätigte sie den Auslöser ihrer Kamera. Es waren ihre Blitze, die das Licht erzeugten. Die zurückgeworfen wurden von Mandys Haut.

„Was machst du da!", schrie ich sie an.

„Amber … wir … wir werden sterben! Aber vielleicht finden sie unsere Kamera, wenn sie das Wrack bergen und unsere … Leich… unsere Körper … Dann wissen sie, was *wir* gesehen haben!", kreischte sie in ihrer Todesangst.

Doch in diesem Punkt irrte sie sich.

Ich wusste es in dem Augenblick, als mir klar wurde, dass ich mir Taylors und Mandys Auftauchen nicht eingebildet hatte. Dass sie tatsächlich da waren. Wie auch immer sie das geschafft hatten.

Wir waren fast ein Jahr und viele Tausende von Seemeilen von Monterey entfernt. Und doch. Sie waren hier.

„Wir werden nicht sterben, Kabibi", versuchte ich meine Freundin zu beruhigen. „Das verspreche ich dir."

Ich hatte es kaum ausgesprochen, als die Tür mit einem heftigen Ruck aufflog. Es war, als würde der Sog sie wegreißen. Das Salzwasser des Ozeans rauschte mit einer brutalen Härte zu uns herein, als wäre es Beton.

Das Letzte, was ich spürte, war, dass sich Arme um meinen Körper schlangen. Dann – verlor ich das Bewusstsein.

Als ich wieder zu mir kam, lag ich am Strand. Mir war speiübel. Meine Augen waren verklebt, und mein Mund schmeckte nach Salz, Sand und Blut. In meinen Ohren klang das Rauschen des nahen Meeres. Doch da war noch etwas, von dem ich glaubte, es nie wieder zu hören. Etwas, das mein Herz augenblicklich mit neuer Lebenskraft aufpumpte: Taylors Stimme.

„Amber, wach auf", flüsterte er mir leise ins Ohr.

„Was … machst du hier?", keuchte ich unter größter Anstrengung, während ich versuchte, meine Augen einen Spalt weit zu öffnen. Sie brannten höllisch, und alles war verschwommen. Im Grunde sah ich nur ein gleißendes Licht. Ich hoffte, dass ich noch immer auf der Erde war – und nicht bereits im Himmel.

„Wir sind unterwegs nach Cabo da Roca", hörte ich Taylor sagen. Seine Stimme klang gedämpft, so als käme sie aus weiter Ferne.

„Cabo da Roca?"

„Das ist in Portugal."

„Was … wollt ihr da?"

Taylor räusperte sich kurz, als fiele es ihm nicht ganz leicht, mir den Zweck seiner Reise – *ihrer* Reise – zu nennen. Kurz darauf fühlte ich, wie er mit seiner Hand zärtlich über meinen Arm strich.

„Ich bringe Mandy nach Hause", erklärte er.

„Wo … ist sie?"

„Sie wartet draußen, im Wasser. Du weißt ja: Hier kann sie nicht sein."

Neben uns vernahm ich ein Husten. Jemand lag schwer atmend ganz in der Nähe. Das musste Kabibi sein. Wahrscheinlich hatte sie eine Menge Wasser geschluckt. Sie sagte kein Wort.

„Es geht ihr gut", versicherte Taylor mir. „Den Umständen entsprechend, versteht sich."

Mein Gehirn arbeitete noch nicht wieder klar, alles war verschleiert. Als wäre ich betrunken. Und mein Körper schmerzte, als hätte man ihn auf ein Wagenrad gespannt und wäre damit einmal die Küstenstrecke von Buffalo City nach Durban und wieder zurückgefahren.

„Ich muss jetzt", verabschiedete Taylor sich, ich weiß nicht, wie viel Zeit vergangen war. Er küsste mich sanft auf die Stirn, während ich vergeblich versuchte, meine verklebten Lider auseinanderzubekommen und meine Augen aufzuschlagen, irgendwo im Niemandsland zwischen Wachsein und Ohnmacht.

„Es wird Hilfe kommen", versprach Taylor mir.

Kurz darauf erhob er sich und ging in Richtung Wasser.

Ich versuchte, mich aufzusetzen. Doch es gelang mir nicht. Ich schaute ihm auf dem Sand liegend hinterher, aus dem winzigen Spalt, den ich freibekommen hatte. Ihm, oder besser gesagt: den verschwommenen, langsam aus meinem Sichtfeld verschwindenden Umrissen einer Gestalt, bei der es sich nur um Taylor handeln konnte.

„Danke, Taylor", flüsterte ich erschöpft, aber der Wind wehte meine Worte davon, ohne dass er sie hören konnte.

Als ich erneut die Augen aufschlug, ich weiß nicht, wie lange ich wieder ohnmächtig gewesen war, erspähte ich über mir einen mächtigen Schatten. Begleitet von dem ohrenbetäubenden Lärm eines Hubschrauberrotors. Ein Rettungshelikopter setzte direkt über unseren Köpfen zum Landen an. Offensichtlich hatte die Küstenwache uns gefunden.

„Wie geht es dir?", vernahm ich Kabibis Stimme neben mir.

Ich drehte mich zu ihr hin. Sie hatte sich aufgesetzt. Meine Augen schienen sich langsam zu erholen, endlich bekam ich sie auf: Das Gesicht meiner Reisebegleiterin war verquollen und mit einigen unschönen Kratzern verziert. Davon abgesehen jedoch schien sie wohlauf zu sein. Genau wie ich.

„So wie es jemandem geht, der gerade um ein Haar sein Leben ausgehaucht hat und nun ein zweites Mal geboren wurde", antwortete ich. „Einfach fantastisch."

„Amber!" Jenny O'Brien stürmte an mein Krankenbett, als wäre ich ihre leibliche Tochter. Ihre *einzige* leibliche Tochter. „Gott sei Dank – es geht dir gut!" Im Schlepptau hatte sie Pat. Er blickte betreten zu Boden, während er sich leise hinter ihr ins Zimmer schlich.

„Wie konntest du die Mädchen nur mit Wim auf Tour schicken!", schimpfte Jenny und strich mir besorgt über die Stirn.

Kabibi lag in dem Bett neben mir. Sie hatten uns in ein Zweibettzimmer verfrachtet. Die medizinische Notfallversorgung hatte ergeben, dass uns außer ein paar Kratzern und Beulen nicht viel passiert war. Auch Kabibis Husten hatte sich gebessert. Es war kein Vergleich mit dem Husten, den ich damals von Taylor vernommen hatte – vor seiner Verwandlung. Um sicherzustellen, dass kein Salzwasser in unsere Lungen geraten war, hatte der Chefarzt angeordnet, dass wir über Nacht im Krankenhaus bleiben mussten. Morgen früh würden wir entlassen werden.

„Es war nicht Wims Schuld", nahm ich unseren Piloten in Schutz, der sehr wahrscheinlich noch immer angeschnallt auf seinem Platz im Cockpit saß. Auf dem Grund des Indischen Ozeans. Ob sie ihn und das Flugzeug je bergen würden? Es war unwahrscheinlich. Der Aufwand wäre wohl zu hoch, und im Grunde hätte niemand einen Vorteil davon. Soviel ich wusste, hatte er keine Familie. Er war *der Letzte seiner Art*, jedenfalls hatte er mir das auf der Party erzählt. Und es war auch kein Verbrechen geschehen. Sondern schlicht und einfach ein tragischer Unfall. „Er hatte einen Herzinfarkt."

„Oh mein Gott!" Jenny schlug sich die Hand vor den Mund.

„Deshalb sind wir abgestürzt."

„Es ist ein Wunder, dass ihr aus der Maschine gekommen seid. Wie habt ihr das nur geschafft?"

Ich sah aus dem Augenwinkel, wie Kabibi zu mir rüberlinste.

Die Wahrheit konnte ich unmöglich sagen.

„Wir … wir … konnten aussteigen, bevor die Maschine sank", log ich. „Dann sind wir einfach geschwommen, wir waren sehr weit draußen. Aber in der Ferne konnte man die Küste sehen."

„… Ihr Armen …" Jenny fühlte mit uns, als wäre sie selbst dabei gewesen.

„Zuletzt muss uns die Strömung in Richtung Strand getragen haben, dann haben wir wohl beide ausgecheckt …"

Kabibi sagte kein Wort. Sondern schien etwas an der Decke zu suchen, an die sie stumm und starr ihren Blick heftete.

„Es tut mir wirklich und von Herzen leid, ihr zwei", mischte sich nun auch Pat O'Brien in die Unterhaltung ein. Er stand zwischen unseren beiden Betten.

„Das muss es nicht", beruhigte ich ihn. „Der arme Wim."

Er tat mir wirklich leid. Er war alt, und möglicherweise war seine Zeit einfach gekommen, aber so zu sterben war trotzdem nicht das, was man irgendjemandem wünschte.

„Ja, der liebe gute alte Earl …", bestätigte Pat mit traurigem Gesicht. „Menschen von seinem Schlag gibt es nicht mehr viele heutzutage. Er hatte ein flottes Mundwerk, aber sein Herz befand sich ohne Frage am rechten Fleck."

„So, die Besuchszeit ist vorüber." Eine resolute Krankenschwester rauschte in unser Zimmer und forderte die O'Briens auf zu gehen.

„Also, dann erholt euch gut – wir sehen uns morgen früh zu eurer Entlassung. Pat holt euch beide ab und bringt euch nach Hause."

„Danke", erwiderten Kabibi und ich unisono.

Draußen vor dem Fenster heulte eine Sirene auf, der nächste Notfall war schon im Anmarsch.

„Jenny?", rief ich meiner Gastmutter nach, kurz bevor sie die Tür hinter sich schloss.

„Ja?" Sie drehte sich noch einmal um.

„Wäre es vielleicht möglich, Claire … also, noch bis morgen zu warten, sodass ich sie selbst anrufen kann? Sonst macht sie sich nur unnötig Sorgen."

Jenny lächelte mich verständnisvoll an.

„Natürlich, meine Süße", versprach sie mir und warf uns einen letzten Luftkuss zu.

„Warum hast du das gesagt?", fragte mich Kabibi aufgebracht, als wir wieder allein waren.

„Was meinst du?", fragte ich scheinheilig. Natürlich wusste ich sehr genau, was sie meinte.

„Dass wir aus eigener Kraft aus dem Flugzeug gekommen sind."
Ich setzte mich in meinem Bett auf. „Was hätte ich denn deiner Meinung nach sonst erzählen sollen?", fragte ich sie.

„Die Wahrheit?"

„Und was ist deiner Meinung nach die Wahrheit?"

„Du weißt schon: Dieser ... Junge im Wasser und diese ... Meerjungfrau ...? Du hast sie doch auch gesehen – ohne sie wären wir nie da rausgekommen, sondern lägen jetzt genau wie Wim da unten am Meeresgrund. Tot."

Ich überlegte, wie ich darauf reagieren sollte. Mir musste ganz schnell etwas einfallen. Etwas Überzeugendes.

„Kabibi, glaubst du wirklich, dass uns irgendjemand diese Story abkauft? Eine Meerjungfrau und ein ... *Wassermann* ..., die uns vor dem Ertrinken gerettet haben? Wenn wir denen das sagen, werden wir morgen früh ganz bestimmt entlassen. Aber nicht nach Hause, sondern in die Irrenanstalt."

Das sollte ausreichen. Zumindest mir erschien es plausibel genug.

Kabibi jedoch war offensichtlich anderer Meinung. Sie schüttelte den Kopf und schaute mich an, als versuche sie das Geheimnis zu ergründen, das hinter meiner von blauen Flecken übersäten Stirn ruhte.

„Nicht wenn wir es beweisen können", widersprach sie mir.

„Beweisen? Womit?"

Sie deutete auf ihre Unterwasserkamera, die auf dem kleinen Tischchen neben ihrem Bett stand.

„Damit", erklärte sie, und ich konnte förmlich spüren, wie ich augenblicklich bleich um die Nase wurde. „Damit."

In dieser Nacht tat ich kein Auge zu. Und das lag nicht an dem Vollmond, der vor unserem Fenster an einem sternenklaren Himmel prangte.

Ich musste um jeden Preis verhindern, dass die Fotos, die Kabibi unter Wasser geschossen hatte, an die Öffentlichkeit gelangten. Was auch immer darauf zu sehen sein mochte. Die Chance, dass Kabibis Kamera Mandy genauso wenig einfangen konnte wie die Fernsehkameras in Las Vegas, ließ mich hoffen. Aber es war keine Garantie. Doch wie kam ich an das Filmmaterial? Ein paarmal wanderte mein Blick unruhig durch das Zimmer hinüber zu der Kamera, und ich erwischte mich dabei, wie ich Kabibis Atem lauschte. Um festzustellen, ob sie tief und fest schlief – sodass ich die Gelegenheit nutzen konnte, den wasserdicht verschraubten Apparat irgendwie zu öffnen, den Film aus seinem Innern zu entfernen und ihn zu zerstören.

Doch Kabibi schien es ähnlich zu gehen wie mir. Auch sie lag wach. Auch sie brauchte Zeit, um über alles nachzudenken, was geschehen war. Um es zu verarbeiten.

Oder aber – sie ahnte, was ich vorhatte.

Wie auch immer. Die Nacht verging quälend langsam. Ich hatte das Gefühl, den Sekundenzeiger des Schicksals ticken hören zu können, während ich darauf wartete, dass mir die rettende Idee kam.

Vergeblich.

Am nächsten Tag bestand Kabibi darauf, die Fotos noch am selben Vormittag eigenhändig im Labor der Rhodes Universität zu entwickeln, nachdem Pat sie dort abgesetzt hatte. Ich betete, dass nichts darauf zu erkennen wäre. Meine Hoffnung wurde zusätzlich befeuert durch den Umstand, dass es dort unten am Meeresgrund ziemlich dunkel gewesen war. Zudem hatten wir in einer Maschine gesessen, die von der Strömung ordentlich durchgeschüttelt worden war. Von daher bestand eine realistische Chance, dass die Bilder nichts wirklich Verwertbares hergaben. Vielleicht den einen oder anderen Schatten, verschwommene Gestalten – aber keinen klaren Schnappschuss. Keinen eindeutigen, ernst zu nehmenden Beweis. Zumindest hoffte ich das.

„Wieso kannst du die Sache nicht einfach auf sich beruhen lassen?", bat ich meine Freundin.

Sie blickte mich kampflustig an.

„Und wieso *willst* du die Sache einfach auf sich beruhen lassen?", konterte sie. „Sind das etwa deine Freunde? Du weißt doch gar nicht, was genau das war! Amber, das ist eine Sensation – das glaubt uns niemand, aber *wir* können es beweisen! Und überhaupt: Was genau spricht eigentlich dagegen?"

Langsam, aber sicher dämmerte mir, dass dieses Mädchen, das ich für meine Freundin gehalten hatte, ganz bestimmt nicht die Person war, der ich die ganze, unverblümte Wahrheit erzählen durfte.

„Du hast doch selbst gesagt: Wenn sie uns nicht gerettet hätten, wären wir jetzt da unten am Grund des Ozeans", versuchte ich es mit einem Appell an ihre Dankbarkeit.

„Na und?"

Noch ließ ich nicht locker.

„Glaubst du nicht, dass wir sie im Gegenzug dafür in Ruhe lassen sollten? Denk doch mal nach: eine Meerjungfrau und ein Junge, die mitten im Ozean leben! Wenn diese Fotos rauskommen, wird die ganze Welt nach ihnen suchen – und zwar so lange, bis sie die beiden gefangen haben. Und was dann passiert, möchte ich mir lieber nicht ausmalen."

Ich brauchte es mir gar nicht auszumalen. Ich hatte es selbst bereits miterlebt. Gott sei Dank hatte sich die Sache offensichtlich bislang nicht bis nach Afrika herumgesprochen.

„Kabibi – hätten sie uns nicht gerettet, wären wir jetzt nicht mehr am Leben!", beschwor ich sie. „Glaubst du nicht, dass wir ihnen etwas schuldig sind?"

Doch sie schüttelte nur den Kopf. Um dann auf die Kamera zu weisen, die sie wie einen Schatz fest mit beiden Händen umschlossen hielt.

„Diese Fotos werden mein Durchbruch – sie werden mich als Fotografin weltberühmt machen. Und zwar auf einen Schlag. Tut mir leid, Amber."

Wir hatten draußen gesprochen, während Pat im Wagen gewartet hatte. Ich würde gleich mit ihm weiterfahren, zurück nach Buffalo City. Für den Nachmittag hatte sich die örtliche Polizei angekündigt, um den Unfallhergang zu rekonstruieren. Ich würde bei meiner Version der Geschichte bleiben, so viel stand für mich fest. Das war das Mindeste, was ich für Taylor und Mandy tun konnte. Nicht nur, weil sie mein Leben gerettet hatten.

Ein zweites Mal geht Mandy euch nicht ins Netz – und Taylor erst recht nicht, schwor ich mir in Gedanken.

Kabibis Gedanken hingegen waren anscheinend bereits in anderen Sphären unterwegs. Offensichtlich sah sie sich auf dem Weg zu einer Weltkarriere – und nichts und niemand konnte sie aufhalten.

„Hast du denn gar kein Mitgefühl?", fragte ich sie enttäuscht.

Ihr Blick wurde kalt.

„Es gibt Wichtigeres", beantwortete sie meine Frage scharf wie ein Eispickel.

Ohne ein weiteres Wort drehte ich mich um und stieg zu Pat ins Auto.

Wann genau hatte die Welt nur ihr Herz verloren?

Diese Frage stellte ich mir wieder und wieder, während wir Grahamstown und die Rhodes Universität hinter uns ließen und zurück zur O'Brien-Farm fuhren.

Wir waren kaum zu Hause angekommen, rechtzeitig zum Vieruhrtee, als das Telefon klingelte.

Es war Claire.

Sie wollte wissen, wie es mir geht. Als ahne sie etwas. Drüben in Monterey war es noch früh am Morgen. Sehr früh. Manche Menschen würden es auch noch als Nacht bezeichnen. Meine Mutter sagte mir, sie wäre plötzlich aufgewacht und hätte das Gefühl gehabt, mich anrufen zu müssen, da sie in der vergangenen Nacht und am Abend zuvor ein ungutes Gefühl geplagt habe.

„Gut", sagte ich, als läge nur ein weiterer Tag aus einem Meer von Tagen, die sich in ihrer endlosen Leichtigkeit kaum voneinander unterschieden, hinter mir. „Mach dir bitte keine Sorgen."

Je älter ich werde, desto weniger glaube ich an Zufälle. Meine Examensarbeit an der Monterey High beschäftigte sich nicht zufällig mit C. G. Jung, dem österreichischen Psychoanalytiker. Auch er glaubte nicht an Zufälle. Irgendwie schien ihm alles miteinander verbunden zu sein. Und dass es ein solches unsichtbares Band zwischen meiner Mutter und mir gab, schien ihr Anruf definitiv zu bestätigen.

Ich erzählte ihr von unserem Flug über den Indischen Ozean und von dem kleinen Tauchabenteuer, das hinter uns lag. Von diesem und jenem.

Als ich ein Weilchen später auflegte, dachte sie, alles wäre in bester Ordnung. Denn dass wir abgestürzt waren und ich um ein Haar mein Leben ausgehaucht hätte, wären nicht Taylor und Mandy aus dem Nichts aufgetaucht, hatte ich ihr wohlweislich verschwiegen.

Es war einfach zu viel.

Das war es bereits für mich – aber was würde diese Nachricht erst bei Claire und Edward auslösen, die zur Untätigkeit verdammt auf der anderen Seite der Welt saßen? Nein, bevor ich sie im Detail ins Bild setzte, musste ich mir zunächst selbst über die Sache im Klaren sein. Und über die nächsten Schritte, die sich daraus für mich ergaben.

Fest stand: Taylor war zu mir zurückgekehrt.

Er hatte mir eine Nachricht überbracht – den Namen des Ortes, an dem wir uns möglicherweise wiedersehen würden: Cabo da Roca.

Ich fragte mich, was dort auf uns wartete. Vorausgesetzt, es gelang uns allen, heil dort anzukommen. In diesem Moment fasste ich den Entschluss, nicht länger als nötig in Buffalo City zu bleiben. Es war vollkommen unnötig.

Denn ich hatte die Fährte wieder aufgenommen.

„Und es geht dir wirklich gut?"

Wir saßen beim Frühstück. Jenny O'Brien musterte mich besorgt, während ich nachdenklich an meinem Tee nippte.

„Ja, wieso?"

Auch Pats Stirn hatte sich in tiefe Falten gelegt.

„Deine Freundin hat die Sache offenbar nicht so gut weggesteckt wie du."

Er schob mir die frisch gedruckte Lokalzeitung des noch jungen Tages über den Tisch zu.

Ich erstarrte augenblicklich. Um nur eine Sekunde später erleichtert aufzuatmen.

Auf der Titelseite blickte mich Taylor an – in Großaufnahme!

Und zwar unter Wasser, direkt am Fenster des Cockpits, in dem wir festsaßen, kurz bevor er uns befreite. Es war ein perfekter Schnappschuss. Abgesehen von einer Sache: Von Mandy fand sich keine Spur auf dem Foto. Es war tatsächlich genau wie auf den Großbildleinwänden. Offensichtlich war sie aus irgendeinem geheimnisvollen Grund für Kameras nicht sichtbar. Möglicherweise verfügte sie über eine natürliche Tarnung – wie hoch entwickelte Raketen, die nicht auf dem Radar auftauchten.

Über dem Bild stand in fetten Buchstaben: *Wer ist der geheimnisvolle Junge aus dem Meer?* Und darunter, etwas kleiner: *Flugzeugabsturz-Überlebende berichtet von mysteriösen Unterwasserwesen.*

Oh Gott, Kabibi. Wieso konntest du die Sache nicht einfach für dich behalten? dachte ich, während mir in meiner Brust mit einem lautlosen Poltern ein riesiger Stein vom Herzen fiel. Mit dieser Story würde sie nie und nimmer durchkommen. Meine Entrüstung über ihr in meinen Augen absolut schäbiges Verhalten wich augenblicklich einem aufkeimenden Gefühl der Schadenfreude, das ich, so gut es ging, zu verbergen versuchte. Ich durfte mich jetzt nicht verraten. Nein: Ich musste jetzt die Normale spielen.

„Amber – was ist das?", fragte Jenny mich und tippte auf das Foto.

„Ein … Junge beim Tauchen …?"

Pats Miene hellte sich auf.

„Siehst du!", sagte er an seine Frau gewandt. „Das hab ich auch gesagt."

Jenny schüttelte den Kopf.

„Aber deine Freundin hat der Zeitung erzählt, dass sie das Foto nach dem Absturz eurer Maschine gemacht hat. Angeblich seid ihr zum Meeresboden gesunken, und dieser Junge, der anscheinend unter Wasser *lebt*, hat euch gerettet."

„Autsch!", sagte ich, ungläubig die Augen verdrehend, und klatschte mir mit der flachen Hand gegen die Schläfe, begleitet von einem nicht sehr überzeugten Kopfschütteln.

Das sofort von Pat erwidert wurde, zusammen mit einem schiefen Grinsen.

„Angeblich war da auch eine Meerjungfrau, aber aus irgendeinem Grund ist sie nicht auf den Fotos", fuhr er lächelnd fort.

„Ich kann mir vorstellen, warum", sagte ich und tippte mir an die Stirn, als wäre etwas nicht ganz in Ordnung. „Abgesehen davon sehe ich auf dem Foto kein Flugzeug", erwiderte ich und tat so, als würde mich meine eigene Feststellung eher langweilen. In der Tat waren nur ein paar Metallstangen zu sehen und ein Kabinenfenster. Es konnte sich genauso gut um jedes Schiffswrack handeln, in dem irgendein x-beliebiger Junge tauchte – und von diesen gab es unzählige direkt an der Wild Coast. Sie waren ein beliebtes Tauchrevier für mutige Kids mit Abenteuerlust.

„Siehst du, Jen", sagte Pat. „Sie hat sich all das nur ausgedacht, um sich wichtigzumachen."

„Vielleicht hat sie doch eine Gehirnerschütterung", gab ich zu bedenken. „Kurz nach dem Aufprall war sie jedenfalls bewusstlos, und die dicke Beule an ihrem Hinterkopf habt ihr gestern ja gesehen."

All das kam so natürlich aus meinem Mund, dass die Lösung für das Problem auf einmal glasklar auf der Hand lag. Am Vortag war ich wie geplant bei meiner Version der Geschichte geblieben, als mich die

Polizei für den Unfallbericht befragt hatte. Und eines wurde mir an diesem Morgen am Frühstückstisch der O'Briens schlagartig klar: Es existierten keine Fotos von Mandy. Sonst hätte die Zeitung sie definitiv gebracht. Das einzige Beweismittel, das überhaupt nur existierte, war das Foto eines tauchenden Jungen.

Ohne den richtigen Zusammenhang jedoch war es wertlos.

Es war nichts weiter als ein ganz normales Foto einer Studentin, die einen Jungen bei seiner Tauchsafari durch die Wracks der Wild Coast begleitet hatte.

Solange ich Kabibis Version der Geschichte nicht bestätigte, stand ihr Wort gegen meines. Und welcher Version würde man eher Glauben schenken? Einer logisch nachvollziehbaren – oder einer Märchenbuchvariante? Kabibi hatte sich weit aus dem Fenster gelehnt mit ihrer spektakulären Story, weil es ihr offenbar nicht genug war, noch am Leben zu sein. Nein, sie wollte Profit schlagen aus der Sache. Und nun würde sie es sein, die dafür bezahlen würde. Für mich jedenfalls stand fest, wem ich verpflichtet war – und das war keine Fotostudentin auf ihrem Weg zu Ruhm und Reichtum.

Noch am selben Nachmittag rief ich die Zeitung an, zu allem entschlossen, und stellte die Sache richtig. Denn manchmal, wenn es hart auf hart kam, konnte es richtig sein zu lügen – und falsch, die Wahrheit zu sagen.

Das jedenfalls versicherte ich mir wieder und wieder, nachdem ich aufgelegt und die Laufbahn eines hoffnungsvollen Sternchens am Medienhimmel für eine sehr wahrscheinlich lange Zeit auf Eis gelegt hatte.

„Du Miststück!", schrie sie am nächsten Morgen in den Telefonhörer. Ich war erst gar nicht zur Uni rausgefahren, um zu verhindern, dass sie mich auf dem Campus vor aller Augen verprügelte. Die Redaktion hatte auf der Titelseite eine kleinere Meldung gebracht und sich darin für die Zeitungsente vom Vortag entschuldigt. Mit Hinweis auf eine mögliche Gehirnerschütterung oder Verwirrung der beteiligten Fotostudentin.

„Nein, *du* bist das Miststück", entgegnete ich gelassen, nachdem ich die Nacht wach gelegen und über mein Vorgehen nachgedacht hatte. Ich hatte das Richtige getan, dessen war ich mir nun, nachdem ich alle Seiten wieder und wieder beleuchtet hatte, ganz und gar sicher.

„Du hast meine Karriere zerstört!", beschuldigte sie mich.

„Es gibt Wichtigeres." Mit exakt den Worten, mit denen sie mich noch kürzlich auf gemeine Weise abgefertigt hatte, beendete ich unser Gespräch und legte auf.

Es sollte unser letztes sein.

Ich atmete tief durch. Einmal. Zweimal. Dreimal.

Dann ging ich in mein Zimmer, um meine Koffer zu packen.

„Ich … weiß nicht …, was ich sagen soll."

Claire war still geworden am anderen Ende der Leitung. Ich hatte ihr die ganze Sache erzählt. Bis ins kleinste Detail.

„Bring es Edward schonend bei", bat ich sie. „Vielleicht ist es besser, wenn du ihm erst mal keine zu großen Hoffnungen machst."

„Machst du dir denn *keine* Hoffnungen?", fragte sie zurück.

Doch.

Die machte ich mir.

Auch wenn ich sie vorerst noch klein zu halten versuchte wie ein zartes Pflänzchen. Ich wollte sie nicht übermäßig gießen und düngen, damit sie nicht erneut in den Himmel wuchsen und mein Herz ganz und gar ausfüllten. Ich wusste, ich würde es nicht überleben, Taylor noch einmal zu verlieren. Also blieb ich bei den Tatsachen: dass ich ihn genau genommen noch gar nicht wiedergefunden hatte. All das war nichts weiter als – eine Spur. Und ich durfte mir nicht zu viel davon versprechen, sonst wären neue Verletzungen vorprogrammiert.

Natürlich war mir klar, dass man so nicht leben konnte. Auch wenn es viele Menschen taten. Sich niemals fallen zu lassen, immer die Kontrolle zu bewahren, seine Träume auszusperren – all das führte letzten Endes nur zu immer mehr Zombies auf dieser Welt, die innerlich tot waren, obwohl noch warmes Blut durch ihre Körper rann. Schon jetzt war es eine Epidemie, und ich wagte mir nicht auszumalen, wie die Welt in zwanzig oder dreißig Jahren aussehen würde. Eines stand fest: Zombie-Filme würden so populär werden wie nie zuvor. Weil immer mehr Menschen sich mit diesen halb toten Wesen identifizierten. Anstatt ein wenig Mut und Courage aufzubringen und ihr Leben so zu leben, wie ihr Herz es ihnen befahl.

Nein, verletzt und enttäuscht zu werden gehörte zum Leben. So wie Heilung und Glückseligkeit auch.

Und ich spürte, dass ich auf dem Weg dorthin war. Auf dem Weg zur Glückseligkeit.

„Aber was willst du jetzt tun?", fragte Claire mich nach meinen Plänen für die unmittelbare Zukunft.

„Ich muss nach Portugal", antwortete ich. „Nach Cabo da Roca."

Es war erst ein paar Monate her, dass ich nach Südafrika geflogen war und meine Zelte bei den O'Briens in Buffalo City aufgeschlagen hatte. Mit dem einzigen Ziel: Abstand zu gewinnen.

Von allem, was geschehen war – vor allem aber von Taylor. Der Liebe meines Lebens, die ich für immer verloren hatte.

Aber wie das Leben nun mal so spielt: Das Gegenteil war passiert.

Und was soll ich sagen?

Mein Herz – oh Gott!

Es blühte auf wie eine Frühlingsrose nach einem langen, kalten Winter.

❧ ❸ ❧
ATLANTIK

❦ DER ATLANTIK ❧

Der Atlantik trennt die Alte Welt von der Neuen Welt.
Christoph Kolumbus war der Erste, der im Jahr 1492
diese Trennung mit dem Schiff überwand.
In der Luft folgte ihm Charles Lindbergh 1927 mit der
Spirit of St. Louis –
und der ersten Nonstop-Alleinüberquerung
von New York nach Paris.
Auf keinem anderen Ozean verkehren mehr Schiffe.
Entstanden vor 150 Millionen Jahren, ist er das jüngste
der Weltmeere. Südlich von Afrika verbindet ihn der
zwanzigste Längengrad mit dem Indischen Ozean.
Sein Name geht zurück auf den altgriechischen Begriff
Atlantis thalassa – das Meer des Atlas.
Der griechischen Mythologie zufolge stützte der Titan
Atlas das Himmelsgewölbe an der Straße von Gibraltar.
Man glaubte, dass dort, hinter den Säulen des
Herakles, die Welt ende.

Cabo da Roca, Portugal, 1988

Wer nie eine Dummheit begangen hat, wer nie die Kontrolle verloren oder zumindest davon geträumt hat, hat nicht gelebt. Man muss das Leben leben, als säße man auf dem Rücken eines Pferdes. Am bequemsten ist es, wenn man gemächlich dahintrabt. Hin und wieder einen kurzen Galopp einlegt. Doch man darf um keinen Preis der Welt den Moment verpassen, an dem es nur eine einzige sinnvolle Entscheidung gibt: seinem Pferd die Sporen zu geben, mit ihm eins zu werden, gemeinsam mit ihm durchzubrennen. Über endlose Wiesen, weite Felder. Den Rausch zu erleben, ohne jedes Wenn und Aber frei zu sein. Das absolut Richtige zu tun. Zu atmen, als wäre man soeben neu geboren worden.

Kurz nach Weihnachten, am vorletzten Tag des ausklingenden Jahres 1987, nahm ich den Flieger von Durban nach Lissabon. Den Bus nach Sintra. Und von dort einen weiteren Bus hinaus auf einen schroffen, in die Unendlichkeit starrenden Felsen – dorthin, *wo die Erde endet und das Meer beginnt.*

Aqui ... onde a terra se acaba e o mar começa ...

So steht es eingraviert auf einer in Stein gehauenen Tafel, wenn man diesen kargen und doch unfassbar schönen Ort erreicht. In den Worten des portugiesischen Nationaldichters Luís de Camões. Eines jedoch hat er vergessen zu beschreiben: Wenn man den schmalen Pfad hinaufwandert, der sich am Abgrund des schroffen Kliffs von Cabo da Roca in Richtung des Leuchtturms entlangschlängelt, und dabei hinaus auf den Atlantik blickt, an einem dunstigen Morgen kurz nach Sonnenaufgang, verschmelzen nicht nur Land und Meer, sondern auch Himmel und Erde.

Alles ist eins.

Hier endet meine Reise.

Unsere Reise.

Zum ersten Mal in meinem Leben würde ich das neue Jahr allein begrüßen. Ich hatte die O'Briens und das afrikanische Ostkap hinter mir gelassen. Claire und Edward, meine Familie, würden auf der anderen Seite der Welt in Kalifornien feiern. Doch ich wusste, wo mein Platz war: genau hier, in Cabo da Roca. Seit Taylor uns verlassen hatte, hatte ich angenommen, er wäre noch immer irgendwo da draußen vor

Monterey. Aber das stimmte nicht: Er und Mandy waren auf einer Reise. Sie durchschwammen die Ozeane. Vom Pazifik waren sie in den Indischen Ozean gelangt, und ihr Weg führte sie südlich am afrikanischen Ostkap vorbei in Richtung Atlantik. Nach Cabo da Roca. Was auch immer sie dort wollten. Das einzige Problem war die Zeit. Sie hatten fast ein Jahr benötigt, um die Wild Coast zu erreichen. Wie lange also würden sie bis an die portugiesische Atlantikküste brauchen? Oder anders ausgedrückt: Wie lange musste ich hier warten?

Andererseits war ich mir ganz sicher, dass ich keine Zeit verlieren durfte. Was war Zeit überhaupt? Möglicherweise etwas ganz anderes, als wir uns darunter vorstellten. Womit wir wieder beim Thema Zufälle wären: Vielleicht hatten Taylor und Mandy gar kein Jahr gebraucht, um den Indischen Ozean vor Buffalo City zu erreichen und mich dort scheinbar zufällig vor dem Ertrinken zu retten. Nein, vielleicht hatten sie dort auf mich gewartet. Vielleicht hing alles miteinander zusammen. Vielleicht war es ihr Schicksal. Unser Schicksal. Vielleicht existierten übergeordnete Pläne, Lebenslinien, die sehr viel stärker waren als die Zeit, die sie mühelos überwanden.

All das ging mir am Jahresende, das ich allein im Zimmer meiner Pension in Sintra verbrachte, durch den Kopf. Am Nachmittag war ich bereits zum zweiten Mal hinaus nach Cabo da Roca gefahren. Die steilen Klippen lagen nur einen Steinwurf außerhalb des kleinen verträumten Städtchens in den Bergen. Am Neujahrsmorgen schließlich traf ich eine Entscheidung. Es genügte nicht, mir die kommenden Wochen und möglicherweise Monate um die Ohren zu schlagen und Tag für Tag hinaus zum Felsen zu pendeln, dort aufs Meer zu starren, nur um nach Einbruch der Dunkelheit unverrichteter Dinge wieder zurückzufahren. Nein: Ich musste dem Schicksal zeigen, dass ich wirklich da war. Tag und Nacht.

Wie ein Fels in der Brandung.

Ich musste es Taylor beweisen. Nur so würden wir einander wiederfinden. Zuerst dachte ich daran, mir ein Zelt zu kaufen. Doch die eisigen Nachtwinde um diese Jahreszeit hielten mich davon ab. Zum Campen wiederum gab es an diesem verwaisten Platz am Ende der Alten Welt nur eine einzige Alternative: das Haus des Leuchtturmwärters. Es saß direkt dort, nur wenige Schritte von der gähnenden Tiefe des Ozeans entfernt.

Ich hatte den Wärter bereits gesehen, gestern. Er war ein sympathisch wirkender Mann etwa in Edwards Alter. Seine Frau wiederum, ein zierliches Persönchen, ähnelte Claire. Sie hängte Wäsche im Garten auf. Weiße Laken, die wild in den Windböen wehten, die der Atlantik an das Haus trug. Irgendwie wirkten die beiden traurig. Auf eine leise, zurückhaltende, sich anderen nicht aufdrängende, vollkommen in sich gekehrte Weise, so als hätten sie etwas erlebt, das ihnen sämtlichen Lebensmut geraubt hatte. Aber vielleicht täuschte ich mich auch.

Am zweiten Tag des neuen Jahres schließlich, es war noch früh am Vormittag, nahm ich allen Mut zusammen und klopfte an ihre Tür. Es goss in Strömen. Der über Nacht aufgefrischte Wind schien den ganzen Ozean an Land peitschen zu wollen. Ich war mit dem ersten Bus rausgefahren und hatte mir zuvor beim Frühstück in meiner Pension ein paar portugiesische Vokabeln eingebläut. Ich hoffte inständig, dass sie Englisch sprachen, während ich in meinem Regencape vor dem Leuchtturmhaus stand und betete, dass alles gut ging.

Zu meiner Erleichterung war es die Frau, die die Tür öffnete.

„*Olá, bom dia!*", wünschte ich meinem Gegenüber zur Begrüßung einen guten Tag und stellte mich vor: „*Meu nome é a Amber* – mein Name ist Amber."

Ich meinte, ein winziges, meine Bemühungen anerkennendes und meine Fehler verzeihendes Lächeln um die Mundwinkel der Frau zu erkennen.

„*Fala Inglês* – sprechen Sie Englisch?"

„Ja", erwiderte sie mit einer überaus sanften, liebenswerten Stimme. „Mein Name ist Ana. Und mein Mann heißt João. Er kommt gleich nach Hause. Aber wo sind meine Manieren geblieben? Komm doch erst mal rein – bevor du dich noch in einen Fisch verwandelst."

Wenn sie wüsste, dachte ich bei mir, und trat über die Türschwelle.

Fünf Minuten später saß ich in eine warme Decke gehüllt an einem rustikalen Holztisch, vor mir eine dampfende Tasse Kaffee. Der Regen trommelte an die Fensterscheiben.

Das also war portugiesische Gastfreundschaft. Sie kannte mich nur ein paar Minuten und behandelte mich keineswegs wie einen Eindringling, sondern wie eine gute alte Freundin, die zufällig vor ihrer Tür aufgeschlagen war.

„Frohes neues Jahr!", wünschte ich Ana.

„Dir auch", entgegnete sie und musterte mich nachdenklich.

„Wir hatten auch eine Tochter – sie wäre jetzt in deinem Alter."
Ihre Stimme bekam einen traurigen Unterton.

„Oh …", erwiderte ich, überrumpelt von dem plötzlichen Stimmungswechsel, und blickte betreten zu Boden.

Im selben Moment vernahm ich draußen das Geräusch eines Autos. Eine Tür wurde zugeschlagen. Und eine andere öffnete sich.

Kurz darauf stand Anas Mann vor mir, João. Er trug einen ziemlich verdreckten Arbeitsoverall, so als hätte er bei diesem Wetter im Wald Bäume gefällt, um Feuerholz zu haben. Wie es aussah, heizten sie das Haus allein mit dem Feuer im Kamin. In Portugal konnte es im Winter ganz schön zugig werden.

„Du bist Amerikanerin?", fragte er mich.

Ich nickte.

„Wir haben auch mal dort gelebt", sagte er und setzte sich zu uns an den Tisch. „In Kalifornien. Schön ist es da."

Wie klein die Welt doch ist, dachte ich bei mir.

„Ich bin aus Kalifornien", informierte ich sie. „Aus Monterey."

Kaum hatte ich es ausgesprochen, verdunkelten sich Joãos Züge. Augenblicklich sah er Ana an, als hätte sie den Leibhaftigen persönlich ins Haus gelassen.

Eine bedrückende Stille kehrte ein. Der Regen draußen wollte und wollte nicht aufhören. Er war die perfekte Untermalung zu der Stimmung, die sich bei uns in der Küche ausgebreitet hatte.

Schließlich brach Ana das Schweigen.

„Wir haben auch in Monterey gelebt", sagte sie. „Aber das ist lange her. Zu der Zeit warst du noch ein kleines Mädchen."

João saß nur da und schüttelte den Kopf.

„Portugal war damals bitterarm, noch ärmer als heute – also ging ich wie so viele hier als Fischer dorthin", begann er schließlich. Er konnte nicht ahnen, dass ich zumindest genauso verdutzt war wie er, während er mit seiner Geschichte fortfuhr. „In Amerika gab es Arbeit in Hülle und Fülle. Gut bezahlte Arbeit. Also fing ich bei einer Firma an, die im Sardinengeschäft war, auf einem Fischkutter."

„Wie … hieß die Firma?", fragte ich aufgeregt.

„Irgendwas mit T … Tea…", fing er an.

„Die Teagarden Company?“

Meine Augen mussten weit aufgerissen sein, während ich es aussprach. Es war kaum zu glauben: Hier, am anderen Ende der Welt, traf ich einen Fischer und seine Frau, die für meinen Stiefvater gearbeitet hatten. Beziehungsweise für dessen Vater William, denn das Ganze lag ja offenbar bereits lange zurück. Ich hoffte nur, dass es kein böses Blut zwischen meinen Gastgebern und meiner Familie gab.

„Ja, die Teagarden Company!“, bestätigte er.

„William und Edward, sein Sohn“, sagte ich.

„Du kennst sie persönlich?“

„Ich …“ Nun war ich an der Reihe zu erzählen. Ich begnügte mich mit der Kurzfassung der Geschichte. Die Geschichte der Tochter einer Haushälterin, die zur Frau an der Seite von Edward Teagarden geworden war, was uns letzten Endes alle zu einer Familie machte. Taylor und Mandy ließ ich vorerst lieber außen vor.

„Wir haben unsere Tochter dort draußen auf dem Meer verloren, Anfang 1975, sie war gerade erst sechs geworden“, stieß Ana schließlich hervor.

„Es war ein Unfall“, erklärte João. „Wir waren mit dem Boot draußen, um zu angeln, an einem Sonntag. Sie ist einfach über Bord gegangen und in die Tiefe gerauscht, fast wie ein Stein. Alles ging so … unfassbar … schnell.“

Ein Bootsunfall. An einem Sonntag. Sofort drängte sich mir jener Vormittag auf, als Taylor auf exakt dieselbe Weise verschwunden war. Er jedoch war wieder aufgetaucht. Dank *ihr*.

„Nein, es war ganz allein meine Schuld!“, klagte Ana sich an. „Ich habe nicht gut genug auf mein Baby aufgepasst … auf meine kleine Corália …“

Tränen hatten sich in ihre Augen geschlichen.

„Es war nicht deine Schuld, Ana“, widersprach ihr João. „Gott hat es so gewollt.“

Für eine Sekunde fragte ich mich, wer Gott war, wenn er so etwas wollte.

Der Leuchtturmwärter ergriff über den Tisch hinweg die Hand seiner Frau und stieß einen tiefen Seufzer aus.

„Wir sind dann wenig später wieder zurück nach Portugal gezogen“, erklärte er. „In Cabo da Roca wurde ein Leuchtturmwärter gesucht. Wahrscheinlich war es das Beste. Manchmal muss man die Vergangenheit hinter sich lassen und die Schmerzen, die mit ihr verbunden sind ...", sagte er.

Was das betraf: Genau das hatte ich auch vorgehabt.

„Ich träume noch immer von Monterey und dem Pazifik", gestand Ana mit tränenerstickter Stimme. „Unsere Kleine ist noch immer irgendwo da draußen. Ganz allein."

João seufzte ein zweites Mal, um sich daraufhin von seinem Platz zu erheben, zu Ana zu gehen und sie von hinten zu umarmen.

Ein Weilchen verharrten wir so nebeneinander, als wäre das Bild eingefroren. Ohne ein Wort. Ich war gerade erst eine halbe Stunde hier und kannte bereits die halbe Lebens- und Leidensgeschichte der beiden. Sie wirkten so vertraut auf mich, dass ich mich schon fast als Familienmitglied betrachtete. „Entschuldigt bitte, ich weiß auch nicht, was mit mir los ist ...", bat uns Ana schließlich um Verständnis.

„Das macht doch nichts, *Anita*", flüsterte ihr Mann ihr zärtlich ins Ohr, die portugiesische Koseform ihres Namens verwendend, während er gleichzeitig den Blick an mir vorbei auf ein hinter mir stehendes Regal schweifen ließ.

Er sprang auf und holte ein kleines gerahmtes Foto vom obersten Bord.

„Hier, schau mal: Das war sie."

Er reichte es mir, und ich nahm es, nichtsahnend.

Um ein Haar wäre ich zur Salzsäule erstarrt.

Denn das kleine Mädchen auf dem Foto, die kleine, sechsjährige Corália, war niemand anders als – Mandy!

Es bestand nicht der leiseste Zweifel: Sie war es.

Dasselbe Gesicht. Jenes Gesicht, das ich zuerst im Jahr 1975 gesehen hatte, wenn auch nur für einen kurzen Augenblick. Damals, bei dem Bootsunfall draußen auf dem Pazifik, bei dem Taylor über Bord gegangen war. Und dann erneut, vor nicht viel mehr als einem Jahr, als sie ein zweites Mal in unser Leben trat, kurz vor Thanksgiving. Diesmal mit den Zügen eines Teenagers und dem Traum, zusammen mit Taylor für immer in den Weiten des Ozeans zu verschwinden.

Ich brachte kein Wort hervor.

„Ist alles in Ordnung?", fragte Ana mich. Auch ihr Mann starrte mich an, als hätte er etwas bemerkt. Ich musste ziemlich blass um die Nase geworden sein.

„Ja ... natürlich ...", beeilte ich mich zu bestätigen. „Sie ist nur so ... hübsch. Wirklich außergewöhnlich hübsch."

„Das war sie", bestätigten beide unisono.

„Haben Sie noch andere Kinder?", versuchte ich schnell das Thema zu wechseln, während ich das Foto vor mir auf den Tisch stellte. Ich musste versuchen, einen klaren Gedanken zu fassen.

Der Leuchtturmwärter schüttelte den Kopf.

„Nein, es hat nicht sollen sein", sagte er. „Aber wir sind zufrieden. Wir kommen über die Runden und haben einander. Das ist das Wichtigste – dass man jemanden hat, der einen liebt und den man lieben kann."

Er sagte es so liebevoll und sandte daraufhin ein kleines Lächeln zu Ana, dass mir sofort wieder warm ums Herz wurde.

„Und du – was hat dich aus Amerika hierher ans Ende der Welt verschlagen?", fragte er mich im nächsten Atemzug.

„Ich? Ich ... studiere Meeresbiologie." Das war nicht mal gelogen. Dass ich gleich zu Beginn meines Studiums in die große Pause gegangen war, mussten sie ja nicht unbedingt wissen. „Momentan arbeite ich an einem Projekt – einer Studie über den Atlantik. Ich wollte Sie fragen, ob Sie mir vielleicht ein Zimmer vermieten können", kam ich zum eigentlichen Grund meines Besuchs. „Mir reicht ein kleines Kämmerchen, ich möchte nur ganz nah am Meer sein."

„Eine Studie über den Atlantik?"

„Ja, am Ende soll es ein Buch werden – über die drei großen Ozeane. Und über die Geheimnisse, die sie bergen."

„Das klingt wirklich interessant", sagte Ana. „Und für wie lange möchtest du hier sein?"

„Eine Woche ... vielleicht?", schätzte ich.

Nachdem ich das Foto von Mandy gesehen hatte, war mir klar, dass das Schicksal auf mich gewartet hatte. Länger als eine Woche würde ich nicht warten müssen. Wenn überhaupt. Irgendetwas würde geschehen.

Und zwar schon sehr bald.

Das sagte mir meine innere Stimme.

„Gut, aber nur unter einer Bedingung", willigte João ein.

„Ja?", piepste ich.

„Du bist unser Gast."

Ich blickte fragend zu Ana. Das war wirklich ein überaus großzügiges Angebot, vor allem wenn man bedachte, dass ich eine völlig Fremde war.

Ana nickte. Sie wirkte überglücklich, mich im Haus zu haben.

„Du erinnerst mich an Corália", sagte sie.

Noch am selben Tag verließ ich die Pension in Sintra und zog in ein kleines, gemütliches Zimmerchen mit weiß gekalkten Wänden, einem Kachelofen und einem winzigen Fensterchen, das hinaus auf den an die Steilküste stürmenden Atlantik wies, über dem sich noch immer ein Gebirge aus schwarzen Wolken türmte.

In dem Zimmer gab es ein kleines altes Radio.

Ich stellte es an, um zu sehen, ob es noch funktionierte. Das tat es. Untermalt von einem Knistern und Rauschen, aber das machte nichts. Stellte ich doch fest, dass sich ein Virus, das ganz Amerika schon seit Monaten fest in seinem Griff hatte, mittlerweile bis in die entlegensten Winkel Portugals ausgebreitet hatte. Dort, wo einander niemand Gute Nacht sagte bis auf den Leuchtturmwärter und seine Frau sowie ein paar Wanderfalken, die in den zerklüfteten Felswänden nisteten.

Das Dirty-Dancing-Virus.

Sofort fühlte ich mich ein wenig mehr zu Hause. Ich musste an Claire und Edward denken. Was sie wohl gerade machten auf der anderen Seite des großen Teichs? Ob auch sie an mich dachten, ein klein wenig zumindest? Zumindest bei Claire war ich mir dessen ziemlich sicher, wahrscheinlich dachte sie rund um die Uhr an nichts anderes – sie war nun mal eine süße Glucke.

She's like the wind …, hauchte Patrick Swayze mir sanft ins Ohr.

Irgendwie trifft das auch auf Mandy zu, dachte ich, während ich dem Song innig lauschte. Auch sie war so unsichtbar und flüchtig wie der Wind.

Ich stand noch immer unter Schock.

Was hatte es mit dem Foto in der Küche auf sich? War Mandy tatsächlich Corália? Jenes kleine Mädchen, das, wie ich heute erfahren hatte, 1975 auf tragische Weise im Pazifik vor Monterey ertrank – kurz bevor Taylor und ich uns kennenlernen und jenen Bootsausflug unternehmen sollten, nach dem nichts mehr so war wie zuvor? Hing all das miteinander zusammen?

Setzte man die Puzzleteile zusammen, sah es fast so aus, als wäre Corália zurückgekehrt aus den Tiefen des Meeres. Dafür, dass wir sie Mandy getauft hatten, konnte sie ja nichts. Hatte sie vielleicht eine Botschaft für Ana und João, ihre nach all den Jahren noch immer von Schmerz und Trauer gezeichneten Eltern? War das der eigentliche Grund ihrer Reise durch die Weltmeere nach Cabo da Roca? Je länger ich darüber nachdachte, desto logischer erschien es mir. Doch wozu benötigte sie Taylor? Noch konnte ich mir keinen Reim darauf machen, sosehr ich mir auch das Gehirn zermarterte.

Patrick Swayzes Stimme holte mich zurück aus meinen wilden Gedankenspielen.

Just a fool to believe, I have anything she needs ... she's like the wind ...

Ich stellte mir vor, wie ich hier – in meiner winzigen Dachkammer – mit Taylor tanzen würde, zu eben diesem Song. Eng umschlungen. Und schließlich stoppt die Musik. Das Lied ist zu Ende.

Alles ist still.

Und die Stille gehört nur dir und mir. Während wir uns weiter umarmen und sich deine Lippen unendlich langsam den meinen nähern. Lautlos wie Diebe in der Nacht, die kamen, um einen Kuss von meinen Lippen zu stehlen. Mein Atem stoppte. Die ganze Welt um mich herum hielt an. Für diesen einen wunderbaren Augenblick in meiner Dachkammer hier draußen auf den Felsen Cabo da Rocas. Ach, wie sehr wünschte ich mir, dass wir sein könnten wie Patrick Swayze und Jennifer Grey in *Dirty Dancing*!

Aber leider, leider konnte ich nicht tanzen.

Obwohl ich nichts auf der Welt lieber getan hätte.

In jener sturmumtosten Nacht ging ich gleich nach dem Abendessen zu Bett. In Portugal isst man traditionell sehr viel später als bei uns zu Hause in Kalifornien. Als wir den Tisch schließlich abräumten, war es bereits zehn Uhr. João hatte fachmännisch einen Fisch zubereitet, den er selbst gefangen hatte. Er war ein Meisterkoch, daran bestand nach diesem göttlichen Mahl kein Zweifel. Dazu hatten wir eine Flasche

Wein geleert. Es war ein schöner Abend gewesen, und die Traurigkeit, die das Haus zuvor erfüllt hatte, war schließlich einer ausgelassenen Fröhlichkeit gewichen.

Ana war in die Küche gegangen, als João mir über den Tisch zuflüsterte:

„Pst! Meine Frau will von all dem nichts hören, weil es ihr wehtut. Aber ich weiß, dass unsere Tochter lebt. Irgendwo da draußen ist sie. Ihre Seele, meine ich. Das spürt man als Vater. Zwischen Corália und mir bestand immer ein ganz besonderes Band … ich träume noch immer von ihr, nach all den Jahren. Glaubst du nicht auch?"

„Ja, das glaube ich auch", stimmte ich ihm zu. Ich war kurz davor, ihm die Wahrheit zu erzählen. Doch Ana, die durch den Türrahmen zu uns hereinkam, hielt mich davor zurück. Wahrscheinlich zu meinem eigenen Besten. Denn ein Märchen bleibt so lange ein Märchen, bis es wahr wird. Wir Menschen glauben nur an das, was wir mit eigenen Augen sehen. Und irgendwie hatte ich das Gefühl, dass Joãos und auch Anas Augen genau das zu sehen bekommen würden, wonach sie sich schon so lange sehnten. Ich hoffte es zumindest. Für sie – und für mich. Es würde nicht mehr lange dauern. Dessen war ich mir sicher, als ich wenig später in mein Bett fiel, die Glieder schwer wie Blei.

Ich erwachte mitten in der Nacht. Hier draußen in Cabo da Roca war es nachts so dunkel, dass man kaum die Hand vor Augen sehen konnte. Noch immer verhüllte ein Meer aus dunklen Gewitterwolken den Himmel und verbarg sowohl Mond als auch Sterne unter sich wie unter einer schwarzen Decke. Allein der Leuchtturm schickte sein Licht hinaus auf den Ozean. Doch es war nicht das, was mich geweckt hatte.

Es war ein kleines rotes Licht draußen auf dem Meer. Sein Schein musste schon eine ganze Weile in mein Zimmer gefallen sein. Es tanzte aufgeregt auf dem Wasser wie der zurückgebliebene Blinker eines Autos, das dort versunken war.

Ich blickte angestrengt aus dem Fenster hinaus auf den tosenden Atlantik.

Im selben Moment wusste ich, was es war.

Kein gewöhnliches Signal. Sondern eines, das ich seit langer, langer Zeit kannte – es war der Blinker, mit dem Taylor und ich als kleine

Kinder meine Puppe Doris im Ozean versenkt hatten, um mit Mandy Kontakt aufzunehmen.

Sollte mein Verdacht sich bewahrheiten, bedeutete es, dass sie dort draußen waren. Mandy und er. Dass sie Kontakt mit mir aufnehmen wollten.

„Ana!", rief ich mehr, als dass ich flüsterte, „João!", während ich leise gegen ihre Schlafzimmertür klopfte.

Wenig später standen wir alle am Fenster. João hatte sein Fernglas genommen und starrte hinaus auf das aufgewühlte Nachtmeer.

„Gott im Himmel, du hattest recht: Da schwimmt jemand – eine … Frau … oder ein Mädchen, wie es aussieht …"

„Wie ist das möglich?", fragte Ana erschrocken.

„Ihr wartet hier, ich hole das Boot!", beschloss João.

„Nein, wir kommen mit dir", widersprach Ana ihm im selben Atemzug. Offenbar fürchtete sie, nach ihrer einzigen Tochter auch noch ihren Mann an das Meer zu verlieren, und wich deshalb nicht eine Sekunde von seiner Seite. „Das heißt, wenn du willst", ergänzte sie an mich gewandt.

„Natürlich will ich!", bestätigte ich. Dafür war ich schließlich hier.

Durch den strömenden Regen eilten wir in unseren eilig übergeworfenen Capes hinaus zu Joãos altem Jeep, der vor dem Leuchtturmhaus parkte, und schlingerten kurz darauf über eine aufgeweichte Sandpiste hinunter zu einer kleinen Bucht, die sich hinter dem großen Felsen auftat. Hier, in einem geschützten Verschlag, lag ein kleines Holzboot mit einem Außenbordmotor.

Gegen den stürmischen Wind anrennend, schoben wir es in Richtung Wasser. Wenig später tanzten wir auf den Wellen wie die sprichwörtliche Nussschale.

Das blinkende rote Licht wies uns den Weg.

Der Ozean peitschte uns ins Gesicht, als wolle er um jeden Preis verhindern, dass wir unser Ziel erreichten und dieses Mädchen aus ihrer Not erretteten.

Doch dieses Mal sollte es ihm nicht gelingen. Nach einer Zeit, die mir vorkam wie eine Ewigkeit, gelangten wir endlich auf ihre Höhe. Die haushohen Wellen trugen sie neben unserer Bootswand auf und ab wie Treibgut.

Ich – erkannte sie sofort.

Mein Blick glitt hinüber zu Ana.

Auch sie hatte es gesehen. Sie hielt sich erschrocken die Hand vor den Mund, die Augen weit aufgerissen in Anbetracht des Fundstücks, das hier vor uns im Wasser schwamm. João hingegen war so beschäftigt damit, das nackte Mädchen aus dem Meer an Bord zu hieven und sie schützend in die mitgebrachte warme Decke zu hüllen, dass es ihm zuerst nicht auffiel.

Er hatte nicht einfach irgendein Mädchen, eine Schiffbrüchige, aus den tödlichen Fluten des Ozeans gerettet.

Nein, er hatte Corália gerettet – seine Tochter. Mandy.

Sie hatte sich kaum verändert, seit ich sie das letzte Mal gesehen hatte. Etwas jedoch war anders: Unterhalb der Decke, die bis hinab zu ihren Hüften floss, entdeckte ich ein Wunder.

Sie – hatte Beine! Wunderschöne, schlanke Beine. Sie zitterten wie Espenlaub, so wir ihr ganzer Körper, aber es schien ihr gut zu gehen.

Erst jetzt blickte João ihr ins Gesicht. Ana musterte sie schon die ganze Zeit über still und stumm wie eine steinerne Statue. Eine Statue, aus deren Augenwinkeln Tränen hinabliefen.

„Papai … Mamãe …?“

Noch bevor auch nur der leiseste Mucks aus ihrem Mund zu vernehmen war, sah ich, wie Mandys – Corálias – Lippen die Worte formten.

Papa … Mama …

Dann, keine Sekunde später, begleitet vom Sturmgebraus, fielen sie aus ihr heraus, leise und fein, als würde jemand mit einer Stimmgabel an dünnes Glas schlagen. Es war überhaupt das erste Mal, dass ich ihre Stimme hörte. Sie klang so hell und rein wie eine Harfe. Wie ein Lied, das Sonne, Mond und Sterne gemeinsam angestimmt hatten, um ein Licht anzuknipsen in dieser dunklen Gewitternacht vor Cabo da Roca.

Was dann geschah, nahm ich nur aus der Entfernung wahr. Wie aus einer Art entrücktem Koma. Ich erinnere mich an eine wahre, nicht zu bremsende Flut portugiesischer Worte. Daran, wie Ana von ihrer Bank aufsprang. Wie sie ihre Tochter küsste, ihren verlorenen Schatz, so wie es João tat, wieder und wieder, wie sie sich alle küssten und umarmten und João schließlich beide eng an sich drückte, so als wolle er sie nie wieder loslassen. Ja, es war fast, als wären diese drei Menschen auf einmal nur noch ein einziges Wesen, als gingen sie ineinander auf, verschmolzen miteinander. In diesem so unerwarteten Augenblick des Wiedersehens, diesem Lächeln des Himmels. Und ich benötigte kein Wort Portugiesisch, um zu erkennen, dass es weder Regen noch Meerwasser war, was ich in Corálias, Anas und Joãos Gesichtern sah. Ein zweites Mal schien der Ozean zu weinen. Doch diesmal waren es Tränen der Erlösung. Plötzlich machte alles Sinn: Es war genau wie in der Legende. Das unzertrennbare Band der Liebe, das sich zwischen das Herz einer kleinen Meerjungfrau und das eines Menschenkindes gespannt hatte, hatte den Fluch besiegt, der auf ihr lag. Du, Taylor, warst es, der ihr die Rückkehr in die Welt an Land ermöglicht hat. Die Rückkehr zu ihrer verlorenen Familie. Du warst es, der ihr eine zweite Chance geschenkt hat: das Leben zu leben, das ihr auf so ungerechte Weise gestohlen worden war und nach dem sie sich so verzweifelt gesehnt hatte, dass sie alles dafür riskierte. Sogar in den Netzen eines Fischtrawlers vor Monterey zu landen, aus denen es kein Entrinnen gab. In diesem Moment war sie endlich, endlich, endlich angekommen.

In *ihrem* Leben.

Zu Hause. Suchend blickte ich hinaus auf das dunkle, sturmgepeitschte Nachtmeer.

Denn eines fehlte noch zum Glück: du, das Menschenkind.

„Wo bist du, Taylor?", flüsterte ich in den heulenden Wind.

„Ssschh …!", antwortete dieser. Und noch einmal. „Ssschh …!"

Im selben Augenblick wusste ich es plötzlich.

Natürlich!

Mein über alles geliebter Freund: Du warst bereits wieder dort, wo du immer warst. Und wo du immer sein wirst. An dem magischen Ort, wo alles begann.

Jenem Ort, von dem du mich eigens für diese Geschichte entführt hast. Weit hinaus trugen deine starken Arme mich. In das Land der Träume, in das Meer der Fantasie.

Damit ich dort umherlaufen konnte, frei wie der Wind, der die Wellen jagt.

Ohne Unterlass, ohne Pause – mit einem Atem, der nie endet.

So weit meine Beine mich tragen.

4

AQUARIUM

Während ich diese Zeilen schreibe, lausche ich dem Lied, mit dem alles begann. Vor so langer Zeit, dass es fast klingt wie das aus der Vergangenheit zu mir an meinen Schreibtisch herüberwehende Rauschen des Ozeans im Jahr 1975: das *Aquarium* von Camille Saint-Saëns.

Der feine perlende Klang erfüllt mich mit Glückseligkeit. Eigentlich hatte ich mir geschworen, das Stück nie wieder zu hören. Aber die wunderbare Nachricht, die ich vor Kurzem erhalten habe, hat alles verändert. Sie hat mein Leben auf den Kopf gestellt. Ich mag hier an meinem Schreibtisch sitzen, während der seidige Wind durch das offene Fenster weht und mir zärtlich durchs Haar streicht, aber in Wahrheit schwebe ich über den Wolken. Hier in dem gläsernen Haus in den Dünen, in dem ich meine Kindheit verbracht habe und in das ich nun wieder eingezogen bin. Wenn auch nur für ein, zwei Monate – so lange, bis ich endlich auf eigenen Beinen stehe. Es fühlt sich an, als hätte ich all das nie hinter mir gelassen. Alles ist noch genau wie damals.

Auf eigenen Beinen stehen.

Ich habe die OP gut überstanden. Mit einem winzigen Plastikchip im Gehirn, der meinen größten Wunsch von dort an meine Beine überträgt. Nicht mithilfe von Gedankenübertragung, sondern dank elektrischer Impulse, die meine stillgelegten Nerven unterhalb meiner Hüfte aktivieren. Ich habe die erste Hälfte meines Lebens damit verbracht, auf diesen Chip zu warten. Darauf, dass ein Genie ihn erfindet. Das Genie hat mich nicht enttäuscht. Nun beginnt Teil zwei des Wunschprogramms: Laufen lernen. Meine Ärzte sind voller Zuversicht. Wir schreiben das Jahr 2014, und es wird das Jahr sein, in dem sich alles ändert. Das Jahr meines Durchbruchs. Zum ersten Mal in meinem Leben werde ich auf eigenen Beinen stehen. Ein neues Kapitel aufschlagen. Doch um das zu können, muss ich zunächst ein anderes Kapitel beenden – die Geschichte von Taylor Teagarden und Amber Wood. Sie endet genau dort, wo sie angefangen hat. Doch dieses Mal werde ich erzählen, was sich tatsächlich dort draußen zugetragen hat, an jenem Wintersonntag des Jahres 1975. Es ist eine kurze Geschichte, sehr viel kürzer als jene, die ich bis hierhin erzählt habe.

Sehr viel kürzer und sehr viel trauriger.

Sie beginnt mit einem kleinen Mädchen, das im Rollstuhl sitzt.

Nennen wir sie *das Mädchen mit den hölzernen Beinen*. Ihr Name ist Amber Wood. Vor Kurzem ist sie mit ihrer Mutter Claire in einen gläsernen Bungalow in den Dünen Montereys gezogen.

In dem Glashaus wohnt ein kleiner Junge. Sein Name ist Taylor Teagarden. Auch ihm fehlt etwas: Aber es sind nicht seine Beine, sondern seine Mutter Elena. Sie ist gestorben. Taylor ist sehr traurig, genau wie sein Vater Edward, und das Mädchen mit den hölzernen Beinen unternimmt alles, um ihm zu helfen. Ihn ein bisschen weniger traurig zu machen. Sie will unbedingt seine Freundin werden. Denn sie glaubt fest daran, dass sie zusammen glücklich sein können. Allein dadurch, dass sie einander haben.

Eines Tages unternehmen sie alle zusammen einen Bootsausflug auf dem Pazifik:

Langsam tuckerte William Teagarden, der Senior der Familie, der das Steuer übernommen hatte, aus dem Hafen und hielt sich danach nah an der Küste, Kurs nehmend auf den Leuchtturm bei Point Lobos.

„Möchte jemand etwas essen?", versuchte meine Mutter die unangenehme Stille auf dem von einem kühlen Wind umwehten Boot für einen Moment zu durchbrechen. Mit übertriebener Hast öffnete sie den Picknickkorb aus hellem Bast, der vor ihren nackten Füßen auf dem Deck stand.

„Ich hab einen Mordshunger", rief William erfreut. Claire reichte ihm ein Sandwich. Edward verneinte dankend und versuchte stattdessen, Blickkontakt mit Taylor aufzunehmen, der neben mir auf der gegenüberliegenden Seite saß. Das Einzige, was ihm geblieben war, nachdem er seine geliebte Elena verloren hatte. Taylor bemerkte nicht, dass sein Vater versuchte, mit ihm in Kontakt zu treten. Er schaute gedankenverloren hinaus auf die blauen Wellen, sah verträumt der weißen Gischt hinterher, dem Staub des Meeres, den der Bootsmotor aufwirbelte. Ich erinnere mich an das Bild, als hätte ich es erst gestern mit meinen hungrig umherschweifenden Augen gesehen: Er trug ein taubenblaues T-Shirt, das im Wind flatterte, indigoblaue Sommerjeans und nachtblaue Indianer-Mokassins an seinen nackten, sonnengebräunten Füßen.

Langsam und behäbig wie ein des Lebens müder Greis pflügte unser Boot durch die schwach an die Bordwand brandenden Wellen. Der

Seegang an diesem Tag war so schwach, dass nicht einmal meine Mutter über Übelkeit klagte, die trotz ihrer Abenteuerlust und unstillbaren Begeisterungsfähigkeit für Dinge, die ihr nicht bekamen, für gewöhnlich die Erste war, die seekrank wurde. Wir waren nicht weiter als ein paar Hundert Meter von der Küste entfernt, als William am Ruder plötzlich aufschrie.

„Delfine!"

Tatsächlich. Jetzt sahen wir sie auch. Es waren zwei Pärchen, nein, drei, nein, mehr. Insgesamt acht oder neun Delfine schwammen mit unserem Schiff. Sie waren beinahe zum Greifen nahe, nicht mehr als drei oder vier Meter von unseren an den Bordwänden verlaufenden Bänken entfernt. Sie pflügten übermütig rechts und links von uns durch das Meer und sprangen voller Lebensfreude in eleganten Bögen aus dem kühlen Nass. Wir alle waren wie gebannt, starrten fasziniert hinüber zu diesen fantastischen Geschöpfen, die keine Seltenheit waren hier draußen in der kalifornischen See, aber denen dennoch vor allem wir Kinder selten so nah gekommen waren wie in diesem Augenblick. Für einen Moment wandte ich mich von den Delfinen ab, um hinüber zu Taylor zu schauen.

Mein Blick gefror. Wo ... wo ... war Taylor?

Gerade saß er noch neben mir – und nun war er verschwunden.

Ich war stumm und unfähig, ein Wort herauszubringen. Sämtliche Geräusche, das befreite Lachen an Bord, all das war mit einem Mal in einen fernen, gedämpften Hintergrund gerückt. Wie benommen registrierte ich, wie William das Boot stoppte. Wie sein Gesicht einfror. Wie Edward in nicht mehr als zwei oder drei Sekunden sein weißes Sommerhemd über den Kopf zog, seine Segelschuhe abstreifte und mit einem beherzten Sprung ins Wasser hechtete; wie meine Mutter, gepackt von eisigem Entsetzen, aufsprang und zu mir herübereilte, um meinen kleinen Körper fest an sich zu pressen.

Es vergingen Ewigkeiten – ich weiß nicht, wie viele Minuten ein Mensch die Luft anhalten kann –, bis Edward wieder auftauchte. Doch so weit ich meine Augen aufriss, ich konnte Taylor nicht bei ihm entdecken. Er war nicht in seinen Armen. Meine Mutter fing an, leise zu wimmern.

„Gott im Himmel steh uns bei ...", betete William.

Schwer keuchend tauchte Edward erneut hinab in die Tiefe, wäh-

rend William über das Funkgerät den Notruf verständigte. Ich hörte,
wie er schrie, dass sie einen Helikopter schicken sollen, und zwar jetzt
sofort. Er war der König der Fischer, und wenn jemandem mit aller
Macht und allen Möglichkeiten geholfen würde, dann ganz bestimmt
ihm – das zumindest war meine Hoffnung, während ich steif und
klamm vor Angst auf den Platz starrte, auf dem kurz zuvor noch
Taylor gesessen und sich dem Horizont entgegengeträumt hatte.

Doch ich sollte vergebens hoffen.

Du solltest nicht wieder auftauchen.

Nicht an diesem Tag auf dem Meer.

Ich saß einfach nur da auf meinem Platz, zu keiner Bewegung fähig, und starrte auf die Stelle, an der du im Ozean verschwunden warst.

In den darauffolgenden Tagen verharrte ich unentwegt in meinem Rollstuhl, durch die mächtigen Scheiben des gläsernen Bungalows hinaus auf den Pazifik spähend – dorthin, wo wir dich zurückgelassen hatten. Edward hatte beschlossen, meine Mutter als Haushälterin zu behalten. Und damit auch mich. Am liebsten hätte ich mich ebenfalls in den Ozean gestürzt, mich ertränkt. Aber das ging nicht, denn ich war gefangen. In meinem Rollstuhl. In dem Aquarium in den Dünen.

Bis zu der Nacht nach deiner Beerdigung. Sie haben dich nie gefunden, also haben sie einen leeren, kleinen schneeweißen Holzsarg neben Elena beerdigt.

„Amber?"

Ich wachte schweißgebadet auf, denn ich hatte schlecht geträumt. Doch ich beruhigte mich sofort wieder. Denn an meinem Bett saß eine leuchtende Gestalt. Ich erschrak nicht im Geringsten, im Gegenteil – denn es warst du. Nicht der Taylor aus Fleisch und Blut, den ich kannte – sondern ein Taylor aus einem gleißend hell strahlenden Licht. Noch heute kann ich fühlen, wie du mir zärtlich mit der Hand über die Stirn fährst.

„Keine Angst, ich bin immer bei dir", flüsterst du. „Auch wenn du mich nicht sehen kannst."

Ich brachte kein Wort heraus, sondern starrte dich nur an. Von jenem Tag an wusste ich, dass du nicht tot warst. Du warst nur an einem anderen Ort, aber nur weil ich dich nicht sehen konnte, hieß das ja nicht, dass du nicht da warst, an meiner Seite. Es existierte noch immer eine Welt, in der wir zusammen sein konnten: die Welt der Fantasie.

Ich war es, die Mandy erfand. Das Mädchen aus dem Meer, das gekommen war, um dich mir wegzunehmen. Sie war ein bisschen wie ich: ein Mädchen ohne Beine, das in einem Reich der Träume lebte.

Sie war es, die dich mir zurückgebracht hat.

In meinen Träumen.

Mit dir und ihr konnte ich sein wie all die anderen Kinder da draußen vor den mächtigen Scheiben des Aquariums. Hungrig nach Aufregung und Abenteuern. Durstig nach Freundschaft und Liebe. Nein, Taylor: Du bist nicht als kleiner Junge dort draußen im Pazifik ertrunken, sondern wir sind gemeinsam groß geworden. Du hast dein Versprechen gehalten und bist treu an meiner Seite geblieben, die ganze Zeit. Wir haben alles erlebt, wovon ich wie jedes andere Kind, wie jeder andere Teenager, träumte: Aufregung und Abenteuer, Freundschaft und Liebe.

Wenn mich all diese Jahre eines gelehrt haben, dann das: Manchmal kann man das Leben, das man sich erträumt, nur leben, indem man es sich erträumt.

Und nun auf einmal das – ich hatte die Hoffnung schon lange aufgegeben: Ein Kitzeln in meinen Zehenspitzen verrät mir, dass meine Ärzte mir vielleicht nicht zu viel versprechen. Wird sich die Legende tatsächlich erfüllen? Wird die kleine Meerjungfrau Beine bekommen, wird die Liebe eines Menschenkindes sie erlösen? Ich weiß: Es klingt zu schön, um wahr zu sein. Meine Zukunft steht in den Sternen – aber allein die Aussicht auf diesen Himmel voller leuchtender Sterne berauscht mich. Es wird Monate dauern, vielleicht Jahre, bis ich richtig laufen kann. Aber der Ausblick auf die zweite Hälfte meines Lebens ist urplötzlich rosig – verglichen mit der ersten. Der Ausblick, dass die Realität zum ersten Mal besser sein wird als die Fantasie, jener treue Freund, der mich bisher so zuverlässig auf seinen starken Armen durch mein Leben getragen hat. Für das neue Kapitel, das ich nun aufschlage, werde ich diese starken Arme nicht mehr brauchen. Ich werde sie in den verdienten Ruhestand schicken. Denn von nun an werde ich die Welt auf meinen eigenen Beinen durchschreiten.

Was dich betrifft, Taylor: Natürlich träume ich noch immer von dir.

Ich habe die Hoffnung nie aufgegeben, dass ich eines Tages jemanden treffe, der so ist wie du – wie du in meinen Träumen, meine ich. Manchmal ertappe ich mich noch immer bei dem Gedanken, dass du plötzlich zur Tür hereinkommst und sagst: „Hallo, hier bin ich wieder – ich weiß, die Unwahrscheinlichkeit dafür liegt bei neunundneunzig Komma neun Prozent, aber das Meer hat mich tatsächlich wieder ausgespuckt!"

Moment mal … was ist das?

Als hätte ich mit diesem Gedanken etwas ausgelöst, eine Nachricht an das Universum verschickt, verstummt urplötzlich das *Aquarium* von Camille Saint-Saëns.

Ich horche auf, lausche hinein in die sich ausbreitende Stille hinter mir.

„Hallo? Claire, bist du das?", rufe ich über meine Schulter. Es konnte nur sie sein, wahrscheinlich fummelte sie im Wohnzimmer an der Stereoanlage herum.

Meine Stimme ist kaum verweht, als aus heiterem Himmel ein neuer Song erklingt. Ein äußerst ungewöhnlicher Song, den ich in diesem Haus noch nie zuvor gehört habe. Mit einem Text, den nur jemand mit viel Humor für mich ausgesucht haben kann. Oder mit viel Optimismus.

Es sind The Wanted – mit ihrem Hit *She Walks Like Rihanna: She can't sing, she can't dance, but who cares: She walks like Rihanna …*!

Belustigt drehe ich mich um in meinem Rollstuhl.

Wer nimmt mich hier auf den Arm? denke ich.

Edward konnte es nicht sein, er war für solche Scherze zu trocken und mittlerweile auch zu alt. Claire schon eher, aber ihr Musikgeschmack spielte sich ein paar Dekaden früher ab.

Ich stütze meine Hand auf den Schreibtisch.

Versuche mich aufzurichten.

Seit der OP kann ich zum ersten Mal in meinem Leben meine Beine spüren – ein *erhebendes* Gefühl, und zwar im wahrsten Sinne des Wortes. Doch mir fehlt die Kraft. Meine Beine sind vielleicht nicht mehr aus Holz, dafür sind sie nun aus Pudding. Die Muskeln müssen sich erst aufbauen, das braucht Zeit. Viel Zeit. Langsam und auf halber Strecke lasse ich mich wieder zurück in meinen Rolli gleiten.

She walks like Rihanna? Nun, ganz so weit bin ich wohl noch nicht.

Und doch, ich kann mir ein Lächeln nicht verkneifen. Noch immer frage ich mich, wer für diesen kleinen Scherz verantwortlich ist. Ich spähe durch die offene Tür ins angrenzende Wohnzimmer, wo irgendjemand herumzuwerkeln scheint.

Tatsächlich, da ist jemand. Ein Unbekannter.

Als spüre er meine Blicke auf seinem Rücken, dreht er sich plötzlich zu mir um. Sein Anblick verschlägt mir augenblicklich den Atem. Lieber Gott im Himmel – das ist nicht möglich!

Lässig schlendert er auf mich zu, in seinem blauen Sportdress. „Oh Entschuldigung, ich wusste nicht, dass Sie da sind", sagt er. Seine Stimme klingt vertraut – so vertraut, als hätte ich ihr schon mein ganzes Leben lang gelauscht.

Ich starre ihn einfach nur an, unfähig, den leisesten Mucks von mir zu geben.

„Ihre Mutter hat mich reingelassen", fährt er fort. „Ich bin Ihr Physiotherapeut. Wir werden in den kommenden Monaten zusammenarbeiten."

Er ist in meinem Alter. Ich starre ihn einfach nur an, unfähig, ein Wort herauszubringen: Seine dichten, strubbeligen Haare stehen wie kleine Antennen oder Teleskope in alle Himmelsrichtungen ab. Und seine Augen ähneln dem klaren, leuchtenden Blau des Pazifiks im Spätsommer, wenn die Morgennebel sich endgültig aufgelöst haben.

Ich fange an zu schwitzen. Obwohl ich über meinem Top nichts weiter trage als eine dünne Bluse.

„Wenn Sie möchten, können wir jederzeit anfangen ...", sagt er. Mit einer ausholenden Handbewegung weist er auf seine Taschen und Sportgeräte, die das Wohnzimmer hinter uns in ein kleines Sportstudio verwandelt zu haben scheinen. Um dann einen weiteren Schritt auf mich zuzukommen.

„Den werden wir schon bald nicht mehr brauchen."

Er zeigt auf meinen Rollstuhl.

Was geht hier vor sich? denke ich. Ich hatte mein Leben lang auf diesen Moment gewartet, und nun geschieht es plötzlich? Einfach mir nichts dir nichts aus heiterem Himmel? Ist das das Leben? Funktioniert es so?

Manchmal leben wir jahrelang nicht wirklich, und plötzlich konzentriert sich unser ganzes Leben auf einen einzigen Moment.

Ich musste augenblicklich an die Worte von Oscar Wilde denken, die ich erst kürzlich irgendwo gelesen hatte.

Er steht nun unmittelbar vor mir.

Träume ich – oder passiert es wirklich?

Our hearts go boom-boom, boom-boom …!, schallt es aus den Boxen.

Wie er mich anlächelt! Ich weiß es im selben Moment: Heute ist der erste Tag in meinem neuen Leben. Ich werde laufen lernen.

Doch mein Herz ist meinen Beinen bereits zwei Schritte voraus – es rast.

„Ich … ich … bin … Amber", stottere ich und strecke dir meine feuchte Hand entgegen.

„David."

David klingt gut.

David klingt nach einem neuen Anfang.

Mit einem sanften Ruck ziehst du mich für eine Sekunde aus meinem Rollstuhl.

„Vielleicht sollten wir das Training mit einem ruhigeren Song beginnen?", schlägst du vor. „*She Walks Like Rihanna* ist ja eigentlich eher etwas für Fortgeschrittene." Du lächelst mich verschmitzt an. Kenne ich dieses Lächeln? Habe ich es vor langer Zeit gesehen, hier, in diesem Haus? Oder habe ich es mir nur erträumt?

„Magst du Balladen?", fragst du.

Ich nicke nur. Stumm und unfähig, ein Wort herauszubringen. Vorsichtig lässt du mich wieder in meinen Rolli gleiten, um dann blitzschnell zurück ins Nachbarzimmer zu laufen und einen anderen Song zu starten.

„Ich weiß, der ist uralt – aber ich liebe ihn über alles!", rufst du mir begeistert zu. „Den hab ich schon als Kind gehört, und zwar rauf und runter. Ich saß stundenlang in meinem Zimmer und hab davon geträumt, dass irgendwo auf der Welt jemand denselben Song hört und ihn genauso liebt wie ich."

Deine Stimme mag die ersten Takte übertönen, aber ich erkenne das Lied trotzdem sofort. Es ist nicht irgendein Song.

In Sekundenschnelle füllen sich meine Augen mit salzigem Wasser. Ich presse die Lippen aufeinander, so fest ich nur kann.

„Hey, ist alles in Ordnung?" Mit einem Satz bist du bei mir.

David.

Du sitzt in der Hocke vor meinem Rollstuhl. Und blickst mich voller Sorge an, als schwebte ich tatsächlich in Lebensgefahr.

Dabei beginnt mein Leben doch gerade erst!

„Mehr als das …", schniefe ich, in Tränen aufgelöst. „Es tut mir leid …", entschuldige ich mich für meinen desolaten Zustand. Diesen Zustand völliger, unerwarteter, plötzlicher Glückseligkeit.

„Keine Angst: Wir schaffen das schon", versuchst du mich zu beruhigen. „Alles wird gut. Du musst dir wirklich keine Sorgen machen."

„… Ich … weiß …!", schluchze ich, während du mir vorsichtig die Tränen von den Wangen streichst. „Ich weiß."

Denn plötzlich wird mir alles klar. Das ganze Leben. Wie es funktioniert.

Niemand ist allein.

Wir alle suchen nach Liebe und Glückseligkeit.

Und solange wir nicht aufhören zu suchen – zu träumen –, leben wir.

All das wird mir in dieser Sekunde klar, hier mit dir, David. Während der Refrain des Songs einsetzt, den wir beide im selben Alter vor langer, langer Zeit gehört haben. Während wir uns wünschten, wir wären nicht mutterseelenallein auf diesem Planeten.

Mit unseren Träumen und Sehnsüchten. Und mit unseren Dämonen.

Und wir waren es nicht.

Wir waren es *nie*.

„… *how happy you made me, oh Mandy* …" Barry Manilows Stimme dringt aus dem Nachbarzimmer in mein Ohr und flutet von dort aus meinen ganzen Körper. „*Well, you kissed me and stopped me from shakin', and I need you today, oh* …"

„… Mandy …", weine ich das letzte Wort des Refrains mehr mit, als dass ich es singe, und du schaust mich nur an, als hättest du in meinen Augen soeben etwas entdeckt, für das du von einem Ende der Welt ans andere schwimmen würdest.

– ENDE –

Diese Geschichte widme ich meinem Sohn Irwy.

Heute Abend, wenn ich diesen Roman beende, bist
du sechs Jahre alt. Genauso alt wie Taylor, Mandy
und Amber am Anfang ihrer Reise. Deine Reise
liegt noch vor dir – so rein und unberührt wie ein
weißes Blatt Papier. Wohin auch immer diese Reise
dich führt: Vergiss nie, dass es in deinem Herzen
einen Raum gibt, der nur dir allein gehört.
Einen Raum, in dem die Fantasie regiert – mit all ihrer
unendlichen Liebe, Weisheit und Großzügigkeit.
Du musst nur die Tür öffnen und eintreten. Mit ihrer
Hilfe wird alles möglich.
Was auch immer du dir wünschst.
Dein Papa

MERCI

Ich danke Sarah Hielscher, Tania Krätschmar und allen
bei MIRA, die ihr ganzes Herzblut investierten,
damit die Geschichte von Taylor, Mandy und Amber
das Licht der großen weiten Welt erblickt.
Und ich danke Tordis Stöckmann,
Marcus Gaida und all meinen Freunden,
die einen Verrückten wie mich so lange unterstützt haben.
Ihr müsst verrückt sein, aber ohne Euch würde es
diese Geschichte nicht geben.

Informationen zu unserem Verlagsprogramm, Anmeldung zum Newsletter und vieles mehr finden Sie unter:

www.harpercollins.de